LENA KLASSEN

Magyria

Die Seele des Schattens

Buch

Mattim ist ein Vampir, der aus der geheimnisvollen Welt Magyria nach Budapest gekommen ist. Doch durch die Liebe der jungen Deutschen Hanna ist es ihm gelungen, das Gute in sich zu bewahren. Nun hofft er, mit Hannas Hilfe den König von Magyria – seinen Vater – davon zu überzeugen, dass Menschen und Vampire gemeinsam in Frieden leben können. Doch der König ist verblendet, weil er all seine Söhne an die Finsternis verloren hat. Lieber will er Mattim hinrichten lassen, als erneut vergebliche Hoffnung auf Rettung zu hegen.
Hat Hanna ihren geliebten Mattim etwa nur vor der Dunkelheit bewahrt, um ihn nun durch die Kämpfer des Lichts zu verlieren? Da steht plötzlich Mattims finsterer Bruder Kunun mit einer Armee von Vampiren vor den Toren der Stadt. Hanna könnte ihm, ohne es zu wollen, den Weg hinter die Mauern ermöglicht haben. Plötzlich kämpft die junge Frau nicht mehr nur um das Leben ihrer großen Liebe – jetzt steht das Überleben des Guten in Magyria auf dem Spiel!

Autorin

Lena Klassen wurde 1971 in Moskau geboren und wuchs in Deutschland auf. Sie studierte Literaturwissenschaft, Anglistik und Philosophie an der Universität Bielefeld, wo sie 1999 promovierte. Lena Klassen lebt mit ihrem Mann und ihren zwei Kindern im ländlichen Westfalen.

Außerdem lieferbar

Magyria. Das Herz des Schattens (26810)

Lena Klassen

Magyria

Die Seele des Schattens

Roman

blanvalet

MIX
Papier aus verantwortungsvollen Quellen
FSC® C014496

Verlagsgruppe Random House FSC-DEU-0100
Das FSC®-zertifizierte Papier *Holmen Book Cream*
für dieses Buch liefert Holmen Paper, Hallstavik, Schweden

1. Auflage
Taschenbuchausgabe Februar 2013
bei Blanvalet, einem Unternehmen der Verlagsgruppe
Random House GmbH, München

Umschlaggestaltung: Isabelle Hirtz, München, nach einer Vorlage
von Hildendesign, München; Illustration: Isabelle Hirtz
Redaktion: Angela Troni
WR · Herstellung: sam
Druck und Einband: GGP Media GmbH, Pößneck
Printed in Germany
ISBN: 978-3-442-26894-8

www.blanvalet.de

PROLOG

»Das ist eine Sekretärin. Und das – Himmel, die sieht aus wie die Schauspielerin aus dieser Serie, wie heißt sie doch gleich …«

»Du spinnst, Valentina. Das ist eine amerikanische Touristin. Sie hat fünf Jahre gespart, um sich eine Reise nach Europa leisten zu können. Von Venedig war sie bitter enttäuscht, aber Budapest gefällt ihr ganz gut.«

»Du hast recht! Réka, das gibt's doch nicht – jetzt blättert sie in ihrem Stadtführer, wetten?«

Die drei Schülerinnen, die tuschelnd und schwatzend im Café saßen und die Passanten draußen beobachteten, lachten laut auf, als die Frau, die vielleicht eine Schauspielerin war, vielleicht eine Amerikanerin und höchstwahrscheinlich nichts von beidem, mitten im Gedränge stehen blieb und in einem schmalen Buch blätterte.

»Nein«, sagte Dorina, die Dritte im Bunde. »Das ist eine Studentin, die für eine Prüfung lernt. Und die da, was meint ihr? Eine russische Gräfin?«

Auf das Café steuerte eine große, schlanke Frau zu, die einen langen, dunklen Pelzmantel trug. Ihr rotes Haar schmiegte sich glatt an ihre Wangen und leuchtete in den Strahlen der tiefstehenden winterlichen Nachmittagssonne. Beim Näherkommen bemerkten die Mädchen, dass sie sehr jung war, viel jünger, als ihr eleganter Auftritt vermuten ließ, höchstens Anfang zwanzig.

»Nein«, widersprach Valentina. »Eine Russin würde eine Pelzmütze tragen. Und Handschuhe.«

»Sie macht nicht den Eindruck, als ob ihr kalt wäre.«

Anders als die meisten Menschen, die sie vorbeigehen sahen, hatte die Fremde keine blaugefrorenen Lippen, keine vom Frost gerötete Haut. Kühl und blass war ihr schmales Gesicht mit den hohen Wangenknochen, den feinen, dunklen Brauen und den vollen, dunkelroten Lippen; kalt und dunkel waren ihre Augen.

»Die hab ich schon mal gesehen«, sagte Réka langsam.

»Eine Russin würde eine Pelzmütze tragen, egal ob sie friert oder nicht«, behauptete Valentina trotzig.

»Kennst du sie wirklich?«, fragte Dorina. »Ich glaube, sie schaut dich an, Réka.«

»Unsinn.« Dennoch duckte Réka sich unwillkürlich, als die Fremde auf sie zumarschierte, als hätte sie vor, nicht durch die Tür, sondern direkt durchs Glas zu gehen. »Ich kenne sie, aber ich weiß nicht mehr, woher. Irgendwo hab ich die Frau schon mal getroffen. Wenn sie nicht so auffällig wäre, würde ich mich gar nicht an sie erinnern.«

Die Frau im Pelzmantel blieb vor der Scheibe stehen und starrte ins Innere des Cafés. Ihr Blick war auf das Mädchen gerichtet, einige lange Sekunden, bis Réka schon dachte, sie könnte es nicht mehr aushalten. Ihre Freundinnen lachten verunsichert.

»Was ist denn mit der? Puh, ist die unheimlich!«

»Die Scheibe spiegelt. Sie kann uns gar nicht erkennen, oder? Sie schaut nur, ob noch ein Platz frei ist.«

»Jetzt hat sie einen gefunden, glaube ich. Sie lächelt.«

Das Lächeln, das über das kühle Gesicht zog, verwandelte es völlig. Mit einem Schlag schien die Rothaarige den Schülerinnen nicht mehr unheimlich. Jetzt war sie nur noch die schönste Frau, der sie je begegnet waren.

»Sie geht wieder«, flüsterte Dorina.

»Nein, sie kommt her. Sie geht ins Café, ich sag's doch, sie hat nur nach einem Tisch gesucht.«

Doch die Fremde in dem Mantel setzte sich nicht an den frei gewordenen Platz, sondern kam direkt auf den Tisch der Mädchen zu.

»Sziastok.« Sie lächelte freundlich.

»Szia«, grüßte Réka verwirrt. »Kennen wir uns?«

»Du hast etwas vergessen, als du das letzte Mal bei mir warst.« Die Frau steckte die Hand in ihre Manteltasche und zog etwas heraus.

An einer langen, filigranen Goldkette pendelte ein großes goldenes, diamantenbesetztes Herz.

»Wow«, stöhnte Valentina. »Ist das echt?«

Nur zögernd nahm Réka das Schmuckstück entgegen. »Das muss ein Irrtum sein …«

»Oh, bestimmt nicht. Das ist dein Geburtstagsgeschenk. Du hast es vor dem Kamin liegenlassen.« Die Frau lächelte versonnen. »Dein Geburtstag. Ich kann dir nur gratulieren. Fünfzehn und immer noch am Leben.« Sie nickte den beiden anderen Mädchen zu. »Entschuldigt. Wenn Réka mich nicht vorstellen mag, tue ich es eben selbst. Ich bin Atschorek. Ihr könnt mich gerne einmal in meiner Villa besuchen, zu Tee und Kuchen – nun, wie sieht es aus, habt ihr Lust dazu?«

»Mein Gott, ja«, hauchte Dorina. Heimlich stieß sie Réka an. »Was du für Leute kennst!«

Réka starrte immer noch auf das goldene Herz. Es konnten keine echten Diamanten sein. Warum sollte ihr eine völlig Fremde so etwas schenken? Warum sollte sie ihr überhaupt etwas schenken? Was wollte die Frau von ihr?

»Das kann ich nicht annehmen.« Réka brachte die Worte nur mit Mühe heraus, sie zwang sich, es zu sagen, aber noch während sie es aussprach, kam es ihr vor, als wäre da etwas, was sie vergessen hatte. Ein goldenes Herz … und ein Gefühl von Freude, von grenzenloser Freude.

»Du hast es schon angenommen«, sagte Atschorek. »An deinem Geburtstag. *Das ist so lieb von dir, Kunun* … Deine Worte.« Sie lächelte alle drei an. »Ich rechne mit euch. Jederzeit.«

Valentina starrte der Frau nach, als sie aus dem Café rauschte. »Du kennst die russische Gräfin, Réka? Das hättest du uns auch gleich sagen können.«

»Wer ist Kunun?«, wollte Dorina wissen.

»Kunun ist mein Freund.« Réka hatte das Herz umgedreht und fuhr mit dem Finger über die eingravierten Buchstaben. Sie konnte sich nicht entsinnen, dass er ihr die Kette geschenkt hatte. An nichts, was an ihrem fünfzehnten Geburtstag geschehen war, hatte sie irgendeine Erinnerung.

»Sag bloß! Und das verrätst du uns erst jetzt?«

»Unsere Réka«, meinte Valentina. »Mindestens ebenso geheimnisvoll wie die rothaarige Gräfin. Wer hätte das gedacht!«

Sie hatte ihren Freundinnen absichtlich nichts von Kunun erzählt. Und auch von ihren merkwürdigen Gedächtnislücken würde sie ihnen nichts sagen.

»Kunun«, flüsterte sie. »Réka und Kunun.«

ERSTER TEIL

STADT AM FLUSS

EINS

BUDAPEST, UNGARN

»Woher hast du das?«

Hanna, das deutsche Au-pair-Mädchen der Familie Szigethy, wurde bleich, als Réka etwas Aufblitzendes, Goldenes in ihrer Schreibtischschublade versenkte. »Réka, woher …?« Mit ein paar raschen Schritten war sie am Fenster und riss die Lade wieder auf.

»He!«, empörte Réka sich. »Wie kannst du es wagen!«

Mit spitzen Fingern hob Hanna die Kette aus ihrem Versteck, als wäre es eine giftige Schlange. In diesem Moment zählte nicht, dass sie nur deshalb noch hier war, weil Réka sich für sie eingesetzt hatte. Die gerade Fünfzehnjährige hatte ihre Mutter einige Stunden lang angebettelt, Hanna nicht zurück nach Deutschland zu schicken, obwohl diese sich nach der Meinung von Mónika Szigethy als unzuverlässig und verantwortungslos erwiesen hatte. Bestimmt war es keine gute Idee, sich mit Réka anzulegen, aber das hier war einfach zu wichtig.

»War Atschorek bei dir?«, fragte sie alarmiert.

Atschorek. Zwei in Aufregung und Angst verbrachte Wochen lang hatte Hanna damit gerechnet, der Schattenfrau plötzlich wieder gegenüberzustehen. Denn Atschorek war nicht nur eine der schönsten, reichsten und unnahbarsten Frauen von ganz Budapest, sondern ein mörderisch gefährlicher Vampir.

»Sie sagte, ich hätte die Kette bei ihr vergessen.« Réka

musterte Hanna, als wollte sie die Wahrheit, an die sie sich selbst nicht mehr erinnern konnte, aus ihr herausbrennen. »Sie hat behauptet, es ist ein Geschenk von Kunun.« Sie wartete auf Hannas Reaktion und fuhr fort: »Du hast mir erzählt, er wäre fort. Er wäre in sein Land zurückgekehrt. Seit zwei Wochen heule ich mir die Seele aus dem Leib. Was ist hier eigentlich los, Hanna? Wer ist Atschorek? Kommt er ihretwegen nicht mehr zu mir zurück?«

Es gab niemanden, über den Hanna so ungern redete wie über Atschorek und Kunun. Mit diesen beiden Namen kamen Bilder in ihr hoch, die zu schmerzlich waren, um sie auszuhalten. Réka, bleich und reglos vor dem Kaminfeuer, getötet von dem Mann, dem sie vertraute …

»Bleib weg von ihr«, sagte sie schroff. »Atschorek ist nicht das, was sie zu sein scheint.«

In Rékas Augen sammelten sich Tränen. »Kunun liebt sie, oder? Sie ist einfach wunderschön … Und das, was ist das? Mein Abschiedsgeschenk?«

Sie hielt Hanna das goldene Herz vor die Nase. »*Réka und Kunun* – zum Abschied?« In ihrer Stimme zitterte die Wut. »Lüg mich nicht an, Hanna, wag es ja nicht. Was ist passiert an meinem Geburtstag? Sag es mir. Er hat mir das gegeben und dann? Haben wir uns gestritten?«

Er hat dich gebissen. Er hat dir eine Nadel ins Herz gejagt und dein Blut in einen Krug fließen lassen, um seinen Vampirsoldaten davon zu trinken zu geben. Er hat dich mit in die Welt geschleppt, aus der er stammt, um dich dort am Ufer eines Flusses zu töten. Dein Opfer sollte ihm die Kraft verleihen, das Wasser zu überqueren und die Stadt einzunehmen, in der er herrschen will.

Wie hätte sie irgendetwas davon aussprechen können? Der von heilendem Licht erfüllte Schnee hatte Rékas Leben gerettet. Der König des Lichts hatte die Pforte geschlossen, durch die Kunun und seine Schatten nach Budapest gelangen konnten, um sich hier aus dem Blut der Menschen ihre Kraft zu holen, den einzigen Schutz vor dem Licht.

Nur Atschorek war noch hier. Atschorek, wütend und rachsüchtig. Jeden Tag hatte Hanna damit gerechnet, dass die Vampirin auftauchte und irgendetwas Schreckliches tat. Dass sie sich nun bei Réka gemeldet hatte, war nicht gut. Gar nicht gut. Eisige Furcht griff nach dem Herzen des Mädchens. Sie schluckte und bemühte sich, ihrer Stimme einen heiteren, normalen Tonfall zu geben.

»Kunun wollte, dass du mitkommst«, sagte sie. »Dass du alles aufgibst und mit ihm gehst. Du hast dich dagegen entschieden. Nun ist er weg. Mehr gibt es nicht zu sagen.«

»Du lügst«, zischte Réka und senkte die Stirn, als wollte sie gleich zum Angriff übergehen. »Ich würde überall mit ihm hingehen. Ich liebe Kunun mehr, als du dir überhaupt vorstellen kannst.«

»Mein Gott, Réka, du bist fünfzehn und das auch erst seit zwei Wochen. Du gehörst hierher, zu deiner Familie.« Sie seufzte. Mehr konnte sie dem Mädchen einfach nicht sagen. »Halte dich fern von Atschorek, ja? Bitte, vertrau mir.«

»Sie hat uns eingeladen!«, trumpfte Réka auf. »Mich und meine Freundinnen. Und ich werde hingehen. Du kannst mich nicht davon abhalten. Versuch es erst gar nicht. Und all das, was du mir nicht verrätst, das wird sie mir sagen!«

»Das befürchte ich«, murmelte Hanna.

Sie hatte keine Ahnung, wie sie das verhindern sollte.

Ihr Zimmer war leer. Im ersten Moment erschrak Hanna. War Atschorek schon hier gewesen, bei ihnen im Haus? Hatte sie etwa …? Ihr wurde noch kälter. Wenn ihre Feindin erfuhr, was Hanna hier versteckte – nicht was, sondern wen …

Aus Attilas Zimmer ertönte ausgelassenes Gelächter. Vorsichtig drückte Hanna die Tür auf.

Dort waren sie. Beide. Attila, ihr achtjähriger Schützling, der seinen ganzen Fuhrpark auf dem Teppich aufgebaut hatte, und neben ihm, völlig ins Spiel versunken, der Junge, bei dessen Anblick ihr Herz schneller schlug.

Mattim. Er hob den Kopf und sah sie an, der Blick seiner grauen Augen wolkenweich. Er las in ihrem Gesicht wie in einem Buch. Sofort sprang er auf und fasste sie bei den Schultern.

»Hanna? Alles in Ordnung?«

»Atschorek«, brachte sie nur heraus.

»Wo? Hier im Haus?«

»Nein«, beruhigte sie ihn schnell. »Sie hat sich Réka und ihren Freundinnen gezeigt, in der Stadt. Und ihr das goldene Herz gegeben.«

Über sein Gesicht glitt ein Schatten. »Sie ist also da … Nun denn, das wussten wir.«

»Mattim.« Hanna hielt ihn fest, als könnte er im nächsten Moment verschwinden. »Bitte, tu nichts Unüberlegtes. Vielleicht lässt sie uns tatsächlich in Ruhe, vielleicht …«

»Spielst du jetzt weiter?«, fragte Attila laut dazwischen.

Mattim wandte sich lächelnd dem Jungen zu. »Gleich. Versprochen. Ich muss hier nur kurz etwas klären. – Sie hat Réka nicht bedroht?«

»Sie hat sie eingeladen.«

Er nickte, um seine Lippen trat ein harter Zug. »Damit hat sie *uns* bedroht. Wie sie sehr wohl weiß. Ich werde zu ihr gehen und die Sache klären.«

»Klären? Um Gottes willen, was willst du denn da klären?« Sie konnte nicht deutlicher werden, nicht wenn Attila zuhörte, auch wenn er tat, als würde er sich nur für seine Autos interessieren.

»Ich kann mich nicht ewig verstecken, Hanna. Das weißt du.«

Aber wenn er so dicht vor ihr stand, sein Gesicht so nah vor ihrem, dass sie seine Wärme spüren konnte, so nah, dass sein Atem ihre Haut streifte, wollte sie genau das tun. Ihn verstecken. Ihn in ihrem Zimmer einschließen und Zäune und Mauern errichten, damit seine grausame Schwester nicht hereinkam und ihn verletzte, so wie sie es schon einmal getan hatte. Als wenn irgendetwas Atschorek aufhalten könnte, die wie alle Schatten die Fähigkeit besaß, durch Wände zu gehen.

»Geh nicht hin, bitte. Lass uns abwarten. Sie hat Réka nur das Herz wiedergegeben, sonst nichts. Vielleicht weiß sie nicht, dass du hier bist, vielleicht denkt sie, du wärst in Magyria geblieben.«

»Soll sie das wirklich glauben – dass du und Réka schutzlos seid?« Er küsste Hanna zärtlich auf den Mund, nur eine ganz leichte Berührung, die eine Hitzewelle durch ihren Körper jagte. »Sie soll ruhig wissen, dass ich hier bin und euch verteidigen werde.« Er lächelte, aber seine Augen lächelten nicht mit. »Glaubst du nicht, dass ich es mit ihr aufnehmen kann?«

Nie würde Hanna den unvergleichlichen Schwertkampf vergessen, der im Hof eines nur von Vampiren bewohnten Hauses am Ostbahnhof stattgefunden hatte. Dort hatten Mattim und Atschorek die Klingen gekreuzt, und die Kriegerin hatte ihn bluten lassen. Mit Absicht hatte er ihrer makellosen Schönheit keinen Schaden zugefügt, aber Tatsache war, dass Hanna nicht wusste, wer von beiden gewonnen hätte, wenn sie diesen Kampf weitergekämpft hätten. Wenn Mattim nicht vorzeitig aufgegeben und die Knie vor Kunun gebeugt hätte. Doch selbst wenn er die tödliche Schwertkämpferin besiegt hätte – vernichten hätte er sie nicht können. Nicht auf diese Weise. Einem Schatten vermochte außer Sonnenlicht nur sehr wenig etwas anzuhaben.

»Brmmmm .... iiii ...« Lautstark imitierte Attila Motorengeräusche und Bremsen. »Mattim, jetzt ist gleich!«

Mattim wandte sich wieder dem Jungen zu. »Na gut, noch ein bisschen. Aber dann muss ich los.«

»Wohnst du dann nicht mehr bei uns?«

Nur Attila wusste, dass Mattim die vergangenen zwei Wochen in Hannas Zimmer verbracht hatte. Zu Hannas Erstaunen hatte der Kleine es geschafft, diese aufregende Tatsache vor dem Rest der Familie geheim zu halten. Er hatte Mattim nicht einmal in Andeutungen verraten. In diesem Fall hätte Hanna ihre Au-pair-Stelle verlieren können – und dann hätte auch Attilas Lieblings-Spielkamerad nicht mehr zur Verfügung gestanden. Fast fand sie es beunruhigend, wie dieser lebhafte kleine Junge, der sonst alles und jedes hinausposaunen musste, ein solches Geheimnis zu bewahren verstand.

»Nein, Attila«, sagte Mattim, »es wird Zeit, dass ich in meine eigene Wohnung zurückkehre.«

Hanna biss sich auf die Lippen. Es war nicht der richtige Zeitpunkt, um ihn zu fragen, ob er vorhatte, im Haus am Baross tér zu wohnen, in Kununs verlassenem Hauptquartier. Jedenfalls nahm sie an, dass es leer stand. Vielleicht waren dort mittlerweile Bettler und Obdachlose eingezogen. Mattim hatte die Haustür nicht abgeschlossen und seitdem einen großen Bogen um die Gegend am Bahnhof gemacht. Es bereitete Hanna großes Unbehagen, auch nur daran zu denken, so als wäre dieses Haus ein schwarzes Loch, das ihre Gedanken und Gefühle einsog, sie mitriss und in die Dunkelheit hinabzog.

Das kannst du nicht wollen!, dachte sie. *Wie kannst du nur daran denken, dorthin zurückzukehren!*

»Hanna?« Réka öffnete die Tür. Bevor sie auch nur den Kopf hereinstecken konnte, hatte Mattim sich unters Bett gerollt. Attila gluckste vor unterdrücktem Lachen.

»Hanna, ich werde das Herz tragen, nur dass du es weißt. Von jetzt an. Und es ist mir egal, wer es sieht. Alle sollen es sehen. Alle.«

Réka stand auf der Schwelle, Kununs Geburtstagsgeschenk, seine Abschiedsgabe um den Hals. In ihren Augen funkelte der Trotz. »*Réka und Kunun.* Da steht es. Und daran glaube ich. Und jetzt fahre ich zu Atschorek.«

»Du weißt ja gar nicht, wo sie wohnt«, sagte Hanna müde.

»Oh doch, das weiß ich«, trumpfte Réka auf. »Ich hab's rausgefunden, ob du's glaubst oder nicht.« Sie knallte die Tür wieder zu.

Im nächsten Moment schnellte Mattim unter dem Bett hervor.

»Kunun und Réka?«, fragte er mit gerunzelter Stirn. »Wo soll das stehen?«

»Auf dem Herz«, sagte Hanna, die Hand schon an der Türklinke, um Réka nachzulaufen. »Die Gravur.«

»Da war keine Gravur«, hielt Mattim dagegen. »Ich hab es liegen sehen, an jenem Tag, vor dem Kamin … Golden. Diamantenbesetzt. Eine Gravur hätte ich bemerkt.«

»Darauf hast du geachtet?« Hanna schüttelte ungeduldig den Kopf. »Das kannst du gar nicht gesehen haben.«

»Da war nichts eingraviert«, beharrte Mattim.

»Vielleicht lag es auf der falschen Seite.«

»Nein. Ich hatte es in der Hand. Ich hab sogar überlegt, ob ich es für sie mitnehmen soll.«

Seine grauen Augen, mehr als besorgt. Alarmiert.

»Warum hätte Atschorek das eingravieren lassen sollen?«, fragte Hanna beunruhigt.

»Brmmmm«, machte Attila mit tiefer Stimme und schleuderte seine kleinen Spielzeugautos über den Teppich. »Brmmmmmm.«

»Was für ein Wagen soll das sein?«, fragte Mattim, sehr leise, sehr freundlich, aber Hanna hörte das Beben in seiner Stimme.

»So ein schwarzer«, sagte Attila hingerissen. »Der ist so cool. Der jagt um die Ecke – und brmmmmm!«

»Hat er so ausgesehen?« Mattim zog aus den Haufen und Stapeln auf Attilas Schreibtisch ein unbenutztes Blatt Papier hervor und zeichnete mit raschen Strichen die Umrisse eines Sportwagens.

»Jau!« Attila nickte begeistert. »Und hier, an den Türen, hatte er so was. So was«, schloss er und schaute Mattim erwartungsvoll an.

»Ein R8«, sagte Hanna leise. »Mattim, das hat nichts zu bedeuten.«

»Glaubst du an solche Zufälle?«

Wie eine kalte Faust legte sich die Angst um ihr Herz. »Atschorek hat ihn geerbt«, sagte sie, trotz der bangen Ahnung, die in ihr aufstieg. »Atschorek fährt ihn jetzt. Oder sie hat ihn verkauft. Mattim, es ist nur ein Auto. Jeder kann es fahren. Kunun ist nicht hier. Die Pforte ist geschlossen. Er kann nicht in unsere Welt. Es ist völlig unmöglich.«

»Und wenn nicht?«, fragte er. »Was, wenn wir uns geirrt haben?« Er strich Attila über das glänzende schwarze Haar. »Tut mir leid, Sportsfreund. Das hier ist wichtig. Unser Spiel holen wir nach, versprochen.«

Hanna wollte sich ihm in den Weg stellen. Sie wollte ihn festhalten, mit übermenschlicher Kraft, stattdessen musste sie es dulden, dass er sie sanft zur Seite schob.

»Mattim …«

»Wenn er zurück ist, muss ich es wissen.« Sein Gesicht kam ihr dunkler vor als sonst. Die Freude über ihren gemeinsamen Sieg strahlte nicht mehr aus seinen Augen, sondern hatte einer Wachsamkeit Platz gemacht, die sie daran erinnerte, dass er mehr war als ein hübscher blonder Junge, den sie in ihrem Zimmer verstecken konnte. Prinz Mattim, Wächter von Akink. Kununs und Atschoreks jüngster Bruder, der einem Kampf nie auswich, ein Vampir, der von Hannas Blut lebte, ein Schatten, der durch Wände gehen konnte, genauso gefährlich und tödlich wie seine mörderischen Geschwister.

»Oh, wow!« Die drei Mädchen vor dem schmiedeeisernen Gitter bestaunten den weiß überkrusteten, wie mit Kristallzucker bestreuten Garten und die verwitterte Jugendstilvilla. Dorina bebte vor Entzücken. »Ich sage doch, sie ist eine russische Gräfin!«

»Ich frag sie«, beteuerte Valentina, »im Ernst. Aber ihr dürft nicht lachen.«

Réka blickte grimmig durch die Stäbe hindurch. Ihr brannte eine ganz andere Frage auf der Zunge, und sie wusste noch nicht, ob sie es über sich bringen würde, sie zu stellen.

»Gibt es hier irgendwas zum Klingeln?«

»Da steht kein Name. Bist du sicher, dass sie hier wohnt?«

Réka nickte. Sie legte die Hand an das Gitter, und das Tor schwang mit einem leisen Quietschen auf.

»Vielleicht ist sie gar nicht da.«

»Unsinn. Sie erwartet uns. Sie hat mich angerufen und mir alles genau beschrieben.« Réka war sich nicht sicher, ob sie sich ohne ihre Freundinnen hierhergewagt hätte. Dorinas nervöses Kichern ging ihr auf die Nerven, aber zusammen mit den anderen ließ sich Hannas Warnung besser als Spinnerei abtun.

Trotzdem spürte sie, wie ihre inneren Alarmsirenen losschrillten, als sie über den verschlungenen Gartenpfad zwischen den im Eis erstarrten Büschen auf das Haus zuging. Ihre Hand krallte sich um das goldene Herz, das sie um den Hals trug, wie um einen Talisman. Vielleicht hatte Hanna ja doch recht. Vielleicht war Atschorek wirklich gefährlich. Vielleicht betrachtete die rothaarige Schönheit sie als ernstzunehmende Konkurrentin um Kununs Liebe und schreckte nicht davor zurück, ihr etwas anzutun. Aber warum hatte die Frau ihr dann das Herz gebracht? Und nicht nur sie, sondern auch die anderen Mädchen eingeladen? Wenn Réka sich nicht traute, an diese Tür zu klopfen, verdiente sie es nicht, die Wahrheit zu erfahren. Über das, was an ihrem Geburtstag passiert war. Und warum Kunun so plötzlich und unverhofft aus ihrem Leben verschwunden war.

»Jetzt mach schon«, kicherte Dorina und stieß ihre Freundin an.

Réka hob die Hand und klopfte sacht gegen die abblätternde Farbe der mit feinen Intarsien verzierten Holztür.

»Wie schön, dass ihr da seid.«

Atschorek, ganz Lächeln. So herzlich, dass alle unguten Gefühle sofort verschwanden. Alle drei Mädchen begannen heiter zu schwatzen, als sie ins Innere der Villa geführt wurden, in den hohen, dunklen Raum, in dem ein flackerndes Kaminfeuer Licht und Wärme verbreitete.

Hier ist es gewesen …

Die Gewissheit streifte Réka, ihr wurde heiß und kalt zugleich. *Hier, vor dem Kamin …*

»Setzt euch doch, Mädels.« Atschorek wies auf die

schwarzen Ledersessel, in denen man fast verschwand. Auf einem niedrigen Tischchen stand ein Tablett voller duftender, mit Puderzucker bestäubter Nusshörnchen. »Die sind gekauft. Leider kann ich nicht backen, aber ich hab euch Tee gekocht.«

»Sind Sie eine Gräfin?«, platzte Valentina heraus.

Dorina stieß sie mit dem Ellbogen an. »Sei still. Du bist unmöglich!«

»Eine Gräfin?« Atschorek verzog ihr hübsches Gesicht zu einem noch breiteren Lächeln, ehrlich amüsiert. »Nun, beinahe. Wenn du mich mit dem Titel ansprechen möchtest, der mir von Geburt an zusteht, kannst du mich Prinzessin nennen.«

Valentina machte große Augen, und Dorina bekam plötzlich Schluckauf. Sie hustete verlegen. »Das ist jetzt kein Scherz, oder?«

Réka beobachtete ihre Gastgeberin genau. Trotz ihres Lächelns lag in ihrem Gesicht ein flammender Ernst. So, als würde sie ihnen gleich verkünden, dass der Tee vergiftet war, dass sie die Hörnchen mit Arsen bestäubt hatte … Haltsuchend griff das Mädchen wieder an das goldene Herz, eine Geste, die Atschorek nicht entging. Ihre Blicke begegneten sich. Eine Woge der Erleichterung durchflutete Réka, denn die dunklen Augen der Prinzessin bedachten sie nicht mit Hass, sondern mit einer nachdenklichen Freundlichkeit, einer ruhigen Güte. Jetzt erst glaubte sie daran, dass sie hier nichts zu befürchten hatte.

»Woher kennen Sie Kunun?«, fragte sie mutig.

»Als seine Schwester sollte ich ihn wohl kennen«, sagte Atschorek und leckte sich den Puderzucker von den Lippen. Mit einem leisen Lachen wischte sie ein paar Krümel vom Sofa.

»Wenn Sie wirklich eine Prinzessin sind«, sagte Valentina aufgeregt, »dann wäre Kunun ja ein Prinz! Stell dir vor, Réka, ein echter Prinz! Dein Freund ist ein Prinz!«

Atschorek hob den Blick und erstarrte. Als die Mädchen sich rasch zum Fenster umdrehten, stand dort ein blonder junger Mann, der mit finsterer Miene durch die Scheibe spähte.

Die Gastgeberin seufzte ärgerlich. »Entschuldigt mich einen Moment.«

»Das ist Hannas Freund«, sagte Réka verwundert. »Was macht der denn hier?«

»Mattim! Was, bitte schön, soll das werden?« Atschorek kam ums Haus herum in den Garten.

»Welch herzliche Begrüßung.« Er lehnte immer noch am Fenster, hinter dem die Mädchen neugierig zu ihm hinüberschauten und kicherten. »Lange nicht gesehen, Schwester.«

Atschorek blieb in einiger Entfernung von ihm stehen, als befürchtete sie, er könnte sie plötzlich angreifen. »Ich will nur sichergehen, dass du nicht wieder durchs Fenster springst. Die Reparatur hat eine schöne Stange Geld gekostet.«

»Nicht immer verlassen deine Gäste gesund und lebendig dieses Haus«, sagte er, einen warnenden Unterton in der Stimme.

»Dafür geht es Réka erstaunlich gut, oder nicht?« Sie betrachtete ihn genauer und kam vorsichtig näher. »So wie auch dir, wie ich sehe.« Sie streckte die Hand aus und strich ihm das goldene Haar aus dem Gesicht. »Erstaunlich, in der Tat. Ist es das, was du als Lohn bekommen hast für deinen Verrat?« Bevor er sich zurückziehen konnte, griff sie nach seiner Hand und streichelte mit den Fingerspitzen über die unversehrte Innenfläche.

»Vor nicht allzu langer Zeit habe ich dich hier genäht … es war doch diese Hand?«

»Ganz recht«, sagte Mattim düster.

»Ist es die Zeit, die alle Wunden heilt – so schnell und perfekt, dass nicht die geringste Narbe zurückbleibt? Das hätte ich ihr gar nicht zugetraut.«

Er nahm die Herausforderung an. »Das Licht heilt die Wunden, die die Finsternis geschlagen hat.«

»Ja«, stimmte Atschorek zu, »in der Tat. Kunun hatte recht. – Komm ins Haus, Mattim. Ich lasse meine Gäste ungern warten.«

Er folgte seiner Schwester ins Kaminzimmer. Die beiden Mädchen, die er nicht kannte, starrten ihn an wie eine Erscheinung. Die eine wurde glühend rot, die andere begann hysterisch zu kichern. Réka bedachte ihn mit einem misstrauischen Blick.

»Hat Hanna dich geschickt, um mich nach Hause zu rufen?«, fragte sie feindselig.

»Setz dich«, befahl Atschorek, bevor er antworten konnte. »Das ist Mattim, mein Bruder. Er wohnt ab sofort hier.«

Er öffnete den Mund, um zu protestieren, aber seine Schwester schnitt ihm sofort das Wort ab. »Wir wollen gleich los und seine Sachen holen. Habt ihr nicht Lust, uns zu begleiten? Ich hab noch eine kleine Überraschung auf Lager.«

Dorina und Valentina nickten eifrig, und Mattim musste an sich halten, um nicht die Augen zu verdrehen. Diese leichtsinnigen Teenager würden wirklich überallhin mitkommen.

Réka jedoch hob ruckartig den Kopf. »Eine Überraschung?« Ihre Hand umklammerte den goldenen Anhänger, als wollte sie ihn sich gleich vom Hals reißen.

»Ich halte das für keine gute Idee«, sagte Mattim ernst. »Lass die drei gehen.«

»Oh, aber das wird ein großer Spaß!« Kam nur ihm Atschoreks Lachen falsch und aufgesetzt vor? Die jungen Mädchen schien sie jedenfalls mit ihrer guten Laune anzustecken. Es würde schwierig werden, sie dazu zu bringen, sich zu verabschieden.

»Ihr solltet wirklich lieber nach Hause gehen«, riet er. Allein dass er das Wort an sie richtete, brachte die Blonde, die Dorina hieß, völlig aus der Fassung. Sie grinste ihn blöde an, während die Brünette losgluckste.

»Wir kommen mit«, sagte Réka entschlossen.

»Atschorek, dürfte ich kurz mit dir reden?«

»Hier, ihr könnt euch schon mal ins Auto setzen.« Sie reichte Valentina den BMW-Schlüssel. Zwitschernd stoben die drei davon, und er hörte noch, wie eine von ihnen stöhnte: »Ist der süß! Mein Gott, ist der süüüüüß!«

Zwischen den Mädchen hatte Atschorek sehr jung gewirkt, fast wie eine von ihnen, ein alberner Teenager, doch im nächsten Moment war sie wieder die kühle, undurchschaubare Schattenfrau.

»Was willst du ihnen denn sagen?«, fragte sie, die Augenbrauen hochgezogen. »Dass ich ein böser Vampir bin? Dass ich sie beißen und ohne Gedächtnis auf die Straße setzen werde?«

»Hast du das denn vor?«, fragte er zurück. »Was soll das alles, Atschorek?«

»Ich bin nur nett. Überrascht dich das? Komm jetzt. Lassen wir die Kinder nicht warten.«

Die »Kinder« hatten sich schon eine Sitzordnung überlegt. Réka, obwohl die Kleinste, saß auf dem Beifahrersitz, während Dorina hinten Platz genommen hatte. Valentina wartete neben der offenen Wagentür.

»Du willst bestimmt in der Mitte sitzen. Wegen deiner langen Beine.«

»Vielleicht wäre es sinnvoll, wenn ich und Réka tauschen«, meinte Mattim.

»Das geht nicht«, behauptete Valentina. »Réka muss vorne sitzen, sonst wird ihr schlecht.«

Mattim seufzte und ergab sich in sein Schicksal. Er hatte wahrlich andere Sorgen, als sich von diesen Mädchen in Verlegenheit bringen zu lassen.

»Habt ihr bei euch zu Hause angerufen?«, fragte er. »Wissen eure Eltern, wo ihr seid?«

Valentina wechselte mit Dorina einen Blick, als wäre er gar nicht da. »Fürsorglich. Das wirkt so erwachsen.«

Atschorek drehte sich zu ihnen um. »Soll ich so schnell fahren, wie ich kann?«

»Ja, bitte«, knurrte Mattim. Und zu den Mädchen gewandt wiederholte er seinen Rat: »Sagt Bescheid, wo ihr seid. Beim Licht, ihr kennt weder mich noch diese Frau!«

»Er will uns kennenlernen«, hauchte Valentina. »Dorina, hast du das gehört?«

Atschorek lachte leise, als Mattim wütend verstummte. Auch wenn sie versprochen hatte, sich zu beeilen, schien die Fahrt durch den dichten Feierabendverkehr endlos zu dauern. In düsterer Erwartungshaltung saß Mattim da und versuchte das Gekicher und Getuschel von Rékas Freundinnen zu ignorieren. Selbst dieser ging das Getue auf die Nerven, denn sie drehte sich um und zischte: »Seid doch endlich still!«, erntete dafür aber nur noch mehr Gelächter.

Endlich parkte Atschorek den Wagen am Straßenrand. Sie hakte sich bei Mattim unter, bevor eins der Mädchen auf die Idee kommen konnte.

»So, nun ist es nur noch ein kleines Stück. Da ist schon der Bahnhof … Da wären wir.«

Das hohe graue Haus am Baross tér leuchtete in der fortschreitenden Dämmerung aus allen Fenstern. Atschorek öffnete die Tür, ohne Mattim loszulassen.

Licht. Licht und Musik und Stimmen.

»Ein Fest«, murmelte Dorina. »Wahnsinn!«

ZWEI

AKINK, MAGYRIA

Über dem Fluss hing ein schwaches goldenes Leuchten. Die Brücke, die sich über das glitzernde Wasser spannte, verlor sich in der Dunkelheit der anderen Seite.

»Das solltest du besser nicht tun«, sagte Elira. Ihr Gesicht war grau von Sorge und Müdigkeit. In ihren Augen war ihr wahres Alter zu erkennen, die vielen Jahre, die ihrem Körper so wenig hatten anhaben können. Schon seit Jahrzehnten sah sie aus wie eine Frau von vierzig, fünfzig Jahren, doch zum ersten Mal hatte Farank den Eindruck, dass die lange Lebensdauer der Familie des Lichts eine zu große Last sein könnte für seine Seelengefährtin.

»Hab keine Angst.« Der König streichelte ihr sanft über die Wange. »Ich werde zurückkehren. Die Schatten können mir nichts mehr anhaben.«

Zweifel umwölkte ihre uralten Augen. »Und wenn alles Lüge war? Eine Falle? Oder ein Irrtum? Es gibt so viele Vielleichts, Farank. Zu viele, um deine Sicherheit auf vage Vermutungen hin zu riskieren.«

Farank berührte erst seine Lippen mit den Fingerspitzen, dann ihre. In seiner Stimme schwang so viel Liebe mit, dass Elira erschauerte, als er sagte: »Für das Licht. Vertrau mir.«

Er wandte sich zu den Bediensteten um, die sein Pferd bereithielten. Als er sich in den Sattel geschwungen hatte, blickte er noch einmal zurück zu seiner Frau. Sie umklammerte ihre Oberarme, als wäre ihr kalt. Hochgewachsen und gerade stand sie da, in ein dunkelgraues Gewand gehüllt, nicht wie eine Königin, sondern wie eine Trauernde. Seit ihr jüngster Sohn fort war, zog sie nichts Fröhliches mehr an, keinen Schmuck und auch keine glänzenden Kleider, die einer Frau ihres Standes angemessen gewesen wären. Selbst als er mit der Nachricht zu ihr gekommen war, dass Mattim keineswegs an die Schatten verloren war, sondern daran mitgewirkt hatte, den Überfall der Feinde auf Akink zu verhindern, war sie nicht so froh gewesen wie erwartet.

»Ich habe ihn auch getroffen«, hatte sie bekannt, und eine nachdenkliche Falte erschien auf ihrer Stirn, »doch es schien mir keineswegs sicher, dass er für unsere Seite kämpft.«

»Du hast ihn getroffen?« Farank war überrascht. »Wann? Warum hast du mir nichts davon erzählt?«

»Ich wollte, dass du ihn in Erinnerung behältst, wie er war.« In ihrer Stimme lag immer noch derselbe Schmerz. Eine Mutter, die ihr Kind verloren hat, die sich auch von der Hoffnung nicht mehr narren lässt, eine Mutter, die längst weiß, dass keine Wunder geschehen.

»Damit du davon träumen kannst, dass er gestorben ist, im Kampf, bis zuletzt der Prinz des Lichts. Dass es sein Tod war, den wir miterleben mussten, als das Licht erlosch und die Dunkelheit über Akink hereinbrach. Sein Tod, nicht sein Verrat.«

Der König hatte geschwiegen. Lange. Als er schließlich sprach, brannte in seinen Worten etwas, das mehr war als Hoffnung, das von einer unvorstellbaren Freude kündete und das er dennoch zurückhalten musste, weil es einfach zu unglaublich war. »Ich weiß nicht, was Mattim ist«, sagte er langsam. »Ein Schatten oder nicht? Falls ja, dann ist er etwas völlig anderes, als ich mir darunter vorgestellt habe. Ein Wesen, das unseren Feinden in nichts gleicht. Er ist nicht derselbe, der er war, aber nie hatte ich einen Grund, stolzer auf ihn zu sein als jetzt. Mattim hat mir den Sieg in die Hände gelegt, Elira. Er hat mir die Macht des Lichts gezeigt, er hat mich dazu gebracht, Dinge zu tun, die ich für unmöglich gehalten habe … Ich glaube nun wieder daran, dass wir die Schatten besiegen können. Dass eine Zeit des Glücks anbrechen wird. Wir sind noch nicht verloren.«

»Die Schatten sind immer noch da«, erinnerte Elira. »Hat er dir denn verraten, wie man sie vernichten kann?«

»Wir haben die Pforte geschlossen«, sagte Farank. »Nun werden sie dem Licht nicht mehr widerstehen können. Sie sind immer noch gefährlich, das weiß ich. Aber wenn ich mit meinen Soldaten zusammen in die Wälder gehe, werden wir sie bekämpfen. Winselnd werden sie vor dem Licht in die Knie sinken … Ich sehe sie vor mir, wie sie vergehen. Und wie sie erkennen müssen, dass sie dem Licht nichts mehr entgegenzusetzen haben. Das ist Mattims Geschenk an uns. Ich nehme es an.«

Er genoss es, den Namen seines Sohnes wieder in den Mund zu nehmen. Die weichen Silben, zärtlich wie eine Liebkosung. Mattim. Der Name des Jungen mit dem goldenen Haar und den grauen Augen. Ja, so grau wie Eliras Umhang … Nein, er wollte nicht mehr an den Schmerz denken, an die vergangenen Monate. Sie waren ihm vorgekommen, als müsste er einen schroffen Felsen hochklettern, mit müden, blutig geschundenen Händen, um die Stadt, die er auf dem Rücken trug, hoch ins Licht zu bringen. Eine Kletterpartie, die damit enden würde, dass er stürzte, tiefer, als irgendein Fall gehen konnte, in den Abgrund, der unter ihm gähnte, in eine Dunkelheit, die es nicht nötig hatte, nach ihm zu greifen. Die nur auf ihn wartete.

Nein. Er würde nicht abstürzen. Er hatte eine Chance, die Stadt hoch ins Licht zu heben. Und mit der Stadt sein geschundenes Königreich, in dem die Schatten wüteten, ohne sich um die Soldaten des Königs zu scheren. Damit war es ab jetzt vorbei.

Farank nickte dem Hauptmann des Trupps zu. Die zweihundert Brückenwächter salutierten, als der König mit seinen Leuten zwischen ihnen hindurchritt, und obwohl sie es gewöhnt waren, keine Gefühle zu zeigen, verrutschte doch dem einen oder anderen sein unbewegliches Gesicht. Es war dem König des Lichts gelungen, viele mit seinem Optimismus anzustecken, und diese erlebten das erhabene Triumphgefühl mit, als die Kampftruppe – jeder Fünfte mit einer brennenden Fackel in der Hand – aufbrach, um die Feinde aus den Wäldern zu vertreiben. Andere hingegen beobachteten den Auszug mit Sorge. Zu lang und zu intensiv hatte die Furcht in ihnen gelebt, als dass sie diese plötzliche Zuversicht hätten teilen können. Furcht lag in ihren Augen, und auch wenn niemand so alt war wie die Königin, so waren die Jahre, die diese Menschen erlebt hatten, doch lang und schwer genug gewesen, und die Bitterkeit wohnte in ihnen wie ein dunkler Feind, der durch Wände gehen konnte.

Im Wald war es still. Das Leuchten des Flusses verschwand hinter den schwarzen Stämmen. Immer noch kämpfte der Frühling gegen die Kälte und die fortwährende Dämmerung. Nur zögernd öffneten sich die Knospen der Blätter, und die gelben Frühlingsblumen wirkten im Zwielicht merkwürdig blass. Die Luft war so von Dunkelheit getränkt, dass sie zu schwer zum Atmen schien. Die Fackeln verkümmerten zu winzigen Lichtpünktchen, die nicht zu strahlen vermochten. Jede Bewegung bereitete Mühe, und selbst die Pferde wurden immer langsamer und blieben schließlich stehen.

»Der Wald gehört den Schatten«, flüsterte jemand, aber in der Stille trug seine Stimme weit.

Farank wandte den Kopf. »Wer hat das gesagt?«

Einer der Soldaten senkte den Kopf, ertappt. »Ich, Herr. Verzeiht, Majestät.«

»Wir holen uns diesen Wald zurück«, sagte der König des Lichts. In seiner Stimme vibrierte die Helligkeit seiner Freude. *Mattim. Mattim hat mir diesen Sieg geschenkt.* »Magyria gehört dem Licht. Unsere Feinde werden vor uns zurückweichen, sie werden zurückkriechen in ihre Löcher und Höhlen und sich nie mehr hervorwagen. Sie werden sich auflösen in den finsteren Ritzen ihrer Verstecke. Hier reitet das Licht!«

Er schien zu strahlen. Nicht einfach nur ein unscheinbarer Mann auf einem Pferd, sondern der Herr des Lichts, die Hoffnung einer Stadt und eines ganzen Königreichs. Auf einmal kam den Soldaten die Stille nicht mehr ganz so bedrückend vor und die Dämmerung nicht mehr so lähmend. Ihnen war, als könnte tatsächlich der Morgen anbrechen und eine rote Sonne sich über den Horizont schieben, als wäre es möglich, dass eine Verwandlung begann, gleich …

Hauptmann Solta hob die Arme. »Hier reitet das Licht!«

Mit neuem Mut ritten sie weiter. Bisher hatte sich weder ein Wolf noch ein Schatten gezeigt – vielleicht war sogar das schon ein gutes Zeichen. Die Feinde wagten sich nicht heran an den Träger des Lichts, sie versteckten sich, wimmernd vor Angst. Wer weiß – vielleicht würde dieser Tag ohne Kampf zu Ende gehen, vielleicht würden sie ihre Gegner tatsächlich vor sich her treiben können, ohne selbst angegriffen zu werden? Ein Lächeln spielte um die Mundwinkel der Soldaten, während sie selbstbewusst ins Gebüsch spähten. *Hier kommen wir. Ja, seht nur hin, hier kommt das Licht!*

»Das gefällt mir nicht«, sagte Mirita.

Die blonde Bogenschützin, ein Mädchen von siebzehn Jahren, kniff die Augen zusammen bei dem Versuch, in der Dunkelheit unter den Wipfeln etwas zu erkennen. Bäume und Strauchwerk standen hier so dicht, dass auch zu lichthellen Zeiten jeder hier hätte lauern können. Hunderte würden vorbeireiten, ohne etwas zu bemerken.

»Was hast du denn jetzt wieder auszusetzen?« Piet, der dunkelhaarige Krieger an ihrer Seite, hatte bei den Worten des Königs anerkennend genickt. Stolz hob er die Fackel in seiner Hand. Er wünschte sich nichts sehnlicher, als die Feinde zurückzuschlagen.

Mirita wusste das, denn er konnte kaum über etwas anderes sprechen. Darüber und über all das, was er tun würde, wenn der Tag zurückgekehrt war und die Sonne den Himmel verzauberte und alles wieder so war, wie es sein sollte. Stundenlang konnte er Reisen durch Magyria planen, zu den vergessenen Städten des Ostens oder den verlassenen Dörfern des Südens, zu den Menschen, die gelernt hatten, das Wolfsgeheul zu ignorieren. Vielleicht hatten sie sogar ihre eigenen Waffen entwickelt, um standzuhalten. Es gab so viel, von dem man nichts mitbekam, wenn man in der umlagerten Hauptstadt wohnte.

»König Farank hat uns erklärt, dass die Schatten von ihrer Kraftquelle abgeschnitten sind. Zum ersten Mal seit Jahren haben wir die Chance, sie zu vernichten. Was stört dich denn daran?«

»Ich glaube nicht, dass es leicht wird«, meinte sie, auch wenn es nicht ganz das traf, was sie so sehr beunruhigte. Sie hatte die Schatten gesehen. Einen Schatten kannte sie, einen einzigen, der es verstanden hatte, ihr Herz zu umgarnen und sie alle Vorsicht und jede Vernunft vergessen zu lassen. Wenn sie an Mattim dachte und an seine süßen Küsse, wurde ihr heiß und kalt und die Welt verlor an Konturen. Mattim war ein Schatten geworden, um das Geheimnis der Feinde aufzudecken, und so wie es aussah, hatte er genau das getan. Und dennoch …

Wie konnte einer, der angeblich für das Licht kämpfte, sich weigern, die Pforte zu schließen, solange die übrigen Schatten sich auf der anderen Seite befanden? Wenn sie die Treffen mit ihm überdachte, wurde sie das Gefühl nicht los, dass er einige entscheidende Dinge vor ihr verborgen hatte. Ihm zu trauen war so verführerisch einfach. Es war wie damals, als er noch ein Mensch gewesen war, Prinz des Lichts und Mitglied der Nachtpatrouille. Sich in ihn zu verlieben war Mirita ganz selbstverständlich vorgekommen, geradezu unausweichlich. Wie hätte sie ihn nicht lieben können, so hübsch und charmant, wie er war? Wie hätte sie ihm nicht ihr Herz schenken können, wenn er mit ihr seine Pläne besprach, wenn er sie behandelte wie eine Gleichgestellte, wie eine echte Freundin, obwohl er der Thronerbe war und sie nichts weiter als eine kleine Bogenschützin?

Genau so war es auch jetzt. Alles in ihr rief danach, ihm zu vertrauen. Dahinzuschmelzen, ihm jedes Wort zu glauben und aufzugehen in den Träumen von ihm … gerade deshalb zwang sie sich zur Vorsicht. Auch mit ihrer Seele musste sie umgehen wie die beste Bogenschützin von Akink. Sie richtete ihren Blick auf die Stelle, die am meisten schmerzte, ließ den Pfeil fliegen und traf sich selbst mitten in die Wunde.

»Die Informationen über die Schatten hat König Farank von einem der Ihren«, sagte sie. »Genau das ist das Problem.«

»Ach, Mirita!« Piet schüttelte lächelnd den Kopf. »Wie ernst du immer bist, wie misstrauisch! Meinst du nicht, der König von Magyria kann am besten entscheiden, wem er Glauben schenkt und wem nicht? Das Licht vermag Wahrheit und Lüge zu unterscheiden, und die Lüge verbrennt unter den Strahlen des hellen Lichts. Ist es nicht so? Du musst dem Herrscher vertrauen. Und wenn du dazu nicht in der Lage bist, musst du ihm immer noch gehorchen.«

Er grinste plötzlich. »So wie du mir vertrauen und gehorchen wirst, wenn wir erst verheiratet sind.«

Wütend funkelte Mirita ihn an. Seit der junge Mann in die Patrouille aufgenommen worden war, hatte er angefangen, ihr den Hof zu machen. Er war ein netter Kerl, mit dem man Pferde stehlen konnte, und es wäre ein Vergnügen gewesen, mit ihm zu arbeiten, wenn er ihr nicht andauernd seine übergroße Liebe gestanden hätte.

Piet zwinkerte ihr belustigt zu und wedelte mit der Fackel. »Wir schaffen das schon. Wir schlagen die Feinde in die Flucht, holen den Tag zurück, und dann lassen wir die Hochzeitsglocken läuten, was meinst du?«

Wir holen den Tag zurück … Mattim, das war der Tag. Mattim, der so viel Licht in sich getragen hatte, dass die Welt sich mit seinem Weggang verdunkelt hatte. Niemand wusste, dass Königin Elira Mirita die Ehe mit dem Prinzen versprochen hatte, wenn es ihr nur gelang, ihn zur Vernunft zu bringen. Sie hatte es nicht geschafft. Trotzdem war diese Liebe nicht umzubringen, trotzdem konnte sie nicht aufhören zu träumen. Wenn er zurückkehrte, *geheilt*, irgendwie … als wäre er ein Kranker, den nichts Schlimmeres als eine üble Grippe plagte. Dabei war es die Finsternis selbst. Mattim zu lieben war, als würde man einen Toten lieben.

Sie wünschte sich, sie wäre in der Lage gewesen, diese Liebe abzustreifen, sie von sich zu schleudern wie einen Pfeil, den man auf die Bogensehne legte und fliegen ließ. Wie oft hatte sie das nicht schon getan! Danach hatte sie jedes Mal den Pfeil gesucht und wieder aufgehoben, diesen Pfeil, auf den sie ihren und Mattims Namen geschrieben hatte.

»Wenn das Licht erst zurückgekommen ist«, plauderte Piet weiter, »dann könnten wir Akink den Rücken kehren und die vergessenen Städte besuchen und …«

»Du willst Akink den Rücken kehren?«, unterbrach ihn Mirita. »Da hast du den Beweis, dass wir nicht zusammenpassen. Ich habe nicht vor, jemals hier wegzugehen. Außerdem«, fügte sie leiser hinzu, »wie könnte das Licht zurückkommen? Selbst wenn wir die Schatten dauerhaft vertreiben – es würde dunkel bleiben. Der König ist betagt, und die Königin wird keine Kinder mehr bekommen. Sie werden beide immer älter und schwächer, und irgendwann wird das Licht verlöschen.«

»Der König des Lichts wird nie alt«, behauptete Piet unerschrocken. »Er wird für alle Zeiten auf dem Thron von Akink sitzen.«

»Er ist uralt, aber nicht unsterblich«, murmelte Mirita so leise, dass ihr Kamerad sie nicht hörte. *Merkwürdig*, dachte sie, *dass die anderen so voll blinden Vertrauens sind. Sehen sie denn nicht, dass es enden muss? Das Licht stirbt aus, und wir werden im Dunkeln zurückbleiben, verwaist, und unsere Träume nicht mehr finden.*

So düster war ihr zumute, dass sie an der allgemeinen Hoffnung nicht teilhatte. Sie befand sich mittendrin und konnte doch das Gefühl nicht abschütteln, dass sie nur dabei zusah, wie die Soldaten in den Krieg zogen. Dass sie nicht wirklich dazugehörte.

Sie starrte auf die Rücken der Reiter vor ihr, auf die breiten Hinterteile der Pferde. *Wir sind zu wenige*, dachte sie auf einmal, *nie im Leben haben wir eine Chance. Der König führt uns in die Nacht, aus der es keine Wiederkehr gibt.*

Farank war guten Mutes. Noch hatte sich kein einziger der Feinde gezeigt, das war auf jeden Fall schon mal ein gutes Zeichen. Sie verkrochen sich, zitterten in ihren Schlupfwinkeln … Die dreihundert Soldaten, die er in die Wälder führte, würden einen breiten Streifen Land von den Schatten befreien.

»Da sind wir«, sagte der Monarch zu Hauptmann Solta, als sie die große Wegkreuzung erreicht hatten. Von hier aus führte die Straße zu den Städten, in die schon seit langer Zeit keiner mehr reiste und aus denen auch niemand nach Akink kam. »Wir teilen uns auf und reiten in einer langen Reihe durch den Wald. Wie besprochen.«

»Ja, Herr«, bestätigte Solta, »niemand darf alleine sein. Wir treiben sie auf den Fluss zu, in dem sie verbrennen. Für das Licht!« Er hob die Hand und stieß den Schlachtruf aus. »Für das Licht! Für Akink!«

Die Soldaten lösten die Formation auf, um sich entlang der Straße zu verteilen, doch während sie noch dabei waren, erscholl plötzlich ein vielstimmiges Geheul aus dem dunklen Schatten zwischen den Bäumen, ein Geschrei, so laut und misstönend, dass die Menschen wie erstarrt innehielten. Im selben Moment quoll eine dunkle Flut aus dem Dickicht – Wölfe und menschliche Gestalten – und ergoss sich über den Trupp des Königs. Mit der Gewalt eines Sturms kamen die Feinde über die Akinker. Wölfe rissen im Sprung die erschrockenen Reiter aus dem Sattel, Männer und Frauen, die man auf den ersten Blick für normale Menschen gehalten hätte, stürzten sich über die Gefallenen. Schreie brandeten auf.

»Flieht!«, rief Solta dem König zu, der einen Augenblick lang wie gelähmt zusah.

Doch Farank schüttelte den Kopf. »Ich bin ihre einzige Hoffnung!«, rief er. »Denn vor mir werden die Schatten sich scheuen!«

Er zwang sein Pferd vorwärts, ins Getümmel.

»Los!«, schrie Piet. »Auf sie!«

Begeisterung erfüllte ihn. Waren sie nicht deshalb hergekommen – um gegen die Schatten zu kämpfen? Er benutzte seine Fackel wie ein Schwert und trieb die Gegner auseinander. »Nimm das! Und das!«

Doch Mirita packte ihn am Arm. »Den König!«, rief sie. »Wir müssen Farank nach Akink bringen!«

Piet stutzte, aber als er die Frau seines Herzens dorthin reiten sah, wo der Kampf am schlimmsten tobte, seufzte er und folgte ihr.

Farank sprang vom Pferd. Genau vor ihm rang einer der Angreifer mit einem jungen Soldaten, der sich verzweifelt gegen den verhängnisvollen Biss wehrte.

»Weiche!«, schrie der König und streckte die Hände aus. Die Berührung würde dem Vampir unvorstellbare Schmerzen zufügen, ihn verbrennen … Der Schatten hob den Kopf und schenkte dem König des Lichts einen kurzen, intensiven Blick, dann ließ er von seinem Opfer ab und trat mit einem frechen Grinsen auf den Herrscher zu.

»Das kann nicht wahr sein«, rief dieser. »Du musst fliehen! Du musst vergehen! Du musst dich in den Staub werfen und verbrennen!«

»Ach«, meinte der Schatten, »muss ich das?«

Noch ein Schritt. Und noch einer. Der König wich zurück. Jetzt gab es nur noch sie beide. Der Fremde sah ohne eine Waffe in der Hand geradezu harmlos aus, bloß wie ein Mann mittleren Alters, den man sich als einfachen Bauern vorstellen konnte, der nach getaner Arbeit zu seiner Familie zurückkehren würde. Und doch empfand Farank ein Grauen wie nie zuvor.

»Das Licht ist stärker!«, schleuderte er dem Feind seine Hoffnung entgegen, seine verzweifelte Hoffnung, an der er bis zum Schluss festhalten wollte und die dennoch verging – so, wie der Schatten hätte vergehen sollen.

Noch ein Schritt.

Da sprang ein junger, dunkelhaariger Mann vor ihn hin und schwenkte wild eine Fackel, die den Schatten zurückspringen ließ. Er knurrte wie ein Tier, duckte sich und versuchte von der Seite an den König heranzukommen.

»Majestät, schnell!«

Farank wandte sich um. Mirita streckte ihm die Hand entgegen, aber er zögerte. »Mein Licht muss sie vertreiben«, sagte er.

»Eure Hand! Sofort!«

»Wenn ich gehe, sind meine Soldaten verloren.« Er hielt die Hoffnung fest, die sich doch schon aufgelöst hatte; es war, als würde er seine Hände um eine Rauchsäule krallen. »Niemand flieht! Wir vernichten sie ein für alle Mal!«

Er wollte sich wieder in den Kampf stürzen, als ihn ein Schlag von hinten in die Dunkelheit warf. Farank krachte zu Boden, zwischen Tote und lebendig aussehende Soldaten, die benommen dasaßen, ihre Bisswunden betasteten und verwirrt das Blut auf ihren Händen betrachteten. Kleine Wölfe sprangen zwischen ihnen umher und versetzten die Pferde in Angst und Schrecken.

Piet war es gelungen, die Kleidung des Angreifers mit seiner Fackel zu entzünden. Schreiend wälzte sich der Schatten am Boden, um die Flammen zu löschen. Piet nutzte die Gelegenheit, um nach Mirita zu sehen. Er wollte seinen Augen nicht trauen.

»Was hast du gemacht!«, schrie er. »Du hast den König umgebracht!«

»Ich rette ihm gerade das Leben. Hilf mir, wir müssen ihn aufs Pferd heben.«

Piet stöhnte, aber ihm blieb nichts anderes übrig, als mitzumachen. Gemeinsam hoben sie den Bewusstlosen auf und hievten ihn über den Pferderücken.

Mirita schwang sich hinter ihm in den Sattel. »Los, beeil dich«, sagte sie. »Machen wir, dass wir zurück in die Stadt kommen.«

»Er hat gesagt, wir dürfen nicht fliehen. Wir sollen kämpfen.«

»Das ist Selbstmord. Du kommst jetzt mit – was soll ich denn tun, wenn ich angegriffen werde? Ich brauche dich.«

Das gab den Ausschlag. »Sie werden uns in Unehren aus der Patrouille werfen«, murmelte Piet wütend, während er neben ihr über den Waldweg preschte. »Wir kommen vor ein Kriegsgericht. Und du hast dich an der Person des Königs vergriffen, Mirita, ich fasse es einfach nicht.«

Die Pferde galoppierten unter herabhängenden Zweigen hindurch, hinter ihnen das Geheul, das Klirren von Schwertern, das Stampfen fliehender Streitrösser.

DREI

BUDAPEST, UNGARN

Um den Innenhof wanden sich fünf Stockwerke, alle mit zahllosen Lichtern bestückt. Von überallher ertönte Musik. Mattim erhaschte einen Blick auf einen Geiger, der hinter dem dunkelblauen schmiedeeisernen Geländer des ersten Stockwerks auf und ab ging und dabei seinen Bogen temperamentvoll über die Saiten hüpfen ließ. Die Tänzer im Hof und überall in den Gängen mochten den Mädchen wie ausgelassene Menschen vorkommen, er dagegen erkannte sie als Kununs Schattengefolge.

Sie waren wieder da, alle! Obwohl er und sein Vater die Pforte geschlossen hatten, obwohl sie alle drüben in Magyria hätten sein müssen, für immer verbannt aus dieser Welt.

Valentina wippte mit dem Fuß. »Wir sind eingeladen?«, fragte sie. »Echt?«

»Amüsiert euch«, sagte Atschorek. »Schaut euch alles an. Das Büfett ist im dritten Stock aufgebaut. Geh ruhig mit, Réka. Für dich habe ich später noch eine besondere Überraschung.«

Réka ließ es zu, dass ihre Freundinnen sie an der Hand fassten und mit sich zogen.

Valentina drehte sich noch einmal um. »Aber nachher tanzt du mit uns«, rief sie Mattim zu. »Versprochen?«

Es gelang ihm kaum, ihnen zuzulächeln. Er wandte sich Atschorek zu, die ihn am Arm festhielt. Als wäre das nötig gewesen.

»Du kannst mich loslassen«, sagte er leise. »Ich werde nicht weglaufen.«

»Nein, das wirst du nicht«, bestätigte sie.

»Wo ist er?«

»Hier.« Im Durchgang zum Hof stand Kunun. Seine dunklen, mandelförmigen Augen waren ruhig und ernst auf Mattim gerichtet; kein Gefühl war darin zu lesen. Sein Antlitz war schön wie immer, wie früher. Als hätte er niemals Rékas Tod beschlossen, als hätte es ihren Kampf im Eis nie gegeben, als hätte Mattim ihn nicht geschwächt am Ufer des Donua zurückgelassen und gedacht, es sei für immer.

Der Schattenprinz hob die Hand und schlug seinem jüngeren Bruder fest ins Gesicht.

Mattim blieb stehen. Ihm war bewusst, dass die Schatten von überall her zu ihnen herübersahen; aus jedem Stockwerk lugten sie in den Innenhof, durch alle Fenster, auch wenn sie taten, als tanzten sie. Es war wie damals, als er hier vor aller Augen mit Atschorek gekämpft und Kunun als seinen König anerkannt hatte.

»Verräter!«, zischte Atschorek.

Kunun sagte kein Wort. Er schien auf etwas zu warten, aber Mattim erwiderte das Schweigen. Er senkte weder die Lider noch den Kopf, und er beugte auch nicht die Knie. Nie wieder würde er vor dem Herrn der Schatten niederfallen.

»Warum hast du mir das Leben gerettet?«, fragte Kunun.

»Ich würde jeden retten, der neben mir untergeht.« Mattim hielt ihn aus, diesen schwarzen, sengenden Blick. Falls er sich je heimlich gewünscht hatte, Kununs Anerkennung zu gewinnen, so war es ihm jetzt völlig gleich, was sein Bruder über ihn dachte.

»Ach. Und ich dachte, ich wäre dir vielleicht sogar ein wenig ans Herz gewachsen.« Kununs Lächeln glich einem Zähnefletschen.

»Ich werde mich um jeden bemühen, der hilflos ist«, sprach Mattim weiter, obwohl Atschorek ihn mit warnendem Kopfschütteln davon abzuhalten versuchte. »Und«, er setzte noch eins drauf, »genau das warst du in jenem Moment.«

Er rechnete damit, dass Kunun ihn für diese schmerzhafte Wahrheit noch einmal schlagen würde, doch die Hand, die sich schon erhoben hatte, legte sich nur mit festem Druck auf seine Schulter.

»Deine Motive sind ... interessant«, sagte Kunun verächtlich. »Wie dein Herz und dein Verstand dir immer noch vorgaukeln, dass du dem Licht dienst – und dabei dienst du mir.«

»Nein«, widersprach Mattim. »Ich diene dir nicht. Und nie wieder werde ich so tun, als ob. Die Zeit der Täuschung ist vorbei.«

»Raus«, befahl Kunun, »raus aus meinem Haus.« In seiner heiseren Stimme zitterte die Wut, die er aus seinem Gesicht mühelos heraushalten konnte.

»Er kommt zu mir«, sagte Atschorek betont munter. »Wir sind hier, um seine Sachen zu holen.«

Der Anführer der Schatten richtete seine Wut auf sie. »Das verbiete ich.«

»Oh nein.« Auch aus ihren Augen funkelte nun der Zorn. »Das kannst du mir nicht verbieten. Mattim kommt zu mir. Ich habe nicht vor, ihn zu suchen, wenn wir ihn brauchen. Und das werden wir noch. *Kleiner Bruder bringt den Sieg* – du glaubst doch daran, an diese Prophezeiung. Er hat dich gerettet, Kunun. Wer weiß, was es noch alles zu retten gibt. Diesen Vorteil werde ich nicht aufgeben.«

Sie stritten um ihn wie um ein ungeliebtes Haustier, bei dem sie sich nicht einig waren, ob sie es aussetzen sollten oder ob es doch noch zu etwas nütze war.

»Ich will nicht bei dir wohnen«, knurrte Mattim.

»Aber du wirst es«, beharrte Atschorek. »Kunun?«

»Wenn du den kleinen Verräter in deiner Nähe haben willst, bitte.« Kununs Blick streifte Mattim verächtlich. »Ich will dich nicht mehr sehen. Wag es nicht, mir unter die Augen zu treten. Halte dich fern, bis ich dich rufe.«

Ich werde nicht kommen. Die Worte lagen ihm schon auf der Zunge, aber er sprach sie nicht aus. Stattdessen drehte er sich brüsk um und marschierte aus dem Hof. Auf dem Weg nach draußen holte ihn Atschorek ein.

»Hol deine Sachen«, befahl sie. »Na los. Jetzt gleich. Er meint es ernst.«

Mattim zögerte einen Moment. Er wollte nicht in ihrem Haus leben, aber er hatte es satt, sich bei den Szigethys zu verstecken. Als Schatten, dem die Kälte nichts anhaben konnte, hätte er auch auf der Straße leben können, aber der Gedanke, wie ein Bettler keine Bleibe zu haben, sagte ihm überhaupt nicht zu.

»Mattim, ich warte«, sagte Atschorek und lächelte, als könnte sie seine Gedanken lesen. »*Prinz* Mattim. Du willst doch nicht im Ernst in der Metró hausen, oder?«

Frustriert verzog er das Gesicht, dann wandte er sich um und eilte mit raschen Schritten die Treppe hoch, zu seiner Wohnung im fünften Stock. Es gab nicht viel, was er mitnehmen konnte. Ein paar Kleidungsstücke, sein Lehrbuch. Es überraschte ihn, auf dem Wohnzimmertisch auch das Schwert vorzufinden, mit dem er gegen Atschorek gekämpft hatte. Was erwarteten sie – dass er es irgendwann im Kampf gegen Akink einsetzte? Vorsichtshalber hüllte er es in eine Decke, um damit draußen auf der Straße nicht aufzufallen. Als er aus der Wohnung trat, bemerkte er ein Pärchen auf der gegenüberliegenden Seite des Innenhofs. Ein junger Vampir hielt Valentina im Arm und trank an ihrem Hals. Mattim schaute hinunter auf die unteren Stockwerke. Im dritten, neben einem langen Tisch, überladen mit Flaschen, Karaffen, Gläsern und Schüsseln, lachte Dorina einen jungen Mann an, der ihr gerade ein Glas einschenkte. Mit Sicherheit irgendetwas, was sie mit ihren vierzehn, fünfzehn Jahren noch gar nicht trinken durfte.

Mattims Blick glitt weiter nach unten, bis in den Innenhof. Dort stand Kunun, eine dunkle, reglose Gestalt inmitten der Tanzenden. Ein hübsches, sehr junges Mädchen mit kurzen Haaren kam gerade langsam aus dem Eingangsgewölbe in den Hof und starrte den Schattenprinzen gebannt an. Er breitete die Arme aus, sodass er dastand wie ein finsterer Engel, und das Mädchen warf sich an seine Brust. Die schwarzen Schwingen schlossen sich um sie.

Mattim biss die Zähne zusammen, und seine Hand umkrallte den Griff des Schwertes so fest, dass die Fingerknöchel weiß wurden, dann wandte er sich ab und kehrte zu Atschorek zurück.

»Ich hab dich vermisst, kleiner Bruder«, sagte Atschorek, als sie den Wagen in den Verkehr einfädelte. »Ehrlich.«

Mattim schüttelte lächelnd den Kopf. »Das glaube ich kaum. Ich glaube eher, du hättest mich gerne in den Innenhof gesperrt und gewartet, bis der Blutschutz nachlässt und die Sonne mich verbrennt. Du hättest dir einen Logenplatz im ersten Stock gesichert, damit dir nichts entgeht.«

»Das klingt, als hätte es Spaß machen können«, gab Atschorek ungerührt zu. »Aber es geht hier um mehr als um ein paar genussvolle Momente.«

»Ich werde nicht für euch kämpfen«, sagte Mattim. »Und ich glaube auch nicht an Prophezeiungen. Weder mein Leben noch mein Sterben wird euch irgendetwas nützen. Wenn du mich deswegen aufnimmst, kannst du es gleich bleiben lassen.«

Atschorek sah nach vorne, während sie den BMW durch die verstopften Straßen lenkte.

»Wenn du Kunun nicht das Leben gerettet hättest, wärst du längst tot«, sagte sie. »Nur deshalb bist du noch hier. Ich war drauf und dran, dich zu packen und im Fluss zu versenken, als ich gemerkt habe, dass du in Budapest bist. Zuerst dachten wir, du seist in Akink geblieben. Zuzutrauen war es dir ja. Dich beim Licht anzubiedern und heldenhaft daran zugrunde zu gehen.«

»Wie habt ihr mich gefunden?«, fragte Mattim.

»Hanna«, antwortete Atschorek. »Sie sah ein bisschen zu glücklich aus für eine verlassene Braut. Ich bin da gewesen, wenn du es genau wissen willst.«

»Im Haus?«

»Du bist nicht der Einzige, der durch Wände gehen kann.«

Mattim schluckte.

»Kunun will, dass du lebst«, sagte sie. »Es gibt recht wenig, was ihn beeindrucken kann, aber an seinem Leben hängt er nicht weniger als wir alle. Du hättest ihm jedoch sagen können, dass du ihn aus reiner Verehrung gerettet hast. Oder wenigstens, weil er dein Bruder ist. Sogar bei den Schatten zählen Familienbande noch etwas.«

»Ach?« Mattim hob die Brauen, kommentierte die Behauptung aber nicht weiter.

»Ich würde sagen, ihr seid quitt«, verkündete Atschorek fröhlich, als freute sie sich schon auf den nächsten Schlagabtausch.

Mattim kannte seine Schwester gut genug, um sich nicht darüber zu wundern, dass sie erst Mordpläne gehegt hatte und ihm nun ein Quartier anbot. Sie hatte ihn schon einmal übel zugerichtet und kurz darauf hingebungsvoll verarztet. Bei ihr zu wohnen war gefährlich, aber die Tatsache, dass sie bei den Szigethys eingedrungen war, genügte ihm, um sich nicht länger gegen den Umzug zu wehren. Die ganze Zeit verkniff er sich die Frage, die ihm auf dem Herzen lag: *Wie sind Kunun und die Schatten zurückgekommen, obwohl die Pforte geschlossen war?*

Alles, wofür er gekämpft hatte, wofür er sein und Hannas Leben riskiert hatte, war umsonst gewesen. Er sah aus dem Fenster, die Hand an seiner Wange, dort, wo Kunun ihn geschlagen hatte. Es wäre nicht nötig gewesen. Kunun hatte ihn allein dadurch geschlagen, dass er wieder hier in Budapest war. Gerade so brachte Mattim es fertig, mit Atschorek zu plaudern, als ob nichts wäre, sich nicht anmerken zu lassen, wie er sich wirklich fühlte. So, als hätte man ihn grün und blau geprügelt und seinen geschundenen Leib vor die Tür gekippt, wo er darum kämpfte aufzustehen. Dabei hatte er sich noch nie so müde gefühlt.

Freudlos nickte er, während seine Schwester ihn durch ihre Villa führte und ihm zeigte, wo er schlafen konnte.

»Falls du überhaupt schläfst«, fügte sie hinzu, denn so wie die Schatten weder essen noch atmen mussten, sondern es häufig nur aus reiner Gewohnheit taten, war auch Schlaf nichts, was sein verwandelter Körper einforderte.

»Ja«, sagte er. »Ich schlafe.« Er sehnte sich danach, die Augen zuzumachen und zu vergessen, was er gesehen hatte. Ein Haus voller Vampire. Ein Heer, das Kunun immer noch gegen Akink einsetzen konnte, gesättigt mit menschlichem Blut. Kunun, der Réka in die Arme schloss. Die beiden Teenager, die sich irgendwann verwirrt auf der Straße wiederfinden würden, ohne zu wissen, was geschehen war.

»Hier ist sogar ein Badezimmer«, verkündete Atschorek stolz. »Falls du isst.«

Der Leib eines Schattens benötigte keine Nahrung, aber wenn man sie ihm zuführte, verdaute er sie brav, wie es sich gehörte.

»Ja«, sagte er nur.

»Das wäre dann auch schon alles. Willst du Hanna anrufen? Ich habe unten ein wunderschönes, altmodisches Telefon. Geradezu antik.«

Er schüttelte den Kopf. Sosehr ihm danach war, sich trösten zu lassen, so sehr ging es im Moment über seine Kräfte, Hanna zu erzählen, dass sie wieder ganz am Anfang standen.

Hanna beobachtete, wie Mattim mit Atschorek aus dem Haus kam, im Arm eine zusammengerollte Decke, in der wohl seine Habseligkeiten steckten. Sein Gesicht war dermaßen düster und leer, dass der Ruf ihr in der Kehle erstarb und sie den schon ausgestreckten Arm wieder sinken ließ. Er hatte sie nicht bemerkt. An der Seite seiner Schwester wirkte er mit dem abwesenden Blick wie ein Schlafwandler.

Sie musste ihn nicht fragen, was ihm so zusetzte. Die hell erleuchteten Fenster, die Musik, die bis nach draußen auf die Straße drang, sprachen eine deutliche Sprache. Die Vampire waren wieder da.

Was wohl schlimmer war? Zu unterliegen und es zu wissen oder zu glauben, dass man gesiegt hatte, und dann erst zu erfahren, wie sehr man sich darin getäuscht hatte?

Sie hatten sich geirrt. In allem. All ihre Hoffnung, die sie in das Schließen der Pforte gesetzt hatten, war verschwendet gewesen. Entweder war es dem König des Lichts nicht so vollständig wie gedacht gelungen, den Übergang zu vernichten, oder Kunun war in der Lage, sich jederzeit eine neue Pforte zu dieser Welt zu erschaffen.

Der Schmerz in ihrer Brust fühlte sich dumpf und unwirklich an, so, als sei sie nach einem langen Albtraum erwacht, nur um festzustellen, dass die Wirklichkeit genau dieselben Schrecken bereithielt. Sie stand da und starrte auf die Fenster, auf den grinsenden Löwenkopf über der Eingangstür, und fragte sich, wann sie den Mut aufbringen würde, dort anzuklopfen.

Sie brauchte es nicht, denn die Tür öffnete sich von selbst. Die blond gelockte Frau, die, wie Hanna wusste, Goran hieß, steckte den Kopf hindurch, sah sich kurz um und winkte sie näher.

»Prinz Kunun wartet schon auf dich.«

Hanna fühlte, wie sich Kälte in ihr ausbreitete. Sie hatte geahnt, dass die Begegnung mit dem Schattenprinzen bevorstand, aber in diesem Moment wünschte sie sich, es wäre nicht gerade jetzt gewesen. Sie wünschte sich, sie könnte kehrtmachen, zur Metró-Station laufen und wegfahren … oder gleich in einen Fernzug steigen und verschwinden, fort aus Budapest, aus Ungarn, am besten aus Europa. Aber eine Einladung Kununs schlug man nicht aus.

Sie nickte und schritt unter dem Löwen hindurch in dieses Haus, von dem sie geglaubt hatte, sie müsste es nie wieder betreten. Mitten hinein in ein Fest, ins Schrillen der Geigen, ins Stimmengewirr, das wie ein zorniger Bienenschwarm klang. Dort im Innenhof standen die beiden, die sie nie wieder zusammen hatte sehen wollen. Réka, den Kopf an die breite Brust eines Mannes gelehnt, in ihrem Gesicht pure Seligkeit. Und der Prinz in dem schwarzen Mantel, der Hanna nur anschauen musste, um ihr den Boden unter den Füßen wegzureißen. Sie sah ihn an und wünschte sich aus ganzem Herzen, er wäre tot. Für diesen bösen Gedanken konnte sie sich nicht einmal schuldig fühlen.

»Du fährst jetzt nach Hause, meine Liebe«, sagte Kunun zu Réka, löste sie von sich und reichte sie an Goran weiter. »Jemand soll sie und die beiden anderen Mädchen zu den Szigethys bringen. Beißt die Musiker, und werft sie auf die Straße, ich bekomme langsam Kopfschmerzen von dem Gedudel. Und dann verschwindet, alle. Ich will hier niemanden mehr sehen.«

Hanna rührte sich nicht. Gebannt verfolgte sie, wie sich die Gänge leerten. Eine Geige nach der anderen verstummte, bis schließlich der letzte Ton in einem Seufzer verklang. Mit beeindruckender Geschwindigkeit wurde Kununs Befehl ausgeführt. Stockwerk für Stockwerk verlöschten die Lichter, als hätte es das Fest nie gegeben. Nur die Lampen im Innenhof brannten noch, das Haus um sie her lag still und dunkel.

Einzig sie beide waren noch hier.

»Hatten wir nicht besprochen, dass du für Mattim sterben wolltest?«, fragte Kunun. Es klang nicht bedrohlich. Auch nicht ärgerlich. Nur kalt, und ihr war, als würde die Finsternis sich um seine Stimme und um seine Worte ranken wie eine Schlingpflanze, die tief unten in der Erde wurzelte.

Sie schauderte, als er näher trat und die Hand nach ihr ausstreckte, eine Geste, schon fast so vertraut wie Mattims zärtliche Liebkosungen.

»Du wirst mir sagen, was du verlangst«, flüsterte sie und zuckte zurück, als seine Fingerspitzen ihre Wange streiften.

»Für dein Leben? Und Mattims Leben? Und Rékas? Was könnte alle diese Leben aufwiegen?«

Sie hatte nichts in der Hand. Nichts, um dem Schattenprinzen in seinem Kampf gegen das Licht zu helfen, nichts, um ihn daran zu hindern, sein dunkles Werk weiterzuführen. Arm und hilflos wie eine Bettlerin fühlte sie sich vor dem finsteren König. Aber sie wusste, dass er längst zugeschlagen hätte, wenn er nicht darauf bauen würde, dass ihm seine beiden Gegner noch irgendwie von Nutzen sein konnten. Kunun ging es immer nur um sein Ziel: Akink.

»Einen Gefallen«, sagte er bedächtig und strich die langen Strähnen ihres braunen Haares zurück. Unter dem Druck seines Daumens pochte ihr Puls.

»Was?«, flüsterte sie.

»Das werden wir noch sehen. Und wenn es so weit ist, wirst du tun, was ich von dir verlange. Ohne Widerrede. Ohne Zweifel. Ohne Fragen.«

»So etwas kann niemand versprechen.« Sie wusste nicht, woher sie den Mut nahm aufzubegehren.

»Hanna«, flüsterte Kunun, jetzt so nah vor ihr, dass sie einen vertrauten Geruch an ihm wahrnehmen konnte. Rékas Duft, ihr blumiges Shampoo. »Ich schenke dir Zeit. Zeit, um zu atmen. Um zu spüren, wie dein Herz schlägt. Um zu lieben und zu lachen und all die kleinen Dinge zu tun, die Mädchen deines Alters gerne tun. Zeit, das Einzige, was für jemanden zählt, der so sterblich und so zerbrechlich ist wie du. Einen Atemzug. Und noch einen Atemzug. Einen Tag und noch einen Tag und eine Handvoll Nächte … Das kannst du nicht ausschlagen, meine Liebe.«

Wenn man stark wäre, dachte Hanna, *mutig und stark und völlig ohne Angst, wie wäre es dann? Würde ich dann Kunun ins Gesicht lachen? Könnte ich sagen: Wenn du mein*

Leben willst, so nimm es, ich kann es nicht ändern. Würde ich sagen: Für ein paar Tage und Nächte, für eine Handvoll Leben werde ich niemals meine Seele und mein Gewissen verkaufen? Nie, niemals, nicht einmal im Traum, unterzeichne ich einen Blankoscheck für eine Tat, die deinen finsteren Gedanken entspringt?

Aber sie war nicht einmal mutig genug, um sich so viel Mut zu wünschen. Sie fühlte nur ihre Ader unter seiner Hand pochen. Ihr Herz raste so schnell, dass sie kaum noch spürte, ob es überhaupt schlug, es stolperte von einer Ewigkeit zur nächsten. Noch nie hatte sie sich derart eingesperrt gefühlt in diesem schwitzenden, gelähmten Leib, der sich wie ein Gefängnis um ihren Wunsch nach Freiheit und Hoffnung legte.

Vor ihr schimmerten Kununs Fangzähne. Zwei Spitzen, die leuchtend weiß aus seinem Zahnfleisch ragten. Nie zuvor hatte sie so etwas gesehen, nicht einmal bei Mattim. Sie hatte nie hingeschaut, wenn er sie biss – auch beim Arzt, wenn ihr Blut abgenommen wurde oder eine Impfung anstand, machte sie immer die Augen zu.

So selbstverständlich war ihr diese Reaktion vorgekommen. Hatte sie Angst davor gehabt, wie Mattim aussah – als Vampir? Meistens war es sowieso dunkel gewesen. Er hatte hinter ihr gestanden oder seinen Kopf dazwischengeschoben. Doch nun sah sie das erste Mal die Zähne, bereit zum Zubeißen, eine Drohung, vor der sie in Schluchzen und Heulen ausbrechen wollte. Zu ihrem Erstaunen verwandelten die fürchterlichen Fänge Kunun nicht in ein schreckenerregendes Ungeheuer, in eine blutrünstige Bestie. Er war noch genauso schön wie vorher, wenn nicht noch schöner, attraktiver als jeder andere Mensch, den sie je gesehen hatte, sogar schöner als Atschorek. An Mattim konnte sie in diesem Augenblick nicht denken. Als Kunun sich weiter vorbeugte und der glatte Zahn ihre Haut streifte, war dies wie eine intime Zudringlichkeit.

»Warum ich?«, wisperte sie.

»Weil du etwas Besonderes bist.« Seine Augen schienen bis auf den Grund ihrer Seele zu blicken. »Weil du die Unwägbarkeit in meinen Berechnungen bist, diejenige, die das Schicksal durcheinanderwirbelt. Réka wird tun, was immer ich verlange. Und ganz gleich, was Mattim unternimmt, er wird mir damit in die Hände spielen, ob er will oder nicht.«

Kunun selbst war es, der Mattims Bild wieder vor sie treten ließ, sein Gesicht, vertraut, geliebt. Ihre Widerstandskraft kehrte zurück. »Das ist nicht wahr!«

»Er hatte nicht einmal die Courage, es zu Ende zu bringen … Er folgt meinem Ruf, und er dient allein mir. Alles andere sind nur Ausflüchte. Er klammert sich ans Licht, um das Gesicht zu wahren, und vermag es dennoch nicht, irgendetwas für die Seite des Lichts zu tun. Er lebt als Vampir von deinem Blut und tröstet sich damit, dass er gut ist. Ha! Es hat keine Bedeutung, warum wir die Dinge tun, die wir tun.«

»Oh doch.« Wieder wagte sie, ihm zu widersprechen. »Das ist das Einzige, was von Bedeutung ist.«

»Nur für dich«, sagte Kunun. »Du bist diejenige, die einen Unterschied macht. Beim Licht, jedes andere Mädchen, das mit Mattim in den Fahrstuhl gesperrt gewesen wäre, hätte aus ihm meinen Verbündeten gemacht! Er sollte sein Leben mit Gewalt retten – dann wäre er gar nicht auf die Idee gekommen, dass er immer noch zum Licht gehört. Dass er beides zugleich sein kann, Schatten und Lichtprinz.«

»Das stimmt nicht. Er wäre gestorben, wenn ich nicht da gewesen wäre.«

Wenn es um Mattim ging, konnte sie plötzlich kämpfen. Im selben Moment merkte sie, dass es ein Fehler gewesen war, sich dazu hinreißen zu lassen. Auch Kunun wusste es. Er lachte auf, amüsiert.

»So fest glaubst du daran, dass er auf der richtigen Seite steht … und du mit ihm. Die Helden des Lichts gegen die bösen Schatten. Ist es nicht so? Du hast aus meinem Krieg eine Geschichte gemacht, in der du glänzt … eine Geschichte, in der Mattim der Held ist.«

»Nein, ich …«, protestierte sie, aber er ließ sie nicht ausreden.

»Du hältst dich für gut«, sagte er, und aus seinen Augen sprach nicht mehr Zorn, sondern diese befremdliche Vergnügtheit, die sie fast noch schwerer zu ertragen fand. »Und die Guten lassen sich von Versprechen und Schwüren binden und verstricken sich nur zu gern in ihren eigenen Worten. Dein Ja wird dich sehr viel kosten, kleine Hanna. Unendlich lange wirst du grübeln und dich quälen, was ich wohl von dir fordern werde. Du wirst dich fragen, ob du es Mattim erzählen sollst oder nicht, denn du weißt genau, was er darüber denken wird. Nie wieder will er die Knie vor mir beugen – bizarr, wenn man länger darüber nachdenkt.«

»Was soll daran bizarr sein?«, fragte Hanna erbost. Ihre Beine hatten fast aufgehört zu zittern. *Das ist nicht wahr*, wollte sie sagen, wollte ihm den Mund damit stopfen, damit er an seinen samtweichen Lügen erstickte.

»Nie wieder«, flüsterte Kunun. »Was für eine lange Zeit für einen Schatten. Wünschst du dir nicht manchmal, so zu sein wie wir? Und nicht ganz so leicht und mühelos umzubringen?«

Er legte beide Hände an ihre Wangen und zog sie näher zu sich heran.

»Du kannst nicht in deinen eigenen Tod einwilligen«, sagte er leise, geradezu zärtlich.

»Nein«, brachte sie heraus. Schlagartig verließ sie der Mut, und ihr Trotz schmolz dahin unter dem erneuten Aufflammen der Angst.

»Ich werde nicht zulassen, dass du mir noch einmal in die Quere kommst. Und genau aus diesem Grund will ich dieses Versprechen von dir. Ich weiß, was Réka tun wird und was Mattim vorhat – aber was, liebe Hanna, ist mit dir? Du bist der blinde Fleck in meiner Vision, und das werde ich nicht dulden. Wenn es darauf ankommt, dann wirst du tun, was ich dir befehle. Können wir uns darauf einigen?«

So still war es um sie her. Sie gehorchten ihm alle, ausnahmslos. Keiner der Schatten hatte eine Wahl. Jetzt erst verstand sie es. Niemand hatte eine Wahl.

»Ich weiß, es wäre dir lieber, du wüsstest, was ich von dir verlangen werde. Aber du wirst warten müssen, bis ich es dir sage. Nun?« Auf einmal verschwand jedes Lächeln von seinem Gesicht und aus seiner Stimme.

»Entscheide dich«, forderte er. »Jetzt.«

»Ja«, flüsterte sie.

Da strahlte ein Glanz über Kununs makelloses Antlitz, kalt wie das Glitzern der Wintersonne auf eisüberkrusteten Ästen. Er drückte ihr einen Kuss auf die kalten, bebenden Lippen, als wollte er damit einen heiligen Pakt besiegeln.

»Nicht weinen«, sagte er.

Sie weinte trotzdem. Den ganzen Weg vom Baross tér durch die Stadt nach Hause liefen ihr die Tränen die Wangen hinunter. Sie tupfte sie mit dem Taschentuch ab, aber es kamen immer neue, so als wollte ihr Körper sich von jedem Wort und jedem Blick und jeder Berührung Kununs reinigen.

VIER

BUDAPEST, UNGARN

An diesem ersten Abend in Atschoreks Haus kam seine Schwester in sein Zimmer. Mattim hatte sich schon zu Bett gelegt und wunderte sich darüber, wie man sich gleichzeitig so fremd und so heimisch fühlen konnte. Ohne Hanna kamen ihm dieser Raum und dieses Haus und sein ganzes Leben leer vor – dabei hatte er sie nur ein paar Stunden nicht gesehen –, aber bei den Szigethys hatte er sich niemals richtig wohlgefühlt. Hanna lebte und arbeitete dort, er dagegen war nur ein heimlicher Gast, ein Eindringling, der sich dort verkroch.

Hier bei Atschorek zu sein hatte dagegen etwas von einem eigenen Heim, einer Bleibe, auf die er eine Art Anrecht hatte. Nicht einmal bei Kunun hatte er sich so gefühlt. Ganz bestimmt nicht bei Kunun. Am Baross tér war ihm nie so zumute gewesen, als wäre er angekommen, statt nur auf der Durchreise zu sein. Hier jedoch packte er seine Sachen aus und sah sich um, und es fühlte sich an wie ein Stück Zuhause. Fort von Kunun. Frei von Kunun.

Seine Schwester setzte sich auf die Bettkante und wuschelte ihm durchs Haar, genau wie seine Mutter es früher getan hatte, als er noch klein war.

»Eine Gutenachtgeschichte?«

»Atschorek«, protestierte er lachend, »ich bin siebzehn.«

»Na und? Ich war nie zu Hause, als du klein warst.« In

diesem Moment erinnerte sie ihn wirklich an seine Mutter.

»Wärst du denn gerne zu Hause gewesen? Hast du es ihnen übel genommen, dass sie dich weggeschickt haben?«

Atschorek warf ihm einen unergründlichen Blick zu.

»Vor langer Zeit«, erzählte sie, »als Magyria noch voller Zauber war, das Land der Magie, pflegten die Menschen hin und wieder die Grenzen von Traum und Wirklichkeit zu überschreiten. Sie setzten ihren Fuß in jenes andere Land, das nur einen Lidschlag von unserem entfernt ist, und besuchten dort die Schläfer. Sie kamen zu ihnen als Wölfe, suchten sie in ihren Träumen heim und sangen sie in den Schlaf. Sie kamen zu ihnen als graue Schatten und …«

»Das ist die Geschichte, die Vater mich nicht hören lassen wollte!«

Atschorek lachte leise. »Dann muss seine Angst wirklich sehr groß sein. Nun ja, wir wissen alle, dass sie das ist … Hör mir gut zu, Mattim.

Graue Schatten waren sie, wenn sie die andere Seite betraten. Wenn sie zu den Menschen kamen in ihren Häusern und Dörfern und vor ihren Fenstern heulten, in hellen Nächten unter dem Mond … Eines Tages sprang ein Wolf durch das offene Fenster eines einsamen Hauses und verliebte sich in das Mädchen, das dort schlief. Mondlicht fiel auf ihr Gesicht, und sie erschien ihm schöner als jede andere, die er je gesehen hatte, in dieser oder jener Welt. Also beschloss er, seinem Wolfsdasein zu entsagen, um die Liebe dieser Frau zu erringen. Er verwandelte sich in einen Mann und schloss den Wolf aus seiner Seele aus. Von nun an streifte er nicht mehr mit seinen Brüdern und Schwestern durch die Wälder und sang auch nicht mehr ihre Lieder unter dem Auge der Nacht. Er nahm die junge

Frau mit zu sich nach Hause und bemühte sich um ihretwillen, immer menschlicher zu werden.«

Etwas an dieser Geschichte traf Mattim bis ins Herz. »Ist es ihm gelungen?«

»Oh ja. Das ist es. Vielleicht sogar zu gut. Denn der Wolf irrte durch die Wälder und suchte nach dem verlorenen Teil seiner Seele. Er schritt durch die Welten und durch die Träume, und diese Träume wurden nicht einfach nur grau, sondern finster und schrecklich, sodass die Menschen sich in ihren Betten herumwälzten und schrien, sodass die Kinder weinten. Immer größer und dunkler wurde der Wolf. Er heulte vor dem Haus des Mannes, der ihn verstoßen hatte, bis dieser die Fensterläden schloss und seine Tür verrammelte. Bis dieser eine Burg baute, in die der Wolf nicht eindringen konnte. Bis er eine Stadt baute, an deren Mauer der Wolf umkehren musste. Aber der Wolf wurde größer und größer und heulte noch immer in den Nächten nach ihm … Da grub der Mann einen Graben und sammelte Wasser darin, bis es ein breiter Strom wurde, damit der Wolf ihn nicht erreichen konnte.«

Atschoreks Stimme versagte, sie räusperte sich. »Der Mann und sein Mädchen bekamen Kinder. Ein Kind, hell und strahlend wie das Licht, und eines, das war ein Wolf. Zu Tode erschrocken trug der Mann dieses Kind hinaus in den Wald und setzte es unter einem Baum aus. So tat er es mit allen seinen Kindern. Die hellen, strahlenden zog er auf und ließ sie über seine Stadt herrschen, die jungen Wölfe dagegen warf er hinaus in die Dunkelheit. Doch je heller die Stadt leuchtete, in der die Kinder des Lichts wohnten, umso tiefer wurden die Schatten in den Wäldern, umso größer und mächtiger wurde das Dunkle, das dort hauste. Es war wie eine Seuche, die sich im ganzen Wald ausbreitete. Wen auch immer die Wolfskinder bissen, er wurde einer der Ihren. So wurden sie mehr und immer mehr. In jeder Vollmondnacht kamen sie an das Ufer des großen Flusses und sahen zu der Stadt hinüber, aus der sie vertrieben worden waren. Die Söhne und Töchter des Lichts aber standen an der Mauer und blickten zum Wald hin, als befände sich dort alles, wonach sie sich sehnten.«

Mattim wartete darauf, dass es weiterging. »Das war's?«, fragte er schließlich.

»Das ist die Geschichte«, bestätigte Atschorek.

»Wie viel davon ist wahr?«

»Es ist ein Märchen, das man kleinen Kindern erzählt. Warum sollte irgendetwas davon wahr sein?« Aber sie lächelte schmerzlich.

»War es unser Vater?«, fragte er leise. »Dieser Mann?«

»Die Geschichte ist älter als unser Vater«, gab Atschorek zurück. »Viel älter.«

»Warum durfte ich sie dann nie hören? Hatte er Angst, ich könnte auf der Seite der Wölfe stehen? Der Mann in der Geschichte hatte doch keine Wahl. Wenn er den Wolf nicht fortgeschickt hätte, hätte ihn das Mädchen nicht geheiratet. Dann hätte es keins der Kinder gegeben, kein einziges.«

»So kann man es sehen.«

»Es ist unfair. Die Wölfe vermehren sich so mühelos. Kein Wunder, dass der Schatten derart groß wird. Die Kinder des Lichts werden immer in der Minderheit sein.«

»So ist es.«

»Sie haben keine Chance, sie werden verlieren.«

»Ja«, sagte Atschorek. »Denn der Schatten wird zu ihnen kommen. Er wird irgendwann lernen, wie man den Fluss überwindet.«

»Und dann wird das Licht ganz verlöschen.«

»Nicht unbedingt.« Atschorek berührte mit sanften Fingern seine Stirn. »Vielleicht wird auch alles gut. Wenn zusammenkommt, was eins war. Wenn sie wieder zusammenfinden, die getrennten Kinder. Ist es dann nicht so, wie es von Anfang an hätte sein sollen? Vielleicht wird das Licht die zerrissenen Seelen heilen.«

»Wird sie so enden, die Geschichte? Die Wölfe kommen zurück, und alles ist wie am Anfang? Oder«, überlegte er, »oder werden die Wölfe jeden beißen, den sie in der Stadt aufspüren, und das Licht wird völlig erlöschen? Dann wird der Schatten über allem liegen. Dann wird es dunkel, endgültig und unumkehrbar.« Mattim schauderte. »Die Wölfe sehnen sich nach dem Licht. Sie dürfen es nicht auslöschen.«

»Jeder Wolf fürchtet das Feuer.«

»Und liebt den Mond. Sie dürfen es nicht auslöschen!«, wiederholte Mattim.

»Es ist nur eine Geschichte.« Atschorek beugte sich vor und gab ihm einen Kuss auf die Stirn.

Über das Geländer schaute Hanna hinunter in das Kaminzimmer, das im glitzernden Vormittagslicht einladend gemütlich und völlig harmlos wirkte. Sie legte eine Hand sacht auf das dunkle Holz des Geländers. Er musste sie nicht fragen, was sie sah. Rékas leblose Gestalt auf dem Teppich. Im ersten Moment hatte auch er geglaubt, dass sie tot war, geopfert von seinem mitleidlosen Bruder, unter den wachsamen Augen seiner grausamen Schwester.

Nein, er hätte Hanna nicht in dieses Haus einladen sollen. Genauso falsch war es, diesen Hunger in sich zu spüren, dieses Verlangen, das ihn überkam, während er sie sanft küsste. Er hasste sich dafür, dass er sie so sehr brauchte. Dass er nicht die Wahl hatte, sie gehen zu lassen. Zurück in eine Welt, in der Vampire nichts als ein Märchen waren, um ängstliche Gemüter zu gruseln. In eine Welt, in der sie sicher war und glücklich. Er brauchte sie; sein Leben hing von ihr ab. Trotzdem zögerte er, obwohl das Licht in seinen Augen zu brennen begann und seine Fingerspitzen kribbelten, obwohl die Märzsonne, die durchs Fenster glühte, ihn versengte.

Er konnte Hannas Unbehagen so deutlich spüren, dass es mehr schmerzte als der Brand, der sich über seine Haut zog. Noch nicht sichtbar, aber eine reale Gefahr. In seinem Mund pochte es, er fühlte, wie sich seine Zähne bereits verlängerten, wie ihm das Wasser im Mund zusammenlief, wie er nach dem Leben gierte, das ihn retten konnte, nach ihrem süßen Geschmack, ihrem Duft. Lebensspendend, sprühend, wie eine Woge aus Hoffnung, Erwartung und Freude. In den vergangenen beiden Wochen hatte er das Gefühl gehabt, mit ihr zu verschmelzen. Sie teilten ein Haus, ein Zimmer, ein Bett. Ein Herz und ein Leben. Alles, was ihr gehörte, war sein, mit einer Selbstverständlichkeit, die geradezu berauschend war. Er hatte sich, wenn er sie gebissen hatte, nicht einmal mehr schuldig gefühlt, nicht wie ein blutrünstiges Tier, das über sie herfiel und sie verletzte, sondern angenommen und geborgen. Doch nun …

»Hanna.« Er zwang sich zu sprechen, obwohl er seine Zunge kaum bewegen konnte, obwohl alles in ihm danach schrie, sie endlich zu beißen, obwohl sein Hunger ihn beinahe überwältigte. In seinem Nacken, hart und unbarmherzig, als hielte Kunun ihn dort gepackt, spürte er den Schmerz, dort, wo das Licht durch die Lücke zwischen den schweren Vorhängen kroch und ihn biss.

»Wenn du nicht …«

»Nun mach schon«, unterbrach sie ihn.

Das war auch gut so, denn er konnte nicht länger warten. Er grub seine Zähne in ihren Hals und schmeckte ihr Blut in seinem Mund, warm und unendlich köstlich, wie von heilendem Licht erfüllt. Er trank, so gierig, dass er sich kaum bremsen konnte. Sie stöhnte leise, und er wusste, dass sein heftiges Saugen ihr wehtat, aber er trank nur noch mehr … noch einen Schluck … nur noch einen Schluck …

Mit Gewalt riss er sich von ihr los, keuchend. Als sie schwankte, fing er sie auf und hielt sie fest an sich gedrückt.

»Es tut mir leid … es tut mir so leid.« Aber seinem Körper tat es nicht leid. Sein Körper, diese fremde Bestie, wollte immer noch mehr. Mattim schämte sich unendlich für das, was er war, was er nicht aufhören konnte zu sein, dass er, als sie die Augen aufschlug und ihn anblickte, erwartete, dasselbe Entsetzen darin zu sehen, das er selbst fühlte. Verachtung. Schrecken. Oder gar nichts. Die Leere, die alle Opfer der Schatten in ihrem Gesicht zur Schau stellten, kurz nach der Tat, wenn ihnen mit ihrem Blut ein Teil ihres Lebens geraubt worden war. Doch Hanna schaute ihn mit einer Innigkeit und Wärme an, dass es kaum zu ertragen war. Ihn, das Raubtier. Er wollte sterben. Er wollte kein Schatten mehr sein, sondern einfach nur sterben.

»Es tut mir leid«, sagte er noch einmal. »Manchmal ist es stärker als ich. Dann kann ich es nicht kontrollieren.«

»Mattim«, flüsterte sie. Niemand sprach seinen Namen aus wie sie, als wäre er eine Zauberformel oder ein anderes Wort für Liebe.

Er küsste sie auf das verschwitzte Haar. Nur eine Nacht hatten sie ohne einander verbracht, und doch fühlte es sich an, als wären sie Jahre getrennt gewesen. Ein Jahr, in dem er den drei Mädchen zu Atschoreks Haus gefolgt war. Ein Jahr, in dem er Kunun gegenübergestanden hatte und alle seine Hoffnungen für Akink zerschlagen sah. Und ein Jahr für diese Nacht, in der er von den Wölfen geträumt hatte.

»Die Schatten sind zurück«, sagte er schließlich, denn er wusste nicht, wie er es ihr schonend beibringen sollte. »Alle, die den Fluss überlebt haben. Die meisten konnten sich retten. Hier sind sie wieder.«

Hanna nickte stumm.

»Ich möchte, dass du mindestens tausend Kilometer von den Schatten entfernt bist. Ich möchte, dass du in Sicherheit bist.« *Auch vor mir.* Er wusste nicht, wie er es ausdrücken sollte, wie er es überhaupt wahrmachen konnte. Eine andere Frau zu beißen würde sich anfühlen wie Untreue, wie ein Verrat an allem, was zwischen ihnen war. *Einfach nur sterben …*

»Wo sind wir?«, fragte sie und sah sich in dem abgedunkelten Zimmer um. Der Streifen Licht, der durchs Fenster fiel, erhellte nur einen kleinen Teil der Einrichtung.

Mattim riss die Vorhänge auf, und das Licht flutete ungehindert hinein.

Ein Himmelbett aus schwarzem Holz, über die Stangen fiel schwerer, dunkelblauer Stoff. Ein mannshoher Spiegel neben einem Paravent verdoppelte das altmodische, samtbezogene Sofa mit den goldenen Troddeln. Dieses Zimmer sah fast genauso aus wie sein Gemach in der Burg von Akink.

»Wir sind in Atschoreks Haus«, erklärte er. »Atschorek hat mir, da sie mir nichts tun darf, ein Zimmer gegeben. Und Kunun hat mich gehen lassen, obwohl ich ihn um den Sieg gebracht habe. Ist das nicht wenigstens eine gute Nachricht? Ich muss mich nicht mehr verstecken. Er weiß, dass ich hier bin, und lässt mich trotzdem am Leben.«

Hanna sah sich um. »Was habe ich dir gesagt?«, fragte sie unruhig.

»Was wolltest du mir denn sagen?« Er wusste nicht, ob sie sich jetzt schon langsam an alles erinnerte, was vor dem

Biss geschehen war. Es konnte nur einen Grund geben, warum sie diesen gequälten Gesichtsausdruck hatte, warum sie zurückwich, als er auf sie zutrat, bis der Spiegel sie aufhielt. Als er auf sie zuging, sah er sich selbst. Hastig wischte er sich das Blut aus dem Mundwinkel.

»Ich muss jetzt los«, sagte sie. Es klang wie eine Lüge.

Er führte sie die Treppe hinunter, aus dem Haus, bis auf die Straße, und sah ihr nach, wie sie den Hügel hinaufhastete, mit wippendem Pferdeschwanz. Und stellte sich vor, wie er ihr nachlief, auf vier Pfoten, mit den raschen, raumgreifenden Sprüngen des Wolfs.

Mattim blinzelte und verscheuchte das Bild. Alles hätte er dafür gegeben, wenn er, wie der Mann in der Geschichte, den Wolf aus seiner Seele hätte reißen können.

FÜNF

AKINK, MAGYRIA

»Da sind sie.« Miritas Mutter stand mit weit aufgerissenen Augen an der Tür. Ihre Hände zitterten, als sie die Finger um das Holz legte, so als könnte sie das Zimmer verschließen, kraft ihres Willens, und dafür sorgen, dass niemand ihre Tochter abholte.

»Mutter, sie werden mich schon nicht einsperren.« Miritas Lachen geriet kläglich. Ganz sicher war sie sich nicht. Immerhin hatte sie den König niedergeschlagen und war mit ihm quer über ihrem Sattel durch den Wald geritten. Die Brückenwachen hatten vor Entsetzen gestöhnt, als sie den Herrn des Lichts erkannten. Zunächst hatten sie gedacht, er sei tot.

»Er ist nur bewusstlos. Lasst uns durch, er muss so schnell wie möglich in die Burg.«

»Wir müssen ihn untersuchen«, hatte der Wächter gesagt, der am Ufer Dienst tat und zu diesem Zeitpunkt dafür verantwortlich war, dass niemand fälschlicherweise durchgelassen wurde, der zum Feind gehörte.

»Den König?« Piet, der sich vor Müdigkeit kaum noch auf dem Pferd halten konnte, legte die Hand an den Griff seines Schwertes. »Ihr wollt Seine Majestät ausziehen und untersuchen? Im Ernst?«

»Niemand kommt über die Brücke, der nicht zweifelsfrei nachgewiesen hat, wer er ist.« Der Wächter starrte die Ankömmlinge herausfordernd an.

»Dann ruf die Königin. Sie soll es tun«, schlug Mirita vor.

»Ha! Damit sie beide der Finsternis anheimfallen? Ganz bestimmt werde ich die Königin nicht herbitten.«

Ein anderer Wächter kam näher, um den König näher in Augenschein zu nehmen. »Was ist das? Blut?«

»Er ist verletzt«, erklärte Mirita. »Beim Licht, dann holt einen Arzt!«

Die Brückenwächter sahen sich an und schienen zu überlegen, ob es vertretbar sei, einen Arzt herbeizurufen. Gleichzeitig kamen sie zu dem Schluss, dass dies tatsächlich sinnvoll sein könnte. »Hol lieber zwei!«, rief der eine dem zum Boten erkorenen Kameraden noch hinterher.

Der Leibarzt des Königs, dachte Mirita, *wird mit uns beiden nichts zu tun haben wollen … Nun, sei's drum.*

Keine zehn Pferde hätten sie vom König fortziehen können. Piet blieb tapfer an ihrer Seite. So harrten sie aus, bis die beiden Ärzte kamen, hinter denen die Träger mit einer Bahre herbeieilten. Sie hoben den Verletzten ins Gras, und im Schein der mitgebrachten Lampen untersuchte der Leibarzt den Monarchen. Mirita rührte sich nicht von der Stelle. Sie wandte das Gesicht ab, hielt aber weiterhin Wache und starrte zum Wald hin, von wo immer noch die Feinde kommen konnten, ein Rudel von geifernden Wölfen, huschenden Schatten … Sie merkte kaum, wie der zweite Arzt sie mit ein paar geübten Handgriffen überprüfte. Wie eine Schlafwandlerin ritt sie den Männern nach, die den König trugen. Als diese den Weg hoch zur Burg einschlugen, wandte sie sich nach links, in die schmalen Gassen und zu den kleinen Häusern, wo sie wohnte.

Wie viele Tage hatte sie darauf gewartet, dass man sie rief? Sie war nicht zum Dienst erschienen. Nach den schweren Verlusten im Wald musste die Patrouille neu eingeteilt werden. Hauptmann Solta hatte leicht verletzt überlebt – zum Glück handelte es sich bei keiner seiner Schrammen um eine Bisswunde – und war mit dem Rest der Truppe nicht viel später zurückgekommen. Obwohl in der Stadt die Gerüchteküche brodelte und viele ihm die Schuld an den Ereignissen zuschieben wollten – den König wagte natürlich niemand zu kritisieren –, oblag es Solta, die Wache neu aufzubauen. Mirita hatte gehofft, dass er sich auch an sie wandte, denn ein Leben ohne die Nachtpatrouille konnte sie sich gar nicht mehr vorstellen. Aber weder der Hauptmann noch der König hatte einen Boten geschickt.

Bis jetzt.

»Ich wünschte, ich dürfte mitkommen«, sagte ihre Mutter. »Wenn ich nur irgendetwas tun könnte …«

»Es wird schon alles gutgehen.«

Aber als sie sich umarmten, merkte das Mädchen, das es selbst zitterte. »Ich bereue nichts.« Das war das Einzige, das ihr die Kraft gab, aufrecht zu stehen. »Das werde ich ihnen sagen, wenn sie es hören wollen. Es gibt nichts, das ich zu bereuen hätte.«

Vor der Tür warteten vier Wächter. Ihre Mienen verrieten kein Bedauern, dabei waren zwei von ihnen noch vor kurzem ihre Kameraden bei der Truppe der Flusshüter gewesen. Gemeinsam hatten sie das Waldufer des Donua bewacht, Seite an Seite gegen die Schatten gekämpft … und jetzt schienen sie Mirita nicht einmal zu kennen.

Der Weg zur Burg kam ihr ungewohnt lang vor. Als sie sich dem Marktplatz näherten, befürchtete sie, man würde sie vielleicht gleich zu den unterirdischen Gewölben bringen – einer der Zugänge befand sich hier –, aber die vier eskortierten sie bis zum Hauptportal, wo sie Piet begegnete.

»Auch schon da, mein Schatz?«, fragte er munter, obwohl er ebenfalls in Begleitung erschienen war. »Ich habe mich schon gefragt, wann wir unsere Belohnung abholen dürfen.«

Mirita verdrehte nur die Augen, während sie von mittlerweile acht Wachen flankiert durch den Burghof schritten.

»Eine wahrhaft königliche Belohnung«, meinte Piet. »Das wird es doch sein, oder? Sie werden uns die Helden des Lichts nennen. Oder die Ritter des Lichts, wie findest du das? Fällt dir vielleicht noch etwas Besseres ein?«

»Nein«, entgegnete Mirita schroff, »mir fällt nichts ein.«

Die Prinzessin des Lichts. Das war der Titel, den die Königin ihr versprochen hatte. Mattims Gefährtin. Wie lange war das her! Ein ganzes Leben, so schien es ihr. In einer Zeit, in der es noch Hoffnung gegeben hatte. Damals war er ein anderer gewesen und sie eine andere. Nicht diese traurige, düstere Mirita, die sie jetzt war. Nein, nicht die.

»Lächle noch ein einziges Mal für mich«, flüsterte Piet. »Lass mich das Strahlen deiner blauen Augen sehen.«

Aber da war nichts mehr, das hätte strahlen können.

Die Eskorte geleitete sie durch den Haupteingang in den großen Saal. Hier war die junge Bogenschützin schon einmal gewesen, als sie sich mit Mattim zusammen die Standpauke des Königs hatte anhören müssen. Fast war es wie damals. Farank saß auf dem Thron, aber diesmal sah er alt und krank und müde aus. Er trug keinen Verband, doch es bereitete ihm sichtlich Mühe, aufrecht zu sitzen. Er stützte das Kinn auf und bewegte sich so wenig wie möglich; man sah, dass er Schmerzen hatte. Neben ihm wirkte Elira wie eine mächtige Rachegöttin. Sie war schön wie nie zuvor. Der Zorn verlieh ihr eine Stärke, die ihr Gesicht und ihre Gestalt verwandelten.

»Da seid ihr ja.« Die Stimme der Königin war voller Kraft

und Energie. »Mirita. Piet. Ich hoffe, einer von euch kann mir berichten, was an jenem Tag im Wald geschehen ist.«

Sie wechselten einen Blick, dann begann Piet mit der Schilderung der Ereignisse. Er wollte gerade beschreiben, wie der Angriff sich abgespielt hatte, als Elira ihn schon unterbrach.

»Das weiß ich doch längst«, winkte sie ab. »Mich interessiert, was euch bewogen hat, so zu handeln, wie ihr es getan habt. Was geht in den Köpfen von Menschen vor, die ihre einzige Waffe, das Einzige, was sie retten könnte, ergreifen und wegbringen?«

»Mit Verlaub, Eure Majestät«, wandte Mirita ein, »aber es gibt keine Waffe gegen die Schatten. Nur das Feuer. Die Fackeln waren das Einzige, was wir zum Kämpfen benutzen konnten. Wenn Ihr das Licht meint – es hätte uns nichts genützt. Die Schatten waren dagegen gewappnet. So wie sie es seit langem sind. Sie hätten den König zu einem der Ihren gemacht. Wir hatten keine Wahl, als zu handeln, wie wir es getan haben.«

Farank hob den Kopf. »Wer hat mich niedergeschlagen?«, wollte er wissen.

»Ich«, behauptete Piet entschieden.

»Du? Du hast dich über alle Befehle hinweggesetzt und eigenmächtig beschlossen, dass du das Recht dazu hast, die Hand gegen deinen König zu erheben?«

»Äh, ja.« Piets Stimme zitterte nur ein wenig.

»Was hast du gefühlt dabei?«

»Es tat mir sehr leid«, versuchte Piet zu erklären. »Ich wollte Euch so wenig Schmerz wie möglich bereiten. Ich musste genau abwägen, wie ich Euch treffe, denn ich wollte Euch keinesfalls umbringen. Ich wollte, das heißt, ich musste ganz genau …«

»Oh ja«, murmelte Farank. »Es gehört einiges dazu, einen Menschen bewusstlos zu schlagen. Etwas zu viel Kraft, und du zerschmetterst ihm den Schädel. Zu wenig, und er dreht sich um und sieht, wer du bist. Genau das richtige Maß zu finden, das stelle ich mir nicht ganz einfach vor.« Er strich sich über die Stirn. »Nach meinen Kopfschmerzen zu urteilen, hätte es etwas weniger sein können.«

»Das tut mir wirklich unendlich leid.« Piet gab sich zerknirscht.

Mirita hielt es nicht länger aus. »Hör auf. Wenn du es schon auf dich nehmen willst, dann erzähl es richtig. Ich war es, mein König. Und ich habe nicht abgewogen und überlegt oder meine Kraft genau bemessen. Gar nichts habe ich gefühlt. Es war nötig, es zu tun, und ich habe es getan. So. Im Nachhinein zu behaupten, es täte mir leid, wäre eine glatte Lüge. Es war der einzige Weg, das Licht zu retten. Nie, nie, solange ich lebe, will ich bedauern, dass ich für das Licht kämpfe.«

Der König starrte sie an. Sie konnte seinen Blick nicht deuten. Aus dem Nebel des Schmerzes und des Elends heraus schien er sie kaum wahrzunehmen. Doch dann lachte er leise.

»So kenne ich dich, Mirita«, sagte er. »Genau so.«

Sie senkte den Kopf und wartete.

»Ich danke dir, dass du meinen Gemahl zu mir zurückgebracht hast«, sagte Elira. »Ich danke euch beiden.«

»Trotzdem ist es natürlich unerhört, was du getan hast«, fügte Farank hinzu. »Ich hoffe sehr, es kommt nicht öfter vor. Die Vorstellung, dass ich einen Schlag auf den Kopf erhalte, wenn ich eine falsche Entscheidung treffe, behagt mir nicht sonderlich. Auch wenn es zum Besten des Königreichs wäre.«

»Ich versichere Euch, es passiert nicht noch mal«, meinte Piet.

Mirita zögerte.

»Nun?«

»Seid gewiss, mein König, wenn ich das Licht dadurch retten kann, dass ich irgendjemandem auf den Kopf schlage, dann wird mich nichts davon abhalten, es wieder zu tun.«

Farank seufzte. »Was tun wir mit diesem Mädchen, Elira? Ich hatte überlegt, ihr ein Kommando zu überantworten, aber nun denke ich, das wäre der falsche Platz für sie. Würde sie jemals von untergebenen Soldaten Gehorsam einfordern, wenn sie selbst nicht dazu bereit ist?« Er schüttelte den Kopf, hielt mit schmerzverzerrtem Gesicht inne und fuhr sich über die Stirn. »Ist es für dich in Ordnung, wenn du einfach zurück in die Wache gehst? Ich will dich nicht irgendwo an der Spitze. Ich will dich mittendrin.«

»Nacht oder Tag?«, fragte sie.

»Das wird der Hauptmann entscheiden. Falls seine Wahl nicht zu deiner Zufriedenheit ausfällt, wirst du dich ihr trotzdem beugen. – Und du, junger Mann«, wandte er sich an Piet, »wärst du damit zufrieden, wenn …«

»Ich bleibe bei ihr. Jemand muss schließlich auf sie aufpassen.«

Elira nickte. »Bitte schön, wenn du meinst. Das ist wohl wirklich nicht das Schlechteste. Dann könnt ihr jetzt gehen. Meldet euch heute Abend zum Dienst. Die Patrouille wird wie gewohnt ausrücken.«

»Wir haben keinen Titel bekommen«, klagte Piet, während sie hinausgingen. »Wenigstens Königlicher Retter, das hätte mir gefallen. Oder Edle Kopfschlägerin, das hätte zu dir gepasst.«

Mirita knuffte ihn in die Seite. »Dir zeig ich gleich Edle Kopfschlägerin. – Ja?«

Ein Bote trat an das Mädchen heran und winkte es von Piet fort. »Der König wünscht dich zu sprechen. Allein.«

Sie sah zu ihrem Kameraden hinüber, der mit einem fragenden Ausdruck im Gesicht wartete.

»Geh nur«, meinte sie. »Wir treffen uns heute Abend zum Dienst. Ich muss hier noch etwas erledigen.«

»Aber wir müssen das feiern«, beharrte er. »Morgen, nach der Wache?«

»Meinetwegen.« Selbst das machte ihn schon glücklich. Beschwingt schritt er aus dem Tor hinaus in die Stadt, und Mirita folgte dem Boten zurück in die verschlungenen Gänge der königlichen Burg.

Farank erwartete sie oben an der Brustwehr, von wo aus man über den in Nebel gehüllten Fluss blickte. Der Wald war nur zu erahnen. Ein graues Meer.

»Majestät?« Ihr war ein wenig bang zumute. Was hatte der König mit ihr zu bereden, was er nicht vorhin im Thronsaal hätte sagen können?

»Hier haben wir gestanden. So oft. Über den Fluss hinausgesehen und auf unser Königreich. Das war, bevor es dunkel wurde, bevor wir verloren, was wir nie hätten verlieren dürfen.«

Sie nickte. Sie konnte sich denken, was er meinte, was er zu sagen versuchte, ohne den Namen auszusprechen, der, wie so vieles andere, verlorengegangen war. Mattim. So hatten sie hier beide gestanden, der König des Lichts und sein Sohn, und davon geträumt, was einmal sein würde. Die Zeit des Lichts. Stattdessen war die Zeit der Dunkelheit angebrochen.

»Woher wusstest du es?«, fragte König Farank. »Dass mein Licht mir nicht helfen, dass es meinen Soldaten nichts nützen würde? Woher? Ich war noch voller Hoffnung und eine Menge anderer Leute auch.«

»Nein«, widersprach Mirita. »Ihr wusstet, dass Ihr verloren wart. Ihr wolltet es Euch nur nicht eingestehen. Mattim hat Euch verraten. Euch und das Licht und uns alle. Ich wünschte, ich hätte damals den Mut aufgebracht, ihn niederzuschlagen, bevor ich zu Euch gegangen bin und es Euch überlassen habe, ihn aufzuhalten. Es wäre meine Aufgabe gewesen, und ich habe versagt. Als ich ihn wiedersah, war ich erneut dazu geneigt, ihm zu vertrauen, statt sofort zu handeln. Ich lerne langsam, aber immerhin, ich lerne. Man kann den Schatten nicht trauen. An die Stärke des Lichts zu glauben ist genau das, was das Licht am Ende zur Strecke bringen wird. Das Licht ist schwach, und wir müssen es beschützen. Solange es irgend geht. Bis zum letzten Atemzug.«

Farank sah von ihr fort über die Welt, die sich dort draußen in die Dämmerung hüllte. »Dann gibt es also keine Hoffnung für das Licht?«, fragte er. »Wir kämpfen für eine verlorene Sache? Was tun wir dann – das Ende hinauszögern?«

»Ja«, antwortete sie. »Wir kämpfen dafür, dass unsere Herzen weiterschlagen. Dass Luft durch unsere Lungen strömt. Dass diese Stadt noch ein bisschen länger dahinsiecht. Wie soll es denn hell werden, mein König? Verratet mir das. Euer Licht wird nicht stärker, sondern schwächer. Es verglüht wie eine Kerze, die bis zum Stumpf abgebrannt ist. Eure Königin leuchtet mit Euch, sie ist wie Euer Mond – doch wenn Ihr erlöscht, wird sie dann nicht mit Euch verlöschen? Woher soll neues Licht kommen? Es gibt keine Kinder des Lichts mehr. Niemand ist übrig. Ihr könntet höchstens …« Sie verstummte.

»Was?«, fragte der König scharf.

»Und wenn Ihr neue Kinder zeugen würdet – mit einer anderen, jüngeren Frau?«

»Mit dir vielleicht?«, fragte Farank und hob die Brauen.

Mirita wurde glühend rot. »Das wollte ich damit nicht andeuten. Wäre das nicht der einzige Weg, das Licht zurückzuholen? Der Kampf gegen die Schatten ist sinnlos; es werden immer mehr. Aber neue Kinder … habt Ihr Euch nie darüber Gedanken gemacht?«

»Elira ist meine Herzgefährtin, meine Seelengefährtin«, sagte der König leise. »Als wir uns verbanden, als sie in die Familie des Lichts eintrat, ging mein Leuchten auf sie über, und unsere gemeinsamen Kinder wurden im Licht geboren.«

»Was, wenn sie vor Euch stirbt? Könntet Ihr dann nicht noch einmal heiraten?«

»Muss ich jetzt auch noch befürchten, dass du der Königin auf den Kopf haust?«

»Nein«, beteuerte Mirita, »aber …«

»Vielleicht müsste ich mir doch noch einmal Gedanken machen über die Gefährlichkeit von Leuten, die eigenmächtig handeln. Hör mir zu, Mädchen. Eine Seelengefährtin kann nicht durch irgendjemanden ersetzt werden. Nicht der Eheschwur ist entscheidend. Unsere Verbundenheit – das ist etwas, das du dir gar nicht vorstellen kannst.«

»Vielleicht doch«, sagte sie so leise, dass er es nicht hörte. Lauter fügte sie hinzu: »Ihr nehmt an, dass zwei Seelengefährten nötig sind. Aber ist das erwiesen? Wurde das jemals, sagen wir – ausprobiert?«

»Du meinst, ob es in der Geschichte Magyrias nie einen Lichtkönig gab, der seiner Kinderschar einige Bastarde hinzugefügt hat? Wie hätte das geschehen können, wenn seine Königin die Gefährtin seines Herzens, seiner Seele und seines Leibes war?«

Mirita seufzte. Wollte er sie einfach nicht verstehen, oder war das Licht tatsächlich so tugendhaft, wie er vorgab?

»Und es könnte nie wieder eine Zweite geben? Eine, die ebenfalls sein Herz erringt?«

»Oder mein Herz, meinst du wohl?« Farank ließ den Blick über ihr hübsches Gesicht wandern, über die blonden Locken, die sich um ihre Wangen kringelten. »Was weißt du schon von der Liebe, Kind? Es gibt nie eine Zweite. Und wenn doch, dann war die Erste nicht die Richtige. Aber Elira ist es. Für immer. Selbst der Tod kann diesen Bund nicht zerstören. Es wird niemals eine andere geben. Ohne Elira Kinder des Lichts zu zeugen – wie wäre das möglich? Aus einer Verbindung, die auf Täuschung, Lüge und Betrug beruht? Mit einer Frau, die ich mir nehmen würde, um etwas auszuprobieren? Du weißt nichts, Mädchen, gar nichts.«

»Nicht einmal für das Licht?«, fragte sie leise.

»Wenn die Dinge, die man für das Licht tut, böse und falsch sind, was wären sie dann noch wert?« Der König legte die Hand auf seine Brust, dort, wo sein Herz schlug. »Hier wohnt das Licht. Um es weiterzugeben, muss es von Herz zu Herz springen. Es kommt nicht darauf an, wie viel Licht vorhanden ist. Selbst wenn es ein Meer voll Licht wäre – ich könnte es nur über mein Herz weitergeben, nicht über … nun ja, andere Körperteile.«

Mirita wandte sich verlegen ab.

»Also lass meine Königin zufrieden.« Der König blickte wieder hinaus auf das verdunkelte Land zu seinen Füßen. »Wenn wir untergehen, dann gehen wir eben unter. Stolz und ungebrochen.«

Sie wollte ihm die Hand auf den Arm legen und etwas Tröstendes sagen, denn seine Stimme klang weder stolz noch ungebrochen, sondern unsäglich traurig. Aber sie war nicht die richtige Person, um ihn aufzumuntern. Sie nickte. »Ja«, sagte sie nur und ging.

»Du machst ein Gesicht wie drei Tage Regenwetter«, meinte Piet, während sie durch den Wald marschierten. Obwohl es Tag war, trug jeder eine Fackel. Hauptmann Solta hatte diese neue Anweisung ausgegeben und dabei so getan, als seien sie damit vor jedweder Überraschung geschützt. Dabei wussten sie es alle besser.

»Drei Tage?«, fragte Mirita. »Zehn, mindestens. Wie hundert Tage Regenwetter. Ich fürchte, es wird überhaupt nicht mehr aufhören zu regnen.«

Das nasse, klamme Wetter drückte ihre Laune zusätzlich. Die Fackeln in ihren Händen glühten tapfer gegen den Nieselregen an, aber ihre Kleider und Schuhe waren nach dem stundenlangen Aufenthalt im Freien mehr als durchweicht. Sie fror bis auf die Knochen. Dieser Frühling fühlte sich nicht an wie ein Frühling, sondern wie ein besonders schlimmer Herbst.

»Dabei ist alles so schön«, schwärmte ihr Lieblingskamerad. »Schon lange keine Angriffe mehr. Die Vöglein singen, und die Rehe schweben über die taufrischen Auen.«

Mirita musste gegen ihren Willen grinsen. »Geht es dir noch gut?«

»Immer«, versicherte Piet. »Wenn du bei mir bist, könnte es nicht besser sein. Allerdings, da fällt mir ein … Sollten wir nicht langsam das Aufgebot bestellen, was meinst du?«

»Piet, lass das doch endlich!«

»Aber so kommen wir nicht weiter, meine Holde.«

»Wer sagt, dass ich weiterkommen will? Ich liebe dich nicht.«

Er griff sich mit der freien Hand ans Herz. »Autsch. Das hat wehgetan.«

Sie erinnerte sich daran, wie der König die gleiche Geste ausgeführt hatte. *Wie viel Licht in meinem Herzen auch sein mag …*

Und wenn das Licht nicht größer war als ein Samenkorn, das in der Dunkelheit der Erde schlummerte … wie ein Keim, der auf seine Stunde wartete? Würde auch das reichen, ein einziger Funke, entflammt an einem großen, liebenden Herzen?

»Was ist?«, fragte Piet. »Du siehst aus, als hättest du ein Gespenst gesehen. Keinen Schatten, hoffe ich?«

»Nein.« Aber genau das war es, was sie gesehen hatte. Mattims Gesicht, diese grauen Augen, in denen sie sich jedes Mal verlor … Was, wenn noch ein bisschen Licht in ihm wohnte, nur noch ein winziger Rest von dem, was er gewesen war – was, wenn das reichte?

Konnte ein Schatten ein Lichtkind zeugen?

Ihr wurde heiß und kalt. Sie war Mattims Herzensgefährtin, seine Seelengefährtin. Wusste sie das nicht schon lange? War das nicht die Erklärung dafür, warum es ihr einfach nicht gelang, den Prinzen zu vergessen, warum sie nicht einmal in Erwägung zog, auf Piets Werben einzugehen? Warum ihre Liebe zu Mattim nicht sterben wollte – weil, wie König Farank gesagt hatte, nicht einmal der Tod wahre Gefährten voneinander trennen konnte?

»Zieh nicht so ein Gesicht«, bat Piet. »Sonst habe ich das Gefühl, dass sich gleich von allen Seiten Feinde auf uns stürzen. Ein übles Gefühl, wenn du mich fragst.«

»Woran erkennt man wahre Liebe?«, fragte Mirita.

»Vielleicht daran, dass einem ganz warm ist, obwohl der Regen genauso unmenschlich grausam ist wie deine Worte? Vielleicht daran, dass man singen möchte, auch wenn man weiß, dass die Kameraden einen beim ersten falschen Ton erschießen werden oder spätestens beim hundertsten?«

»Das reicht nicht«, sagte sie leise. »Was, wenn einen diese Liebe nicht glücklich macht, sondern so unglücklich, dass man sterben möchte?«

»Manchmal möchte ich sterben«, sagte Piet ungewohnt ernst. »Aber dann würde ich dich nicht mehr sehen, und das könnte ich nicht ertragen. Weißt du, was mein größtes Glück wäre? Dafür zu sterben, dass du leben und glücklich sein kannst, im Licht.«

Nur ein Herzensgefährte konnte so etwas sagen. Nur was nützte es, wenn sie seine Gefühle nicht erwiderte?

»Du verschwendest deine Liebe«, sagte sie. »Gib sie jemand anders.«

»Ach ja«, murmelte er. »Wenn ich das nur könnte.«

SECHS

BUDAPEST, UNGARN

Hanna schrak hoch, schweißgebadet. Angestrengt starrte sie in die Dunkelheit ihres Zimmers, horchte auf fremden Atem, während ihre Hand nach dem Lichtschalter tastete. Die Lampe tauchte den Raum in ein gelbliches Licht, in dem alle Gegenstände merkwürdig fremd wirkten.

Niemand war da.

Wann hörte es jemals auf? Bei jedem Geräusch fürchtete sie, Kunun vor sich zu sehen. Jeden Tag, jede Nacht, jede Stunde erwartete sie, dass er plötzlich vor ihr stand. Wie sinnlos, auf den Atem eines Mannes zu horchen, der nicht atmete. Sich zu verstecken hatte keinen Zweck. Manchmal zuckte in ihren Füßen die Sehnsucht nach Flucht. Zu laufen, einfach nur zu laufen, immer weiter fort. Sich ein Taxi zum Flughafen zu nehmen und zu verschwinden, irgendwohin, wo er sie nicht finden würde. Vielleicht würde Kunun sie dann sogar in Ruhe lassen. Er würde seine Zeit nicht damit verschwenden, sie zu suchen, sondern sich weiterhin seinem Krieg widmen. Dem Krieg gegen Akink, der sie nichts anging. Magyria – eine fremde Welt, von der sie sich weigerte zu träumen. Manchmal kamen die Bilder zu ihr. Ein Wald im Schnee. Ein Fluss, breit, eisüberfroren, und dahinter sanft glühend die Umrisse der Stadt, einer gewaltigen Burg.

Sie konnte nicht wieder einschlafen. Sie wagte nicht einmal, sich im Bett hin und her zu wälzen. Stocksteif lag

Hanna da und lauschte in die Dunkelheit, aus der jederzeit ein Schatten auftauchen konnte, um etwas Schreckliches von ihr zu verlangen.

Müde machte sie Attila für die Schule fertig, sah in Rékas blassem, unfreundlichem Gesicht ein Spiegelbild ihrer selbst, würgte irgendetwas hinunter, das ihr nicht schmeckte.

Wann hört es auf? Wann?

Sie sehnte sich nach Mattim, aber sie verbot es sich selbst, zu ihm zu gehen. Er hatte natürlich sofort gemerkt, dass etwas nicht stimmte, und sie wusste nicht, wie lange sie es noch aushielt, ihm nichts zu sagen. Sie konnte sich genau vorstellen, wie er sie ansehen würde. Voller Mitleid und heimlichem Entsetzen. Als Nächstes würde er zu Kunun gehen und ihn zur Rede stellen. Und Kunun entweder angreifen oder ihm seinerseits irgendetwas versprechen, damit sein Bruder Hanna in Ruhe ließ. Mattim würde furchtbar wütend sein – und vielleicht etwas wirklich Dummes tun. Etwas Heldenhaftes, das ihn selbst vernichtete. Vielleicht würde er wieder die Knie vor dem Schattenprinzen beugen, sich seiner Herrschaft unterwerfen, wie er es schon einige Male zum Schein getan hatte. Aber jemand wie Mattim konnte nicht mit Lüge und Verstellung leben.

Das durfte sie ihm nicht antun. Das hier war ihr Problem, sie musste selbst sehen, wie sie damit fertig wurde.

Hanna schlich durchs Haus, beobachtete die alte Magdolna beim Staubwischen, blätterte sich durch ihr Sprachbuch. Die Stunden vergingen endlos langsam. Mattim würde nicht kommen, nicht an diesem Tag, wenn die Putzfrau da war. Sie musste stark sein und sich von ihm fernhalten. Stark sein. Aber sobald sie an Kunun dachte, schmolz all ihre Stärke dahin. Sie musste sich nur vorstellen, ihm gegenüberzustehen, und ihre Beine begannen zu zittern. Sie wollte es hinter sich bringen, so schnell wie möglich. Aber als sie Schritte hinter sich hörte, fuhr sie ächzend herum und dachte dabei nur: *Nicht jetzt! Oh Gott, nicht jetzt!*

Es war Magdolna. »Ich bin fertig.« Die kleine alte Frau blinzelte sie aus zusammengekniffenen Augen an. »Alles in Ordnung, Hanna?«

Sie nickte, stumm, ein Kloß steckte in ihrem Hals.

Als Mattim die Treppe hinunterging, war es weit nach Mitternacht. Er hatte jetzt schon so lange kein Blut getrunken, dass er nur noch nachts aus dem Haus konnte. Hanna war sicher längst im Bett. Hoffentlich schrie sie nicht, wenn er in ihr Zimmer kam; in letzter Zeit war sie unglaublich schreckhaft.

Ein Geräusch ließ ihn innehalten. Vorsichtig spähte Mattim über das Geländer in das darunterliegende Kaminzimmer. Der flackernde Lichtschein beleuchtete ein recht junges Gesicht von vielleicht Mitte zwanzig. Ein gut aussehender Ungar mit schwarzem Haar und einem Bärtchen schlief friedlich auf dem breiten Ledersofa. Mattim schritt kopfschüttelnd die Treppe hinunter. Wen seine Schwester mit nach Hause nahm, ging ihn nichts an. Er wunderte sich nur, wo sie geblieben war. Doch er hatte kaum die Haustür erreicht, als diese sich öffnete und Atschorek fast mit ihm zusammengestoßen wäre.

»Ach, Mattim. Wolltest du gerade ausgehen?«

Er starrte auf das, was sie in der Hand hielt. »Auf deinem Sofa liegt ein Mann«, sagte er. »Das ist doch wohl nicht seine Geldkatze?«

»Geldbörse heißt das. Vergiss es einfach«, meinte sie.

Aber er konnte nicht anders. Er folgte ihr zu den Garderobenhaken, wo sie die Börse in einen fremden Mantel zurücksteckte.

»Du bestiehlst deine Freunde?«, fragte er entgeistert.

»Was stört dich daran?«, fragte sie zurück, ihre Stimme so kühl wie ihr Blick. »Er wird nie etwas davon erfahren.«

»Du bist eine Diebin? Eine gemeine Diebin?«

»Zoltan hat genug«, sagte sie. »Wenn er seine Kreditkarte mit in mein Haus nimmt und einschläft, ist er selber schuld. Morgen wird er sich nicht mehr daran erinnern, wo er gewesen ist. Womit genau hast du ein Problem, Mattim?«

Er konnte es nicht fassen.

»Du nimmst sie mit ... du gaukelst ihnen etwas vor ... und dann beraubst du sie?«

Atschorek warf einen geradezu zärtlichen Blick auf die Tür des Kaminzimmers. »Zoltan ist bei diesem Handel sehr gut weggekommen«, sagte sie. »Er hat mit Sicherheit keinen Grund, sich zu beschweren.«

»Aber ...«

»Seit du hier in Budapest bist, hast du genommen, was immer Kunun und ich dir gegeben haben. Ohne dich zu erkundigen, woher das Geld stammt.«

»Kunun ist auch ein Dieb?«, fragte Mattim. Es stimmte, er hatte nie darüber nachgedacht, woher der Reichtum kam. Auch nicht in Akink. Ein Prinz lebte herrschaftlich – er war gar nicht auf die Idee gekommen, das zu hinterfragen.

Atschorek zögerte. »Kunun ist schon sehr lange hier. Er hat sein Geld gut investiert – nein, das sagt dir wohl nichts. Er hat Dinge gekauft, die in den Jahren immer wertvoller wurden. Er hat ein gutes Händchen, was Geld angeht.«

»Aber als er das erste Mal durch die Pforte trat, besaß er gar nichts. Er hat auch gestohlen, nicht wahr?«

Atschorek nickte widerwillig. »Was er auch wollte, er hat

es bekommen. Geld. Kreditkarten. Geheimnummern. Die Menschen, die er beraubte, vergaßen sein Gesicht.«

»Weil er ihnen zweierlei stahl – ihr Blut und ihr Geld!« Mattim lachte verächtlich. »Er ist ein Dieb. Ein gemeiner Dieb. Ein Prinz und ein König und zugleich nichts anderes als ein verschlagener Dieb. – Tut er es etwa immer noch? So, wie er nach wie vor Blut trinkt? So wie du? Hat er dir beigebracht, wie man es am geschicktesten anstellt?«

»Sieh mich nicht so an«, sagte Atschorek wütend. »Fragt ein Wolf danach, wem der Wald gehört? Es sind die Wilderer, die heimlich im Dunkeln herumschleichen. Die Wölfe wohnen darin und sind frei. Und, Mattim, was ändert sich jetzt, wo du es weißt? Gehst du nun los und besorgst dir eine Arbeit, die deinem Können angemessen ist? Glaub mir, der Bedarf an Schwertkämpfern ist in Budapest nicht gerade hoch. Was willst du tun? In irgendeiner heißen, stinkenden Küche Teller abspülen? Ich fürchte, auch davon verstehst du nicht besonders viel. Vielleicht wird Hanna doch leicht zurückzucken, wenn du zu ihr kommst und nach Bratfett oder Abfall stinkst. Wie schön wäre es, wenn sie reich wäre. Nicht wahr? Wenn irgendjemand reich wäre und dich leben ließe, wie du willst.«

Er starrte sie an, sprachlos vor Wut und Abscheu, gefangen in seiner eigenen Hilflosigkeit. Sie durfte nicht recht haben. Er musste seine Sachen nehmen und … Aber auch die waren mit Diebesgut bezahlt worden. Von seinen Schuhen bis zu dem Kamm, mit dem er seine Haare bändigte, gab es nichts, was er mitnehmen konnte, ohne seine Unschuld zu verlieren. Besser wäre es gewesen, ahnungslos zu bleiben.

»Nun, was ist?«, hakte Atschorek nach. »Bist du zu gerecht, um in meinem Haus zu wohnen?«

»Ich werde einen Weg finden, anders zu leben.«

»Ach ja? Na, dann viel Glück.« Sie öffnete die Tür, hinter der Zoltan leise schnarchte. »Nur über eins solltest du nachdenken: Was ist kostbarer, Blut oder Geld? Du bist auch ein Dieb, Mattim. Deine Selbstgerechtigkeit kannst du dir an den Hut stecken.«

Es stimmte, so sehr er sich auch wünschte, sie würde lügen.

Die Ungeheuerlichkeit dessen, was er gerade eben noch vorgehabt hatte, erschlug ihn beinahe: Er wollte zu Hanna, um sich seine Ration Blut abzuholen, ein ausgehungertes Raubtier, das mit knurrendem Magen heranschlich.

Dann blieb er lieber hier – allein mit sich und seinem unstillbaren Hunger.

Da er nichts getrunken hatte, musste er die Vorhänge so sorgfältig zuziehen, dass am Tag kein Lichtstrahl hindurchdringen konnte. Mattim lag auf seinem Bett und horchte auf die Stimmen. Hatte Atschorek wieder einen Gast mitgebracht? In all den Wochen, die er hier nun schon lebte, hatte er kein einziges Mal erlebt, dass sie sich mit jemandem stritt.

»Nein!«, rief sie gerade. »Nein, nein, nein! Das ist verrückt! Das lasse ich nicht zu!«

Mattim sprang auf und öffnete vorsichtig die Tür. Die andere Stimme hatte er längst erkannt. Leiser, seidiger, ohne sich zu Wutausbrüchen hinreißen zu lassen.

»Ich habe es entschieden«, sagte Kunun. »Du kannst mich unterstützen oder mir Schwierigkeiten machen, ganz wie es dir beliebt. Es ändert nichts.«

»Diese Idee haben wir schon vor vielen Jahren fallenlassen«, wandte Atschorek erneut ein. »Aus gutem Grund. Ich habe nicht gedacht, dass du noch einmal damit ankommst. Beim Licht, Kunun, es ist Wahnsinn! Er wird durchdrehen, und du wirst ihn töten müssen. Deinen eigenen Bruder!«

»Es gibt keine andere Möglichkeit«, sagte Kunun ungerührt.

Atschorek atmete tief durch. »Wen willst du nehmen? Bela oder Wilder?«

»Bela«, sagte Kunun sofort. »Auf Wilder war noch nie Verlass. Vielleicht ist Bela sogar stark genug, um wenigstens einen Rest seines Verstands zu behalten.«

»Bela soll verlässlicher sein? Da habe ich etwas ganz anderes erlebt. Im Ernst, Kunun, wenn du schon einen Wolf herbringen willst, nimm irgendeinen, aber nicht unsere Brüder. Jeder Schattenwolf kann das für uns tun. Es gibt keinen Grund, das Leben eines der Prinzen zu riskieren.«

»Jeder andere Wolf wird noch weniger Widerstand gegen den Irrsinn leisten können.«

»Warum? Woher willst du das wissen? Du hast doch nicht – du hast es versucht? Kunun!«

»Es war schlimmer als mit Runia«, sagte Kunun. »Viel schlimmer.«

»Na und? Sperr irgendeinen Schattenwolf in den Käfig. Bring ihn hierher in die Stadt. Soll er toben und geifern, egal. Wir brauchen ihn nur für diesen einen Biss, danach bringen wir ihn wieder zurück.«

Der Schattenprinz hob den Kopf und sah Mattim oben am Geländer stehen. Er musterte ihn eine Weile, dann meinte er schroff: »Hatte ich dir nicht verboten, mir unter die Augen zu kommen, Mattim? Verzieh dich.«

»Was hast du mit Bela vor?«

Bela. Ihr Wolfsbruder, ein riesiger, schwarzgrauer Schattenwolf, der mit seinem Biss einen Menschen in einen Schatten verwandeln konnte, der Wolf, an dessen Seite Mattim durch den verschneiten Wald von Magyria gestreift war. Eine innige Zuneigung verband Mattim seitdem mit seinem Bruder. Er hatte nicht vor, sich zurückzuziehen, bevor er nicht wusste, was Kunun plante. Wenn sogar Atschorek dagegen war, konnte es nichts Gutes sein.

»Das geht dich nichts an.« Der dunkle Blick des Vampirkönigs hätte jeden zum Erzittern gebracht, aber Mattim rührte sich nicht von der Stelle.

»Ich will es wissen. Sag es mir.«

»Kunun möchte ihn herbringen«, antwortete Atschorek. Mattim hatte sie noch nie so aufgebracht erlebt. »Was sich harmlos anhört, es aber nicht ist. Er hat das schon einmal gemacht. Mit Runia.«

»Sei still, Atschorek«, befahl Kunun. »Das letzte Mal wussten wir beide nicht, was passieren würde.«

»Wie kannst du es dann noch mal probieren? Wenn du es doch nun weißt?« Ihre Stimme schraubte sich höher.

»Sei still und gehorche«, fuhr er sie an, und Atschorek sank auf einem der großen Sessel zusammen und bedeckte ihr Gesicht mit den Händen. »Auch Bela wird sich fügen müssen. Ich bringe ihn im Käfig durch die Pforte. Wenn er sich beruhigt hat, werde ich ihn hierhertransportieren.«

»In mein Haus?«, japste die Schattenfrau.

»In dein Haus«, wiederholte Kunun unerbittlich. »Ich erwarte von dir, dass du alles vorbereitest. Such als Opfer jemanden aus, der nicht gleich durchdreht und zur Polizei rennt. Kriegst du das hin, Schwesterherz?«

Sie ließ die Hände wieder sinken und begegnete seinem Blick mit einem trotzigen Funkeln. »Ja, Hoheit.«

Kunun nickte. Dann schaute er wieder nach oben, wo Mattim immer noch an der Brüstung stand, die Hände um die hölzernen Stäbe gekrallt. »Hast du vor, mich wütend zu machen, kleiner Bruder? Ich sagte, geh mir aus den Augen.«

»Wenn du zu Bela willst, komme ich mit«, beharrte Mattim.

Kunun warf ihm einen langen, finsteren Blick zu. Mattim zwang sich dazu, die Finger vom Geländer zu lösen und den Rückzug anzutreten. Fing es schon wieder an? Er wollte nicht mehr schauspielern und so tun, als würde er Kununs Herrschaft über alle in dieser Familie akzeptieren. Aber es gab nur einen einzigen Weg, um herauszufinden, was sein Bruder vorhatte.

Mattim schluckte seine Wut hinunter, ebenso wie die aufsteigende Angst um die Wölfe. Leise öffnete er seine Zimmertür und setzte sich an den Schreibtisch. Nervös tastete er nach den Büchern, auch wenn es zu dunkel war, um zu lesen. Er hielt sich gleichsam an ihnen fest, atmete tief durch, um sich zu beruhigen. Wartete.

Es gab nichts, was Kunun so sehr in Hochstimmung versetzte wie Gehorsam. Mattim hatte ihm den kleinen Finger gereicht, nun würde der Schattenprinz dafür sorgen, dass er ihm die ganze Hand gab.

»Sieh an, Buchstaben. Hast du vor, in Budapest zu bleiben?« Sein älterer Bruder trat näher und betrachtete interessiert Mattims Schreibheft. Er war so lautlos ins Zimmer gekommen, dass Mattim zusammengezuckt wäre, wenn er nicht genau damit gerechnet hätte.

»Du kannst auch lesen und schreiben.« Wie ein ganz normales Gespräch zwischen Brüdern.

»Ja, und ich kann Auto fahren und einen Computer benutzen. Aber ich lebe seit über hundert Jahren hier. Wir werden nicht noch mal so lange brauchen, um Akink zu erobern.«

»Und wenn ich auf Akink verzichte? Wenn ich wirklich einfach hier leben will, wie ein ganz normaler Mensch?«

Kunun sagte nichts. Er legte nur ein großes Foto vor

Mattim auf den Schreibtisch und knipste die Lampe an, damit ihm auch ja kein Detail entging.

Er hatte damit gerechnet, dass Kunun zu ihm kommen, aber nicht, dass er ihm etwas mitbringen würde. Nicht das. Eine Weile betrachtete er das Bild, dann legte er es wortlos zur Seite.

Kunun schob es zurück. »Schau es dir an«, befahl er.

»Du hast kein Recht, Fotos von ihr zu machen!«

»Schau hin, sage ich!« Kunun packte Mattim im Nacken. *Kann er sich das nicht endlich mal abgewöhnen?*, dachte der Junge wütend. An alles Mögliche wollte er denken, nur nicht an das, was das Bild zeigte.

Hanna.

Hanna im Wintergarten der Szigethys, durch die Scheibe hindurch fotografiert, ohne dass sie es merkte. Sie hatte ausnahmsweise ein kurzärmeliges T-Shirt an, und man sah die Flecken an ihrem Hals und auf ihren Armen. Dunkle, fast schwarze Stellen, kleine, grünliche, die schon am Verschwinden waren, Kratzer und Einstiche.

»Nimm es weg«, bat er schließlich.

Stattdessen legte Kunun ein zweites Foto vor ihn hin – eine Vergrößerung, die den Schmerz ebenso vergrößerte wie Hannas Wunden.

»Ist es nicht genug? Würdest du mir nicht zustimmen, dass es genug ist?«

»Es tut mir leid«, flüsterte Mattim qualvoll. Es konnte keine schlimmere Folter geben, als sich das anzusehen.

»Es tut dir leid? Ach, Junge. Das ist deine Natur. Und du willst als normaler Mensch hierbleiben? Das meinst du doch nicht ernst.«

Mattim schwieg, aber er stützte den Kopf in die Hände und bedeckte seine Stirn. »Ich hätte sterben sollen, dort im Fahrstuhl«, murmelte er.

»Du musst anfangen, dich nach anderer Beute umzusehen«, sagte Kunun.

»Nein«, flüsterte Mattim.

»Ach, und wieso nicht? Weil dieses Mädchen alles mit sich machen lässt und du dir nicht so dreckig vorkommst, als wenn du irgendwen beißt, den du nicht kennst? Weil du nicht so sein willst wie ich? Du bist schlimmer als ich. Schau sie dir an. All das tust du jemandem an, den du angeblich liebst?«

»Aber ich kann nicht …« Er brachte den Satz nicht zu Ende.

»Beim Licht, was meinst du, wie wir es bisher geschafft haben, unser Leben in dieser Stadt zu führen, ohne Misstrauen zu erregen? Du musst es trennen. Wen du liebst und wen du beißt, oder du bringst dieses Mädchen irgendwann um. Du kannst nicht? Dann werde ich dafür sorgen, dass du kannst. Du kommst zurück in mein Haus. Keine Widerrede. Und du hilfst mir dabei, Bela nach Budapest zu bringen.«

»Zu Attila sage ich immer, er soll so etwas nicht machen. Man schneidet nichts in Bänke oder Bäume.«

Mattim hatte mit dem Messer etwas in die Rückenlehne der Bank geritzt. Er begegnete Hannas Vorwürfen mit einem entschuldigenden Lächeln. Attila sah es zum Glück nicht. Durch den Zaun hindurch versuchte er gerade, eines der großen braunen Riesenkaninchen zu streicheln.

»Na gut.« Sie würde sowieso fragen, also konnte sie es auch gleich tun. »Und was heißt das?«

»Zwei Zeichen, also zwei Wörter. Rate mal.«

Sie seufzte. »Das ist unfair. Ich muss auch noch Ungarisch pauken. Was soll ich denn noch alles lernen?«

»Du bist sehr begabt, du schaffst das schon.«

»Das«, sie malte mit dem Finger die Einkerbungen nach, »ist dein Name. Das hast du mir schon mal gezeigt. Und hier – ja, was könnte da stehen? ›Mattim war hier‹ vielleicht? Das schreiben sie bei uns immer überall hin.«

Er schüttelte den Kopf.

»Attila! Lass den Hasen los!« Sie sprang auf. Der Junge hatte das Tier durch den Zaun hindurch am Nackenfell gepackt und versuchte es näher heranzuziehen. »Lass ihn los! Du tust ihm weh.«

»Man macht das so.«

»Kann sein, aber bestimmt zieht man sie nicht am Fell durch das Gitter.«

Sie war nervös. Wahrscheinlich spürte Attila das und versuchte deshalb, die Aufmerksamkeit noch stärker als sonst auf sich zu ziehen. Heute wollte sie Mattim endlich sagen, was ihr solchen Kummer bereitete, aber sie fürchtete sich davor. Vor seiner Reaktion. Davor, was er tun könnte, was sie in ihm damit auslöste.

Sie hatte gedacht, sie wäre stark genug, um allein damit fertig zu werden, aber das war sie leider nicht. Mattim musste es wissen.

»Was heißt es denn nun?«, fragte sie, nachdem es ihr gelungen war, Attila dazu zu bewegen, das erschrockene Kaninchen wieder loszulassen.

»Mattim und Hanna«, sagte er. »Was sonst?«

»Es gibt in eurer Schrift eine Rune für meinen Namen? Oder hast du sie gerade erfunden?«

»Hübsches Mädchen mit langen braunen Haaren.«

»Ihr habt eine Rune für ›hübsches Mädchen mit langen braunen Haaren‹?«, fragte Hanna ungläubig.

»Ich habe doch gesagt, Runen sind viel praktischer als Buchstaben.«

Jetzt hätten sie lachen sollen, wie immer, wenn die Übereinstimmung zwischen ihnen vollkommen war. Aber sie sah Mattim über den dunklen Haarschopf des Jungen hinweg an und bemerkte den Ernst in seinen grauen Augen. Auf seinem blonden Haar glitzerte die Frühjahrssonne.

»Der Preis ist zu hoch«, sagte er leise. »Der Preis für die Sonne ist zu hoch, wenn ich dir dafür wehtun muss.«

Hier auf der Margareteninsel die schönen Apriltage zu genießen, den Frühling erwachen zu hören – wie konnte es zu viel sein, was sie dafür bezahlt hatte?

»Wollen wir nach drüben, zu den Ruinen?«, fragte Mattim Attila in einem bemüht lockeren Tonfall.

Eine Weile ging der Kleine zwischen ihnen, dann hielt er es nicht mehr aus und stürmte voran. Er liebte es, in den Ruinen zu spielen, die Hanna dagegen immer mit einer gewissen Ehrfurcht erfüllten.

Sie öffnete den Mund und legte sich die Worte zurecht. »Mattim, ich …«

Er unterbrach sie. »Kunun will, dass ich zurück in sein Haus komme. Am Baross tér.«

»Was heißt das, er will es? Er kann dir doch nichts befehlen.«

Mattim zögerte. »Hanna, er hat recht. Ich kann so nicht weitermachen.« Er betrachtete sie, Schatten über den Augen. »Man sieht, dass ein Vampir von dir lebt«, sagte er leise. »Ich wollte es nicht wahrhaben, aber ich muss mich dem stellen. Du bist so bleich und ausgezehrt, Hanna, dass es mich schmerzt. Dunkle Ringe unter den Augen. Die Wunden unter dem Tuch da – sie haben keine Zeit zum Heilen.«

»Ach«, meinte sie leichthin, sie versuchte zu lachen, »es ist, als hätte ich Flöhe, nicht? Das ist nicht wirklich schlimm. Mir fehlen immer höchstens ein paar Minuten. Allerhöchstens mal eine halbe Stunde. Und die hole ich mir zurück, wie du weißt.« Sie zögerte. »Was willst du denn sonst tun? In der Finsternis leben?«

Auf einmal begriff sie, was er hier tat, worum es wirklich ging. Es war ein Abschied. Er würde nicht wieder zu ihr kommen. Er hatte sich dazu entschieden, sie nicht mehr zu beißen. Stattdessen ging er zu Kunun.

»Nein! Nein, Mattim. In seiner Nähe bist du in Gefahr!«

»Er hat recht«, sagte Mattim leise. »Ich wollte es nicht erkennen, aber man muss dich nur anschauen, um zu wissen, dass er recht hat.«

»Nein!«, rief sie verzweifelt aus. »Nein, Mattim. Es ist mein Leben. Ich kann damit tun, was ich will.«

»Schau dich doch an!«, hielt er dagegen. »Was meinst du, wie es mir geht, wenn ich dich ansehe und weiß, dass ich dafür verantwortlich bin? Du musst dich erholen.«

»Aber wenn du bei Kunun bist, werde ich mich die ganze Zeit sorgen, was er von dir will. Was er aus dir macht …«

Mattim blieb stehen und nahm ihre Hände in seine. »Wie«, sagte er, »könnte er aus meinem Herzen etwas Dunkles machen, wenn ich es nicht zulasse?«

War nicht jetzt der richtige Moment, es ihm zu sagen? Dass sie das Gefühl hatte, auch ihr Herz sei dunkel geworden. Dass sich das Versprechen, das sie Kunun gegeben hatte, wie etwas Dunkles um sie gelegt hatte, als würde eine unsichtbare Spinne einen Faden um sie weben. Sehr fein, kaum sichtbar, aber ein Grauschleier nach dem anderen ergab irgendwann eine undurchdringliche Schicht aus klebriger Finsternis.

»Vielleicht wird es dir nicht schlimm vorkommen, was er von dir verlangt«, sagte sie. »Trotzdem wird es das sein. Und mit jedem Gefallen, den du ihm tust, wirst du ihm ähnlicher.«

Mattim lachte, aber er klang nicht froh. »Vertrau mir«, bat er. »Wenn du schon aufhörst, an mich zu glauben, wie soll ich es dann können?«

Attila blieb auf dem Weg stehen, schaute die beiden Fremden an, die dort standen, und kehrte schutzsuchend zu Hanna und Mattim zurück. Er klammerte sich an den jungen Mann.

Mattim löste sanft und doch entschieden Attilas Finger von seinem Arm.

»Geh nicht zu ihnen«, bat Hanna. »Geh nicht. Bitte!«

»Ich muss«, sagte er nur.

Mit unbewegten Gesichtern warteten Atschorek und Kunun auf ihn. Sie taten, als wären Hanna und das Kind überhaupt nicht da. Als Mattim sich zu ihnen stellte, nahmen sie ihn in ihre Mitte und gingen mit ihm davon. Es sah aus, als würden sie einen Verbrecher abführen, der auch ohne Handschellen nicht fliehen würde.

SIEBEN

BUDAPEST, UNGARN

»Na, komm schon.« Kunun winkte ihm ungeduldig.

Mit einem unguten Gefühl stieg Mattim in den Fahrstuhl. Er sah zu, wie sein Bruder die Tasten drückte, den Code, damit der Aufzug nach unten fuhr. 1502. Nein, er hatte ihn nicht geändert. Auch im Keller sah es im gelblichen Schein der elektrischen Lampe aus wie noch vor einigen Wochen, als sich hier die Pforte nach Magyria befunden hatte. Auf der Schwelle zwischen den beiden Kellerräumen hatte man direkt in die Welt hinüberwechseln können, aus der die Schatten stammten. Ihre Heimat. Mattim fühlte das Unbehagen stärker werden. Hier hatte er zusammen mit seinem Vater den Durchgang geschlossen, an dieser Stelle hatten sie ihre Hände aufeinandergelegt und die Macht des Lichts gespürt … Warum brachte Kunun ihn her? Um ihm seine eigene Macht zu demonstrieren, mit der er sich die Rückkehr nach Budapest erzwungen hatte?

Er hob den Blick und merkte, dass Kunun ihn beobachtete, dass ein feines Lächeln um die Lippen des älteren Vampirs spielte.

»Du fragst dich, wie wir auf die andere Seite kommen sollen, stimmt's?«

Leugnen war zwecklos. »In der Tat, das frage ich mich.«

»Während es für mich, ehrlich gesagt, immer noch ein Rätsel ist, wie es dir gelungen ist, die Pforte zu schließen«, gab Kunun gut gelaunt zu. »Deine Freude darüber muss unendlich groß gewesen sein … und alles umsonst.«

Mattim wusste, dass sein eigenes Lächeln kläglich geriet, aber er hielt den Hohn aus. Gleich würde er es erfahren. Sein Bruder konnte nicht anders – er würde sagen, wie er es bewerkstelligt hatte. Kunun musste seinen Triumph auskosten, bestimmt wartete er schon seit Wochen darauf, ihm endlich seine Überlegenheit vorzuführen.

»Komm.« Der Schattenprinz fasste seinen jüngeren Bruder am Arm und zog ihn über die Schwelle in den anderen Raum. Nichts passierte. Sie standen nicht in der Höhle in Magyria, nur im Keller nebenan. Im Dämmerlicht war es nicht so gut zu erkennen, aber anscheinend waren die Regale etwas umgeräumt worden. Mattim fiel auf, dass jemand den Käfig an die Wand geschoben hatte.

»Den hier nehmen wir mit«, sagte Kunun, in der Stimme ein leichtes Zögern.

»Für Bela?«, fragte Mattim. »Was hast du vor?« Wenn sogar Kunun unsicher wurde, war das kein gutes Zeichen. Er dachte daran, wie Atschorek sich aufgeregt hatte. Damals, als wir Runia … Keiner hatte die Sätze, die mit »Runia« anfingen, je zu Ende geführt, keiner wollte ihm verraten, was mit seiner unbekannten Schwester passiert war.

»Das erkläre ich dir später. Pack mit an.«

Die Eisenstäbe fühlten sich eisig kalt an, aber vielleicht war es auch nur sein inneres Widerstreben, das ihn zurückzucken ließ. »Erklär es mir jetzt.«

»So läuft es nicht, Mattim, das weißt du.«

Gehorsam, natürlich. Blinder Gehorsam, darunter gab es nichts. Aber Kunun brauchte ihn, das fühlte Mattim. Er hatte für diese Aufgabe keinen seiner bewährten Vampire nehmen wollen, sondern seinen aufmüpfigen, unzuverlässigen Bruder. Eine Familiensache. Kunun, Mattim und Bela. Wenn er es richtig verstanden hatte, würde auch Atschorek herkommen und ihnen bei was auch immer helfen.

»Ich hasse diesen Käfig«, sagte Mattim. »Ich sehe keinen Grund, warum ich ihn anfassen sollte. Wieso muss ich ihn irgendwohin schleppen? Nenn mir einen einzigen guten Grund, Kunun, warum ich dabei mithelfen soll, unseren Bruder einzusperren. Außer jenem, dass du es willst.«

Kunun stützte die Hände auf den Käfig. Einen Moment lang erwartete Mattim, er würde ihn anfahren und wieder nach oben schicken. Es war nicht akzeptabel, erst Gehorsam vorzutäuschen und jetzt doch Erklärungen zu verlangen. Aber sein Bruder schickte ihn nicht fort. Sein Lächeln glich nur kurz einem Zähnefletschen, dann wirkte es geradezu mild und verständnisvoll.

»Ich werde dir sagen, warum. Weil du gleich sehen wirst, wie man nach Magyria kommt. Weil du, sobald du es weißt, jederzeit dort hinkannst. Und weil du dir nichts sehnlicher wünschst, als jederzeit nach Magyria gehen zu können. Weil du am Fluss stehen und nach Akink hinübersehen möchtest, auf die Stadt in der Dämmerung, immer noch die Stadt des Lichts. Deshalb. Und deshalb wirst du mir jetzt helfen, Mattim.«

»Das ist keine Erklärung«, murrte er, aber als Kunun den Käfig anhob, fasste er an seiner Seite mit an, ohne weiter zu protestieren. Denn er konnte nicht abstreiten, dass er unbedingt nach Magyria wollte, zurück zu seinem Wald und den Wölfen und der Stadt, an der sein Herz hing. Er versuchte sich zwar einzureden, dass er wieder einmal den Mitläufer spielte, um an Informationen zu gelangen, die ihm im Kampf gegen die Schatten nützlich sein würden. Aber er musste an das denken, was Hanna gesagt hatte: *Du weißt nicht, was er von dir verlangen wird. Du weißt nicht, wie tief du in die Dunkelheit hineingehen musst. Wie viel Finsternis darf man in Kauf nehmen, wenn man für das Licht kämpft – und wirst du überhaupt merken, wenn du es auf dem Weg verlierst?*

»Ich gehe voraus«, sagte Kunun, machte einen Schritt rückwärts und verschwand. Der Käfig schien in der Luft zu hängen.

Mattim musste ein paar Schritte gehen, bis auch er in die Dunkelheit der Höhle eintauchte, in den vertrauten Geruch nach Gestein und Wolf.

»Stell den Käfig ab«, befahl Kunun. »Und komm. Meinen Part habe ich erfüllt: Du weißt jetzt, wo die Pforte ist. Von dir erwarte ich nun, dass du mir dabei hilfst, Bela in diesen Käfig zu kriegen.«

Mattim biss sich auf die Zunge, um nicht zu fragen, doch er konnte nicht anders.

»Sagst du mir dann, wie du die Pforte geöffnet hast?«

»Ich werde es dir sagen – aber den Zeitpunkt bestimme ich.«

Natürlich. Kunun würde niemals einen Vorteil aus der Hand geben. Mattim seufzte innerlich. Am liebsten hätte er seinen Bruder stehenlassen und wäre einfach gegangen. Im Wald verschwunden, gelaufen wie ein Wolf, leise und schnell und unermüdlich.

Auch in Magyria hatte der Frühling Einzug gehalten, obwohl er hier noch nicht so weit war wie in Ungarn. Es war recht kühl unter der ewigen Dämmerung, und die Knospen an den Zweigen zögerten damit, sich zu entfalten. Nur einige weiße Stellen unter den Wipfeln erinnerten an den fürchterlichen Winter. Obwohl sie noch ein paar Stunden bis zum Tagesanfang hatten, war die Dunkelheit von einer anderen Qualität als in Budapest. Vielleicht lag es an den leuchtenden Sternen über ihnen, aber hier hatte Mattim das Gefühl, als würde das Licht bald hervorbrechen, mit der Macht eines Vulkanausbruchs, strahlend, gleißend, blendend – und wusste doch, dass das nicht geschehen würde. Nur die Dämmerung würde kommen, sanft und grau, hartnäckig wie Nebel, der sich nicht auflösen wollte.

Kunun blieb neben ihm. Es hatte keinen Zweck, fortzulaufen; Mattim war sich sicher, dass der ältere Prinz ihn mühelos einholen würde. Er schloss die Augen, hielt das Gesicht in den sanften Wind, der durch die Bäume strich. Als er sie wieder öffnete, stand Kunun vor ihm.

»Ich habe es bei manchen Schatten gesehen«, sagte er nachdenklich. »Sie fangen an, sich anders zu bewegen. Sie setzen die Füße anders auf. Wenn sie horchen, halten sie den Kopf anders, es wirkt fast, als könnten sie die Ohren bewegen. Man könnte Mitleid mit ihnen haben, wenn sie versuchen, mit dieser stumpfen Nase zu wittern.« Er streckte die Hand aus und strich über Mattims Nasenrücken und über sein Haar, vorsichtig, als würde er ein wildes Tier streicheln. »Du bist ihnen schon sehr nah … Das zwingt mich dazu, mich zu beeilen. – Wo sind die Wölfe?«

»Du glaubst, ich weiß, wo sie sind?«

»Genau das glaube ich«, bestätigte Kunun. »Du gehörst schon fast zu ihnen. Ich erkenne die Anzeichen. Du solltest dich so viel wie möglich in Magyria aufhalten, damit du hier bist, wenn die Verwandlung dich überkommt. Das ist kein Scherz, Mattim, ich meine es bitterernst. Und jetzt lass uns keine Zeit verlieren. Wo sind sie?«

»Wir sind auf dem richtigen Weg.« Woher wusste er das? Auch als sie das Rudel wenig später fanden, hätte er nicht erklären können, woher dieses Gefühl kam, am Ziel zu sein. Erst jetzt war er zu Hause, hier bei ihnen. Bei Bela, dem mächtigen schwarzen Wolf, der ihnen wie ein König entgegentrat und sie begrüßte. Ihn wollte Kunun in den Käfig sperren? Ein geradezu lächerlicher Gedanke.

Während der Schattenprinz mit dem rauchschwarzen Wolf sprach, lehnte Mattim einige Schritte weiter an einem Baum. Er ließ den Blick über die anderen Wölfe schweifen, denn es erfüllte ihn mit einer unerklärlichen Eifersucht, seinen ungleichen Brüdern zuzusehen. Nur dieses Gefühl lenkte ihn von der Grübelei über die neue Pforte ab.

»Wir gehen«, sagte Kunun schließlich zu Bela, und der dunkle Wolf trottete folgsam neben ihnen her, als sie zurück zur Höhle marschierten.

»Was hast du ihm gesagt?«, fragte Mattim. »Die Wahrheit? Das, was du mir nicht erzählen willst?«

»Im Gegensatz zu dir weiß Bela, wie es ist, immer gejagt zu werden«, sagte Kunun. »Und er weiß, was geschehen muss, damit das aufhört. Er weiß, dass wir siegen müssen.« Leiser fügte er hinzu: »Außerdem hat er dich vor Augen, Mattim. Denn auch du wirst bald sein wie er, und man wird dich durch die Wälder hetzen. Er tut es für dich.«

»Nein!« Mattim wandte sich Bela zu und ging auf die Knie. »Nein, Bela. Nicht für mich. Wenn du irgendetwas für mich tun willst, dann lauf. Tu ihm keinen Gefallen, tu nicht, was er sagt, das ist …«

Eine Hand krallte sich in seinen Kragen und zog ihn wieder hoch.

»Ach, Mattim«, seufzte Kunun. »Kannst du einmal im Leben damit aufhören, edel und uneigennützig zu sein?« Er schüttelte ihn wie einen ungezogenen Welpen.

»Und jetzt tut ihr beide, was ich euch sage. Mattim, du hältst Bela fest. Ich bezweifle, dass sein Gehorsam ausreicht.«

Mattim grub beide Hände in das lange, dichte Fell. »Was wird passieren, wenn wir ihn auf die andere Seite bringen?«

Der Wolf knurrte.

»Das wirst du dann schon sehen«, sagte Kunun heiser. »Halte ihn, so fest du kannst.«

Sie schleiften Bela in die Höhle. Der Wolf hätte sie beide zerfetzen können, aber er tat nur sein Missfallen mit einem kläglichen Winseln kund.

Der Käfig, den sie gemeinsam aus dem Keller hergeschleppt hatten, stand bereit.

»Du musst die Tür öffnen, und ich schiebe ihn hinein. Na los, mach schon. Bela, geh in den Käfig.«

Der schwarze Wolf zögerte. Seine nachtschwarzen Augen huschten von einem zum anderen, seine Flanken bebten.

»Geh hinein«, befahl Kunun und stieß den großen Wolf in den Käfig.

Mattim und Bela zuckten gleichzeitig zusammen, als die schwere Klappe einrastete. Das dunkle Tier drehte sich um und sah sie beide durch die Gitterstäbe anklagend an.

»Ich verstehe immer noch nicht, was das überhaupt soll«, meinte Mattim. »Was willst du damit beweisen, dass du einen Wolf nach Budapest bringst?«

»Zerbrich dir nicht den Kopf, du wirst schon sehen.« In Kununs Stimme lag ein Fauchen, auch sein Gesicht hatte in diesem Moment etwas unzweifelhaft Wölfisches.

»Es fühlt sich nicht richtig an«, sagte Mattim leise.

»Was? Seinen eigenen Bruder in einen Käfig zu sperren? Man überlebt es, das weißt du selbst. Jetzt pack mit an.«

Dem Jungen war alles andere als wohl dabei, einen Käfig mit einem Schattenwolf darin, dem sich die Haare sträubten, durch eine unsichtbare Tür zu schieben.

Nur ein einziger Schritt war es von der Höhle in den Keller. Nur ein Schritt von Magyria in das ungarische Haus am Baross tér. Doch schon nach einem halben schien das grauschwarze Wesen zwischen ihnen sich zu verwandeln.

Es warf sich gegen die Gitterstäbe, die Zähne gebleckt. Eben noch war es ihr Bruder in Wolfsgestalt gewesen, jetzt war es eine heulende, fauchende Bestie, die versuchte, aus ihrem Käfig heraus gegen sie zu kämpfen.

Mattim sprang zurück. »Was ist mit ihm los?«

»Das passiert, wenn man einen Schattenwolf in diese Welt holt«, sagte Kunun und betrachtete den tobenden Wolf nachdenklich. »Das letzte Mal hatte ich keinen Käfig zur Verfügung.«

»Du hast das wirklich schon einmal gemacht?« Mattim fiel es schwer, den Blick von dem wütenden Tier zu lösen und Kunun anzusehen.

»Er verliert den Verstand«, sagte sein älterer Bruder nachdenklich. »Ich muss wissen, ob er auch die Fähigkeit verliert, einen Menschen in einen Schatten zu verwandeln.«

»Was? Du hast was vor?« Langsam begriff Mattim. »Du hast ihn hergebracht, damit er jemanden beißt? Das ist nicht dein Ernst!«

»Oh doch«, sagte Kunun leise. Er betrachtete das tobende Raubtier nachdenklich. »In Magyria kann ich mit meinem Biss einen Menschen in einen Wolf verwandeln, in Budapest nicht. Diese seltsame Welt sträubt sich gegen Wölfe. Vielleicht ist ein Schattenwolf hier nichts als ein gewöhnliches Tier. Falls nicht, falls er es immer noch kann, einen Menschen zu einem Schatten zu machen … dann ist Akink unser.«

In Mattims Kopf drehte sich alles. »Was?«

Kunun grinste, sein Lächeln ähnelte dem wütenden Zähnefletschen des Wolfs. »Wie das wohl gehen könnte, das fragst du dich. Wie könnte man Akink erobern mit Hilfe eines tollwütigen Wolfs? Mal schauen, wie lange du brauchst, bis du es begriffen hast.«

Mattim konnte nicht denken. Er sah nur Bela, der sich

endlich beruhigt hatte. Seine schwarzen, glänzenden Augen fixierten sie voller Hass. Ein Wesen, das sie nicht mehr kannte. Das nichts mehr davon wusste, wer sie waren.

Kununs dunkle Augen bannten Mattim mit dem gleichen brennenden Blick wie die des Wolfs. »Und du wirst mir dabei helfen.« So hatte der Schattenprinz zu dem Wolf gesprochen, genau so.

»Gegen den König? Gegen die Stadt des Lichts?«, rief Mattim verzweifelt aus.

»Gegen Akink?« Kunun lächelte verächtlich. »Nicht gegen, sondern für. Wir gehen nach Hause, Mattim. Wenn wir uns den Weg erkämpfen müssen, dann werden wir das tun. Ich kämpfe seit mehr als hundert Jahren gegen einen Vater, der mich nicht über die Brücke in mein eigenes Haus gehen lässt.«

»Ich werde nicht gegen Akink kämpfen«, sagte Mattim.

»Oh doch, das wirst du«, beharrte Kunun. »Denn es gibt sonst keinen Ort für jemanden wie dich. Genau aus diesem Grund stehst du jetzt auf unserer Seite, ob du willst oder nicht.«

»Ich bin der Prinz des Lichts.«

Kunun streichelte ihm übers Haar, als wäre auch er ein Tier.

»Nein«, sagte er. »Du bist ein Schatten. Du bist ein Wolf, auch wenn du es noch nicht weißt. Gibt es irgendetwas, was ich getan habe, das du nicht auch schon getan hättest?«

»Nein, ich …« Seine Stimme erstarb.

Kunun lächelte triumphierend. »Jetzt hilf mir endlich, diesen verdammten Käfig zum Aufzug zu schieben.«

Mattim sagte nichts mehr.

Sie hatten den Käfig kaum durch den halben Keller gezerrt – wieder hatte der Wolf darin wütend angefangen zu toben –, als der Fahrstuhl sich mit einem leisen Scharren öffnete.

»Hier ist es. Wir sind da.« Es war Atschorek mit einem jungen Mann, den Mattim schon einmal gesehen hatte. Beim letzten Mal hatte er sorglos auf dem Ledersofa geschlummert.

»Bist du sicher, dass …«

Verwirrt blickte der Fremde in die Runde. Seine Augen weiteten sich, als er den knurrenden Wolf bemerkte.

»Verdammt, Atschorek, was soll das?«, fragte Kunun.

Sie war ein wenig blass, aber sie ließ die Hand ihres Begleiters nicht los. »Ich wollte Zoltan nur unseren Weinkeller zeigen.« Sie zog den Mann aus dem Fahrstuhl.

Kunun schüttelte den Kopf, in seinen Augen brannte der Zorn auf.

»In deinem Haus«, sagte er. »So war es abgesprochen. Du solltest warten, verdammt, bei dir zu Hause!«

»Ja, verdammt!«, rief Atschorek aus. »Und wenn es nicht klappt? Wenn Bela ihn verletzt oder Schlimmeres? Ich will keinen Ärger in meinem Haus haben!«

»Es hat überhaupt keinen Sinn, wenn es auf dieser Seite geschieht«, sagte Kunun mit mühsam unterdrückter Wut. »Wir müssen mit ihnen beiden über den Fluss.«

»Äh, was?«, fragte Zoltan. Er strich sich unsicher über das schwarze Haar und zupfte an seinem pfiffigen Schnauzbärtchen. »Wo habt ihr den Wolf her?«

»Wenn es funktioniert«, sagte Atschorek, die sich ebenfalls nur mit Mühe beherrschte, »dann bin ich die Letzte, die dir Steine in den Weg legt. Aber zuerst versuchen wir es hier. Oben auf dem Hügel würden die Nachbarn die Polizei rufen, wenn er heult. Nicht auszudenken, was wäre, wenn er entkommt.«

»Er wird nicht entkommen.«

»Das sagst du jetzt! Das letzte Mal …«

»Vielleicht, ich meine … warum … Polizei?«, stotterte Zoltan verwirrt.

»Halt den Mund«, fuhr Atschorek ihn an. »Wir machen es hier und jetzt. Wenn es funktioniert, wiederholen wir es oben in meiner Villa. Heute noch. Es wird nicht schwer sein, einen anderen Dummkopf aufzugabeln. Oder wir nehmen gleich jemanden, von dem wir wissen, dass er gut für uns kämpfen wird.« Sie sah an Kunun vorbei zu Mattim hinüber. »Hanna zum Beispiel.«

»Nein!«, brüllte Mattim auf, und vielleicht war es dieser unverhohlene Gefühlsausbruch, der den jungen Ungarn erkennen ließ, dass er hier in etwas hineingeraten war, das nicht gut ausgehen konnte.

»Ich geh jetzt besser«, entschied er, aber er schaffte es nur zurück in den offenen Fahrstuhl. Es gelang ihm nicht einmal mehr, die Verriegelung zu lösen. Atschorek riss ihn zurück, und im selben Moment war Kunun schon an ihrer Seite und zog den jungen Mann wieder in den Kellerraum.

Zoltan begann zu schreien.

»Halt seinen Arm in den Käfig!«, rief Kunun Mattim zu.

Der Junge stand da, ohne sich zu rühren, fassungslos, während seine Geschwister den Fremden zum Käfig zerrten. Zoltan kämpfte wie ein Wahnsinniger, schlug und trat um sich. Kunun und Atschorek hatten alle Hände voll zu tun, ihn zu bändigen.

»Mattim!«

Der Wolf sprang wie rasend umher, Schaum vor dem Maul. Mattim hatte noch nie so etwas Fürchterliches gesehen. Als wäre er tollwütig, tobte Bela in dem eisernen Käfig umher. Der Anblick des Wolfes verlieh dem ausersehenen Opfer ungeahnte Kräfte. Es gelang Zoltan, Atschorek zur Seite zu stoßen, irgendwie wand er sich aus Kununs Griff und stürzte wieder zurück in den Fahrstuhl. Mit gehetztem Blick drückte er auf die Knöpfe, die Tür begann sich zu schließen.

»Halt ihn fest, Atschorek!«, brüllte Kunun. »Beiß ihn!«

Atschorek sprang Zoltan nach, und die Tür öffnete sich wieder. Der junge Mann schubste sie mit aller Gewalt aus der Kabine und hämmerte gegen die Knöpfe.

Kunun stieß Mattim zur Seite, um die Klappe des Käfigs zu öffnen.

Bela schnellte aus seinem Gefängnis, wetzte durch den Kellerraum und fuhr wie ein Blitzstrahl durch den sich gerade schließenden Spalt der Lifttür. Der durchdringende Schrei eines Menschen in Todesangst gellte durchs Haus.

»Er bringt ihn um!«, rief Mattim. »Tu etwas! Kunun!«

Kunun seufzte. Selbst er war blass geworden.

»Das letzte Mal«, sagte Atschorek leise, »war es Runia. Wir mussten sie erschießen.«

»Wir?« Kunun hob den Blick. »Ich. Ich habe Runia getötet. Und wenn es sein muss, werde ich auch Bela töten.«

Die Vampirin hämmerte auf den Fahrstuhlknopf. »Er ist blockiert, er wird nicht mehr runterkommen. Müssen wir jetzt etwa hier warten, bis jemand uns hilft?«

»Wir gehen durch die Decke«, sagte Mattim. »Dazu müssen wir nur auf den Käfig steigen. Mach das Licht aus.«

»Ich liebe diesen Jungen«, meinte Atschorek. »Wenn ich ihn nicht gerade erwürgen möchte. Geh voran.«

Mattim kletterte hinauf ins Erdgeschoss, dicht gefolgt von seinen Geschwistern.

Die Lifttür stand offen. Zoltan lag am Boden in einer Blutlache, einer seiner Füße ragte aus dem Aufzug heraus. Mit fahlem Gesicht starrte er sie an, ohne sie zu sehen.

Atschorek streckte die Hand aus und berührte das, was von seinem Hals übrig geblieben war. »Kein Puls.«

»Das sagt nicht viel aus, nicht wahr?«, fragte Mattim.

»Ich wusste gar nicht, dass du im Anblick des Todes so spöttisch sein kannst.« Atschorek erhob sich wieder.

»Und ich wusste nicht, dass du deine Freunde in den Tod schicken kannst, ohne mit der Wimper zu zucken«, gab Mattim zurück.

Ihm war schlecht und elend vor Entsetzen, aber zugleich war er so unglaublich wütend, dass er es kaum aushalten konnte. Er brauchte irgendjemanden, den er zur Rechenschaft ziehen konnte, den er für das, was hier geschehen war, schlagen konnte …

»Kommt her, sofort!«

Kununs Stimme rief sie zum Innenhof. Der Wolf stand in der Mitte des Hofs, gleich neben dem Brunnen. Die Laternen beschienen sein dunkles Maul, von dem etwas noch Dunkleres tropfte. Herausfordernd waren seine glänzenden Augen auf sie gerichtet. An den Balkongeländern auf den verschiedenen Stockwerken hatten sich die Schatten zusammengefunden und starrten hinunter. Ihre leisen Stimmen lagen wie eine Wolke aus Geflüster über dem Innenhof.

»Wir müssen ihn in den Käfig schaffen«, überlegte Kunun. »Anders bekommen wir ihn nicht in den Keller.«

»Was ist, wenn er einen von uns beißt?«, fragte Mattim. »Er kann uns nicht töten, oder?«

»Nein«, antwortete Atschorek. »Aber ich schätze, du möchtest dein unsterbliches Leben nicht zerfleischt und in Fetzen weiterführen?«

Kunun wandte sich an Mattim. Seine Augen waren kalt und hart. »Das ist deine Schuld, Mattim. Hast du vielleicht eine Idee, wie wir unseren Bruder nach Magyria zurückschaffen können, ohne dass noch mehr Blut fließt?«

»Meine Schuld?« Mattim schnappte nach Luft.

»Du hattest dort unten im Keller tausend Gelegenheiten, um einzugreifen«, sagte Kunun. »Du hast uns nicht geholfen, diesen Kerl zu bändigen. Warum hast du ihn nicht gebissen, während wir ihn festgehalten haben? Dann hätten wir vielleicht seinen Arm zu Bela durchs Gitter stecken können, ohne die Klappe zu bewegen. Du hättest den Käfig auch öffnen können, während wir den Mann direkt davor festgehalten haben. Dann wäre es uns vielleicht gelungen, Bela nach einem Biss zurück in den Käfig zu drängen. Aber nein. Du hast es vorgezogen, gar nichts zu tun und uns unsere schmutzige Arbeit allein machen zu lassen. Wie hast du dich dabei gefühlt, Mattim? Gut? Der edle Prinz des Lichts, der den bösen Nachtgestalten bei ihrem Verbrechen zusieht?«

Mattim schüttelte den Kopf. »Es war dein Plan. Ihr beide wolltet das hier tun. Warum hat Atschorek ihren Freund nicht vorher schon gebissen? Dann hätte er sich gar nicht so gewehrt. Gebt nicht mir die Schuld, dass es schiefgegangen ist.«

»Ich wollte es vermeiden, ihn vorher zu beißen«, sagte Atschorek leise. »Wenn ich einem Menschen gerade ein Stück von seinem Leben geraubt habe, kann der Schattenwolf es dann in ein Schattenleben verwandeln? Da bin ich mir nicht sicher. Aber als er gekämpft hat, hatten wir keine Wahl. Kunun hat recht. Du hättest ihn beißen müssen, Mattim. Beim Licht, kannst du nicht einfach etwas tun, ohne ständig Befehle abzuwarten? Wir kämpfen auf derselben Seite, also fall uns nicht ständig in den Rücken!«

»Er kämpft nicht auf unserer Seite«, sagte Kunun grimmig. »Frag ihn selbst, er besteht darauf, gegen uns zu sein. Trotzdem tut es ihm vielleicht leid um unseren Bruder Wolf hier im Hof. Wie können wir Bela zurück nach Magyria schaffen? Denkt darüber nach. Ich werde mich so lange um unseren Freund im Fahrstuhl kümmern.« Er ließ sie stehen.

Mattim versuchte, sich ganz auf die Aufgabe zu konzentrieren und nicht an den Toten zu denken.

»Er ist ein Wolf?«, fragte er. »Ein richtiger Wolf, ohne menschlichen Verstand? Wie schlau ist er?«

»Ich weiß nicht.« Atschorek seufzte. »Mit Runia war es auch so. Sie ist vollkommen durchgedreht, hat auf nichts mehr reagiert. Als wäre sie wirklich nur noch ein Tier. Ob da noch etwas von ihr war, kann ich nicht sagen.«

»Dafür, dass ihr seit hundert Jahren Schatten seid, wisst ihr recht wenig«, höhnte Mattim.

Atschorek funkelte ihn wütend an.

»Erinnere mich nicht daran«, sagte sie. »Es war einer der schwärzesten Tage meines Lebens. Runia entkam in den Wald, und Kunun musste sie erschießen. Wir konnten nicht zulassen, dass ein tollwütiger Schattenwolf durch die Wälder streift, der Menschen in Vampire verwandeln kann. Sie hätte sie ja nicht einfach nur gebissen, sondern zerfleischt. Sieh mich nicht so an. Was hättest du denn getan? In Kauf genommen, dass Leute mit zerfetzten Kehlen und aufgerissenen Körpern weder lebendig noch tot durchs Land rennen? Mit der Konsequenz, dass man anfängt, uns alle zu jagen?«

»Wie konnte sie in den Wald entkommen?«, fragte Mattim, denn in der Nähe des Kellers gab es weit und breit keinen Wald – nicht auf dieser Seite des Übergangs.

»Es war nicht diese Pforte«, sagte Atschorek und seufzte. »Wir waren draußen auf dem Land.«

»Wie viele Pforten habt ihr?«, fragte er und versuchte, es beiläufig klingen zu lassen, als wüsste er längst über alles Bescheid. »Sag mir, wie viele es sind.«

Atschorek seufzte. »Frag mich nicht, ich habe keine Ahnung.«

»Aber in deinem Haus ist keine?«

»Was glaubst du denn, warum wir den Wolf da hinbringen wollen?«

In diesem Moment, genau jetzt, begriff er es, und der Schrecken legte sich wie eine eisige Hand um sein Herz. Mattim schnappte nach Luft; es war dasselbe Gefühl, wie im Fluss zu versinken und zu spüren, wie das schwarze Wasser über ihm zusammenschlug.

»Die Schattenwölfe«, murmelte er. »Sie öffnen die Pforten? Es ist gar nicht Kunun. Es sind die Wölfe.«

Zu spät. Nie, niemals hätte er Kunun geholfen, Bela herzubringen, wenn er das gewusst hätte. *Der Moment der Verwandlung. Wenn der Wolf zuschnappt und aus einem atmenden, lebenden Wesen etwas anderes wird, ein Schattenwesen, gefangen zwischen Leben und Tod, gebannt in den Augenblick, in dem die Wirklichkeit zerbricht und etwas gebiert, das es eigentlich nicht geben darf* … Wenn das stimmte, gab es Hunderte, nein, Tausende von Pforten.

Und er hatte den König des Lichts dazu gebracht, sein Leben zu riskieren, um eine einzige davon zu schließen. Eine einzige!

Atschorek bekam von dem Aufruhr in ihm nichts mit. »Wir müssen Bela zurück nach Magyria bringen. Irgendwie. Bevor noch mehr passiert.« Sie sah sich um und winkte einigen Schatten aus dem ersten Stock, zu ihnen herunterzukommen.

»Er darf nicht durch den Eingang hier«, wies sie die Vampire an. Es waren drei Männer und zwei Frauen – darunter Goran –, denen sie auftrug, den Wolf auf keinen Fall aus dem Hof zu lassen.

»Ein Schattenwolf«, sagte ein älterer, bärtiger Mann, an

den Mattim sich dunkel erinnern konnte. Vor Jahren hatte er zu den Flusshütern gehört. »Das ist er doch, nicht wahr? Wenn mich nicht alles täuscht, ist das der Wolf, dem ich mein Schattendasein verdanke.«

»Prinz Bela«, flüsterte Goran. »Aber so habe ich ihn noch nie gesehen.«

»Er ist sehr gefährlich, viel gefährlicher als ein normaler Wolf, sogar für jeden für uns«, sagte Atschorek. »Möchtet ihr für den Rest eurer Tage gezeichnet und verstümmelt werden? Ich jedenfalls nicht. Aus diesem Grund wird Kunun es beenden, wenn wir ihn nicht bändigen können.«

»Der Käfig«, überlegte Mattim. »Und ein Köder. Ein hungriges Tier würde hineingehen.«

»So dumm ist er nun auch wieder nicht.«

»Bist du sicher?«

»Immerhin hat er Zoltan angegriffen und keinen von uns. Obwohl wir näher beim Käfig standen. Mattim, glaubst du wirklich, wir hätten uns damals dafür entschieden, Runia zu töten, wenn es so einfach wäre?«

»Trotzdem hat Kunun Bela hergebracht.« *Wir. Wir haben ihn hergebracht.* Mattim war so wütend, dass er kaum an sich halten konnte. »Obwohl er wusste, dass genau das passieren wird.«

Bela würde sterben. Der Wolf im Hof war ein ganz anderer als der, den Kunun in den Käfig geschubst hatte, der bereitwillig das Risiko eingegangen war, von dem er zweifellos gewusst hatte. »Was ist eigentlich mit deiner Pforte?«

»Mit meiner Pforte?«, fragte Atschorek verständnislos.

Er musste sich mit Gewalt beherrschen. »Dein Übergang. Die Stelle, an der du gebissen wurdest. Irgendwo vor Akink, war es nicht so? Warum habt ihr diese Pforte nicht benutzt?«

Sie wandte das Gesicht ab. »Ich habe keine Ahnung, wo sie ist.«

»Du weißt es nicht …? Wie kannst du das nicht wissen? Warst du nicht dabei, als du gebissen wurdest?«

Atschorek wurde blass vor Zorn. »Ich hatte genug damit zu tun, mir etwas auszudenken, wie ich das geheim halten konnte. Mach mir keine Vorwürfe, dass ich es nicht so wichtig fand, mir die Stelle zu merken. Eine Nacht! Ich hatte nur eine einzige Nacht!«

Sie wandte sich wieder den anderen zu, vor Wut zitternd. »Nun, hat endlich mal jemand eine Idee, die uns weiterbringt?«

»Ein Betäubungsgewehr? Eine Spritze?« Der Vorschlag kam von einem Vampir, der schon länger in Budapest wohnte.

»Wer wird sie ihm geben?«, fragte Atschorek zurück.

Mattim warf einen Blick in den Hof. Der Wolf hatte sich in den Schatten zurückgezogen. Aber der Junge konnte fühlen, dass er noch da war. Alle seine Sinne nahmen ihn wahr, sein hastiges Atmen, den Raubtiergeruch. Geduckt, abwartend.

Ein Wolf, im Schatten.

Die Sehnsucht sprang Mattim an, überrumpelte ihn; er konnte keine Gegenwehr leisten. Unter seinen Händen spürte er immer noch das dichte Fell, die Wärme des Tierkörpers. Ein schlagendes Herz. Leben, in der Dunkelheit, auf leisen Sohlen durch den Wald …

»Wir müssen ihn nach Magyria zurückbringen!«, drängte Goran.

»Ein Betäubungsmittel?« Mattim wandte sich an den Vampir, der die Idee beigesteuert hatte. »Können wir in dieser Stadt so etwas bekommen?«

»Vielleicht von einem Arzt oder in einer Apotheke? Soll

ich in der nächsten Praxis nachfragen, ob die etwas haben, was man benutzen könnte?«

Atschorek zögerte. »Was meinst du, Mattim?«

Er war es nicht gewöhnt, dass sie Hilfe und Rat von ihm suchte. »Réka hat einen Onkel, der Arzt ist. Vielleicht kann er uns helfen.«

Über den Hof hinweg spürte er die Angst des Wolfs, sein Unbehagen und seine Feindseligkeit.

Bruder, dachte er und schickte ihm besänftigende Gedanken. *Bruder, warte nur noch einen Augenblick.*

»Willst du wirklich Hanna da mit reinziehen? Wenn ihre Gastfamilie zu viele Fragen stellt, wirst du eine Menge Leute alles vergessen lassen müssen.«

»Ja«, gab Mattim zu, »du hast recht.«

»Wartet.« Einer der Schatten nickte ihnen zu und verschwand im Treppenhaus. Wenig später war er zurück. In seiner Hand lag ein kleines, schwarzes Gerät, das Mattim entfernt an eine Zange erinnerte.

»Was ist das?«

»Ein Elektroschocker.«

»So etwas benutzt du?«, rief Atschorek entgeistert aus.

»Ich habe es einmal einem – Opfer abgenommen«, berichtete der Vampir widerstrebend. »Als ich sie beißen wollte, zückte sie dieses Ding. Es hat mich allerdings nicht so umgehauen, wie sie erwartete.«

»Erzähl mir nicht, dass du so etwas einsetzt, wenn du auf Beutefang gehst.«

»Wie funktioniert das?«, mischte Mattim sich ein.

»Bela würde einen Stromschlag erhalten, der ihn für eine Weile außer Gefecht setzt.«

»Was heißt eine Weile?«

»Nur ein paar Sekunden.« Der Vampir zuckte mit den Achseln.

»Oder wir besuchen doch lieber eine Apotheke«, kam Goran auf diesen vernünftigen Vorschlag zurück. »Wir könnten auch einen Tierarzt rufen und ihn anschließend vergessen lassen, was er hier gesehen hat.«

Sie sahen alle den jungen Prinzen an. Auf einmal war es seine Entscheidung. Sogar Atschorek hielt sich zurück.

»Hast du Bela gekannt, bevor er ein Wolf wurde?«, fragte er.

»Ja«, sagte sie heiser.

»Was war er für ein Mensch? Was hätte er bevorzugt? Dass wir andere mit hineinziehen?«

Sie schüttelte den Kopf. »Er wirkte so ruhig, aber das täuschte. Bei ihm musste alles immer sehr schnell gehen. Hauptsache, es geschah sofort. Er hasste nichts mehr als zu warten.«

Mattim nahm den Elektroschocker in die Hand. Fremd und kühl lag das schwarze Gerät zwischen seinen Fingern.

»Das Problem ist, dass du ganz nah an ihn heranmusst«, sagte der technisch versierte Vampir. »Es gibt ja auch diese modernen Dinger, mit denen du von weitem …« Er brach ab. »Vergiss es. Das ist das, was wir jetzt hier haben.«

»Ich geh rein zu ihm.«

»Mattim …« Atschorek legte zweifelnd die Stirn in Falten. »Vergiss nicht, wie verwundbar du bist. Alles, was er dir antut, wirst du für immer behalten. Jeden Kratzer, jeden Biss.«

»Oh Mattim, pass bloß auf!«, flehte Goran.

Der Wolf knurrte im Schatten, als Mattim sich ihm vorsichtig näherte. Er wusste, dass es Wahnsinn war. Es gab keinen Grund, es auf diese Weise zu tun. Er hätte warten können, bis ein Tierarzt kam, warten, bis jemand ein Gerät mit größerer Reichweite besorgt hatte. In einem Winkel seines Verstandes wusste er das alles. Nur änderte das nichts daran, dass er nicht warten konnte, dass er sich die ganze Zeit gewaltsam hatte zurückhalten müssen, um nicht sofort in den Hof zu stürzen, hierhin, wo das schwarze Tier lauerte.

Vorsichtig, Schritt für Schritt, näherte er sich der Mitte, dem großen Brunnenbecken. Er streckte die Hand aus, in der er den Schocker hielt.

»Wo bist du«, lockte er leise. »Komm zu mir. Ich bin's.«

Ein tiefes Grollen antwortete ihm, eine Warnung.

Mattim zögerte. Aber war Bela nicht sein Bruder? Er würde ihn nicht verletzen. So wie Wilia ihn nicht verletzt hatte, als sie ihm in den Rücken gesprungen war, um ihn zu einem Schatten zu machen. Und es nicht tun konnte. Weil sie zusammengehörten, die Söhne und Töchter des Lichts.

»Bela? Ich bin es, Mattim.«

Der Wolf stand auf. Nur sein gewaltiger Schädel ragte in den Schein der Laternen, seine runden Augen spiegelten das Licht. Er zog die Lefzen hoch und entblößte die Armee seiner schimmernden, messerscharfen Zähne.

Mattim streckte die Hand vor.

»Beweg dich nicht.« Kununs Stimme klang so nah, dass er direkt hinter ihm stehen musste, den Mund knapp über Mattims Ohr. Der Jüngere drehte sich nicht um. Wie zu einer Statue erstarrt, hielt er still.

Kununs Hand legte sich sehr langsam um seine und zog ihm den Elektroschocker vorsichtig aus den Fingern.

»Geh zur Seite«, flüsterte Kunun. »Langsam.«

Der Wolf starrte sie an.

Kunun stieß Mattim zur Seite und sprang nach vorne. Sie gingen gleichzeitig aufeinander los, er und der Wolf, und sie schrien beide gleichzeitig auf. Dann lag der Wolf auf der Seite und zuckte.

»Schnell!«, rief der Schattenprinz. »In den Käfig mit ihm!«

Einige Schatten kamen auf den Platz geeilt, den großen Käfig zwischen sich. Vorsichtig beugten sie sich über den Wolf. Einer der Vampire seufzte vor Erleichterung, als das Raubtier nicht nach ihnen schnappte. Wie tot lag es da, ein großer Haufen aus schwarzem Fell. Sie hoben den Wolf auf und schoben ihn auf die eiserne Bodenplatte. Die Gitterklappe fiel rasselnd zu.

»Verdammt«, sagte Kunun laut.

Eine tiefe Schramme an der Wange verunstaltete sein vorher so makellos schönes Gesicht.

»Du solltest dir etwas überlegen«, schimpfte Kunun wütend. »Ich habe nicht gesagt, dass du jede blödsinnige Idee in die Tat umsetzen sollst, ohne sie mit mir zu besprechen. Das ist ein Schattenwolf, verflucht! Du kannst nicht einfach mit ausgestreckter Hand auf einen durchgedrehten Schattenwolf losmarschieren.«

»Ich hatte eine Waffe!«

»Die du erst hättest einsetzen können, wenn er seine Zähne an deinem Hals gehabt hätte. Herrje, Mattim! Und du«, wutschnaubend wandte er sich an Atschorek, »du lässt ihn einfach so gehen? Wenn du vorhattest, unsere Familie zu dezimieren und einen deiner Brüder umzubringen, hättest du Bela auch einfach erschießen können.«

Atschorek senkte den Kopf. »Ich dachte, Mattim würde es hinbekommen«, sagte sie leise. Dann bemerkte sie die Wunde in Kununs Gesicht.

»Oh nein, Kunun!«

»Ich weiß«, sagte der Schattenprinz grimmig. »An meinem Arm habe ich noch mehr.«

»Ich wäre an ihn herangekommen«, sagte Mattim leise.

»Verschwinde einfach nur.«

Der Junge wandte sich zum Gehen. Jetzt war er schon wieder schuld. Groll brannte in seinem Herzen, während er den Männern folgte, die den Käfig aus dem Hof zum Fahrstuhl trugen.

Etwas in den erschrockenen Gesichtern der Vampire ließ ihn herumfahren.

Vor ihnen stand schwankend eine blutüberströmte Gestalt. Jemand hatte Zoltan ein Tuch um den Hals geschlungen und ihm das Gesicht gewaschen, aber die riesigen dunklen Flecken auf der Kleidung verrieten, was mit ihm passiert war. Mit den Fingern zerrte er an dem Halstuch, während er in Todesangst um sich stierte. Sein Blick blieb an Mattim haften, und so etwas wie Erkennen trat in seine dunklen Augen. Er streckte die Hand aus und versuchte zu sprechen, brachte aber nur einen gequälten, gurgelnden Laut heraus. Dann torkelte er rücklings von ihnen fort durch die Eingangshalle.

»Die Tür!«, rief Goran und setzte ihm nach. »Lasst ihn um Himmels willen nicht auf die Straße!«

Zoltan wich den Händen aus, die ihn packen wollten, kehrte um und floh in panischem Schrecken in den Innenhof. Er heulte auf, denn dort standen Kunun und Atschorek, während sich hinter ihm am Eingang die anderen Schatten drängten.

»Was machen wir mit ihm?«

»Oh nein, nein«, stöhnte Atschorek. »Die Sonne geht gleich auf, wir müssen ihn in eine der Wohnungen bringen.«

»Nein.« Kunun hielt sie am Arm fest. »Lass ihn.«

»Aber … er gehört jetzt zu uns. Unwiderruflich!«

»Lass ihn«, wiederholte er.

»Das ist Mord«, flüsterte sie.

»Nein«, widersprach Kunun. »Getötet haben wir ihn schon.«

Zoltan flüchtete in eine der Ecken und brachte einen der steinernen Löwen zwischen sich und die anderen. Eine fahle, schleichende Helligkeit kündigte den Morgen an. Mattim konnte nicht anders, als hinzusehen, wie der neue Tag Einzug hielt. Er begann sanft und grau, ein milder, freundlicher Frühlingstag.

Der Mann, der längst hätte tot sein sollen, stand da und starrte hinauf in den Himmel. Er schien weder die anderen Schatten noch seine Peiniger mehr wahrzunehmen. Ohne sich zu rühren blickte er empor. Das Tuch glitt von seiner Schulter und gab den Blick auf die schreckliche Wunde frei. Dann schien er auf einmal von innen her zu leuchten – und war verschwunden.

ACHT

BUDAPEST, UNGARN

Kunun verzog das Gesicht, während Atschorek ihm das Hemd auszog. Die Krallen des Wolfs hatten tiefe Spuren auf seiner Brust und seinem Arm hinterlassen.

»Es hat schon aufgehört zu bluten«, sagte sie. »Tut es sehr weh?«

»Es geht.«

»Wenn du das zugibst, müssen die Schmerzen unerträglich sein.«

Sie drehte seinen Kopf mit beiden Händen und besah sich die Verletzung an seiner Wange. »Du hast noch mal Glück gehabt. Er hat nach deiner Kehle geschnappt. Er hätte dir das halbe Gesicht wegreißen können. Mattim ist kleiner als du, ihn hätte er erwischt«, fügte sie hinzu.

»Ich weiß.« Seine Stimme war so grau wie seine Gesichtsfarbe. Er starrte in den Badezimmerspiegel. »Und das ist noch nicht alles. Du hast Zoltan hergebracht. Man wird ihn suchen. Irgendwer wird sich daran erinnern, dass er in dieses Haus gegangen ist.«

»Es war nie geplant, dass er es nicht wieder verlässt«, sagte Atschorek.

»Die Polizei wird herkommen und Fragen stellen«, sprach Kunun weiter. »Es wird ihnen auffallen, dass dieses Haus nicht in den siebten Bezirk passt. Sie werden sich fragen, warum jemand in dieser Gegend lebt, der sich ohne weiteres ein Schloss kaufen könnte. Was soll ich ihnen sagen? Dass ich hier wohne, weil ich eine geheime Tür im Keller habe, die mich mit meiner Heimatstadt verbindet? Soll ich den Schatten befehlen, die Wände und Fenster mit Dreck zu bewerfen, damit keiner merkt, wie reich ich wirklich bin?«

»Wenn jemand von der Polizei herkommt, beißen wir ihn. Oder«, fügte sie lächelnd hinzu, »wir bezahlen ihn.«

»Dass ein Polizist dieses Haus vergisst, dafür kann ich sorgen. Aber wenn seine Ermittlungen ihn immer wieder herführen, drehen wir uns irgendwann im Kreis. Und erpressen lasse ich mich gewiss nicht.«

»Was schlägst du vor?«, fragte sie. »Willst du das Hauptquartier aufgeben?«

»Verdammt, Atschorek«, fluchte Kunun leise, »wenn es in deinem Haus passiert wäre, dann hätten wir nun wenigstens, was wir wollen. Wir hätten den Zugang.« In seinen dunklen Augen leuchtete etwas auf. »Es hat funktioniert, das wissen wir nun. Bela hat zwar den Verstand verloren, aber nicht seine Macht, Menschen zu verwandeln. Wenn du nicht so voreilig gewesen wärst, hätten wir die Pforte jetzt!«

»Nein, wir hätten sie nicht. Das Geschrei hätte die Polizei auf den Plan gerufen. Wir hätten die Tür nicht benutzen können. Das weißt du so gut wie ich.«

»Ich muss nach Akink.« Vorsichtig knöpfte er sein sauberes schwarzes Hemd zu. »Ich muss nach Akink.« Er sagte es ein drittes Mal: »Ich muss nach Akink.«

»Glaubst du, es wird dort heilen?«

»Ich weiß es nicht«, gab Kunun zu, »aber wenn nicht dort, wo dann? Wie sonst? Was könnte es noch für eine Möglichkeit geben, heil zu werden? Du hast Mattim gesehen. Er hat keine einzige Narbe zurückbehalten. Er war als Einziger von uns wirklich drüben auf der anderen Seite. Es funktioniert. Licht heilt die Wunden.« Er beugte sich näher zum Spiegel und betrachtete eingehend sein Gesicht. »Ich will nach Akink. Jetzt. Wir können nicht länger warten.«

»Dein alter Plan?«

Kunun nickte. »Ja«, sagte er. »Der alte Plan.«

»Es geht nicht. Du wolltest mindestens noch zwei, drei Jahre warten. Réka ist zu jung. Sie wird es nicht schaffen.«

»Réka wird tun, was ich ihr sage.« Er holte eine Packung Pflaster aus dem Badschränkchen und reichte sie Atschorek.

»*Szigethy-Blut für die Stadt*«, murmelte Atschorek. »Du glaubst doch nicht etwa, die Prophezeiung könnte auf diese Weise verstanden werden?«

»Warum nicht?«, fragte er zurück. »Ihr Blut hat uns nicht weitergebracht. Vielleicht ist es ganz anders gemeint. Nicht Rékas Blut, sondern ihr Einsatz. Was, wenn es diese Heldentat ist, die ihr vorherbestimmt ist? Willst du ihr die Gelegenheit verweigern, sie zu vollbringen?«

Sorgfältig klebte ihm seine Schwester ein großes Pflaster über die Wange. »Und wenn sie versagt?«

»Ich weiß«, sagte er. »Beim Licht, Atschorek, ich weiß.« Seine Hand fuhr zu seinem Gesicht. »Aber ich kann nicht mehr. Deshalb habe ich es mit Bela versucht. Ich will nicht mehr warten. Und jetzt erst recht nicht. So wie ich momentan bin? Das wird niemals heilen. Ich muss nach Akink.«

Atschorek nickte. »Ich fahre dich zu Réka.«

»Noch nicht. Sie ist in der Schule. Wir fangen sie heute Nachmittag ab. In der Zwischenzeit bereiten wir alles vor. Wir brauchen ein Boot. Das müssen wir hier kaufen und nach Magyria bringen, wenn es dunkel wird. Die Schatten sollen sich bereithalten.«

Der Käfig war zu schwer, um ihn aus dem Fahrstuhl zu ziehen, und da zwischen Liftwand und Gitter kein Platz war, konnte auch niemand von hinten schieben. Nur noch Goran war da, um ihm zu helfen. Sie hatten sich beide auf das Gitter gesetzt, als der Fahrstuhl nach unten fuhr, denn die kleine Kabine bot nicht mehr Platz. Sobald die Tür aufging, waren sie hinausgeklettert. Nun standen sie im Keller vor dem offenen Lift und berieten sich.

»Das schaffen wir nicht zu zweit«, sagte Mattim.

»Die anderen Schatten hat Kunun weggeschickt«, erklärte Goran. »Irgendwas mit einer Pforte, außerhalb von Budapest.«

»Wir müssen den Wolf jedenfalls unbedingt nach Hause bringen, bevor er erwacht, oder es geht alles wieder von vorne los.«

»Er sollte doch nur einige Augenblicke lang bewusstlos sein? Jetzt liegt er immer noch da. Glaubst du, mit ihm stimmt etwas nicht?«

Genau das war seine eigene Befürchtung. »Vielleicht hat Kunun ihn umgebracht mit dem seltsamen Gerät«, knurrte Mattim.

»Bela ist einfach zu schwer.« Goran seufzte. »Mit dem Käfig kriegen wir ihn jedenfalls nicht aus dem Fahrstuhl. Was nicht heißen soll, dass ich dir rate, den Käfig zu öffnen und ihn da herauszuzerren. Das ist genau das, was du nicht tun solltest, Mattim.«

Er stand da und betrachtete den Fahrstuhl und den Wolf, der sich immer noch nicht bewegte. Ein Gedanke. Vielleicht …

»He!«, rief sie. »Mach die Klappe nicht auf! Hörst du mir überhaupt zu?«

Ein Gedanke, so fremd, dass er sich dumm anfühlte. Noch hatte Mattim sich nicht an das Wissen gewöhnt, wie die Pforten entstanden. Die Zähne eines Schattenwolfs, mächtiger als jede andere Waffe, rissen den hauchdünnen Schleier zwischen den Welten entzwei.

Ein mulmiges Gefühl überkam Mattim, als er den Käfig aufschob und sich bückte, um mit hineinzusteigen.

»Hier im Aufzug ist Zoltan gebissen worden«, überlegte er. »Dann muss es doch möglich sein, direkt von hier nach Magyria überzuwechseln?«

»Wahrscheinlich, aber … Nicht, Mattim!«

Es war nötig, den Wolf zu berühren. Falls dieser sich nur tot oder bewusstlos stellte, war es ein tödlicher Fehler, die Klappe zu öffnen, doch Bela schlief weiter. Mattim beugte sich über ihn und legte ihm die Arme um den Hals. Dann schloss er die Augen und machte in Gedanken den Schritt, auf den es ankam.

Es war stockfinster. Der Junge hob den Kopf und horchte. Immer noch lag der Wolf reglos in seinen Armen. Er streckte die Hand aus – der Käfig war verschwunden, um sie her war nur das Dunkel des Gewölbes. Irgendwo tropfte Wasser.

Eine Höhle. Sie mussten in einer der anderen Höhlen sein. Auf jeden Fall hatte es funktioniert, sie waren auf der richtigen Seite. In Magyria.

»Bela? Wir sind zu Hause.«

Mattim konnte es nicht sehen, aber er fühlte, wie der mächtige Leib sich bewegte.

»Bela?«, fragte er noch einmal. »Bela, ich bin es.«

Unter seiner Hand fühlte er das Herz des Wolfes schlagen, stark und lebendig.

»Bela«, sagte er zum dritten Mal. Die Angst, in seiner Umarmung könnte eine reißende Bestie erwachen, war nicht völlig verflogen, aber solange das Tier keine Anstalten machte, ihn anzugreifen, konnte er hoffen, dass sein Bruder zurückgekehrt war.

Die Läufe zuckten, der Wolf versuchte aufzustehen. So gut es ging, half Mattim ihm dabei. Dann standen sie eine Weile still, und das Tier lehnte sich gegen ihn.

Komm. Er musste nicht sprechen, keine Befehle geben. Wie ein einziges Wesen hielten sie auf den Ausgang zu, ohne Zögern, ohne Schwierigkeiten, sich zu orientieren. Draußen empfing sie das Dämmerdunkel eines magyrianischen Tages. Wenn Mattim lange genug stillhielt und die wirbelnden Gedanken verbannte, konnte er nahezu fühlen, was der Wolf empfand.

Es ist Vormittag. Die Sonne wird bald im Zenit stehen, wenn auch nicht hier. Irgendwo dort oben hinter den Schleiern.

Ein scharfes Luftholen beim Überqueren der offenen Fläche vor den Höhlen. Dann das Aufatmen beim Eintauchen in den Wald. In den Schatten. Der Wolf blieb stehen und keuchte, wieder lehnte er sich schwer gegen Mattim.

»Bela«, sagte Mattim leise. Glück flammte in ihm auf, weil sein Bruder lebte, weil die Zeit des Schreckens zu Ende war.

Der Wolf stieß ihn leicht mit der Schnauze an. Wie eine graue Decke schimmerten die hellen Haarspitzen seines schwarzen Fells.

Man konnte die Flusshüter hören, lange bevor man sie sah. Sie stapften durchs Unterholz, ihre Stimmen trugen weit, ihr Gelächter erinnerte an glücklichere Tage.

Der Wolf konnte noch nicht rennen, noch lange nicht. Schwer genug waren ihm die bisherigen Schritte gefallen.

Die Brüder duckten sich gemeinsam tief unter die Bäume in eine Mulde, in der sie nebeneinanderlagen und keinen Laut von sich gaben. Die Schritte der Patrouille kamen näher, noch näher. Ihr Geruch war sehr menschlich, sehr lebendig, auch wenn er nicht die wunderbare scharfe Süße der anderen Wirklichkeit in sich trug. Schweiß, Angst, Vorsicht, aber auch leise Vergnügtheit lagen darin. Zwei Frauen tuschelten miteinander. Sie gingen so dicht an ihnen vorbei, dass Mattim die Hand hätte ausstrecken können, um sie auf einen zarten Frauenknöchel zu legen.

Sein Mund begann zu brennen, dumpfer Schmerz durchfuhr seine Kiefer. Er presste sein Gesicht ins Fell des Wolfs und wartete ab, bis sie vorüber waren.

»Du musst hier weg«, sagte er leise zu Bela, später, nachdem sie eine schier endlose Zeit gewartet hatten. »Weit weg. Komm.«

Der weiche Waldboden verschluckte ihre unhörbaren Schritte.

»Kunun!« Réka strahlte übers ganze Gesicht. Sie drehte sich zu ihren Freundinnen um, die mit offenen Mündern auf den dunkelhaarigen jungen Mann im Auto starrten.

»Das ist er?«, flüsterte Valentina. »Dein – Prinz?«

»Hoheit«, kicherte Dorina und vollführte einen Knicks.

Kunun beachtete die anderen Mädchen gar nicht. »Steig ein.«

Réka grinste triumphierend, bevor sie zu Kunun auf die Rückbank des BMW rutschte.

»Du hast mich noch nie von der Schule abgeholt.« Sie sah aus dem Fenster; ihre Mitschülerinnen standen immer noch auf dem Bürgersteig und glotzten, als wären sie einem Filmstar begegnet.

Zufrieden wandte Réka sich ihrem Freund zu, und sofort fiel ihr das Pflaster auf. »Was ist passiert? Hast du dich verletzt?«

»Ja«, sagte er schroff und berichtigte sich gleich wieder, mit sanfter, freundlicher Stimme. »Nichts Ernstes.«

Atschorek drehte sich halb zu ihr um und nickte ihr zu. »Hallo, Réka.«

»Wohin fahren wir?«, fragte sie aufgeregt. »Das ist nicht der Weg nach Hause.«

»Ich will dir etwas zeigen«, sagte Kunun. »Und dich um etwas bitten. Es ist sehr wichtig für mich. Für meine ganze Familie.«

»Aha.« Nervös knetete Reka den Schulterriemen ihrer Schultasche. »Was denn?«

»Du wirst schon sehen. Wir fahren aus der Stadt heraus. Mach dir keine Sorgen.«

Das Gesicht des Mädchens war voller gespannter Erwartung, während der schwarze BMW sich durch den Verkehr schlängelte. Als sie in ihrer Tasche nach dem Handy kramte, legte Kunun ihr eine Hand auf den Arm.

»Was hast du vor? Wen willst du anrufen?«

»Hanna.« Sie schaute ihn überrascht an. »Ich will ihr nur Bescheid sagen, dass ich später nach Hause komme. Wie viel Uhr wird es denn?«

Atschoreks Blick im Rückspiegel traf sich mit Kununs. Réka entging nicht das Zögern in seiner Stimme.

»Es wird nicht lange dauern. Aber vielleicht sagst du, du bist bei einer Freundin. Und falls du nicht nach Hause kommst, würdest du bei ihr übernachten.«

Réka ließ das Handy wieder sinken. »Dann brauche ich auch gar nicht anzurufen. Das erlauben die sowieso nicht.«

»Sag lieber trotzdem Bescheid. Dann machen sie sich wenigstens keine Sorgen. Nicht dass sie noch die Polizei verständigen.«

Am anderen Ende der Leitung wollte Hanna natürlich

wissen, bei welcher Freundin sie war, aber Réka lachte nur und beendete das Gespräch.

Sie genoss es, neben Kunun zu sitzen und irgendeinem unbekannten Abenteuer entgegenzufahren, doch ein wenig unsicher fühlte sie sich auch, weil er ihr nicht verraten wollte, was er vorhatte.

Sie ließen die Stadt hinter sich und fuhren weiter an der Donau entlang. Der Fluss blitzte immer wieder in der Abendsonne auf. Atschorek lenkte den Wagen schließlich zu einem kleinen Haus mit einem mager bepflanzten Vorgarten. Gerümpel versperrte den Blick auf die Haustür. Auf der Garageneinfahrt stand ein Volvo mit einem leeren Bootsanhänger. Kunun nickte zufrieden.

»Sie haben das Boot schon rübergebracht«, meinte Atschorek. »Wir können sofort beginnen.«

»Was?«, fragte Réka. »Geht es um eine Bootsfahrt? Wir beide auf der Donau?« Sie schlang die Arme um Kunun und drückte ihn.

»Ja, es geht um eine Bootsfahrt«, sagte er ernst, er brachte es nicht fertig zu lächeln. »Komm ins Haus.«

Das graue Häuschen wirkte wenig einladend. Réka blieb stehen und hielt Kununs Hand fest. Es wurde schon dunkel, und aus dem Fenster drang trübes gelbliches Licht. »Wer wohnt da?«, fragte sie vorsichtig.

»Ein Freund«, erklärte er. »Ein sehr guter Freund, der alles für mich tun würde. Also hab keine Angst.«

Er führte sie durch die angelehnte Tür. Ein Mann mittleren Alters, dem ein Ohr fehlte, saß an einem kleinen, wackeligen Tisch und rauchte. Als er die Ankömmlinge sah, drückte er hastig seine Zigarette aus und sprang auf. »Prinz Kunun. Hoheit.«

Réka kicherte. »Wow, sind das deine Exil-Untertanen oder so?«

»So in der Art. – Ist alles bereit?«

Der Einohrige nickte. »Die anderen warten schon seit Stunden auf euch.«

»Wie groß ist das Boot?«, fragte Atschorek. »Wird sie damit klarkommen?«

»Dürfte kein Problem sein«, antwortete der Mann mit einem abschätzenden Blick auf Réka.

Sie hielt Kununs Hand fester.

»Wieso? Ich soll allein mit dem Boot fahren? Ohne dich?«

»Komm«, sagte er nur und führte sie zur Hintertür, die in den verfallenen Garten hinausging. Weit und breit war kein Boot zu sehen, bloß die Umrisse aufgetürmter Bretter und ausgedienter Gerätschaften.

»Was …?«, begann Réka, doch in diesem Moment trat Kunun durch die Tür und zog sie hinterher.

Sie standen in einem Wald.

Unwillkürlich sprang sie zurück, aber da war kein Haus mehr hinter ihr. Stattdessen noch weitere Stämme, Baumstämme, so weit das Auge reichte. Über ihnen fiel die Dämmerung herab wie sanfter Regen.

Réka keuchte. Aber Kunun war da. Und der Griff seiner Hände war immer noch warm und fest.

»Hab keine Angst«, hörte sie ihn sagen. »Wir sind nur durch die Pforte gegangen.«

»Jetzt kommt«, forderte Atschorek sie ungeduldig auf, drängte sich an ihnen vorbei und verschwand zwischen den Bäumen.

Réka bohrte die Füße in die weiche Walderde, die nach Moos und Feuchtigkeit duftete. Feine Regentropfen sprühten durch die blattlosen Äste. Wieso hatten die Bäume keine Blätter mehr? Und wie konnte der Garten so groß sein wie ein riesiger Wald?

»Der Wald war hinter dem Bretterstapel, richtig?«, fragte sie. Ihr fehlte wieder Zeit; die Schritte, die sie ums Haus herumgegangen waren und den Wald betreten hatten, waren vollständig aus ihrem Gedächtnis verschwunden. Sie bemühte sich, Kunun ihre Verwirrung nicht merken zu lassen. Wenn er erst wusste, wie vollständig verrückt sie war, würde er wahrscheinlich nichts mehr mit ihr zu tun haben wollen.

»Komm. Und bitte, was auch passiert, sei leise.«

Es war alles in Ordnung, sie hatte nur einen kleinen Blackout gehabt. Gleich kamen sie zu der Überraschung, die ihr Freund für sie hatte. Es gab keinen Grund, sich zu fürchten, trotzdem griff die Panik bereits mit eiskalten Händen nach ihr und krallte sich um ihre Kehle.

Da war der Fluss. Sie waren immer noch ganz nah an der Donau, natürlich. Eine Gruppe Leute hatte sich am Ufer versammelt und flüsterte. Sie hatten ein Boot bei sich. Und einen riesigen Hund.

»Ihr habt Wilder?«, fragte Kunun. »Von Wilder war nicht die Rede, ich wollte Bela.«

»Du wolltest Bela dafür?«, fragte Atschorek ungläubig. »Nach allem, was er dir angetan hat?«

»Das war dort, und hier ist hier«, sagte Kunun. »Hier ist Bela auf jeden Fall verlässlicher als Wilder. Verdammt, wo ist er? Hat Mattim es wieder einmal nicht fertiggebracht, meine Anweisungen zu befolgen?«

»Nein, er hat ihn nach Magyria gebracht«, versicherte einer der Fremden. »Seitdem sind beide verschwunden. Wir wollten nach ihnen suchen, aber der Wald wimmelt zurzeit von Flusshütern. Ob der König etwas ahnt?«

»Das kann gar nicht sein«, sagte Atschorek schroff. »Wenn Mattim nichts verraten hat … oder hat die Patrouille ihn erwischt?«

»Das hätten wir mitbekommen, denke ich«, sagte einer. »Wir waren immer in der Nähe der Brücke. Sie haben keinen Gefangenen rübergebracht.«

»Nun gut«, unterbrach Kunun schroff. »Das Mädchen ist jedenfalls da.«

Das kleine Ruderboot war aus Holz, mit einer blau gestrichenen Sitzbank. In den Ferien waren sie einmal mit der Familie mit einem ganz ähnlichen Boot über den Plattensee gerudert. Allein der Anblick erinnerte Réka an Ferien, an sonnige Tage, das Geschrei lachender Menschen am Ufer und Eis.

»Réka, du wirst mit diesem Boot den Fluss hinunterfahren. Halte dich ans rechte Ufer. Wenn du eine gute Stelle findest, an der du anlegen kannst, dann tu das und geh zu Fuß weiter, aber achte darauf, dass das Boot nicht zu auffällig herumliegt. Du brauchst es eventuell noch für den Rückweg. Nach einiger Zeit wirst du eine große Stadt am Flussufer erblicken, mit einer Burg auf dem Hügel. Du musst ein gutes Stück vorher an Land gehen. Das ist sehr wichtig.«

»Allein?«, fragte Réka verzagt. »Ich soll allein mit dem Boot fahren?«

»Das schaffst du schon.« Kununs Tonfall ließ keinen Zweifel daran zu.

»Bis du dort bist, wird es noch viel dunkler sein. Aber das macht nichts, Wilder kann sich in der Dunkelheit orientieren.«

»Wilder?«

Der riesige Hund starrte sie an. Er hatte extrem lange Beine und einen mächtigen Schädel. Im Dämmerlicht wirkte er wie ein großer grauer Schatten.

»Wilder wird mit dir fahren. Es geht darum, ihn auf die andere Seite und möglichst nah an die Stadt heranzubringen. Vollkommen glücklich würdest du mich machen, wenn du ihn irgendwie in die Stadt schaffen könntest. Ich glaube nicht, dass sie diese nach allen Seiten hin so sorgfältig bewachen, wie sie es an der Brücke tun, aber selbst die anderen Tore, die auf die Landseite gehen, werden bei Nacht geschlossen sein.«

Kununs Stimme kam ihr fremd vor. Außerdem verstand sie kein Wort von dem, was er da redete.

»Vielleicht könntet ihr den Morgen abwarten. Sobald die Tore sich in der Frühe öffnen, könnte Wilder hineinrennen, an den Wachen vorbei, und wäre in der Stadt. Dazu braucht man natürlich ein Versteck ganz in der Nähe eines Tors. Ich habe einen Plan vom Gelände rund um die Stadtmauer. Wilder kennt ihn. Wenn du denn gewillt bist, dich nach meinen Anweisungen zu richten?«

Er sprach direkt zu dem Hund, und der Hund blickte zurück und knurrte leise.

»Solltet ihr es nicht in die Stadt schaffen«, sagte Kunun zu dem Tier, »dann weißt du, was du zu tun hast. Such dir für die Pforte eine gute Stelle aus. Falls ihr angegriffen werdet, zögere nicht. Nur lass es verdammt noch mal auf der anderen Seite passieren. Und jetzt ab ins Boot mit euch beiden.«

»Kunun?« Réka blickte entsetzt auf das große Ungeheuer, das leichtfüßig ins Boot sprang. »Ich soll …?«

»Nun mach schon«, sagte er.

Sie konnte sich nicht von der Stelle rühren. Alles, was er zu ihr gesagt hatte, war schlagartig weg. Sie wusste nur, dass sie es nicht tun konnte, was immer es auch war. Es war falsch, alles war falsch. Der Wald und der Fluss und all das Gerede von Stadt und Angriff. Sogar der Hund war irgendwie falsch.

»Das ist ein Wolf«, sagte das Mädchen. Sie erkannte es

mit einer Klarheit, die sie selbst überraschte. Durch ihre ganze Verwirrung und Enttäuschung hindurch drängte sich die Tatsache in ihr Bewusstsein, dass sie mit einem riesigen Wolf in ein Boot steigen sollte.

»Jetzt geh.« Kunun packte ihr Handgelenk und zog sie vorwärts, auf das Ufer zu. Mit Ferien, Eis und glitzernden Wellen hatte das nichts zu tun.

»Nein!« Réka heulte auf und versuchte sich loszureißen. »Lass mich los! Ich will nicht!«

»Réka, bitte«, rief Kunun. »Bitte, es ist ungeheuer wichtig.«

»Müsst ihr noch lauter schreien?«, fragte Atschorek ärgerlich. »Réka, stell dich nicht so an. Bring den Wolf auf die andere Seite.«

Die Fünfzehnjährige fing an zu weinen. Sie schämte sich dafür und konnte doch nichts dagegen tun.

»Kein Problem«, sagte Kunun, der sich nur mühsam beherrschte. »Dann wird Wilder eben schwimmen, und ihr trefft euch drüben am anderen Ufer. Das kannst du bestimmt tun, Réka, oder? Vergiss den Wolf. Rudere einfach rüber auf die andere Seite.«

»Nein. Nein!« Sie schluchzte, während sie versuchte, Kununs Hand abzuschütteln und sich in Sicherheit zu bringen.

»He, du kleine, verheulte Rotznase«, sagte Atschorek ungeduldig, »du wirst es doch wohl fertigbringen, das Boot über den Fluss zu rudern?«

»Warum tut ihr es nicht einfach selbst?«, rief Réka. »Wenn es so einfach ist, he?« Sie ging rückwärts, während sie um ihre Freiheit kämpfte, und kam dabei dem Ufer wieder näher.

Kunun ließ sie abrupt los, als ihre Füße in eine sumpfige Stelle im Gras traten.

»Es war ein Fehler, ihr den Wolf zu zeigen«, sagte Atschorek finster. »Beiß sie einfach, und dann versuchen wir es noch mal.«

»Komm her, Réka«, befahl Kunun.

Aber sie wich zurück. In diesem Albtraum, in den sie da geraten war, war ihr Held Kunun plötzlich eine dunkle Figur geworden, die vorhatte, ihr etwas anzutun. Sie schrie auf, verlor das Gleichgewicht und stürzte rücklings in den Fluss.

Das Wasser schlug über ihr zusammen. Es war so kalt, dass sie unwillkürlich nach Luft schnappte und Wasser einatmete. Die Welt ging in Entsetzen unter, in Finsternis und Kälte. Sie kämpfte gegen den Fluss, der sie mitriss, tauchte auf, sah die dunklen Gestalten am Ufer stehen.

»Kunun!« Sie streckte die Hand nach ihm aus. »Kunun!«

Er rührte sich nicht. Er sprang ihr nicht nach, er tat gar nichts.

Kunun …

Ihre nassen Kleider zogen Réka wieder nach unten, wo die Dunkelheit auf sie wartete. Schlingpflanzen tasteten mit glitschigen Fingern nach ihren Beinen und wickelten sich um ihre Füße. Sie ruderte wild mit den Armen, und wie Stricke legten sich die wogenden Algen um ihre Hände. Es war so finster … und noch tiefer, ganz unten, war Licht, wie am Ende eines Tunnels.

Es stimmte also. Wenn man starb, kam das Licht … Aber keine Engel sangen. Nur Schweigen empfing sie, und der Schmerz und die Angst und das Entsetzen wurden übermächtig.

Ich sterbe, jetzt … Kunun!

Dann zerrte etwas an ihr, die Pflanzen zerrissen und gaben sie frei, und im nächsten Moment berührten ihre Hände Gras. Hustend und spuckend kroch sie ans Ufer, mit zitternden Knien, und brach zusammen. Hinter ihr tauchte der Wolf aus dem Wasser auf und schüttelte sich.

»Réka.« Kununs Gestalt, zu einem schwarzen Schatten geworden. Nicht einmal jetzt kam er zu ihr. Er half ihr nicht hoch, schloss sie nicht in die Arme. Als ginge ihn das alles nichts an, stand er immer noch ein paar Meter entfernt und rührte sich nicht von der Stelle.

»Du hast mir nicht geholfen.« Sie starrte ihn an. Ein Fremder. Ein Fremder, der auf sie zuschritt wie eine dunkle Bedrohung. »Warum hast du mir nicht geholfen?«, schrie sie ihn an.

»Ich kann nicht ins Wasser«, sagte er mit einer Stimme, die seltsam zärtlich und verloren klang.

Sie wich vor ihm zurück. »Du hättest mich ertrinken lassen!«

Atschorek trat hinter ihm aus der Dunkelheit. »Beiß sie. Dann vergisst sie auch das.«

Réka drehte sich um und lief. Sie stolperte vorwärts, in den dunklen Wald hinein.

»Réka!«, rief Kunun hinter ihr. »Warte!«

Kurz darauf Atschoreks Ruf: »Beiß sie!«

Ein Wimmern drang aus Rékas Kehle, während sie rannte. Die nasse Kleidung lähmte ihre Beine; wie in einem endlosen Albtraum hatte sie das Gefühl, nicht vorwärtszukommen. Dann erschien der Wolf neben ihr. Sie schrie so laut sie konnte, als er sie umwarf, schrie, wie sie noch nie geschrien hatte, als ihr Gesicht in Moos und Blätter tauchte. Trotzdem hörte sie noch Kununs Stimme, das einzig Vertraute in dieser Welt des Schreckens.

»Nicht!«, rief er, so dringend, dass seine Verzweiflung der ihren gleich zu sein schien. »Wilder, nicht! Nicht hier! Bloß nicht hier!«

Im selben Moment wurden in der Nacht zwischen den Bäumen andere Gestalten sichtbar, Menschen mit Lichtern. Durch ihre Panik hindurch hatte Réka das tröstliche Gefühl, dass man sie gesucht und endlich gefunden hatte. Der Wolf verschwand, und sie kroch auf das Licht zu. Starke Arme halfen ihr hoch.

»Nicht beißen«, brachte sie heraus. »Nicht beißen. Wolf. Nicht.«

»Wer bist du?«, fragte der Fremde, der sie festhielt.

»Kein Schatten, das sieht man doch«, sagte eine Frauenstimme neben ihrem Ohr. »Sie flieht vor ihnen, sie hat Todesangst. Es wird alles gut, Mädchen.«

Réka wandte sich um, wo in der Finsternis nur noch die schwarzen Stämme die Nacht in Segmente teilten.

»Kunun?«, fragte sie.

Es war ein Traum. Es musste ein Traum sein, dass er sich in ein Monster verwandelt hatte, das sie beißen wollte. Ein Traum, dass sie in das schwarze Wasser gefallen war … Aber sie war völlig durchnässt, und sie fror.

»Ein Wolf war hinter dir her?«, fragte ein Mädchen, schön und blond, nicht viel älter als sie. Mit großen blauen Augen starrte sie Réka an. »Einer der Schattenwölfe?«

»Der Wolf war sehr groß«, sagte Réka. »Er sollte in das Boot.« Dann fragte sie: »Wo sind wir hier eigentlich? Ich möchte nach Hause. Kann mich bitte jemand nach Hause bringen?«

»Am besten kommst du erst einmal mit nach Akink«, sagte die erste Frau.

»Es könnte eine Falle sein«, gab die zweite zu bedenken.

»Wie war das mit dem Boot?«, fragte der Mann, und die anderen traten näher.

Sie sah jetzt, dass es eine ganze Gruppe war, vielleicht ein

Dutzend Männer und Frauen mit Fackeln. Der Sprecher trug ein langes Schwert in seinem Gürtel, und das blonde Mädchen, das eine Falle befürchtete, zog einen Pfeil aus dem Köcher und legte ihn an die Bogensehne.

Réka starrte sie ungläubig an. Was spielten sie hier in diesem Wald – Ritter? Aber im Gesicht des Mannes lag ein tödlicher Ernst, als er sagte: »Sichert die Gegend. Sucht nach dem Boot. Und passt auf, dass …«

Er brachte den Satz nicht zu Ende. Einen Augenblick schien die Welt stillzustehen, und sie sah den Wolf im Flug. Sein Fell war fuchsrot, nicht mehr grau, und im Schein der Lichter strahlte er auf wie eine Flamme. Der Anführer fiel zu Boden, bevor es ihm gelang, sein Schwert zu ziehen und zu schreien. Réka war es, die für ihn schrie, und zugleich stürmten von allen Seiten Kununs Freunde ins Licht. Réka wusste nicht mehr, welches ihre eigenen Schreie waren in dem Lärm. Sie sah Atschorek kämpfen – keine gestylte Prinzessin mehr, sondern eine Kriegerin. Das alles war dermaßen unglaublich, dass es schon fast normal erschien, wie die goldhaarige Bogenschützin zielte und traf und wie Atschorek mit dem Pfeil in der Brust weiterrannte, als wäre nichts geschehen.

»Lauf, Mirita!«, schrie jemand. »Warne den König! Das Boot! Das Boot!«

Das blonde Mädchen ließ den Bogen fallen und stürzte fort, in die Dunkelheit des Waldes.

»Ihr nach!«, brüllte Kunun. »Lasst sie nicht entkommen! Sichert die Brücke!«

Kunun, der eine andere Frau gepackt hielt und seine Zähne in ihren Hals grub. Die Fremde schrie einmal laut, dann seufzte sie auf, im nächsten Moment schien sie zu zerfallen, und gleich darauf huschte ein kleiner grauer Wolf durch die Büsche davon. Réka starrte auf das Entsetzliche, das vor ihren Augen geschah, ohne es zu begreifen. Überall waren Wölfe, und es wurden immer mehr. Wild bissen sie um sich. Kunun wischte sich Blut vom Mund.

Atschorek hielt einen jungen Mann fest, der entsetzt gegen sie kämpfte, und redete ihm gut zu. »Du musst mit uns kommen. Du wirst zu Staub zerfallen, wenn du es nicht tust.«

Kunun, wie eine schwarze Säule im Nebel, der Réka über die ringenden Gestalten hinweg ansah.

Sie konnte sich nicht rühren. Aus ihrer Kehle stieg ein Wimmern auf, als er auf sie zukam, aber das Geräusch schien nichts mit ihr zu tun zu haben.

»Es tut mir leid, dass du das mit ansehen musstest. Aber du hättest auf keinen Fall das Boot erwähnen dürfen. Deshalb konnten wir niemanden entkommen lassen.«

Aus dem Wald traten zwei seiner Männer. »Die blonde Bogenschützin ist uns entwischt. Sie hat sich irgendwo versteckt, aber die Wölfe sind hinter ihr her.«

Kunun schüttelte den Kopf. »Wir können nicht riskieren, dass sie Akink erreicht. Ihr müsst sie von der Brücke fernhalten, koste es, was es wolle. Verstehst du? Koste es, was es wolle.«

»Ja«, sagte der andere Vampir ergeben.

Kunun wandte sich Réka zu. »Jetzt«, sagte er. »Wir müssen es sofort tun. Wir haben keine Zeit zu verlieren. Wenn es heute Nacht nicht klappt, gelingt es nie. Sie werden die Stadt von allen Seiten absichern, sobald sie wissen, was wir planen. Du musst mit dem Boot …«

Er trat auf sie zu und streckte die Hand nach ihr aus, doch in dem Moment, als seine Finger ihre Wangen berührten, gaben ihre Beine unter ihr nach, und die ganze Welt stürzte zusammen.

»Menschen«, sagte Atschorek verächtlich.

Kunun stand da und seufzte. Dann beugte er sich herab und hob das Mädchen behutsam hoch.

»Leg sie ins Boot. Wilder kann es an einem Strick rüberziehen. Wenn er sie drüben beißt, haben wir die Pforte, die wir brauchen.« Sie lächelte, erfreut über ihre gute Idee. »Warum haben wir das nicht schon längst so gemacht? Wir hätten irgendeinen Idioten hier aus den Dörfern entführen und betäuben können.«

»Ein betäubter Dummkopf nützt uns nichts«, sagte Kunun. »Wir brauchen jemanden, der auf unserer Seite steht. Was bringt uns eine Pforte mitten im offenen Gelände?«

»Wilder kann einen guten Platz aussuchen.«

»Ich habe immer gehofft, ich würde es sein«, sagte Kunun leise. »Ich würde der Wolf sein, der die Pforte nach Akink aufreißt.«

Atschorek sah ihn von der Seite an. Sie kannte seinen Schmerz darüber, dass er sich immer noch nicht verwandelt hatte. Die Aussicht darauf, sich selbst eines Tages zu verlieren – und dieser Tag würde unweigerlich kommen –, erfüllte sie ganz und gar nicht mit Vorfreude. Das machte es umso schwieriger, ihn zu trösten.

»Wilder wird schon richtig handeln.«

»Nur dass es nicht unbedingt das sein wird, was wir ihm befehlen.« Er trug Réka zwischen den Bäumen hindurch zu der unsichtbaren Pforte, durch die sie hergekommen waren.

»Wir müssen die Gunst der Stunde nutzen«, meinte Atschorek. »Du kannst das Mädchen jetzt nicht gehen lassen. Sie ist alles, was wir haben. Wenn die Nachtpatrouille nicht zurückkehrt, wird der König die Tagpatrouille verstärken. Wenn es der Flusshüterin, die entkommen ist, gelingt, ihr Wissen weiterzugeben …«

»Niemals«, sagte Kunun mit fester Stimme. »Alle Wölfe sind hinter ihr her. Nein.« Er schüttelte den Kopf. »Réka ist zu jung, du hattest recht. Sie ist zu schwach. Wir brauchen jemanden, der durch die Pforte gehen kann und die Nerven behält. Jemand, der uns in Budapest zeigen kann, wo der Durchgang ist, der nicht Hals über Kopf wegrennt und sich später nicht mehr an die richtige Stelle erinnern kann. Kein Kind. Wir brauchen jemanden, der älter ist, stärker, und der nicht in Ohnmacht fällt, wenn er merkt, dass wir Vampire sind. Jemand, der nicht blindlings ins Sonnenlicht rennt, ohne vorher Blut getrunken zu haben. Jemand, der bereits Bescheid weiß.«

»Hanna?« Atschorek zog die Brauen hoch. »Das Mädchen weiß nicht zu wenig, sondern eher zu viel. Das wird sie nicht tun.«

»Hanna schuldet mir noch einen Gefallen«, sagte Kunun und lächelte.

Réka kam im Auto zu sich. Sie warf Kunun einen erschrockenen Blick zu und rutschte von ihm fort.

»Es wird alles gut«, sagte er freundlich.

Das Mädchen wandte das Gesicht ab und blickte hinaus auf die Straßen der vertrauten Stadt.

»Du hättest es tun sollen, als sie noch geschlafen hat«, ließ Atschorek sich vernehmen.

»Nein«, widersprach er. »Ich erkläre es dir später.«

»Aber …«

»Später!«

Réka zuckte zusammen und verkroch sich noch tiefer in ihrer Ecke. Ein Schluchzen stieg in ihrer Kehle auf, sie schlug hastig die Hand vor den Mund und versuchte es zu unterdrücken.

»Wir sind gleich bei dir zu Hause«, sagte Kunun. »Vertrau mir. Es war nichts als ein Albtraum. Nichts als – Halluzinationen. Alles wird gut.«

»Wer's glaubt«, murmelte Atschorek finster.

Sie hielt an einer roten Ampel und trommelte ungeduldig mit den Fingern aufs Lenkrad. Réka zögerte keinen Augenblick. Sie riss die Tür auf, sprang aus dem Wagen und rannte die Straße hinunter. Kunun hatte schon einen Fuß auf dem Asphalt, als Atschorek wieder Gas gab.

»Bist du verrückt?« Er schaffte es gerade noch, die Wagentür zu schließen.

»Ich nicht, aber du schon.« Atschorek warf einen schnellen Blick nach hinten und konzentrierte sich dann wieder auf die Straße. »Vergiss Réka. Wir verlieren zu viel Zeit. Wenn du Hanna willst, müssen wir uns sofort um sie kümmern. Es wird bald hell, die Tagwache wird jeden Moment die Brücke passieren. Wenn die blonde Hüterin entkommen ist, wird sie auf die anderen treffen und ihnen unseren Plan mit dem Boot verraten.«

»Sie kann gar nicht entkommen«, widersprach Kunun. »Réka ...«

»Vergiss Réka! Dann irrt sie eben durch die Stadt und denkt, dass überall Vampire lauern. Womit sie gar nicht mal so unrecht hat. Sie wird es verkraften, glauben tut ihr eh niemand. Beim Licht, warum hast du sie nicht gebissen? Dann würde sie dich immer noch für ihren lieben Freund halten und sich selbst für einen Freak mit einer Gedächtnislücke.«

»Ich hätte ihr zu viel wegnehmen müssen«, knurrte Kunun.

»Ich glaube, du wolltest sie gar nicht beißen«, stellte Atschorek fest. »Ich glaube, du hast nur darauf gewartet, dass sie sich wieder beruhigt und sich daran erinnert, wie sehr sie dich verehrt. Wolltest du den Schrecken aus ihrem

Gesicht verschwinden sehen? Dass sie deine Hand ergreift und flüstert: Es ist gar nicht so schlimm, dass du ein Vampir bist? Ist es das, was du willst – dasselbe, was Mattim hat?«

Kunun blickte sie so grimmig an, dass sie verstummte. Über ihnen tauchte die Frühlingssonne den Himmel in Gold und Weiß.

NEUN

WALD VOR AKINK, MAGYRIA

Mirita rannte. Hinter ihr wurden die Schritte ihrer Verfolger immer leiser. Nur noch ihr eigener pfeifender Atem, nur noch das Krachen der Zweige und das Rascheln der Blätter unter ihren eigenen Fußsohlen waren zu hören. Sie wurde nicht langsamer, sondern eher noch schneller, auch wenn der Schmerz in ihren Muskeln kaum mehr auszuhalten war. Wenn die Schatten aufgegeben hatten, würden die Wölfe kommen. Sie horchte nach hinten, ohne anzuhalten, und stürzte über eine Wurzel. Einen Moment blieb sie liegen, dann rappelte sie sich auf. Ihre bleischweren Beine wollten ihr den Dienst versagen, doch langsam fand sie wieder in den Rhythmus ihrer Schritte zurück.

Ein Boot. Ein Wolf. Ein Mädchen, von Schatten verfolgt. Ein Boot.

Wenn sie es nicht bis zur Brücke schaffte, war Akink verloren. Das wusste sie, auch wenn sie sich nicht vorzustellen vermochte, was die Schatten vorhatten. Sie konnten nicht über den Fluss, auch nicht mit einem Boot. Das Eis war längst geschmolzen. Der Donua bewachte die Stadt, zuverlässig wie eh und je. Trotzdem planten die Schatten schon wieder etwas, irgendeine Teufelei war da im Gange, und sie war die Einzige, die Akinks Untergang verhindern konnte. Nur deshalb rannte die junge Flusshüterin weiter, obwohl sie keine Chance hatte, die Stadt zu erreichen. Von der Nachtpatrouille war keiner mehr übrig, und die Tagpatrouille würde erst in einigen Stunden aufbrechen. Wenn sie zu ihnen stieß, war sie gerettet – vielleicht. Die Schatten würden nie und nimmer zulassen, dass sie das, was sie wusste, an die Wächter weitergab.

Aus den Augenwinkeln heraus nahm sie flüchtig etwas Graues wahr. Weit war sie nicht gekommen; die Wölfe hatten sie bereits eingeholt. Von allen Seiten schlichen sie heran. Den Bogen hatte Mirita verloren, aber er hätte ihr sowieso nichts genützt, denn beim Kampf hatte sie alle ihre Pfeile verschossen. Wenigstens blieb ihr der Dolch. Sie hielt ihn fest in der Hand und drehte sich im Kreis. Immer noch konnte sie nicht sehen, wie viele es waren. Sie verschmolzen mit der Dunkelheit des Waldes, aber das Mädchen wusste, dass sie da waren. Lautlos.

Ihre Hand krallte sich um die Waffe. Sie dachte nur an Akink, nur daran, wie sie die anderen warnen konnte. Ihr eigenes Leben war bedeutungslos. Jedes Mitglied der Wache war bereit, für Akink zu sterben. Aber nicht jetzt. Nicht so!

Die Wölfe schoben sich näher, ein Ring grauer, schattenhafter Gestalten. Die junge Flusshüterin wartete nicht, bis sie angriffen. Mit einem gellenden Schrei stürzte sie vorwärts, rammte dem nächsten Wolf den Dolch in den Leib – sie hatte keine Zeit, um abzuwarten, ob sie ihn ernsthaft verletzt hatte – und rannte weiter. Bloß ein paar Schritte und sie würden wieder hinter ihr her sein. Ein Ast schlug ihr ins Gesicht, sie griff danach und schwang sich hoch. Bis jetzt waren die Bäume ungeeignet zum Klettern gewesen, schlanke, hohe Nadelbäume, die an der unteren Stammhälfte kaum Zweige aufwiesen. Doch dies hier war eine junge Eiche, die mehrstämmig emporragte und an der sie sich rasch hochhangeln konnte. Die Wölfe sprangen unter ihr ins Leere.

Aufatmend lehnte das Mädchen die Stirn gegen die Rinde. Sie hatte sich so sehr verausgabt, dass sie am ganzen Körper zitterte, was es schwierig machte, sich festzuhalten. Trotzdem war es genauso unmöglich, loszulassen und aufzugeben. Gegen den Stamm gelehnt wartete sie in ihrer Astgabel, während unter ihr die Wölfe kreisten und mit gelben Augen zu ihr emporsahen.

Ein Aufschub. Das war es, nur ein Aufschub. Wenn die Schatten sie hier fanden, war es aus.

Es war zu dunkel, um zu erkennen, wie weit der Waldboden entfernt war. Drei Meter, vier? Bevor die Feinde kamen, konnte sie immer noch springen, aber sie wusste nicht, ob es sie wirklich umbringen würde, wenn sie auf den weichen Boden aufschlug. Das war bestimmt nicht hoch genug. Vielleicht würden die Vampire sie töten, wenn sie verletzt war, und darauf verzichten, sie zu einer der Ihren zu machen, aber darauf konnte sie bloß hoffen. Irgendwie musste sie es fertigbringen, zu sterben, bevor sie ihnen in die Hände fiel.

Die Wölfe bewegten sich unruhig unter dem Baum. Dort war der Tod, bereit für sie. Wenn sie gewusst hätte, ob diese Bestien vorhatten, sie zu zerfleischen, oder ob sie sie zu dem machen wollten, was Mirita am meisten fürchtete – zum Feind. Andererseits konnte sie, wenn sie ein Schatten war, zur Brückenwache gehen, sie benachrichtigen und sich dann in den Fluss stürzen. Doch würde sie dann noch genauso denken und genauso fühlen wie jetzt?

Das Risiko war zu groß.

Akink. Solange sie lebte, bestand Hoffnung, dass sie es irgendwie schaffte. Dass die Tagpatrouille früher kam, dass der König Boten ausschickte, wenn die Nachtwache nicht zurückkehrte, dass irgendetwas geschah, was sie rettete. Ein Wunder.

Langsam kroch die Dämmerung durch die Wipfel. Es würde nicht viel heller werden, und dennoch wuchs die Hoffnung in ihr. Sie blickte nach unten. Keine Wölfe.

Einen Moment lang schoss die Freude durch sie hindurch wie eine hoch aufzüngelnde Flamme, dann fiel ihr ein, dass es eine Falle sein konnte. Waren Wölfe so intelligent, sie auf diese Weise herunterzulocken?

Noch war niemand zu sehen. Keine Verfolger weit und breit, so weit ihre Augen die Dämmerung durchdringen konnten. Oder war es die Tagpatrouille, deren Herannahen das Rudel vertrieben hatte?

Miritas Herz klopfte heftig, als sie sich zum Herabsteigen entschied. Es war bloß eine winzige Chance, vielleicht die schlimmste Entscheidung, die sie treffen konnte, aber wenn auch nur der Hauch einer Möglichkeit bestand zu entkommen …

Ihre Füße berührten den Boden, und sie stürzte sofort los – geradewegs in die Fänge des größten Wolfs, den sie je gesehen hatte. Er war riesig, ein schwarzes Monstrum, um das sich das ganze Rudel der kleineren Wölfe scharte. Sie konnte nur einmal aufschluchzen, da war er auch schon über ihr und öffnete das Maul, das endlos viele spitze Zähne beherbergte.

»Bela, was hast du da?«

Der Wolf biss nicht zu, sondern wandte sich um.

Es war Mattim. Mattim, dessen kühler, fremder Blick sich in ein verwundertes Lächeln verwandelte, als er sie erkannte. »Mirita?«

Sofort war er bei ihr, stieß den Wolf zur Seite und half ihr hoch. Mirita schüttelte seine Hand ab und wich zurück. Krampfhaft unterdrückte sie das Schluchzen, das wieder in ihrer Kehle aufstieg und sie dazu bringen wollte, sich weinend in seine Arme zu werfen.

Ihr war sehr wohl bewusst, dass er nicht mehr der Kamerad war, mit dem sie im Dienst Freud und Leid geteilt hatte, der Prinz, der sie in ihrer Wohnung besucht hatte, der Junge, den sie so schrecklich liebte, dass ihr Herz zerbrach, als er auf die dunkle Seite gegangen war.

Nur ein kleiner Funken Licht könnte genügen … Oh, vergiss es! Dies ist kein Spiel und auch kein Traum.

Nur ein Feind. Nur einer, der die Mittel der Täuschung am eigenen Leib trug. Dieses Gesicht, diese Augen, so warm und vertraut und doch nichts als die Maske über der Fratze des Feindes. Sie hatte ihm wider besseres Wissen vertraut und sich täuschen lassen, genau wie König Farank, aber noch einmal würde ihr das nicht passieren.

»Sieh an, Mattim«, sagte sie möglichst gefasst, obwohl die Wölfe sie umkreisten, »mit dir hätte ich nicht gerechnet. Ist das dein Wolfsrudel?«

»Ohne meine Erlaubnis werden sie dir nichts tun«, versicherte Mattim. »Aber du solltest mich diesmal lieber nicht küssen.«

Als hätte er geahnt, dass sie noch von ganz anderen Dingen träumte. Der große Wolf schien es zu wissen; er musterte sie mit seinen unergründlichen Neumondaugen. Abwesend streichelte der Junge, den sie einmal so gut gekannt hatte, das lange schwarzgraue Fell, vielleicht ohne es selbst zu merken. Die beiden gehörten so eng zusammen, dass ihr schwindelte. Dabei wollte sie doch zu ihm gehören. Diese Verbindung musste zwischen ihnen bestehen … aber wie hätte sie das können? Das war nicht Mattim. Das war der Feind. Trotzdem wirbelten in Mirita Angst, Hoffnung und Freude durcheinander, und Gefühle meldeten sich, von denen sie geglaubt hatte, dass es ihr gelungen war, sie in den vergangenen Wochen zu begraben. Eins davon war der Zorn.

»Und, wirst du es ihnen erlauben?«, fragte sie. »Wirst du sie auf mich hetzen und zusehen? Was werde ich sein, ein Wolf oder ein Schatten, so wie du? Vielleicht bist du dann endlich zufrieden. Wenn wir alle in die Dunkelheit gezogen werden. Hat es dir nicht gereicht, uns so zu verhöhnen? Eine Pforte, ha, und wenn sie geschlossen ist, können wir die Schatten besiegen. Du kannst dir gar nicht vorstellen, wie es war. Wie glücklich dein Vater war, als er verkündete, unsere Feinde seien geschwächt und könnten dem Licht nichts mehr entgegensetzen. Aber so war es nicht.« Sie funkelte ihn wütend an. »So war es nicht!«

Liebe machte nicht glücklich, überhaupt nicht. Und die Liebe zu einem Verräter erst recht nicht. Wenn sie nur daran hätte glauben können, dass dieser eine Funke noch da war, dieses Quäntchen Licht, das von der Liebe zu einem Brand angefacht werden konnte. Das genügte, das musste genügen …

»Warum erzähle ich dir das überhaupt? Du weißt es besser als ich.«

Er war nicht mehr der Junge mit dem feinen Gewissen, der immer versuchte, alles richtig zu machen. Dennoch beobachtete sie ihn aufmerksam, um zu sehen, wie er darauf reagierte, ob ihn die Vorwürfe trafen, ob in ihm noch irgendetwas da war von jenem geliebten Prinzen des Lichts.

Er machte sich nicht die Mühe, auf ihre Anklage zu antworten. Stattdessen betrachtete er sie mit einem intensiven Blick. Hatte er sie früher je so prüfend angesehen, so eindringlich? Der Mattim von damals war weitaus schüchterner gewesen. »Was tust du hier im Wald, ganz allein?«, verlangte er zu wissen. »Wo ist die Nachtpatrouille?«

»Sie sind alle tot oder verloren«, sagte sie, obwohl es vielleicht klüger gewesen wäre, ihn glauben zu lassen, dass ihre Leute in der Nähe waren und bald kommen würden.

»Ich bin als Einzige übrig.« Sie war dankbar, dass Piet bei der Schicht nicht dabei gewesen war, sondern in dieser Woche Tagdienst hatte. Der König hatte verfügt, dass niemand ausschließlich nachts leben und arbeiten durfte. »Die Wölfe haben mich durch den Wald gehetzt, und ich habe die Nacht auf einem Baum verbracht.« Sie wollte sehen, ob es den Prinzen noch irgendwie traf, was mit seinen ehemaligen Kameraden geschehen war. »Die Schatten sind hinter mir her, und wenn kein Wunder geschieht, werde ich Akink nie wieder betreten.«

»Sie sind hinter dir her? Wölfe und Schatten?«

»Hilf mir.« Sie konnte kaum glauben, dass sie das tat. Dass sie ihn, den Schatten, darum bat, ihr beizustehen. Wenn er nur nicht so ausgesehen hätte wie der Junge, dem ihr Herz gehört hatte. Wenn nur dieses Gesicht nicht gewesen wäre und dieses goldene Haar und der Blick seiner grauen Augen. Dann wäre sie jetzt losgerannt, obwohl es keinen Zweck hatte. So jedoch hielt sie still und fühlte die Gewalt ihrer Hoffnung wieder in sich aufbranden. »Hilf mir, Mattim. Lass nicht zu, dass sie mich kriegen. Bitte.«

Er dachte nach. Der frühere Mattim hätte keinen Augenblick gezögert, ihr zu helfen. Dieser brauchte eine geraume Weile, bis er wieder sprach, Sekunden, die ihr lang und schwer und zäh vorkamen wie dicke Tropfen, die von den Blättern fielen.

»Du erwartest, dass ich dich zur Brücke bringe?«, fragte er schließlich

»Nein, nicht zur Brücke! Dort werden sie auf mich warten, ganz bestimmt.«

»Die Wölfe werden die Schatten zu dir führen, wo du auch bist«, sagte er. »Aber es gibt einen Ort, an dem ich dich verstecken kann. Gehen wir zu den Höhlen.«

Sie hielt sich dicht neben ihm. Auf der anderen Seite

schritt das schwarze Untier, während die kleineren Wölfe, entlassen, sich zwischen den Bäumen verloren. Sie waren immer noch da, das war Mirita nur zu bewusst. Ihr Leben war wie ein seidener Spinnfaden, der im Morgenlicht glänzte und den ein Windhauch davonwehen konnte. Mattim musste nur die Hand ausstrecken, sie packen und beißen, und die Mirita, die sie war, die beste Bogenschützin von Akink, die jüngste Flusshüterin von Magyria, würde aufhören zu existieren.

Sie blickte ihn von der Seite her an und sah seine Hand auf sich zukommen, seine Finger berührten ihr Haar – entsetzt schrie sie auf und schämte sich dann, als sie sein betroffenes Gesicht bemerkte.

»Da war ein Blatt«, sagte er leise, und sie wunderte sich darüber, dass es möglich war, einen Schatten zu verletzen, dem doch nichts etwas anhaben konnte als Feuer und Wasser.

Schweigend gingen sie nebeneinander her. Mirita konnte nicht anders, als Mattim immer wieder Blicke zuzuwerfen. Merkwürdig gekleidet war er, das war ihr schon bei ihren letzten Treffen aufgefallen. Ansonsten hatte er sich nicht verändert, nicht sichtbar jedenfalls. Als wäre er immer noch der alte Mattim, dem sie so sehr vertraute, dass sie bereit war, ihm überallhin zu folgen.

»Hier«, sagte er leise, als die bekannte kleine Lichtung sich vor ihnen auftat. »Nicht die große Höhle. Dort, jene. Bela, du achtest darauf, dass niemand hier hereinkommt, ja?«

Mirita bückte sich und kroch in die Vertiefung im Fels. Es war hier so dunkel, dass sie so gut wie nichts sehen konnte. Langsam erst gewöhnten sich ihre Augen daran, und sie konnte wenigstens erkennen, dass Mattim neben ihr saß, dunkler als jeder Schatten.

»Warum jagen sie dich?«

»Ist die Frage ernst gemeint?« Sie hatte nicht vor, ihm von dem Boot zu erzählen. Vielleicht war er hier, um genau das herauszufinden – wie viel sie wusste, wie viel sie in Akink verraten konnte. Vielleicht hatten die Schatten ihn geschickt, um sie in Sicherheit zu wiegen, alle Informationen aus ihr herauszuholen und sie dann zu töten. Aber dann hätten die Feinde sie genauso gut gleich zu einer der Ihren machen können. Vielleicht wusste Mattim tatsächlich nichts von der rätselhaften Begebenheit am Fluss.

»Ich warte auf deine Frage«, sagte er nach einer Weile.

»Was? Welche Frage?«

»Wie es ist.« Seine Stimme in der Dunkelheit. Diese Stimme, für die sie hätte sterben mögen. Worte, vertraulich in der Nacht geflüstert, eine Nähe, die die ganze Welt da draußen ausschloss und nur sie beide meinte. Warum musste er sie daran erinnern, was er war?

»Und, wie ist es?«, flüsterte sie. »Ist es so, wie du erwartet hast?«

»Es ist schlimm«, antwortete er leise. »Und nein, es ist ganz und gar nicht so, wie ich dachte.«

»Wie schlimm?«, fragte sie furchtsam. Wenn er in der Lage war, seinen Zustand zu beurteilen, war womöglich doch noch mehr von dem alten Mattim in ihm, als sie gedacht hatte. Vielleicht war in diesem Schatten der schöne junge Prinz gefangen, der für Akink kämpfen wollte, und rüttelte an den Gitterstäben der Dunkelheit. Aber es war zu spät. Er war verloren. Sie beide wussten, dass er verloren war.

Mattim schwieg lange. »Ich dachte, ich wäre stark genug.«

»Bist du es denn nicht?«, fragte sie alarmiert. »Heißt das, du wirst mich doch – beißen?« Sie rückte unwillkürlich von ihm fort.

»Mirita, nein.« Seine Hand griff nach ihrer und hielt sie zurück. »Keine Angst. Bleib hier. Wenn du in den Wald läufst, werden sie dich kriegen.«

»Die Schatten? Du bist auch ein Schatten.«

»Ich werde dir nichts tun. Ich bin vielleicht nicht stark genug, um andere Dinge auszuhalten, aber das – doch, das kann ich.«

»Es gelüstet dich nicht nach meinem Blut?«

»Nein«, sagte er leise. »Ich habe das Leben geschmeckt ... aber hier, in Magyria, ist es nur Akink, wonach ich mich sehne. Beim Licht, ich ertrage es nicht, dass du dich vor mir fürchtest.«

In seiner Stimme schwang etwas mit, das ihr Mitleid hervorrief.

»Erzähl mir von meinem Vater. Hält er mich jetzt für einen Verräter?«

Schlimm, hatte er gesagt. Sehr schlimm. Sie sehnte sich danach, ihn zu umarmen und ihn alles Furchtbare vergessen zu lassen, aber er war immer noch der Feind, der dazu imstande war, allen anderen ebenfalls das Allerschlimmste anzutun. Sie würde nicht mehr so unvorsichtig sein, ihn zu küssen und an seine ehrliche Zuneigung zu glauben. Wie merkwürdig die Liebe doch war. Wie sie einen dazu bringen wollte, an das Unmögliche zu glauben und das längst Verlorene festzuhalten! Mirita musste vorsichtig sein, weil er zu den Feinden gehörte, weil er sie schon einmal getäuscht und verraten hatte. Obwohl nichts einfacher gewesen wäre, als sich voller Vertrauen fallen zu lassen. Leicht zu werden. Die Hände auszustrecken und sein Gesicht zu berühren und ... Würde das denn jemals enden, dieser Wahnsinn der Liebe?

»Willst du das wirklich wissen?« Er antwortete nicht, und sie dachte an die Königin, die tagelang nicht aus ihrem

Zimmer gekommen war. An den König, der mit versteinertem Gesicht durchs Schloss schritt.

»Das Licht«, sagte sie. »Denkst du noch daran? Du warst einmal bereit, alles für Akink zu tun. Sogar dich selbst zu opfern.« *Stattdessen hast du uns getäuscht und verraten und den König des Lichts dazu gebracht, sich selbst in Gefahr zu bringen. So knapp sind wir entkommen, so knapp!* Aber sie wollte ihn jetzt nicht mit Vorwürfen überhäufen. Vielleicht war sie nur aus dem einen Grund noch am Leben: weil er dachte, dass sie ihm vertraute und ihm deshalb noch von Nutzen sein konnte.

Sie sprach die Frage aus, die ihr schon die ganze Zeit auf der Zunge lag. »Mattim, wer bist du? Bist du immer noch du? Würdest du zusehen, wie die Schatten sich auf die Stadt stürzen? Oder würdest du für das Licht kämpfen, so wie früher? Wie viel Licht ist noch in dir?«

Er antwortete nicht. Vielleicht war es die falsche Frage. Vielleicht gab es keine richtige Frage, die man jemandem stellen konnte, der sich in etwas Fürchterliches verwandelt hatte. Aber seine Stimme … Es war immer noch seine Stimme. Und sie war immer noch Mirita, Flusshüterin, Mitglied der Nachtpatrouille, Dienerin des Lichts.

»Die Schatten sind so stark wie zuvor«, sagte sie. »Sie weichen nicht vor dem Licht zurück. Wir sind keinen Schritt weitergekommen. Hast du dich dafür geopfert? Dafür?« Sie biss sich auf die Lippen. An sein Gewissen zu appellieren brachte ebenso wenig, wie ihn zu reizen.

»Erinnerst du dich an die Geschichte?«, fragte der Prinz zögernd, als wüsste auch er nicht, welche Frage die richtige war. »Von den Wölfen, die zu den Menschen in einer anderen Welt gingen und ihre Träume heimsuchten?«

»Du glaubtest, sie holen sich die Kraft aus dieser anderen Welt. Aber die Pforte ist geschlossen, und es hat sich nichts geändert. Erwartest du immer noch, dass ich dieses Märchen glaube?«

»Ja«, antwortete er. »Ich habe mich geirrt, aber nur, was die Anzahl der Pforten angeht. Ich dachte, es gibt bloß eine einzige, aber es sind unendlich viele. Es bringt überhaupt nichts, sie zu schließen.« Er seufzte. »Ich weiß nicht, was Akink retten könnte. Alle meine Hoffnungen haben sich zerschlagen. Akink ist verloren.« Seine Stimme schien von weither zu kommen. »Ich wusste es nicht, ich dachte, wir könnten die Stadt retten … Wir können es nicht, Mirita. Ganz Magyria wird den Schatten gehören. Es gibt keine Hoffnung für das Licht.«

In seiner Stimme lag so viel Schmerz, dass sie es kaum ertrug, ihn so reden zu hören. Er war immer noch der Prinz des Lichts. Er war immer noch der Mattim, den sie liebte, wenigstens zum Teil. Etwas war immer noch da in ihm, das auf ihrer Seite stand.

»Nein«, sagte sie. »Akink muss nicht fallen. Wir können die Schatten nach wie vor zurückdrängen. Wir können die Dämmerung, die über uns liegt, vertreiben. Vielleicht …« Die Worte ließen sich nicht über die Lippen zwingen: dass vielleicht ein Schatten ein Lichtkind bekommen konnte. Dass sie beide, wenn ihre Liebe stark genug war, das Glück hervorbringen würden … Sie wollte die Hand ausstrecken und ihn berühren, doch auch das brachte sie nicht fertig. Liebe und Furcht, Misstrauen und Hoffnung – und sie hatte keine Ahnung, was davon am stärksten war und was den Sieg davontragen würde.

»Selbst wenn du – wenn du nicht dabei bist, würdest du nicht weiterhin dafür kämpfen wollen? Dafür, dass Akink im Licht der Sonne leben kann? Für all die Menschen in der Stadt, die sich fürchten, wenn sie die Wölfe auf dieser Seite des Flusses heulen hören? Du hast gesagt, es sei schlimmer, als du erwartet hast. Willst du wirklich, dass wir alle dasselbe erleiden müssen? Der Mattim, den ich gekannt habe, hätte das nicht gewollt. Er hätte bis zum letzten Atemzug dafür gekämpft, dass Akink die Stadt des Lichts bleibt.«

Sie sprachen über ihn wie über jemanden, der längst gestorben war. Und das war er auch. Der Mattim hier, immer wieder musste sie sich das in Erinnerung rufen, war nicht derselbe. Vor der Höhle wachte sein Wolf, einer der Wölfe, die der König zu töten befohlen hatte. Wie konnte der Prinz sich mit dieser scheußlichen Kreatur abgeben? Es verwirrte sie, dass sie immer noch nicht wusste, wie viel von dem ehemaligen Krieger des Lichts übrig geblieben war. Sie hätte weinen mögen, aber sie nahm all ihre Kraft zusammen. Sie hatte nicht aufgegeben, als die Wölfe sie verfolgt hatten, und sie würde auch jetzt nicht aufgeben.

Ein Test, nahm sie sich vor. *Wenn er mich jetzt gehen lässt, wenn er mir hilft, die Stadt zu retten … dann glaube ich daran, dass er nicht durch und durch böse ist. Dann glaube ich daran, dass das Licht in seinem toten Herzen überlebt hat. Und wenn wir uns das nächste Mal begegnen* – ihrer beider Schicksal war miteinander verbunden, deshalb zweifelte sie nicht daran –, *will ich mich küssen lassen, und wir werden ein Kind machen.*

Wie unglaublich war es, so etwas auch nur zu denken. *Vergiss alles, jeglichen Anstand, alles, was du je gedacht und geglaubt und gefühlt hast. Es geht nur um dieses Kind. Ich werde das Licht retten, koste es, was es wolle.*

»Mattim, ich muss nach Akink. Ich kann nicht auf die Tagpatrouille warten. Die Stadt wird fallen, wenn du mir nicht hilfst. Willst du das wirklich? Willst du bei den Schatten sein, die das Entsetzen über uns alle bringen? Du bist nicht von Grund auf schlecht, Mattim!«

Schon einmal hatten sie gemeinsam in der Nähe gewartet und gewacht und von der Rettung Akinks geträumt. Jahre schien das her zu sein, viele, viele Jahreszeiten, ehe die große Dämmerung über Magyria gekommen war und nur die Tränen geblieben waren und das Bestreben, keine einzige davon zu vergießen.

»Nein«, flüsterte er.

»Dann sei noch ein Mal der Prinz des Lichts. Bitte. Ich muss zurück.«

»Du sagtest, die Schatten würden vor der Brücke auf dich lauern.«

»Vielleicht. Möglicherweise denken sie auch, dass die Wölfe mich erwischt haben. Ich muss es versuchen. Solange die Tagpatrouille nicht unterwegs ist, besteht keine Gefahr für dich. Die Nachtwache ist ausgelöscht, das habe ich dir schon gesagt.«

»Um mich habe ich keine Angst«, sagte er.

Dieser Junge, der sich zu wenig fürchtete. Immer noch. Immer noch Mattim. Kein Schatten hätte sie aus der Höhle herausgeführt und den schwarzen Wolf losgeschickt.

»Ich helfe dir«, versprach er. »Allerdings unter einer Bedingung. Was ihr auch tut in diesem Kampf gegen die Schatten, lasst die Wölfe zufrieden. Keine Fallen mehr. Nehmt die Käfige weg. Kein einziger toter Wolf mehr. Ihr habt keine Ahnung, was ihr da auslöscht. Übermittle meinem Vater diese Forderung. Das ist meine Bedingung. Versprichst du mir das?«

Sie dachte an die Untiere, von denen sie gejagt worden war, an das Entsetzen, die Angst, die furchtbare Gewissheit, dass sie verloren war. Und wieder, als tanzte er leichtfüßig über eine unsichtbare Grenzlinie, war er der Feind, gegen den sie nur mit List gewinnen konnte.

»Ja. Ja, Prinz Mattim.«

»Es ist das Einzige, was mir noch wichtig ist.«

»Ich verspreche es.«

»Dann komm.«

Gemeinsam schlichen sie durch den Wald. So vertraut fühlte sich das an, wie etwas, das sie schon immer getan hatten, ihr ganzes Leben lang. Das war es, was sie zu Liebenden machte. Er würde sie nicht küssen und im Arm halten und ihr die Worte ins Ohr flüstern, nach denen sie sich sehnte. Nein, sie würden so, Seite an Seite, durch den Wald gehen, auf der Hut vor den Schatten. Genau das verband sie und schmiedete sie aneinander. Zwei Wächter im Dienst.

Der schwarze Wolf tauchte von irgendwoher auf und drückte seine Schnauze in Mattims Hand. Der Junge kniete nieder, schlang die Arme um den mächtigen Hals und verhielt, als würde er horchen.

»Es sind vier«, sagte er leise. »Drei Schatten rechts von uns und einer zur Linken. Kunun ist nicht dabei. Die Wölfe haben sich zurückgezogen, sie werden uns nicht in die Quere kommen.« Er hob den Kopf und sah Mirita an. »Wir müssen schnell sein. Zwischen ihnen hindurch und …«

Sie schüttelte heftig den Kopf. »Damit rechnen sie doch.«

»Sie wissen nicht, dass du so weit gekommen bist. Dass du überhaupt noch lebst.«

Wie er sie ansah. Freundschaftlich, fast liebevoll. Mit einer Zärtlichkeit, die nach Abschied schrie.

Es ist keine Falle, in die du mich führst, oder? Warum solltest du weinen, wenn du mithilfst, Akink zu retten? Früher hättest du gejubelt. Nur gejubelt und gekämpft und sonst nichts. Aber sie verbot sich, ihn das zu fragen. Es brachte nichts, seinen Schmerz zu vergrößern, und ihren hätte sie dadurch nicht lindern können.

Sie ging ihm nach. Seine Schritte waren viel leiser als

ihre, unglaublich sanft und still, als hätte sein Körper kein Gewicht, als wäre er nichts als ein Geist. Als er plötzlich stehenblieb und sie gegen ihn prallte, war er jedoch so fest und wirklich wie jeder Mensch.

Er hielt den Finger an die Lippen. »Hier kommen wir nicht durch«, flüsterte er. »Du machst zu viel Lärm. Wir müssen es anders versuchen.«

Wie? Sie formte das Wort mit dem Mund, wagte nicht, es laut auszusprechen. Statt einer Antwort nahm er sie bei der Hand und führte sie einen anderen Weg, nicht mehr direkt auf die Brücke zu. Vor sich sah sie das Wasser des Donua schimmern. Selbst jetzt, in dieser lichtlosen Zeit, lag ein leichtes Glitzern auf den Wellen. Sie erreichten das Ufer vielleicht zweihundert Meter von der Brücke entfernt.

»Schwimm«, sagte er.

»Es ist zu weit«, protestierte sie.

»Die Strömung wird dich auf die Brücke zutragen. Die Wachen werden dich bemerken, oder du musst sie rufen. Sie werden dich aus dem Wasser ziehen, wenn du nah genug an der Brücke bist.«

»Meinst du?« Sie schluckte die Angst, die kleinlauten Fragen hinunter.

»Geh«, sagte er. »Geh und rette Akink für das Licht.«

In diesem Moment liebte sie ihn wieder, so sehr, dass alles zusammenpasste. Für Akink. Er und sie. Er hatte die Prüfung bestanden.

Sie beide bedeuteten die Rettung Magyrias. Vielleicht war es genau das, worauf ihre schicksalhafte Liebe hinauslief, wozu sie beide bestimmt waren. Aus diesem Grund konnte ihr Herz sich nicht von ihm abwenden, deshalb konnte er nicht aufhören, sich ihr immer wieder zu nähern. Deshalb. Herzensgefährte, Seelengefährte, Leibesgefährte.

Lass es geschehen …

Mirita umarmte ihn heftig, und ihre Gefühle überwältigten sie. Sie versuchte ihn zu küssen, bereit dazu, in dieser Liebe aufzugehen. Doch Mattim hielt ihre Hände fest und schob sie sanft, aber entschieden zurück. »Rette dich«, wiederholte er.

Seine grauen Augen, in denen Akink ruhte, die uralten Mauern und Steine, die vielen Jahrhunderte …

»Werden wir uns wiedersehen?«, fragte sie und konnte doch nicht daran zweifeln.

»Schwimm jetzt«, befahl er.

Mirita streifte ihre Schuhe ab, legte den Umhang am Ufer nieder und stieg ins Wasser.

ZEHN

BUDAPEST, UNGARN

Der Anruf beunruhigte Hanna mehr, als sie sich zunächst eingestehen wollte. Gedankenverloren spielte sie mit Attila ein Würfelspiel und merkte nicht einmal, dass er nach Kräften mogelte.

Réka hatte so komisch geklungen. Die Fünfzehnjährige wusste genau, dass ihre Eltern ihr nicht erlaubten, mitten in der Woche woanders zu übernachten. Sie gehörte vielleicht nicht zu den bravsten Teenagern, aber meistens hielt sie sich an die Regeln. Solange es ging, versuchte Hanna sich damit zu beruhigen, dass Réka »vielleicht« gesagt hatte. »Vielleicht« würde sie heute Nacht nicht nach Hause kommen.

Kunun plant irgendetwas …

Ob es etwas mit Réka zu tun hatte?

Unruhig strich Hanna durchs Haus. Es gab niemanden, den sie hätte anrufen können, außer Rékas Freundinnen, um zu fragen, ob sie dort sei. Zuerst wählte sie Dorinas Nummer. Aus dem Mädchen war erst einmal nichts Brauchbares herauszubekommen. Sie schien verwirrt, kicherte und begann dann, das Blaue vom Himmel herunterzulügen.

»Kann ich bitte mit deiner Mutter sprechen?«

Das wirkte.

»Ist Réka immer noch nicht zurück? Wo ist sie denn?«, fragte Dorina.

»Das versuche ich gerade herauszufinden. Wann hast du sie das letzte Mal gesehen?«

»Sie ist in ein Auto eingestiegen«, erzählte das Mädchen. »In einen schwarzen BMW.«

»Was? Das darf doch wohl nicht wahr sein!«

»Aber es war ihr Freund. Du tust ja, als wäre sie mit einem Fremden mitgefahren.« Die Schülerin klang jetzt leicht verunsichert. »Er ist ein echter Prinz.«

Der BMW. Das hieß, dass auch Atschorek dabei gewesen war. Was hatte sie vor? Was plante Kunun?

Hanna hätte am liebsten Mattim angerufen und ihn angefleht, nach dem Rechten zu sehen, wusste aber nicht, wie sie ihn erreichen sollte. Seit er fort war – kaum ein paar Tage war das her –, hatte sie darauf gehofft, dass er wieder zurückkam. Dass er plötzlich vor der Tür stand. Dass sie nicht wieder zum Haus am Baross tér gehen musste, wo sie zweifellos Kunun treffen würde.

Manchmal vermisste sie Mattim so sehr, dass sie kaum atmen konnte.

»Hanna?«, fragte Attila. »Du hörst ja gar nicht zu!«

Sie hatte überhaupt nicht mitbekommen, dass er ihr von der Schule erzählte.

»Ich muss jetzt Abendbrot machen«, sagte sie. »Hilfst du mir, den Tisch zu decken?«

Natürlich stellte Attila auch einen Teller für Réka hin. Hanna brachte es nicht über sich, ihm zu sagen, dass seine Schwester nicht zum Essen kommen würde. Auch Mónika gegenüber machte Hanna gute Miene zum bösen Spiel.

»Sie übernachtet bei einer Freundin.«

Ihre Gastmutter zog die Stirn kraus. »Das hast du ihr erlaubt? Das sollte sie eigentlich mich fragen.«

»Es schien wichtig zu sein. Eine Geburtstagsparty oder so.«

Hanna war nicht stolz darauf, dass sie mittlerweile lügen konnte, ohne rot zu werden. Wenn Réka bei Kunun war … was hätte es genützt, die Polizei zu rufen? Die Szigethys zu ängstigen? Möglicherweise war alles ganz harmlos und der Schattenprinz lieferte das Mädchen morgen wieder ab. Ja, wenn sie nur daran geglaubt hätte, dass jemand wie er nichts Böses im Schilde führte!

Wie sollte man sich selbst beruhigen, wenn man wusste, dass überhaupt nichts in Ordnung war? Auch wenn man anderen etwas vorschwindeln konnte, half das herzlich wenig dabei, sich selbst zu belügen.

In dieser Nacht tat Hanna kaum ein Auge zu. Sie horchte ständig darauf, ob Réka nicht vielleicht doch nach Hause kam. Am Frühstückstisch – allein mit Attila – hatte sie keinen Appetit.

»Du isst gar nichts«, beschwerte er sich. »Am Morgen muss man tüchtig essen. Sonst kann man nicht richtig lernen.«

»Du hast ja recht.« Sie knabberte an einem Brötchen, das ihr unerträglich trocken vorkam, als das Telefon klingelte.

»Réka? Bist du das?«

»Hanna.« Nicht Réka. Kunun. Ihr Herz begann wild zu schlagen, ihre Hände zitterten, fast wäre ihr der Hörer aus den Fingern gerutscht.

»Was willst du? Was ist mit Réka passiert?«

Er antwortete nur auf die erste Frage. »Ich will, dass du herkommst. Sofort.«

»Das geht nicht. Ich muss Attila zur Schule bringen.«

»Wer ist das?« Der Junge stellte sich vor sie, riss neugierig die Augen auf. »Sprichst du mit Mattim?«

»Nein«, sagte sie zu beiden, zu Attila vor ihr und zu Kunun am anderen Ende der Leitung.

»Bring das Kind weg«, sagte Kunun. »Dann kommst du zu mir.«

Er legte auf. Wie betäubt schaute sie in Attilas erwartungsvolles Gesicht.

»Wer war das?«, fragte er noch mal.

»Wo ist dein Ranzen? Ich fahre dich jetzt zur Schule.« Das war das Wichtigste. Sie versuchte, sich nur darauf zu konzentrieren. Attila zur Schule bringen, die Aufgabe, für die sie in Ungarn war. *Denk nicht an Kunun. Denk nicht daran, was er wollen könnte. Bestimmt hat es nichts mit Rékas Verschwinden zu tun.*

Ihre Hände zitterten, während sie das Lenkrad hielt, und an der Schule kam sie kaum in die Parklücke. Sie sah zu, wie Attila davonhüpfte. Danach atmete sie tief durch und machte sich auf den Weg.

Der Löwe über der Eingangstür fletschte die Zähne; Hanna sah deutlich das Gebiss in dem halb offenen Maul. Nein, dieser Löwe hatte noch nie gelächelt. Nur sie in ihrer Naivität hatte das geglaubt.

Atschorek öffnete, bevor das Mädchen sich für eine der Klingeln entscheiden konnte. Der Blick der Schattenfrau war nicht zu deuten. »Komm rein, Hanna«, sagte sie und hielt die Tür weiter auf. Sie lächelte, aber es war dasselbe wie mit dem Lächeln des Löwen, irgendetwas stimmte nicht damit.

»Réka ist verschwunden«, sagte Hanna und rührte sich nicht von der Stelle.

»Ach, ist sie das? Sie kommt sicher bald nach Hause. Mach dir um Réka keine Sorgen«, meinte Atschorek, nicht im Mindesten überrascht. »Sie hatte einen kleinen Zusammenbruch. Aber keine Angst, es geht ihr gut. Ihr ist nichts geschehen. Sie wurde nicht einmal gebissen. Was ein Fehler gewesen sein könnte, wie du dir denken kannst. Aber sie ist hoffentlich zu vernünftig, um ihre Umgebung mit wilden Vampirgeschichten zu belästigen.«

»Hanna ist hier? Welch seltenes Glück.« Kunun trat neben seine Schwester. Er sah lange nicht so gefährlich aus wie sonst, so strahlend und stark, sondern wirkte ungewöhnlich müde. Ein großes Pflaster auf seiner Wange lenkte von seinen schwarzen Augen ab. »Wir haben keine Zeit für Diskussionen. Komm rein, Hanna.«

»Sie macht nicht den Eindruck, als wolle sie über die Schwelle treten«, bemerkte Atschorek.

Kunun richtete seinen dunklen Blick auf Hanna, und sie wusste, dass sie keine Wahl hatte. Es gab keine Möglichkeit, dem König der Schatten zu entkommen. Sie schluckte und trat in die Eingangshalle, es kam ihr vor wie ein unwiderruflicher Schritt. Sie würde es bereuen, das ahnte sie, und doch, wie und wohin hätte sie fliehen sollen? So lange hatte sie auf diesen Moment gewartet – sie war fast erleichtert, dass es nun endlich so weit war.

»Wollen wir uns nicht setzen?«, fragte Kunun mit ausgesuchter Höflichkeit. Er fasste Hanna am Ellbogen und geleitete sie in den Innenhof. Jemand hatte eine schmiedeeiserne Bank so platziert, dass man von hier aus einen guten Blick auf die Löwenstatuen und den Brunnen hatte. An einem heißen Sommertag wäre dies ein wundervolles Plätzchen zum Lesen gewesen.

»Was willst du von mir?« Sie fragte nicht nach Réka. Auch nicht nach Mattim. Kunun hatte ihn weggeschickt, da war sie sich sicher. Niemand würde kommen, um ihr beizustehen.

Sie setzte sich gehorsam auf die glatten, lackierten Bretter der Sitzfläche und zwang sich, nicht auszuweichen, als Kunun neben ihr Platz nahm, sich ihr zuwandte. Es war, als hätte man sie mit einem Panther zusammen in einen Käfig gesperrt, aber sie tat, als merkte sie nicht, dass ihre Knie sich berührten.

»Folgendes«, sagte er, »erwarte ich von dir.«

Sie unterbrach ihn nicht, während er von dem Boot sprach, von dem Wolf und von der Stadt Akink. Es war dermaßen abenteuerlich, dass sie kaum glauben mochte, was sie da hörte, aber nicht das war es, was das Blut in ihr zum Kochen brachte.

»Niemals«, sagte sie und hob den Blick. Sie schaute Kunun direkt an. »Ich bin nicht blöd. Ich verstehe zwar nicht, was ihr damit bezweckt, aber das ist sicher irgendeine Teufelei, die Mattim ganz und gar nicht gutheißen würde. Ich mache das nicht.«

Der Schattenprinz schüttelte den Kopf. »Was Mattim davon hält, steht hier nicht zur Debatte. Du wirst es tun, weil ich es dir sage. Du bringst den Wolf in die Stadt. Nicht mehr und nicht weniger. Heute noch.«

Wenn er sie so ansah ... Nein, wollte sie rufen, nein, nein und noch mal nein! Aber ihre Auflehnung blieb ihr im Halse stecken. Mattim würde von ihr erwarten, dass sie kämpfte, aber sie wusste nicht, wie. Am bittersten schmeckte die Erkenntnis, dass sie ihn enttäuschen musste. Sie war gar nicht so stark, wie er dachte. Sie war nur ein Mädchen, dem die Angst in den Knochen steckte.

»Es wird alles gut, Hanna«, sagte Kunun sanft. »Wenn du nach Hause kommst, wird Réka schon zurück sein. Und wenn ich mit dir zufrieden bin, werde ich Mattim sogar erlauben, dass er sich hin und wieder mit dir trifft.« Wie schön er lächelte. In diesem Moment konnte Hanna sogar verstehen, warum Réka diesen Mann abgöttisch liebte. Seine Stimme klang so zärtlich, so unendlich liebevoll, wenn er log.

»Der Schattenwolf wird am anderen Ufer irgendjemanden beißen«, sagte er. »Du wirst bei dieser Person bleiben. Halte dich an ihr fest, dann gelangt ihr zusammen zurück nach Budapest. Du musst dir die Stelle, an der ihr ankommt, gut merken. Von dort aus wirst du uns anrufen, und wir holen euch beide ab.«

»Wir gehen nach Budapest zurück? Von der Akinker Seite aus? Aber …« Es gab in Akink keine Pforte, sonst hätte Kunun sie gewiss längst benutzt. Es sei denn … und dazu der Schattenwolf?

Kunun sah, wie das Begreifen sich in ihrem Blick spiegelte, wie die Erkenntnis sie überwältigte.

»Dadurch wird die Pforte entstehen? Dadurch, dass er jemanden beißt?« Sie hatte das Gefühl, dass alles um sie herum in Stücke zerbrach. »Weiß Mattim das?«

»Mittlerweile schon. Aber was nützt es ihm?« Kununs Lächeln blieb unerbittlich, unerschütterlich. Obwohl er gerade eben zugegeben hatte, wozu er sie benutzen wollte. Um eine Pforte in Akink zu erschaffen und Akinks Verderben einzuleiten. Und damit Mattims Untergang. Kunun wollte sie wie eine Waffe benutzen, um das Licht zu treffen, mitten ins Herz.

»Nur dass ich es nicht tun werde.« Es war schwer, dem Blick dieser unergründlichen schwarzen Augen standzuhalten. »Ihr könnt mich nicht dazu zwingen, selbst wenn ihr mich in das Boot setzt. Dann werde ich eben schreien und die Wachen alarmieren, und ihr habt rein gar nichts gewonnen.« Jetzt wäre es schön gewesen, ihn wütend anzufunkeln, tapfer und unerschrocken, aber es war schon schwer genug, seinem Blick standzuhalten. Es erforderte eine unglaubliche Kraft, auch nur einmal nein zu sagen. »Du kannst mir drohen und mich erschrecken, aber dazu kannst du mich nicht zwingen.«

Sie stand auf. Einen Moment fürchtete sie, Kunun würde sie wieder auf die Bank drücken. Sie festhalten und zu einer Pforte zerren, durch die man in die andere Welt gelangte. Aber der Vampir sah ihr unbewegt zu.

»Du hast es versprochen«, erinnerte er sie.

Es war komisch, aber gerade jetzt, da er so angeschlagen aussah, verletzt – warum dieses Pflaster? –, ausgelaugt und müde, wo er ihr nahezu hilflos erschien und unfähig, seine Forderung durchzusetzen, war er gefährlicher als je zuvor. Mit erschreckender Klarheit überkam Hanna diese Erkenntnis. Solange er stark gewirkt hatte, geradezu unerschütterlich, hatte er es sich leisten können, mit ihnen allen zu spielen. Aber jetzt, das wusste sie auf einmal, hatte er keine Geduld mehr.

»Kunun, warte!«

Seine Schwester erschien am Balkongeländer, zwei Stockwerke über ihnen. Ihr alarmierter Ruf verriet, dass sie ebenso wie Hanna damit rechnete, dass etwas Unwiderrufliches geschehen könnte. Atschorek beugte sich über die Brüstung und warf etwas nach unten.

»Heb es auf, Hanna!«, rief sie. »Sieh es dir an.«

Ein Kleidungsstück, irgendetwas Kleines, Dunkles. Das Mädchen bückte sich und hob das Teil auf.

Es war eine Jacke. Eine Kinderjacke. Hanna starrte darauf und versuchte zu begreifen, was sie da vor sich hatte. Die Wahrheit war so schmerzhaft, dass ihr Geist versuchte, sie eine Weile von ihr fernzuhalten.

»Die gehört Attila!«

Sie blickte zu Atschorek hoch. Am liebsten wäre sie ihr an die Kehle gesprungen, doch zugleich schlug die Angst zu. »Ihr droht mir mit Attila? Aber – ich habe ihn gerade in die Schule gebracht!«

Ihr wurde heiß und kalt bei der Vorstellung, dass Kunun

und Atschorek in der Schule gewesen waren. Die Jacken der Kinder hingen draußen im Flur, vor den Klassenzimmern. Es war nicht schwer, dort etwas zu stehlen. Schlecht wurde ihr nur bei dem Gedanken, was das zu bedeuten hatte.

»Ihr wagt es, mir zu drohen, dass ihr einem Kind etwas antut? Und jemandem wie euch soll ich helfen? Jemandem wie euch?« Sie wollte schreien, aber sie hatte auf einmal keine Stimme und brachte kaum ein Krächzen heraus.

Kunun war jedoch ebenso verblüfft wie sie. »Sieh an, Schwesterherz«, sagte er verwundert.

Atschorek lächelte liebreizend. »Komm nach oben, Hanna. Ich will dir etwas zeigen.«

Kunun nickte ihr aufmunternd zu. Hanna hatte das Gefühl, sie würde gleich ohnmächtig werden, als sie ins Treppenhaus ging und die beiden Stockwerke hinaufstieg, eine Treppenstufe nach der anderen. Jeder Schritt fühlte sich viel zu wirklich an. Dabei konnte das alles nicht echt sein. Ein Albtraum. Ein Albtraum, aus dem sie gleich erwachen würde.

Die Schattenfrau griff nach ihrer Hand und zog sie mit sich, am Balkongitter entlang zu einer der weißen Türen. Sie drückte die Klinke hinunter. Aus der Wohnung hörte Hanna Kinderlachen, eine helle Frauenstimme antwortete. Ein älterer Mann mit einem gezwirbelten Schnauzbart kam ihnen aus einem der Zimmer entgegen.

»Prinzessin. Wir haben alles im Griff.«

Hanna wollte vorwärtsstürzen, aber Atschorek packte sie und hielt sie eisern fest.

»Ganz ruhig«, sagte sie scharf. »Kein Wort. Du darfst ihn sehen, aber du bist ganz still.«

Sie schob Hanna durch den Flur, bis sie in eins der Zimmer hineinspähen konnte. Attila saß auf dem Boden und spielte mit einer ganzen Herde großer Dinosaurier-Figuren. Goran, die neben ihm auf dem Teppich kniete, einen grünen Tyrannosaurus Rex in der Hand, imitierte gerade ein Urzeitgebrüll.

Hanna schlug die Hand vor den Mund. In diesem Moment blickte der Junge auf. »Hanna! Hanna, ich muss doch zur Schule! Hab ich wirklich frei? Hanna!«

Ehe sie wusste, wie ihr geschah, hatte Atschorek sie schon wieder nach draußen gezerrt. Hinter ihr knallte die Tür ins Schloss.

»Heul nicht«, sagte die Vampirin finster. »Du weißt, was du zu tun hast.«

Wie betäubt ging Hanna neben ihr her, die Stufen wieder hinunter. »Das würdest selbst du nicht fertigbringen«, sagte sie. »So bist du nicht – nicht so.«

Atschorek blieb stehen und lächelte kühl. »Ja, du hast recht. So schlimm sind wir nun auch wieder nicht.«

»Bringt Attila nach Hause«, sagte Hanna. »Ich tue nichts, solange er hier ist.«

»Du bist nicht in der Lage, Forderungen zu stellen, liebe Hanna.«

»Ihr seid keine Mörder«, sagte Hanna leise und dachte sofort an Rékas leblose Gestalt vor dem Kamin, an jenen entsetzlichen Geburtstag, an dem sie erfahren hatte, wozu die Vampire bereit waren.

»Es gibt auch andere Möglichkeiten für jemanden wie uns«, gab Atschorek zurück. »Selten kommt es vor, dass uns ein Kind in die Finger gerät. Noch dazu ein so hübsches, lebhaftes Kind.«

Hanna wurde kalt. »Ihr würdet ihn beißen?«

»Natürlich nicht, wenn du brav bist«, versprach Atschorek. »Wir können uns gut beherrschen. Die Vampirin, die auf ihn aufpasst, hat da vielleicht schon mehr Schwierigkeiten. Es spricht einiges dafür, dass du dich beeilst, nicht wahr?«

»Damit kommt ihr niemals durch. Wenn Attila vermisst wird … Irgendjemand wird mitbekommen haben, wie ihr ihn hergebracht habt.« Hanna sah den Jungen vor sich, wie er über den Parkplatz davongesprungen war. Da musste die Schattenfrau schon auf ihn gewartet haben. Und dann war sie hergefahren, schneller als Hanna, die nichtsahnend angeschlichen kam.

»Und?«, fragte Atschorek. »Hast du etwa keine Idee, wohin wir ihn bringen könnten, wenn die Polizei hier vor der Tür steht?«

Wenn nur Mattim da gewesen wäre. Wenn nur irgendjemand hier gewesen wäre, um ihr zu helfen. Aber sie war ganz auf sich gestellt.

Kunun trat ihnen im Hof entgegen.

»Sie macht es«, verkündete Atschorek.

Kunun nickte. »Natürlich«, sagte er. »Sie hat es mir schließlich versprochen. Ich hatte keine Zweifel daran, dass sie ihr Versprechen auch hält.« Er streckte die Arme aus und drückte Hanna an sich.

Ganz still hielt sie in seiner Umarmung, die vielleicht beruhigend sein sollte und doch alles andere als tröstend war.

»Braves Mädchen.«

Sie weinte nicht. Ihre Augen blieben trocken. Sie zitterte auch nicht mehr. Sie konnte überhaupt nichts fühlen. Kununs Hand streichelte über ihren Rücken, aber es hatte keine Bedeutung. Nichts zählte mehr.

Nur Attila im Haus der Vampire.

ELF

WALD VOR AKINK, MAGYRIA

In dem Moment, als das kleine Haus und das Gerümpel verschwanden und sie ins Zwielicht trat, zwischen die Bäume, fragte Hanna sich, ob sie Mattims Welt immer nur so betreten würde: in einem Zustand der Betäubung, in der ihr Geist sich vor den allzu starken Gefühlen zurückzog und deshalb auch den Schock des Unwirklichen abfing, bevor ihr so richtig bewusst wurde, was sie da eigentlich tat. Sie verließ die Wirklichkeit, die sie kannte, sie tat etwas so Ungeheuerliches, dass sich alles um sie hätte drehen müssen, aber so, wie sie beim letzten Mal nur an Réka gedacht hatte, an Réka, die aussah wie tot, war es jetzt Attila, der ihre Gedanken gefangennahm und ihre Gefühle bestimmte. Dass dies Magyria war, verblasste dagegen, und die Fremdheit dieser Welt konnte sie nicht in Staunen versetzen.

Nicht nur das Licht hier war anders. Der Wald roch ungewöhnlich, wie eine Ferienwohnung in einem fremden Land, nach unbekannten Menschen und einer anderen Art zu leben. Von irgendwoher wehten Gerüche sie an, ein süßlicher Blumenduft, Harz und Blätter und Erde, und ihr war, als ob selbst das merkwürdige Zwielicht seinen eigenen Geruch hatte, ein Hauch von Orchidee in einem berauschenden Parfüm. Alle Träume schienen nah, als hätten sie hier auf sie gewartet.

Dicht hinter ihr erklang Kununs unerbittliche Stimme: »Jetzt komm.«

Dort war schon der breite Fluss, dessen Wellen glitzerten, als würde er von unten her beleuchtet oder als wären glühende Kohlen im Flussbett versenkt. Diesmal war Akink jedoch nicht zu sehen. Sie befanden sich offenbar ein gutes Stück flussaufwärts.

»Kommt es dir zu dunkel vor?«, fragte Atschorek. »Lass dich nicht täuschen, wir haben hier die gleiche Tageszeit wie in Budapest. Hast du eine Uhr? Das ist gut. Wenn Wilder jemanden beißt, sollte es nicht um eine Zeit sein, wenn drüben noch die Sonne scheint. Falls es früher geschieht, müsst ihr euch verstecken und abwarten. Denn eins musst du dir merken, Hanna: Der neugeborene Schatten darf nicht durch die Pforte hindurchgehen, solange in Budapest Tag ist. Du musst ihn in die Gefahren seiner neuen Existenz einweihen. Es wäre doch zu schade, wenn er im selben Moment zu Staub zerfällt, in dem du mit ihm auf der anderen Seite ankommst. Kein schöner Anblick, das versichere ich dir.«

Zuerst bemerkte Hanna das Boot. Ein kleines Ruderboot, was sie erstaunlicherweise beruhigte, denn sie hatte schon befürchtet, dass man von ihr verlangte, mit einem großen Segelschiff zu navigieren. Aber es war so klein, dass sogar sie sich zutraute, damit ans andere Ufer zu rudern, das nur unscharf zu erkennen war, irgendwo dahinten in der Dämmerung. Der Fluss, so breit wie die Donau, floss ruhig dahin, ohne von Eisschollen behindert zu werden. Auch hier war Frühling, allerdings ein zögerlicher, kühler und dunkler Frühling, wie ein blasser Abklatsch der Jahreszeit, die in Budapest die Natur verwandelte, wo die Bäume so sehr blühten, dass es manchmal im Herzen wehtat vor Schönheit.

Dann tauchte Wilder aus der Dunkelheit auf, so, wie die Wölfe in ihre nächtlichen Träume glitten, lautlos und betörend. Er richtete seine runden Augen auf sie, und sie hielt einen Moment still und fühlte sich wie jemand, der geprüft wird. Sie widerstand dem Impuls, auf ihn zuzugehen und ihm dem Kopf zu tätscheln wie einem Hund. Stattdessen tat sie gar nichts. Sie wartete ab und fühlte ihn wie in einem Traum näher kommen, wie in jenem Albtraum, in dem sie vor Atschorek geflohen war und die Wölfe angeschrien hatte – wie verführerisch war es, sich vorzustellen, sie hätte das alles nur geträumt. Auch diesen Wolf, der ein Bruder war, Mattims Bruder. Groß und schlank und rot wie ein Fuchs. Er tat, als würde er sie nicht kennen.

»Nun trödle nicht«, sagte Atschorek, während Kunun sie aus ein paar Metern Entfernung beobachtete; er machte keinerlei Anstalten, näher ans Ufer zu treten. »Denk an Attila.«

»Wie könnte ich nicht an Attila denken.« Sie wandte Atschorek den Rücken zu, während sie nun doch die Hand ausstreckte und den Wolf berührte. Sein Fell war sehr lang und dicht und weicher als erwartet.

»Komm, Wilder«, sagte sie zu ihm.

Hanna schob das Boot ins Wasser, kletterte vorsichtig hinein und setzte sich sofort hin. Die richtige Entscheidung, denn der Wolf sprang ihr nach und brachte das kleine Gefährt so zum Schaukeln, dass sie sich mit beiden Händen festhalten musste. Dann legte er sich hin und starrte auf das gegenüberliegende Ufer, und sie ergriff die beiden Ruder und tauchte sie ins Wasser.

Hinter ihnen lag die dunkle, bewaldete Seite, von der aus sie aufgebrochen waren, vor ihnen, eine winzige Spur lichter, das unbekannte Ufer. Hannas Hände zitterten, während sie sich der Stelle näherten, an der es geschehen sollte. Solange sie hier im Boot war, war sie sicher – eine Pforte auf dem Wasser nützte den Schatten überhaupt nichts. Doch sobald sie einen Fuß auf die andere Seite setzte …

Sie weigerte sich, das zu akzeptieren. Dies konnte einfach nicht der Tag sein, an dem sie sterben musste, um ein unheimliches Schattenwesen zu werden.

»Hör mir zu, Wilder.«

Er richtete seine unergründlichen Tieraugen auf sie. Sie kam sich vollkommen verrückt vor, aber schon einmal hatte sie mit den Wölfen gesprochen. Auch wenn sie diesmal keine Chance hatte, sich zu retten, wollte sie doch, dass er wusste, was sie darüber dachte.

Sie beugte sich vor zu ihm, flüsterte fast unhörbar, als hätte der Nebel Ohren. »Ich kann mir vorstellen, was Kunun mit dir besprochen hat. Ich soll das Opfer sein. Ist es nicht so? Ich soll diejenige sein, die die Pforte öffnet. Sobald wir drüben anlegen, wirst du es tun, nicht wahr? Kunun glaubt nicht, dass wir noch näher an Akink herankommen können.«

Der Wolf starrte sie an und zeigte nicht, ob er sie verstand.

»Du hast wahrscheinlich ebenso wenig eine Wahl wie ich. Wenn du nur wüsstest … Ich habe gesehen, wie es bei Mattim ist … wie es ihm geht – damit.« Sie zögerte. Es war schwierig, sich mit einem Wolf zu unterhalten, der nur schwieg und nicht erkennen ließ, ob er überhaupt ein einziges Wort verstand. »Du warst der Wolf, der Mattim gebissen hat. Wenn du nur die geringste Ahnung hättest von dem, was er durchmacht! Empfindet ihr Wölfe das auch so stark – diese Sehnsucht nach dem Licht? Nach dem Tag?« Sie seufzte. Am liebsten hätte sie hinzugefügt: Tu es nicht. Verschone mich, oh bitte!

Aber sie schwieg. *Attila*. Nein, diesmal konnte sie ihr Schicksal nicht wenden. Diesmal nicht.

»Also gut.« Sie nahm das Rudern wieder auf. Dorthin, zu jenem Ufer, das sich nun immer klarer abzeichnete, dorthin, wo sie ihr Versprechen einlösen würde. Attila. Wenn sie die Wahl hatte, den Jungen diese Verwandlung erleiden zu lassen oder es selbst auf sich zu nehmen, wie konnte sie da zögern?

Aber ihr Herz schlug so schnell, dass es schmerzte, und ihre Hände waren nass. Sie kam sich vor, als wäre sie jetzt schon ein Schatten, ein Wesen, das nur noch vom Äußeren her einem Menschen ähnelte. Nichts weiter als eine Form, randvoll gefüllt mit Angst … Trotzdem versuchte sie das Boot noch näher ans Ufer zu steuern, um dort besser aussteigen zu können – als könnte ihr das Wasser bereits schaden.

»Wir werden beide dasselbe sein«, flüsterte sie. »Mattim und ich …«

Sie stieg aus. Ihre Beine zitterten so, dass es geradezu leicht war, auf die Knie zu fallen. Sie schloss die Augen und wartete.

Wartete.

Bereit für den Schmerz, wie ein zum Tode Verurteilter …

Warum ließ Wilder sie so lange schmoren? Sie öffnete die Augen wieder. Der Wolf saß immer noch im Boot und starrte sie an, seine Augen wie zwei Vollmonde.

»Was ist? Warum beißt du mich nicht? Komm her!«

Er knurrte.

»Du sollst jetzt herkommen und mich beißen, ist das klar? So war es abgesprochen! Mach endlich, verdammt noch mal!«

Er rührte sich nicht von der Stelle. Es war klar, dass er nicht die geringste Absicht hatte, sie zu beißen.

»Du musst! Wilder, wenn du mich nicht beißt, gibt es

keine Pforte, und dann wird Atschorek sich an Attila rächen. Vielleicht bringt sie ihn sogar nach Magyria und verwandelt ihn hier in einen Schatten. Wir haben doch alle keine Wahl. Tu's endlich!«

Die Dämmerung umfloss sie, ein Tag, mild und verworren wie ein Traum. Wilder wollte sie nicht beißen. Er wandte seinen glühenden Blick von ihr fort auf das Boot, als wollte er ihr damit befehlen, wieder einzusteigen.

»Wir können nicht zurück, ohne …« Dann fiel ihr ein, welche Alternative es noch gab. »Du willst in die Stadt? Ich soll dich direkt nach Akink bringen? Nein, das geht nicht.«

Aber er bestand darauf, dass sie zurück ins Boot stieg, dass sie sich mit dem Ruder abstieß, dass sie die kleine Nussschale noch einmal der Strömung anvertraute, die sie beide dorthin trug, wo das Leuchten am Himmel die große Stadt ankündigte.

»Nein«, murmelte Hanna, während sie ruderte, »nein, nein … nicht nach Akink.«

Was würde Wilder tun, wenn sie sich ihm widersetzte? Vermutlich gar nichts. Aber dann würde sie dem Schattenprinzen gegenübertreten müssen, ohne eine neue Pforte vorweisen zu können.

»Die Leute dort sind ohnehin verloren, wenn Akink fällt«, versuchte sie sich zu beruhigen. »Es macht keinen Unterschied … Dann werden alle so werden wie Kunun. Oder wie du. Und wie Mattim. – Ach, Wilder, konntest du mich nicht einfach beißen?«

Es war nicht so schlimm, wie es sich anhörte. Akink war nur eine Traumstadt. Es waren Traummenschen, die dort lebten und zu Schatten werden würden. Es stimmte nicht, dass sie ihr eigenes Leben gegen die Stadt eintauschte. Sie brauchte diese Pforte, um Attila zu retten. Sie brauchte sie mindestens so dringend, wie Kunun und Atschorek sie haben wollten. Um ein echtes, lebendiges Kind vor den Vampiren zu retten. Wenn Wilder sie nicht beißen wollte, musste sie dafür sorgen, dass ihre Mission auf anderem Wege Erfolg hatte. Aber Mattim würde entsetzt sein. Dass sie dazu beigetragen hatte, die Stadt des Lichts zu vernichten … Nein, an Mattim durfte sie jetzt nicht denken, musste ihn ausklammern aus allen ihren Gedanken, aus ihrem Herzen, das heute nur für Attila schlagen durfte.

Die Stadt würde fallen, und es musste ihr egal sein. Nur so konnte Hanna ihren kleinen Schützling gesund und ohne die geringste Bissspur nach Hause bringen.

»Was soll ich tun?«, fragte sie, während die Strömung sie weitertrug, in Richtung Akink, dorthin, wo das Leuchten in der Dämmerung ihr den Standort der Stadt verriet. »Soll ich weiterrudern? Und du sagst mir, wo wir anlegen können?«

Jeder Tropfen, der vom Ruderholz ins Wasser fiel, schien ihr wie ein Peitschenschlag in der Stille. Ja, es war ungewöhnlich ruhig, und das war ihr vorher nicht so stark aufgefallen. Kein Vogelgesang. Keine Menschen. Kein Straßenlärm. Magyria war still wie die Nacht, wie die Stunde der Dämmerung, bevor die Vögel mit ihrem Gesang den Morgen begrüßten, wie dieser kurze Augenblick, in dem die Welt den Atem anhielt und sich ihrer Einsamkeit bewusst wurde. Nur ein Mädchen und ein schweigsamer Wolf, die gemeinsam ihre Reise fortsetzten.

Er gab ihr kein Zeichen, obwohl sie darauf wartete und allmählich unruhig wurde. Das Leuchten in der Ferne nahm zu, als ginge dort hinter einer Bergkette aus schwarzen Schatten die Sonne auf. »Hier?«

Sie versuchte, das Boot näher ans rechte Ufer zu lenken, doch sofort stieg ein leises Grollen aus Wilders Kehle.

»Gut. Also hier nicht.«

Sie wagte nicht, gegen seinen Rat zu handeln. Sie war sich sehr wohl darüber im Klaren, dass sie diesem undurchschaubaren Prinzen in Tiergestalt ausgeliefert war.

So wie du Mattim ausgeliefert warst … und seiner Liebe.

Wilder drehte den Kopf zu dem Leuchten am Himmel hin. Wie eine Großstadt, in der unzählige Laternen und Lichter brannten … Eine Stadt der Lichter, von allen Seiten bewacht gegen das feindselige Dunkel.

Mattim. Ihre Sehnsucht nach ihm nahm zu, je näher sie der Stadt kamen, die er liebte. Aber sie war hier, um ihm das Messer ins Herz zu stoßen. Um Akink zu vernichten und damit Mattims Liebe auszulöschen. Nein, das war undenkbar, das konnte sie sich in ihren schlimmsten Albträumen nicht ausmalen. Wie er sie hassen würde …

Die Umrisse der Stadt zeichneten sich klar ab. Die Silhouette der Burg und ihrer Türme ragten hoch auf, als wüchsen sie ins Licht, und das Umland wirkte umso dunkler.

»Akink«, flüsterte sie.

Und sah den Wolf an, dessen Fell im Schein so rot wirkte, als ob es brannte. Seine Augen glänzten, und in diesem Moment begriff sie, dass er mindestens ebenso starke Gefühle für die Stadt hegte wie seine Geschwister.

Er duckte sich so flach auf den Boden des kleinen Bootes, dass er unsichtbar wurde. Selbst hier, vor der Stadt, war das Licht nicht hell genug, um Dinge oder Wesen zu zeigen, die sich verbargen. Die Stadt wurde immer größer, während sie näher kamen. Es war nicht Budapest, dennoch lag etwas vage Vertrautes in dem Anblick der Burg auf dem Hügel. Das Flussufer war hier nicht mehr gras- und schilfbewachsen, sondern befestigt. Sie sah keine Wachen, trotzdem war es kaum vorstellbar, dass sie einfach so anlegen konnte, ohne bemerkt zu werden. Aber umzukehren war unmöglich. Auch wenn drüben Gefahr lauerte – wie hätte sie Kunun und Atschorek gegenübertreten sollen? Ihnen sagen, dass sie zwar bereit gewesen war, die Aufgabe zu erfüllen, doch nun war etwas dazwischengekommen, und ihre Mission war ohne ihre Schuld gescheitert. Ob sie freundlicherweise Attila freilassen könnten, vielen Dank auch?

»Sollen wir hier anlegen? Hier? Gleich ist es zu spät, oder nicht?«

Wilder gab ein schwaches Geräusch von sich, wie ein zustimmendes Brummen, da erblickte sie schon die Einfahrt zum Hafen. Zumindest das gab es in dem Budapest, das sie kannte, nicht: einen kleinen Hafen direkt neben der Stadt. Sie bog ein, ruderte an der Mauer entlang und sah dann die Anlegestege. Im Dämmerlicht, an hölzernen Stegen festgemacht, schaukelten zahlreiche kleine Boote und größere Fischerkähne. Aber auch hier ragte die Kaimauer unüberwindbar meterhoch auf. Erst als sie näher kamen, erkannte Hanna die eingelassenen Trittsprossen in den senkrechten Wänden.

»Für mich ist das kein Problem, aber wie willst du da hinauf?«

Der Wolf rührte sich nicht. Hanna seufzte. »Dann brauchen wir jetzt als Erstes einen Platz für unser Boot.« Es gab nicht viele Lücken zwischen den anderen, und sie konnte nur hoffen, dass die Besitzer lange ausblieben.

»Du kannst diese Leitern nicht hochsteigen. Wie willst du in die Stadt? Es ist unmöglich für Wölfe. Was tun wir hier eigentlich, Wilder?«

Vielleicht war das von Anfang an sein Plan gewesen: herzukommen. Direkt in die Stadt. Nicht irgendwo draußen, weit vor den Mauern, eine Pforte zu öffnen, sondern hier, mitten in Akink, und dem Herzen des Lichts eine tödliche Wunde zuzufügen.

Erwartungsvoll starrte der Wolf sie an. Immer noch lag er ganz flach da, sein rötliches Fell verschmolz mit dem Holz. Selbst wenn jemand von oben ins Boot geschaut hätte, hätte er ihn wohl schwerlich erkennen können.

Doch es nützte nichts, Wilder zu verstecken. Der Wolf musste diese Mauer hoch, irgendwie. Noch hatte Hanna keine Idee, wie sie ihn nach oben bringen sollte. Wollte er springen? Aus dem Stand heraus, in einem wackeligen Boot, das höchstwahrscheinlich dabei kentern würde? Oder von den Stegen aus? Vielleicht hatte er ja niemals vorgehabt, die Kaimauer zu überwinden, vielleicht hatte er von Anfang an nur geplant, möglichst nah heranzukommen. So nah, dass die Schatten von hier aus in die Stadt eindringen konnten.

Ach nein. Innerlich schüttelte sie den Kopf. Ein Vampir in einem Boot auf dem Donua? An dieser Stelle durch eine Pforte herauszukommen nützte einem Wesen, das empfindlich auf das Wasser dieses Flusses reagierte, gar nichts.

»Ich werde jetzt die Sprossen hochsteigen. Du bleibst im Boot und rührst dich nicht. Ich werde nach irgendetwas suchen, mit dem ich dich hier raushole. Versprochen. Ich finde einen Weg. Egal, wie lange es dauert, warte, bis ich zurückkomme.«

Sie zog ihre Jacke aus und breitete sie über den Wolf. Er ließ es geschehen. Er vertraute ihr, aber in ihr war kein Jubel darüber. Als sie die steile kleine Leiter hochstieg, die nach Akink führte, dachte sie weder an Attila noch an Mattim. Sie dachte nur an den Wolf, der sich in dem kleinen Boot versteckte, und was aus ihm wurde, wenn jemand ihn entdeckte.

Auf einmal war ihr bewusst, was sie getan hatte und worauf Wilder sich eingelassen hatte. Wenn sie ihn tatsächlich herauf in die Stadt brachte, würde er es höchstwahrscheinlich schaffen, eine oder auch mehrere Personen zu beißen. Aber er war weder unverwundbar noch unsterblich. Wie ein ganz normales Tier, das sich zu den Menschen verirrt hatte, würden sie ihn jagen, stellen und töten.

All dem, was sie bereits Schlimmes tat und was sie Mattim antat, hatte sie eins noch hinzugefügt: dass sein Bruder höchstwahrscheinlich sterben würde, hier und heute.

Die Stadt war alt. Es fühlte sich an, als wäre sie in der Vergangenheit gelandet, als Hanna zwischen den hohen Häusern in das Gewirr der Straßen eintrat. Wie in einer Altstadt kam sie sich vor, in der sämtliche Schaufenster, Souvenirläden, Autos und Touristen fehlten, eine Stadt aus verwitterten Steinen, in der nichts sich verändert hatte seit Hunderten von Jahren. Viele Menschen waren unterwegs, und wie in jeder großen Stadt fiel man auch in dieser nicht auf, wenn man ein wenig anders war. Hanna war für das schummerige Licht dankbar, denn ihre Kleidung war für diesen Ort alles andere als angemessen. Hier trugen die Leute lange Umhänge und wehende Röcke, und Hanna fürchtete schon, dass sie mit ihren Jeans derbe Anstoß erregen könnte. Dann kam sie an einer kleinen Gruppe Frauen vorbei, die eifrig diskutierte, und zu ihrer Erleichterung stellte sie fest, dass alle weite Beinkleider trugen und darüber eine Tunika. Zudem arbeiteten sie offenbar als Handwerkerinnen, denn sie besprachen die Reparatur einer hohen Eingangstür und wer für die Schnitzereien zuständig sein sollte.

Obwohl Hanna dieser Spaziergang wie eine Zeitreise vorkam, war dies nicht Buda zu einer anderen Zeit. Dies war kein Museum. Auch nicht das Mittelalter, musste sie sich in Erinnerung rufen. Nicht die Vergangenheit einer Stadt, die sie kannte. Dies war Akink, und wenn ihr manches vertraut vorkam, dann nicht, weil es dieselbe Stadt wie Budapest gewesen wäre. Es war eine Variante davon, in einer anderen Welt, eine andere Schicht der Wirklichkeit, durch die sie hindurchging. Unendlich viel Zeit hätte sie damit zubringen können, durch die Gassen zu schlendern, über das raue Kopfsteinpflaster, und die Leute zu beobachten, die die Dunkelheit ignorierten, so wie es vielleicht die Nordländer in ihrem ewigen Winter tun müssen. Überall hingen Laternen, doch dadurch wirkte die Tageszeit erst recht falsch. Es schien die Zeit zu sein, in der man auf einer der kleinen Bänke am Eingang oder in einem mit Statuen vollgestellten Innenhof ein Glas Wein trinken konnte, nicht die Zeit, um Türen zu reparieren oder das Dach zu decken. Von der Burg ging ein schwaches Glimmen aus. Immer wieder schaute Hanna zu ihr hin und fragte sich, woher dieses Leuchten kam.

Die Familie des Lichts. *Ich bin der letzte Prinz des Lichts …*

Nein, denk jetzt nicht an Mattim. Denk nicht daran, was du hier tust. Eine Traumstadt. Eine Traumstadt gegen ein lebendiges Kind.

Es fühlte sich allerdings überhaupt nicht an wie eine Traumstadt. Ihre Füße suchten auf dem unebenen Pflaster Halt. Die Luft war voller unbekannter Gerüche. Menschen streiften sie beim Vorübergehen, Menschen, keine Traumgestalten. Sie musste sich verbieten, darüber nachzudenken, aber was half es? Sie konnte es nicht. Sie sah alle diese Leute, an denen sie vorbeikam. Händler, die aus Brettern zusammengeschusterte Karren durch die Gassen zogen. Vor ihr liefen ein paar kleine Kinder vorbei, die eine Katze jagten.

Hanna hatte immer noch nichts gefunden, was ihr dabei helfen konnte, den Wolf aus dem Hafen zu holen. Ein Schattenwolf in Akink. Während all diese Menschen auf der Straße waren und ihren Tätigkeiten nachgingen. Während diese Kinder hier spielten. Während dieser alte Mann mit dem Karren im Schneckentempo vorbeirumpelte. Ein Wolf, hier in der Stadt. Was das bedeuten würde, das wollte sie sich nicht vorstellen.

»Kuchen?«

Sie erschrak so sehr, dass sie fast in die Luft gesprungen wäre. Aber es war nur der Händler, der sie bei ihren Überlegungen unterbrochen hatte.

»Kuchen? Schöne, warme Kuchen.«

Schon drückte er ihr ein warmes Gebäckteil in die Hände. Es duftete verführerisch. Was konnte das sein? Irgendetwas in Fett Gebackenes, ähnlich wie ungarische Langos. So schmeckte es auch, nicht süß, sondern fettig und saftig.

Wie dumm war es, in einer Stadt, die lebendig war, so zu tun, als sei alles nur ein Traum!

»Was kosten die? Ich habe kein …« Sie unterbrach sich hastig, kramte in ihrem Portemonnaie und drückte ihm ein paar Münzen in die Hand. Sollte er sich nur über das fremde Geld wundern. Schnell drehte sie sich um und ging wieder zurück, warf rasch einen kurzen Blick über die Schulter, ob er ihr folgte. Aber der Mann war schon weitergezogen.

Frisch gestärkt konnte sie sofort besser denken. Sie wusste jetzt wieder, was sie eigentlich suchte. Ein Brett, lang und schmal, eine Art Planke, irgendetwas in der Art. Hatte sie auf ihrem Weg nicht ein Gerüst gesehen?

Sie verlief sich in den verwinkelten Gassen, stand plötzlich auf dem Marktplatz, kehrte wieder um. Da endlich das Haus, dessen Dach neu gedeckt wurde. Mitten auf dem

Weg lag alles, was die Handwerker brauchten, dazu ein Haufen Dachziegel sowie ein stolzer Hügel aus Schutt. Ein Holzgerüst nahm die halbe Straße ein. Schöne, lange Bohlen, die sie unmöglich entfernen konnte. Aber da, an der Seite, lehnte ein schmaleres Brett, das vielleicht als Geländer gedient hatte, drei oder vier Meter lang. Genau das, was sie brauchte.

Hanna packte das Brett, ohne sich nach etwaigen Zuschauern umzusehen. Sie musste so dreist und selbstverständlich auftreten wie irgend möglich. Einfach nehmen und davonmarschieren. Aber das Brett war schwer, viel schwerer, als sie gedacht hatte. Das eine Ende musste sie über den Boden schleifen lassen, was Lärm machte und nicht so elegant und unauffällig aussah, wie sie es gerne gehabt hätte. Verbissen mühte sie sich ab und lief in die Richtung, in der hoffentlich der Fluss lag.

»Brauchst du Hilfe?«

Eine Passantin war stehengeblieben. Auch sie wahrscheinlich eine Handwerkerin, obwohl noch dunkler gekleidet, in einer Farbe, die bei Licht besehen vermutlich Grün gewesen wäre. Das Mädchen lächelte freundlich. Sie war in Hannas Alter, vielleicht auch etwas jünger. Ein dicker blonder Zopf hielt ihr das Haar aus dem sympathischen Gesicht.

Was für eine hilfsbereite Stadt!

Das schlechte Gewissen packte Hanna, als sie lächelnd nickte. »Ja, brauche ich.«

»Wohin?«

»Zum Hafen.«

Das fremde Mädchen hob das hintere Ende des Bretts an. Wahrscheinlich merkte sie gar nicht, dass Hanna sich nach ihrer Führung richtete und sich von der Akinkerin durch die Straßen und um die Ecken und Plätze dirigieren ließ. Schließlich konnte sie über den Fluss hinweg den dunklen Wald sehen, eine Mauer aus Finsternis, die sich am jenseitigen Ufer auftürmte.

»Wozu brauchst du das Brett?«, fragte die unbekannte Helferin neugierig, und Hanna, die diese Frage die ganze Zeit schon befürchtet hatte, antwortete: »Ich habe dort ein Boot liegen. Damit kann ich meine Ladung hinunterrutschen lassen, ohne ständig hoch- und runterklettern zu müssen.«

»Geschickt.«

Vielleicht würde sie das Opfer sein. Dieses nette junge Mädchen, das sich einer Fremden zuliebe abgerackert hatte. Vielleicht würde Wilder hochspringen, ihr mitten ins Gesicht.

Hanna schluckte. »Den Rest schaffe ich schon allein. Vielen Dank für deine Hilfe.«

»Wo ist denn dein Boot?« Das blonde Mädchen machte keinerlei Anstalten wegzugehen.

»Dort drüben. Aber ich komme jetzt wirklich alleine klar.«

»Nein, zeig doch. Jetzt bin ich so weit mitgekommen, da kann ich auch bis zum Ende mitgehen. Ist es hier?« Sie hielt auf den Anlegeplatz zu.

Die Brücke war nicht weit. Vorhin hatte Hanna sie gar nicht bemerkt, so sehr war sie auf die Stadt fixiert gewesen. Jetzt hatte sie sie genau im Blick. Wie die Kettenbrücke in Budapest ruhte auch diese auf dicken Säulen im Fluss. Aber sie war lange nicht so breit und hoch. Keine steinernen Löwen bewachten den Zugang. Kleine Lampen schmückten das geschwungene Geländer, um das die Dunkelheit waberte.

Hanna riss den Blick von der Brücke los und schaute nach unten auf die Boote. Sie waren sich alle so ähnlich, dass sie ihr eigenes nur nach einigem Suchen wiederfand. Der Wolf war nicht zu sehen, undeutlich machte sie ihre Jacke auf dem Boden aus.

Die Fremde ließ das Brett krachend aufs Pflaster fallen.

»Jetzt schaffe ich es wirklich alleine«, sagte Hanna. Sie zögerte, denn die Vorstellung ließ sich kaum verscheuchen, wie Wilder dieses Mädchen im Sprung nach unten riss. Aber die junge Akinkerin war sowieso verloren. Jetzt oder später. Sie alle. Es spielte keine Rolle.

Eine Traumstadt gegen einen lebendigen Jungen.

Die Blonde lächelte nun nicht mehr, sondern steckte zwei Finger in den Mund und stieß einen schrillen Pfiff aus.

»Flusswache«, sagte sie. »Wer du auch bist, nimm die Hände hoch.«

ZWÖLF

AKINK, MAGYRIA

Einen Moment – nur einen Herzschlag lang – erstarrte Hanna.

Attila.

Wilder.

Die Mission ist gescheitert.

Attila. Eine Traumstadt gegen einen lebendigen Jungen.

Aus den Augenwinkeln sah sie dunkel gekleidete Gestalten heraneilen. Hanna holte aus und schlug der Wächterin mit aller Kraft die Faust in den Magen. Dann, ohne auf die nahenden Gegner zu achten, schob sie das Brett über die Kante, zum Boot hin.

»Wilder!«, rief sie dabei. »Komm! Schnell!«

Das Brett hatte den Steg kaum berührt, als der Wolf emporschnellte. Er sprang auf die Holzbohle, die unter seinem Gewicht ächzte, und war schon auf der Mauer, als die Wächter ihre Schwerter schwangen. Ein Pfeil sirrte durch die Luft, doch Wilder tauchte darunter hindurch, sprang über die am Boden liegende Wächterin und verschwand wie ein dunkler Schatten in den Gassen der Stadt.

Hanna, die immer noch dahockte und das Brett hielt, starrte ihm nach und bemerkte erst jetzt, dass zehn brennende Pfeile auf sie gerichtet waren. Hinter den Bogenschützen standen die Schwertkämpfer. Das blonde Mädchen rappelte sich wütend auf und schrie so verzweifelt, dass Hanna ein kalter Schauer über den Rücken rann.

»Nein! Oh nein, nein!«

Schon hatte einer der Wächter ein Horn an die Lippen gesetzt. Der Ruf tönte durch die Dämmerung, laut und alarmierend, und von allen Seiten antworteten andere Hörner mit gleichem Klang. Ein Schrei lief wie eine Flutwelle durch die Stadt.

»Wolf! Schatten! Wolf! Schatten!«

Hanna ließ das Brett los, das auf die Boote polterte, und richtete sich sehr, sehr langsam mit erhobenen Händen auf.

Eine Traumstadt gegen einen lebendigen Jungen.

»Schatten«, murmelte jemand, die Stimme so voller Abscheu, dass Hanna glaubte, nun würden sie es tun. Sie töten. In einer Stadt jenseits der Wirklichkeit, in der man wirklich sterben konnte. Ihr Herz begann wild zu pochen, aber merkwürdigerweise hatte nur ihr Körper Angst. In ihr selbst war eine nahezu unheimliche Ruhe.

Sie hatte Wilder in die Stadt gebracht. So wie sie heute Morgen Attila zur Schule gefahren hatte, in einer Welt, in der schon nichts mehr in Ordnung gewesen war.

Ein Mann mit einem Schwert trat ein paar Schritte vor. »Tut ihr nichts!« Man hörte, dass es ihm nicht leicht fiel, das zu befehlen. »Ob Schatten oder nicht, der König wird sie verhören wollen.«

»Der König? Das können wir nicht zulassen!«, protestierte das blonde Mädchen. »Selbst mit fünfzig Bogenschützen könnten wir ihn nicht vor einem Schatten bewahren, der das Licht nicht fürchtet. Wir dürfen diese Schattenfrau hier nicht noch einmal in die Stadt lassen.«

»Sei still, Mirita«, sagte der Anführer der Wächter. »Wir müssen wissen, was die Schatten planen und was uns bevorsteht. Wenn sie jetzt schon mit Booten über den Fluss gelangen können, ist alles verloren. Begleitet die Gefangene zur Burg.«

»Ich bin kein Schatten«, sagte Hanna, von den vielen Blicken entnervt, in denen die Furcht vor einem entsetzlichen Monster lag.

Der oberste Wächter betrachtete sie eine Weile, auf eine Art, die ihr noch schlimmer vorkam als die furchtsamen Blicke der Bogenschützen. »Wenn das stimmt«, sagte er ruhig, »dann, beim Licht, hast du das Schrecklichste getan, was überhaupt möglich ist. Für einen Verrat dieser Art gibt es keine Rechtfertigung. Möge der König über dein Schicksal entscheiden.«

Über ein Dutzend brennende Pfeile waren auf die vermeintliche Vampirin gerichtet, während die Wächter Hanna den Weg zur Burg hinauf eskortierten. Sie musste nur den Kopf drehen, und schon zuckte jemand zusammen. Ihre Begleiter glaubten ihr nicht, dass sie kein Schatten war.

Die Stadt, die sie dabei durchquerten, war merkwürdig still. Keine Schreie mehr, keine Hörner. Hatten die Wachen Wilder bereits gefunden? Sie konnte nur hoffen, dass er die Gelegenheit genutzt hatte, jemanden zu beißen. Aber es war immer noch Tag; was, wenn sein Opfer blindlings durch die Pforte gestolpert war und sich bereits aufgelöst hatte? Wenn ihre Mission trotz allem gescheitert war, weil niemand Kunun sagen konnte, wo sich der Durchgang befand? Was würde Atschorek dann mit Attila tun?

Das leise Glücksgefühl, das sie empfunden hatte, als sie Wilder verschwinden sah, löste sich in nichts auf. Hanna senkte den Kopf. Sie achtete nicht auf die Stadt und ihre Lichter und auch nicht auf die vor Schreck und Anspannung aufgerissenen Augen der Wächter. Klein und verloren fühlte sie sich, als sich die Tore der Burg vor ihr öffneten und man sie hinunterführte, in eine noch dunklere, feuchte und kalte Welt.

Die Zelle war nicht groß. Sie enthielt nur eine schmale Liege; der Boden war mit Stroh bedeckt, das muffig roch. Durch die Gitterstäbe fiel das Licht der Fackeln, die im Gang brannten. Obwohl die fingerdicken Stäbe keine Flucht zuließen, fühlten sich die Wachen immer noch nicht sicher genug. Sie hielten ihre Lanzen fest umklammert.

»Eine falsche Bewegung«, zischte eine Wächterin, »und wir setzen das Stroh in Brand. Setz dich dort hin, und rühr dich nicht.«

Hanna hatte Durst, aber sie traute sich nicht, um etwas zu trinken zu bitten. *Eine falsche Bewegung* … Ob dieses feuchte Stroh überhaupt brennen würde? Sie wollte es lieber nicht wissen.

Ein leises Murmeln ging durch die Reihen der Wächter. Dann hörte sie eine Stimme, klar und befehlsgewohnt.

»Habt ihr sie überprüft? Ist sie ein Schatten oder nicht?«

»Herr, wir haben nicht gewagt …«

»Ihr habt sie nicht überprüft? Tut das auf der Stelle.«

»Aber … Hoheit …«

»Schickt eine Frau zu ihr hinein. Glaub mir, ich weiß, was das bedeuten könnte. Nehmt eine Freiwillige dafür, und wenn sich keine findet …«

»Majestät, ich bin bereit.« Die Stimme kam Hanna bekannt vor, und kurz darauf trat das blonde Mädchen vor das Gitter. »Ich war längere Zeit mit ihr zusammen, und sie hat keinerlei Versuche unternommen, mich anzugreifen. Vielleicht war das nichts als Taktik, vielleicht ist sie aber wirklich kein Schatten.«

Der Wächter verzog schmerzlich das Gesicht, als er das Gitter öffnete und die junge Akinkerin hindurchschlüpfen ließ.

»Ich bin Mirita von den Flusshütern«, sagte sie. »Und wenn du ein verdammter Schatten bist, dann finde ich das heraus.«

Ihr Gesicht glänzte vor Schweiß, und auf einmal wusste Hanna, warum das Mädchen das Ende des Bretts getragen hatte und nicht vor ihr hatte gehen wollen, den Rücken dem vermeintlichen Schatten zugewandt.

Mirita. Ja, sie kannte diesen Namen. Das war das Mädchen, das Mattim geküsst hatte. Sie sei nicht besonders hübsch, hatte er beteuert. Nichts als eine Kameradin.

Du Lügner, dachte Hanna, und ihr Mut sank. Die andere war schön wie ein Engel. So unglaublich hübsch … *Was wird sie tun, wenn ich ihr sage, dass Mattim mir gehört? Dass ich ihn auch geküsst habe, zweifellos öfter und inniger als sie? Lacht sie mich dann aus? Oder bringt sie mich gleich um?*

Eine Verbündete würde sie hier jedenfalls nicht finden.

»Ich bin kein Schatten.« Hanna blickte an ihr vorbei zu den Wächtern. »Du wirst keine Wolfsspuren an mir entdecken.« Aber gerade als sie sagen wollte: *Du kannst dir jeden Zentimeter Haut ansehen, ich bin's nicht*, fiel ihr ein, dass sie gezeichnet war. *Verdammt.*

»Keine Wolfsbisse«, wiederholte sie. »Das hier war etwas anderes.« Sie schob die Ärmel hoch, nahm das Tuch von ihrem Hals und zeigte Mirita die Wunden, die Mattim ihr zugefügt hatte. »Nein, geh nicht weg! Sieht das nach Wolf aus?«

»Vampire«, flüsterte Mirita entsetzt. »Blutsauger.«

Mattim. Geliebter, über alles geliebter Mattim.

»Ja, aber davon wird man nicht zum Schatten. Das wisst ihr hier doch, oder?«

»Du müsstest ein Schatten sein! Oder ein Wolf!« Mirita war bis zum Gitter vor ihr zurückgewichen.

»Bei uns nicht. Ich nicht.« Wie sollte Hanna erklären, woher sie kam und dass es dort ganz und gar unmöglich war, aus einem Menschen einen Wolf zu machen? »Ich lebe weiter, ich habe mich in gar nichts verwandelt. Mein Herz! Es schlägt. Ist das nicht der beste Beweis? Willst du fühlen, wie mein Herz schlägt?« Sie zwang sich, das möglichst unerschrocken zu sagen.

»Mirita, komm sofort da raus!«, forderte eine der Wächterinnen das blonde Mädchen auf, ihre Stimme zitterte vor Abscheu und Schrecken. »Geh nicht darauf ein, das ist eine List!«

»Fühl mein Herz«, wiederholte Hanna. »Ich kann es nicht anders beweisen.«

Mirita zögerte.

»Komm raus, Mirita! Das ist ein verdammter Schatten!«

Hanna hielt dem Blick der jungen Flusshüterin stand und schüttelte leicht den Kopf. »Nein. Nein, ich bin's nicht. Ich werde wirklich keinem etwas tun. Glaub mir doch! Was habe ich gewonnen, wenn ich dich beiße? Dass man mich nur umso sicherer umbringt? Wenn ich dir jedoch beweisen könnte, dass ich kein Schatten bin …«

Mirita fasste einen Entschluss. Obwohl die anderen Wächterinnen aufgeregt und fassungslos durcheinanderriefen, trat sie mit festem Schritt auf die Gefangene zu, sah ihr in die Augen und legte dann die Hand auf die Stelle über Hannas Herzen.

»Sie ist kein Schatten«, sagte sie langsam. Hanna atmete erleichtert auf, aber in Miritas Augen trat ein harter, starrer Ausdruck. »Wie konntest du das nur tun?«, sagte sie mit einer Stimme wie aus Eis. »Nicht einmal ich … nicht einmal für Mattim … Ein Mensch zu sein und so etwas zu tun ist noch viel schlimmer, noch viel, viel schlimmer!«

»Warum habt ihr mich dann nicht gleich erschossen, als

ich mit dem Boot angelegt habe?«, rief Hanna ihr nach, als das andere Mädchen die Zelle verließ.

»Weil wir sehen wollten, was du vorhast«, sagte die Akinkerin zwischen zusammengebissenen Zähnen hindurch. »Ob du etwas Bestimmtes ausspionierst oder angreifst. Ob es den Schatten neuerdings gelingt, den Fluss mit Booten zu überqueren, oder, wenn nicht, wozu sie dich ausgeschickt haben. Glaub mir, du hast keinen Schritt unbeobachtet getan. Wir waren die ganze Zeit da.«

»Davon habe ich gar nichts gemerkt.«

»Natürlich nicht. Aber als du mit dem alten Mann gesprochen hast, war mindestens ein Dutzend Pfeile auf dich gerichtet.«

Ob sie da nicht ein wenig übertrieb? Hanna nahm es fast an. Es war zu dunkel da draußen, um von weitem zu schießen. Nur das hatte Wilder gerettet. Doch wenn die Wächter ihr ganz nah gewesen waren, hätte sie das nicht bemerken müssen?

Was ihr viel mehr ausmachte, war die Angst der anderen dabei zu spüren. Und sich dabei merkwürdig leblos zu fühlen, so als wäre sie wirklich ein Schatten. Ein fürchterliches Ungeheuer, das eine Stadt zerstören konnte. Es vielleicht schon getan hatte. Vielleicht auch nicht.

Wenn sie Wilder gefangen oder erschossen hatten, würden sie ihr das nicht sagen. Auch das war ihr klar. Sie würden ihr gar nichts mitteilen und dafür alles von ihr wissen wollen. Was tat man im Mittelalter mit Gefangenen? Foltern?

Aber dies war nicht das Mittelalter.

»Was wird denn jetzt mit mir geschehen?«, fragte sie.

Niemand antwortete ihr. Mirita ging einfach, und die Wachen standen da mit feindseligen Mienen. Hanna ertrug es kaum; sie setzte sich auf die schmale Bank und verbarg das Gesicht in den Händen.

»König Farank«, kündigte eine der Wächterinnen auf dem Gang an.

»Lasst uns allein.« Die alles beherrschende Stimme. Der Mann, der das Licht mitbrachte, als hätte jemand die Fackeln mit einem Dimmer auf eine höhere Helligkeitsstufe gedreht.

»Herr?«

»Alle.«

Niemand war mehr auf dem Gang, als der König des Lichts das Verlies betrat. Hanna wusste nicht, welches Verhalten er von ihr erwartete, doch nachdem sie gerade eben seine Stadt vernichtet hatte, war es ein bisschen spät, sich jetzt noch vor ihm zu verbeugen.

Der König trug Weiß. Der Stoff seines Gewandes glänzte seidig, war aber ansonsten völlig schlicht. Nur am Kragen seiner Tunika war eine kleine Verzierung eingestickt.

Als sie einander beim letzten Mal begegnet waren, hatte sie keine Zeit gehabt, ihn näher zu betrachten. Auch jetzt entdeckte sie nicht die geringste Ähnlichkeit mit Mattim. Sie sah einen schlanken, dunkelhaarigen Mann vor sich. Er konnte genauso gut vierzig sein wie fünfzig, ein altersloses Gesicht, recht gut aussehend und doch so unauffällig, dass sie auf der Straße an ihm vorbeigegangen wäre, ohne in ihm die Sonne von Akink zu erkennen. Er leuchtete nicht. Vielleicht war da eine schwache, eine ganz schwache Ähnlichkeit mit Kunun. Etwas in seinem Gesicht, das immer ernst bleiben würde, selbst wenn er lächelte.

Doch Farank lächelte nicht. »Warum?«

Sie hatte mit allem gerechnet, mit Vorwürfen oder mit Drohungen, aber diese einfache Frage traf sie wie nichts anderes.

Er deutete ihr Schweigen falsch; vielleicht hielt er sie für besonders verstockt.

»Ich kenne dich«, sagte er. »Du gehörst zu den Schatten, mit ihnen habe ich dich gesehen. Es überrascht mich zu hören, dass du selbst keiner bist.«

»Ich bin ein Mensch«, begann sie, »Mattims …«

Doch er unterbrach sie sofort. »Nicht!«, rief er aus. »Nicht diesen Namen! Es gibt ihn nicht mehr. Lass mich nie wieder davon hören!«

Hanna schwieg betroffen. Wie hatte sie glauben können, ihre Beziehung zu Mattim würde ihr hier heraushelfen? Es machte alles nur noch schlimmer, und ihr blieb nichts, was sie für sich selbst vorbringen konnte.

»Was haben sie dir dafür versprochen? Einen Verrat zu begehen, von dem ich glaubte, kein einziger Mensch in ganz Magyria würde sich dazu hinreißen lassen! Es war unser einziger Vorteil, dass die Feinde kein zweites Mal über den Fluss können. Das Eis ist geschmolzen. Doch nun … Haben sie dir nicht gesagt, was das für ein Wolf ist?« Trotz allem bot er ihr noch diesen einen Ausweg: die Unschuldige zu spielen. »Wir werden die dunkle Saat, die du gesät hast, ausreißen. Wir werden niemanden am Leben lassen, der dem Wolf begegnet ist. Wir sind noch lange nicht besiegt, denn es ist euch nicht gelungen, heimlich herzukommen. Wir werden den bösen Keim zertreten, nur zu welchem Preis? Jeder hat Angst vor jedem. Jeder könnte ein Schatten sein. Jeder könnte der Feind sein. Alle haben sich in ihren Häusern verbarrikadiert.«

Hanna schwieg. Sie wollte weinen, aber sie konnte nicht. Alles in ihr war wie eingefroren. Farank wusste es nicht. Er wusste nichts davon, wie die Pforten geöffnet wurden, nichts von den vielen Türen, die es hier bald geben würde, nichts von Kununs Leuten, die sich vielleicht jetzt schon darauf vorbereiteten, hier einzufallen. Er glaubte immer noch, er könnte seine Stadt retten.

»Was haben sie dir versprochen?«, fragte König Farank. »Was kann so viel Leid wert sein?«

Sie ertrug seine Verachtung nicht, obwohl ihr das nicht so schlimm vorkam wie die Tatsache, dass er nicht einmal wusste, was sie wirklich getan hatte. Dass sie noch viel mehr Verachtung verdiente.

Eine Traumstadt für einen lebendigen Jungen. Nur dass alle hier so lebendig waren, wie Mattim lebendig war. Wie Kunun. Wie Atschorek. Wie sie selbst.

»Ich bin für einen kleinen Jungen verantwortlich«, sagte sie. »Wenn ich es nicht geschafft hätte, den Wolf nach Akink zu bringen …«

Der König lachte leise und unfroh. »Für einen kleinen Jungen? Für einen einzigen Jungen reißt du eine Schneise des Todes in diese Stadt? Bist du die Mutter?«

Hanna schüttelte den Kopf. »Ich bin für ihn verantwortlich.« Sie flehte um sein Verständnis, auch wenn sie wusste, dass sie es nie erhalten würde. »Ich musste es tun. Ich konnte ihnen Attila nicht überlassen. Niemals.«

»Ich bin für diese Stadt verantwortlich«, sagte Farank. »Glaub mir, ich weiß, vor welcher Wahl du standest. Dennoch könnte kein einziges meiner Kinder das Leben der vielen aufwiegen, deren König ich bin.«

Sie musste es ihm sagen. *Eine Pforte, die Sie nicht schließen können. Der Wolf wird nicht nur eine Schneise der Verwüstung hinterlassen, sondern sein Weg wird sein wie ein Flur, zu beiden Seiten die Türen zu den Zimmern. Aus jedem dieser Zimmer kann der Feind kommen.*

Er tat ihr so leid. Wenn Attila erst in Sicherheit war … Aber der Junge würde nie sicher sein, wenn sie Kununs Pläne vereitelte. Selbst wenn die Vampire ihn freiließen, konnten sie ihn sich jederzeit wieder holen.

Eine Traumstadt für ein Kind …

»Und wenn Ihre Kinder gar nicht so böse sind, wie Sie glauben?«, fragte sie. »Nicht jeder? Wenn vielleicht einer dabei ist, dem Sie Unrecht tun?«

Der König wirkte etwas überrascht, wie sie mit ihm redete.

»Böse?«, fragte er. »Glaubst du, es geht darum? Wölfe reißen ihre Beute aus Instinkt. Schatten streifen durch unser Land und vernichten ganze Dörfer. Heulen und Tränen … Sie alle handeln, wie sie müssen. Und so werde auch ich das tun, was ich tun muss, solange ich lebe – gegen sie kämpfen.«

»Nein!« Es war ihr egal, wer er war. Man hatte ihr nie beigebracht, wie man einem König begegnet. Sie war daran gewöhnt, mit Autoritätspersonen zu diskutieren, ohne Ansehen der Person, mit dem missliebigen Lehrer genauso wie mit dem netten oder wie mit ihren eigenen Eltern. Und dieser Mann war Mattims Vater.

»Nein, so ist es doch gar nicht. Sie sind immer noch Menschen. Sie können entscheiden, was sie tun und was nicht. Selbst die Schattenwölfe können das. Mattim hat …«

»Schweig!«, fuhr er sie an. »Ich will nichts von ihm hören. Ich verbiete dir, den Namen auszusprechen. Er gehört nicht mehr zu meiner Familie. Ich kenne ihn nicht mehr.«

»Aber …«

Wieder unterbrach er sie. »Mädchen, diese Stadt ist mein Kind. Nur noch diese Stadt.«

Unwillkürlich musste Hanna daran denken, dass Weiß in manchen Kulturen die Farbe der Trauer war. So kam er ihr vor – wie ein Trauernder, der das, was er fühlt, in Symbole kleidet, da er nichts davon je aussprechen wird.

»Wenn es etwas gibt, was du mir zu sagen hast über die Schatten und ihre Pläne, dann tu es. Gib mir wenig, und dein Schicksal wird sich ein wenig bessern, aber zumindest dein Leben kannst du dir erkaufen. Gib mir viel, einen entscheidenden Hinweis, und du kannst vielleicht sogar deine Freiheit zurückerlangen.«

Irgendwie konnte sie nicht glauben, was sie da hörte, was er da so beiläufig erwähnte.

»Mein Leben?«, fragte sie. »Soll das heißen, ich muss sterben? Ihr wollt mich umbringen?«

»Das ist seit je die angemessene Strafe für Verräter«, sagte er ernst.

Und das war es. Wenn sie Kunun verriet, würde Attila sterben. Vielleicht auch Réka. Womöglich, wenn er in seiner Wut tobte, die ganze Familie Szigethy. Würde Mattim sie retten können? Er allein gegen Kunun und Atschorek und wer weiß wie viele Vampire noch?

»Und ihr seid die Guten?«, fragte sie bitter. »Ich habe Ihnen gesagt, dass ich keine Wahl hatte. Zählt das denn nichts? Gar nichts?«

»Nie«, sagte Farank leise, »konnten die Schatten jemanden zwingen, für sie zu arbeiten. Denn jeder in ganz Magyria weiß, dass der Tod dem Schicksal vorzuziehen ist, das sie uns bereithalten.«

»Ich bin nicht aus Magyria!«, rief Hanna.

Der König blickte sie an. »Ich habe gesehen, wie du durch die Pforte gegangen bist, in jene andere Welt – wärst du doch bloß dort geblieben! Verrat ist überall Verrat, wo du auch herkommst und wer du auch bist. Vielleicht erweisen wir dir sogar zu viel Gnade, wenn wir dich aus diesem Leben entlassen, ohne dass du am eigenen Leib erfährst, was die Schatten einem Menschen antun können. Wie sie ihm alles nehmen, was er besitzt. Sein Menschsein, seinen Stolz. Wie sie alles, was hell und licht ist, in die Dunkelheit hinabziehen. Du fürchtest den Tod? Die Schatten solltest du fürchten, die dir das Herz aus der Brust reißen und dich kalt und leblos weiterexistieren lassen. Die dich in eine wilde Bestie verwandeln können, sodass du durch die Wälder streifst und nicht nur tust, was du immer gefürchtet hast, sondern es *bist.* Das Licht ist nicht grausam, Mädchen. Aber es ist streng. Streng und rein und unerbittlich, und alle, die das Dunkel über uns bringen, werden die gleißende Kraft des Lichts zu spüren bekommen.«

Er wandte sich ab und öffnete die Gittertür. Dort wandte er sich noch einmal zu ihr um.

»Man opfert nicht eine Stadt für einen Sohn. Was von uns verlangt wird, ist ungleich härter. Den Sohn opfern für die ganze Stadt. Das ist es, was das Licht tun muss.«

Er war schon im Gang, als sie die Finger um die Stäbe krallte.

»Die Schatten wollen nach Hause!«, rief sie ihm nach. »Sie wollen nur nach Hause! Sie würden niemandem etwas zu Leide tun, wenn ihr sie einfach nach Hause kommen lasst!«

Seine Schritte wurden langsamer, er zögerte, vielleicht, um nach Worten zu suchen.

»Lassen Sie sie nach Hause kommen!«, rief sie. »Verzeihen Sie ihnen, und sie werden Ihnen verzeihen … es muss keinen Krieg zwischen euch geben! Es sind Ihre Kinder!«

»Sie sind hier nicht mehr zu Hause«, sagte der König. »Und wenn sie herkämen, wenn es ihnen gelingen sollte, mich und meine Gefährtin in das zu verwandeln, was sie sind, wäre dies das Ende. Du hast ja keine Ahnung von dem, was du da vorschlägst. Sie würden das Licht auslöschen, das über Akink leuchtet. Ich kann diese … Wesen nicht in die Arme schließen und ihnen vergeben, selbst wenn ich wollte. Ich dachte, ich müsste es. Wenn ich es täte, würde das Licht heller strahlen als je zuvor. Ich dachte, ich hätte meinen Sohn wiedergefunden, der aus der

Finsternis zu mir zurückkam. Eine bittere Lektion musste ich lernen. Was die Finsternis berührt hat, ist finster, egal, wie hell es zu leuchten scheint. Ist die Nacht das, wonach ihr euch alle sehnt? Endlose, sternenlose Finsternis?«

»Aber es muss doch nicht so kommen«, wandte sie ein. »Was ist, wenn nicht?«

»Es wird so sein«, meinte Farank. »Lass die Schatten in die Stadt, und du wirst sehen, was geschieht. Sie können mich nicht neben sich wohnen lassen. Das Licht verbrennt sie und bereitet ihnen Schmerzen. Das Licht zwingt sie in die Knie. Sollen sie neben mir leben, Wand an Wand, freundliche Nachbarn, die sich bei Tag in ihren Häusern verbergen? Sie können es nicht. Und du hast ihnen den Weg in diese Stadt gebahnt. Du hast die Seuche der Dunkelheit nach Akink gebracht. Wenn du wüsstest, Mädchen. Wenn du begreifen könntest, was das heißt, du würdest mich auf den Knien um Verzeihung anflehen, statt deine Hoffnung an die Schatten zu verschwenden.«

Sie hörte seine leiser werdenden Schritte auf dem Gang. Hanna lehnte sich gegen die kalte, raue Mauer und schloss die Augen.

ZWEITER TEIL

STADT DER LABYRINTHE

DREIZEHN

AKINK, MAGYRIA

Wilder duckte sich an die Hauswand. Die Straßen, durch die er gelaufen war, hatten sich in Windeseile geleert. Das Geschrei der Leute hallte ihm noch in den Ohren wider.

Ein Wolf! Ein Wolf!

Er sprang über sie alle hinweg, jagte unter einem Gerüst hindurch, setzte über Karren, riss händchenhaltende Pärchen auseinander. Niemanden hatte er beachtet, keinen absichtlich zu Boden gerissen, wenn auch viele hinter ihm gestürzt waren bei ihrer panischen Flucht. Er blickte sich nicht um. Noch verfolgte ihn niemand. Alle waren bestrebt, sich in Sicherheit zu bringen. Ein Schrei erfasste die ganze Stadt, ein einziger Ruf des Entsetzens. Immer noch gellten die Hörner.

Wilder presste sich eng an die Wand, in den Schatten. Hier brannten keine Lampen, nur von der Hauptstraße her drang schwaches Licht in die schmale Gasse und verlor sich dann, immer schwächer werdend, auf den Pflastersteinen.

Er witterte und rief sein Gedächtnis ab, um sich zu orientieren. Seit nahezu sechzig Jahren war er nicht mehr in Akink gewesen. Fünfzig Jahre als Vampir hatte er hinter sich, acht als Wolf. Aus dieser Perspektive war es fast eine neue Stadt, fremd, überwältigend durch ihre unzähligen Düfte, die sich in einem einzigartigen Muster miteinander verwoben. Dieses Muster hatte sich in der vergangenen

Stunde verändert, sich in eine Wolke aus Angst verwandelt, durch die er nun tauchte. Er hätte die Augen schließen können und sich dennoch daran entlanghangeln und anhand der Angst erkennen, wo sich jemand versteckte, allein, und wo sich viele aufhielten, und anhand dessen sein Ziel aussuchen.

Beißen, beißen …

Diese Phase hatte er hinter sich. Irgendjemandem die Zähne in den Leib zu schlagen, nur weil er die Macht dazu besaß, das hatte ihm am Anfang ein grandioses Gefühl des Triumphs beschert.

Jetzt ging es um etwas ganz anderes. Nicht um einen einzelnen Menschen, den er ins Reich der Schatten zwingen konnte, sondern um die Stadt. Um Akink. Der Wald war sein, aber dies war immer noch ein Ort, an den er gehörte. Revier.

Ich, Prinz.

Der Wolf hob den Kopf, er witterte, er horchte.

Die festen Schritte auf dem Pflaster. Die schwitzende Wache. Der Ölgeruch ihrer Laternen. Das Klappern von Pfeilen im Köcher, das Schwingen von Metall in der Luft. Sie hielten ihre Schwerter in den Händen, bereit. Sie wussten, so wie er auch, dass Wölfe viel leichter zu töten waren als Schatten.

Das war der Preis dafür, dass er sein Leben zurückbekommen hatte.

Sie leuchteten in die schmale Gasse hinein.

Am Hauseingang, hinter dem er sich verbarg, sprang eine Ziegelreihe vor, um die schön geschnitzte Tür gebührend einzufassen. Eine Hand breit Schatten.

Das genügte. Sie bemerkten ihn nicht.

»Sollten wir nicht …?«, fragte jemand. Ein Wächter mit einer Lampe, der zögernd stehengeblieben war.

Wilder machte sich bereit. Selbst wenn sie nicht einen Mann allein hier hereinschickten, um nachzusehen, sondern mehrere, würde er den vordersten erwischen. Wenn man schnell genug war, war es gar nicht mal so schwer, an einem gezückten Schwert vorbeizukommen. Und er war schnell. Seine eigene Wendigkeit und Kraft waren ein ständiger Quell der Freude für ihn. Das war ein Teil der Macht, die er besaß, ein Teil dessen, was es bedeutete, ein Schattenwolf zu sein. Schneller und stärker zu sein, als irgendeiner dieser Idioten ahnte. Ein einziger Biss genügte. Nur einmal die Zähne in die Haut eines Menschen zu schlagen.

»Komm, weiter«, sagte ein anderer. In seiner Stimme schwang weniger Angst als vielmehr Zuversicht. Sie würden den Wolf schon fangen.

Wilder lächelte innerlich.

Einen wie diesen musste er erwischen. Einen, der nicht in Ohnmacht fiel und nicht in Panik davonrannte, einen, der besonnen genug war, um nach dem Biss dazubleiben und zu fragen: Verdammt, ich bin ein Schatten – was mache ich denn jetzt?

Aber es war kein Wächter, den er beißen wollte. Nicht, wenn er noch irgendwie die Gelegenheit hatte, sein oberstes Ziel zu erreichen.

Er schlüpfte aus der Gasse, spähte in die größere Straße hinein. Sie war menschenleer, alle waren in ihren Häusern verschwunden. Aber die Fenster waren hell erleuchtet. Sie versuchten sich mit Licht zu schützen, gegen einen Wolf? Was für ein Blödsinn. Die Akinker hätten sich einfach niemals darauf verlassen dürfen, dass sie hier sicher waren. Dass sie nie so werden würden wie diejenigen, gegen die sie kämpften.

So nah wie möglich an den Häusern entlang lief er weiter. Es war berauschend, nach so langer Zeit wieder hier zu sein. Er musste aufpassen, dass er sich nicht vergaß und einfach genießend und staunend herumstreunte. Vieles sah noch genauso aus wie damals, als er, ein junger Prinz mit hin und wieder ungebührlichem Betragen, mit seinen Freunden die Stadt unsicher gemacht hatte. In diesem Viertel waren sie oft gewesen. Wilder kannte es wie seine Westentasche, auch wenn er in früheren Tagen nicht bemerkt hatte, wie es hier roch. Nach dem Wein, der hinter jenen schmalen Türen ausgeschenkt wurde, in efeubewachsenen Innenhöfen, zwischen den steinernen Tieren. Nach Glück. Er konnte es immer noch wahrnehmen, das Glück jener Tage, das in den Mauern und Straßen schlummerte, als hätte er es damals verloren. Als hätte er irgendwann vergessen, es mit nach oben in die Burg zu nehmen, und nun lag es seit Jahrzehnten in den Ritzen wie eine weggerollte Münze …

Wilder blieb stehen. Er konnte die Patrouille in der Gasse links von ihm hören. Sie hatten mehr Leute ausgeschickt, als er gedacht hatte. Nein, es war gar nicht die Wache, es waren Bürger, alle mit unterschiedlichen Schuhen. Keine richtigen Waffen. Vermutlich hielten sie Stecken und Schaufeln in den Händen. Für eine so große Gruppe waren sie erstaunlich leise. Diese Menschen wussten sehr gut, worum es ging, und hielten die Jagd auf ihn nicht für ein kleines Abenteuer, mit dem man später angeben konnte. Wenn sie ihn fanden, würden sie ihn ohne zu zögern töten.

Er wich zurück, drehte sich um und lief. Die Richtung stimmte jetzt nicht mehr ganz, gegen seinen Willen wurde er von der Burg abgedrängt. Aber so schnell würde er nicht aufgeben, schließlich kannte er sich hier aus. Wenn er die nächste Abzweigung nahm, um die Ecke bog und dann durch die Gasse der Wäscherinnen huschte, war er wieder auf dem richtigen Weg.

Hinter sich hörte er die Leute näher kommen. Irgendwo klirrten Schwerter, demnach war die Stadtwache ebenfalls nicht weit. Die Hörner hatten mit Sicherheit auch die Tagwache zurück in die Stadt gerufen. Sie zogen den Kreis enger …

Doch noch war er nicht verloren. Er musste nur hier zwischen der Häuserreihe hindurch, dann konnte er gleich dort auf der breiten Hauptstraße direkt hoch zur Burg laufen. Wie er an den König herankommen sollte, wusste er noch nicht. Es war riskant, vielleicht sogar unmöglich, aber wenn es gelang, war die Stadt sein. Dann hatte er es ganz allein geschafft. Ohne Kunun.

»Da ist er!«

Wilder drehte sich um. Noch eine Gruppe, die ihn jagte, eine kleinere, nur ein paar Männer und Frauen. Sie kamen gerade aus einem Hauseingang heraus und besprachen die Einzelheiten ihrer Vorgehensweise. Er hätte sie nicht vorher wittern können; plötzlich standen sie auf der Straße. Wenigstens ein kleiner Trost, dass er nichts falsch gemacht hatte.

»Der Wolf! Wir haben ihn!«

Langsam, mit ausgestreckten Armen, in jeder Hand einen Besenstiel, kam einer der Männer auf ihn zu.

Wilder duckte sich und rannte. Er bog um die Ecke, wollte schnell wie der Wind auf die Burg zulaufen, ein flitzender Schatten – und wäre beinahe gegen eine Mauer geprallt, die hier nicht hingehörte. Hatten sie mitten auf der Straße ein Haus gebaut? Wozu? Konnten sie nicht einfach sechzig Jahre lang alles so lassen, wie es war?

»Da!« Fenster öffneten sich über ihm. »Da ist er! Hier! Kommt her!«

Wilder schaute sich um, langsam geriet er in Panik. Hinter ihm kamen die Besenleute immer näher. Wenn er es irgendwie vermeiden konnte, erschlagen zu werden …

Dort, ein schmales hohes Haus mit einem Eingang ohne Tür, nur ein Gitter. Er zwängte sich durch die Eisenstäbe und verschwand im Dunkeln eines gewölbten Vorraums. Sofort wusste er, wo er war. Während seine Verfolger noch am Tor rüttelten, sprang er behände die Stufen hinunter.

»Wir haben ihn! Er ist hier drin! Brecht das Schloss auf!«

Der Keller der guten Erinnerungen. Die unterirdischen Räume, in denen nicht nur Wein, sondern auch Vorräte für die ganze Stadt aufbewahrt wurden, für den Fall einer Belagerung. Diese wunderbare Zeit vor sechzig Jahren! Bis zu jenem Winter, als der Donua nach heftigen Regenfällen über die Ufer getreten war und die Wölfe über die Mauer sprangen, damals, als er sich ihnen todesmutig entgegengestellt hatte, der mutige Prinz des Lichts, hinter sich seine kleinen wimmernden Schwestern …

Wilder schloss die Augen und sog tief den Duft des Gewölbes ein. *Erinnere dich an das Glück …* Dort hatten er und seine Freunde eins der verbotenen Fässer geöffnet. Das Gitter, immer abgeschlossen, hatten sie einfach überklettert, die Wache unter einem Vorwand weggeschickt. Eins der Mädchen hatte eine Decke mitgehabt. Sie hatten die edelsten Brände aus erlesenen Früchten und Beeren hinuntergekippt und sich darüber lustig gemacht, wozu man für den Fall einer Belagerung diese Art von Stärkung brauchte. Irgendjemand hatte ein Fass mit eingelegten Heringen geöffnet und aus Versehen umgekippt. Kein Widerhall des ausgelassenen Gelächters war mehr übrig, nichts roch hier mehr nach Fisch. Selbst die Gesichter seiner Freunde ließen sich nicht mehr abrufen. Sie hatten hier gesessen und gelacht, und dann kam die Nachricht, dass die Wölfe die Mauer überwunden hatten.

Er war losgestürmt, betrunken …

Wenigstens seine Schwestern waren entkommen. An jenem Tag jedenfalls. Wilder hatte geglaubt, dass er sie gerettet hätte, bis ihm Kunun irgendwann später erklärte, dass sie zu jung für die Verwandlung waren, dass der Schattenprinz in diesem Kampf keine ewig Zehn- oder Fünfjährigen brauchte.

Es hatte sich gut angefühlt, sich für ihren Retter zu halten.

So gut, wie es sich anfühlen würde, hier in Akink eine Pforte in die andere Welt zu öffnen.

Seine Augen gewöhnten sich an die Dunkelheit. Seit er mit seinen Freunden hier heimliche Gelage abgehalten hatte, schien dieser Ort für denselben Zweck weiterbenutzt worden zu sein, anscheinend gerade eben noch. Auf dem Tisch standen Becher, ein Fass war bei dem überstürzten Aufbruch der Feiernden umgekippt, und der scharfe Geruch des Alkohols, vermischt mit dem lange vermissten Duft von Aprikosen, stach in Wilders empfindliche Nase. Allein vom Einatmen konnte man betrunken werden. Er schnupperte an einer Lache und schüttelte sich, dann hob er angespannt den Kopf und spitzte die Ohren – oben klirrte etwas. Sie hatten die Kette zerschlagen und das knarrende Gitter geöffnet. Nun zögerten sie. Es war keine schöne Aufgabe, einem Wolf in einen dunklen Keller nachzusteigen. Einen Keller, in dem man mehrere Stunden Verstecken spielen konnte.

»Wir räuchern ihn aus.«

Seine Verfolger berieten sich oben an der Treppe. »Niemand muss zu ihm hinuntersteigen. Entweder er stirbt oder er versucht, ins Freie zu gelangen. Dann stehen wir hier bereit.«

Ausräuchern? Das war nicht gut. Gar nicht gut. Auch wenn er es nicht geschafft hatte, in die Burg zu gelangen, würde er nicht abtreten, ohne irgendjemanden mitzunehmen. Er brauchte ein Opfer, irgendeines, irgendwen.

Der Vorschlag mit dem Feuer kam von dem Mann mit dem Besen. Der war offensichtlich nicht auf den Kopf gefallen. Recht so.

Wilder schlich näher an die Stufen heran. Seine Verfolger unterhielten sich darüber, was sie anstecken sollten. Eine Frau bot an, einen Strohballen zu holen. Der Mann kniete sich hin, die Lampe vor sich auf dem Boden. Ein anderer starrte nach unten in die Dunkelheit. Nur einer.

Der Wolf sammelte sich zum Sprung. Schnell sein, darauf kam es jetzt an. Er hörte auf, menschliche Gedanken zu denken. Es gab bloß eins – die Beute.

Die steinernen Stufen hochjagen. Bevor sie wussten, wie ihnen geschah, bevor einer schrie, hatte er schon den Mann am Kragen gepackt und zog ihn mit sich. Ohne ihn zu beißen. Schleifte ihn die Treppe hinunter, während das Geschrei endlich losbrach.

»Tut etwas! Er hat Peron. Beim Licht! Oh nein!«

Auch Peron schrie. »Nein! Nein!«

Sie hätten ihrem Freund die Lampe nachschleudern können, ihn damit noch auf den Stufen treffen, sodass das brennende Öl sich über seine Kleidung ergossen und vielleicht auch dem Wolf das Fell versengt hätte. Wer wollte schon als Schatten leben, wenn er bis zur Unkenntlichkeit verbrannt war? Doch die Akinker sahen in der Beute des Raubtiers immer noch den Mann, nicht den zukünftigen Schatten. Einen Augenblick zu lange zögerten sie, da hatte Wilder sein Opfer schon nach unten in die Finsternis geschleppt.

Der Entführte schlug mit bloßen Händen um sich, verzweifelt versuchte er, die Bestie abzuwehren.

»Nein«, schrie er, »nein!« Als könnte er das Tier, das ihn erwählt hatte, von seinem Irrtum überzeugen. »Geh weg! Lass mich! Hilfe!«

Wilder, immer noch die Zähne im Stoff, zerrte ihn weiter, doch Peron kam auf die Beine und taumelte gegen die aufgestapelten Fässer, die mit lautem Poltern umfielen und durcheinanderrollten. Er versuchte, sich irgendwo festzuhalten, während der Wolf an ihm riss.

»Lass mich … Helft mir! Holt mich hier raus!«

Wilder musste den Kragen loslassen, um seine Zähne ins Fleisch des Mannes schlagen zu können. Bei seiner wilden Flucht versuchte Peron über die Fässer zu laufen, die er im Dunkeln nicht sehen konnte, fiel hin, schrie auf, rappelte sich wieder hoch – und da flog schon ein Strohballen den steilen Treppenaufgang hinunter. Eine Öllampe folgte und zerbrach klirrend auf den steinernen Stufen. »Nimm das!«, schrie jemand von oben.

Im selben Moment wurde Wilder bewusst, dass er in einer Pfütze stand, in einer großen Lache Obstbrand. Peron, nass und wie in fruchtiges Parfüm getaucht duftend, sprang auf die Treppe zu …

Der Wolf flog über die Fässer hinweg, dem Fliehenden in den Rücken. Gemeinsam gingen sie zu Boden. Wilder grub die Zähne in das warme Fleisch, in den Schrei, während das Öl näher kroch und seine nassen Finger nach ihnen ausstreckte.

Als das Rinnsal brennenden Öls auf die erste Lache traf, waren beide, Wolf und Mann, nicht mehr da. Hoch und hell flammte das Feuer auf, dann zerbarst eins der leeren

Fässer mit einem lauten Knall. Die Akinker oben am Treppenaufsatz fuhren erschrocken zurück, als ein Donnerschlag nach dem anderen den Boden unter ihnen erzittern ließ. Eine brüllende Wand aus Feuer raste die Stufen hinauf. Sie ergriffen die Flucht und retteten sich auf die Straße. Kein Wolf mit brennendem Pelz huschte ihnen nach, kein Schatten tanzte mit ausgebreiteten Armen ins Freie. Knisternd und krachend fraß das Feuer sich durch die Vorräte, ergriff Besitz von der Balkendecke und schwang sich dann ins Innere des darüber stehenden Hauses empor, bis der Brand die ganze Nacht erhellte und die Qualmwolke wie ein finsterer Schatten über der Stadt schwebte.

Es fiel ihm schwer, sich von dem Wolf zu trennen.

Mattim berührte noch einmal Belas rauchschwarzen Pelz.

»Ich muss zurück, Bruder«, sagte er.

Die klugen Augen des Tieres signalisierten Zustimmung. Sie wussten beide, dass er wiederkommen würde, dass er nicht lange in Budapest bleiben konnte, bevor es ihn zurück zu den Wölfen zog, in den düsteren Wald von Magyria. Sobald es Bela besser ging, hatten sie gemeinsam die anderen Rudel aufgesucht. Stundenlang war er mit den Wölfen unterwegs gewesen. Bei den meisten handelte es sich um gewöhnliche kleine Tiere, so wie sie vorher einfache Menschen gewesen waren, nur in der Gruppe glücklich. Aber es waren auch Schattenwölfe dabei, deutlich mehr, als Mattim erwartet hatte. Wenn es um wichtige Dinge ging, forderte Kunun stets die Hilfe seiner Wolfsgeschwister an, doch es gab Hunderte der großen, klugen Schattentiere.

Sie unterschieden sich alle in der Farbe ihres Fells und ihrer Augen, kein Wolf glich dem anderen. Selbst im Ausdruck ihres Gesichts waren ihre unterschiedlichen Persönlichkeiten zu erkennen. Immer noch konnte man die Menschen erahnen, die sie einmal gewesen waren. Es war Mattim fast unmöglich, sich von ihnen zu trennen. Von einem Rudel zum anderen hatte Bela ihn geführt, und in jedem gab es ein paar Schattenwölfe. Der junge Prinz konnte nicht genug davon bekommen, sie kennenzulernen. Dies war eine Welt, die Kunun ihm nicht gezeigt hatte, wohl weil sie ihm selbst verschlossen geblieben war.

Auch Mattim blieb der Zugang verwehrt, solange er sich nicht verwandelt hatte. Er konnte die Wölfe verstehen; ganz natürlich erschien ihm das, aber zugleich wurde ihm auch schmerzlich bewusst, dass er lange nicht so lebendig war wie sie. Ihr Leben konnte er spüren. Wild und herrlich, kraftvoll, schlagende Herzen in blutwarmen Leibern. Bei ihnen zu sein, erinnerte ihn äußerst schmerzhaft daran, dass ihm selbst dieses Leben fehlte.

Er war nichts als ein Schatten.

Alles andere war geraubt.

Entweder blieb er hier, im Dämmerlicht eines schon fast verlorenen Königreiches, oder er musste sich Nachschub besorgen. Mattim spürte den Hunger in sich, der ihm bewusst machte, dass er sein Leben in Gefahr brachte. Unterdrückte er seine Bedürfnisse zu lange, konnte er nur bei Nacht nach Budapest zurück.

Es war verlockend, in Magyria zu bleiben. Hier, wo er vom Licht träumen konnte, ohne etwas Böses zu tun. In diesem sanften, wohltuenden Zwielicht tat es nicht mehr ganz so weh, ein Schatten zu sein, und er hatte nicht das Gefühl, dass er dazu verdammt war, alles zu vernichten, was er liebte. Hin und wieder kam es ihm sogar vor, als fiele seine menschliche Gestalt jeden Moment von ihm ab und er wäre ein Wolf, geborgen in der Mitte des Rudels, eingehüllt in eine Form, in der man menschliche Zweifel und

Schmerzen vergessen konnte. Während er mit den Wölfen durch den Wald rannte oder zwischen ihnen auf dem Moos lag, dachte er: *Jetzt! Jetzt wird es passieren!* Aber es geschah nicht.

Mit seinem Hunger wuchs eine seltsame Unruhe in ihm, die ihn nach Budapest zurücktrieb.

Bis zum Abend wartete er noch. Die Dunkelheit verdichtete sich; wie feiner Nebel legte sie sich über alles. Da er nicht wusste, wie lange er noch ohne Blut leben konnte, hatte er sich dafür entschieden, nachts aufzubrechen. Das gab ihm ausreichend Zeit, sich ein Opfer zu suchen oder vor dem Morgengrauen wieder hierherzukommen – auf das Licht zu verzichten und ohne die dunkle Tat zurück zu den Wölfen zu gehen. Hier den Tag zu verbringen. Ohne Licht.

Er hatte nicht gewusst, dass die Sehnsucht so stark sein konnte. Nach einem richtigen Tag. Nach richtigem Licht, nach Sonne. Nach Leben. Nach Hanna.

»Ich komme ganz sicher zurück«, sagte er zu Bela. »Bald. Wenn ich es schaffe, schon morgen.«

In der Nähe der Höhlen blieb der Wolf stehen. Sein Fell sträubte sich, und er knurrte kaum hörbar.

Mattim duckte sich hinter die Bäume. Vorsichtig schlich er näher, seinen Tierbruder an der Seite.

Der Abend senkte sich jetzt rasch herab. Trotzdem leuchtete etwas vor ihm auf, hell, strahlend hell. Es knisterte, unüberhörbar.

Feuer.

Der Eingang zur großen Höhle brannte. Der Prinz sah die Schemen von Wächtern zwischen sich und dem Feuer, sah sie umherrennen, hörte ihre gedämpften Stimmen.

»Immer Nachschub«, sagte jemand. »Lasst es nicht ausgehen. Legt nach.«

Sie wollten die Höhle nicht einfach ausräuchern, sondern den Ausgang dauerhaft blockieren. Dabei hatte er Mirita doch erzählt, dass es unzählige Pforten gab, dass es keinen Zweck hatte, eine einzige davon zu schließen! Wusste nicht selbst der König mittlerweile, dass es sich mit den Übergängen ganz anders verhielt als gedacht? Wenn die Wachen diesen Ausgang mit so viel Mühe blockierten, musste Akink überaus verzweifelt sein – und niemand hatte irgendetwas begriffen.

Zum Glück hatte er Mirita nichts davon gesagt, dass es auch in der kleineren Höhle, durch die er mit Bela gekommen war, eine Pforte gab. Bei so viel Betrieb würde es allerdings schwer werden, dort ungesehen hineinzukommen. Und gefährlich, an diese Stelle zurückzukehren, wenn man nicht wusste, was die Patrouille sich noch alles einfallen ließ. Schlimmstenfalls rannte er ihnen beim nächsten Mal direkt ins Messer.

Er hatte keine Wahl. Er musste zurück, zu Kunun und den anderen, musste herausfinden, was passiert war.

Irgendetwas war geschehen. Drüben. Hier. Wo auch immer. Während er im Wald gewesen war, war etwas vorgefallen, etwas Wichtiges …

»Du musst mir helfen, Bela«, flüsterte er. »Lenk sie ab.«

Bela drückte stumm den Kopf gegen seine Hand. Dann schlich er lautlos davon und verschmolz mit der Dunkelheit.

Mattim wartete nicht auf die Schreie. Seine Unruhe war so groß, dass er nicht einmal Gewissensbisse hatte, obwohl er einen Schattenwolf auf Menschen, auf seine ehemaligen Kameraden losließ. Geduckt eilte er vorwärts, zwischen den Bäumen hindurch. Als er auf die Lichtung hinaustrat, hatte auch der Wolf sich bereits aus der Deckung gewagt.

Eine hohe Frauenstimme schrie: »Wolf! Wolf! Achtung, hinter euch!«

Der Prinz hielt nicht inne, um darüber nachzudenken, wem diese Stimme gehörte. Sie klangen alle anders, wenn sie schrien. Wenn die Angst sie ergriff, wenn plötzlich jeder zum Feind wurde. Alles war anders, wenn er sich daran erinnerte, dass sie keine Freunde mehr waren.

»Stehenbleiben!« Vor ihm tauchte ein Wächter auf, der sich nicht hatte ablenken lassen. Ein noch junger Kerl, höchstens vierzehn, trotzdem schon mit einem Schwert bewaffnet, das er zweifellos zu nutzen verstand. Die Patrouille nahm nur wehrhafte Krieger mit, egal welchen Alters.

Mattim wich einige Schritte zurück. Der Junge ließ ihn nicht aus den Augen.

»Ich hab einen! Kommt her, ich habe einen!«

Erkannte er ihn nicht? Kannte nicht jeder in ganz Akink Mattim, den letzten Prinzen? Trotzdem rief der junge Wächter nicht seinen Namen, sondern noch einmal: »Schnell, hier ist einer!«

Mattim hörte von der Seite her die Schreie der Flusshüter und Belas Knurren – und dann huschten weitere Wölfe aus dem Wald. Er hatte nicht gewusst, dass sich ein ganzes Rudel in der Nähe befand. In dem Durcheinander folgte niemand dem Ruf des Jungen. Trotzdem konnte Mattim weder das Schwert auf die leichte Schulter nehmen noch die Tatsache, dass man ihn sehen konnte, wenn er in der kleinen Höhle verschwand. Es war zu riskant, deshalb entschloss er sich dazu, umzudrehen und zwischen die Bäume zu laufen. Der Junge – konnte er denn so verrückt sein? – setzte ihm nach.

»Bleib stehen!«, schrie er.

Ob wohl nur besonders dumme Akinker zu Vampiren

wurden? Weil jeder von ihnen es fertiggebracht hatte, sich von einem Schattenwolf beißen zu lassen? Weil sie sich von ihrem Trupp getrennt hatten? Einschließlich seiner selbst. *Was war ich bloß für ein Idiot*, dachte er mit leisem Bedauern.

Mattim trat zur Seite, durch einen Baum hindurch, und ließ den Jungen an sich vorbeistürmen. Bela tauchte wie aus dem Nichts auf und setzte ihm mit weiten, lautlosen Sprüngen nach. Dann ein Schrei und ein Schluchzen. Der Prinz hastete zu der Stelle, wo der neue Schatten lag. Das Schwert hatte er fallenlassen, über ihm stand mit blutverschmiertem Maul der schwarze Wolf.

»Steh auf«, sagte Mattim und zog den Akinker hoch. Selbst durch die Dunkelheit hindurch war sein Entsetzen zu spüren.

»Fass mich nicht an! Nein! Nein!« Blindlings stürmte der junge Krieger fort, tiefer in den Wald.

»Lasst ihn«, sagte Mattim zu Bela und den anderen Wölfen. »Sobald er sich beruhigt hat, wird er diejenigen suchen, zu denen er jetzt gehört. Ich habe meine Pforte. Es ist sowieso kein guter Zeitpunkt, um ihn mitzunehmen. Keine Ahnung, wo ich in Budapest herauskomme.«

Kununs Pforte hatte an einen sicheren Ort geführt. Jeder neue Übergang war jedoch ein Risiko – den im Fahrstuhl hatte Mattim benutzen müssen, als er keine Wahl gehabt hatte. Er war einfach davon ausgegangen, dass die Pforte ebenfalls in die Höhlen mündete. Doch dieser Platz war zu weit von ihnen entfernt. Er würde nicht in Kununs Haus landen, sondern vielleicht in einem ganz anderen Gebäude. Oder gar mitten auf einer stark befahrenen Straße. Die unsichtbare Schwelle zu überschreiten hatte etwas von einem Sprung aus schwindelerregender Höhe. Vielleicht in ein Netz. Vielleicht ins Nichts.

Wieder befiel ihn die Unruhe, diese Rastlosigkeit, die ihn in die andere Welt trieb. *Etwas ist geschehen …*

Wenn sein Herz noch hätte schlagen können, es hätte in wilder Erwartung gepocht.

Er hob den Fuß und ging hinüber auf die andere Seite.

VIERZEHN

BUDAPEST, UNGARN

Mattim brauchte einen Moment, um sich zu orientieren. Vor sich sah er eine Wand – nein, einen Zaun. Dahinter ragten die erleuchteten Fassaden der Häuser vom Baross tér in den Nachthimmel. Die große Tafel, auf der abwechselnd Werbung, Uhrzeit und Temperatur vorbeiliefen. Atschorek hatte darauf bestanden, dass er die Uhr zu lesen lernte. Die Fassade des Bahnhofs hatte er längst erkannt. Vor ihm in der Dunkelheit merkwürdige Umrisse, die er nicht sofort deuten konnte.

Die Baustelle! Er war auf der Baustelle gelandet, wo sie neue Schächte in die Erde trieben. Nur noch über den Zaun musste er klettern und war zu Hause.

Vor der verschlossenen Tür unter dem immerzu wachsamen Löwen zögerte er kurz, bevor er klingelte. Eine ganz ähnliche Vorsicht lag in Gorans Augen, als sie die Tür einen Spalt breit öffnete und hindurchspähte.

»Mattim!«

Warum war sie so verwirrt? »Mach auf«, befahl er schroff. Angst packte ihn. Ohne Rücksicht schob er die Tür auf und stand in der Eingangshalle.

»Wo kommst du denn her?«, fragte sie etwas zu gewollt freundlich. »Durch welche Pforte, meine ich? Ich dachte …«

»Was ist hier los?«, unterbrach er sie. »Wo ist Kunun?«

Im selben Moment hörte er eine Kinderstimme.

»Mattim! Mattim!« Attila rannte aus dem Innenhof und schlang die Arme um ihn. Der kleine Junge hielt ihn so fest, wie er nur konnte, während sich hinter ihm mehrere Vampire näherten.

»Ich habe dir doch gesagt, es war keine gute Idee, ihn in den Hof zu lassen!«, rief einer.

»Und? Konnte ich denn ahnen, dass …«, begann Goran und verstummte.

Mattim sah von einem zum anderen. Niemand wollte ihm in die Augen blicken. Nicht einmal die blonde Frau, die einmal seine Kameradin gewesen war.

»Attila, was machst du hier?«, fragte er so ruhig wie möglich.

»Ich will nach Hause.« Der Kleine weinte nicht, aber seine Stimme zitterte leicht.

»Natürlich. Komm, ich bringe dich nach Hause.«

Er nahm den Jungen bei der Hand.

»Kunun hat …«, begann einer der Vampire.

»Was hat Kunun?«, unterbrach der Prinz scharf.

»Du kannst ihn nicht einfach wegbringen«, protestierte Goran kleinlaut. »Wir haben den ganzen Tag auf ihn aufgepasst. Wir sollten warten, bis wir Bescheid bekommen.«

Noch nie hatte Mattim sich so sehr einen flammenden Blick gewünscht, mit dem er sie alle hätte hinwegfegen können. So jedoch konnte er nur den Kopf schütteln, als er mit dem Kind zur Tür ging.

»Mattim! Mattim, er hat uns alle gesehen!« Goran stellte sich ihm in den Weg, aber er schob sie zur Seite, auf die Gefahr hin, dass sie ihn angriff.

»Du musst ihn das alles vergessen lassen! Das Haus, unsere Gesichter!«

Ohne ein Wort öffnete er die Tür und führte Attila nach draußen.

»Fahren wir mit der Metró? Ich hab kein Ticket.«

»Ich kauf dir eins.«

An den Stufen zur Untergrundbahn blieb Attila stehen und zog an Mattims Hand. »Mein Schulranzen! Ich hab meinen Ranzen vergessen!«

»Das macht nichts«, sagte Mattim. »Ich werde ihn später holen.« So viele Fragen waren offen, aber er wollte das Kind nicht überfordern.

In der Bahn lehnte der Junge den Kopf gegen seine Schulter und gähnte. »Ich bin müde. Dabei habe ich ganz viel Cola getrunken. Eine ganze Flasche, bestimmt! Eine riesengroße!«

»Das muss ja ein toller Tag gewesen sein.«

»Erst haben wir mit Dinos gespielt. Ich wollte sie Hanna zeigen, aber sie war gleich wieder weg, und die Tür war zu.«

»Hanna war hier? Hat sie dich hergebracht?«

Attila überlegte. »Hanna hat mich zur Schule gebracht. Aber ich bin gar nicht in die Schule reingegangen. Da ist diese Frau gekommen. Sie ist die Schwester von Rékas Freund. Réka war aber gar nicht da. Die ganze Zeit nicht. Jetzt war ich gar nicht in der Schule. Dann kann ich doch auch keine Hausaufgaben machen?«

»Nein, das kannst du wohl nicht.«

»Mama wird böse sein, oder?«

»Bestimmt nicht«, versicherte Mattim. »Sie wird sich sehr freuen, dich zu sehen.«

»Sie wird auch nicht schimpfen, weil ich so viel Cola getrunken habe?«

»Nein. Heute nicht. Heute war ja ein besonderer Tag.«

Damit war Attila zufrieden. Nun, da er hoffte, straffrei auszugehen, begann er alles aufzuzählen, was er zu essen bekommen hatte. Die Vampire hatten ihn mit Hamburgern und Süßigkeiten vollgestopft.

»Ich glaube, Rékas Freund hatte Geburtstag«, fasste er schließlich die Ereignisse zusammen, als sie die U-Bahn-Station verlassen hatten. »Nur, es waren keine anderen Kinder da, außer mir. Es war ein Erwachsenengeburtstag.«

»Sieht ganz so aus.«

»Was haben wir ihm denn geschenkt?«

Ein Polizeiauto fuhr ohne anzuhalten an ihnen vorbei. Dann standen sie vor dem Tor zur Villa.

Mattim sah zu den erleuchteten Fenstern hinüber. Er hatte fast damit gerechnet, dass man ihn festnehmen würde, sobald er sich mit dem Kind dem Haus näherte. Die Versuchung war groß, den Jungen allein reinzuschicken und sich aus dem Staub zu machen, aber das war eines Prinzen von Akink nicht würdig. Er klingelte am Tor, und bevor das Schellengeläut verklungen war, kam schon Attilas Mutter herbeigerannt.

»Attila! Attila!«

»Ich habe eine ganze Flasche Cola getrunken. Ist das schlimm?«

Mónika Szigethy schloss ihren Sohn in die Arme. »Ich hatte solche Angst!«

Am Fenster erschien Rékas bleiches Gesicht, ihr Mund bewegte sich, als wollte sie ihm etwas zurufen. *Hanna. Wo ist Hanna?* War es das, was sie fragen wollte? Doch Mattim wurde abgelenkt, als Ferenc über den Gartenweg auf ihn zustürzte, hinter ihm ein Fremder, in dem Mattim schon von weitem den Polizisten erkannte. Er war lange genug Flusshüter gewesen; einen Wächter im Dienst konnte er nahezu riechen, ganz gleich, in welcher Welt.

»Bist du nicht …?« Mónika versuchte sich anscheinend zu erinnern, wo sie ihn schon einmal gesehen hatte.

»Das ist Hannas Freund«, hörte er Ferenc' forsche Stimme. »Du schuldest uns ein paar Erklärungen.«

»Sieh an. Der Freund des verschwundenen Au-pair-Mädchens?« Der Fremde näherte sich mit raschen Schritten. Ein prächtiger schwarzer Schnauzbart verlieh seinem Gesicht Autorität. »Nicht so schnell, der junge Herr. Wir hätten da ein paar Fragen …«

»Wo warst du?«, rief Ferenc und drückte seinen Sohn an sich. »Wo um alles in der Welt hast du gesteckt?«

Tränen quollen aus Attilas Augen. »Du hast versprochen, sie würden nicht schimpfen. Und jetzt schimpfen sie doch!«

Mattim überließ die Familie sich selbst. Er drehte sich um und ging. Die Aufforderung des Polizisten, sofort zurückzukommen, ignorierte er einfach. Nachdem er um die Straßenecke gebogen war, begann er zu laufen. Die Strecke war lang, trotzdem reichte es nicht, um seinen Zorn zu dämpfen. *Hanna ist verschwunden.*

Seine Gedanken kamen nicht zur Ruhe.

Hanna!

Er konnte noch keinen Sinn in der ganzen Geschichte erkennen, aber er würde es herausfinden. Genau jetzt. Hier, in Atschoreks Haus. Das Licht brannte, also war sie da. Vor Wut zitternd ging er durch die Wand.

Das Kaminzimmer war leer, dafür fand er sie im Wohnzimmer. Kunun und Atschorek. Als wenn nichts wäre, saßen sie auf dem edlen weißen Ledersofa, bei gedämpftem Licht, vor sich eine halb geleerte Weinflasche. Beide blickten auf, als Mattim hereinstürzte, kaum in der Lage, von den vielen Vorwürfen einen auszuwählen, mit dem er beginnen sollte.

»Guten Abend«, sagte Atschorek und hob leicht die Brauen. »Setz dich zu uns.«

»Worauf wartet ihr hier?«

Die lässige Ruhe seiner Geschwister steckte ihn nicht an, im Gegenteil.

»Auf gute Neuigkeiten.« Atschorek sagte nie mehr, als sie sagen wollte. Aber heute war nicht der Tag, an dem er sich an der Nase herumführen lassen würde.

»Ich habe Attila nach Hause gebracht. Ist die Nachricht gut genug? Wenn ein Kind wieder da hinkommt, wo es hingehört?«

»Wann?«, fragte sein Bruder nur.

»Gerade eben. Kunun, was fällt dir ein? Du hast ein Kind entführt? Seit wann benutzt du kleine Kinder? Beim Licht, was geht hier eigentlich vor?«

»*Ich* habe Attila entführt, übrigens«, warf Atschorek ein.

»Du hattest nicht das Recht, dich da einzumischen«, sagte der Schattenprinz kalt.

»Nicht das Recht?«, rief Mattim außer sich. Er schlug mit der Faust auf den Tisch. Atschoreks Weinglas kippte um, und eine blutrote Lache breitete sich aus. Mit einer Handbewegung fegte Mattim auch die Flasche auf den Boden. »Was habt ihr gemacht? Wo ist Hanna? Wo – ist – Hanna?«

»Du hast den Kleinen zurückgebracht, ohne Vorsichtsmaßnahmen zu treffen, kann das sein?«, fragte sein Bruder ungerührt. »Ohne sein Gedächtnis zu löschen? Am Ende bist du noch mit der Metró gefahren?«

»Beim Licht! Ihr durftet nicht …!«

Kunun wechselte einen Blick mit Atschorek. »Dann werden sie das Haus finden. Verdammt, Mattim, was tust du da? Ich muss unsere Leute warnen.«

Er griff zum Telefon. Mattim langte über den Tisch und riss es ihm aus der Hand.

»Ich will wissen, wo Hanna ist«, verlangte er. »Sofort.«

»Oder was?« Kunun runzelte die Stirn.

»Ach, Mattim, hast du eine Vorstellung davon, was eine Teppichreinigung kostet?«, fragte Atschorek dazwischen und seufzte. »Du hast von nichts eine Ahnung. Sag's ihm, Kunun, damit er sich endlich beruhigt.«

Ihr Bruder seufzte, als müsste er einem begriffsstutzigen Kind zum hundertsten Mal etwas erklären. »Hanna ist in Magyria. Wir warten darauf, dass sie sich meldet und uns mitteilt, wo die neue Pforte liegt. Der Wagen steht auf der Auffahrt; sobald sie anruft, holen wir sie ab. Bringen sie nach Hause. Was auch immer sie sich wünscht.«

»In Magyria?«, fragte Mattim verständnislos. »Ihr habt Hanna nach Magyria geschickt? Wozu? Welche neue Pforte?«

»In Akink«, half Kunun nach. »Mattim, heute haben wir den Grundstock für unseren Sieg gelegt. Wenn alles gutgeht, wirst du weder diesen Teppich noch dieses Haus je wieder benutzen, Atschorek.«

»Hanna – in Akink? Aber um eine Pforte zu öffnen, bräuchte es einen Wolf … Habt ihr etwa Hanna mit einem Wolf nach Akink geschickt?« Er starrte seine Geschwister fassungslos an. »Das kann ich nicht glauben. Ihr schickt mein Mädchen nach Akink?«

»Im Krieg muss man zuweilen zu ungewöhnlichen Mitteln greifen.« Atschorek lächelte entschuldigend. »Mattim, jetzt setz dich endlich. Willst du einen Schluck Wein? Sie wird ihre Sache gut machen, davon bin ich überzeugt. Es ist schon dunkel draußen. Sie wird sich bald melden, dann wissen wir Genaueres.«

Ein Wolf in Akink. Es konnte nichts Schlimmeres geben für die Sache des Lichts. Nie, niemals würde Hanna … Sie wusste doch, wie er dazu stand! Sie wusste, was er dazu gesagt hätte!

Attila.

Eine tödliche Ruhe überkam ihn. Er hob langsam den Kopf und blickte Kunun an. »Dafür habt ihr also den Jungen gebraucht«, sagte er.

»Du hast es erfasst. Hat ein bisschen lange gedauert, aber jetzt hast du es endlich begriffen.«

»Ihr habt Attila aus der Schule geholt, ihn zum Baross tér gebracht und Hanna dazugerufen? Sie ihn nur einmal kurz sehen lassen? Womit habt ihr ihr gedroht? Dass ihr den Jungen umbringt?«

Sie hätte sich an ihn gewandt, wenn er da gewesen wäre. Aber er hatte sich ja im Wald herumgetrieben und Wölfe gestreichelt. Und so hatte Hanna einwilligen müssen, an der Vernichtung Akinks mitzuwirken.

Mattim ließ sich auf einen Stuhl fallen und verbarg das Gesicht in den Händen.

Akink. Oh nein, nein … Und – Hanna!

Alarmiert fuhr er auf.

»Ihr habt sie in ein Boot gesetzt und über den Fluss geschickt, damit der Wolf sie auf der anderen Seite beißt? Sie wird als Schatten zurückkommen?«

»Nun ja …« Atschorek wirkte wenigstens ein klein wenig verlegen. »Sieh es mal so: Dann seid ihr einander wenigstens gleich. Du musst sie nicht mehr beißen, und sie wird ein ganz neues Verständnis für unsere Eigenheiten entwickeln.«

»Sie hatte genug Verständnis«, murmelte er und schüttelte den Kopf. Am liebsten wäre er aufgesprungen und zurück zum Übergang geeilt, aber wenn Hanna schon den Donua überquert hatte, gab es keine Möglichkeit, irgendetwas für sie zu tun.

»Mit wem?«, fragte er.

»Wie, mit wem?«

»Er meint den Wolf«, sagte Kunun. »Nicht wahr? Mit wem wir sie auf diese Reise geschickt haben.«

»Und?« Er dachte an all die Wölfe, die er kennengelernt hatte. An die vielen Schattenwölfe darunter. Bela war bei ihm gewesen. Und Kunun hatte die fatale Angewohnheit, alles Wichtige seiner Familie zu überlassen. »Es war nicht Wilder, oder? Ich sehe es euch an! Seid ihr verrückt? Ihr schickt Hanna mit Wilder los? Obwohl ihr mir immer erklärt habt, er sei nicht verlässlich?« Wilder, der Spieler. Wilder, der Trinker. Nein, Wilder, der Wolf. Mattim atmete tief durch. »Wann habt ihr sie losgeschickt? So, dass sie bei Dunkelheit zurückkommt? Es war doch dunkel, oder? Sie wird hoffentlich nicht zu früh durch die Pforte gehen?« Die Angst packte ihn. Hanna ein Schatten … es durfte nicht wahr sein! »Warum seid ihr dann hier? Wie lange ist es her, dass ihr sie aus den Augen verloren habt?«

»Mattim, es ist inzwischen viele Stunden her«, sagte Atschorek.

Da war noch mehr. Da war etwas, was er nicht wissen sollte.

»Sagt es mir«, verlangte er.

Seine Schwester seufzte. »Sie ist nicht einfach auf die andere Seite gerudert. Soviel ich erkennen konnte, sind sie den Fluss hinuntergefahren.«

»Atschorek!«, rügte Kunun scharf.

»Er erfährt es ja doch. Wie gesagt, Wilder hat seinen eigenen Kopf. Er muss es immer auf seine Weise machen. Wenn du Glück hast, dann hat Hanna es geschafft, ihn in die Stadt zu schmuggeln.«

»Glück?«, fragte er bitter.

»Niemand rechnet damit, dass wir über den Fluss kommen. Sie haben eine reelle Chance, Mattim, wirklich.«

Plötzlich dachte er an Mirita. *Wenn du mir hilfst, kann*

ich die Stadt retten … Wovon hatte sie gesprochen? Was hatte sie gewusst?

»Was, wenn die Patrouille euer Boot entdeckt hat?«, fragte er leise. »Wenn die Wachen danach Ausschau gehalten haben?«

»Wie hätten sie es wissen können?«

Die Frage stand im Raum. Er wusste die Antwort und wünschte sich, er hätte sie nicht gekannt.

»Mattim?« Atschorek hakte nach. Konnte sie so leicht in seinem Gesicht lesen? Wahrscheinlich merkte man ihm an, wie verzweifelt er wirklich war. Aber war auch das zu sehen, was er getan hatte? Auch das? »Mattim«, wiederholte Atschorek. »Hast du ihnen unseren Plan verraten?«

»Er kannte ihn doch gar nicht«, warf Kunun ein.

»Was hast du getan?«, verlangte die Schattenfrau zu wissen. »Was?«

»Nichts«, flüsterte er dumpf.

»Lüg mich nicht an«, fuhr sie ihn scharf an. »Was ist es? Du warst in Magyria – was hast du gesehen? Wilder? War er schon zurück? Hast du die Patrouille getroffen? Was ist passiert?«

Er sagte nichts. Sondern stand auf und ging. Draußen vor dem Haus setzte er sich auf die Eingangsstufe. So kalt war es, dass ihn fröstelte.

Irgendwann ließ seine Schwester sich neben ihn sinken. Er sah sie nicht an.

»Frierst du? Du zitterst ja.«

»Die Toten frieren immer«, sagte er.

»Wir sind nicht tot«, widersprach Atschorek. »Es ist nicht so, als ob wir Hanna in den Tod geschickt hätten. Selbst wenn sie als Schatten zurückkommt, wäre es nicht für lange.«

»Nicht für lange?« Er rieb seine blau gefrorenen Hände.

»Was heißt das? Nicht für die Ewigkeit? Nicht für hundert Jahre? Von einer Nacht zur nächsten?«

»In Akink werden wir alle wieder leben«, versprach Atschorek. »Wenn es erst uns gehört.«

»Wer sagt das?«

»Mein Herz«, sagte sie. »Kununs Herz. Weißt du es denn nicht auch? Wenn wir in Akink sind, wird alles gut. Du bist der beste Beweis. Genügt dir das nicht? Licht heilt die Wunden, die die Finsternis geschlagen hat. Du bist dort gewesen und wie neugeboren zurückgekommen. Ich bin mir sicher, wenn wir alle dort sind, wird noch viel mehr geschehen, mit jedem von uns. Glaub daran, Mattim. Glaub deinem Herzen, das dich nach Akink ruft.«

»Hanna ist mein Herz«, sagte er leise. »Sie darf kein Schatten werden.«

»Ich weiß«, nickte Atschorek. »Aber du darfst hoffen, oder nicht? Wenn sie in die Stadt hineinkommen, kann Wilder beißen, wen er will.«

»Hoffen?«, fragte Mattim zurück. »Für mich gibt es nichts mehr zu hoffen. Dass Hanna scheitert und von der Patrouille aufgegriffen wird? Dass sie Wilder töten? Dass ein Regen von Pfeilen ins Boot fällt und sie beide sterben, dort, auf dem Fluss? Wie kann ich mir wünschen, dass es ihnen nicht gelingt, wenn es um meinen Bruder und mein Mädchen geht? Und wie könnte ich hoffen, dass Akink an die Dunkelheit fällt?«

»Nicht an die Dunkelheit«, korrigierte Atschorek sanft. »An uns. Wir werden bald alle nach Hause gehen, Mattim. Es ist unsere Stadt. Unsere Burg. Kannst du dich nicht wenigstens ein bisschen darauf freuen?« Sie legte ihm den Arm um die Schultern. »Ich wünsche mir so sehr, dass du nicht mehr gegen uns bist, kleiner Bruder. Niemand von uns ist ein Ungeheuer.«

Hinter ihnen öffnete Kunun die Tür. Der gelbe Lichtschein aus dem Haus fiel auf sie.

»Ich habe es eben in den Nachrichten gehört«, sagte er. »Im Burgviertel ist anscheinend ein Mann von einem Hund angefallen worden. Er wurde verletzt ins Krankenhaus gebracht.«

Atschoreks Augen wurden groß. »Nein! Glaubst du, das sind sie? Sie haben es tatsächlich geschafft?«

»Das ist unser Akinker, bestimmt!« Kununs Augen leuchteten vor Freude. »Er ist mit einer Bisswunde durch die Pforte gefallen. Atschorek! Wir haben die Pforte! Wir haben sie! Nun gehört Akink uns!«

»Es gibt keine Garantie dafür, dass nicht wirklich ein Budapester von einem Hund gebissen wurde.«

»Finden wir es heraus«, sagte der Schattenprinz entschlossen. »Lass uns sofort zum Krankenhaus fahren. Wenn es wirklich ein neuer Schatten ist, kann er uns sagen, wo er gebissen wurde.« Er wandte sich an seinen jüngeren Bruder. »Wir werden Hanna abholen, sobald sie sich meldet. Warte hier auf uns.«

Mattim blieb auf der Schwelle stehen, als sie zum Auto hasteten und davonbrausten.

Mehrere Polizeiautos überholten ihn. Attilas Eltern hatten sich bestimmt nicht einfach so damit zufriedengegeben, dass ihr Sohn einen Tag lang verschwunden gewesen war. Als eines der Autos neben ihm hielt, musste der Junge sich zwingen, nicht sofort loszurennen. Der Polizist ließ die Scheibe herunter und warf ihm einen prüfenden Blick zu.

»Du bist nicht zufällig auf der Suche nach deinem Hund? Einem freilaufenden, der Menschen anfällt?«

»Nein«, sagte Mattim, freudig überrascht, dass es nur darum ging.

Vielleicht klang es nicht überzeugend genug.

»Ein Mensch wurde bereits gebissen. Wenn hier also irgendwo ein aggressiver Köter herumläuft …«

»Ich habe gar keinen Hund. Und ich kenne niemanden, der einen vermisst.«

»Wir haben einen Dackel eingefangen.« Der Mann verdrehte die Augen. »Dabei hat die Anruferin geschworen, sie hätte einen Wolf gesehen. Nun ja. Hast du es noch weit? Sollen wir dich lieber nach Hause bringen?«

»Ich wohne gleich da«, log Mattim und zeigte vage irgendwo nach vorne. Erleichterung machte sich in ihm breit, als der Wagen weiterfuhr.

Bald würde er Hanna sehen. Und wissen, ob sie immer noch ein Mensch war, immer noch das, was sie sein wollte, was sie zu sein verdiente.

Die Pforte musste irgendwo hier in der Nähe sein. Wenn er nur gewusst hätte, wo! Dann hätte er hindurchschreiten und seinen Vater warnen können. Damit die Akinker sie bewachten und mit Hilfe des Lichts schlossen. Vielleicht war es noch nicht zu spät, vielleicht war seine Heimatstadt noch zu retten. Irgendwie musste es doch möglich sein, ungeschehen zu machen, was Hanna getan hatte …

Mattim blickte hinauf ins Licht einer Straßenlaterne. Eine solche Sehnsucht nach zu Hause befiel ihn, dass er es kaum aushalten konnte. Akink. Die Stadt des Lichts. Sie musste hell bleiben. Das bisschen Licht, das sie noch besaß, es musste bewahrt werden, behütet, koste es, was es wolle …

Er musste in Erfahrung bringen, wo die Pforte war. Vor Kunun und Atschorek.

Der Streifenwagen hielt an der nächsten Kreuzung. Ohne nachzudenken, was er da tat, winkte Mattim und begann zu rennen.

»Wartet! Wartet!«

Sie hatten ihn bemerkt. Einer der Beamten stieg aus.

»Was ist, Junge? Hast du den Hund gesehen?«

Seine Stimme klang freudig alarmiert, jedoch auch überrascht.

»Nein«, gab Mattim zu, »aber wenn ich wüsste, wo der Mann gebissen wurde, könnte ich vielleicht helfen, das Tier zu finden.«

»Auf dem Burgberg«, sagte der Polizist leicht genervt. Er schien sich nicht darüber zu freuen, dass er einem angriffslustigen Hund auf der Spur war.

Kein anderer Wolf als Wilder hätte es gewagt, bis in die Nähe der Burg vorzudringen. Wohin führte die Pforte – direkt ins Herz Akinks?

»Warum wird überhaupt nach ihm gesucht?«, fragte er. »Die Leute werden doch dauernd von ihren eigenen Hunden gebissen, ohne dass es in den Nachrichten kommt.«

»Nun ja, wenn jemand schreiend durch eine Menschenmenge rennt und brüllt: ›Ich wurde gebissen, ich wurde gebissen!‹, macht das keinen guten Eindruck auf die Touristen«, erklärte der Polizist. »Also halt die Augen auf, Junge.«

Auf einmal stieg der Beifahrer aus und öffnete die hintere Tür. »Steig ein. Wir bringen dich schnell hin.« Er schubste Mattim auf die Rückbank.

»Gerade ist eine interessante Meldung hereingekommen. Über eine Person, die gesucht wird. Wolltest hier wohl ein paar Erkundigungen einziehen, wie weit wir mit den Ermittlungen sind, was?«

Es war dumm gewesen, sich bei anderen Menschen Hilfe zu holen, noch dazu bei der Polizei. Das Trenngitter hinderte ihn daran, an die beiden Männer heranzukommen. Hier konnte er sie nicht beißen. Aber je länger er auf die richtige Gelegenheit wartete, umso mehr Leute würden es sein, gegen die er kämpfen musste.

Verdammt!, dachte Mattim. Er hatte keine Zeit. Er musste die Pforte schließen – irgendwie würde er den König schon dazu bringen, ihm ein zweites Mal zu helfen. Außerdem musste er Wilder finden, bevor jemand ihn erschoss. Hanna! Sie würde ebenfalls den richtigen Ort kennen. Hanna, die inzwischen wahrscheinlich schon nach Hause zurückgekehrt war, um sich von Attilas Wohlergehen zu überzeugen. Er musste unbedingt zu ihr! Aber vielleicht würde man sie ebenfalls festnehmen? Die Freundin des angeblichen Entführers? Am Ende trafen sie sich beide auf der Polizeiwache? Mattim atmete tief durch. Auch wenn er keinen Sauerstoff mehr brauchte, hatte tiefes Luftholen immer noch einen beruhigenden Effekt.

Er wehrte sich nicht, als die Polizisten ihn vor der Wache aussteigen ließen und ins Gebäude führten. Sie waren nach wie vor freundlich zu ihm, vielleicht sogar eine Spur zu höflich.

»Den Hund haben wir nicht gefangen. Aber seht mal, wen wir hier mitgebracht haben.«

Sie stießen ihn in ein kleines Zimmer, wo er auf einem unbequemen Stuhl vor einem leeren Tisch Platz nehmen sollte.

Mattim setzte sich gehorsam.

Einen allein würde er beißen können. Er hatte keine Angst. Fühlte nur die Ungeduld in sich, eine nicht abflauende Unruhe, dieselbe, die ihn von den Wölfen fort und hierhergetrieben hatte.

Die Pforte, die Pforte …

Die Tür hinter ihm war nicht geschlossen. Er sah ständig Polizisten vorbeigehen, dazwischen Leute ohne Uniform, hoffte halb, Hanna hier zu treffen, hoffte gleichzeitig, dass niemand sie verdächtigte. Falls man sie herbrachte, würde sie es schwer finden, irgendetwas zu erklären. Ohne Kunun zu erwähnen, die Vampire oder gar Magyria.

Würde Hanna Kunun verraten? Niemals, wenn sie ihre Gastfamilie dadurch in Gefahr brachte.

Mattim setzte sich kerzengerade auf, als ein Mann vorbeigeführt wurde, von dem er nur einen kurzen Blick auf die Hosen und die Schuhe erhaschen konnte.

Treter aus buntem, geflochtenem Leder, weite Beinkleider aus hellbraunem Leinen.

Der Prinz sprang auf, gerade als der Fremde, den er bei den Szigethys getroffen hatte, eintrat und die Tür hinter sich schloss.

»Hauptkommissar Bartók. Habe ich dich erschreckt – Mattim?« Der Mann reichte ihm eine große, schwere Pranke. Ein fester Händedruck. »Hast du auch einen Nachnamen, junger Mann? Und einen Wohnort? Vielleicht sogar einen Ausweis?«

»Sie sprechen mit dem Falschen«, sagte Mattim.

»Das tun wir immer.«

»Geht es um Attila? Damit habe ich nichts zu tun.« Ein neuer Gedanke stieg in ihm auf. Wenn Kunun Ärger bekam, war das vielleicht die einzige Chance, genügend Zeit herauszuschlagen, um die Pforte zu finden und die Leute in Akink zu warnen.

»Ich weiß, wer für diese Entführung verantwortlich ist. Sein Name ist Kunun. Groß, schwarze Haare, asiatischer Typ.«

»Warum hast du dann das Kind zurückgebracht?«

Es war schwierig, sich eine gute Lüge auszudenken. Dabei hatte er keine Zeit, hier herumzusitzen. Er würde nicht darum herumkommen, diesen Mann zu beißen. Allein die Vorstellung ekelte ihn an, aber es war pure Notwendigkeit.

Er musste ihm so viel Lebenszeit nehmen, dass der Kommissar ihn vergaß. Kunun beherrschte die Fähigkeit, jemandem genau jene Sekunden zu entreißen, die er festgelegt hatte. Mattim war sich nicht sicher, wie gut er es hinbekommen würde, aber er musste es versuchen.

Sein Gegner war bewaffnet.

Der Prinz beugte sich über den Tisch. Er musste schnell sein. Noch nie hatte er so etwas getan. Mit beiden Händen umkrallte er die Tischplatte und machte sich bereit zum Sprung …

FÜNFZEHN

BUDAPEST, UNGARN

Jemand riss die Tür auf.

»Der Typ ist total durchgedreht!«, rief eine Polizistin. »Wir brauchen jeden Mann!«

Der Kommissar, der Mattim gerade verhören wollte, stöhnte auf, doch dann vernahm auch er die Schreie aus dem Flur.

»Das ist doch … alles muss man selbst machen! – Du bleibst hier sitzen und rührst dich nicht von der Stelle!«

Natürlich dachte Mattim nicht daran. Vor allem nicht, als der Mann in den mittelalterlichen Kleidern auf dem Gang vorbeistürzte.

Der Akinker sah aus wie ein Wahnsinniger, als er sich mit blutverschmiertem Gesicht wild umblickte. Hinter ihm im Gang lagen ein paar Bewusstlose.

Der Kommissar zog seine Waffe.

»Stehenbleiben! Nehmen Sie die Hände hoch!«

Die Aufforderung, die Hände hochzunehmen, überhörte der Fremde, aber er blieb tatsächlich stehen – wenn auch aus einem anderen Grund. Fast weinend richtete er das Wort an Mattim. »Mein Prinz … seid Ihr es wirklich? Hier, in dieser Welt des Grauens? Hoheit, wo sind wir? In welchem Albtraum bin ich hier gelandet?«

»Wir sind nicht mehr in Akink«, sagte Mattim ruhig. Er fasste den Mann am Arm und führte ihn in Richtung Ausgang.

»Stehenbleiben! Ich schieße! Verdammt, ich schieße!«, brüllte Bartók verzweifelt, da niemand sich um ihn scherte.

Der Fremde stürzte nach vorne, als die Kugel ihn traf. Er fiel auf den Bauch, ächzte und rappelte sich dann wieder auf. »Was …?«

»Was …?«, echote der Kommissar entgeistert, als der Verletzte aufstand.

»Komm, rasch. Wir sind nicht unverwundbar.« Mattim zog den verwirrten Akinker weiter.

»Was für ein Schmerz! Ich dachte, ich sterbe.«

War es grausam zu sagen: Du bist schon tot?

»Schatten sind nicht so schnell kleinzukriegen. Komm!«

Als sie aus dem Gebäude stürzten, wären sie fast mit einem Paar zusammengeprallt, das ihnen gerade entgegeneilte.

»Mattim!«, rief Atschorek. »Was machst du denn hier? Im Krankenhaus hat man uns gesagt, der Patient hätte randaliert, und …«

»Dafür haben wir jetzt keine Zeit«, sagte Mattim. »Dort drinnen geht alles drunter und drüber. Ich fürchte, du musst da aufräumen, Kunun, oder wir können uns in dieser Stadt nie wieder blicken lassen.«

Kunun zögerte einen winzigen Moment. Denn Magyria lockte. Und vielleicht hatte es bald keiner von ihnen nötig, je wieder hierherzukommen. Er warf einen schnellen Blick auf den Akinker an Mattims Seite.

»Wenn, dann müssen wir sofort handeln«, entschied er. »Komm, Atschorek. Dafür brauche ich dich.«

Soeben stürmte der Kommissar aus dem Gebäude und legte auf sie an.

»Ich brauche Hilfe«, sagte Atschorek mit samtener Stimme und trat auf ihn zu.

Kunun nickte seinem Bruder zu. »Bring unseren Freund in Sicherheit. Danach suchst du Wilder. Verdammt, tu endlich, was ich dir sage!«

Dann wandte der Schattenprinz sich dem Wachgebäude zu. »Die Kameras – das wird ein Problem«, hörte Mattim ihn noch sagen.

»Komm.« Mattim fasste den neugeborenen Vampir am Arm und zog ihn fort. »Schnell.«

»Welch gräulicher, schreckenerregender Ort«, sagte der Mann missbilligend. »So leben die Schatten? Werde ich fürderhin auch so leben müssen? Ich will zurück nach Akink.«

»Das wollen wir alle«, sagte Mattim. Hinter ihnen ertönte ein Schuss. Er drehte sich nicht um.

Peron war viel zu aufgeregt, um eine zusammenhängende Geschichte zu erzählen. Aber nach und nach, durch geduldiges Nachfragen, erfuhr der Prinz von dem Wolf, der die Straßen von Akink unsicher gemacht hatte.

»Ich weiß auch nicht, warum ich diese Leute gebissen habe«, sagte er mittendrin. »Es schien mir irgendwie – richtig zu sein. Ist das nicht entsetzlich? Wieso habe ich das nur getan? Sie redeten auf mich ein, und das Licht war so grell … und ich dachte an das Feuer.«

»Was für ein Feuer?«

»Im Keller. Wir wollten es legen, um den Wolf auszuräuchern. Dann packte mich etwas von hinten …« Peron schauderte. »Ich bin kein Wolf geworden. Warum nicht?«

»Wir werden dir alles erklären«, versprach Mattim. »Er hat dich also in einem Keller gebissen? In welchem Keller? In der Burg?«

»Kennt Ihr nicht den großen Weinkeller?«, fragte Peron. »Wo die Vorräte für eine Belagerung aufbewahrt werden? Ich habe nur zwei Straßen weiter gewohnt. Wir wollten den Wolf fangen und töten, bevor er Unheil anrichten konnte. Wir …«

»Ich glaube, ich weiß jetzt, was du meinst«, sagte Mattim langsam. »Wo die Brückenwächter sich nach dem Dienst versammeln. Dort hat er dich gebissen – und auf einmal wart ihr alle hier? Du und der Wolf und das Mädchen?«

»Welches Mädchen?«, fragte Peron. »Das Feuer griff nach meinen Kleidern – und dann standen wir plötzlich im Dunkeln. Das Gewölbe hatte sich verändert, irgendwie. Überall kleine Lampen. Aber es erklangen viele Stimmen. Der Wolf war verschwunden. Da bin ich aufgestanden und auf das Licht zugegangen. Alle haben geschrien. Ich glaube, ich auch. Jemand hat bemerkt, dass ich blute.« Er schüttelte verwundert den Kopf. »Ich träume das alles, oder?«

»Da war kein Mädchen?«, hakte Mattim nach. »Hanna war nicht dabei? Ein Mädchen mit langen braunen Haaren? Sie ist achtzehn.«

»Ich bin gestürzt … und ich lag da und wusste, ich bin ein Schatten. Ich konnte meine Knie fühlen, meine Beine, alles … nur dort, wo das Herz sitzt, nichts als Leere. Ich habe diese Leere gespürt wie einen kalten Stein. Ich kann es nicht erklären. Aber Euch brauche ich es wohl auch nicht zu erklären, mein Prinz.«

»Nenn mich nicht so«, sagte Mattim leise. »Das bin ich nicht mehr. Ich bin … wie du. Sonst nichts.«

Peron nickte traurig. »Sie sind mit einer merkwürdigen Kutsche gekommen und haben mich mitgenommen. In einen riesigen Palast. Um sich die Bissspuren anzusehen. Wollten sie etwa überprüfen, ob ich wirklich ein Schatten bin, ob ich das Recht habe, hier zu sein? Ich habe es geduldet, denn jetzt bin ich ja einer von euch. Doch dann kam jemand mit einer riesigen Nadel – ein Mann, keine Näherin, wohlgemerkt – und wollte mich damit stechen. Hätte ich mich nicht wehren sollen? Sie waren alle furchtbar empört.«

»Und das Mädchen?«, drängte Mattim.

»Meine Frau war dabei, als wir losgegangen sind, den Wolf zu suchen«, erklärte Peron stolz. »Die hat nicht so schnell vor etwas Angst. Aber nun – ich kann nicht zurück zu ihr, oder? Nicht so, wie ich jetzt bin?«

»Nein«, sagte Mattim langsam. »Das kannst du nicht.« Warum war Hanna nicht dabei gewesen? Hatte sie vielleicht den Wolf in der Stadt abgeladen und war mit dem Boot zurückgerudert, auf die Waldseite? Er musste sie unbedingt finden, bevor sie der Patrouille in die Hände fiel. »Beim Licht, und wenn sie gekentert ist? Wenn sie es nicht zurückgeschafft hat? Wenn die Bogenschützen auf sie gewartet haben?«

»Sprecht Ihr …«, er verbesserte sich, »sprichst du von dem Mädchen, das die Wache festgenommen hat? Der Wolf ist ihnen entwischt, aber das Mädchen wurde ins Verlies gebracht. In der ganzen Stadt haben sie davon gesprochen, dass sie einen Schatten gefangen haben.«

Um Mattim begann sich alles zu drehen. »Ins Verlies? Unter der Burg?«

»Natürlich. Der König wollte selbst mit ihr sprechen.«

Hanna in Magyria. Hanna in Akink. Hanna im Burgverlies.

Es gab nur eins, was man in der Stadt des Lichts mit Schatten tat. Er hatte es selbst gesehen. Nie in seinem ganzen Leben würde er vergessen, wie Morrit, sein Hauptmann und Freund, gestorben war.

Ihm wurde heiß und kalt. Sie hatten Hanna.

Vielleicht war sie wirklich ein Schatten und hatte nicht rechtzeitig durch die Pforte treten können. Vielleicht war sie immer noch ein Mensch, und es gab keine Möglichkeit für sie, zu entkommen. So oder so würden sie Hanna töten, wenn es ihr nicht gelang, den König von ihrer Unschuld zu überzeugen.

»Ich muss nach Akink«, sagte er. »Sofort. Sie hat also noch gelebt, als du gebissen wurdest? Beim Licht, beim Licht! Ich muss sofort los! Komm. Du musst mir zeigen, wo die Pforte ist. Komm, schnell.«

»Bleiben Sie stehen.« Hauptkommissar Bartók richtete die Waffe auf die schöne Rothaarige. Er hielt sich an dem fest, was er kannte, was er war. Ein guter Polizist. Der sich nicht an der Nase herumführen lassen würde.

»Nehmen Sie das Ding weg«, sagte sie und ging einfach weiter.

Der Schuss warf die Frau nach hinten, auf den Rücken. Sie heulte auf und blieb liegen. Fassungslos starrte Bartók auf sie hinunter. Er hatte eine unbewaffnete Frau getötet. Einfach so. Eine Frau, die ihm nichts getan hatte. Vor einem Zeugen.

Der schwarzhaarige junge Mann schüttelte ärgerlich den Kopf. Er steckte gerade sein Handy weg.

»Ich …«, begann Bartók eine Entschuldigung, die ihm auf den Lippen erstarb. *Ich werde nie wieder schlafen können. Ich war verwirrt. Ich war durcheinander. Ich weiß nicht, warum ich das getan habe …*

»Verdammt!« Die Erschossene rappelte sich auf. Trug sie etwa eine Schutzweste? Sie knöpfte ihren Mantel auf, ihre helle Bluse war dunkelrot. »Verdammt!«, schrie sie ihn an. »Was für eine Schweinerei! Oh Scheiße! Scheiße!«

Es musste inszeniert sein. Er hatte sie nicht getötet. Das

konnte nicht sein. Genauso wenig, wie er diesen seltsamen Typen vorhin im Flur getroffen hatte.

Hinter ihm im Eingang tauchten endlich ein paar seiner Männer auf. Erst da wurde ihm bewusst, wie schnell sich alles abgespielt hatte, dabei kam es ihm vor, als würde er seit Stunden hier stehen und eine Frau anstarren, die er ermordet hatte. Nicht aus Notwehr. Ermordet. An einem Abend, an dem alles durcheinandergeriet.

Der junge Mann in Schwarz warf einen raschen Blick auf die polizeiliche Verstärkung. »Wollen wir nicht hineingehen?«, fragte er. »Ich bin sicher, wir können alle diese Missverständnisse aufklären. Ich muss Sie allerdings um zwei Dinge bitten. Während wir miteinander reden, sollte niemand die Polizeiwache verlassen und niemand sie betreten. Je mehr Menschen von dieser Angelegenheit erfahren, umso komplizierter wird es, sie zu bereinigen.«

»Geheimdienst?«, fragte Bartók. Das Auftreten des Fremden verriet, dass er eine Macht hinter sich wusste, die über einen kleinen Bestechungsversuch weit hinausging.

»Schlimmer«, sagte der junge Mann. Seinem Gesicht nach stammte er irgendwo aus Zentralasien.

»Russische Mafia?«

»Viel schlimmer.« Und er lächelte, als wäre er der Fürst aus der Hölle.

»Bartók. Wie der Komponist. Das ist nett«, sagte Kunun. Er pflanzte sich lässig auf den angebotenen Stuhl.

»Und Sie sind?«

»Kunun Magyar.«

»Magyar? Wie patriotisch.«

Kunun lächelte und zuckte leicht die Achseln. »Eigentlich Magyria, aber das haben immer alle falsch geschrieben, und irgendwann habe ich es einfach so gelassen.«

»Aha. Sie wollen mir jetzt also erklären, was hier eigentlich vor sich geht? Kunun. Das war doch … Sind Sie für diese Entführung verantwortlich? Wie hängt das alles zusammen – der kleine Attila und der Kerl, der im Krankenhaus war? Der Typ hat nicht nur den behandelnden Arzt zusammengeschlagen, sondern gerade eben auch mehrere Polizisten. Einige von ihnen hat er sogar gebissen.«

Kunun sagte nichts. Mattim hatte also nichts Besseres zu tun gehabt, als sofort zur Polizei zu rennen und ihn anzuschwärzen. Das Haus am Baross tér war verloren. Er konnte sich jedoch nicht darauf verlassen, dass der Kampf um Akink schnell und reibungslos vonstatten gehen würde. Noch wollte er sein Hauptquartier nicht aufgeben.

»Was kann schlimmer sein als die Mafia?«, fragte Bartók und beugte sich vor.

»Ihre schlimmsten Albträume«, sagte Kunun. »Wenn das, wovor Sie sich schon als Kind gefürchtet haben, wovon Sie gehofft haben, dass es nicht wahr sein möge – wenn das sich als real erweist … als sehr real …«

Der Kommissar wurde bleich. »Was wissen Sie von meiner Kindheit«, sagte er trotzig. »Sie haben keine Ahnung von meinen Albträumen.«

»Ich weiß sehr viel über dieses Land«, gab Kunun zurück. »Und über diese Stadt. Ich habe alles mit ihr durchgemacht. Krieg, Terror, Säuberungen, Volksaufstand – in den letzten hundert Jahren.«

»Ach?«

Bartók wartete eine Weile, und da Kunun schwieg, meinte er schließlich: »Anscheinend erwarten Sie, dass ich Ihnen diese Frage stelle: Sie sind also mehr als hundert Jahre alt? So lange leben Sie schon in Budapest?«

»Vielleicht ist *leben* nicht das richtige Wort«, sagte Kunun.

»Ich werde das jetzt nicht fragen.« Der Kommissar gab sich widerspenstig.

»Sie sollten aber. Wir haben nicht mehr viel Zeit. In wenigen Minuten werden ungefähr vierzig Vampire hier eintreffen. Kugeln können uns nicht aufhalten, wie Sie gesehen haben. Niemand wird sich anstecken, deswegen müssen Sie sich keine Sorgen machen. Wir verwandeln niemanden. Wir werden Ihren Leuten und Ihren Gästen, sofern sie irgendetwas mitbekommen und uns gesehen haben, nur etwas von ihrer kostbaren Lebenszeit nehmen. Kommen wir mit einer halben Stunde hin, was meinen Sie? Niemand wird sich dann daran erinnern, dass hier irgendjemand gebissen wurde. Ich möchte auch gerne vermeiden, dass sich jemand an meinen Bruder erinnert. Sie wissen nicht, wen ich meine? Der blonde Junge, der die Frechheit hatte, herzukommen und meinen Namen auszuposaunen.«

Der Kommissar schüttelte den Kopf. »Er ist nicht hergekommen. Er wurde gebracht. Von einer Polizeistreife.«

»Ach ja? Das freut mich zu hören.«

Bartók rang mit sich. »Was soll ich jetzt sagen?«

»Vampire gibt es nicht«, schlug Kunun vor. »War es nicht genau das, was Sie einwenden wollten, obwohl Sie mir so freundlich zugehört haben?«

»Vielleicht habe ich danebengeschossen«, murmelte der Kommissar. »Und die Frau hat nur so getan, als hätte ich sie getroffen?«

»Darf ich fragen, warum Sie überhaupt geschossen haben?«, erkundigte sich Kunun. »Meine Schwester legt großen Wert auf ihre makellose Schönheit.«

»Ich weiß es nicht«, sagte Bartók verzweifelt. »In dem Moment, als sie auf mich zukam, hatte ich so ein seltsames Gefühl – als würde ich gegen das Böse kämpfen. Aber dann ist sie umgefallen, und ich wusste nur noch, dass ich eine

Frau erschossen hatte. Dass es zu Ende ist. Meine Karriere. Mein Leben. Ihr Leben. Dass ich diesen Anblick nie wieder vergessen werde.«

»Dabei können wir Ihnen helfen«, bot Kunun freundlich an. »Zuerst werden Sie alles löschen, was auf diese Vorfälle hinweist. Kameraaufzeichnungen? Protokolle? Was auch immer. Außerdem werden Sie die Familie von Attila anrufen und den Eltern mitteilen, Ihre Ermittlungen hätten ergeben, dass alles nur ein Missverständnis sei. Ich und meine kleine Freundin Réka wollten zusammen mit Hanna und Attila einen Ausflug machen – verbotenerweise während der Schulzeit, weshalb wir den strengen Eltern nichts davon gesagt haben. Deshalb wurde Attila vor Unterrichtsbeginn abgeholt. Allerdings kam dann irgendetwas dazwischen, und Mattim brachte Attila später nach Hause. Wir waren davon ausgegangen, dass Hanna und Réka längst Bescheid gesagt hatten. Irgendwie so. Selbstverständlich werde ich noch persönlich dort erscheinen und mich in aller Form entschuldigen. Wie es sich gehört.«

»Wie es sich gehört«, murmelte Kommissar Bartók.

»Tun Sie es.«

Der Kommissar hob den Kopf. »Und es gibt kein Entkommen?«, fragte er.

»Ich will keinen Kampf«, sagte Kunun, »der leicht in ein Gemetzel ausarten könnte. Viele meiner Leute sind ausgebildete Krieger, und nicht wenige haben sich an moderne Waffen gewöhnt und können nicht schlechter damit umgehen als Ihre Polizisten, Herr Bartók. Wenn Sie vernünftig sind, was ich sehr hoffe, rufen Sie jeden hier auf der Wache einzeln herein, um ihm eine Mitteilung zu machen. Es geschieht wirklich niemandem etwas Schlimmes. Nachher werden sie sich alle ein wenig schlapp und verwirrt fühlen. Aber das geht schnell vorüber.«

»Ich habe Schüsse aus meiner Dienstwaffe abgefeuert«, sagte Bartók gequält.

»Dafür werden Sie schon eine Erklärung finden. Wurde nicht ein Mann von einem Hund gebissen? Vielleicht haben Sie auf den Köter geschossen?«

Sein Gegenüber seufzte laut. »Der gehört auch noch dazu? Was soll der denn sein, ein Werwolf?«

»So was in der Art. Aber er hat mit dieser Seite der Wirklichkeit nichts zu tun.«

»Es gibt keine Vampire«, flüsterte der Kommissar. »Es gibt nur eine Wirklichkeit.«

»Na sehen Sie, das ist die richtige Einstellung. Wenn Sie jetzt bitte noch bei der Familie anrufen könnten?«

Bartók griff zum Hörer und wiederholte, was sie besprochen hatten.

»Warum hat Réka dann nichts gesagt?«, polterte Ferenc Szigethy am anderen Ende der Leitung. »Wir kommen fast um vor Sorge, und sie schmollt in ihrem Zimmer und spricht kein Wort!«

»Sie wird die Verabredung vergessen haben«, schlug Bartók vor. »Seien Sie nachsichtig mit ihr. Junge Mädchen und Liebeskummer …«

Kunun hob überrascht die Brauen, als er den Kommissar so verständnisvoll plaudern hörte.

»War's das?«, fragte Bartók. »Was kommt jetzt? Der Appell zum Gebissenwerden?«

»Ich mache Ihnen einen Vorschlag«, sagte Kunun. »Einen, den ich noch nie jemandem gemacht habe. Aber überlegen Sie gut, bevor Sie antworten.«

»Ich höre.«

»Wenn Sie vernünftig sind, lassen Sie sich beißen, und Ihr Leben wird wieder so sein, wie es vorher war. Sie bekommen Ihre Welt zurück, in der es Vampire nur in Büchern und Filmen gibt. Sie werden vergessen, dass Sie auf eine wehrlose Frau geschossen haben und sie in ihrem Blut am Boden haben liegen sehen. Sie werden sich wieder für einen guten Mann halten können. Oder – ich lasse Ihnen Ihr Gedächtnis.«

»Einfach so?«, fragte Bartók misstrauisch.

»Nichts gibt es einfach so«, meinte Kunun. »Wenn Sie als Einziger aus dieser Sache mit einem solchen Wissen herauskommen, werden Sie mit keiner Menschenseele darüber reden können. Sie werden Schatten lauern sehen, wo keine sind. Vielleicht schießen Sie wieder auf Menschen, die Ihnen Angst machen, weil sie unerschrocken auf Sie zugehen. Vielleicht halten Sie sich selbst für geisteskrank, weil Sie an Dinge glauben, die es für die anderen Menschen nicht gibt. Leicht wird es bestimmt nicht.«

»Und was hätten Sie davon?«

»Manchmal kann es sehr wertvoll sein, einen Verbündeten in Ihrer Position zu haben«, gab Kunun zurück. »Wenn es zum Beispiel darum geht, bestimmte Objekte in Ruhe zu lassen. Mein Haus. Uns.«

»Ich soll also zusehen, wie diese Stadt von Vampiren ausgesaugt wird?«

Kunun hob die Schultern. »Zusehen oder blind sein. Es wissen und nichts tun oder es vergessen. Ich sage Ihnen nur eins: Falls Sie versuchen, gegen uns zu kämpfen, haben Sie schon verloren.«

»Ich will mein Gedächtnis behalten«, sagte der Kommissar langsam.

»Im Ernst? Na gut. Ich habe, ehrlich gesagt, auch nichts anderes erwartet. Dann«, Kunun wandte sich zur Tür, »lassen wir jetzt die Vampire herein, damit sie ihre Arbeit tun.«

Kommissar Bartók nickte mit grauem Gesicht.

Es dauerte nicht lange. Wenig später griff eine etwas blasse junge Polizistin zum Hörer.

»Schon wieder?«, fragte sie.

Bartók, der sich gerade auf einem Rundgang vom Wohlergehen seiner Mannschaft überzeugte, hielt inne.

»Schon wieder was?«

»Eine Prügelei im Labyrinth«, sagte sie kopfschüttelnd. »Da machen zwei Typen Randale und erschrecken die Touristen. Und raten Sie mal, wer da mitmischt. Dieser komische verkleidete Typ im Mittelalterlook ist schon wieder mit dabei! Was treibt der Mann da nur ständig?«

»Das ist in der Tat seltsam«, gab Bartók zu.

»Haben wir den nicht vorhin noch ins Krankenhaus gebracht? Oder ist da irgendein Karnevalstreffen, von dem wir nichts wissen?«

Er sah ihr in die Augen. Sie wusste nichts davon, dass dieser merkwürdige Kerl vorhin noch hier auf der Wache gewesen war und unter anderem auch sie niedergeschlagen hatte. Ob er sie auch gebissen hatte? War sie am Ende zweimal, von verschiedenen Vampiren, gebissen worden?

Es war immer noch dermaßen unglaublich, dass es sich eher so anfühlte, als sei er selbst verrückt geworden.

»Sie haben da eine kleine Wunde«, sagte er versuchsweise, um ihr Erinnerungsvermögen zu testen.

»Da hab ich mir was aufgekratzt. Was ist, soll ich eine Streife ins Burgviertel schicken?«

»Nicht nötig«, meinte er, »ich kümmere mich darum.«

Weit konnten Kunun und seine Freunde noch nicht sein, sie waren gerade erst mit allen Anwesenden fertig geworden. Hauptkommissar Bartók sprintete zum Ausgang und bedauerte, dass man diesen Anblick nicht ebenfalls aus dem Gedächtnis seiner Mitarbeiter löschen konnte.

»Hier bist du rausgekommen?«, fragte Mattim vor dem Eingang zum Budapester Labyrinth.

Peron nickte. »Aus dem Keller, ja. Auf einmal war alles anders – und auch das Feuer war aus.«

»Du musst mir die genaue Stelle zeigen. Dort liegt die Pforte nach Akink.«

Er zog seinen neuen Freund in den Vorraum, wo eine steile Treppe nach unten führte.

»Du willst nach Akink, Prinz Mattim?«, fragte Peron fassungslos. »Aber – man kennt dein Gesicht! Jeder in ganz Akink kennt dich! Jeder weiß, dass du ein Schatten bist, du wirst keine zehn Meter weit kommen!«

Er blieb stehen und hielt Mattim fest.

»Es herrscht immer noch Zwielicht dort, oder? Man wird mich gar nicht sehen.«

»So schlimm ist es nun auch wieder nicht. Du warst nicht in der Stadt, Prinz Mattim. Dort ist es nicht so dunkel wie im Wald. Der König und die Königin wohnen immer noch in der Burg. Die Straßen sind nicht völlig finster. Man wird dich sehen und dich erkennen. Das ist Wahnsinn, du kannst nicht dorthin. Selbst ich würde mich das nicht trauen. Glaubst du, ich weiß nicht, dass meine eigene Frau mit dem Finger auf mich zeigen und schreien würde, sobald ich wieder auftauche?«

»Ich muss Hanna da rausholen«, sagte Mattim stur. »Ich werde durch diese Pforte gehen.«

»Und das Feuer?«, fragte Peron. »Wir haben nicht an das Feuer gedacht. Du würdest verbrennen, wenn sie es nicht inzwischen gelöscht haben!«

»Wo ist es?«

Mattim ging eine Stufe nach der anderen hinunter, obwohl sein Begleiter immer stärker versuchte, ihn zurückzuhalten. Er hielt ihn an der Jacke fest.

»Nein! Prinz Mattim, nein!«

Einige Passanten kamen gerade an ihnen vorbei und warfen ihnen neugierige Blicke zu.

»Schon fast halb acht«, sagte einer. »Gleich machen sie hier zu.«

»Wo – ist – die – Stelle?«, rief Mattim.

»Nein!«, schrie Peron. »Bleib hier, nein!«

Er musste ganz dicht dran sein. So dicht. In den Augen des neu verwandelten Schattens, in seiner Stimme lag so viel Panik, dass gleich hier … irgendwo hier …

Von vorne tauchten Leute auf, ein Mann sagte: »Prügelt euch gefälligst woanders!«

Mit jedem Schritt erhoffte Mattim das Durchschreiten der Pforte. In jeden Schritt legte er die Erwartungshaltung, dass er von dieser Welt in seine eigene stürzte. Peron hängte sich an ihn, zusammen stolperten sie vorwärts …

Dann war auf einmal alles finster. Beißender Rauch füllte seine Lungen, Hitze schlug ihm entgegen. Er schrie auf, als die Welt um ihn in schwarzem Nebel unterzugehen schien – im nächsten Moment lag er rücklings auf dem Boden, über Peron, dessen Hände immer noch in seine Jacke gekrallt waren.

Hustend rappelten beide sich auf.

»Du bist ein Idiot, Prinz Mattim. Ich hab dir doch gesagt, dass es drüben brennt.«

»Prügelt euch draußen weiter, ich hab schon die Polizei gerufen«, rief jemand.

»Ich muss sie retten. Ich muss durch diese Pforte. Ich muss.« Er hustete immer noch, der Rauch brannte auf seiner Zunge, in seinen Augen. Sie wankten nach oben.

»Es dauert etwas, vermute ich, bis sie das Feuer gelöscht kriegen.«

Die kühle, angenehme Nachtluft verschaffte dem Prinzen Erleichterung, aber keinen Trost.

»Dann muss ich eben auf der Pester Seite rüber«, sagte er entschlossen. »Ich werde einen Weg finden …«

»Einen Weg – über den Fluss?« Der Akinker war skeptisch. »Für die Schatten gibt es keinen Weg über den Fluss.«

»Über die Brücke.« Mattim lachte wild. »Dann gehe ich halt über die Brücke … irgendwie …«

Peron hielt ihn am Arm fest und führte ihn wie einen schwankenden Betrunkenen vom Labyrinth fort, durch die enge Straße. Sie blieben erst stehen, als vor ihnen ein dunkler Wagen hielt.

»Mattim!« Kunun stieg aus und stellte sich ihnen in den Weg. »Bei allen Schatten, was tut ihr hier? Hatte ich dir nicht gesagt …?«

»Steigt ein«, ließ Atschorek sich vernehmen. »Na los, kommt schon.«

»Die Pforte ist im Labyrinth?«, fragte Kunun gierig.

»Es brennt«, erklärte der neue Schatten. »Man kommt nicht durch.«

»Du hast es versucht?« Kunun starrte Mattim an, an dessen Haaren und Kleidung noch der starke Geruch des schwarzen Qualms haftete. »Verdammt, Mattim, was soll das? Willst du alles zunichte machen? Niemand geht ohne meine ausdrückliche Erlaubnis rüber. Von jetzt an befinden wir uns in einer neuen Phase des Krieges. Keiner handelt mehr eigenmächtig. Ist das klar, kleiner Bruder?«

»Sie haben Hanna.« Mattim wäre Kunun am liebsten ins Gesicht gesprungen. »Hörst du? Sie haben Hanna! Du hast sie nach Magyria gebracht. Du hast sie losgeschickt, in die Gefahr, und es war dir egal!«

»Tja«, murmelte Kunun.

»Oh Mattim!« Atschorek stieg aus und streckte die Arme nach ihm aus. »Das tut mir so leid. Du weißt, dass wir das nicht wollten.«

»Ich werde nicht zulassen, dass ihr etwas geschieht.«

»Du kannst nicht zu ihr, Mattim.« Atschorek schüttelte bedauernd den Kopf. »Wir werden natürlich so schnell wie möglich handeln, aber …«

»Wie schnell?«, fragte er. »Glaubst du, du könntest in einem halben Tag Akink erobern und Hanna aus der Burg holen, bevor ihr etwas geschieht? In dieser einen Nacht, die wir noch haben?«

»Du weißt doch gar nicht, wie viel Zeit sie ihr geben«, wandte Atschorek ein. »Vielleicht schenken sie ihr auch zwei Tage. Oder drei. Wenn sie hoffen, dass das Mädchen ihnen noch etwas Nützliches verrät … Beim Licht, ich hoffe bloß, dass sie nicht so dumm ist!«

»Wenn sie glaubt, dass ihr Attila etwas antun könntet? Sie wird nichts sagen. Auf Hanna ist Verlass.« In Mattims Stimme schwang ein unüberhörbares Knurren mit. »Und sie kann sich auf mich verlassen.«

»Mattim …« Atschorek wollte ihn zum Auto ziehen, aber er riss sich los, und bevor die anderen reagieren konnten, rannte er wieder zurück.

»Er wird es doch nicht noch einmal versuchen?«, hörte er Atschorek hinter sich ungläubig fragen. »Durch eine brennende Pforte? Das ist Wahnsinn! Wir müssen ihn aufhalten!«

Hinter ihm erklangen die Schritte eines anderen Läufers. Mattim blickte kurz über die Schulter und legte einen Zahn zu. Es war Kunun, der sich nicht damit aufhielt zu rufen, sondern sich darauf konzentrierte, seinen Bruder einzuholen.

Das würde ihm nicht gelingen. Mattim rannte noch

schneller. *Nur eine Nacht. Wenn sie Hanna bei Sonnenaufgang* … Er wollte nicht daran denken, aber er konnte nicht anders. *Han-na, Han-na* … In seinem Kopf hämmerte bei jedem Schritt ihr Name mit.

Er sah sie vor sich, während er lief. Ihr dunkles Haar, das glänzend über ihre Schultern fiel. Ihre hellbraunen Augen unter den schwarzen Wimpern, mit denen sie ihn ansah, wie es kein einziger Mensch in beiden Welten vermochte … Sein Herz konnte nicht mehr schlagen, und doch trommelte es den Takt, als er einen Fuß vor den anderen setzte. *Han-na, Han-na* …

Dort endlich der Eingang zum Labyrinth; halb sprang, halb fiel der Junge die Stufen hinunter.

»Mattim!«, brüllte Kunun hinter ihm. »Tu das nicht! Mattim!«

Er warf sich durch die Pforte.

SECHZEHN

AKINK, MAGYRIA

Dichter schwarzer Rauch. Anscheinend brannte es nicht mehr, aber der Qualm nahm ihm sofort die Sicht, hüllte ihn von allen Seiten ein und wollte ihn ersticken. Keuchend wankte Mattim vorwärts, fort von der Pforte; Kunun sollte ihn nicht zurückreißen, so wie Peron es getan hatte. Ihn schwindelte, gleich würden ihn seine Sinne im Stich lassen … Der junge Prinz blieb stehen, mitten in der unglaublichen Hitze, atmete die brandheiße Luft, glaubte fast, sein schnell schlagendes Herz zu hören …

Dann lachte er leise. Vertraute Schmerzen. So wie damals, als er durch den Fluss geschwommen und von den Wölfen gehetzt worden war. Aber was sollte ihm jetzt wehtun? Feuer konnte ihn verbrennen, aber Rauch?

Idiot. Du bist ein Schatten. Du bist tot und spielst, dass du lebst! Selbst jetzt noch, da es um Hannas Leben geht, glaubst du an den Schmerz und den Tod und das Versagen. Glaubst du an dein eigenes Leben, das du längst verloren hast.

Er richtete sich auf. Atmen war überflüssig. Sein Schattenleib, verzärtelt von prinzlichen und menschlichen Gewohnheiten, geschwächt vom Glauben, dass er so etwas wie Atmen bräuchte! *Idiot! Kein Wunder, dass Kunun dich immer so schimpft. Du denkst nicht nach. Und wenn, dann bist du in deinen Gedanken nach wie vor ein Mensch, kein Schatten.*

Er tastete sich weiter durch die schwarze Welt, in der

er blind geworden war, und horchte auf Stimmen. Befand er sich im unterirdischen Labyrinth? Draußen? Vorsichtig arbeitete er sich weiter vor. Selbst wenn Kunun ihm gefolgt war, würde er ihn hier nicht finden können. Er musste sie unterdrücken, die Panik seines Körpers, der nach Luft schrie, den die Hitze schmerzte, alles in ihm heulte auf … wie damals, als Kunun ihm das Kissen ins Gesicht gedrückt hatte. *Du bist tot, glaub's endlich!*

Er brauchte keine Luft. Nur Akink. Nur das Licht und Akink und Hanna. Seinem Leib fehlte nichts, außer das Leben.

Er musste über Trümmer klettern, über zerbrochene Mauern. Stimmen wiesen ihm den Weg, kleine Lichter blinkten durch den dichten Qualm. Die Akinker löschten, er hörte die Befehle der Brandwache. Anscheinend hatte die gewaltige Feuersbrunst ein Loch in die Straße gerissen. Was war hier passiert? Er hätte Peron genauer befragen sollen. Hatten die Bürger versucht, den Schattenwolf zu finden, indem sie die halbe Stadt in die Luft jagten?

Hier konnte er nicht auftauchen. Jemanden, der aus diesem Rauch herauskam, würden die Leute todsicher für einen Schatten halten. Also wich er wieder zurück, ging weiter durchs Dunkel, fand eine Stelle, an der keine Lichter zu sehen waren, und schlüpfte in eine dunkle Gasse. Auch hier wurde unter den Augen Schaulustiger gelöscht, doch Mattim konnte sich unbemerkt in den Schatten eines Hauses drücken. Er verschmolz mit der Mauer und fand sich auf der anderen Seite wieder, in einem kleinen, abgedunkelten Zimmer. Der Brandgeruch war noch immer sehr stark, aber er füllte seine Lungen wieder mit Luft.

Im Dunkeln ertastete er die Tür und öffnete sie vorsichtig. Damit vermied er dieses merkwürdige Gefühl der Unwirklichkeit, das ihn jedes Mal überkam, wenn er eine

Wand durchschritt. Außerdem wollte er nicht beim Durchqueren einer Mauer erwischt werden – vor allem nicht hier in Akink.

Die Bewohner hielten sich alle draußen in den Straßen auf. Sie mussten sich sehr sicher sein, dass der gefürchtete Wolf und der arme Peron tot waren, sonst hätte die Wache niemals erlaubt, dass so ein großes Chaos herrschte. Mattim senkte den Kopf, während er an den Menschen vorübereilte, während er auf Gesprächsfetzen lauschte, die um das kreisten, was hier passiert war.

Die vielen aufgeregten Leute schwelgten in einem Triumphgefühl, von dem nur er wusste, dass es völlig unangemessen war. Sie waren nicht auf der Hut; nur das half ihm, aus diesem Stadtteil herauszukommen, ohne Aufsehen zu erregen. Der Prinz, dessen Gesicht jeder kannte. Seine Beine trugen ihn instinktiv den Burgberg hinauf, dann bemerkte er die Wachen. Viel mehr als früher – oder war ihm das bloß nicht aufgefallen, als er noch der geschätzte Königssohn gewesen war?

Nein, beim letzten Mal hatte es genug Gelegenheiten gegeben, unbemerkt einzudringen. Jetzt wimmelte es überall von Soldaten; es war unmöglich, nah genug an die Burg heranzukommen, um durch den Schatten an einer Mauer hinein und von dort zu den unterirdischen Verliesen zu gelangen.

Auch den Ausgang zum Richtplatz konnte er nicht benutzen, denn hier, wo der Rauch ihn nicht mehr schützte, konnte er nicht einfach so verschwinden.

In der nächsten Gasse bog Mattim ab und wählte den Weg zum Fluss hinunter. Wenn ihn nur keine der Wachen von weitem gesehen oder gar an seinem Gang erkannt hatte!

Vielleicht, wenn er sich nicht auf Schattenart bewegte,

sondern wie ein Mensch vorging … Er musste sich irgendwie verkleiden und als Wächter getarnt hineingelangen. Jemand musste ihm die richtige Kleidung besorgen. Auch sein Gesicht würde er unkenntlich machen, mit einem falschen Bart, die Haare gefärbt … Alles Dinge, die er in Budapest viel leichter hätte besorgen können als hier. Wieder einmal hatte er gehandelt, ohne nachzudenken. Dort hätte er alles vorbereiten können, Haare und Gesicht verändern. Wenn nur Kunun nicht gewesen wäre! Kunun, der über alles bestimmte, der alles verbieten wollte, dem Hannas Leben so völlig gleichgültig war … Nein, erinnerte Mattim sich, selbst die beste Verkleidung half ihm nicht weiter, da er das Losungswort der Wache nicht kannte.

Dort war schon der Fluss. Nebel wallte über dem Wasser, durch die Dämmerung schimmerte hinter ihm verheißungsvoll leuchtend die Burg in einem sanften, silbrigen Licht. Sie war so schön, dass es ihn überwältigte.

Die Brücke. Ihre Pfeiler verschwanden im Nebel. Aber die Wachen waren da, er hörte ihre Schritte auf der Brücke, gedämpft. Leise Stimmen. Sonst wachten sie schweigend, heute hörte er sie reden. Der Brand musste sie aufgewühlt haben, sodass sie die verinnerlichten Regeln vergaßen. Nein, nicht das Feuer, sondern der Wolf in der Stadt.

Auch hier waren trotz der fortgeschrittenen Stunde noch Leute unterwegs. Mattim verbarg sich im Schatten, bis sie vorüber waren. Vor Miritas Haus zögerte er.

Wie oft war er schon hier gewesen? Damals, als sie noch Freunde waren, als er seine Pläne mit ihr besprechen konnte, weil er wusste, dass sie ihn verstand, auch wenn sie ihm widersprach? Wie oft, bevor sie ihn verraten hatte?

Auf der Straße war es zu hell, um durch eine Mauer zu gelangen, aber der Hauseingang lag im Dunkeln; er konnte durch die Tür eintreten, ohne vorher zu klopfen. Wobei ihm am Ende noch Miritas Mutter geöffnet hätte. Der Prinz war sich ziemlich sicher, sie konnte so laut schreien, dass man es bis in die Burg hörte.

Das Zimmer war hell, aber niemand war da. Aus der Küche drangen Geräusche; jemand summte mit leiser Stimme eine altbekannte Akinker Weise. Vorsichtig spähte er um die Ecke.

Miritas Mutter bereitete das Essen zu. Mit einem scharfen Messer hobelte sie dünne Scheiben von einem geräucherten Schinken. Mattim hielt den Atem an, mittlerweile eine seiner leichtesten Übungen. Zum Glück hatte sie ihn nicht gehört. Vorsichtig zog er sich zurück.

Das Mädchenzimmer war leer. Er hatte keine Ahnung, wo seine ehemalige Kameradin war oder wann sie zurückkommen würde. Sie war in der Nachtpatrouille gewesen, als er sie im Wald getroffen hatte, aber er glaubte nicht, dass sie den aufregenden Tag mit einem Wolf in der Stadt verschlafen hatte. Bestimmt hatten die Hörner alle herbeigerufen. Würde Mirita nach einer solchen Jagd schon wieder auf Patrouille im Wald gehen?

Er schaute aus dem Fenster auf den Donua. Das rasch dahinfließende Wasser, das leise Rauschen an der Mauer … Immer hatte er den Fluss geliebt. Selbst jetzt, da er die tödliche Macht dieses Wassers kennengelernt hatte, konnte er nicht anders, als ihn immer noch zu bewundern. Der Fluss und Akink. Sie gehörten zusammen. So, wie das Licht zu Akink gehörte. Die Familie des Lichts. Er.

Mattim wartete. Er hatte die Luft angehalten, und es war, als würde die Zeit selbst stillstehen. Kein Atmen, kein Herzschlag, kein Puls. Als hätte der Sand aufgehört, durch das Stundenglas zu rinnen, als wären die Zahnräder der Uhren angehalten worden. Er wartete und wusste nicht, wie lange. Die Nacht nahm ein tiefes, sattes Schwarz an, während die Stadt glühte, als würde es in ihrem Inneren immer noch brennen.

Dann kam Mirita endlich zurück. Er hörte sie mit ihrer Mutter reden. Sie aßen und unterhielten sich leise, und dadurch erfuhr er die Geschichte von dem Boot und dem dunkelhaarigen Mädchen, das festgenommen worden war. Bang lauschend stand er hinter der Tür und horchte auf jede noch so kleine Information über Hanna. Woher sie erfahren hatte, dass ein Boot kommen würde, das erzählte Mirita nicht. Kein Wort davon, dass sie den Prinzen im Wald getroffen hatte, dass er ihr geholfen hatte. Es versetzte ihm einen kleinen Stich, dass sie ihn kein einziges Mal erwähnte.

Irgendwann waren die beiden Frauen fertig mit essen. Stühle scharrten über den Boden.

»Ich mach den Abwasch.«

»Du hast mehr als genug getan, du musst hundemüde sein. Geh, und ruh dich aus.«

Mirita öffnete die Tür. Er wartete dahinter, in ihrem dunklen Zimmer, bereit. Wenn sie ihn sah, würde sie schreien – vielleicht. Rufen. Ihn verraten. Dieses Vielleicht konnte er auf keinen Fall zulassen, deshalb trat er sofort auf sie zu und legte ihr die Hand über den Mund. Aus ihrer Kehle kam ein erstickter Schreckenslaut.

»Mirita? Alles in Ordnung?«, rief ihre Mutter aus der Stube.

»Ich bin es. Mattim«, flüsterte er ihr ins Ohr. »Schrei nicht. Ich lass dich jetzt los, aber bitte schrei nicht.«

Er trat einen Schritt zurück.

»Alles in Ordnung«, sagte sie laut. Mit bebender Hand zündete sie die Lampe auf ihrem Tischchen an. Kein anderer Wächter hätte ihm den Rücken zugedreht.

»Ich wusste, dass ich dich wiedersehen werde. Es ist Schicksal«, flüsterte sie.

»Ihr habt ein Mädchen gefangen genommen«, sagte er.

Sie hörte ihm gar nicht zu. »Wie um alles in der Welt bist du auf diese Seite gekommen? Ist es ein Wunder, das uns beiden geschieht, das geschehen muss?«

»Lebt sie noch?«, fragte er leise und drängend. Er trat einen Schritt näher, und sofort ergriff sie seine Hände.

»Mattim«, wisperte sie und hielt ihm ihr Gesicht entgegen. »Mattim, bitte küss mich.«

»Die Gefangene«, wiederholte er ungeduldig. »Hast du sie gesehen, geht es ihr gut?«

Mirita blinzelte. »Was? – Ach. Ja, das hat eine große Aufregung gegeben.«

»Ich habe dafür gesorgt, dass du in die Stadt zurückkehren konntest«, erinnerte er sie. »Nun wünsche ich mir, dass du mir hilfst. Ich muss irgendwie zu dem Mädchen gelangen und es da rausholen.«

»Die Frau, die einen Wolf in unsere Stadt gebracht hat?« Jetzt war sie wieder Mirita, Flusshüterin, Wächterin des Lichts. »Vergiss es. Du hast mir zwar geholfen, aber schließlich waren es deine Leute, die mich gejagt haben. Ich bin dir nichts schuldig.«

»Dieses Mädchen ist ein Mensch«, sagte er. »Kein Schatten.«

»Das wissen wir. Sie ist kein Schatten, erstaunlicherweise, trotzdem gehört sie zu euch.«

»Das ist nicht ihr Kampf! Wenn ihr sie zurückgebt, werde ich … nun, ich habe Informationen, sehr wichtige Informationen – mit denen du Akink retten kannst.«

Mirita schwieg eine Weile. Dann sagte sie: »Mattim, euer Anschlag ist gescheitert. Der Wolf ist tot. Es sind einige Leute bei dem Brand ums Leben gekommen, darunter der

Mann, der gebissen wurde. Ihr habt es nicht geschafft, die Plage der Schatten unter uns zu verbreiten. Akink hält allen euren Plänen stand.«

»Wilder ist tot?«, fragte er und ließ sich aufs Bett sinken. »Bist du sicher? Der Wolf – er ist nicht zurück über den Fluss?«

»Die ganze Häuserzeile hat gebrannt. Glaub mir, er ist tot. Du kannst mir nichts anbieten. Wir haben schon gewonnen.«

Wilder. Aber er durfte jetzt nicht an seinen Bruder denken. Mattim schüttelte den Kopf und sagte nur: »Der Untergang war noch nie so nah.«

»Du bluffst.«

»Wie kann ich dann hier sein?«

Sie starrte ihn an. »Also ist Akink verloren«, flüsterte sie.

»Mirita! Ich will nicht, dass Akink fällt! Ich will es ebenso wenig wie du!«

»Dann sag, was immer du zu sagen hast.« Im Schein der kleinen Laterne sah er ihr verzweifeltes Lächeln. »Du hast es versprochen. Du warst dir sicher, du würdest hinter das Geheimnis der Schatten kommen. Sag mir alles, was du weißt, Mattim. Wie sonst könnte ich dir glauben, dass du noch derselbe bist?«

»Hilf mir, Hanna zu retten«, forderte er. »Dann erfahrt ihr alles, was ihr wissen müsst.«

»Bedingungen?«, fragte Mirita. »Du willst Akink retten und stellst Bedingungen?«

»Das Mädchen.«

Mirita schüttelte enttäuscht den Kopf. »Ach, Mattim, fast hätte ich dir geglaubt. Aber der Prinz, den ich von früher kenne, hätte Akink über alles gestellt. Ohne Hintergedanken. Ohne irgendwelche schlauen Schachzüge.«

»Ich werde Hanna nicht ihrem Schicksal überlassen.«

»Beiß mich doch«, sagte sie trotzig. »Unbewaffnet, wie ich bin. Ich habe keine Angst davor, denn ich habe getan, wovon ich immer geträumt habe: Ich habe Akink gerettet. Ich habe den König gewarnt, dass ein Boot kommen wird, und deshalb konnten wir die Verräterin festnehmen. Der Wolf kam im Feuer um, und sogar die Höhle der Schatten haben wir ausgeräuchert.«

Sie irrte sich. Er konnte ihr gar nicht sagen, wie sehr sie sich täuschte. Vermutlich hätte es nichts genützt. Er hatte ihr bereits mitgeteilt, dass es unzählige Pforten gab, aber das schien sie vergessen zu haben. Vielleicht tat sie auch nur so, als wäre der Sieg sicher, und wusste ganz genau, wie es in Wirklichkeit aussah.

»Der Mirita, die ich von früher kenne, wäre es nicht egal gewesen, wenn Unschuldige leiden müssen«, sagte er.

»Verräter sind nicht unschuldig! Kein Magyrianer, der so etwas tut, ist unschuldig!«

»Sie kommt nicht aus Magyria«, sagte Mattim. »Hat das denn keiner gemerkt? Sie hatte keine Ahnung, was sie da anrichtet!«

Das stimmte nicht. Hanna hatte genau gewusst, was sie getan hatte. Was sie seiner Welt antat … ihm. Aber er konnte es wieder rückgängig machen. Wenn Mirita ihm nur glaubte. Er konnte Hanna retten – und die Stadt.

»Das Licht kämpft nicht einfach für irgendetwas«, sagte er. »Nicht nur für eine Stadt. Nicht nur für einen König und eine Königin. Sondern immer auch dafür: das Leben der Unschuldigen.«

Bewegung ging über Miritas Gesicht. Auf einmal trat sie auf ihn zu und umarmte ihn. »Mattim.«

Er drückte sie fest.

»So hättest du auch damals gesprochen. Ach, Mattim.«

Sie lehnte den Kopf an seine Schulter. »Wenn es irgendetwas gäbe ... irgendeine Möglichkeit, dass du wieder zum Licht zurückkehrst ...«

Er sagte nichts, sondern hielt sie fest. Sie glaubte ihm. Hielt immer noch zu ihm. Er hatte es gewusst.

»Mirita, ich will nicht drängen, aber die Nacht geht vorüber. Wenn wir das Mädchen retten wollen, muss es jetzt sein. Auch für Akink läuft die Zeit ab.«

»Sag es mir. Sag mir, was ihr vorhabt.«

»Wir?«

»Entschuldige. Was die Schatten vorhaben. Die – die anderen Schatten. Sag es mir, Mattim, bitte.«

»Es gibt noch eine Pforte«, sagte er. »Durch die bin ich gekommen.«

»Außer den Höhlen?«

»In Akink.«

»Um Himmels willen! Wo?«

»Mirita«, sagte er sanft. »Du wirst mich zu Hanna bringen. Besorg mir Wächterkleidung. Einen Bart, irgendetwas, womit ich mich unkenntlich machen kann. Außerdem brauche ich die Losung, um hineinzukommen. Ich werde mit ihr fliehen – durch jene Pforte. Wenn du die ganze Zeit bei uns bleibst, wirst du wissen, wo der Durchgang ist. Dann können meine Eltern ihn schließen. Gemeinsam müsste ihr Licht stark genug sein. Das ist mein Angebot.«

Mirita sah ihn lange an. Dann streckte sie die Hand aus und berührte ganz leicht seine Wange.

»Ich sehe, wer du bist«, sagte sie leise. »Wie du dich für andere einsetzt, für deine Leute, so, wie es der Anführer der Wache tun würde. Doch ich hoffe, wenn wir uns das nächste Mal wiedersehen, muss niemand gerettet werden, weder einer von uns noch jemand, für den wir verantwortlich sind. Ich hoffe ...« Aber sie sprach nicht aus, worauf sie hoffte. »Nun gut, ich gehe jetzt und hole alles, was du benötigst. Es fühlt sich an, als würde ich Akink verraten.«

»Ich weiß, was ich von dir verlange«, sagte er. »Aber du solltest keine Schwierigkeiten bekommen, wenn du dem König mitteilen kannst, wo die Pforte liegt. Mirita, ich weiß doch, dass du dem Licht treu bist. Dass du Akink über alles stellst. Wenn du nur einmal vergessen könntest, was ich bin … Es war unser gemeinsames Ziel, weißt du noch?«

Sie nickte, auf einmal traurig. »Du hast keine Ahnung, wie sehr ich dich vermisse, Mattim. Du hast das Licht aus dieser Stadt und aus meinem Herzen genommen. Die Welt ist sehr dunkel geworden ohne dich.«

»Beeil dich«, bat er. »Wenn Hanna etwas zustößt … ich weiß nicht, was ich dann tue.«

Mirita, die Hand schon am Türgriff, verharrte einen Moment lang wie eingefroren. »Sie ist nicht einfach nur irgendeine Unschuldige«, stellte sie fest. »Sie ist – wer ist sie? Dein Mädchen?«

»Ja«, sagte er. »Sie ist mein Mädchen. Hilf uns.«

Mirita stand immer noch da und konnte sich nicht rühren. Sie lehnte die Stirn gegen die Tür und schloss die Augen. Er hörte, wie sie ganz langsam atmete. Ohne ihn noch einmal anzusehen, schlüpfte sie hinaus.

Mattim löschte das Licht und wartete im Dunkeln.

Er wusste nicht, wie lange es diesmal dauerte. Die Nacht rauschte mit den Wassern des Donua unter dem Fenster vorbei. Gleichmäßig, unaufhaltsam, ein steter Strom der Augenblicke. Er hatte sich auf Miritas Bett gelegt und träumte von Hanna, träumte von dem Moment, wenn er sie wiedersehen würde. Unendlich lange her schien es ihm, seit sie das letzte Mal zusammen gewesen waren, auf einer

Bank im Park in der Frühlingssonne. Es schmerzte zu sehr, sich daran zu erinnern, wie sie ihn angesehen hatte. Wie jemand, der ertrinkt und doch nicht rufen kann …

Oder war er es gewesen, der so fühlte, als Kunun und Atschorek ihn wegzogen?

Du hast das Licht aus dieser Stadt und aus meinem Herzen genommen. Die Welt ist sehr dunkel geworden ohne dich …

»Mattim?« Mirita hatte die Tür aufgemacht und versuchte, in dem Zimmer etwas zu erkennen. »Bist du noch da?«

»Natürlich«, antwortete er. »Glaubst du, ich verschwinde einfach?«

Ihr Gesicht lag im Schatten, die Lampen in der Wohnstube hinter ihr blendeten ihn.

»Komm«, sagte sie. »Ich habe … ich habe …«

»Was hast du?« Etwas in ihrer Stimme alarmierte ihn. »Was? Hat es nicht geklappt? Konntest du …«

»Mattim«, unterbrach sie ihn. »Komm einfach mit.«

Jetzt hörte er das Klirren der Waffen. Die vielen Füße auf dem Pflaster vor dem Haus. Er bemerkte den Lichtschein unzähliger Laternen. Durch alle Fenster drang das gleißende Licht der Lampen.

Hinter ihm war der Fluss. Er konnte nicht aus dem Fenster springen, ins Wasser, obwohl er für einen Moment sogar erwog, wie es wäre, so zu enden. Statt das auf sich zu nehmen, was ihn erwartete, wenn er dieses Haus verließ.

»Komm, Mattim.«

Von draußen eine befehlsgewohnte Stimme: »Ist er da?«

»Du könntest nein sagen«, unternahm er einen letzten Versuch.

Mirita schüttelte den Kopf. »Ich werde keine Verräterin

sein. Ich schäme mich dafür, dass ich es auch nur in Erwägung gezogen habe. Jetzt geh.«

Er trat hinaus ins Licht.

Unzählige Lanzen und Schwerter waren drohend in seine Richtung erhoben. Auf straff gespannten Bogensehnen lauerten Pfeile, von denen brennendes Öl tropfte. Dies war nicht einfach die Nachtwache. Nahezu ein halbes Heer hatte sich vor dem Haus versammelt. Sie hatten die Einwohner fortgeschafft und sich dabei unglaublich still verhalten. Die Türen der gegenüberliegenden Häuser standen offen und schwangen hin und her; offensichtlich waren die Bewohner Hals über Kopf geflohen. Er hätte es gehört, wenn sie geschrien hätten: Ein Schatten! Ein Schatten in Akink!

»Ihr hättet das Haus in Brand setzen können«, meinte er. »Macht man das heutzutage nicht so in Akink, wenn Feinde herkommen? Sie hätten dir bestimmt ein neues Haus bezahlt.«

»Geh einfach.« Mirita wandte das Gesicht ab.

Die Wachen bildeten eine Gasse, dicht an dicht. Sobald er irgendwo durchbrechen wollte, würden sie ihn in Stücke hauen. Natürlich musste er es wenigstens versuchen. Weiter oben an der Burg. Vielleicht konnte er irgendwie zurück zur Pforte gelangen. Schmerzlich sehnte er sich nach Budapest zurück, während er durch das Spalier der Wächter ging.

Ihre Gesichter blieben unbeweglich. Sie kannten ihn, alle, doch niemand grüßte, niemand sagte ein Wort. Die Häuser hier waren nicht geräumt worden, und in den oberen Stockwerken öffneten sich Fenster, lehnten sich Leute hinaus und glotzten.

Nirgends war eine Lücke. Sie hatten einen Gang errichtet, eine Mauer aus Laternen, Fackeln und tödlichen Waffen. Die Akinker wussten so gut wie er, dass er nicht so leicht umzubringen war. Dass sie, wenn sie alle auf ihn losgingen, nicht locker lassen durften, so lange, bis sie ihn verbrannt oder in Stücke gehackt hatten. Seine Überreste würden sie in den Fluss werfen.

Er versuchte ebenso ruhig und gefasst dreinzuschauen wie die Wächter. Die Angst aus seinem Gesicht zu verbannen. Sein Gang wurde aufrechter, sein Schritt fester. Er bemühte sich um eine stolze Haltung, die einem Prinzen angemessen war, den seine eigenen Soldaten zur Burg geleiteten. Nach Hause. Dort, das riesige schimmernde Gebäude, in silbriges Licht getaucht.

Die rettende Pforte war zu weit entfernt. Doch selbst wenn sie ganz in der Nähe gewesen wäre – sobald er versuchte durchzubrechen, musste er damit rechnen, dass alle gleichzeitig auf ihn losgingen. Dann würde er hier und jetzt sterben. Aber wenn er durchhielt, wenn er keine falsche Bewegung machte … vielleicht konnte er Hanna dann noch einmal sehen. Vielleicht konnte er das Unheil irgendwie abwenden. Zum Glück hatte er nicht preisgegeben, wo die Pforte war. Dieses Wissen besaß er immer noch …

Hoffnung stieg in ihm auf. Womöglich war doch noch nicht alles verloren. Womöglich würde er heute nicht sterben oder er konnte wenigstens Hanna freikaufen. Und seine Eltern sehen.

Ein kleines Lächeln spielte um seine Lippen, während mit jedem Schritt, den er der Burg näher kam, seine Hoffnung auf ein gutes Ende wuchs. Mirita hatte ihn verraten, ja, aber wenn er seine Eltern überzeugen konnte, ihm zu glauben, war es noch viel besser.

Er näherte sich dem glimmenden Licht, das aus den Burgfenstern strahlte.

Und blieb stehen.

Es war nicht mit dem Licht vergleichbar, das er kannte.

Mit der Helligkeit, die hier geherrscht hatte, als er noch der Lichtprinz gewesen war. Sanft und matt war das Licht dort drin … dennoch wusste er, dass es jetzt schon zu stark war. Er konnte nicht weitergehen. Er war ein Schatten, und er hatte zu lange kein Blut getrunken.

»Weiter«, herrschte ihn eine Stimme an, als er unvermittelt stehenblieb und zur Burg hinaufsah.

Er blickte sich nach dem Sprecher um. Sofort wurden die Wachen noch nervöser, als sie es ohnehin schon waren. Ein Ruck ging durch die Reihen, und die Wächter, die ihm am nächsten waren, hielten die Luft an.

»Ich kann nicht«, gab er zu. »Ich kann nicht weitergehen.«

Er dachte an Atschoreks Freund Zoltan, der im Sonnenlicht verglüht war. Es hatte nicht den Anschein gehabt, als ob er gelitten hätte. Weiterzugehen und vom Licht seiner Eltern verschlungen zu werden, war vielleicht der schönste Tod, den er sich aussuchen konnte. Aber um ihn zu wählen, hätte er all seine Hoffnung aufgeben müssen. Und das konnte er nicht. Nicht wenn Hanna dort unten im Verlies auf ihre Strafe wartete.

Die Gasse, die die Wachen bildeten, führte geradewegs auf das Portal zu. Anscheinend hatten seine Eltern tatsächlich mit ihm reden wollen. Glühende Scham erfüllte ihn, weil er nicht in der Lage war weiterzugehen.

»Bleib stehen, genau da. Rühr dich nicht vom Fleck.«

Sie berieten. Er hörte das Wort »Schatten«, immer wieder. Es fühlte sich jedes Mal an wie eine Ohrfeige.

»Wir bringen dich ins Verlies«, sagte einer der Wachmänner schließlich. Der Befehlshaber. Mattim erkannte jetzt die Stimme. Es war die Aufregung, die sie verzerrt hatte, die kaum zu unterdrückende Furcht.

»Hauptmann Solta?«, fragte er.

Sein ehemaliger Vorgesetzter erlaubte sich kein Zeichen des Wiedererkennens, als könnte es ein schlechtes Licht auf ihn werfen, dass er mit einem leibhaftigen Schatten bekannt war.

»Nicht bewegen!«, befahl er schroff.

Sie gruppierten die Wachen um. Ein neuer Weg in diesem Labyrinth der Waffen und Laternen entstand. Zu einer in den Boden eingelassenen Falltür.

Der Zugang zum Hinrichtungsplatz. Direkt von den Verliesen führte ein Gang hierher, sodass man die zum Tode Verurteilten nicht durch die belebten Straßen eskortieren musste. Mattim wandte den Kopf und sah den Galgen hoch aufragen wie einen schwarzen Baum. Ihn schwindelte. Für Hanna? Der Galgen für Hanna?

»Komm.«

Sie öffneten die Falltür, und eine steile Treppe wurde sichtbar. Dort unten würde genug Schatten sein, um verschwinden zu können … Aber mit jedem Schritt, so fühlte er, kam er Hanna näher. Wie hätte er fliehen können ohne sie? Gehorsam stieg er die Stufen hinunter in einen breiten Gang, den Fackeln erleuchteten. Hinter Gittern konnte man dunkle Verliese erahnen. Wie sicher war er sich früher gewesen, dass jeder, der hier unten saß, sein Schicksal verdient hatte. Räuber, Mörder, Betrüger …

Vor ihm stieß jemand eine Gittertür auf. Das Licht der Fackeln auf dem Gang erhellte auch diese Zelle, die leer war bis auf eine schmale Pritsche. Sein Blick fiel auf den nächsten Raum, wo an der Wand ein dunkelhaariges Mädchen saß, die Augen geschlossen, und das Gesicht ins flackernde Licht hielt.

Niemand sprach. Mit hoch erhobenem Kopf betrat er den Ort der Verdammten.

SIEBZEHN

AKINK, MAGYRIA

Eine Mauer trennte sie. Nur eine Mauer. Dahinter saß Hanna und wartete. Sie hatte ihn nicht bemerkt. Mattim wollte sie rufen, aber sein Mund war trocken. Er wandte sich zu seiner Zellentür um, wo die Wachen mit steinernen Gesichtern verharrten. Immer noch hatten sie Pfeile auf ihn gerichtet, als könnten sie diese von dort, jenseits des Gitters, tatsächlich abschießen.

Zu viel Licht. Seine Augen tränten von all dem Licht. Er wollte nicht darüber nachdenken, dass er vielleicht weinte. Vor Wut und Verzweiflung und Erleichterung.

Die Mauer war hell angestrahlt, die Schatten, die die Gitterstäbe warfen, zu schmal. Er befühlte die Pritsche. Ein schmales Brett auf vier hölzernen Beinen, eine dünne Decke darauf. Wie gütig, dass die Gefangenen nicht auf dem strohbedeckten Boden schlafen mussten. Kalt war es hier unten. Hanna fror bestimmt, also musste er die Decke mitnehmen. Er legte sie sich um die Schultern, dann hob er das wackelige Bett an.

»Nicht!«, rief einer der Wächter erschrocken.

Der Prinz stellte es hochkant an die Wand, die ihn von seinem Mädchen trennte. Die Wachen traten sofort an die Gittertür und drohten mit ihren Lanzen.

Der Schatten, den die Pritsche warf, war schmal, aber ausreichend, um durch die Mauer zu gehen. In der nächsten Zelle trat er wieder ins Licht.

»Jetzt ist er hier!«, schrie jemand. »Er ist hier, bei ihr!«

Hanna öffnete die Augen.

Mattim hörte nicht auf das Geschrei aus dem Gang. »Schatten«, schrien sie, »Schatten!«

Ein hastig abgeschossener Pfeil sirrte durch den Raum und blieb in dem Arm stecken, den er um Hanna gelegt hatte.

»Passt doch auf!«, rief er. »Wollt ihr sie umbringen?«

Er küsste ihr die Tränen von den Wangen.

»Mattim! Ich wollte nicht ... ich wollte nicht ...«

»Ich weiß«, flüsterte er. Aus den Augenwinkeln sah er die Wachen starren.

»Er hatte Attila! Ich ...«

»Attila ist wieder zu Hause«, sagte er in ihr Haar. »Ich habe ihn zurückgebracht.« Er küsste sie sehr sanft. »So viele Sorgen ... Ach, Hanna. Um die Stadt. Um Attila. Sorgst du dich denn immer nur um andere?« Wie hätte er sagen können: Ich habe den Galgen schon gesehen, dort auf dem Platz?

»Was werden sie mit dir tun?«, fragte sie bang. »Du hättest nicht herkommen dürfen!«

»Ich bin aber hergekommen«, gab er zurück.

Sie zitterte in seinen Armen, deshalb zog er sie wieder hinunter auf die Pritsche, setzte sich neben sie und hüllte sie in die Decke. Sie lehnte sich an ihn und schloss die Augen.

»Du darfst jetzt nicht schlafen«, flüsterte er ihr ins Ohr. »Wir gehen gemeinsam durch die Wand.«

»Ich kann nicht. Siehst du?« Als sie ihre Beine bewegte, übertönte ein Klirren das Rascheln des Strohs. Erschrocken blickte er nach unten, aber sie musste erst ihr Hosenbein etwas höher ziehen, damit er es erkennen konnte: eine eiserne Fußfessel. Daran hing eine Kette, die mit einem Haken in der Wand verbunden war. Hanna konnte höchstens bis in die Mitte ihrer Zelle gehen, weiter nicht.

»Beim Licht«, murmelte er.

»Verstehst du jetzt, warum du nicht herkommen solltest?«

Mattim wandte sich an die Wachen.

»Ich will mit meinem Vater sprechen!«

Sie schwiegen. Als hätten sie ihn nicht gehört.

»Ich will mit meinem Vater sprechen«, wiederholte er.

Eine Wächterin erwiderte seinen Blick. In ihrem Gesicht lag nichts als Abscheu, als sie zischte: »Schatten!«

Der Prinz senkte die Lider und verbarg seine Wut. Auch seine Ungeduld schluckte er hinunter. Sie würden schon kommen, um ihn zu befragen. Sonst wäre er längst tot. Mirita hatte gesagt, was sie wusste; natürlich reichte es nicht. Es war nicht genug, um Akink zu retten, wenn man nur davor warnte, dass jederzeit, von irgendwoher, ein Schatten kommen konnte. So wie er. Sie hatten mehrere Hundert Wachen benötigt, um ihn in Schach zu halten – was würden sie tun, wenn unzählige Vampire aus allen Winkeln strömten?

Die Akinker wussten genauso gut wie er, dass die Zeit knapp wurde.

Hanna seufzte leise an seiner Seite.

»Du wirst leben«, versprach er und legte so viel Zuversicht wie nur möglich in seine Stimme. »Wir kommen beide hier raus.«

Die Wächter hielten sich, wenn es denn überhaupt ging, noch straffer. Daran erkannte Mattim, dass es so weit war. Er blieb bei Hanna sitzen, aber er hob den Kopf, als eine Gestalt ans Gitter trat. Es war nicht der König.

»So sehe ich dich also wieder«, sagte seine Mutter. Ohne Vorwurf in der Stimme. Er hörte nur ihre grenzenlose Traurigkeit.

Sie trug ein dunkelgraues Gewand, flussdunkel, schimmernd wie das Licht Akinks, das sich auf den Wellen widerspiegelt. Von ihr ging kein Schein aus, trotzdem kam sie ihm vor wie eine warme Quelle, aus der der Morgen strömt. Er konnte es aushalten, ohne zu vergehen, aber ihre Gegenwart erfüllte ihn mit einem Schmerz, der sich anfühlte wie unerträglicher Hunger. Ihm wurde bewusst, dass es nicht ihr blendendes Licht gewesen war, das es ihm unmöglich gemacht hatte, sich der Burg weiter zu nähern. Elira trug den Glanz dieses Lichtes auf sich, lieblich wie ein Garten im Frühling.

»Warum trauerst du um mich?«, fragte er. »Ich bin nach wie vor dein Sohn. Akink kann immer noch dem Licht gehören. Ich will nur Hanna, deshalb bin ich hier.« Er musste seine Worte sorgfältig wählen; Hannas pulsierendes, herzschlagendes Leben hing davon ab.

Die Königin schenkte dem Mädchen an seiner Seite erstmals einen Blick.

»Das ist die Frau, die du dir gewählt hast? Eine, die einen Wolf in unsere Stadt gebracht hat? Junge, versuch es erst gar nicht. Du bist nicht der, der du einst warst. Du bist nicht mehr mein Sohn. Du bist ein Fremder mit dem Gesicht meines geliebten Kindes. Der König hielt es für unklug, aber ich wollte dieses Gesicht noch ein letztes Mal sehen.«

Dass sie von Farank sprach, als wäre er nicht mehr Mattims Vater! Der junge Prinz wollte gar nicht daran denken, wie sehr er ihn enttäuscht hatte.

»Das Dunkel ist über uns gefallen, und irgendwann wird der letzte Funke verlöschen. So große Hoffnung hatten wir in dich gesetzt! Und dann kommst du wieder und tust, als seist du immer noch auf unserer Seite, hilfst uns gegen die anderen Schatten, rufst das Licht – und lässt uns an einen Sieg glauben, den es nie gegeben hat. Deinetwegen hat mein Gemahl es gewagt, selbst in die Wälder zu reiten. Deinetwegen hat er sich in unermessliche Gefahr begeben. Wenn deine Pläne erfolgreich gewesen wären, wäre es längst dunkel über Magyria. Wie schwarz muss ein Herz sein, um Liebe vorzuspiegeln und Vernichtung zu säen?«

»Mutter! Nicht weinen!«

Er trat ans Gitter. Die Wachen zischten, aber er beachtete sie nicht weiter.

»Ich will Akink retten, so, wie ich es immer wollte! Ich kann es! Nicht dauerhaft, das weiß ich. Aber es würde euch Zeit geben. Ich kann euch sagen, woher die Schatten kommen werden.«

Das Gesicht der Königin verhärtete sich. »Dann tu es.«

»Ihr lasst Hanna frei«, beharrte er. Am liebsten hätte er sein Wissen einfach so preisgegeben. Um endlich zu erleben, wie der alte, liebevolle Blick in ihre Augen zurückkehrte. Um seine Mutter sagen zu hören: Du bist es doch, so kenne ich dich.

Aber hier war Hanna, und es widerstrebte ihm, das einzige Pfand, das er besaß, um ihr Leben zu erkaufen, ohne jede Sicherheit aus der Hand zu geben.

Mirita hatte er überzeugen können – fast. Vor ihm stand nun die Frau, die ihn geboren und großgezogen hatte. Musste sie nicht noch viel mehr daran glauben, dass er es ehrlich meinte? Sie kannte ihn doch um einiges besser!

»Darüber wird nicht verhandelt.« Elira schüttelte den Kopf. »Es ist unerträglich, dass du hier bist. Ein – ein Schatten. Hier in Akink! In unserer Burg! Wir wissen, wie die Schatten sind. Listenreich wie Wölfe, tückisch, ihr einziges Bestreben ist es, uns zu vernichten. Ich soll dir abnehmen, dass es dir um dieses Mädchen geht? Es geht immer nur um Akink. Immer nur darum, den Schrecken in diese Stadt zu tragen und der Angst neue Nahrung zu geben. Kommen nicht deshalb die Wölfe ans Ufer und heulen, bis uns das Blut in den Adern gefriert? Wir verhandeln nicht mit dem Feind. Der alte Mattim hätte das gewusst. Wer bist du, dass du tust, als seist du er? Der alte Mattim hätte alles für Akink gegeben. Er hätte uns alles gesagt, was dieser Stadt dient, und zwar sofort.«

»Das stimmt nicht«, widersprach er. »Denn ihr habt mir schon damals nicht richtig zugehört. Ihr wolltet nichts wissen von meinem Verdacht, was die Höhlen betraf. Wenn ich euch wirklich immer alles hätte sagen können, wäre ich dann in jener Nacht durch den Fluss geschwommen?«

Elira seufzte. »Dann bist du einer von ihnen gewesen, bevor du es selbst wusstest. Bevor du ihnen leibhaftig begegnet bist, hast du schon das Lied der Wölfe gesungen. Du stellst hier keine Bedingungen. Sag uns, was du weißt, Schatten. Dann werden wir entscheiden, was uns deine Mitteilung wert ist.«

Es war so schwer, zu vertrauen. Mirita hatte zweifellos geglaubt, das Beste für Akink zu tun, als sie ihn verriet.

Er schaute zu Hanna hinüber, die ihn mit großen Augen anstarrte. »Kunun wird dich dafür umbringen!«

»Wir gehen fort«, versprach er. »So weit fort, dass er uns niemals finden kann. Ich glaube nicht, dass er uns folgen wird. Kunun hat Budapest nicht verlassen. Er ist dort geblieben, in all den Jahren. Selbst wenn wir dafür sorgen, dass man diese Pforte schließt, wird er nicht aufgeben. Aber dann ist es nicht mehr unser Kampf. Wir gehen fort.«

»Das würdest du tun?«, fragte sie. »Diesen Kampf aufgeben?«

»Vielleicht ist es genau das, was ich tun muss«, überlegte Mattim. »Diese Pforte schließen und Akink für dieses eine

Mal retten. Vielleicht war mir das von Anfang an bestimmt. Es war mein Schicksal, zu den Schatten zu gehen, um herauszufinden, was sie planen und woher ihre Kraft kommt. Das weiß ich jetzt und bin immer noch ich, immer noch Mattim, der für Akink kämpft und nicht dagegen.«

Er wandte sich wieder dem Gitter zu. Hanna sprang auf und versuchte ihn fortzuziehen.

»Nein! Nein, tu das nicht!« Sie spürte den zornigen Blick der Königin auf sich, doch sie konnte nicht verhindern, dass ihre ganze Angst durchbrach. »Das wird Kunun dir nie verzeihen, nie! Wir können vielleicht fortgehen und uns verstecken – aber was ist mit den Szigethys? Was ist mit Attila und Réka, mit Mónika und Ferenc? Wenn er seine Wut an ihnen auslässt? Sag ihr nichts, Mattim, bitte!«

Mattim hielt Hannas Hände fest. »Ich werde dich hier rausholen«, sagte er. »Ganz egal, was es kostet.« Wieder sprach er zu seiner Mutter, schnell, damit niemand seine Worte aufhalten konnte. »Es gibt eine Pforte in Akink, durch die die Schatten hier einfallen werden. Ein Übergang … Dort, in dem Keller, wo es gebrannt hat, einige Meter vor dem Fuß der Treppe. Lasst das Feuer nicht ausgehen. Lasst es dort brennen, und sie werden nicht kommen können.«

Die Königin nickte langsam. Dann wandte sie sich um, ohne ein weiteres Wort zu sagen, und eilte fort.

»Was hast du nur getan, Mattim«, schluchzte Hanna.

»Kunun wird sich nicht an einem Kind rächen, glaub mir. Und auch nicht an dir. Nur an mir, Hanna. Er ist kein wilder, blutrünstiger Mörder. Er wird wütend sein, natürlich. Aber wir gehen fort. Wir werden einfach das Land verlassen. Du nimmst mich mit nach Deutschland … Irgendeinen Ort werden wir finden, an dem wir vor ihm sicher sind.«

Hanna saß auf der Bank und weinte. Er setzte sich wieder neben sie und legte den Arm um sie. »Es wird alles gut«, sagte er. »Du weißt, dass ich das tun musste. Ich musste Akink retten. Und dich.« Es machte ihn glücklich, dass er gleichzeitig jene beiden gerettet hatte, die er am meisten liebte: die Stadt und sein Mädchen.

»Ja«, sagte sie. »Ich weiß.«

Er fühlte ihre Wärme neben sich. Das Leben. Ihr schlagendes Herz, ängstlich stolpernd, flügelschlagend wie ein gefangener Schmetterling. Aber immer noch hatte sie mehr Angst um Attila als um sich.

»Es wird alles gut«, versprach er. »Gleich kommen sie und lassen uns frei. Versprochen.«

»Wie gehen wir denn zurück, wenn die Pforte geschlossen ist?«

»Durch den Qualm hättest du es sowieso nicht geschafft«, meinte er. »Ich nehme an, sie werden uns über die Brücke nach drüben schicken. Kannst du dir vorstellen, wie es sein wird? Hand in Hand werden wir über die Brücke gehen. Hinter uns die Stadt, die nicht aufhört zu leuchten.«

»Das Schlimmste weißt du noch gar nicht«, sagte Hanna. »Wilder ist tot. Es tut mir so leid, Mattim.«

»Mirita hat es mir schon gesagt.« Er schluckte. »Dabei hatte sie geschworen, die Wölfe zu verschonen. Ich hatte sie so eindringlich darum gebeten …«

Hanna schlang die Arme um ihn. »Es tut mir ja so leid. Ich habe nur an Attila gedacht …« *Ein Junge für eine Traumstadt. Ein Kind für einen Bruder.* »Aber was hätte ich denn tun sollen? Ich dachte, das verzeihst du mir nie …«

Er küsste sie auf ihr dunkles Haar. »Ich verzeihe dir«, sagte er leise.

»Ich wusste, wie gefährlich es für Wilder war. Trotzdem

konnte ich nicht anders. Und deine Stadt …« Sie weinte. Er hielt sie im Arm und wiegte sie wie ein kleines Kind.

»Akink wird gerettet werden«, versprach er. »Es wird sein, als hättest du nichts getan. Ein Feuer, ein paar zerstörte Häuser … Peron wird sich an sein Schicksal als Schatten gewöhnen. Dies war keine große Schlacht, nur ein kleines Gefecht. Ein paar Opfer auf beiden Seiten. Das müssen wir aushalten. Wenn nur Akink dem Licht bleibt.«

Wenn nur Akink dem Licht bleibt …

Mirita wandte sich ab und floh den Gang hinunter. Sie konnte es nicht ertragen, noch mehr zu hören. Jedes Mal, wenn Mattim ihren Namen ausgesprochen hatte, war sie zusammengezuckt. Wenn er sie eine Verräterin nannte. Dabei war *er* der Verräter. War jedes Wort, das er mit *der anderen* wechselte, Verrat. Sein Arm um *ihre* Schultern. Kleine, zärtliche Küsse auf *ihre* Wange.

Wenn nur Akink dem Licht bleibt …

Sie wich zurück, stieß gegen einen Wächter, blickte in sein mitfühlendes Gesicht – wussten es denn alle? Alle? – und rannte.

Sie stürmte die Treppe hinauf.

Der Soldat am oberen Absatz, der ihr die Tür öffnete, fragte vorsichtig: »Hast du ihn gesehen?« Er flüsterte, als könnte jedes laute Wort schmerzen. Denn es war Mattim! Mattim, den sie dort unten festhielten. Mattim, der dort hinter Gittern auf seinen Tod wartete.

Sie versuchte zu denken: Er ist schon tot, stattdessen konnte sie ihn nur vor sich sehen, wie er sein Mädchen umarmt hatte, dieses hübsche, dunkelhaarige Mädchen, das sich an ihn schmiegte.

»Nein«, flüsterte Mirita zurück, und ihre Stimme kam ihr rau und wund vor.

Wusste nicht die ganze Stadt, dass man Mattim aus ihrem Haus geholt hatte? Aus ihrem Zimmer? Glaubte nicht ganz Akink, dass sie die Geliebte eines Schattens war?

Sie zwang die Tränen mit Gewalt zurück. *Später kannst du weinen. Jetzt nicht. Später, wenn er brennt, so, wie Morrit gebrannt hat …*

Es ließ sich nicht denken. Nicht vorstellen. Der Junge mit dem goldenen Haar und der weichen Haut. In ihrem Zimmer. Seine Stimme, wenn er sie rief: Mirita … Leise, zärtlich. Oder war es ihr nur so vorgekommen? Und die Küsse? Die Umarmungen? Und dieses Vielleicht, größer und schrecklicher als jedes andere Vielleicht – vielleicht ist noch genug Licht in ihm, um Akink zu retten.

Mitten in der großen Halle stand die Königin. Sie war von Soldaten umringt, und dennoch wirkte sie, als würde sie dort völlig alleine stehen, hell und zerbrechlich. Neben ihr erteilte der König Befehle. Er sandte die Wächter von Akink aus, zur Pforte, und im Gegensatz zu Elira sah er nicht wie ein Geschlagener aus, sondern wie ein Feldherr, der seine Truppen in den Kampf führt, stolz und siegesgewiss.

Mirita wandte sich ab und machte sich auf den Heimweg. Niemand hielt sie auf. Draußen biss ihr der strenge Rauchgeruch in die Nase und erinnerte sie daran, dass bald ein anderes Feuer brennen würde.

Der Junge mit dem goldenen Haar. *Mein Prinz. Mein Mattim …*

Es war der Rauch, der ihr die Tränen in die Augen trieb. Der sie weinen ließ, obwohl sie doch nie weinte. Das sagte sie auch, als ihre Mutter ihr öffnete.

»Es ist der Rauch«, brachte sie heraus. »Es brennt. Es ist nur der Rauch …«

Mirita trat in die Stube, fing an zu schluchzen und konnte nicht mehr aufhören. Sie dachte, sie würde nie, nie im Leben aufhören können zu weinen, doch irgendwann kamen keine Tränen mehr. Ihr Gesicht war heiß und geschwollen. Sie öffnete das Fenster und sah auf den Fluss hinaus. Der Donua rauschte leise, und ein kühler Wind strich zärtlich über ihr Gesicht.

»Du hast Akink gerettet«, sagte ihre Mutter. »Du solltest nicht weinen, Mirita.« Sie legte ihr sanft den Arm um die Schulter. »Die Stadt ist doch gerettet?«

»Ja«, antwortete sie. »Akink ist gerettet.« Sie lauschte auf das Plätschern der Wellen gegen die Mauern. »Wir wissen, wo die Pforte ist. Mattim ...« Sie kämpfte mit diesem Namen, aber sie hatte keinen anderen für jenes Wesen dort im Kerker. *Wenn nur Akink dem Licht bleibt* ... »Mattim hat verraten, wie er hergekommen ist, um sein Leben zu erkaufen.« Sie hatte es geschafft, seinen Namen auszusprechen, aber den Namen des fremden Mädchens brachte sie nicht über die Lippen. Hanna. Man lernte so etwas nicht, weder in der Schule für die bürgerlichen Kinder noch im Kampf. Dass es Namen gab, die tiefer trafen als Pfeile, die mehr Gift in sich trugen als der Biss der Schatten. Namen, die selbst die Trauer vergifteten. Sie wollte um Mattim weinen, aber wie konnte sie das, wenn er ihr nicht einmal gehörte, sondern diesem anderen Mädchen?

»Mirita?«, fragte ihre Mutter sanft.

»Der König wird die Pforte bewachen lassen«, sagte Mirita lauter, heftig, sie stieß die Worte hervor, als wären es Messer, als könnte sie sich damit gegen den Schmerz verteidigen. »Kein Schatten wird Akink je wieder betreten. Wir haben diese Schlacht gewonnen.«

»Das ist doch gut? Warum weinst du dann, mein Kind?«

Es war nicht die Umarmung, die sie wollte, aber die einzige, die zur Verfügung stand. Sie sank gegen die Schulter ihrer Mutter.

»Er wird sterben«, wisperte sie. »Und er hat mich nie geliebt. Ich weiß nicht, was davon schlimmer ist.«

Ihre Mutter hielt sie fest. Wie stark ihre Arme waren, auch wenn sie nicht zu trösten vermochten.

»Er wird nicht sterben«, widersprach ihre Mutter. »Sagtest du nicht, er hat sein Leben erkauft? Sie werden ihn freilassen. Vielleicht ist ja doch noch etwas Gutes in ihm. Vielleicht kann er irgendwie erlöst werden und zu uns allen zurückkehren – eines Tages?«

»Sie werden ihn verbrennen«, sagte Mirita. »Morgen. Nein, Mutter, er wird nie erlöst werden. Es ist aus. Und ich bin schuld daran. Er ist bloß hergekommen, um sein Mädchen zu holen. Nicht um Akink zu vernichten. Allein ihretwegen. Ich habe die beiden zusammen gesehen, dort im Verlies. Wenn nur Akink dem Licht bleibt – das ist alles, was er wollte. Das und … und sie. Und ich habe ihn verraten. Morgen werden sie beide sterben.« Mirita hatte gedacht, sie könnte nicht mehr weinen, aber sie konnte.

»Aber du hast gesagt …«

»Sie werden brennen«, wiederholte Mirita. »Nie im Leben lässt der König ihn gehen.«

ACHTZEHN

AKINK, MAGYRIA

Mattim konnte ihn spüren, bevor er ihn kommen sah. Ein Brennen erfasste seine Haut; erst war es nur ein leichtes Prickeln, dann fühlte er, wie der Schmerz ihn übermannte.

Dort am Gitter stand der König des Lichts im weißen Gewand.

Ein Zittern durchlief Mattims Körper, er ließ Hanna los, hörte sie rufen: »Was ist mit dir?«, dann krümmte er sich schon am Boden. Das Licht verbrannte ihn. Es drang durch seine Poren und versengte alles in ihm, was dunkel war. Seine Hände krallten sich ins Stroh und schoben es hektisch beiseite, aber darunter stieß er auf harten Stein. Er konnte nicht durch den Fußboden verschwinden. Überall war Licht.

»Mattim!«, schrie Hanna. »Mattim!«

Ihm selbst fehlte die Kraft zum Schreien. Er dachte nur noch: *Akink im Licht. Akink im Licht.* Nichts anderes als das. Der Schmerz löschte jeden Gedanken aus. Den Wunsch, sich durch die Steine zu zwängen, im Boden zu versickern, zu entkommen. Da war nur noch der Schmerz.

Akink im Licht.

Dann war Hanna vor ihm und richtete ihn auf; er fühlte ihre warme, pulsierende Gegenwart vor sich. Sie schlang beide Arme um ihn, zog ihn zu sich. Ihre warme Haut, das Leben … Wie ein Ertrinkender klammerte er sich an sie und schlug die Zähne in ihre Schulter.

Der Schmerz verebbte, langsam. Löste sich auf wie der Frühnebel über dem Fluss. Aus dem brennenden Gleißen schälte sich wieder die Zelle heraus. Hanna, blass in seinen Armen, lächelte, ein winziges, süßes Lächeln, leicht wie eine Feder. Er lehnte seine Stirn gegen ihre, küsste sie ganz sanft auf die kühlen Lippen.

Dann hob er den Kopf und blickte in das Gesicht des Königs, der immer noch hinter dem Gitter stand, den Mund verzerrt vor Abscheu und Ekel, in den Augen eine solch brennende Verachtung, dass sie Mattim versengten.

»Du widerlicher, abscheulicher Parasit«, stieß Farank hervor. »Ein Wurm der Nacht, der auf der Erde kriecht und sich windet, wenn ein Sonnenstrahl ihn berührt. Ich wollte gar nicht herkommen. Die Königin hat mich überredet, sie meinte, ich sollte dich noch ein letztes Mal sehen. Ein letztes Mal! Als wenn ich so etwas wie dich je zuvor gesehen hätte! Als wenn jemals zuvor so etwas wie du meine Stadt besudelt hätte!«

»Vater …«

»Ich bin nicht dein Vater! Du bist eine Kreatur, die wir in die Erde stampfen werden wie eine giftige Schlange. Wir werden deine Asche in den Fluss streuen, wenn wir mit dir fertig sind. Und niemand – niemand! – wird je wieder den Namen aussprechen, den du mit ins Dunkel genommen hast.«

Mattim zuckte zurück vor dem glühenden Hass, der ihm entgegenschlug.

»Ihr wollt mich töten?« Die Welt schien sich um ihn zu drehen. Er hielt Hanna, die sich immer noch nicht rührte, fest in seinen Armen. Ein Blick auf ihr friedliches Gesicht gab ihm die Kraft, seinem Vater die Stirn zu bieten. »Aber ich habe euch gesagt, wo ihr die Pforte findet. Akink wird nicht an die Schatten fallen. Ich habe euch alles gesagt. Akink ist gerettet!«

König Farank musterte ihn ungerührt. »Verräter entgehen nie ihrer Strafe«, sagte er. »Ganz gleich, was sie sich erhoffen.«

»Ich bin kein Verräter!«, heulte Mattim auf. Er wollte sich gegen die Stäbe werfen, seinen Vater am Kragen packen und schütteln … Aber er hielt Hanna immer noch im Arm und blieb deshalb reglos sitzen. Ihre Lider flatterten, sie kuschelte sich enger in seine Umarmung. Als wären sie irgendwo in Budapest, vielleicht in seinem Zimmer, in Sicherheit, dort, wo niemand sah, wie sie sich küssten. »Ich war nie auf der anderen Seite! Ich habe immer zu euch gehört, immer! Ich habe dir gesagt, Vater, ich bekomme ihre Geheimnisse heraus. Nun weiß ich endlich alles. Alles! Als ich dich bat, die Pforte zu schließen, wusste ich noch nicht genug über die Übergänge. Ich bedaure sehr, dass ich dich in Gefahr gebracht habe! Frag mich. Frag mich, was immer du willst. Ich bin dein Sohn. Ich bin immer noch Mattim.«

»Mattim«, flüsterte Hanna und schlug die Augen auf.

Der König schüttelte den Kopf. »Ich habe keinen Sohn dieses Namens. Ich habe keine Kinder mehr. Das Licht wird verlöschen, mit mir und meiner Gefährtin. Der Sohn, den ich liebte, hätte das Licht bewahrt wie seinen Augapfel. Er hätte nie zugelassen, dass die Dunkelheit über uns kommt. Er hätte gekämpft bis zum letzten Atemzug und wäre lieber untergegangen, als auf die Seite des Feindes überzulaufen. Jetzt gibt es nichts mehr, was die Schatten aufhalten könnte. Aber wir werden ihnen entgegentreten, bis niemand mehr da ist. Bis sie den letzten Mann, die letzte Frau, das letzte Kind verschlungen haben. Doch bis dahin, bis dahin werden wir kämpfen.«

»Nein«, rief Mattim, »nein, bitte … Wir sind deine Kinder, Vater. Immer noch. Kunun und Atschorek und ich. Bela ist ein Wolf. Und Wilder – wusstest du, dass er heute gestorben ist, hier in Akink? Gestorben so dicht vor der Burg, vor seinem Zuhause, dein eigener Sohn?«

Das Gesicht des Königs blieb unbeweglich.

»Hast du mich nicht gehört? Wilder ist tot! Und Wilia – sie war die Wölfin, die ich getötet habe! Meine eigene Schwester, deine Tochter! Und ich hatte keine Ahnung! Wie können wir einander umbringen, wenn wir doch eine Familie sind?«

»Ich wusste es«, sagte Farank ungerührt.

»Was, du – du wusstest es? Und hast es mich trotzdem tun lassen?«

»Ich weiß, gegen wen ich kämpfe«, sagte der König. »Ich selbst habe Leander die Lanze ins Herz gestoßen, als er über die Mauer sprang!«

»Du hast …« Mattim kämpfte mit den Tränen. Er hielt Hanna eng an seine Brust gepresst und streichelte ihr Haar. Er wollte ihr die Ohren zuhalten, damit sie das nicht hörte – das! »Unser eigener Vater? Hast du denn gar kein Mitleid? Du hast es gewusst? Die ganze Zeit? Du hast mich ausgeschickt gegen meine eigenen Geschwister?«

»Sie waren nicht mehr deine Geschwister«, widersprach der Monarch kühl. »Üble Kreaturen der Finsternis, erfüllt von Bosheit und Niedertracht, blutrünstige Ungeheuer! Niemand von euch wird Akink vergiften, niemand, solange ich lebe!«

»Ich bin auch vergiftet«, weinte Mattim. »Ich bin kein Ungeheuer. Ich bin krank. Es ist, als wäre ich krank! Ich brauche menschliches Blut, aber ich kann nichts dafür. Ich wäre gestorben, wenn … wenn ich nicht … Schau mich nicht so an! Kannst du mich nicht ansehen wie jemanden, der krank ist, der dein Mitleid braucht?«

»Wärst du doch lieber gestorben«, flüsterte der König.

Hanna richtete sich auf und setzte sich zitternd auf die Bank. Sie rieb sich die Arme.

»Mattim?«, fragte sie vorsichtig.

»Das ist mein Vater«, sagte er bitter. »Der König des Lichts. Er hält mich für seinen Feind.«

Nichts schien das unbewegliche Gesicht des Herrschers von Akink rühren zu können.

»Wir müssen nicht gegeneinander kämpfen«, flehte Mattim. »Können wir nicht miteinander – leben? Lass uns nach Hause, Vater. Wir würden niemandem etwas antun. Wir würden einfach nur hier sein.«

»Das habe ich eben gesehen, wie ihr einfach nur hier sein würdet«, spottete Farank heiser.

»Wir könnten es! Wir würden uns von der Burg fernhalten. Irgendwo wohnen, wie alle hier. Nachts. Nachts können wir das. Tagsüber würden wir die Fenster schließen. Es kann gelingen. Du könntest uns alle zurück nach Hause holen. Niemand würde kämpfen, niemand müsste mehr sterben. Kein Krieg mehr. Keine Angst.«

»Was soll das sein?«, fragte der König verächtlich. »Ein Versuch, Akink zu erobern, indem du versuchst, Mitleid zu erwecken? Mitleid mit einem Parasiten, der vom Blut anderer Menschen lebt? Glaubst du wirklich, ich würde jemals zulassen, dass Ungeziefer wie du in meine Stadt kommt und sich am Blut meines Volkes sättigt? Es spielt keine Rolle, wer ihr wart – vorher. Was würden mir die Männer sagen, wenn ihren Frauen graues Fell wächst, was würden mir die Mütter entgegenschleudern, wenn ihre Kinder auf leisen Pfoten aus dem Haus schleichen? Was könnte ich den Kindern antworten, wenn ihre Väter zu reißenden Bestien werden – dass ich das riskieren musste, um meine liebe kleine Familie um mich zu haben? Das ist mein Volk da draußen. Das sind meine wahren Söhne und Töchter. Ich werde sie ganz bestimmt nicht den Schatten zum Fraß vorwerfen. Das bedeutet es, dass ich der König des Lichts bin. Lieber verbrenne ich meine eigenen … verbrenne ich jeden Schatten. Ausnahmslos.«

»Kunun hat einen Traum«, sagte Mattim. »Er träumt davon, dass wir, wenn wir wieder in Akink sind, erlöst werden. Dass wir, wenn Licht und Schatten sich begegnen, zurückverwandelt werden.«

Noch während er es aussprach, wusste er, dass es nicht geschehen würde. Hätte sonst nicht irgendetwas mit ihm passieren müssen? Immer noch war er ein Schatten und konnte nicht aufhören, das zu sein, was sein Vater hasste.

»Das Licht tut nur eines mit der Dunkelheit«, sagte der König, fast sanft klang es, aber endgültig. »Es vertreibt die Schatten und löst sie auf. Wo das Licht herrscht, kann es keine Schatten geben. Wir werden kein Mitleid mit euch haben. Morgen früh werden wir euch auf den Richtplatz bringen.«

Mattim sprang auf. Er war so schnell am Gitter, dass die Wachen den König hastig zurückrissen.

»Es war ein Handel!«, rief er. »Die Pforte gegen unser Leben. Lasst uns über die Brücke zurück. Ihr dürft uns nicht betrügen!«

»Ich denke nicht, dass wir euch irgendetwas versprochen hätten«, sagte Farank verächtlich und schüttelte die Hände seiner Wächter ab. »Nie wird ein Schatten über meine Brücke gehen, nie, solange ich der Herr dieser Stadt bin.«

»Ihr müsst uns gehen lassen!«, schrie Mattim. »Ihr müsst!«

Der König wandte sich ab. Die Soldaten drohten mit ihren Waffen. Mattim umklammerte die Stäbe, obwohl sie ihre Lanzen und Pfeile auf ihn richteten.

»Nein! Ich habe Akink gerettet! Lasst uns gehen! Lasst uns frei!«

Farank kehrte ihm den Rücken zu.

»Nicht sie!«, brüllte Mattim. »Dann lasst wenigstens Hanna frei! Sie ist unschuldig!«

Nun drehte der König sich doch einmal um. »Sie ist ein Schatten, genau wie du. Ich habe doch gerade eben gesehen, wie du sie gebissen hast.«

»Nein! Nein! Sie ist ein Mensch! Sie ist unschuldig!«

Farank schüttelte den Kopf. »Diese rührende Geschichte – ein Kind zu retten? Da wusste ich noch nicht, dass sie auf eine ganz andere Art zu euch gehört. Was sollte sie werden – deine Prinzessin auf Eliras Thron? Zum Dank dafür, dass sie eure hinterlistigen Pläne ausführt? Deine Schattenprinzessin, die Gefährtin des dunklen Prinzen? Sie wird dein Schicksal teilen. Und falls … falls du irgendwelche menschlichen Regungen in dir bewahrt hast, wirst du froh sein, dass es endlich ein Ende hat.«

»Nein!« Mattims Schreie hallten durch das unterirdische Gewölbe. »Das dürft ihr nicht tun! Nicht sie! Nicht sie! Das soll das Licht sein? Ihr seid die Guten? Ich hasse dich! Ich hasse dich, Vater! Verflucht sollst du sein! Fluch über Akink! Ihr sollt alle verdammt sein!«

Ein Klirren. »Mattim?« Hanna stand hinter ihm, legte ihm ihre Hand vorsichtig auf seinen Rücken. »Vielleicht solltest du es ihm doch sagen. Wo sich die Pforte befindet.«

Er drehte sich zu ihr um. Wie viel hatte sie vergessen? Wusste sie noch, was er ihr versprochen hatte – dass alles gut werden würde?

»Ich habe es ihnen bereits gesagt.«

»Aber dann …« Sie verstand es nicht. Noch nicht.

»Sie werden uns morgen hinrichten«, hörte er sich aussprechen. Er wunderte sich, wie ruhig er dabei klang, wie unglaublich gefasst, als hätte er schon immer gewusst, dass er auf diese Weise sterben würde. So, wie Morrit gestorben war. Er biss die Zähne zusammen, versuchte seine Tränen zu unterdrücken. Dann hielt er Hanna fest und spürte ihr Zittern. Diesmal war es nicht die Kälte.

»Wir werden wirklich sterben?«, fragte sie leise. Ihre Beine gaben unter ihr nach, aber er hielt sie fest, sodass sie nicht fiel.

»Ja«, sagte er. »Morgen. Morgen werden wir sterben.«

Sie hob den Kopf und sah ihn an. Dann streckte sie ihre Hand aus und berührte sein Gesicht.

»Wie seltsam«, sagte sie leise. »Es ist wie ein Traum. Immer wenn du mich gebissen hast, fühle ich mich, als würde ich träumen. Ich hätte nie gedacht, dass ich auf diese Weise sterben könnte. In einem Traum von Wölfen und Vampiren und einer leuchtenden Stadt. Ich dachte, es würde ein Autounfall sein. Oder vielleicht Krebs. Oder dass ich irgendwann, wenn ich uralt bin, neunzig oder hundert, einfach in meinem Bett einschlafe. Oder bin ich das etwa schon? Uralt? Ich liege in meinem Bett zu Hause und träume diesen Traum … von dir … und dann sterbe ich … und meine Familie sitzt an meinem Bett und flüstert, während ich friedlich einschlafe.«

»Ja.« Er sagte ihr nicht, dass es nicht friedlich sein würde. Er erzählte ihr nichts von den Flammen. Von den Pfeilen und Schwertern, den Äxten und Knüppeln. Sie würde schneller sterben als er. Wieder sah er den Galgen vor sich. Eines würde er wenigstens noch für sie tun können.

»Ich werde dich beißen«, sagte er leise. »Dann wirst du nichts spüren. Du wirst einschlafen und nicht mitbekommen, was geschieht.«

»Beiß mich jetzt«, bat sie. »Beiß mich, damit ich nicht eine solche Angst habe.«

Er nahm ihr Gesicht in beide Hände und küsste sie auf den Mund, auf ihre weichen, kühlen Lippen.

»Du hättest mich vergessen sollen«, murmelte er. »Nichts von alldem wäre passiert, wenn du mich einfach vergessen hättest.«

»Aber ich kann dich nicht vergessen«, sagte sie. »Ich werde dich niemals vergessen, Mattim. Was auch geschieht … dein Name wird immer noch da sein. Ich werde denken: Mattim … Mattim … Wie die Glockenschläge einer alten Uhr. Mein Herz schlägt den Takt. Ich werde an nichts anderes denken, wenn ich darauf warte, dass wir sterben. Nur an dich.«

Er küsste sie wieder. Die Sehnsucht nach Leben war so stark. Er konnte sie nicht loslassen. Leben. Ihr Leben. Sein Leben. Es war alles eins. Das war alles, was er wollte. Das, was in ihr war, was sie war. Licht. Leben. Alles, was ihm fehlte, alles, was er brauchte, alles, was er jemals gewollt hatte …

»Die Pforte ist zu?«, fragte sie leise. »Du hast Akink gerettet?«

»Verdammt sei Akink«, stieß er hervor. Er küsste sie heftiger, drängender. Der Geschmack ihres Lebens. Er konnte nie genug davon bekommen.

Hanna vergrub ihre Hände in seinem Haar und zog seinen Kopf zu sich herunter.

»Flieh«, flüsterte sie ihm ins Ohr. »Rette dich. Du musst ohne mich durch den Schatten gehen. Flieh durch die Wand.«

»Ich werde dich nicht allein lassen«, sagte er. »Niemals.«

»Geh. Bitte, Mattim. Es wird mir besser gehen, wenn wenigstens du dich rettest.«

»Und wohin?«, fragte er, er versuchte zu lachen. »Ich habe ihnen geraten, ein Feuer brennen zu lassen, dort, wo der Übergang ist. Wohin könnte ich fliehen?«

»Aus der Stadt heraus«, sagte sie leise. »Du kannst dich im Umland verstecken, dort kannst du leben, im Zwielicht. Du musst nicht zurück auf die andere Seite, du kannst hier warten, bis Kunun einen Weg findet, dich zurückzuholen.«

»Du glaubst, ich könnte das? Vor den Stadtmauern warten, bis Akink irgendwann erobert wird? Ohne dich?«

»Du musst. Wenn ich weiß, dass du in Sicherheit bist, werde ich ... wird es nicht ganz so schlimm sein. Und wenn du mich vorher beißt, nimm bitte so viel, dass ich betäubt bin. Dann werde ich nicht leiden.«

»Nein«, widersprach er, »nein! Ich bleibe bei dir.«

»Aber so fürchte ich mich doppelt«, sagte sie leise. »Für dich und für mich.«

Er hätte schon damals sterben sollen. Damals, im Fahrstuhl, als er noch unschuldig gewesen war. Als er Hanna noch nicht berührt hatte. Als es nur um sein Leben ging, nur um seines.

»Versprich mir eins, Mattim. Spring nicht in den Fluss.«

Der Fluss, den er so liebte! Wie würde es sein, ins Licht zu fallen und zu versinken ... So wie damals im Winter. Und nicht zurück nach oben zu schwimmen, sondern sich zu ergeben. Mit Hannas Blut in den Adern würde er nicht sofort sterben. Langsam, ganz langsam würde das Licht sich nach ihm ausstrecken wie mit glühenden Armen und ihn an sich ziehen.

Aber während er sich das vorstellte, wusste er schon, dass er niemals in sein Sterben einwilligen konnte, ohne wenigstens zu versuchen zu kämpfen. Er würde nicht in den Fluss springen. Das wusste er. Selbst wenn sie mit tausend brennenden Pfeilen auf ihn zielten, er würde nicht springen.

»Ich verspreche es dir. Keinen Augenblick früher werde ich gehen. Keine Sekunde früher, als ich muss.«

Er zog sie auf die Bank und legte den Arm um ihre Schulter. Im Gang standen die Wachen mit kühlen Augen.

»Kein letzter Wunsch?«, fragte Mattim. »Keine Henkersmahlzeit? Verdammt, bringt ihr wenigstens ein Glas Wasser!«

»Sonst hast du nicht so viel geflucht«, murmelte Hanna, den Kopf an ihn gelehnt. Er konnte ihr Gesicht nicht sehen, dunkle Haarsträhnen fielen über ihre Wangen.

»Ich werde mich bessern«, versprach er grimmig. »Gleich morgen.«

In seinem Kopf kreisten die Gedanken, fieberhaft, drehten sich und stoben auseinander. Wenn es ihm gelänge, die Fußfessel aufzubrechen … bloß wie, unter den Augen der Wachen? Seine Fantasie übersprang diese Hürde. Er träumte davon, wie sie beide durch die Wand glitten, in die nächste Zelle. Wie sie aus dem Verlies flohen, durch die dunklen Straßen der Stadt rannten … Aber wohin? Wohin, wenn die Pforte brannte? Wenn die Brücke bewacht wurde? Wohin nur?

Falls du irgendwelche menschlichen Regungen in dir bewahrt hast, wirst du froh sein, dass es endlich ein Ende hat.

Aber er war nicht froh. *Ich möchte sterben, einfach sterben …* Wie oft hatte er das in letzter Zeit gedacht? Doch jetzt war er bereit, um sein Leben zu kämpfen, auch wenn es nichts weiter als dieses erbärmliche, verachtenswerte Schattenleben war. *Dann ist eben nichts Menschliches mehr in mir*, dachte er zornig, *nichts, gar nichts.*

Wenn er bloß nicht die Pforte verraten hätte! Wie sollte er fliehen, wenn es keine Tür nach Budapest mehr gab? Und wenn sie ein Boot nahmen und über den Fluss ruderten? Hanna konnte es schaffen. Wenn er genug Blut getrunken hatte, konnte ihn das Boot vielleicht sogar eine Weile schützen. Aber nicht die ganze Strecke bis ans andere Ufer.

Wenn, wenn … Seine Gedanken waren wie ein wirbelnder Strudel, der ihn immer weiter hinunterriss, in eine Tiefe, von der er nichts gewusst hatte.

»Vor langer Zeit, als Magyria noch voller Zauber war, das Land der Magie … pflegten die Menschen hin und wieder die Grenzen von Traum und Wirklichkeit zu überschreiten. Sie setzten ihren Fuß in jenes andere Land, das nur einen Lidschlag von unserem entfernt ist, und besuchten dort die Schläfer. Sie kamen zu ihnen als Wölfe, suchten sie in ihren Träumen heim und sangen sie in den Schlaf …«

Dort stand die Königin mit einem Becher in der Hand. »Für dein Mädchen«, sagte sie. Ihre Augen blickten so liebevoll und gütig und traurig, als hätte sie die halbe Nacht geweint.

»Die Frau soll es holen«, befahl eine Wächterin mit scharfer Stimme.

»Geh«, flüsterte Mattim.

Hanna stand auf. Die Kette schleifte über den Boden, als sie sich dem Gitter näherte. Weit kam sie nicht; sie streckte den Arm vor, und die Königin reichte ihr den Becher durch die Stäbe. »Danke.«

»Ich hatte gedacht, vielleicht … Um den König gnädig zu stimmen, hättest du ihm nicht vorführen sollen, was er am meisten verabscheut, Mattim. Musstest du dich wirklich auf diese Weise von ihm verabschieden?«

Dass sie ihn bei seinem Namen nannte, ohne es zu merken, verstärkte den Schmerz nur noch.

Er blickte zu ihr hinüber, ohne sich von der Stelle zu rühren.

»Schau mich nicht so an«, bat sie. »So muss es nun heute zu Ende gehen, wie für alle meine Kinder.«

»Deine Kinder leben«, brachte er heraus, »zumindest diejenigen, die ihr noch nicht getötet habt.«

»Ich bin gekommen, um dich ins Bett zu bringen«, sagte Elira. »Eine Geschichte noch. Ich konnte sie dir nie zu Ende erzählen. Mach die Augen zu. Stell dir vor, du liegst in deinem Zimmer, in deinem Bett. Draußen fällt die Nacht über die Stadt wie ein dunkles Tuch. Ich sitze an deiner Bettkante, und du hörst meine Stimme. Sonst nichts. An diesem Abend schweigen die Wölfe. Es ist ganz still da draußen.«

Mattim schloss die Augen. Hanna lehnte an der Wand und nippte an dem Becher, langsam, als enthielte er nicht bloß Wasser, sondern wäre der köstlichste Trunk der Welt. Er hätte ihr sagen können, dass der letzte Schluck der beste sein würde, süß und stark wie Wein. Und dass die letzte Geschichte die beste sein würde, jedes Wort eine Verheißung und ein Gesang. Die Stimme seiner Mutter lullte ihn ein, goldene Tropfen aus Licht, die über ihn fielen wie sanfter Regen.

Er kannte die Geschichte. Atschorek hatte sie ihm bereits erzählt, aber aus dem Mund seiner Mutter klang sie anders. Es schien richtig, die Wölfe in den Wald zu verbannen, die Bedrohung von den anderen Kindern, den echten, den geliebten, fernzuhalten. Sie mussten vertrieben werden, die reißenden Bestien, die Traumfresser, die heulenden Gestalten der Finsternis.

Schlief er, oder wachte er? Er lag in seinem Bett. Wenn er sich nur nicht rührte, wenn er die Augen nur nicht öffnete, lag er wieder in seinem vertrauten Zimmer. Aber seine Kindheit, seine Jugendzeit kamen ihm vor wie geraubtes Gut, denn er war einer der anderen, einer der Wölfe. Sie hätten ihn von Geburt an aussetzen, ihn aus der Stadt jagen sollen. Er hatte nichts verloren in Akink, bei der Familie des Lichts.

»Und dann«, erzählte die Königin des Lichts, »geschah es eines Nachts, dass wieder ein Wolf in jenes andere Land geriet, das nur einen Lidschlag von unserem entfernt ist. Dort fand er ein Mädchen, schöner als der Morgen, ein Mädchen voller Licht, das nicht vor ihm erschrak. Traurig wandte er sich ab, denn er konnte sein Fell nicht abwerfen. Da rief das Mädchen den Wolf zu sich. Sie streckte die Hände nach ihm aus und hielt ihn fest. Er biss sie nicht in ihre weißen, bloßen Arme, sondern hielt still, obwohl sie alles war, wonach ihn verlangte. Sie beugte sich vor und küsste ihn auf die Stirn und sagte: Nimm teil an meiner Seele. Da erhielt der Wolf einen Teil ihrer Seele und wurde ein Mensch. Und so, Mattim, endet diese Geschichte. Gut, wie alle Märchen. Gute Nacht, mein Junge. Schlafe in Frieden.«

Er öffnete die Lider und sah, wie sie sich abwandte, das helle Gesicht nass von ihren Tränen.

»Das war's?«, schrie er. »Eine Geschichte und dann gehst du wieder? Lass uns hier raus!«

Er brüllte so laut, dass seine Stimme durch die unterirdischen Gänge hallte, tausendmal vervielfacht. »Das ist das Gute? Das ist das Licht? Das? Jenes Licht, das für die Unschuldigen kämpft? Wofür habe ich die Pforte verraten? Dafür? Damit wir hier sterben? Um zu sehen, dass ihr schlimmer seid als die Schatten? Verrat und Verrat und noch mal Verrat!« Seine Stimme wurde immer lauter. Hanna hätte sich am liebsten die Ohren zugehalten, um seine Qual nicht mit anhören zu müssen. »Weißt du nicht mehr, wer du bist? Verdammt, du bist meine Mutter! Nicht ich habe vergessen, wer ich bin. Nicht ich habe mich verloren. Ihr seid anders geworden, ihr, nicht ich! Wenn dies das Licht ist, dann will ich es nicht!«, gellte es durch das Kellergewölbe. »Ich war bereit, für Akink zu sterben, aber jetzt nicht mehr! Nicht für einen Haufen Lügner und Betrüger! Wenn dies das Licht ist, dann soll Akink finster werden, noch finsterer, und verdammt, verdammt, verdammt sollt ihr alle sein!«

Er hatte sich heiser geschrien und verstummte.

Hanna starrte in den leeren Becher wie auf etwas Fremdes, von dem sie nicht wusste, was sie damit anfangen sollte. Sie reichte ihn zurück. »Könnte ich bitte noch ein Glas Wasser haben?«

Eine der Wächterinnen trat vor, streckte den Arm durch die Stäbe – und im selben Moment war Mattim am Gitter. Er packte die Hand der Frau, und noch bevor sie reagieren konnte, schlug er die Zähne hinein.

Die übrigen Wächter schrien auf. Zwei Pfeile schwirrten durch die Luft, der eine prallte gegen die Eisenstäbe, der andere traf Mattim, aber er riss ihn heraus, ohne auf den Schmerz zu achten.

Die gebissene Wächterin stand einen Moment lang zu Tode erschrocken da. Dann fiel sie einfach um – doch bevor sie auf den Boden aufschlug, sprang ein geschmeidiger grauer Wolf aus der Uniform und huschte den Gang hinunter.

Mattim lachte wild auf.

»Keine Gnade!«, schrie er. »Hörst du das, Mutter? So verabschiede ich mich von dir. Keine Gnade! Ich bin nicht euer Sohn. Ein Ungeheuer! Nichts als ein Ungeheuer!«

»Mattim.« Hanna hielt ihn fest. Sie umschlang ihn mit aller Kraft und zog ihn in die hintere Ecke der Zelle zurück. »Hör auf! Mattim! Bitte, hör auf!«

Er klammerte sich an sie und weinte in ihr walddunkles Haar.

NEUNZEHN

BUDAPEST, UNGARN

Der Qualm war schwarz und dick wie eine Wand. Kunun zögerte einen Moment und brachte sich durch einen Schritt rückwärts wieder in Sicherheit.

Der junge Mann an der Kasse sagte gerade: »Wir haben geschlossen.« Sein Mund blieb offen stehen. Entgeistert starrte er den Vampir an, der genauso geheimnisvoll aus dem Nichts auftauchte, wie er verschwunden war, und eine Wolke von Brandgeruch mitbrachte. Der blonde Junge blieb wie vom Erdboden verschluckt.

Kunun klopfte sich die Asche aus dem Anzug. Die Ruhe, die er ausstrahlte, wollte so gar nicht zur Situation passen.

»Dann miete ich das Labyrinth für eine Privatführung. Das geht doch?«

Der Ticketverkäufer stammelte verstört: »Ja, ja, sicher«, blickte sich hilfesuchend um und zuckte zusammen, als Atschorek und Peron die Treppe herunterhasteten.

»Kunun!«, rief Atschorek. »Ist Mattim weg? – Dann müssen wir ihm nach! Wir müssen ihn zurückholen!«

»Er ist in der Stadt«, sagte Kunun langsam. »Mattim ist in Akink. Deine Pforte funktioniert«, meinte er zu Peron gewandt. »Aber sie brennt.«

»Mattim ist durchs Feuer gelaufen?« Atschorek riss entsetzt die Augen auf.

»Es war unmöglich, ihn da rauszuholen.« Kunun blieb ernst und gefasst. »Mittlerweile hat er es vielleicht schon geschafft, auf sich aufmerksam zu machen und den Übergang zu verraten.«

»Das ist genau das, was er von Anfang an tun wollte«, sagte Atschorek finster. »Also müssen wir sofort handeln, bevor er sein Wissen verkaufen kann. Wir rufen unsere Leute zusammen, besorgen für alle Schutzanzüge von der Feuerwehr und …«

»Nicht so schnell«, befahl der Schattenprinz. »Wir wissen nicht, was uns da drüben erwartet. Ich werde ganz bestimmt nicht stundenlang durch Feindesland laufen und versuchen, meinen Bruder zu finden. Was ist da drüben passiert, Peron? Erzähl mir alles über das Feuer. Erzähl mir, wie ihr versucht habt, den Wolf zu fangen.«

Der neue Schatten berichtete folgsam die Ereignisse.

»Der Vorratskeller? Ich hatte eben nicht den Eindruck, dass ich mich in einem Keller befunden habe, so wie hier. Mindestens das Haus darüber ist eingestürzt. Wir würden direkt in die Löscharbeiten platzen. Bestimmt ist die ganze Stadt auf den Beinen.«

»Gibt es was Besseres?« Atschoreks Augen glänzten vor Vorfreude.

Kunun bremste ihren Tatendrang. »Wir werden Akink noch früh genug mit unserem Besuch beehren. Das Wichtigste ist jedoch zunächst, dass wir Mattim zurückholen. Ich werde unsere Leute ganz bestimmt nicht diesem Qualm aussetzen. Ich werde niemanden«, wiederholte er mit Nachdruck, »ins Feuer schicken.«

»Aber …«

»Wir holen den kleinen Verräter zurück, keine Sorge. Lass mich nur kurz … Es ist alles in die Luft gegangen, Peron, sagtest du? Hast du es noch gesehen?«

»Der Wolf hat mich gebissen, in dem Moment, als das Feuer aufflammte.«

In Kununs Gesicht leuchtete etwas auf. »Dann ist Wilder hier.«

»Was?«, rief Atschorek. »Du meinst, er ist mitgekommen? Hierher?«

»Glaubst du, er lässt sich freiwillig verbrennen? Mit Feuer kennt unser Bruder sich aus. Er ist ganz sicher hier.« Der Schattenprinz wandte sich dem Angestellten des Labyrinths zu, der hinter ihnen stand, alles mit angehört hatte und so zu tun versuchte, als sei er gar nicht da.

»Hat jemand hier unten einen Wolf gesehen?« Die Augen des Befragten wurden noch größer. Freundlich gab der Vampiranführer weitere Informationen preis. »Einen großen, langbeinigen Wolf. Rötliches Fell, das bei dieser Beleuchtung hier allerdings auch grau gewirkt haben könnte. Er war ein hübscher, rothaariger Bursche, als er noch ein Mensch war. Nun? Nichts?«

»Nein – nein«, stotterte der Mann.

»Dann gehen wir besser mal nachsehen«, schlug Atschorek vor und hakte sich bei ihm unter. »Kommen Sie mit. Sie wollen doch bestimmt ebenfalls sichergehen, dass sich kein Wolf hier im Labyrinth herumtreibt?«

»Du verstehst immer ganz genau, was ich denke«, lobte Kunun anerkennend.

»Wie heißen Sie eigentlich?«, fragte seine Schwester fröhlich weiter.

»Tibor.«

»Ah, Tibor! Lassen Sie sich nicht davon irritieren, dass wir über Dinge gesprochen haben, die sich für Sie sehr verrückt anhören müssen.« Munter plaudernd zog sie ihn weiter.

»Komm.« Kunun winkte Peron und betrat den Gang durchs Labyrinth von der anderen Seite her, sodass sie die beiden anderen irgendwo auf halbem Weg treffen würden, sofern nicht einer von ihnen zuvor auf den Wolf stieß.

»Ich glaube, ich verstehe nicht ganz, was hier gerade geschieht.«

»Oh, ganz einfach. Wir retten Mattim. Und wir erobern Akink. In dieser Reihenfolge.«

»Du willst ihn retten? Eben meintest du doch noch, er würde die Schatten verraten.«

»Das wird er auch«, bestätigte Kunun. »Mattim glaubt immer noch, er müsste für das Licht kämpfen. Ich weiß das. Ich kenne diesen kleinen Bastard besser, als er denkt.«

»Wie sprichst du über den Prinzen?«, wunderte sich Peron. »Seid ihr nicht seine Gefolgsleute? Er ist der Prinz der Schatten, oder nicht?«

»Prinz«, flüsterte Kunun, als hätte in diesem Wort einst eine Verheißung gelegen, die sich nie erfüllt hatte. »Du weißt nicht, wer ich bin, nicht wahr? Der König des Lichts hat unsere Namen aus den Chroniken gelöscht. Unsere Porträts abgehängt. Wir schulden ihm nichts mehr, bis der Wolf die Zähne auch in seinen königlichen Hals geschlagen hat.«

»Du bist auch einer von Faranks Söhnen? Es heißt, sie seien längst tot, von der Dunkelheit verschlungen.«

»Ich bin der Älteste«, sagte Kunun. »Der Erbe von ganz Magyria. Der Erbe des Lichts. Und ich werde dem Licht abringen, was mir zusteht. Aber erst«, er lächelte, »erst retten wir meinen kleinen Bruder. Falls sie ihn nicht schon quer durch die Stadt gejagt und in den Fluss geworfen haben. Die Sache eilt ein bisschen. In Akink gibt es keine Gnade für unsereins.«

»Wilder!« Atschorek rief leise. Ihre zärtliche Stimme lockte. »Wilder, bist du hier?«

Auf ihrem Weg durch das Labyrinth hatte sie Tibor bei der Hand gefasst und zog ihn wie einen unwilligen Liebhaber durch die schummerigen Gänge. Kleine Lampen warfen ihr Licht auf Höhlenmalereien und Kunstobjekte. Dazwischen führten Abzweigungen ins Dunkel, finstere Nischen bargen Geheimnisse. In jeder von ihnen hätte sich ein Wolf verbergen können, geduckt, abwartend. Ein wilder Wolf, der den Verstand verloren hatte, ein Tier, rasend vor Zorn und Angst, den Geruch des Feuers noch im Nacken, das Blut eines Menschen auf der Zunge.

»Wilder? Komm zu mir, Wilder. Ich weiß, dass du mich liebst. Komm her.«

»Dieser Mann«, sagte Tibor, »der in dem komischen Kostüm … der wurde also hier unten gebissen?« Es klang wie eine Frage, auf die er die Antwort lieber nicht wissen wollte.

»Nein«, gab Atschorek zurück. »Nicht hier. In Akink. Sie sind danach hergekommen. Aber du musst jetzt still sein. Ich will ihn hören, wenn er hier irgendwo ist. – Wilder! Wilder, Bruderherz, komm zu mir!«

»Sie sind doch hoffentlich bewaffnet, oder?«, fragte der Ticketverkäufer mit bebender Stimme.

»Nein, ich …«

»Nicht?« Er stieß ein leises Japsen aus, dann riss er sich los und stürzte den Gang wieder hinunter.

»Nein«, rief sie ihm nach, »Tibor, nicht! Bleiben Sie hier!«

Der junge Mann rannte, duckte sich unter die niedrige Decke, hastete weiter. Nur weg. Weg, so schnell wie möglich. Fort aus diesem Albtraum. Sie waren hier alle verrückt, alle, und es war ansteckend. Wie sonst war zu erklären, dass er gesehen hatte, wie jemand sich vor seinen Augen in Luft auflöste? Ein irrsinniger Albtraum …

Aber der Wolf war real. Wie ein riesiger Schatten schob er sich aus der Finsternis, lautlos. Es war kein Märchen, dass die Augen der Wölfe bei schwacher Beleuchtung zu glühen schienen. Riesige, runde Augen.

Tibor blieb stehen. Ein Schluchzer entschlüpfte seiner Kehle.

»Nicht hier«, hörte er die scharfe Stimme des Mannes sagen, der verschwinden konnte. Ebenso lautlos wie der Wolf war er von irgendwoher aufgetaucht – aus dem Fels? Tibor dachte nicht daran, dass es sein eigener Aufschrei gewesen sein könnte, der den Mann hergerufen hatte.

»Nein«, flehte er. »Nehmt ihn da weg, bitte, bitte!«

»Nicht hier«, wiederholte der große, dunkelhaarige Fremde mit dem asiatischen Aussehen. »Tibor? Geh rückwärts. Ganz langsam. Schau ihm nicht in die Augen. Sieh zu Boden, beachte ihn gar nicht. Einen Schritt, noch einen … Gut machst du das. Komm hierher. Nur noch ein paar Schritte. Ich weiß ungefähr, wo wir sind. Ausgezeichnet. Es war ein kluger Schachzug von dir, Wilder, in die Gewölbe zu gehen. Hinunter, unter die Straßen. Du bist der Klügste von allen, Bruder. Ja, so ist es gut.«

Von plötzlicher Hoffnung erfüllt gehorchte Tibor und bewegte sich wie in Zeitlupe rückwärts. Er starrte auf den Boden, doch dann, er konnte nicht anders, warf er dem Tier einen verstohlenen Blick zu und erschrak. Langsam, sanft einen Fuß vor den anderen setzend, folgte der Wolf ihm, sodass der Abstand zwischen ihnen sich nicht verringerte.

»Bitte«, jammerte Tibor. »Ich bin bloß die Aushilfe. Ich bin Student, ich mache das nur stundenweise. Ich weiß gar nichts. Ich verdiene mir hier bloß was dazu. Ich weiß von nichts. Ich habe nichts gesehen.«

Der schwarzhaarige Fremde nickte, als der Wolf den Kopf hob und ihn anstarrte, die schimmernden Zähne entblößt.

»Gut so, Wilder«, sagte er. »Du kennst mich. Vergiss das nicht. Du weißt, wem du zu gehorchen hast. Und nun sieh ihn an. Er ist die Beute.«

»Was?«, heulte Tibor auf. »Das ist doch …« Er rannte im selben Moment los, als der Wolf sprang. Ein rasender Schmerz durchfuhr ihn, gleichzeitig fühlte er das Gewicht des Tieres auf sich, und genau als er dachte: »Das ist das Ende«, als er so laut schrie, dass ihm war, als würde die Höhle über ihm einstürzen, setzte der Wolf elegant seinen Sprung fort, als wäre nichts gewesen, und verschwand in der Dunkelheit.

»Was ist passiert?« Atschorek kam auf klappernden Absätzen angerannt. »Hat er … hat Wilder ihn …?«

Kunun riss den jungen Mann in die Höhe. Blut färbte seinen Kragen dunkelrot.

»Er lebt«, stellte er zufrieden fest. »Hast du's noch nicht gemerkt? Du lebst, Mann. Oh Atschorek, Wilder ist perfekt. Er ist so gut! Wenn ich das gewusst hätte … Er hat sich ganz anders im Griff als Bela. Wir hätten von Anfang an ihn nehmen sollen.«

»Wir haben die zweite Pforte!«, rief Atschorek atemlos.

»Ich gehe hindurch«, kündigte Kunun an. »Jetzt. Du trommelst in der Zwischenzeit unsere Mannschaft zusammen. Sie sollen noch ein paar Leute ins Gewölbe herunterbringen. Wenn ihr Wilder dazu bewegen könnt, weitere Türen zu öffnen, an verschiedenen Stellen hier im Labyrinth, das wäre perfekt. Der Krieg hat begonnen.«

»Ich brauche einen Arzt«, zeterte Tibor.

»Peron, du klärst ihn auf«, befahl Kunun. »Sag ihm, was mit ihm passiert ist, bevor er durchdreht. Atschorek, du bereitest den Angriff vor.«

»Geh da nicht alleine rein«, bat sie. »Kunun, sosehr du dir das auch wünschst … Glaub mir, ich weiß, wie lange du darauf gewartet hast. Aber wir sollten mit allen gehen, gleichzeitig. Ein Schatten allein … du weißt, was sie dir antun können!«

»Ich weiß«, sagte Kunun. »Gerade deshalb muss ich mich beeilen. Die Nacht schreitet voran. Wenn ich warte, bis alle hier sind, ist Mattim verloren.«

Atschorek zögerte. »Und wenn schon? Ob er die Pforte verrät oder nicht, ist irrelevant, da wir Wilder haben. Es sieht dir nicht ähnlich, dich für jemanden zu opfern, der uns bei jeder Gelegenheit in den Rücken fällt.«

»*Kleiner Bruder bringt den Sieg*«, zitierte er die Prophezeiung.

»Ach, Kunun, nicht das schon wieder!«

»*Szigethy-Blut für die Stadt* … Atschorek, diese beiden sind der Schlüssel. Mattim und Réka. Ich hole ihn da raus. Und er wird Akink für uns erobern. Er ist derjenige, der es kann.«

»Selbst wenn er es könnte …«

Sein dunkler Blick ließ sie verstummen.

»Ich werde tun, was ich für richtig halte«, sagte Kunun. »Wage es nicht, mich aufzuhalten.«

»Dann lass mich mit dir gehen! Zu zweit mischen wir die Stadt tüchtig auf.« Sie lächelte erwartungsvoll.

»Wer soll den Kampf anführen, wenn wir alle in Akink steckenbleiben?«

»Das wird nicht passieren! Wir sind Schatten. Wir werden auftauchen und verschwinden und ihnen die Hölle heißmachen. Sie werden erzittern vor dem Schrecken, den wir über sie bringen.«

»Nicht, wenn wir ein Ziel haben«, sagte er. »Hanna wird im Verlies sein, und wenn sie Mattim erwischt haben, wovon ich ausgehe, ist er auch dort. Wir müssen in die Höhle des Löwen. Sobald sie merken, dass noch mehr Schatten in der Stadt sind, werden sie es womöglich sehr schnell beenden.«

»Man kann einen Schatten nicht ins Verlies sperren!«

»Oh doch«, widersprach er. »Glaub mir, Atschorek, man kann. Einen Schatten, der unerfahren ist und allzu schnell vergisst, wozu er fähig ist, allemal.«

»Dann lass mich gehen.«

Kunun betrachtete ihr schönes weißes Gesicht. »Nein, meine Liebe. Du würdest vielleicht gerade mal die Burg finden … aber warst du jemals in den Kellergewölben unter Akink? Oder im Verlies? Die Stadt ist ein riesiges Labyrinth, wenn man sich nicht auskennt.«

»Geh nicht allein, Kunun. Am Ende verlieren wir dich auch noch. Gib Mattim auf, er ist es nicht wert. Du bist unser König.«

»Vergesst nicht, Wilder einzufangen«, sagte er.

Tibor gab ein leises Stöhnen von sich, als der hochgewachsene Vampir direkt vor ihm verschwand.

Kunun fiel nach vorne, von einer Finsternis in die andere. Um ihn her krachte und klirrte es, als ob etwas über den Boden rollte. Er konnte nicht das Geringste sehen, aber dem Klang nach zu urteilen war dies kein riesiges Gewölbe, sondern ein kleiner Raum irgendwo unter der Erde.

Vorsichtig stützte er sich mit den Händen auf. Raues Holz bohrte sich in seine Haut, Splitter gruben sich unter seine Fingernägel.

Er horchte. Sog die feuchte Luft durch die Nase ein. Der Duft von Zwiebeln, Äpfeln, Rüben. Kellergeruch. Ein Keller, der zu irgendeinem der vielen Häuser gehörte, die sich um die Burg scharten.

Der Schattenprinz lächelte in die Dunkelheit, während er

sich aus den umgestürzten Kisten befreite. Der Lärm hatte zum Glück niemanden herbeigelockt, alles blieb ruhig. Er tastete nach einer Leiter oder einer Treppe, und da war sie – eine schmale, steinerne Stiege, die ihn bis unter eine Falltür führte. Als er mit dem Kopf anschlug, rieselte Staub in sein Haar. Mit beiden Händen stemmte er sich dagegen, stieß jedoch auf Widerstand. Sofort hüllte ihn eine noch größere Staubwolke ein.

Kunun unterdrückte den Hustenreiz und stieg wieder nach unten. Er konnte nicht die Hand vor Augen sehen, das machte es nicht einfacher, etwas zu finden, womit er die Tür aufbrechen konnte. Er tastete sich durch das Gerümpel, bekam die schmalen Latten einer Holzkiste zu fassen und brach eine ab. Oben versuchte er sie in den schmalen Spalt zwischen Wand und Falltür zu drücken. Wieder bohrten sich Splitter in seine Hände. Wütend hämmerte er mit der Latte gegen das Hindernis, zwang sich jedoch sofort wieder zur Ruhe. In einem Haus, in dessen Keller es polterte, würde man schwerlich einfach die Falltür öffnen, um ein Ungeheuer herauszulassen. Die Familie oder die Dienstboten würden unverzüglich die Wache rufen.

Die Vorstellung, wie sie ihm siedendes Öl über den Kopf gossen, ließ ihn innehalten. Er stieg wieder hinunter und tastete sich zur Wand. Das Dunkel hier unten war nicht direkt Schattendunkel. Kein Lichtstrahl fiel in den Raum, keine scharf umrissenen Durchgänge boten sich an. Und doch, war nicht jede Dunkelheit, die das Licht ausschloss, Schatten? War er nicht der Prinz der Dunkelheit? Wer hatte die Regeln bestimmt, nach denen er nur durch Schatten gehen konnte?

Kunun fasste gegen die Wand und berührte raue Ziegelsteine. Er tauchte beide Hände ins Schwarz und machte einen entschlossenen Schritt hindurch.

Der zweite Kellerraum war größer als der erste. Der Schattenprinz konnte es riechen, konnte spüren, dass ihn hier das Dunkel anders umgab. Er streckte die Hände aus. Direkt neben ihm war ein Holzregal … Fässer … Nur einen Schritt weiter nach rechts und er hätte beim Durchqueren der Wand ein mannshohes Regal umgestoßen. Vor ihm befand sich eine große Holzkiste, über die er hinwegkletterte.

Der Boden war glatt. Irgendwo wisperten Mäuse. Die Treppe war breiter als die im Nebenraum und endete nicht unter der Decke, sondern vor einer schmalen, aufrechten Tür. Der Schattenprinz biss die Zähne zusammen und glitt durchs Dunkel.

Es roch nach Rauch, nach demselben Qualm, den er auf seinen Kleidern trug. Rasch sah er sich um. Wohlhabende Leute lebten hier, das hatte er schon im Keller gemerkt. Sanftes Dämmerlicht erfüllte die Stube. Aus einem der anliegenden Zimmer kamen Stimmen und leiser Gesang. Er spähte durch den Türspalt. Ein Kindermädchen saß auf einem Korbstuhl zwischen zwei Betten und streichelte Kinderhände. Heute schliefen die Kleinen unruhig und weinten vor Angst.

Kununs Schuhe quietschten leise, als er zur Haustür schlich.

»Wartet einen Moment, bitte.«

Das Mädchen kam aus dem Schlafraum, sah sich um. »Seid Ihr zurück? Ich dachte …«

Sie stand so dicht neben dem Vorhang, hinter dem er sich verbarg, dass er die Hand nach ihr hätte ausstrecken können. Ihr helles, freundliches Gesicht schimmerte. Was würden die Besitzer dieses schönen Hauses sagen, wenn sie zurückkamen und drei Wölfe vorfanden, einen großen und zwei kleine?

Aber die junge Kinderfrau bemerkte ihn nicht. Den Eindringling, der nicht atmete. Sein Herz schlug nicht, und sein Lächeln war unhörbar.

Später. Später, nicht jetzt. Nicht, wenn diese Pforte im Nachbarkeller die einzige war, die nach Akink und wieder zurück führte. Nichts würde er tun, um jemandes Verdacht auf dieses Haus zu lenken. Leise, sehr leise öffnete er die Haustür und trat hinaus auf die Straße.

Er sah zurück. Prägte sich das Gebäude ein. Die dunkelgrüne Tür war schön breit, unzählige Blumenranken und Vögel aus feinem Schnitzwerk wucherten darauf, und in der Mitte prangte ein Löwe, dessen Maul einen eisernen Ring umschloss. Auf der anderen Straßenseite brannte eine trübe Laterne. Der Rauch waberte auch hier noch über den Köpfen, doch das Feuer hatte diese Straße verschont. Kunun blickte nach rechts und links und schlug dann den Weg in die Richtung ein, wo er Perons Pforte vermutete. Er ging nicht zu schnell und bemühte sich nicht, sein Gesicht zu verbergen. Mattim konnte nicht unbemerkt durch diese Stadt spazieren, den wahren Thronerben dagegen hatten die Leute längst vergessen. Niemand lebte mehr hier, der in ihm den verlorenen Prinzen hätte erkennen können, außer seinen Eltern, denen er wohl kaum in diesen verräucherten Gassen begegnen würde.

Die ganze Stadt war trotz der späten Stunde in Aufruhr. Die Glocke der Feuerwache läutete nicht mehr, aber die Kette der Wasserträger war noch nicht aufgelöst worden. Immer noch schleppten die Menschen Wasser aus dem Fluss herbei. Ein Eimer wurde von einem zum anderen weitergereicht, rasch ging es zur Brandstelle und ebenso schnell wieder zurück. Der Rauch wurde hier dichter, er hörte die Leute husten.

»Aus dem Weg!«, rief jemand.

Er gesellte sich zu denen, die sich mit Zuschauen begnügten. Der Qualm verbarg, wie viele Häuser dem Feuer zum Opfer gefallen waren, daher ergingen die Leute sich in wilden Spekulationen über die Ausmaße der Katastrophe – es konnte genauso gut ein einziges Haus sein, direkt über dem Keller, in den sie den Wolf hineingetrieben hatten, bis zu einer ganzen Häuserzeile oder gar der halben Stadt.

Kunun blieb stehen und lauschte, um zu erfahren, was aus Mattim geworden war. Niemand sprach davon, dass man einen Schatten gefangen hatte. Nur über den Wolf zerrissen sie sich das Maul. Ein weiteres Thema waren die Häuser, die bis vor kurzem hier noch gestanden hatten, und die Vorräte, die nun niemand mehr essen konnte.

»Ob es wohl stimmt«, tuschelte jemand neben ihm, »dass dort regelrechte Gelage abgehalten worden sind? – Dann ist es ja kein Wunder, irgendwann musste so etwas passieren!«

Auch über Peron sprachen sie, obwohl sein Name nicht fiel. Um die Verlorenen ging es, die armen Bürger, die mit in den Tod gerissen worden waren.

»Gut für seine Frau, dass sie ihn nie wiedersehen wird«, sagte einer. »Besser Witwe sein als einen Schatten zum Ehemann zu haben.«

Kein Wort von Mattim.

Kunun schöpfte Hoffnung. Vielleicht war es noch nicht zu spät. Vielleicht hatte sein Bruder es tatsächlich geschafft, bis zur Burg zu gelangen und Hanna aus dem Verlies zu befreien. Aber wohin hätte er mit ihr fliehen sollen – hierher? Die Wache auf den Fersen? Gewiss nicht. Die beiden brauchten jemanden, um sie zu der anderen Pforte zu führen.

Widerwillig regte sich Bewunderung in ihm für seinen Bruder. Jedenfalls war er nicht so dumm gewesen, zu

Mutter und Vater zu rennen und um die Freilassung seiner Liebsten zu betteln. Kunun traute Mattim so einiges an albernen Torheiten zu.

Auf dem großen Platz blieb er stehen und schaute an dem Richtholz hinauf. Sein Gesicht zeigte keine Regung.

Akink. Das hier war Akink. Es berauschte ihn, durch die vertrauten Straßen zu gehen, doch er hatte sich in der Gewalt. Hundert Jahre Budapest. Hundert Jahre, in denen er miterlebt hatte, wie eine Stadt sich veränderte, Kriege durchlebte, litt und sich wieder aufschwang – aber hier war alles noch wie vor hundert Jahren. Es war immer noch das Akink seiner Kindheit, seiner Jugend, die Stadt des Lichtkönigs, durch die der ahnungslose junge Kunun auf einem großen grauen Pferd geritten war, den Kopf hoch erhoben, um sich her wie ein weiter, schwingender Umhang das strahlende Leuchten des Erstgeborenen. Jeden Morgen öffneten sich die Tore der Burg, und er ritt durch die Straßen und brachte den Tag. Die Menschen öffneten die Fenster, nickten ihm zu und lächelten, und der Schein glühte über ihre Gesichter.

Sonne von Akink …

Nicht seinen Vater. Ihn hatten sie so genannt. Wenn er stehenblieb und an einem Haus hinaufsah, winkten die Kinder. Schöne junge Mädchen neigten scheu die Köpfe und lächelten verschämt. Jede, der er zulächelte, hätte seine Lichtprinzessin werden können, jede hätte die Arme nach ihm ausgestreckt und mit leiser Stimme seinen Namen geflüstert. Aber keine von ihnen hatte er gewählt. Er hatte geglaubt, er hätte genug Zeit. Stark und schön und jung, wie er war …

Kunun träumte, während er durch die Vergangenheit schritt, über die uralten Steine. Akink. Eine Stadt, über der nun wohltuende Dunkelheit lag. Aus der Pforte, von der sie nichts wussten, quoll die Finsternis, die er bringen würde. Wölfe. Wölfe und Schatten. Und dann – dann! Wenn diese Stadt erst ihm gehörte, würde es sein wie damals. Er wusste das. Hier war das Licht zu Hause. Hier war alles, wonach er sich sehnte, alles, wovon er träumte. Hier.

Das Leuchten der Burg zog ihn magisch an. Er ging, fast ohne zu merken, wie seine Beine sich ohne sein Zutun bewegten und ihn den Weg hinaufzogen, nach Hause. Nach Hause!

»Wohin?«

Der Wächter, der ihn aufhielt, musterte ihn ohne Erkennen. Beugte sich nicht, redete ihn nicht mit seinem Titel an. Dies war nicht mehr das Akink von vor hundert Jahren. Kunun hoffte nur, dass dem Mann das Pflaster nicht auffiel, das die Begegnung mit dem Schattenwolf verdeckte.

»Soll es nicht eine Hinrichtung geben?«, fragte er.

»Bei Sonnenaufgang«, sagte der Wächter.

»Morgen früh also. Ich kann es kaum erwarten.« Er wandte sich um, zurück zum Richtplatz, als er die leisen, klirrenden Schritte der Wächter hörte.

Das Burgtor hatte sich geöffnet, und zahllose Gestalten in den dunklen Uniformen der Wache strömten heraus. Sie stampften nicht, dröhnten nicht, sie hörten sich überhaupt nicht an wie marschierende Soldaten. Nahezu lautlos schwärmten sie aus, als hätte ein Kind mit einem Stock in einem Ameisenhügel gestochert. Im ersten Moment glaubte Kunun, dass es ihm galt, denn sie hielten genau auf ihn zu. Irgendetwas hatte ihn verraten, seine Kleidung vielleicht, wenn es nicht doch das Pflaster über der Kratzwunde gewesen war. Den Impuls, sich umzuwenden und zu fliehen, unterdrückte er; eine Lanze in den Rücken war schlimmer als alles, was ihm von vorne begegnen konnte.

Stocksteif blieb er stehen und sah die Stadtwächter herankommen, doch sie beachteten ihn gar nicht. Ihre Gesichter waren ernst und erschrocken, die Augen geweitet. Die Aufmerksamkeit auf eine andere Beute gerichtet, eilten sie an ihm vorüber, den Hügel hinab und in Richtung Fluss. Im ersten Augenblick erwog er, ihnen zu folgen. Wenn es um Mattim ging … Möglicherweise gelang es ihm, zusammen mit seinem Bruder den Wachen zu entfliehen. Aber der Kleine war stur – ohne Hanna würde er nicht mitkommen.

Der Schattenprinz wartete eine geraume Weile, bis der letzte Wächter vorbeigehuscht war. Fast schien es, als wollte der Strom niemals versiegen, doch schlussendlich schwangen die Flügel des Tores wieder zu.

Kunun zögerte kurz, dann ging er um die Burg herum zu einem der Nebeneingänge, wo zwei Männer an der Mauer der Wachstube lehnten. Das war ungünstig; früher hatte hier immer nur ein Posten Dienst gehabt. Zwei Wachen gleichzeitig anzugreifen war zu gewagt, denn sobald einer Alarm schlug, war alles verloren. Der Prinz wandte sich wieder um und beschloss, dem Tross zu folgen.

Um unauffällig an eine Uniform zu kommen, musste er den exakt richtigen Zeitpunkt abpassen, denn viele Leute beobachteten aus ihren Fenstern, wie die Stadtwächter alle Passanten von der Straße scheuchten und sich zu einer Gasse formierten. Stille breitete sich aus wie eine ansteckende Krankheit. Nach und nach verstummten alle Geräusche, niemand rief nach seinen Freunden, niemand fragte, was los sei. Ängstliche Erwartung legte sich über die spärlich beleuchteten Häuserschluchten. Bleiche Gesichter lugten vorsichtig durch die Scheiben, aber die Türen blieben verschlossen.

Kunun trat in eine schmale Seitengasse und wartete dort im Schatten zwischen den Gebäuden. Irgendwann ging ein

Raunen durch die Reihen, und danach wurde das Schweigen noch tiefer. Dann entdeckte der Vampir, zwischen den Wachen hindurch, die ihm die Aussicht versperrten, den blonden Haarschopf seines Bruders.

Bis zu diesem Moment hatte Kunun hoffen können, dass Mattim es doch irgendwie geschafft hatte. Jetzt wünschte er sich nur, dass der Junge in der waffenumsäumten Straße keine einzige falsche Bewegung machte. Der junge Prinz gehörte ja nicht unbedingt zu den Einsichtigsten – einem wie ihm war durchaus zuzutrauen, dass seine Nerven versagten und er versuchte, irgendwo durchzubrechen. Das wäre sein Ende.

Die Wächter standen stocksteif da. In der Stille war ihr angespanntes Atmen zu hören, Schweiß glänzte auf ihrer Haut.

Bei allen, an denen der Junge vorbeigegangen war, war die Erleichterung sichtbar und hörbar. Seufzend entspannten sich die Gesichter, und die Soldaten beider Reihen fanden sich wieder zusammen und marschierten dem Gefangenen nach.

Kunun trat durch eine Hauswand, durchquerte mit zwei schnellen Schritten ein leeres Zimmer und wagte einen prüfenden Blick aus dem kleinen Fenster. Hier war Mattim gerade vorbeigekommen, und die Wächter fügten sich dem Trupp ein. Die Laterne auf der anderen Straßenseite warf die Umrisse der Männer auf die Hauswand. Perfekt.

Der Schattenprinz glitt durch die Wand, umfasste den nächsten Wachmann und zog ihn rücklings zurück in ihrer beider Schatten. Schon standen sie wieder in dem Zimmer. Kunun hielt seinem Opfer den Mund zu und grub seine Zähne in dessen Hals, direkt über dem speckigen Kragen.

Der Mann erschauerte, ein erstickter Schrei drang durch

Kununs immer noch unerbittlich zupackende Finger, dann verwandelte sich der Wachmann in die Gestalt des Wolfs.

Der Vampir sammelte die Kleider vom Boden auf und zog sich hastig um, während sich das Tier verwirrt in eine Ecke duckte, seltsam menschlich, noch nicht ganz in der neuen Existenz angekommen. Es sah aus, als wollte es gleich losheulen. Kunun kniete sich hin und hielt ihm die Schnauze zu.

»Still!«, zischte er. »Ein Laut, und sie werden dich zu Tode prügeln. Sie hetzen dich durch die ganze Stadt. Verkriech dich. Das Haus ist bewohnt; wenn dich jemand hier sieht, bist du verloren. Lauf nicht auf die Straße, nicht jetzt. Ich lasse das Fenster offen. Wenn wirklich niemand mehr draußen ist, springst du hinaus und versuchst zum Fluss zu gelangen. Du bist ein Wolf, das Wasser kann dir nichts anhaben. Schwimm auf die andere Seite. Verstanden?«

Panik würde in der Stadt ausbrechen, wenn noch ein Wolf gesichtet wurde. Die Leute konnten Schattenwölfe und normale Wölfe nicht voneinander unterscheiden; schon ein zweites Tier würde ihnen das Gefühl geben, dass ganz Akink in Todesgefahr schwebte. Dieses Geschöpf musste daher so unauffällig wie möglich verschwinden, auch in seinem eigenen Interesse. Meistens waren die Neuen schlau genug, um das rasch zu begreifen.

Mitleiderregend starrten die runden Augen Kunun an.

»Akink wird uns gehören«, sagte der Vampir leise und trat durch den Schatten hinaus auf die Straße.

Er ließ sich treiben im Strom der Wachsoldaten, die zurück zur Burg strebten, und bekam hautnah mit, wie sich das furchtsame Schweigen allmählich in Wut und Rachsucht verwandelte. Die den Akinkern anerzogene Ruhe und Gelassenheit schlug nach dieser Feuerprobe ins Gegenteil um.

»Wir hätten ihn auseinandernehmen sollen«, sagte einer. »Gleich in den Fluss mit ihm. Nie, niemals würde ich erlauben, dass so einer auch nur einen Schritt über die Straßen unserer Stadt geht.«

»Sie wollen ihn wohl befragen.«

»Na und? Was soll er schon sagen? Wenn ich einen Schatten zum Reden bringen müsste, würde ich dafür sorgen, dass das Einzige, was er von sich gibt, ›Gnade!‹ ist.«

Kunun ging mit ihnen, ohne die Miene zu verziehen. Die anderen waren viel zu aufgeregt, um auf ihn zu achten. Gemeinsam betraten sie die Burg durch das Tor. Der Prinz senkte den Kopf, als er sah, dass der König auf den Balkon trat, um zu ihnen zu sprechen. Nur einen kurzen Blick riskierte er auf den Mann, der sein Todfeind geworden war.

Reden konnte Farank immer noch, vielleicht sogar besser als früher. Er hielt eine glühende Ansprache, um den Leuten Kraft zu geben, und tat, als sei er voller Zuversicht, dass sie die Bedrohung abwenden konnten. Sogar die Begründung, warum der Schatten nicht auf der Stelle, dort unten am Fluss, ausgelöscht worden war, flocht er in seine Rede ein, ohne dass es danach klang, als sei der Herrscher von Magyria seinen Soldaten eine Erklärung schuldig.

»Noch nie«, sagte der König laut, »noch nie ist es uns bisher gelungen, einen Schatten zu fangen, der uns dabei helfen muss, Akink zu retten. Wir haben sie zurückgeschlagen, verfolgt und vernichtet, aber das erste Mal in unserer Geschichte haben wir einen Feind in unserer Gewalt. Keinen Neuling, der gerade erst zur Dunkelheit übergetreten ist, sondern einen Meister der Finsternis, der uns die Geheimnisse der Schatten enthüllen kann. Unter Einsatz eures eigenen Lebens habt ihr den Feind an einen Ort geleitet, von dem er nicht entkommen kann. Akink wird niemals verloren gehen, solange unsere Männer und Frauen alles geben im Kampf gegen das Dunkel.«

Ausgerechnet Mattim wurde hier zum Meister der Finsternis befördert! Der Wolf in Kunun, in den er sich nicht verwandeln konnte, knurrte leise. Kein Wort verlor Farank darüber, dass es um seinen Sohn ging. Kein Wort darüber, dass es Prinz Mattim war, den sie gefangen hatten, seinen Jüngsten, seinen Liebling, seinen Augapfel, geboren in eine dunkle Zeit, die letzte Hoffnung der Familie des Lichts und der Stadt Akink. Ein Feind, ein Schatten. Nicht der Rede wert, dass es dieser geliebte blonde Junge war, die Freude seiner Mutter, ein Knabe, verehrt und umarmt von einer ganzen Stadt. Der König machte ihn zu einem namenlosen Feind – Mattim, den Goldjungen, das Nesthäkchen, den kleinen Schatz von Akink.

Dafür hasste Kunun seinen Vater umso mehr. Er wünschte sich, ihn zu bestrafen, ebenso sehr, wie er sich wünschte, zu ihm zu gehen und ihn zu umarmen.

Es war eine Versuchung, Farank so nah zu sein, eine Verlockung, mit der er nicht gerechnet hatte. Als Mensch hatte er nie gemerkt, dass an seinem Vater irgendetwas leuchtete. Jetzt, als Schatten, spürte er es so deutlich, dass er es kaum aushalten konnte. Wie eine Motte fühlte er sich davon angezogen, von der Helligkeit, von diesem Strahlen, das den Lichtkönig umgab. Alles in Kunun schrie danach, auf ihn zuzutreten – es konnte gelingen in dieser Verkleidung, so nah war er ihm, so unglaublich nah! – und seine Hände auf dieses Leuchten zu legen und davon zu trinken.

Aber wenn er den König biss, würde dieser zum Wolf werden.

Kein Schatten, verwirrt und entsetzt und allein, der nach Luft rang, die ihm nichts mehr geben konnte, der die dumpfe Leere in seiner Brust fühlte und die brennende

Sehnsucht nach dem Licht, sondern ein Wolf. Die Wölfe waren immer mit sich im Reinen.

Das gönnte Kunun ihm nicht. So leicht wollte er es seinem Vater nicht machen. Einmal würde Farank fühlen müssen, wie es war, kein schlagendes Herz mehr zu haben. Ein Mal, nur ein einziges Mal, sollte er das Erschrecken in den Augen der anderen sehen.

Der König zog sich wieder zurück. Und Kunun stahl sich davon.

Der Schattenprinz benahm sich, als wäre er hier zu Hause. Er kannte sich aus; es hatte sich nichts verändert. Die Halle. Und dort die breite Treppe in die unteren Gewölbe. Noch nicht ins Verlies, das kam später. Zunächst nur die Küche, die Vorratsräume und andere, weitaus geheimere Kammern, deren Zugang nicht jeder kannte. Schätze lagerten tief unter der Burg, von denen die meisten gar nichts wussten. Er selbst war achtzehn gewesen, als sein Vater ihn eines Tages mit nach unten genommen und ihm gezeigt hatte, was eines Tages ihm gehören sollte. Nicht nur Akink war von zahllosen Kellern unterhöhlt, auch die Burg thronte auf einem Labyrinth aus Gängen und Höhlen.

»Passwort.« Ein Wächter trat ihm entgegen. Ein älterer Mann mit einem sorgsam gestutzten Bart. Solche Leute gaben sich meistens nicht mit Ausflüchten zufrieden.

»Ich habe einen Auftrag«, sagte Kunun kühl.

»Passwort!«

Er sah sich rasch um. Sie waren allein, aber der Hall auf dieser großen Treppe trug weit; ein Schrei, und hundert Wächter würden angerannt kommen. Die Hand des Postens zuckte bereits nach seinem Schwert. Schon der Versuch, ohne Passwort einen kritischen Bereich zu betreten, bedeutete Alarm.

Der Vampir bewegte sich so schnell, dass der Akinker nicht wusste, wie ihm geschah. Kunun trat durch seinen eigenen Schatten in die Wand, kam hinter dem Posten wieder heraus und verwandelte ihn mit einem Biss. Er fing den Wolf auf, während er ihn durch die Wand zog, zusammen mit den Kleidern und dem Schwert, bevor es auf dem Boden aufschlug. Sie befanden sich in einem der schmalen Geheimgänge zwischen den dicken Mauern. In seinen Armen zappelte der Wolf, dessen verdutztes Winseln ihn verraten konnte. Verdammt, jetzt hatte das Tier ihm auch noch das Pflaster abgerissen! Kunun hätte gerne darauf verzichtet, ihn zu töten, denn dies war sein Wolf, so wie es seine Stadt war, und er reduzierte nur ungern die Zahl seiner Gefolgschaft.

Doch dieser ehemalige Wächter machte keinerlei Anstalten, sich zu beruhigen, und ließ ihm keine Wahl. Nach der Tat stieg Kunun leise fluchend die schmale Treppe zwischen den beiden Mauern hinab. Hier um die Ecke musste die Schatzkammer liegen.

Löcher in der Wand spendeten ein wenig Licht. Es war ausreichend Schatten vorhanden, um in den nächsten Raum hinüberzuwechseln. Von den unzähligen mit Goldmünzen gefüllten Säcken, die er in seiner Erinnerung bewahrt hatte, war kaum etwas übrig. Gähnende Leere, wo sich einst Statuen und Pokale, Kisten voller Edelsteine und Perlen gestapelt hatten. Der Krieg gegen die Schatten hatte den Reichtum des Königs aufgezehrt, ohne dass er seine Schätze in eigenen Beutezügen hätte auffüllen können. Farank unterhielt viel zu viele Soldaten zum Schutz gegen das Dunkel …

Entschlossen trat Kunun durch die gegenüberliegende Wand und befand sich auf einer weiteren Treppe. Ein paar Küchenmägde kamen um die Ecke, deshalb zügelte er seine Ungeduld und bemühte sich, langsam zu gehen. Die Mädchen beachteten ihn nicht weiter, doch ein alter weißhaariger Mann, der sich die Stufen hochkämpfte, warf dem Eindringling einen verdutzten Blick zu.

Irgendetwas stimmte nicht, obwohl Kunun nicht wusste, welchen Fehler er gemacht haben könnte. Die Uniform passte ihm zwar nicht wie angegossen, aber gut genug. Der Posten an der Treppe wurde mit Sicherheit noch nicht vermisst. Was hatte ihn dann verraten? Vielleicht hätte jemand von der Stadtwache gar nicht hier unten sein dürfen? Kunun drehte sich noch einmal um und blickte dem Alten nach, der im Schneckentempo weiterschlurfte. Nichts deutete darauf hin, dass er gleich Alarm schlagen würde. Trotzdem hätte Kunun das Problem lieber sofort erledigt, um kein Risiko einzugehen. Aber hier war schon der Eingang zur Burgküche, wo ständig Dienstboten ein und aus gingen.

Was auch immer den Alten an ihm gestört hatte, vermutlich würde er es nie erfahren. Kunun sah ihm noch einmal nach und wog die Risiken ab, dann eilte er weiter. Die Verliese waren weiter unten. Er musste herausfinden, wo sich die Gefangenen befanden, und den Fluchtweg vorbereiten. Für beides hatte er nicht viel Zeit. Die Nacht schritt rasch voran.

Auch dort, wo eine schmalere Treppe tief hinunter in die Erde führte, stand ein Posten.

»Passwort«, verlangte der Mann schroff.

»Hier ist mein Passwort«, sagte Kunun und beugte sich vor, als wollte er flüstern.

ZWANZIG

AKINK, MAGYRIA

Etwas war nicht richtig.

Der Alte schleppte sich die Stufen hoch und dachte nach. Seine Gedanken waren träge, so wie seine Gelenke und Muskeln; doch genauso hartnäckig, wie er sich durch die Gänge arbeitete, drehten sie sich durch seinen Geist. Immer wieder. Langsam, aber mit der Stetigkeit eines Mühlrades.

Er kannte das Gesicht des schwarzhaarigen Mannes. Er wusste nur nicht woher. Bestimmt hatte er jeden Soldaten in dieser Stadt und erst recht hier in der Burg schon hundert Mal gesehen. Kein Grund, sich zu wundern. Weder über bekannte Gesichter noch über solche, die ihm fremd schienen, die er vergessen hatte. Einmal hatte er seine eigene Enkeltochter nicht erkannt – oder war es seine Urenkelin gewesen? –, und ein anderes Mal, als ihn eine seiner Töchter besuchen wollte, hatte er getan, als würde er schlafen, weil ihm nicht eingefallen war, wie sie hieß.

Warum hatte er das Gefühl, dass etwas nicht stimmte? Ein sehr scharfes, klares Gefühl, so hell wie eine Laterne, die ihn durch die Dämmerung hindurch anstrahlte.

Mit diesem Gesicht war etwas nicht in Ordnung. Ganz deutlich hatte er es vor sich. Schwarze Haare. Ein Mann, jung, vielleicht Mitte zwanzig. Narben im Gesicht.

War es vielleicht die Narbe, die tiefe Rille auf seiner Wange?

Alle in Akink waren daran gewöhnt, nach Narben Ausschau zu halten, nach dem sichtbaren Beweis eines Wolfsbisses. Jeder von ihnen begutachtete seinen Allernächsten argwöhnisch, sobald er eine Schramme hatte oder einen aufgekratzten Insektenstich.

Vielleicht war es also die Narbe, die ihn beunruhigte. Obwohl sie nicht nach einer der Wunden aussah, die spitze Zähne hinterließen.

Etwas war mit diesem Gesicht. Etwas war falsch ... Woher kannte er den Mann? Von früher? Aber der Soldat war zu jung gewesen, um ihn von früher zu kennen. Groß und schlank, ein Gesicht, wie es die Mädchen liebten. Die mutigen Mädchen. Die braven würden davon träumen und es nicht zugeben.

Zweifellos hatte er sich schon einmal Gedanken gemacht über dieses Gesicht, wie sollte er sonst darauf kommen? Aber die Narbe störte, die Narbe hinderte ihn daran, sich zu erinnern. Kein Biss, nein. Eher als hätte ein Wolf ihm die Krallen über die Wangen gezogen.

Das konnte ja durchaus sein. Die Wächter kamen nicht selten mit den Wölfen in Berührung. Vielleicht war die Narbe, die ihn so störte, ein Beweis für ungewöhnliche Tapferkeit. Ein Jäger im Wald, auf einem grauen Pferd ... Warum dachte er an einen Jäger? Im Wald ging niemand mehr auf die Jagd, schon lange nicht mehr. Ein Jäger. Leise, geschmeidige Schritte.

Der alte Mann konzentrierte sich auf den Aufstieg. Die Treppe führte endlos in die Höhe, zu steil, viel zu viele Stufen. So alt zu sein! Das Alter spielte ihm Streiche. Gaukelte ihm vor, sich zu erinnern. Senkte einen Schleier vor seine Augen, wenn man von ihm erwartete, jemanden zu kennen. Er besaß zu viele Enkel, mehr, als er sich merken konnte. Vielleicht war der junge Soldat einer seiner Verwandten gewesen? Aber hätte er dann nicht gegrüßt? Oder vermieden sie es mittlerweile, ihn zu grüßen, weil sie sich vor der Frage in seinem Blick fürchteten: Wer bist denn du?

Er tastete sich empor. Je mehr er nachdachte, umso verwirrter fühlte er sich. Besser war es, nicht zu viel zu grübeln. Sich nicht den Kopf zu zerbrechen, wenn die Erinnerungen nicht sofort gehorchten. Sie würden schon auftauchen. Ganz sicher.

Mehrmals hielt er inne, um zu Atem zu kommen. Dann endlich seine kleine Stube. Ihm war so kalt. Er ließ sich auf sein Bett fallen und wickelte sich in die warme Decke.

Die Bilder!

Der Gedanke schoss wie ein Pfeil durch seinen Kopf.

Die Bilder! Schau sie dir an. Dort ist die Antwort.

Er drehte sich um, wandte allen Sorgen den Rücken zu, versuchte einzuschlafen. Aber die Frage ließ ihn nicht los.

Die Bilder. Du musst dir die Bilder ansehen!

Er wälzte sich in seinem Bett, der Schlaf wollte nicht kommen.

Mühsam setzte er sich auf.

Es hatte keinen Zweck. Bevor er nicht Gewissheit hatte, konnte er nicht einschlafen.

Der Alte stieg wieder aus dem Bett, fischte im Dunkeln nach seinen Schuhen, schlurfte hinaus auf den Gang. An der Treppe standen zwei Wächter, der eine schüttelte besorgt den Kopf.

»Na, schon wieder unterwegs? Kannst wohl nicht schlafen, Alterchen?«

»Die Bilder«, murmelte er, »ich muss mir die Bilder ansehen. Es stimmt nicht. Die Narbe. Mit der stimmt was nicht.«

Der Wächter tippte sich an die Stirn, als der Alte vorüber war. »Mit dem wird es auch nicht mehr lange dauern«, sagte er zu seinem Kollegen. Gemeinsam bewachten sie die Stille.

Mit zittrigen Fingern schloss der Greis den Raum auf und betrat die geheime Galerie. Er hielt die Lampe so hoch er konnte. Der Schein fiel auf die Porträts, auf die verlorenen Kinder des Lichts. Mattim, der goldene Prinz, der süßeste von allen. Wilia, die liebliche Prinzessin mit den Locken und dem herausfordernden Blick. Wilder, spitzbübisch unter dem rotblonden Schopf, der hatte es faustdick hinter den Ohren. Die kleine Atschorek als blasses Kind mit langen Zöpfen, in ihrem Gesicht war noch nicht zu sehen, was sie einmal sein würde. Bela, der Sanfte, nicht so hübsch wie die anderen, nicht lächelnd, aber einer, auf den man sich verlassen konnte, ein Antlitz, von dem Wärme ausging. Runia, schmalgesichtig und ernst, verschlossen und dunkel, und doch lag hinter ihrem scheuen Blick ein Strahlen, das einen fast umwarf.

Aber keins dieser Bilder hatte ihn gerufen. Er hob die Lampe an das letzte Porträt. Der erste Prinz, der ins Dunkel gegangen war, der Erstgeborene, der lachende Beginn des Untergangs. Das Gesicht eines jungen Mannes, der allen Grund zum Lächeln hatte, stolz und fröhlich und unbefangen. In einer Zeit, in der die Wölfe irgendwo weit weg im Süden ihr Unwesen trieben und man von Schatten nur ferne Gerüchte hörte, die Akink nichts anzugehen schienen. Eine Zeit des Glücks. Glücklich sah er aus, ein Junge um die sechzehn, siebzehn, dem die Welt zu Füßen lag.

»Prinz Kunun«, flüsterte der Alte.

Es gab keinen Zweifel. Er hatte ihn heute gesehen. Etwas älter, aber nicht viel. Nun wusste er auch, warum ihn die Narbe gestört hatte, denn auf dem alten Bild, dessen Farben ihre Leuchtkraft nicht verloren hatten, war das Gesicht makellos. Kunun, der Jäger. Das hatte man ihm erzählt, jetzt wusste er es wieder. Der Jäger auf dem grauen Pferd, den die Schatten holten und der die Jagd auf Akink eröffnet hatte, wilder Krieger des Dunkels.

Kunun war hier. In der Burg. Es konnte nicht sein – war das alles nicht hundert Jahre her, viele Jahre, bevor der Alte selbst überhaupt geboren war? War er nicht schon als Kind damit aufgewachsen, dass von diesem Prinzen Geschichten erzählt wurden, eine phantastischer als die andere?

Kunun, der Verlorene, dessen Namen der König totgeschwiegen und verboten hatte.

Der Greis begann noch stärker zu zittern, als ihm bewusst wurde, was das bedeutete. Der Feind, hier, mitten unter ihnen! Er war zu alt, um sich noch vor dem Tod zu fürchten, aber es gab ein schlimmeres Schicksal als den Tod, und seine Knie hätten fast unter ihm nachgegeben, als er daran dachte, wie nah er der schlimmsten Kreatur gewesen war, die es in ganz Magyria gab, dem König der Schatten.

Die Lampe fiel ihm aus der Hand. Im Dunkeln hastete er zur Tür, riss sie auf, stolperte den Gang hinunter. Seine eigene Langsamkeit, der Körper, der sich weigerte, ihm zu gehorchen! Er fluchte, seine dünne Stimme verwandelte seine Entsetzensschreie in ein Wimmern. Dann fing ihn ein Wächter auf, und der alte Mann schrie auf vor Furcht. Aber das runde Gesicht gehörte einem Soldaten, der ihm vertraut war.

»Er ist hier!«, jammerte der Alte. »Schatten! Schatten!«

»Das wissen wir«, antwortete der Wächter freundlich. »Mach dir keine Sorgen, er sitzt sicher im Verlies.«

Der alte Diener hatte nicht genug Luft in den Lungen,

um zusammenhängend zu sprechen. »Der König – ich muss – sofort – König – Schatten!«

»Der König verhört ihn gerade«, verriet der Wächter. »Vertrau auf König Farank. Geh zu Bett, Großväterchen.« Er klopfte ihm auf die Schulter und führte ihn wieder zur Treppe. »Geh ins Bett. Sonst verpasst du morgen das große Feuer.«

Der Greis schleppte sich die Stufen hinauf. Aber er war nicht zufrieden. Wieder war da dieses Gefühl, dass etwas nicht stimmte. Doch wenn sie den Feind gerade verhörten, musste es gut sein. Er musste vertrauen, was blieb ihm sonst anderes übrig? Wie hätte er kämpfen können, alt, wie er war?

Die beiden Posten oben an der Treppe unterbrachen ihr Getuschel nicht, als der Diener vorüberwankte. Der Flur, sein Zimmer. Er legte sich wieder ins Bett. Er hatte getan, was er konnte.

Kunun. Der dunkle Prinz. Vor diesem Bild hatte er sich immer ein wenig gefürchtet. Der Jäger. Wenn man wusste, was er jagte, konnte einem schon anders werden. Mit seinen Wölfen machte er nun Jagd auf Menschen …

Er nickte ein, Träume zuckten durch seinen Geist wie unruhige Blitze.

Kurz darauf schlug er die Augen auf. Etwas stimmte nicht. Der König verhörte ihn. Wen? Die Wächter hatten nicht begriffen, von wem er gesprochen hatte. Vom König der Schatten.

Der Alte wälzte seine mageren Beine über die Bettkante und tastete sich erneut hinaus auf den Flur.

»Schon wieder?«, fragte der freundliche Wächter am oberen Treppenende. »Hast du keinen Nachttopf, Alterchen?«

»Es sind zwei«, sagte er. »Das wisst ihr doch?« Wie viel

besser er sprechen konnte, wenn er nicht zuvor eine Treppe hochsteigen musste! Jetzt würde er herausfinden, ob sie Kunun schon gefangen hatten oder noch nicht. »Zwei Schatten. Der Prinz ist zurückgekommen, der dunkle Prinz.«

»Ja, das wissen wir«, meinte der Wächter gelassen. »Er sitzt unten im Verlies. Geh ruhig schlafen, Väterchen. Niemand kommt hier an uns vorbei.«

»Wie heißt der Prinz?«, fragte der Alte listig.

»Die Wände wollen seinen Namen nicht hören, aber es ist Mattim. Prinz Mattim. Tut uns leid, Großväterchen. Ich weiß, wie sehr du ihn mochtest.«

»Mattim?« Davon hatte er schon mal gehört, oder? Dass sie Prinz Mattim gefangen hatten? »Dann sind es zwei«, sagte er. »Zwei Schatten.«

»Er hat sie gebissen. Jetzt sind es zwei. Du hast ganz recht. Zwei Schatten. Morgen werden sie brennen. Wir streuen ihre Asche in den Fluss. Geh ins Bett, alter Mann.«

Zwei Schatten. Er nickte. Dann war es gut. Sie hatten sie beide. Zwei Prinzen, zwei Schatten, zwei Feinde.

Auf halbem Weg in seine Kammer wandte er sich noch einmal zu den Wächtern um. »Zwei Prinzen?«, fragte er. »Zwei Schatten?«

»Ja, ja. Geh jetzt. Lass uns wachen.«

Er war so müde, dass der Schlaf über ihn herfiel wie ein Dieb, der sich hinter der Tür versteckt hatte. Aber genauso schnell, wie der Angriff gekommen war, ließ er auch wieder von ihm ab. Der Alte lag mit offenen Augen im Bett und dachte nach.

Etwas stimmte nicht. Zwei Prinzen, zwei Schatten. Wer hatte wen gebissen? Mattim. Sie hatten nur den einen Namen genannt. Was, wenn sie Kunun gar nicht gefangen hatten? Wenn sie gar nichts von ihm wussten? Einen Schatten in der Uniform eines Wächters?

Ganz ruhig lag er da und atmete. Diesmal durfte er nichts falsch machen. Die Wachen verstanden es nicht, ihm zuzuhören. Doch er wusste, wer es konnte.

»Schon wieder?« Er ließ sich durch ihre halb mitleidige, halb spöttische Art nicht kränken.

»Ich muss mit der Königin sprechen«, sagte er.

»Lass gut sein, Alter. Wir haben alles im Griff. Geh schlafen.«

»Nein!«, rief er und erschrak, als seine krächzige Stimme durch das Gewölbe hallte. »Ich muss mit der Königin sprechen. Ruft sie her.«

»Die Königin weint«, berichtete einer der Wächter leise. »Sie ist hier vorbeigekommen, weinend. Du hast keine Ahnung, was dieser Tag für sie bedeutet. Niemand wird sie stören, hast du verstanden?« Er legte seine Hand auf die Schulter des Alten und drehte ihn mit sanfter Gewalt um, sodass er zu seinem Zimmer blickte.

»Nein!«, rief er. »Ich muss die Königin sprechen!«

»Was willst du ihr denn sagen?«

Er starrte den Wächter an. Er wusste es nicht. Aber eben noch hatte er es gewusst. Und wenn er sie sah, würde es ihm sicher wieder einfallen.

»Ich muss sie sprechen! Königin Elira!«, schrie er, so laut er konnte. »Königin Elira! Holt die Königin! Schnell!«

»Er ist verrückt«, sagte der Wachposten kopfschüttelnd. »Was für eine Nacht. Davon werde ich noch meinen Enkeln erzählen.«

»Du wirst nie Enkel haben, wenn du nicht die Königin rufst«, beschwor ihn der Alte. »Königin Elira!« Er wusste, dass es um Leben oder Tod ging. Daran klammerte er sich fest. Es gab etwas, was sie erfahren musste.

»So ist er sonst nie«, sagte der andere Wächter beunruhigt. »Vielleicht hat er ihr wirklich etwas Wichtiges zu sagen. Man weiß es nicht, in einer Nacht wie dieser. Schatten und Wölfe sind über den Fluss gekommen. Vielleicht hat er etwas gesehen.«

»Ich würde sie nicht stören. Willst du das wirklich wagen?«

»Ich glaube nicht, dass sie schläft. Außerdem hat sie immer so viel Geduld mit ihm. Vielleicht lenkt es sie ab, vielleicht ist sie sogar dankbar. Ich geh und sag ihr Bescheid.«

»Danke«, wisperte der Alte. »Ich muss ihr berichten – das Gesicht … es stimmt nicht.«

Der Wächter, der bei ihm blieb, versuchte die Geschichte aus ihm herauszubekommen, die er erzählen wollte, die wirre Geschichte von Bildern, Gesichtern und Narben.

Dann kam die Königin. Sie hatte sich einen dunklen Schal um die Schultern geschlungen, ihr Gesicht war bleich und müde.

»Kannst du nicht schlafen, alter Mann?«, fragte sie und versuchte zu lächeln.

Der Wächter wandte den Kopf ab, denn ihr Schmerz griff auf alle über, erinnerte sie alle daran, was sie am Morgen vernichten würden: die letzte Hoffnung des Lichts.

»Der Prinz ist hier«, sagte der Alte, glücklich darüber, dass ihm jetzt, da die Königin da war, wieder alles einfiel. In ihrer Gegenwart wurde er ruhig, das Zittern ließ nach. Ihre Hand auf seiner gab ihm Kraft. Es würde gut werden. Alles.

»Ich weiß.« Elira nickte besänftigend. »Aber er ist nicht mehr der Prinz. Was wir jetzt noch verlieren, ist – nichts mehr. Alles, was wir verlieren konnten, haben wir schon längst verloren. Schon längst, alter Mann.«

»Das Bild«, sagte er, denn auch das war wichtig. »Das letzte Bild. Er ist es. Nur die Narbe, sie ist neu.«

»Ja«, flüsterte die Königin. »Es war das letzte Bild. Nun gibt es keine Bilder mehr, die ich dir geben muss. Es wird nie wieder ein Bild geben.«

»Nicht das letzte«, protestierte der Alte. Der Zorn schärfte sein Gehör. »Das erste. Das letzte, wenn man sie ansieht. Aber es war das erste der Bilder, das allererste.«

»Das erste?«, fragte die Königin. »Wie, das erste?«

»Das erste, das Ihr damals meinem Vater gegeben habt«, sagte er stolz. »Ich hüte die Bilder, so wie mein Vater vor mir. Wie Ihr befohlen habt. Die Galerie der verlorenen Kinder.«

»Was ist mit dem ersten Bild?«, fragte die Königin, diesmal alarmiert. »Was willst du mir damit sagen?«

»Der dunkle Prinz«, sagte er. Er wusste, dass sie es nicht gern hörte, trotzdem fügte er hinzu: »Kunun.« Es musste so deutlich sein, damit sie es endlich verstand.

»Kunun?«, wiederholte Elira geduldig. »Ja, Kunun ist auf dem ersten Bild. Es ist das letzte in der Reihe. Ich weiß, was du meinst.«

»Ich habe ihn gesehen.«

»Wo, auf dem Bild? Bist du hingegangen und hast dir die Bilder angesehen?«

»Er ist hier«, sagte der Alte. »Ich habe ihn gesehen. Auf der Treppe.«

Die Königin wandte sich um und begegnete dem Blick des Wächters. Ratlos hob er die Schultern.

»Ganz langsam, damit ich dich recht verstehe. Prinz Kunun.« Der Name ging schwer über ihre Lippen. »Prinz Kunun, der erste Prinz – war hier? Auf der Treppe? Wann?«

»Heute Nacht«, sagte er. »Heute. Heute bin ich ihm begegnet.«

»Vielleicht phantasiert er«, gab der Wächter zu bedenken.

Die Königin biss sich auf die Lippen. Dann hob sie entschlossen das Kinn.

»Gib Alarm! Weckt das Schloss! Weckt die ganze Stadt! Schnell! Beim Licht, schnell!«

»Was sollen wir melden?«, fragte der Wächter erschrocken. »Noch einen Schatten?«

Sie zögerte nur ganz kurz. »Den König der Schatten«, sagte sie. »Den Jäger. Macht Licht, überall! Lasst die Hörner klingen! Sofort!« Sie riss ihm das Horn vom Gürtel und blies hinein. Der klagende Ruf hallte von den Wänden wider. Überall wurden Türen aufgerissen, fielen andere Hörner in den aufwühlenden Gesang ein. *Feinde!*, schrien die Hörner. *Feinde! Gefahr! Schatten! Feinde! Schatten! Gefahr!*

»Zu den Waffen!«, brüllte der Wächter.

Die Königin hob ihre Röcke an und rannte los. »Ich hole das Bild«, rief sie. »Ich zeige euch sein Gesicht! Wo ist der König? Weckt die Stadt! Weckt alle!« Sie verlor einen Schuh, kehrte jedoch nicht um. Mit wehendem Haar rannte sie die Treppe hinunter.

Der König erschien im weißen Gewand, das Gesicht dunkler als je zuvor.

»Ist es wahr?«, fragte er. »Noch einer? Sind sie wirklich schon über uns?«

Das ganze Schloss war in Aufruhr, da stürzte auch schon die Königin herbei, in den Händen das große Porträt, Kununs Bild.

Sie hielt es ihrem Gemahl entgegen, als wollte sie es möglichst schnell loswerden, als könnte die bloße Berührung sie mit einer Krankheit anstecken, für die es kein Heilmittel gab. Mit einer Miene, die nichts verriet, starrte Farank auf das unschuldig lächelnde Gesicht seines Erstgeborenen, aber er nahm ihr das Bild nicht ab. Schließlich reichte Elira es an einen der Wächter weiter. »Sucht diesen Mann. Zeigt allen das Porträt!«

»Was ist mit den Schatten im Verlies?«, fragte jemand.

»Verbrennt sie«, befahl der König. »Sofort!« Er begegnete Eliras Blick. »Ich liebe dich«, sagte er leise.

»Ich weiß.«

Sie standen im Gang, während die Wächter an ihnen vorbeiliefen, während die Hörner gellten, während kreischende Dienstmädchen aus ihren Zimmern stürzten und von streng dreinblickenden Wächtern wie eine Herde zusammengetrieben wurden, irgendwohin, wo es vielleicht sicher war, vielleicht aber auch nicht.

»Ich kann dir nicht versprechen, dass wir diese Nacht überstehen werden.«

»Auch das weiß ich«, flüsterte sie leise.

Er umfasste sie schützend mit beiden Armen, und sie lehnte die Wange an seine Schulter.

EINUNDZWANZIG

AKINK, MAGYRIA

Wenn sie die Augen schloss, wenn sie an nichts dachte, war nur Mattim da. Hanna konnte die Wärme seines Körpers an ihrer Seite fühlen. Sie stellte sich vor, wie sie oben auf dem Burgberg standen und auf die leuchtende Stadt hinuntersahen. Budapest, nicht Akink. Eine Welt, in der sie einfach nur sie selbst war und kein Feind, eine Welt, in der sie nicht den Wolf auf die Menschen losgelassen hatte.

Sie dachte nicht an den bevorstehenden Morgen. Sie schwelgte nur in dem Gefühl, dass Mattim bei ihr war. Seine Gegenwart machte alles andere unwichtig. Er hatte sie kein zweites Mal gebissen, dennoch reichte die Benommenheit immer noch aus, um die Angst zu überdecken, die nun irgendwo in einem Winkel ihrer Seele weiterglomm, als gehörte sie nicht zu ihr. Jemandem in diesem Raum war klar, dass schreckliche Dinge bevorstanden, doch das musste jemand anders sein. Sie selbst kuschelte sich schläfrig an ihren Liebsten und wusste nichts davon.

Von irgendwoher kamen Töne, die den Fels vibrieren ließen. Langgezogene, klagende Töne … Sie merkte, dass Mattim sich straffte, dass er sie noch etwas fester an sich presste.

»Ist es so weit?«, fragte sie leise. Hier unten im Gestein vergingen die Stunden anders, und vielleicht hatte dort oben bereits der Tag begonnen mit düsterem Zwielicht. Ist es so weit? Jenem Teil von ihr, der sich fürchtete, war klar, was das bedeutete. Es war eine Fremde, die das wusste.

Die Wachen wurden unruhig, aus dem Gang ertönten Rufe.

»Jetzt?«, rief jemand. »Seid ihr sicher? Jetzt und hier?«

Mattim stellte sich vor Hanna. »Sie müssen an mir vorbei, um an dich heranzukommen.«

Sie starrte über seine Schulter auf die Akinker, die so unvermittelt von Wächtern zu Henkern geworden waren. Ihr Herz begann heftig zu schlagen. Auf einmal wusste sie wieder, wer sich fürchtete und warum. Sie würde sterben. Jetzt und hier, in dieser finsteren Zelle.

Die Wächter traten näher ans Gitter heran.

»Jetzt und hier«, sagte eine Frau. »So lautet der Befehl. Wo ist das Öl?«

Wie gebannt sah Hanna zu, wie die Wächterin einen großen Krug durch die Gitterstäbe hindurch ins Stroh leerte.

»Feuer.« Die Akinkerin streckte fordernd die Hand aus, und ein anderer griff nach einer brennenden Fackel und hob sie aus der Wandhalterung.

»Nein!«, schrie Mattim. »Das lasse ich nicht zu! Ihr dürft nicht …« Er brach ab, denn plötzlich trat aus der gegenüberliegenden Wand eine dunkle Gestalt. Hanna keuchte vor Erleichterung, als die Fackel im nächsten Moment auf den Steinboden polterte. Schon huschte ein Wachposten als Wolf davon.

»Na los, kleiner Bruder, worauf wartest du?«

Auf dem Gang brach das Chaos aus. Die Wächter stürmten mit ihren Lanzen vorwärts, doch Kunun verschwand seitwärts durch die Wand und tauchte hinter ihnen wieder auf. Er hatte zwei von ihnen gebissen, bevor sie begriffen, was geschah.

Die anderen zogen ihre Schwerter. Stahl prallte auf Stahl. Kunun lachte wild. »Wie habt ihr es denn lieber? Zähne oder Eisen? Na, womit soll ich euch beißen?«

Als eine Wächterin mit einer Fackel auf das Gitter zukam und der Schatten der Kämpfenden bis in die Zelle fiel, glitt Mattim durch die Stäbe und sprang der Frau in den Arm. Sie versuchte ihn mit dem Feuer von sich fernzuhalten, aber Mattim warf sich über sie, bevor sie in die Nähe des Strohs kam. Es wurde dunkler, als er die Flamme unter sich begrub. Hanna stockte der Atem, als ein neuer Wolf winselnd davonsprang. Mit schmerzverzerrtem Gesicht rappelte Mattim sich auf. »Pass auf!«, rief sie. »Hinter dir!«

Es waren immer noch genug Feinde übrig, um gegen die zwei Schatten zu kämpfen. Doch im Gang unter der niedrigen Decke war zu wenig Raum für so viele Streiter, und die Schwertkämpfer behinderten sich gegenseitig.

Die beiden Prinzen schufen Platz, in dem sie in alles bissen, was ihnen nur irgendwie nahe kam, und nach wenigen Augenblicken standen sie – mit Schnitt- und Brandwunden übersät – inmitten eines Haufens aus Kleidern und Waffen alleine da. Aus dem Gang hörten sie die polternden Schritte der Verstärkung.

»Schnell.« Mit einem wuchtigen Hieb zerschmetterte Kunun das Schloss an der Zellentür. Mattim durchsuchte hastig die Uniformen, bis er den Schlüssel zu Hannas Ketten gefunden hatte. Er öffnete ihren Fußring, und sie legte die Hand auf sein versengtes blondes Haar.

Du, wollte sie sagen, du und ich … Nun, da die Bedrohung vorüber war, fühlte sie sich wie betäubt. Doch er ergriff ihre Hand und zog sie hoch. »Es ist noch nicht vorbei.«

»Jetzt kommt schon. Mir nach.« Kunun lief den Gang

hinunter. Bis hier unter die Erde war der Lärm von oberhalb zu hören – das Gellen der Hörner, die Schreie. Um sie her wogte wie eine graue Flut die Schar der neugeborenen Wölfe.

Nie hatte ich einen seltsameren Traum als diesen …

»Was ist denn da oben los?«, fragte Mattim.

»Schattenjagd«, gab Kunun zurück.

»Dort sind sie!« Ihre Verfolger lagen nicht weit zurück. »Wölfe!«, schrie jemand. »Hier sind überall Wölfe!«

»Da entlang!« Kunun schlüpfte in eine dunkle Nische. Mattim zögerte einen Augenblick, dann riss er Hanna zu sich heran und tauchte mit ihr in den Schatten.

Die Welt verschwand. Sie hatte nicht das Gefühl, durch eine Wand zu steigen, sondern nur durch dichtes, stoffliches Dunkel, so fühlbar schwarz wie Nebel aus Finsternis. Gleich darauf standen sie in einem weiteren Raum. Sie holte tief Luft.

»Weiter«, befahl Kununs Stimme.

»Was ist mit den Wölfen?«, fragte Mattim.

»Die kennen sich in den Verliesen aus, irgendwie werden sie schon den Weg nach draußen finden. Darum können wir uns jetzt nicht kümmern!«

Die Wächter waren nicht mehr zu hören, während sie durch die Finsternis stolperten. Irgendwann blieb Kunun stehen.

»Seid ihr noch da?«

»Wir können nicht durch die Pforte zurück«, sagte Mattim. »Sie kennen die Stelle.«

»Über deinen Verrat reden wir später noch«, gab Kunun zurück. »Die neue Pforte ist in der Schreinergasse, ein helles Haus, grüne Tür, Löwenkopf.« Er sprach hastig, um ihnen so schnell wie möglich die nötigen Informationen zu geben. »Im Keller, durch die Wand neben den Fässern. Im nächsten Kellerraum, im Dunkeln, zwischen irgendwelchen Kisten bin ich rausgekommen. Ich weiß nicht genau, wo wir sind, zuerst müssen wir nach oben. Ich hatte gehofft, wir könnten den Weg hier unten finden, aber wir sollten die Brandstelle weiträumig umgehen.«

»Die neue Pforte?«

»Wilder lebt. Jetzt kommt. Seid leise.«

Mattim schob Hanna zur Treppe hinüber. Sie traten hinaus in einen Innenhof und stießen dort gegen eine weitere Gittertür. Kunun rüttelte daran, dann bat er seine Begleiter zurückzutreten. Er hielt immer noch das Schwert in der Hand; nun schob er es zwischen Tür und Mauer und brach das Schloss gewaltsam auf. Die Fenster in den umliegenden Häusern waren bereits fast alle erleuchtet gewesen, nun wurde eins ums andere geöffnet, und die Leute spähten in den Hof. Im gelben Lichtschein waren die Flüchtlinge nicht zu übersehen.

»Verdammt«, murmelte Kunun und zupfte sich einen Pfeil aus der Brust. »Lasst uns hier verschwinden. Wo sind wir? In welcher Straße?«

Träge zog bereits das Zwielicht über den Dächern auf, als sie durch einen gewölbten Torbogen auf die Straße hasteten.

Es war still auf der Gasse. Die Hörner waren verstummt, dafür gellte der Schrei aus einem der Fenster über ihnen umso lauter.

»Schatten! Schatten! Sie sind hier! Schatten!«

Die Angst beflügelte Hannas Schritte, und doch wurde sie langsamer. Ihre Füße strauchelten auf dem holprigen Pflaster, sie knickte um. Mattim ließ ihre Hand nicht los.

»Komm«, drängte er.

Über ihnen öffneten sich noch mehr Fenster.

»Hier! Hier sind sie!«

Kunun war schon ein ganzes Stück weiter vor ihnen. »Die Wache kommt. Schnell!«

Lanzenträger! Hanna sah den Trupp um die Ecke biegen und stolperte weiter, Kunun durch das Gewirr der Straßen hinterher. Der Qualm hing hier tief in den Häuserschluchten, sie sahen fast nichts mehr. Hanna hustete, wollte es unterdrücken, hustete noch mehr. Sie glaubte schon, sie müsste ersticken, da waren sie endlich durch, und Kunun winkte sie weiter, in die nächste Seitenstraße.

»Na los! Schneller!«

Wieder eine dicke Qualmwolke, noch dichter, noch quälender, die ihr die Luft nahm, sie zum Keuchen brachte.

»Hier können wir nicht weiter«, stellte Mattim fest.

»Wir müssen!«

Über ihnen lauerte die Stille, bereit zum Zuschnappen. Die Stadtwächter waren nicht zu sehen, nicht zu hören. Selbst ein Flüstern schien in den abwartenden Gassen weit zu tragen, zu weit. Hanna rang nach Luft. Wieder begann sie zu husten, sie konnte nichts dagegen machen. Ihre Lungen brannten, die Beine gaben unter ihr nach. Schwer stützte sie sich auf Mattim, ihr Körper krümmte sich.

»Wir sind fast da«, flüsterte Kunun. »Wenn sie nicht still ist, musst du sie zurücklassen.«

»Nein«, protestierte Mattim, »lieber …«

Kunun beugte sich blitzschnell vor. Kurz sah er ihr in die Augen, und sie erschrak über seinen dunklen, zornigen Blick, dann packte er sie und biss sie in den Hals. Der Schmerz war schnell vorbei, doch die Dunkelheit nahm zu. Und sie dachte nur noch: *Dies ist Kununs Nacht, und nun bringt er sie über mich, über uns alle …*

Kunun trank, obwohl Mattim versuchte, Hanna von ihm wegzureißen, obwohl er zischte: »Es ist genug. Hör auf! Hör endlich auf!«

Schließlich erschlaffte sie in seinen Armen, und der Schattenprinz nahm das verträumt dreinblickende Mädchen hoch wie ein schlafendes Kind. Mattim hastete ihm durch die Dunkelheit nach. Sie schritten durch eine Hauswand, schlichen durch ein paar unbeleuchtete Stuben und traten auf der anderen Seite in eine weitere stille Gasse hinaus.

»Dort ist es«, flüsterte Kunun, »jenes Haus in der Mitte, gegenüber der Laterne.«

Sie eilten darauf zu.

»Schatten!« Wie ein Schlachtruf ertönte es von allen Seiten: »Schatten! Schatten!«

Von links kam die Stadtwache mit Schilden und Bogen. Eine Wolke aus Pfeilen schwirrte durch die Luft, und nun hörten sie auch von rechts die gedämpften Schritte schwerbewaffneter Krieger.

»Schatten! Da sind sie!«

»Lauf!« Kunun rannte, Hanna eng an seinen Körper gepresst, Mattim blieb dicht neben ihm. Von beiden Seiten näherten sich die Wachen, die vordersten liefen mit erhobenen Lanzen auf sie zu.

Die Brüder rannten durch den Pfeilhagel, mitten durch den Schmerz. Da war das Haus, im matten Licht der kleinen Laterne. Ihr eigener Schatten an der Wand war kaum sichtbar, nichts als ein kleiner grauer Schemen. Die Tür war verschlossen. Mattim trat vergebens mit dem Fuß dagegen, während von beiden Seiten die Wachen näher rückten.

Kunun schob Hanna zu Mattim hinüber. »Ich hole die Lampe.« Er rannte quer über die Straße, durch den Pfeilhagel, auf den er nicht mehr achtete als auf einen lästigen Schwarm stechender Wespen, riss die Laterne von ihrem schmiedeeisernen Haken und eilte zurück. Schon waren die Wächter bis auf wenige Meter zu ihnen vorgedrungen, einer hob den Arm mit der langen, eisenbestückten Lanze …

Kunun griff nicht zum Schwert. Er wandte Mattim den Rücken zu und hob die Laterne vor sich, sodass sein eigener Schatten auf die Wand fiel. »Geh!«, schrie er. »Geh!«

Mattim tauchte mit Hanna durch die Tür in das rettende Haus.

Nie war ein Morgen so schön gewesen. Die kühle, klare Luft wirkte wie eine erfrischende Dusche. Die Altstadthäuser lagen still da, noch im Schlaf, während sich am Himmel das erste Morgenrot abzeichnete. Auch in Budapest schien es zu brennen, ein goldenes Glühen, das über die Dächer tastete.

Mattim legte den Arm um Hannas Schulter.

»Wir sind wieder da«, sagte er staunend. Die Schramme dicht unter seinem Haaransatz hatte bereits aufgehört zu bluten, aber ein schmaler roter Streifen lief ihm über die Stirn. Mehrere Pfeile ragten ihm aus den Armen und dem Rücken. Zum Glück war im Moment niemand hier, der sich darüber hätte wundern können.

»Was ist passiert?«, fragte Hanna. Sie wollte nicht aufhören einzuatmen, die Frische des frühen Morgens, die Stadt, die Welt, das Leben. »Wir sind entkommen – wie?«

Sie erinnerte sich daran, wie er sie im Arm gehalten und getröstet hatte, wie er bei ihr gewesen war in der schrecklichen Kerkerzelle. Er war zu ihr gekommen, und jetzt waren sie hier. »Was ist geschehen?«

Er hielt sie fest, antwortete jedoch nicht, und sie spürte seine Lippen in ihrem Haar. Er atmete tief durch.

»Später«, flüsterte er. »Ich erkläre es dir. Lass mir nur ein wenig Zeit.«

Von irgendwoher tauchte Atschorek auf, neben ihr ein

Fremder in der Kleidung eines Akinkers sowie ein verstört dreinblickender junger Mann mit einem Kugelschreiber in der Hemdtasche. An seinen Mundwinkeln klebte noch das Blut seiner vermutlich allerersten Mahlzeit als Schatten. Seine Augen wanderten immer wieder zu den Pfeilen, die Atschorek aus Mattims Haut zog.

»Bald kommen die ersten Besucher«, meinte er schüchtern. »Ich kann nicht einfach alle wegschicken. Was soll ich denn machen?«

Doch niemand hörte ihm zu.

»Mattim, wo ist Kunun? Wo – ist – Kunun?«, verlangte Atschorek zu wissen.

»Kunun?« Mattim drehte sich um. »Er war direkt hinter uns.«

Von ihrem Anführer war nichts zu sehen.

»Mattim!«, rief seine Schwester entsetzt. »Was ist passiert?«

Atschorek wartete nicht auf die Antwort, sondern eilte voraus. Während sie durchs Dunkel stolperte, hörte sie nicht auf zu rufen. »Kunun?« Ihre Stimme hallte tausendfach durch das Labyrinth. »Kunun!«

Als sie zurückkam, war sie still. Mit beiden Händen stützte sie sich gegen die Mauer. Einen Moment stand sie da, wackelig, als müsste sie auf einer hohen Mauer balancieren und wüsste noch nicht, auf welcher Seite sie herunterspringen sollte.

Dann fuhr sie Mattim an: »Du hast ihn dort gelassen? Das kann nicht dein Ernst sein. Oh, du verdammter Verräter!« Zornig riss sie den letzten Pfeil aus seiner Schulter und schleuderte ihn auf die Erde. »Hast du die Gelegenheit gleich genutzt, ihn loszuwerden? Freust du dich, na? Soll ich dir Musik spielen, damit du tanzen und singen kannst?«

»Siehst du mich etwa lachen?« Mattim hätte nicht sagen können, was er fühlte. Die schwebende Leichtigkeit, die er eben noch empfunden hatte, als er Hanna die Stufen hinauf nach oben geführt hatte, war verschwunden. Dem neuen Gefühl konnte er keinen Namen geben. Merkwürdig war nur, dass er jetzt alles viel intensiver wahrnahm. Den dumpfen Geruch der unterirdischen Gänge, Hannas leicht verschwitzte Hand in seiner, das Scheuern der zerrissenen Kleidung auf seiner Haut. Es war, als wäre jede Kleinigkeit, jedes Detail wichtiger als je zuvor. Jetzt, da Kunun verloren war.

Atschorek schien zu erraten, was er dachte. »Kunun ist nicht tot«, stieß sie zwischen zusammengebissenen Zähnen hervor. »Das lasse ich nicht zu. Ich gebe ihn nicht auf, bevor ich nicht Gewissheit habe. Wer kommt mit? Wir gehen nach drüben.«

»Tu es nicht«, sagte Mattim, obwohl ihm für einen kurzen, intensiven Moment der Ruf »Ich bin dabei!« auf der Zunge lag. »Geh nicht durch diese Pforte. Sie werden dich mit Feuer und Waffengewalt empfangen. Meinst du, ich werde lachen, wenn auch du nicht mehr zurückkommst?«

Über ihnen verwandelte das Licht den Himmel in eine glühende Preisung des neuen Morgens.

»Sie haben Kunun erwischt?« Hanna fühlte das Glück immer stärker in sich hochsprudeln, Glück wie ein Springbrunnen, wie Seifenblasen, die in die Höhe stiegen. Kunun fort, für immer – es war, als würde eine zentnerschwere Last von ihr abfallen. Irgendeine Erinnerung meldete sich zurück, vorsichtig, als wäre sie nicht sicher, willkommen zu sein.

Ein Blick aus schwarzen Augen. Ohne Angst, ohne Eile.

Gewissheit. Das war das Merkwürdige daran, dieses Wissen um das, was geschehen würde …

Vorsichtig fragte sie: »Trauerst du um ihn? Ist das für dich eine gute oder eine schlechte Nachricht?«

»Er hat sich für uns geopfert.« Mattim drückte Hanna fest an sich. »Genau so möchte ich ihn in Erinnerung behalten. Als jemanden, in dem noch ein Funke Licht wohnte, der nicht ganz verloren war.«

Die gesamte Fahrt über lehnte sie ihren Kopf gegen Mattims Schulter. Sie wollte nur so dasitzen und bei ihm sein, und als das Taxi hielt, öffnete Hanna träge die Augen und gähnte.

»Geh, meine Liebe.«

»Kommst du nicht mit?«

»Ich brauche etwas anderes zum Anziehen. Und du auch. Wir erwecken beide den Eindruck, als hätten wir uns in Asche gewälzt. Ich fahre weiter zu Atschoreks Haus und versuche, wieder ein bisschen mehr wie ein Mensch auszusehen. Heute Nachmittag komme ich zu dir, ja?« Er küsste sie sanft.

Ihr kam es so vor, als würde er sie wie eine Todkranke behandeln, die gerade erst genesen war. Genauso fühlte sie sich auch, noch etwas schwach, aber so, als hätte sie heute Geburtstag.

Kunun war tot. Sobald sie versuchte, daran zu denken, sah sie sein Gesicht vor sich, bevor er sie gebissen hatte. Ja, das wusste sie wieder. Wie er sich zu ihr gebeugt hatte, seine Lippen an ihrer Haut …

Dunkel. Ein Blick voller Gewissheit.

Er hat sich für uns geopfert, hatte Mattim gesagt.

Bilder kamen zurück. Eine wilde Flucht durch unterirdische Räume und schwarzen Rauch. Durch den Qualm spürte sie die Augen auf sich, die sie in die Knie zwingen wollten. Sie fletschte die Zähne zu einem triumphierenden Lächeln. *Aber hier bin ich. Und du bist den Wächtern in die Hände gefallen; wir beide wissen, was das bedeutet.*

Alles tat ihr weh, als sie wackelig ausstieg und sich gegen das Eisentor lehnte, aber das Lächeln in ihrem Gesicht ließ sich nicht auslöschen. Sie sah dem Taxi noch nach, bis es um die Straßenecke bog, dann wandte sie sich um und schloss mit bebenden Fingern auf. Ihre Schlüssel waren tatsächlich immer noch da, in ihrer nach bitterem Rauch stinkenden, zerrissenen Kleidung.

»Hanna!« Attila lief ihr entgegen, die Schultasche schon auf dem Rücken. »Mama, Hanna ist gekommen!«

Hinter ihm erschien Mónika und musterte das Au-pair-Mädchen mit kühlem Blick. »Auch wieder da?«

»Mama bringt mich heute zur Schule«, verkündete Attila froh. »Holst du mich ab?«

Sie wollte den Mund öffnen, um ihm zu antworten, aber die Gastmutter schnitt ihr das Wort ab.

»Ich komme heute zu spät zur Arbeit. Da du es nicht für nötig gehalten hast, uns mitzuteilen, wo du steckst.«

Attila hüpfte zur Garage. Seine Mutter folgte ihm, eine Aura düsterer Missbilligung um sich her.

»Tag, Hanna.«

Réka tauchte aus dem Inneren des Hauses auf, bleich, mit dunklen Ringen unter den Augen.

»Und du?«, fragte Hanna. »Warum bist du nicht in der Schule?«

»Ich bin krank«, erklärte Réka schroff.

Das nahm man ihr ohne Weiteres ab. Sie sah schlimm aus, so schlimm wie nie.

»Ich soll einen Kommissar Bartók anrufen, wenn du da bist. Du stinkst. Was hast du bloß gemacht?«

»Ich geh erst mal duschen«, sagte Hanna.

Unter dem harten Wasserstrahl fiel die Anspannung allmählich von ihr ab. Sie wollte lachen, doch sie weinte, während ihr das Wasser übers Gesicht lief und sich im Ausguss zu einem kleinen Strudel sammelte, bevor es sich in den Abgrund stürzte. Es gab keinen Grund dazu, hier war sie, lebendig, und alles war gut. Attila war nichts geschehen. Mattim hatte sie heil aus Akink herausgeholt. Kunun war tot. Aber der Schrecken steckte ihr immer noch in den Knochen. Sie wusch sich die Haare, wusch den Rauch heraus. *Was haben wir nur getan? Die halbe Stadt niedergebrannt? Sie wollten uns verbrennen, aber es war Akink, das gebrannt hat …*

Sie wollte an Mattim denken, an Mattim, der sie in den Arm genommen und ihr »alles wird gut« ins Ohr geflüstert hatte. Ein junger Mattim, voller Hoffnung und Kraft. Vor dem, was dazwischen geschehen war, zwischen dem Moment, als er zu ihr in die Zelle gekommen war, und ihrer Rückkehr ins Labyrinth, zuckte sie instinktiv zurück. Doch eins der Bilder, die wie in einer Galerie ihrer Erinnerung darauf warteten, dass sie den Lichtstrahl darauf richtete, drängte sich ihr so stark auf, dass sie es nicht abwehren konnte. Kunun. Eine tiefe, dunkle Schramme über der Wange, sie sah es so deutlich vor sich, als bräuchte sie nur die Hand auszustrecken, um das Gesicht des Schattenprinzen zu berühren.

Die stinkenden Klamotten packte sie in einen Müllsack, es lohnte sich nicht mehr, sie zu waschen. Hanna wollte alles abstreifen, was sie an die Zeit in Akink erinnerte. Das Boot. Der Wolf. Das blonde Mädchen, das ihr tragen half … Die Königin stand vor dem Gitter und erzählte eine letzte Geschichte über die Ausgestoßenen. *Nein, denk nicht daran. Denk an nichts dort unten.*

Zu gut wusste sie, dass dort der Schrecken lauerte, im

Verlies, dass es besser war, nichts davon hierher nach Budapest mitzunehmen. *Lass es vergessen sein …*

Wie seltsam, dass so viele bittere und verstörende Erinnerungen in ihre Freude gewebt waren, wie schwarze Fäden im Muster. Auch wenn dadurch die leuchtenden Farben des Glücks noch intensiver hervortraten, weigerte sie sich, diese Dunkelheiten genauer zu betrachten.

Die kleinen Wunden an ihrem Hals taten weh, wenn man sie berührte. Es waren nicht ihre einzigen Verletzungen. Sie war voller Schrammen und blauer Flecke, ihr Knöchel war dick und geschwollen. Die Bissspuren taten viel mehr weh als sonst, schienen viel tiefer zu sein.

Kunun war tot. Vergebens wartete sie darauf, Bedauern zu empfinden. Nur die Unruhe wurde wieder stärker, ein feines Kribbeln, das über ihren ganzen Körper lief.

Als sie aus dem Badezimmer kam und Réka auf sie zustürzte – hatte sie die ganze Zeit vor der Tür gelauert? –, fiel ihr ein, dass das Mädchen nichts von den Ereignissen der vergangenen Nacht wissen konnte. Ebenso wenig wie von Kununs Schicksal. Und dass sie ihr diese Tatsache möglichst schonend beibringen musste.

»Einen schönen Ausflug haben wir gemacht, wie?«

Es kam Hanna vor, als hätte die Fünfzehnjährige sich in jemand anders verwandelt. Dies war kein Teenager mehr, sondern ein Mensch, der seine Dunkelheit vor sich hertrug wie einen Schatten. »Einen netten, kleinen Ausflug, wir fünf? Kunun und ich, du und dein Freund und Attila? Papa und Mama haben mir die Hölle heißgemacht, weil wir angeblich vergessen haben, es ihnen mitzuteilen. Sie haben schon geglaubt, Attila wäre entführt worden.«

Hanna fuhr sich mit den Fingern durch ihr nasses Haar und beschloss, dass ihr ein Kaffee guttun würde. Und dem Mädchen eventuell auch.

»Ich hab nichts gesagt.« Rékas Stimme war wütend und trotzig und ein wenig hysterisch, sie konnte nicht aufhören zu reden. »Ich bin die halbe Nacht zu Fuß durch die Stadt gelaufen, in nassen Sachen, und dann sind auch noch alle auf mich sauer. Ich komme nach Hause, und du bist weg, und Attila ist weg, und alle regen sich auf, als wäre das meine Schuld. Hausarrest hab ich gekriegt. Ich hab noch nie in meinem ganzen Leben Hausarrest gekriegt. Zur Schule sollte ich trotzdem. Aber ich geh nicht. Ich geh überhaupt nirgendwohin.«

»Es war gut, dass du nichts gesagt hast.« Hanna schnupperte an ihrem Haar. Es kam ihr vor, als würde es immer noch nach Rauch riechen. Die Erinnerung an das brennende Akink ließ sich nicht entfernen. Was hatte Mattim getan, um sie zu retten? Wollte sie das wirklich wissen? Trotzdem freute sie sich jetzt schon auf den Nachmittag. Wie sollte sie es bloß bis dahin aushalten? Wie hatte sie es überhaupt die letzte Zeit ausgehalten ohne ihn?

»Was grinst du so blöde?«, giftete Réka. »Was wird hier eigentlich gespielt, he?«

Hanna setzte sich an den Küchentisch, stellte fest, dass Mónika nicht abgeräumt hatte, und schob die benutzten Teller und Tassen zur Seite. »Ich weiß es nicht«, sagte sie. »Ich war nicht da. Ich habe keine Ahnung, was hier in Budapest alles passiert ist, während ich … fort war. Ich bin so müde, dass ich fast umfalle. Trinkst du eine Tasse Kaffee mit?«

Sie versuchte den Zeitpunkt der Wahrheit hinauszuzögern. Mit langsamen Bewegungen füllte sie Kaffeepulver ein und schaltete die Maschine ein. Wie eine Schlafwandlerin. Dem Tod so knapp entronnen … Sie hatte ihr Versprechen Kunun gegenüber gehalten. Jetzt war sie frei. Frei für immer. Doch selbst das Glück in ihren Adern und die

Müdigkeit und die nervöse Unruhe in ihr konnten ihren Blick nicht so trüben, dass sie nicht bemerkt hätte, wie sehr Réka litt.

»Wie geht es dir?«, fragte sie vorsichtig. Die Nachricht von Kununs Tod würde dem Mädchen sicher den Rest geben.

Wie viel fehlte ihr, wie viele Stunden hatte man ihr geraubt und sie schwach und verwirrt zurückgelassen?

Ihre Augen waren so schwarz wie die Flüssigkeit in ihrer Tasse. »Meine Schultasche ist weg. Ich könnte gar nicht zur Schule, selbst wenn ich wollte. Ich hab sie in Atschoreks Auto gelassen.«

»Wir können sie später holen.«

»Attilas Ranzen ist auch verschwunden. Der ist in Kununs Haus.«

»Ich werde mich darum kümmern, versprochen.«

»Du weißt, wo Kunun wohnt?« Für einen winzigen Augenblick kehrte etwas von der alten Réka zurück, von diesem Teenager, der für einen schwarzhaarigen Mittzwanziger schwärmte und sich nichts sagen lassen wollte. Dann fiel sie wieder zurück in die Nacht.

»Sei nicht traurig.« Was sollte sie auch sagen: Du bist schon dort gewesen und hast es leider vergessen? »Es ist ja nicht so, dass er es dir gesagt hätte und mir nicht. Ich weiß es von Mattim. Kunun wollte nur nicht, dass du irgendwann vor seiner Wohnung auftauchst und es Schwierigkeiten mit deinen Eltern gibt.«

»Mach dir keine Mühe«, sagte Réka steif. »Du lügst schlecht.«

»Tut mir leid.«

Sie tranken beide ihren Kaffee. Réka stürzte ihn hinunter, als versuchte sie, sich damit zu betrinken.

»Kunun ist ein Vampir«, sagte sie.

Jetzt war es heraus. Hanna fühlte, wie die großen dunklen Augen des Mädchens sie beobachteten, auf ihre Reaktion warteten.

»Du weißt es also?«

»Ja«, sagte Réka. »Ich weiß alles. Er ist ein Vampir. Er hat mich nie geliebt. Nicht mehr als eine – eine …« Sie suchte nach einem Vergleich. »Als eine Tasse Kaffee.« Sie lachte ein uraltes Lachen, genauso schwarz und bitter wie das Getränk. Bisher hatten ihre Eltern versucht, sie von Koffein fernzuhalten. Nun schien sie auf einmal wild entschlossen, erwachsen zu sein. Es war so rührend, dass Hanna am liebsten geweint hätte.

»Woher weißt du es?«, fragte sie. »Hat er es dir gesagt?«

»Wenn ich verrückt bin«, sagte Réka, irgendwie zugleich erschrocken und zufrieden, »dann bist du es wenigstens auch.«

»Wir sind nicht verrückt«, meinte Hanna leise.

»Nein?« Réka lachte plötzlich schrill auf. »Ich war in einem Wald. Dann sollte ich in das Boot steigen. Mit dem Wolf. Ich bin ins Wasser gefallen. Ich wäre fast ertrunken. Es war so kalt …« Ihre Stimme begann zu zittern. »So kalt. Atschorek ist mit einem Pfeil in der Brust herumgelaufen. Ich glaube, sie ist seine Geliebte. Er hat sie mir als seine Schwester vorgestellt, aber ich glaube auch nicht mehr alles, was man mir sagt. Wenn ich es nicht selbst gesehen hätte …«

»Du solltest was tun?«, fragte Hanna und horchte auf. »Sie wollten erst dich über den Fluss schicken, mit Wilder? Deshalb warst du weg?«

Ihre Augen begegneten sich über den Tisch hinweg.

»Was?«, fragte Réka entgeistert. »Du hast es gemacht? Kunun hat dich auch gefragt?«

»Ja«, sagte Hanna. »Ich habe es gemacht.«

»Krass«, murmelte Réka.

Sie schwiegen eine Weile.

»Atschorek ist übrigens wirklich seine Schwester.«

Réka schüttelte heftig den Kopf. »Ich will nicht mehr über ihn reden. Es ist vorbei, endgültig. Ein für alle Mal.«

Wie recht sie damit hatte. Hanna fuhr sich mit der Hand übers Gesicht, und ihre Finger blieben wieder an den kleinen, erhabenen Wunden hängen. Nein, es gab keinen richtigen Zeitpunkt für den Überbringer von schlechten Nachrichten.

»Ich glaube, Kunun ist tot«, sagte sie leise.

»Das ist mir egal«, sagte Réka mit dieser neuen, erwachsenen Stimme, die so schlecht zu ihr passte. »Es interessiert mich nicht.«

Hanna legte ihre Hand auf die kleine Faust des Mädchens. »Es tut mir so leid für dich.«

»Vielleicht wäre ich doch lieber verrückt«, flüsterte Réka, »statt an all das zu glauben.«

ZWEIUNDZWANZIG

AKINK, MAGYRIA

Kunun schmeckte sein eigenes Blut auf der Zunge. Es war nicht das leichte, würzige Aroma der Akinker, nur einen Sprung vom Wolf entfernt, nicht das starke, pulsierende Leben der Menschen jener anderen Welt hinter den Türen, süß und schwer und berauschend.

Bitter schmeckte es, nach Salz und Metall und Dunkelheit; es schmeckte nach dem Gefühl, in einen Schatten hineinzutauchen, nach schwarzer Unwirklichkeit. Der Schmerz, den er im ersten Moment gar nicht gespürt hatte, schlich auf leisen Sohlen heran, eine gefräßige Bestie, die Zähne gefletscht. Entsetzen überrollte ihn, presste ihn noch fester, noch untrennbarer an die grüne Tür. In seinem Rücken spürte er die Schnitzereien, das Muster der Blätter und Vögel, irgendwo zwischen seinen Schulterblättern drückte sich der Löwenkopf an ihn, mit dem Ring im Maul, aufdringlich zärtlich.

Nachdem Hanna und Mattim durch den Schatten verschwunden waren, hatte eine Lanze ihn mit voller Wucht durchbohrt. Die Laterne war ihm aus der Hand gefallen und auf den Steinen zerschellt. Nun wurde er gegen die hölzerne Tür gedrückt, der lange Stab ragte aus seinem Bauch. Festgenagelt ans Holz, konnte er nicht vor und zurück.

»Wir haben ihn«, sagte der Wächter mit kaltem Triumph.

Kunun widersprach ihm nicht. Blut sickerte langsam durch die Verästelungen seiner Lungen. Instinktiv schnappte er nach Luft, aber es war der Durst, der ihn zwang, den Mund zu öffnen. Schwarzes Blut rann ihm übers Kinn, und er wunderte sich darüber, wie viel es war. Er hatte nicht gedacht, dass Vampire so bluten konnten.

Der Schmerz war inzwischen angekommen und begann zu strahlen wie ein in seine Eingeweide eingepflanzter Stern.

»Was machen wir mit ihm?« Die Stimmen schienen von weither zu kommen. Durch die Wimpern seiner halb geschlossenen Augen sah Kunun dunkle Gestalten, als wimmelte es in der ganzen Straße von Schatten. »Habt ihr Feuer?« – »Seid ihr verrückt? Wollt ihr das ganze Haus abfackeln?« Irgendwo über ihm öffnete sich ein Fenster, und eine Frau schrie wirres, unzusammenhängendes Zeug. Er verstand nur Bruchstücke – »... Keller ... Mädchen ... keine Spur von ihnen ...«

Mattim hatte es geschafft. Das war gut. Ein Lächeln wanderte durch sein Gesicht, unter der Oberfläche, ohne durch die Haut nach oben ins Freie zu gelangen. *Kleiner Bruder bringt den Sieg.* Also war nichts verloren, war alles noch möglich. Nur nicht gerade jetzt und hier, in der Tiefe, in der er sich befand. Wo der Strudel finsteren Schmerzes sich in ihm drehte, um eine Mitte, dunkel wie ein Abgrund.

Ich bin schon tot.

Der Gedanke half nicht viel. Nie hätte er gedacht, dass es so viele Abstufungen des Sterbens gab, so viel Zerstörung in einem Körper, der dazu verdammt war, niemals zu verwelken.

Er konnte das Licht spüren, bevor er es sah, wie den Duft einer köstlichen Mahlzeit, einem Verhungernden serviert. Ein Glühen, das sich in dem kreiselnden Wirbel in seiner

Mitte konzentrierte und alles verbrannte. Kunun stemmte den Hinterkopf gegen die Tür und öffnete die Augen.

»Wir haben ihn, Majestät. Was sollen wir mit ihm machen?«

»Ihr brennt mir nicht mein Haus ab«, jammerte die Frau am Fenster. »Nehmt ihn da weg, bitte. Nehmt ihn bitte da weg!«

Groß stand der König vor ihm, das Leuchten um sich her wie einen fest anhaftenden Fluch, mit dem er nun auf ihn herabfuhr.

Der Vampir fühlte, wie das Licht ihm Tränen in die Augen trieb, wie es in ihm brannte. Hundert Jahre Sehnsucht, hundert Jahre Verlorensein.

»Dein Glanz blendet mich, oh großer König des Lichts«, sagte er. Seine Stimme klang nicht so leicht, so spöttisch und kühl, wie er es beabsichtigt hatte, sondern ungewohnt harsch und brüchig, als litte er an Atemnot.

»Wo sind die anderen?«, fragte Farank.

»Sie sind da durch die Tür«, erklärte eine Soldatin. »Aber das heißt nicht, dass sie drinnen im Haus sind. Sie sind gegangen und verschwunden. Es war reines Glück, dass wir den hier erwischt haben.«

»Sucht weiter«, befahl der König. »Vielleicht sind sie noch irgendwo in der Nähe.«

Der Schattenprinz beobachtete ihn durch die Wimpern hindurch. Das Gesicht seines Vaters zeigte keine Regung des Wiedererkennens. Sein Blick wanderte über die festgenagelte Gestalt. Kunun kam es so vor – aber vielleicht täuschte er sich da auch –, als ob unter der Oberfläche von Faranks Gesicht ein Gefühl vorüberschwamm wie ein Geschöpf der Tiefsee, ein Wesen, das sich niemals nach oben verirren würde, wo irgendjemand es hätte sehen können.

»Was sollen wir mit ihm machen, Majestät?«, fragte der Wächter.

»Verbrennt ihn«, entschied der König. »Auf der Stelle. Warum warten, wenn bald ganz Akink in Rauch aufgehen wird? Zahllose Wölfe huschen bereits durch die Straßen. Warum ein Haus verschonen, wenn bald alle Häuser brennen werden?«

Die Frau im Fenster klagte lauthals, als die Wächter die Hände nach ihr ausstreckten, um ihr auf die Straße zu helfen.

»Zögert es nicht länger hinaus«, befahl der Monarch. Etwas leiser fügte er hinzu: »Es gibt einen Zustand, in dem möchte man nicht einmal seine Feinde wissen.«

Kunun versuchte zu lachen. Er spuckte das Blut aus, das sich in seinem Mund gesammelt hatte, das finstere, bittere Blut. Es würde keines nachkommen. Selbst aus der tiefsten Wunde rann immer nur ein wenig Blut.

»Wie schön ist es doch zu Hause«, sagte er. »Welch warmer Empfang. Wenn man bedenkt, wie lange ich nicht mehr hier war! Es ist, als wäre es erst gestern gewesen, dass ich über die Brücke geritten und auf die Jagd gegangen bin.«

Farank musterte ihn und wandte sich ab. »Macht es einfach.«

»Nein! Wartet!« Die Königin rannte mit fliegendem Haar, mit wehendem Mantel. »Wartet! Wen haben sie? Mattim? Ist es Mattim?«

Ihr Mann fing sie auf, hielt sie fest, bevor sie näher herankommen konnte.

»Du sollst das nicht sehen.«

»Ist es Mattim?«, flehte sie.

»Wir gehen nach Hause, komm.«

»Mattim?« Sie hörte nicht auf das Drängen in seiner

Stimme, riss sich von ihm los und lief bis vor das helle Haus mit der nun so auffällig verzierten Tür. Abrupt blieb sie stehen.

»Verzeiht, Hoheit, dass ich mich nicht vor Euch verneigen kann«, sagte Kunun.

Die Königin stieß einen Klagelaut aus, wie ein verwundetes Tier.

»Wie … Nein! Oh nein!«

Der König trat hinter sie. »Komm, Elira.«

»Er ist mein Junge«, sagte sie leise. »Mein Junge. Oh Farank, ich …«

»Du kannst ihn nicht retten«, sagte er. »Niemand kann das.«

Sie streckte die Hand aus, um Kununs Gesicht zu berühren.

»Nein!« Farank riss sie zurück. »Bist du verrückt? Du kannst doch nicht riskieren, dass er dich beißt! Komm weg hier, Elira.«

»Ich bin hinunter ins Verlies gerannt«, sagte sie. »Und ich war so glücklich, als ich hörte, dass Mattim geflohen ist. Du kannst dir nicht vorstellen, wie erleichtert ich war.«

»Wie kannst du darüber froh sein? Es war nicht Mattim«, erinnerte sie der König. »Denk an einen tollwütigen Wolf. Auf die Stadt losgelassen, Schaum vor dem Maul. Und dann diese Kreatur hier, die nicht sterben kann – willst du nicht lieber echte Tränen vergießen um einen Toten, der wirklich tot ist? Niemand in Akink sollte um eine Bestie trauern, die mordlustig durch die Nacht irrt.«

»Das kann man nun wirklich nicht von mir behaupten«, mischte Kunun sich ein. »Mordlustig war ich nie. Wolfslustig schon eher. Wahnsinnig lustig ist es, Majestät, wenn aus Unsinn plappernden alten Männern graumähnige Wölfe werden.«

Die Königin hatte die Füße in die Erde gestemmt und rührte sich nicht von der Stelle.

»Tut es sehr weh?«, fragte sie.

»Er ist tot, verdammt!«, schrie der König. »Nichts tut ihm mehr weh!«

»Wenn es Euch beruhigt, Majestät, die Toten leiden nicht mehr, nachdem man sie zerhackt und verbrannt hat. Sollte das nicht Euer Gewissen beruhigen?« Kunun begegnete dem angstvollen Blick seiner Mutter mit wilden schwarzen Augen, in denen der Schmerz seine Kreise zog.

»Es reicht, Elira«, warnte Farank.

»Habt Ihr für mich auch eine Geschichte vor dem Schlafengehen?«

Die Königin schluchzte auf; es war ein Laut, wie der König ihn noch nie von ihr gehört hatte.

»Es reicht«, wiederholte er, »wir waren uns immer einig, was wir mit tollwütigen Wölfen tun.«

»Er ist der König der Schatten. So ist es doch, oder? Du bist ihr Anführer?«

»Es wäre hilfreich, wenn Ihr Euch dazu durchringen könntet, meinen Namen auszusprechen, edle Mutter«, sagte Kunun. »Nur damit es keine Missverständnisse gibt, wen Ihr meint. Der alte Mann an Eurer Seite kann jederzeit der König der Schatten werden, wenn er nur will.«

»Kunun.« Auf einmal klang ihre Stimme erstaunlich fest. »Du bist ihr Anführer? Der König der Schatten?«

»Man nennt mich ›den Jäger‹«, antwortete er und lächelte. Es war das Lächeln eines Mannes, der den wilden Stier verfolgt und den Speer wirft und sich gleich darauf auf den Hörnern seiner Beute wiederfindet – das Lächeln des Jägers, der weiß, dass er sterben muss, aber nicht allein.

»Wir wären töricht, ihn zu vernichten«, sagte Elira mit Autorität. Sie sah nun wieder wie eine Königin aus, nicht wie eine verzweifelte Mutter. »Er ist das Einzige, was zwischen uns und den Schatten steht. Sie werden kommen, immer mehr und mehr, das weißt du so gut wie ich.«

»Eben das fürchte ich«, sagte Farank. »Dass sie aus allen Löchern kriechen, dass sie uns überschwemmen werden mit ihrem giftigen Biss. Wir müssen versuchen, jeden Einzelnen von ihnen zu vernichten. Wir haben keine Wahl.«

»Das vielleicht nicht, aber dafür eine Geisel«, hielt sie dagegen. »Wir hatten das Mädchen, und Mattim ist gekommen, um sie zu befreien. Wir hatten die beiden, und nun ist Kunun gekommen. Die Schatten helfen einander, Farank. Sie sind nicht völlig verdorben, sie stehen füreinander ein. Dass wir ihren König in unserer Gewalt haben, ist vielleicht unsere letzte Hoffnung. Natürlich werden sie versuchen, ihn zurückzuholen, aber wir werden dafür sorgen, dass ihnen das nicht gelingt. Sie werden mit uns verhandeln müssen.«

»Ich verhandele nicht mit der dunklen Seite«, beharrte der König düster. »Und hör endlich auf, diese Namen auszusprechen.«

»Er ist unser einziges Pfand.« Auch die Königin gab nicht so schnell nach. »Unser einziges.«

»Wie stellst du dir das vor? Die Schatten schleichen heran, du rufst ihnen zu: Halt, wir haben euren König, zieht ab! Und dann ziehen sie ab? Und als Nächstes? Willst du ihn freilassen?« Er fasste sie an den Schultern und schüttelte ernst den Kopf.

»Wir haben es nie versucht«, meinte sie. »Einen Vertrag zu schließen. In all den Jahren nicht. Das war ein Fehler. Denn dann wüssten wir jetzt, ob sie sich an Verträge halten.«

»Du kannst sie nicht behandeln, als wären sie … Menschen wie wir.«

»Sie sind einander gefolgt«, erinnerte sie ihn ein zweites Mal. »Dem Mädchen der Schatten und dem Schatten der Anführer. Das ist mehr als der Instinkt von Wölfen. Das sind Zuneigung und Ehre. Wie viel werden sie für ihren König geben? Wir finden es heraus und retten Akink.«

Mit halb geschlossenen Augen hörte Kunun zu, wie die Königin um sein Leben kämpfte. Der Schmerz war wie ein schwerer Stein, den jemand in einen Teich geworfen hatte. Er sank durch seinen Körper hindurch und zwang ihm eine Bewegung auf, ein Muster, eine Reaktion. Doch es war, als wäre er inzwischen auf dem Grund angelangt. Langsam erinnerte sich der geschundene Körper an seine zerbrechliche Unsterblichkeit. Der Schattenprinz konnte fast wieder frei atmen, wenn er es versuchte. Mit dem Ärmel wischte er sich das Blut vom Kinn. Als die Wachen die gesamte Tür mit ihm darauf aus ihrer Verankerung hebelten und auf einen Karren luden, war er schon wieder munter genug, um einen Unvorsichtigen zu packen und ihn in einen Wolf zu verwandeln. Es machte die Demütigung, auf diese Weise verladen und durch die Stadt transportiert zu werden, ein ganz klein wenig leichter erträglich.

»Glaubst du an die Liebe?«, fragte Réka mit der Stimme einer Vierzigjährigen, die bereits zwei Scheidungen hinter sich gebracht hat und fünf Kinder ohne Hilfe großziehen muss. »Ich meine, die große Liebe. An die Liebe, die Schicksal ist. Die über einen kommt, und man kann sich nicht wehren. Man will es auch gar nicht. Weil man weiß, dass man den Richtigen gefunden hat. Weil es für immer ist. Für immer und ewig.«

»Ja«, antwortete Hanna.

Sie saßen im Wintergarten. Réka hatte noch eine Kanne Kaffee gekocht, die sie gemeinsam leerten. Sie hatte sogar aus dem Schrank irgendeinen ekelhaften Schnaps geholt, aber Hanna hatte ihr die Flasche sanft aus der Hand genommen und sie wieder zurückgestellt. Nun saßen sie hier und tranken Kaffee.

»Ich nicht«, behauptete Réka. »Ich glaube überhaupt nicht mehr an die Liebe.«

»Mattim und ich«, flüsterte Hanna.

»Ach, wirklich? Was macht dich so sicher? Als du mit deinem Maik zusammen warst, dachtest du das nicht auch? Und dann ist doch nichts daraus geworden. Weil«, erklärte Réka, erfüllt von abgebrühter Weisheit, »es nämlich nie etwas wird. Entweder hasst man sich, oder man wird sich irgendwann hassen und weiß es bloß noch nicht. Sogar meine Eltern hassen sich!«

»Nur weil sie sich vielleicht auch mal streiten …«

Réka fegte den Einwand mit einer Handbewegung hinweg. »Ich weiß, dass Mama ständig weint. Irgendwann lassen sie sich scheiden. Erzähl mir keine Märchen. Es gibt keinen Prinzen, der irgendwo auf einen wartet und den man finden muss. So ein Quatsch. Ich glaube, ich werde mich überhaupt nie mehr verlieben.«

»Kunun ist auch noch tatsächlich ein Prinz. Ein Prinz und ein König.«

»Ha!«

Sie saßen da und schwiegen und blickten in den Garten hinaus. Obwohl der Himmel leicht bewölkt war, kam es Hanna blendend hell vor. Kein Vergleich zu Akink, wo selbst der Tag unglaublich düster war.

»Mit deinem Mattim stimmt auch irgendetwas nicht«, sagte Réka mit finsterer Zufriedenheit. »Aber wenigstens saugt er dir nicht das Blut aus.« Als Hanna dazu schwieg, sah sie ihre Freundin von der Seite her scharf an. »Nein! Er auch? Mattim ist auch einer von denen? Sag mal, habe ich irgendetwas verpasst? Sind vielleicht alle Vampire, und ich bin die Einzige, die nichts davon weiß? Lachen sie über mich, weil ich ... weil ich ...« Ihre Hand begann zu zittern, sie stellte ihre Tasse ab.

»Nein«, sagte Hanna. »Niemand weiß das. Ich habe versucht, es dir zu sagen, die ganze Zeit schon.«

»Merkwürdig nur«, sagte Réka etwas schnippisch, »dass du ständig versucht hast, mich und Kunun auseinanderzubringen, und dann ist dein Freund auch einer von denen?«

»Mattim liebt mich. Das weiß ich.«

»Wie nett! Sein Essen zu lieben. Liebt er dich auf die Weise, wie ich Sachertorte und Nussbrezeln liebe?«

Hanna musste unwillkürlich lachen; nicht wegen dieser Worte, sondern weil Réka sie mit einer solchen zornigen, jammervollen Tragik aussprach, dass es ihr vorkam, als wäre sie in einem schlechten Theaterstück.

»Réka – Réka, nein, entschuldige. Tut mir echt leid.«

»Was ist daran so witzig?«, fragte Réka wütend.

Hanna hatte sich wieder in der Gewalt. »Es muss schlimm für dich gewesen sein, mit anzusehen, wie Atschorek erschossen wurde.«

Réka starrte an ihr vorbei aus der Fensterscheibe.

»Das war nicht das Schlimmste«, sagte sie leise.

Hanna war so wütend auf Kunun, dass sie ihn am liebsten umgebracht hätte, wenn er nicht schon tot gewesen wäre. »Er hätte niemals von dir verlangen dürfen, den Wolf ans andere Ufer zu bringen.«

»Ich konnte nicht in das Boot steigen«, flüsterte Réka, auf einmal mit Tränen in den Augen, und Hanna spürte sofort, dass sie jetzt an dem Punkt waren, über den das Mädchen die ganze Zeit sprechen wollte. »Ich konnte einfach nicht. Er hat mich so sehr darum gebeten, aber da war dieser riesige Wolf. Ich hatte entsetzliche Angst.«

»Das ist ganz normal. Nichts, weswegen du dir Vorwürfe machen müsstest. Kunun hätte dich sofort zurückbringen müssen, als du nein gesagt hast.«

»Aber du hast es gemacht! Du konntest es! Ich nicht. Kunun hat mich so angesehen – so enttäuscht. Er war wirklich enttäuscht von mir. Er hat sich so viel Mühe mit mir gegeben, damit ich ihm gehorche. Trotzdem habe ich ihm nicht gehorcht. Ich habe ihm nie irgendetwas bedeutet, und als ich das nicht getan habe, was er verlangt hat, da wollte er mich nicht mehr. Da war ich nichts für ihn. Wie – wie Müll. Nichts bin ich für ihn.«

Über ihrem Gesicht lag eine so grenzenlose Traurigkeit, dass Hanna der Atem stockte.

»Nein. Nein, Réka. Dass du ihm nie etwas bedeutet hast, das glaube ich nicht. Ich war natürlich gegen eure Freundschaft. Du bist viel zu jung, und er ist einfach nicht der Richtige für dich. Aber wenn es ihm von vornherein nur um sein verdammtes Boot gegangen wäre, hätte er bestimmt jemanden ausgewählt, der älter und kräftiger ist. Klar, er war enttäuscht und vielleicht auch wütend. Daraus kann man jedoch nicht schließen, dass du ihm nie etwas bedeutet hast. Irgendetwas an dir hat ihn berührt und angezogen. Ich gebe zu, ich mag ihn nicht besonders« – ha, die Untertreibung des Jahres! –, »aber dass alles nur Lüge war, das kann nicht sein.«

Was tue ich hier nur?, dachte sie. *Ich verteidige Kunun? Geht es mir noch gut? Warum sagst du ihr nicht lieber, dass ihr toller Freund sie vor ein paar Monaten um ein Haar umgebracht hätte?*

Trotzdem konnte sie Rékas abgrundtiefe Verzweiflung nicht mit ansehen und sie in dem Gefühl lassen, nicht liebenswert zu sein.

»Du bist so ein hübsches, süßes Mädchen, du …«

»Er hasst mich.« Réka hörte ihr gar nicht zu. »Er hat mich so angesehen, so still. Ich werde nie sein Gesicht vergessen, solange ich lebe. Er wollte, dass ich sterbe.«

»Bestimmt nicht. Er …«

»Er wollte es! Ich dachte, ich würde ertrinken. Ich dachte es wirklich! Das Wasser war so kalt und dunkel, ich bin untergegangen … Und er stand am Ufer und hat zugesehen. Er hat keinen Finger gerührt! Nur weil ich nicht in dieses Boot gestiegen bin, wollte er, dass ich sterbe. Er hat nichts getan, gar nichts! Er ist mir nicht nachgesprungen. Er hat sich nicht einmal nach vorne gebeugt. Dabei hätte er nur ein paar Schritte ins Wasser machen müssen, da am Ufer! Er stand nur da … Ich habe mit den Armen gerudert, ich wollte mich irgendwo festhalten, und er stand da nur und hat zugesehen.«

Sie weinte. Ihre Augen liefen über, sie versuchte die Tränen fortzublinzeln und kam nicht an gegen die Flut, die endlich aus ihr herausströmte.

Hanna reichte ihr eine Packung Taschentücher.

»Das war es?«, fragte sie. »Deshalb glaubst du, dass er dich nicht liebt? Du dummes Mädchen, er konnte nicht ins Wasser.«

»Seine Schuhe waren trocken«, flüsterte Réka. »Ich hab's gesehen, nachher, als der Wolf mich herausgezogen hat. Er ist nicht einmal so weit gegangen, dass nur ein Tropfen auf seine Schuhe gelangt ist.«

»Vampire können nicht ins Wasser. Nicht in diesen Fluss. Weder in die Donau noch in den Donua. Er kann nicht einmal mit dem Boot auf dem Wasser fahren, es wäre schon zu nah. Verstehst du das, Réka? Er konnte dir unmöglich nachspringen! Kunun wäre vor deinen Augen gestorben. Er musste sich ganz auf Wilder verlassen. Er stand da und musste aushalten, dass er nichts unternehmen konnte.«

»Sie können nicht ins Wasser?«, hakte Réka nach.

»Es gibt nur wenig, was sie umbringen kann. Aber sie können nicht über den Fluss. Er enthält zu viel Licht. Deshalb das Boot. Deshalb der Kampf um die Brücke. Ein Schatten – ein Vampir – darf nicht einmal die Hand ins Wasser tauchen. Er würde sich auflösen und vergehen.«

»Er würde sich auflösen?« Rékas Tränen trockneten auf ihren Wangen. Sie saß in ihrem Korbsessel, reglos, wie ein Troll, vom Licht überrascht, versteinert.

»Nimm noch einen Kaffee«, schlug Hanna vor.

»Ich will keinen Kaffee. Er schmeckt ekelhaft.«

Hanna versuchte ihr ein Lächeln zu entlocken. »Wieder da, Réka?«

»Ich will zu Kunun«, sagte das Mädchen. »Sofort. Lass uns in die Stadt fahren, du weißt, dass ich ihn überall finden kann.«

»Réka – hast du mir vorhin nicht zugehört? Irgendetwas ist passiert, auf der anderen Seite. Irgendetwas ist schiefgegangen. Ich habe dir gesagt, dass er wahrscheinlich tot ist.«

»Was? Aber – aber ich dachte, du meintest es anders. Dass er nicht richtig lebt, weil er ein Vampir ist.«

»Ich meinte, dass er eventuell richtig tot ist. So tot, wie er es gewesen wäre, wenn er dir nach in den Fluss gesprungen wäre.«

Réka starrte Hanna entgeistert an. »Du sagst mir erst, dass er mich doch liebt, und dann, dass er tot ist?«

DREIUNDZWANZIG

BUDAPEST, UNGARN

»Mattim. Hier bist du also.«

Atschorek war vor der Badezimmertür aufgetaucht und lehnte den Kopf gegen die Zarge. Eine Weile sah sie zu, wie Mattim versuchte, sein Gesicht wieder herzurichten. Er kämmte seine Haare über die Stirn und über die Wangen, schob sie wieder zurück, dann seufzte er und knallte den Kamm ins Waschbecken.

»Was erwartest du? Dass ich dir mein Beileid ausspreche? Dass ich dich um Verzeihung anflehe? Wofür? Muss ich auf Knien vor dir herumrutschen, weil Kunun sich selbst in diese Lage gebracht hat?«

»Sich selbst? Mir scheint, du verwechselst da etwas.«

»Wer hat denn Hanna nach Akink geschickt?« Er krallte sich mit beiden Händen am Becken fest, um sich nicht vor Wut auf sie zu stürzen. »Ich kann es immer noch nicht fassen, was ihr getan habt!«

»Kunun hat sein Leben riskiert, um das deine zu retten«, erinnerte Atschorek. »Und du ziehst nicht einmal in Erwägung, dasselbe für ihn zu tun?«

»Du weißt nicht, wie es war, drüben in Akink. Sie hätten uns alle in der Luft zerrissen, wenn sie uns in die Finger bekommen hätten. Kunun ist tot.«

»Das wissen wir erst dann mit Sicherheit, wenn wir drüben sind. Wir gehen auf jeden Fall rüber, mit dir oder ohne dich.«

Erst jetzt bemerkte er, dass ihr Gesicht nicht von Trauer verzerrt war, sondern von etwas anderem, von einer fiebrigen Erwartung, einer Anspannung, die Angst in sich trug, aber keine Traurigkeit.

»Wir haben die Pforte«, sagte Atschorek. »Auf der richtigen Seite. Ich werde Akink einnehmen, Mattim, ob du mir nun dabei hilfst oder nicht. Wilder ist immer noch im Labyrinth. Wir können Hunderte neuer Pforten erschaffen, wenn er mitmacht. Was, kleiner Bruder, willst du dagegen tun?«

Er wandte sich ihr wieder zu, obwohl er sie am liebsten aus dem Zimmer geworfen hätte oder, wenn er ehrlich war, aus dem Haus. Aber dies war ihr Badezimmer. Und ihre Villa. »Die Stadt ist schwieriger zu erobern, als du dir ausmalst. Noch einmal werden die Akinker sich nicht überrumpeln lassen.«

»Kleiner Bruder bringt den Sieg«, murmelte sie.

»Ich dachte, du glaubst nicht an Prophezeiungen und solchen Quatsch?«

Mattim fragte sich, warum sie so versessen darauf war, dass er sie bei diesem Unternehmen unterstützte. Bei den Schatten gab es genug Männer und Frauen, die aus der Akinker Wache stammten und sie beraten konnten.

»Vielleicht ist Kunun doch noch am Leben. Vielleicht können wir ihn immer noch retten. Willst du wirklich so tun, als ginge dich das alles nichts an? Ich dachte, dass er dir trotz allem etwas bedeutet.«

Mattim zögerte. Die Frage, was Kunun ihm bedeutete, war eine der schwersten überhaupt. Es ließ ihn nicht kalt, wenn er sich vorstellte, dass dieselben Soldaten, von denen sie mit Waffen und Feuer durch die Stadt gejagt worden waren, den Schattenprinzen in die Finger bekommen hatten. Wenn er sich an den Moment erinnerte, als die Wächter ihn und Hanna im Verlies töten wollten und Kunun plötzlich aufgetaucht war … Die Erleichterung, die Dankbarkeit, die er empfunden hatte, ließ sich nicht leugnen oder vergessen. Das Gefühl, auf derselben Seite zu stehen, war ein gutes Gefühl …

»Ihr wart bereit, Hanna zu opfern«, sagte er schließlich. »Damit seid ihr zu weit gegangen. Ich werde dir nicht helfen, Atschorek.«

Wutschnaubend drehte sie sich um und rauschte davon. Er hatte damit gerechnet, dass sie ihn vorher noch aus dem Haus werfen würde, aber die Zeit nahm sie sich nicht. Sollte sie sich doch in diesen Kampf stürzen! Konnte es gelingen? Hatten die Akinker überhaupt irgendeine Chance gegen Feinde, die aus dem Nichts über sie herfielen?

Mattim runzelte die Stirn und begegnete seinem eigenen Blick im Spiegel. So ernst sah er aus, so besorgt, und leider so malträtiert, dass er seine Wunden nicht vollständig verbergen konnte. Versuchsweise verzog er den Mund zu einem Lächeln. Es misslang kläglich. Was hatte er zu Hanna gesagt – sie wollten sich am Nachmittag treffen? Er hielt unwillkürlich nach einer Uhr Ausschau, fand in der Umgebung keine und entschied, dass es bestimmt schon spät genug war.

Am helllichten Tag musste auch ein Schatten am Tor klingeln. Und da war das Lächeln, nach dem er sich sehnte: Hannas Lächeln. Sie schlang die Arme um ihn und lehnte den Kopf gegen seine Brust. Eine Weile standen sie so da, und es gab keinen Grund, sich zu bewegen oder zu sprechen.

»Du hast deinen Vampir noch und ich nicht«, sagte Réka traurig. »Das ist nicht gerecht.«

Sie schien auf etwas zu warten, als müsste auch für sie ein

Besucher am Tor auftauchen. Ein großer, dunkler Mann in einem schwarzen Mantel, der nicht kommen würde. Rékas Augen waren gerötet vom Weinen. Klein und bleich und schmal stand sie da und wirkte mehr denn je wie ein ausgehungertes Gespenst.

»Sie weiß es?«, fragte er.

»Ja«, antwortete Hanna. »Kunun hat sie beim letzten Mal nicht gebissen. Nachdem er sie nach Magyria gebracht hatte.«

Merkwürdig, dachte Mattim, *dass dieses junge Mädchen aussieht wie eine wandelnde Tote, dabei ist sie so viel lebendiger als ich.*

»Sie ist völlig durcheinander«, fügte Hanna leise hinzu. »Ich möchte sie heute lieber nicht allein lassen. Kommst du mit in den Wintergarten?«

Er sehnte sich nach Zweisamkeit, aber man konnte Réka nicht anschauen, ohne sich Sorgen um sie zu machen. In diesem Zustand war sie vermutlich zu allem fähig.

»Ist es dir denn recht, wenn ich hier bin?«, fragte er. »Obwohl ich auch aus Magyria stamme?«

Réka drehte sich zu ihm um. »Mir ist es so was von egal, woher du kommst«, sagte sie. »Du könntest ein siebenköpfiges Ungeheuer sein, ehrlich, es würde mich nicht stören.«

»Aber ich bin kein siebenköpfiges Ungeheuer. Ich bin ein Vampir.« Er wartete auf ihre Reaktion.

»Na, und wenn schon.«

Mattim verstand immer weniger, ratlos wandte er sich an Hanna. »Wenn es ihr wirklich egal ist, warum ist sie dann so außer sich?«

»Ich habe ihr gesagt, dass Kunun tot ist«, erklärte sie. »Dass er es nicht geschafft hat, mit uns zurückzukommen.«

»Es ist sehr wahrscheinlich, aber ganz sicher wissen wir es nicht«, sagte Mattim. »Atschorek hat vor, keine Zeit zu verlieren und sofort anzugreifen. Sie will die Schatten gegen Akink führen.«

»Heute?«, fragte Hanna entsetzt. »Aber ich dachte …«

»Dass es uns gelungen wäre, die Stadt zu retten?« Er schüttelte voller Bedauern den Kopf. »Nein, noch lange nicht. Ich weiß nicht, wann wir das je behaupten könnten. Habe ich einen Augenblick lang geglaubt, jetzt, da Kunun fort ist, wäre das Licht in Sicherheit? Welch ein fataler Irrtum. Solange es Schatten gibt, werden wir nie sagen können: Jetzt haben wir es geschafft.« Traurig fügte er hinzu: »Atschorek hat vor, mit Wilders Hilfe unzählige neue Pforten zu schaffen.«

»Oh Gott, und ich war es, die ihn in die Stadt gebracht hat! Mattim, was kann ich bloß tun, um das wiedergutzumachen? Was?«

Er umfasste ihre Hände und sah in ihren Augen das Leben pulsieren, das starke, wache, nicht unterzukriegende Leben.

»Wilder ist der Schlüssel«, sagte er langsam. »Wenn wir ihn dort wegbekommen … wenn wir ihn irgendwo hinbringen würden, wo die Schatten ihn nicht finden?«

»Ich bin dabei«, meinte Hanna sofort. »Wir müssen uns beeilen, oder?«

»Er ist nicht derselbe Wilder, den du kennst.« Wilder vor Atschoreks Nase wegzuschnappen, war nur auf den ersten Blick eine leichte Lösung ihres Problems. »Schattenwölfe verwandeln sich hier in reißende Bestien. Man kann sie nur mit so einem Dings betäuben. Mit einem – Schocker, ja, das war das Wort. In Kununs Haus befindet sich so ein Gerät. Ich bezweifle, dass die Vampire mir das aushändigen würden, aber vermutlich hat meine Schwester alle zusammengerufen, und ich kann mich dort ungehindert umsehen. Wir müssen uns beeilen. Wir haben nicht viel Zeit, um Atschoreks Pläne zu durchkreuzen.«

»Dann müssen wir sofort los!« Hanna wandte sich zu Réka um, die ihr Gespräch verfolgt hatte und noch verwirrter aussah als vorher. »Und du? Ich möchte dich ungern hierlassen, aber …«

»Ich komme mit!«, erklärte das Mädchen entschieden.

Im Burgviertel herrschte der übliche Betrieb. Touristen schlenderten durch die Straßen und genossen das altertümliche Flair. Vor dem Labyrinth war nichts Ungewöhnliches zu bemerken. Keine Schreie drangen aus dem Kellergewölbe, keine Besucher stürzten blutüberströmt nach draußen. Fast hätte man glauben können, dass alles nur ein Traum gewesen war und dass hier, mitten im Zentrum von Budapest, keineswegs der Zugang zur Vernichtung Akinks lag.

Mattim wandte sich zu den beiden Mädchen um. »Ihr wartet hier oben. Bitte, Hanna, ich möchte, dass du bei Réka bleibst.«

»Wilder kennt uns beide, Réka und mich«, erinnerte ihn Hanna. »Vielleicht können wir ja doch irgendetwas in ihm anrühren … Glaubst du wirklich, er ist nichts als ein Tier?«

Mattim dachte an Bela und seine erschreckende Veränderung. Bis zuletzt hatte er nicht glauben wollen, dass sein Bruder den Verstand verloren hatte.

»In dieser Welt ist es anders als in Magyria«, versuchte er zu erklären. »Hier verwandelt sich kein Mensch in einen Wolf. Ein Schattenwolf mit menschlichem Verstand verliert seine Persönlichkeit und wird zur Bestie. Es ist, als wäre es hier unmöglich, dass Mensch und Tier in einem Körper wohnen oder dass Menschen zu Tieren werden …

Die Grenzen sind viel schärfer gezogen. Ich denke, es liegt an dieser Welt, die nach anderen Regeln funktioniert als Magyria. Das Leben lässt sich nicht so leicht in Träume verwickeln … Erklären kann ich es nicht. Jedenfalls müssen wir damit rechnen, dass Wilder nicht mit sich reden lässt.«

»Wir kommen trotzdem mit.«

Er wusste, dass es keinen Zweck hatte, Hanna das auszureden. Lieber hätte er sich nicht ausgerechnet jetzt daran erinnert, wie Kunun und Atschorek über Runia gesprochen hatten, ihre andere Schwester, die er nie kennengelernt hatte. Sie hatten sie damals erschossen … Würde er Wilder töten müssen, heute, um Akink zu retten? Um zu verhindern, dass der Wolf eine Pforte nach der anderen öffnete? Mattim konnte nur hoffen, dass er niemals vor dieser Entscheidung stehen würde.

Mit einem bangen Gefühl stieg er die Stufen ins unterirdische Reich hinunter.

An der Kasse blickte ihm und seinen Begleiterinnen ein extrem unglücklich wirkender junger Mann entgegen – war er nicht schon gestern Abend hier gewesen? Die hübsche Blondine an seiner Seite war dem Prinzen ebenfalls nur zu gut bekannt.

»Goran!«, rief er. »Wie sieht es aus? Ist Atschorek hier? Wie weit seid ihr?«

»Sie ist rüber«, teilte ihm Goran mit. Besorgt legte sie die Stirn in Falten. »Mit einem Trupp Schatten.«

»Durch die Kellerpforte?«

Goran schüttelte den Kopf. »Siehst du die Leute da?« Sie wies auf einen Nebenraum, aus dem Stimmengewirr drang. Mattim lugte um die Ecke. Unter der niedrigen Decke des Kellerraums saßen etwa ein Dutzend eifrig diskutierende Menschen – Touristen offenbar, deren Sprache Mattim nicht verstand. Erst bei genauerem Hinsehen fielen die Bisswunden auf – an der Hand eines älteren Mannes, am Hals einer molligen Rentnerin, am Bein einer jüngeren Frau, die schweigend in eine Tasse Tee starrte.

»Das sind Deutsche«, meinte Hanna erschrocken.

»Sie versuchen sich darüber einig zu werden, wer als Erster nach oben in die Morgensonne gehen soll, um zu beweisen, dass es alles Quatsch ist, was wir ihnen erzählt haben«, erklärte Goran. »Tibor hat sein Bestes gegeben, aber ich weiß nicht, ob er sich ausreichend verständlich machen konnte.«

»Ihr habt alle diese Touristen in Schatten verwandelt?«, fragte Mattim entsetzt.

»Wilder hat insgesamt elf Tore für uns geöffnet. Durch die ist Atschorek mit ihren Leuten nach drüben. Ich warte hier darauf, dass sie sich zurückmelden. Es kann jederzeit geschehen.«

Er musste sich zusammenreißen. »Übernimmst du das, Hanna? Ihnen zu erklären, wie sie sich verhalten müssen?« Für ihn hatte jetzt der Wolf Priorität. »Wo ist Wilder?« *Zu spät*, flüsterte es in ihm. *Du bist zu spät, viel zu spät ... Sie vernichten Akink, in diesem Augenblick. Sie beißen und verwandeln, beißen und verwandeln ...* »Nun sag schon, wo ist er?«

Goran wies auf den dunklen Eingang zum Labyrinth. »Irgendwo da drin. Weiß ich's? Geh da lieber nicht rein. Nicht ohne einen Menschen, den du vorschieben kannst, wenn du ihn triffst. Dann hast du gleich einen weiteren Zugang ... Mattim! Bleib stehen, die Kleine ist direkt hinter dir!«

Er drehte sich zu Réka um. »Beim Licht, bleib bei Hanna!«, beschwor er sie.

»Ich bin der Mensch, den du vorschieben kannst«, sagte sie.

»Ich werde ganz gewiss nicht zulassen, dass Wilder dich beißt!«

Réka starrte an ihm vorbei in die Dunkelheit. »Dort habe ich Kunun verloren, nicht wahr?«, fragte sie. »Wen kümmert es, ob auch ich verloren gehe?«

»Wilder? Wo bist du, Bruder?«

Seine Hand tastete nach dem Elektroschocker. All dies erinnerte ihn viel zu sehr an die Aufregung mit Bela in Kununs Haus. Wenn es nur eine Möglichkeit gegeben hätte, das zu umgehen … Wie würde sein Gesicht aussehen nach ihrer Begegnung? So wie Kununs? Aber nach der Flucht durch Akink sah Mattim jetzt schon schlimmer aus als sein ältester Bruder. *Nicht wie Zoltan. Bitte nicht wie Zoltan …*

»Und wenn er nicht tot ist?«, fragte Réka. »Was machst du dann? Suchst du ihn dann auch? Wirst du kämpfen, um ihn zu befreien?«

»Pst. Kein Wort mehr.« Mattim dämpfte seine Stimme. Er wollte sich nicht ablenken lassen. Alle seine Sinne musste er darauf ausrichten, den Wolf zu hören, zu riechen, seine Gegenwart zu fühlen.

»Wilder?« Die Ohren spitzen, drehen – wenn das möglich gewesen wäre! –, wittern. Pfoten auf Gestein … Schatten zu Schatten. Eine noch größere Dunkelheit, wandelnder Wahnsinn. Da schlich er heran und wusste nicht mehr, wer oder was er war. Mattim verbot sich jegliches Mitleid, als er in seine Tasche griff und den Schocker herausholte.

»Bleib hinter mir«, flüsterte er und hoffte, dass Réka so vernünftig war, ihm wenigstens diesmal zu gehorchen. »Wilder«, lockte er, »komm zu mir … Komm, sei brav, komm zu mir.«

Der Wolf blickte an ihm vorbei auf das Mädchen. Er

starrte auf Réka und stieß ein Winseln aus, das wie eine Frage klang.

»So ist es gut. Komm …«

Sehr langsam zog er das Gerät aus der Tasche. Seine Finger streckten sich – und dann warf Réka sich von hinten über ihn, und sie rollten gemeinsam über den Boden. Der Wolf sprang über sie beide hinweg und verschwand in der Dunkelheit.

»Verflucht.« Mattim rappelte sich auf. »Bist du völlig verrückt geworden?«

»Vielleicht braucht Atschorek ihn noch«, sagte Réka. »Um weitere Türen zu öffnen.«

»Das wäre Akinks Untergang.«

»Was kümmert mich Akink!«, rief das Mädchen. »Was, wenn Kunun noch irgendwo dort ist? Irgendwo da?« Sie wedelte mit den Händen in der Luft herum. »Irgendwo. Er muss da sein, ich fühle es.«

Mattim ließ sie stehen und lief den Gang hinunter, während er Ausschau nach dem Wolf hielt. Vielleicht gewährte Wilder ihm eine weitere Chance. Doch da hörte der Prinz schon Rufe – vom Ausgang her. Durch die Felsen hindurch rannte Mattim auf dem kürzesten Weg den Schreien nach.

»Er ist raus! Da raus!« Goran gestikulierte wild. »Mattim, ist dir noch zu helfen? Du treibst Wilder nach draußen, ins Burgviertel? Einen Schattenwolf?«

»Oh Gott.« Hanna tauchte aus dem Teeraum auf. »Mattim, was ist passiert?«

Er nahm sich nicht die Zeit zu antworten, sondern flog förmlich die steilen Stufen hinauf. Draußen auf der Straße blickte er nach rechts und links – keine Spur von seinem bepelzten Bruder.

Hanna tauchte hinter ihm auf. »Er ist doch nicht wirklich weg?«

Mattim rann es kalt den Rücken hinunter. »Doch, das ist er. Ob es gut oder schlecht ist?« Er lachte unfroh. »Kommt drauf an, für wen. Ob es für Akink noch relevant ist, dass es keine neuen Pforten geben wird? Falls Atschorek nicht so erfolgreich ist, wie sie hofft, ist das gut … Aber ich wollte Wilder betäuben, in den Kofferraum laden und zu Kununs Haus fahren! Ich wollte ihn zurückbringen! Wie soll ich ihn hier finden – in einer Stadt wie dieser?« Er wollte Hanna nicht das ganze Ausmaß seiner Verzweiflung zeigen, aber die Panik in seinen Augen sagte ihr genug.

»Man wird ihn jagen und umbringen«, flüsterte sie.

»Ja, wenn wir ihn nicht vorher finden. Sollte er jetzt am Tag jemanden beißen, werden diejenigen sofort in der Sonne verbrennen. Beim Licht, Hanna, ich hätte eine Wache aufstellen sollen. Ich hätte nicht erwartet, dass er zur Treppe fliehen würde. Er ist kein Mensch mehr!«

»Vielleicht mehr, als wir gedacht haben«, überlegte sie. »Lass uns keine Zeit verlieren und nach ihm suchen!«

»Konntest du deine Landsleute überzeugen?«, fragte er.

»Nicht wirklich. Sie glauben an einen Gag mit versteckter Kamera oder so etwas … Mehr als gut zureden kann ich ihnen nicht. Lass uns lieber nach Wilder suchen, bevor es noch mehr Opfer gibt!«

Mattim zögerte, er blickte zurück, die Treppe hinunter. Gab es noch irgendetwas, was er für Akink tun konnte?

Hanna entging nicht, wie zerrissen er sich fühlte. »Wenn Atschorek die Schatten durch die Pforten geführt hat, kannst du nichts mehr ausrichten. Los, wir suchen Wilder. Komm, Mattim. Es sind die Unschuldigen, die wir retten müssen.«

Er hielt sich an ihrem Blick fest, an den wissenden braunen Augen, die mit dieser Erde verbunden waren und doch immer noch träumen konnten.

»Du hast recht«, sagte er leise. »Meinen Bruder zu retten und die Unschuldigen, darauf kommt es jetzt an.«

Und nicht Akink. Und nicht Akink! Der Schmerz zog seine Brust zusammen, er hatte das Gefühl zu ersticken.

Als er ihre Hand nahm, dachte er nicht an Réka dort unten im Labyrinth, nicht an die elf Touristen, die über ihre Wunden jammerten und an ihrem Entsetzen kauten, nicht an Goran und den traurigen Ticketverkäufer. Einen Moment lang, der wie ein Wunder aufblitzte, hörte das Labyrinth auf zu existieren und mit ihm die ganze Dunkelheit und all das Grauen, das es barg – Akink! Akink! Es gab nur Hannas kleine, warme Hand in seiner, nur die Hoffnung, dass es etwas gab, was er tun konnte.

Du bist mein Leben, wollte er sagen, in dem schwachen Versuch, dieses Gefühl einzufangen, das nur ihre Gegenwart ihm geben konnte. Doch er hatte kaum den Mund geöffnet, kaum das »Du …« ausgesprochen, als ein fürchterlicher Schrei aus dem Gewölbe erscholl und ihm die Worte von den Lippen fegte.

»Das war Réka!«, rief Hanna erschrocken, ließ seine Hand los und wollte die Stufen hinuntereilen, doch ausgerechnet jetzt hasteten die neugeborenen Schatten, die deutschen Touristen, die Stiege hinauf.

»Jetzt reicht es!«, heulte eine Frau und schüttelte ihren Lockenkopf. »Sind wir denn im Tollhaus hier?« Sie schob sich an Hanna vorbei, schubste Mattim, der ihr mit ausgebreiteten Armen entgegensprang, unsanft zur Seite und trat aus dem Vorraum hinaus auf die Straße. Hinter ihr drängten sich ihre Leidensgenossen unter den blauen Budapester Himmel, an dem die Sonne ihr unbarmherziges Werk begann. Hanna sah nicht hin, sie eilte nach unten, aufschluchzend, und Mattim stürzte ihr nach, auf alles gefasst.

Réka war nicht allein. Sie stand inmitten einer Gruppe Schatten, die vorhin noch nicht dort gewesen waren. Atschorek hielt sie in den Armen, umklammerte sie fest, während das Mädchen sich sträubte und um sich schlug.

»Lass mich los! Ich will zu ihm! Geh endlich zur Seite!«

Atschorek holte aus und versetzte Réka eine Ohrfeige, die sie nach hinten warf.

»Sei – still!«

»Was ist hier los?«, fragte Mattim.

Hanna war schon bei ihrer Freundin und zog sie hoch, aber es war nicht Rékas Verhalten, das den Prinzen so beunruhigte. Er hatte seine Schwester noch nie so gesehen. Wie die armen Seelen oben auf der Straße schien sie von innen heraus zu glühen; nicht sichtbar, aber das Brennen erfüllte sie, ein Schmerz, der sich durch ihre sonst so kühle und gefasste Maske fraß und sie verzehrte. Das Gesicht, das übrig blieb, hatte wenig mit Atschoreks edlem Prinzessinnenantlitz gemein.

»Wir waren drüben.« Mit ihrer Stimme war ebenfalls etwas nicht in Ordnung. Was hatte sie in Magyria gelassen – ihre Hoffnung, ihr Glück, ihren Mut? Was auch immer da drüben geschehen war, es hatte ihr nicht gutgetan. Noch wagte Mattim nicht zu hoffen, dass Atschoreks Unglück etwas Gutes für Akink bedeuten könnte.

Sie war nicht in der Lage weiterzureden. Einer der anderen Schatten übernahm es daher, für sie zu berichten.

»Akink«, sagte er, und auch in seinen Augen stand das blanke Entsetzen. »Ein Ort voll Rauch, alles schien in Flammen zu stehen. Dunkelheit und Zorn gehen dort umher und suchen nach Beute. Sie haben uns nicht erkannt, und wir verteilten uns in den Straßen, um herauszufinden, was aus Prinz Kunun geworden ist. Dann hörten wir sie erzählen … Er lebt.«

Mattim schluckte. »Kunun lebt«, wiederholte er. »Sie haben ihn verschont?«

»Sie verkündeten es überall. Sobald die Schatten kämen, würden sie ihn verbrennen. Nur ein Verdacht, nur ein einziger Zwischenfall, nur ein Biss, nur ein Schatten – und es wäre sein Ende.«

»Da seid ihr hierher zurückgeschlichen, ihr Schlappschwänze?«, schrie Réka. »Und habt ihn nicht befreit? Was seid ihr eigentlich für Untertanen? Lasst mich endlich durch! Ich hole ihn da raus!«

Sie rannte gegen ein paar Schatten, die sie in Hannas Arme zurückstießen.

»Wie kann er so wichtig sein?« Atschorek richtete das Wort an Mattim. »Nur einer … Warum glauben sie, dass wir darauf etwas geben?«

»Ja«, erwiderte er, »wie können sie wissen, dass Schatten eine Ahnung davon haben, was Liebe bedeutet? Hast du es denn gewusst? Dass du genauso verloren bist wie ich?«

Atschorek, von der er immer geglaubt hatte, sie würde niemals um irgendjemand trauern – und nun stand sie vor ihm, so hilflos, so … menschlich. Nicht mehr die stolze Schönheit mit dem Wachsgesicht, mit dem modellierten Lächeln unter den dunklen Augen, nein, nicht mehr die Porzellanfrau. Oder doch – auf einmal die Zerbrechlichste von allen.

»Er ist unser König«, sagte sie leise. »Die wichtigste Figur in diesem Spiel.« Dann fragte sie: »Was soll ich tun?«

»Ihn retten!«, rief Réka wild dazwischen. »Verdammt noch mal, redet nicht so viel, tut endlich was!«

»Das ist deine Aufgabe, Mattim«, sagte Atschorek. »Jetzt ist deine Stunde gekommen. Geh und begleiche deine Schuld. Bist du der edle Held oder nicht? Geh und rette deinen Bruder.«

Er merkte plötzlich, dass alle ihn anstarrten. Nein, noch nie hatte Réka ihn so angeschaut, so eindringlich und wütend. Mattim drehte sich um und begegnete Hannas Blick. Dort fand er sich wieder, dort würde er sich immer wiederfinden. Prinz des Lichts.

Er musste nichts sagen. In seinem Gesicht war zu lesen, was er tun würde.

»Du lässt deinen Bruder im Stich?«, giftete Réka. »Du gibst ihn einfach auf? Oh, verflucht! Was seid ihr nur für Feiglinge!«

»Kann nicht endlich jemand dieses Kind hier entfernen!«, rief Atschorek gereizt.

»Komm, Réka.« Hanna packte den Arm des Mädchens. »Wir fahren nach Hause. Das ist nicht unsere Angelegenheit. Komm.«

Die Fünfzehnjährige wehrte sich noch kurz, dann warf sie einen Blick in die Runde, auf die reglos dastehenden Vampire, seufzte laut und fügte sich.

»So«, sagte Atschorek, als die beiden Mädchen das Labyrinth verlassen hatten, »endlich Ruhe.« Sie musterte die anderen. »Es muss doch eine Möglichkeit geben, in die Burg zu gelangen und ihn dort herauszuholen, ohne dass jemand unser Kommen bemerkt.«

Einer der Schatten schüttelte den Kopf. »Prinzessin, niemand von uns geht so leicht durch Mauern – so wie er.«

Mattim wollte nichts mehr hören. Er hatte hier schon viel zu viel Zeit verloren. Immer noch irrte ein todbringender Wolf durch die Straßen von Budapest. Wenn er Wilder retten wollte, musste er sich beeilen. Er wandte sich dem Ausgang zu.

»Das kannst du nicht machen!«, rief seine Schwester ihm nach. »Bleib hier! Zeigst du nun dein wahres Gesicht? Erst lässt du dich retten, und dann verschwindest du?«

»Mein wahres Gesicht?« Mattim drehte sich noch einmal zu ihr um. »Du kennst es schon lange. Von Anfang an hattest du recht, Schwester. Alle meine Kniefälle waren nichts als Täuschungsmanöver. Kunun ist nicht mein König. Ich diene dem Licht. Sieh zu, wie du damit fertig wirst.«

Doch als er nach oben stieg, versagten ihm fast die Beine, und er musste sich mit den Händen an den glatten Steinstufen abstützen.

Kunun ist nicht mein König. Aber mein Bruder. Mein Bruder!

»Wilder auch«, flüsterte er.

VIERUNDZWANZIG

BUDAPEST, UNGARN

Hanna hatte gar nicht mehr daran gedacht, dass ihre Gastmutter böse auf sie war. Die Ereignisse überschlugen sich und rissen den Alltag wie in einer Sturzflut mit sich. Alle ihre Gedanken kreisten um Akink, die Wölfe, Kununs Schicksal, Mattims Entscheidungen … dass sie selbst nur ein Au-pair-Mädchen war und auf Zeit hier, war ihr gar nicht mehr präsent. Deshalb war sie überrascht, Mónika zu Hause anzutreffen, Mónika, die stirnrunzelnd sagte: »Ach, wieder da? Ich dachte schon, du wärst auf dem Weg zum Flughafen.«

»Hanna bleibt hier«, knurrte Réka.

»Ich glaube nicht, dass du darüber zu bestimmen hast.«

Das Mädchen, das eben noch verzweifelt weinend auf dem Beifahrersitz gekauert hatte, richtete sich zu voller Größe auf.

»Nur über meine Leiche.« Sie rauschte die Treppe hinauf in ihr Zimmer. »Kommst du, Hanna? Wir haben etwas Wichtiges zu bereden.«

Mónika seufzte.

»Wenn Sie wirklich wollen, dass ich gehe, dann tue ich das natürlich«, sagte Hanna. Sie konnte einen anderen Weg finden, um in Mattims Nähe zu bleiben. Obwohl sie Attila sehr vermissen würde. Und Réka natürlich. Und auch ihre Gastmutter, ja, sogar die, obwohl sie immer noch mit ihrem Zorn kämpfte.

»Fühlst du dich hier wohl?«, fragte Mónika. »Ist das hier das Richtige für dich?«

»Ihr seid meine zweite Familie«, sagte Hanna ehrlich.

»Nun gut.« Wenn die Ungarin lächelte, war sie so schön wie – nein, nicht wie Atschorek. Aber man konnte nicht anders, als sie zu mögen. »Dann lauf ihr schon nach. Wenn sie ausnahmsweise mal bereit zum Reden ist.«

Réka saß auf ihrem Bett, die Knie angezogen. Ihre Augen glänzten fiebrig.

»Alles«, sagte sie. »Erzähl mir alles. Über die Schatten. Über diese komische Stadt. Über Kunun. Ich will alles wissen.«

Als Hanna zögerte, fügte sie hinzu: »Hör endlich auf, mich wie ein kleines Kind zu behandeln. Du kannst mir ruhig reinen Wein einschenken. Kunun ist ein Vampir. Gut, das weiß ich schon. Aber wo genau steckt er jetzt?«

Seitdem die Hoffnung zurückgekehrt war, fürchtete Hanna nicht mehr, das Mädchen könnte sich etwas antun. Vielleicht gelang es ihr tatsächlich, mit mehr Informationen ihren Geist zu beschäftigen, sie abzulenken von ihrem Kummer. Sie dazu zu bringen, dass sie einsah, warum Mattim nicht anders handeln konnte.

Während sie sprachen, drang von unten Klaviermusik herauf. Nebenan hörten sie Attilas lautes Lachen; er hatte einen Freund von der Schule mitgebracht. Es war wie eine andere Welt hinter Rékas Zimmertür, eine Welt, in der man nichts von Vampiren wusste und von Schatten, die durch Mauern huschten, von der Sehnsucht nach Blut und Leben und von einer Stadt an einem Fluss, in dem das Licht wohnte. Wölfe streiften durch die Wälder, und durch die Verliese marschierten die Wachen, Fackeln in den Händen.

Draußen versickerte der Nachmittag und verwandelte

sich in einen glühenden Abend. Wolken zogen über den Himmel und brachten die Nacht mit. Einmal klopfte Mónika und fragte, ob sie nicht etwas essen wollten, aber Réka winkte ungeduldig ab.

Sie waren gefangen in dieser Geschichte, die ihnen fast wie ein Traum vorkam, obwohl sie beide am eigenen Leib erfahren hatten, wie wahr und wirklich Magyria war. So gefangen, dass sie beide zusammenzuckten, als unten jemand schrie.

»Was war das?« Réka fuhr hoch.

Noch vor Hanna stürmte sie die Treppe hinunter. Selbst Attila tauchte wieder im Flur auf, im Schlafanzug und barfuß.

»Mama?«

Seine Mutter war bleich. Ihre Augen wirkten riesig und dunkel in dem von Panik verzerrten Gesicht. Sie schnappte nach Luft wie ein großer Fisch.

»Was ist denn?«, rief Réka alarmiert.

Hanna dachte erschrocken: *Sie hat Mattim gesehen. Er ist durch die Wand, und sie hat ihn gesehen!*

»Nichts«, stammelte Mónika. »Gar nichts. Geh wieder ins Bett, Attila. Na los.«

»Was denn?« Réka ließ nicht locker. Hanna brachte den Jungen wieder in sein Zimmer, und als sie zurückkam, war das Mädchen immer noch dabei, nachzubohren. »Was ist passiert?«

Mónika zitterte. »Nichts. Ich hab mich getäuscht. Es kann gar nicht sein. Wie sollte es auch? Das war die Aufregung. Ich muss …« Sie wankte ins Wohnzimmer, zum Schrank, zu ihrer Flasche.

»Mama! Was?«

Mónika nahm einen großen Schluck, obwohl ihre Tochter sie beobachtete. Ihre Hände zitterten immer noch.

»Was hast du gesehen? Was glaubst du, war da? Ein Mann?«

»Ein Wolf«, sagte ihre Mutter schließlich. »Direkt vor unserer Haustür. Ich habe sie aufgemacht, ich dachte, ich hätte etwas gehört. Und da stand er. Ein riesiger roter Wolf.«

»Rot?«, fragten Réka und Hanna gleichzeitig.

»Ich bin verrückt, oder?« Mónika stürzte das Glas mit Schwung hinunter.

»Nein«, sagte Hanna. »Ein paar andere Leute haben heute auch schon einen rötlichen Wolf gesehen.«

»Zu freundlich.« Ihre Gastmutter ließ sich aufs Sofa sinken und begann hemmungslos zu schluchzen.

Hanna zog Réka aus dem Zimmer.

»Wie kann Wilder hier sein?«, fragte das Mädchen. »Was macht er bei uns, vor unserem Haus?«

»Er kennt uns beide«, erinnerte Hanna. Als sie die Tür öffnete, erwartete sie fast, ihn dort immer noch stehen zu sehen, ihren vierbeinigen Gefährten der erzwungenen Bootsfahrt. Sie spähte in den Garten und rief nach ihm, aber alles blieb ruhig.

Hinter dem Haus war es dunkel. Schatten unter Büschen und Bäumen.

»Er ist noch immer da draußen«, vermutete Réka.

»Warum sollte er? Er ist wild. Er weiß nicht mehr, wer er ist. Warum sollte er sich ausgerechnet in eurem Garten verstecken?«

»Weil wir hier wohnen. Er kennt mich, er hat mich aus dem Fluss gezogen. Und dich kennt er auch. Er ist nicht so wild, wie du denkst. Still!« Réka hob die Hand.

Alles war ruhig. Irgendwo Rufe, zuschlagende Autotüren, Musikfetzen.

»Wir müssen Mattim Bescheid sagen«, flüsterte Hanna. »Er hat den Schocker bei sich.«

Réka machte einen Schritt nach vorne, auf die Tannen zu, auf den nachtschwarzen Schatten. Dort, im hintersten Winkel, glommen die grünlichen Augen des Tieres auf, das Licht der Fenster hinter ihnen spiegelte sich darin.

»Nein!«, rief Hanna, die erst in diesem Moment begriff, was Réka vorhatte. »Nein! Nicht! Réka, nicht!«

Sie konnte Wilder immer noch nicht erkennen, nur das Glitzern seiner Augen, aber sie hörte ein Rascheln, ein leises Knurren.

Hinter ihnen öffnete sich ein Fenster. »Réka? Hanna?«

Das Mädchen machte noch einen Schritt.

»Réka!«, schrie Hanna.

Der Wolf tauchte aus dem Schatten auf, riesig und dunkel.

Réka hielt schützend einen Arm vor sich, als er auf sie zusprang. Im nächsten Moment hallte ihr Schrei durch den Garten, kurz und voller Schmerz und Schrecken. Hanna stürzte vorwärts und packte dem Wolf ins Fell, in den langen, dichten Pelz; sie versuchte, ihn von seinem Opfer wegzureißen. »Wilder! Lass sie, Wilder! Du bringst sie um!«

Noch lange danach würde Hanna das Mädchen so vor sich sehen: die dunklen, vor Schmerz, Angst und Triumph weit aufgerissenen Augen. Dann warf Réka sich zur Seite und verschwand zusammen mit dem Wolf.

Mattim hatte Wilder überall gesucht. Den ganzen Tag war er durch die Straßen gewandert und hatte Ausschau gehalten. Hatte Passanten nach einem fuchsfarbenen Hund gefragt, doch niemand konnte ihm weiterhelfen. Mehrmals hatte der Prinz das Burgviertel durchkämmt. Er hatte versucht, sich in einen Wolf hineinzuversetzen, so zu denken, wie Wilder dachte. Die Panik, die Verwirrung … und dann die vielen Menschen auf den Straßen. Die stinkenden Autos, der Lärm. Würde er sich nicht lieber verkriechen, als durch die Gegend zu hetzen? Mattim überprüfte alle möglichen Verstecke, alle dunklen Ecken – nichts. Dann fiel ihm ein, dass ein Tier vielleicht versuchen würde, zum Fluss zu entkommen, und eilte hinunter ans Wasser. Die Donau floss träge vorbei. Und verriet nichts. So, wie das Verhalten der Ausflügler und Touristen keinerlei Aufschlüsse darüber gab, ob etwas Ungewöhnliches vorgefallen war. Wenn jemand gesehen hatte, wie ein großer rötlicher Hund ins Wasser gesprungen war, würde er schließlich nicht mit hoch erhobenen Händen schreiend am Ufer entlangrennen.

Mattim seufzte frustriert.

Erst als die Dämmerung ihren Vorhang über den Himmel schob, entschloss er sich dazu, eine Pause einzulegen. Vielleicht konnte Hanna ihn aufmuntern. Jedenfalls wollte er nicht zu Atschoreks Haus zurückkehren und dort eventuell seiner Schwester begegnen.

Doch leider erwartete ihn kein Trost, als er die Villa der Szigethys erreichte. Das Tor stand offen; schon daran war zu erkennen, dass etwas nicht stimmte.

Überall war Licht, Attila plärrte so laut, dass es auf der Straße zu hören war, und sogar Ferenc schrie herum. Mattim wartete nicht lange, sondern schritt durch eine schattige Nische und sah sich der Familie gegenüber. Hanna saß bleich und verstört auf dem Sofa, während Ferenc aufgeregt auf und ab ging. Das Kindergeschrei kam von oben, wo Mónika vergebens versuchte, ihren Sohn zu beruhigen.

»Noch einmal!« Ferenc brüllte fast. »Wo ist sie hin? Sag mir nicht, dass du es nicht weißt! Keine weiteren Lügen mehr, verdammt noch mal!«

»Wenn Sie Hanna noch einmal anschreien«, sagte Mattim, »werde ich mit ihr durch diese Tür gehen und niemals wiederkommen.«

Der Hausherr fuhr herum. »Wie kommt der denn hier rein! Was ist hier eigentlich los? Wo, verdammt noch mal, ist Réka? Hast du die etwa auch entführt? Du wirst mir jetzt Rede und Antwort stehen, Bürschchen, oder ich …«

»Mattim!« Attila hatte die Gelegenheit genutzt, um nach unten zu huschen. Er klammerte sich an den Prinzen und drückte sein tränennasses Gesicht in dessen Hemd. »Der Wolf hat sie gefressen. Ich hab's gesehen!«

»Was hast du gesehen?«, fragte Mattim freundlich und bückte sich zu dem Kind. »Sag es mir, vielleicht kann ich euch helfen.«

»Der Wolf war im Garten«, verkündete Attila und warf seinem Vater einen trotzigen Blick zu. Offenbar war ihm noch vor kurzem verboten worden, solchen Unsinn zu verbreiten. »Er hat sie gefressen. Dann waren sie auf einmal beide weg. Husch!«

»So kommen wir nicht weiter«, meinte Ferenc ungeduldig. »Kann mir endlich mal jemand die Wahrheit sagen?«

Mattim fühlte, wie das Entsetzen von seinem Körper Besitz ergriff. Sein Herz wollte schlagen und konnte noch nicht einmal zucken. Das Blut wollte durch seine Adern rasen und die Erkenntnis in jeden Winkel tragen: verloren. Verloren!

Aber das Wichtigste war, das Kind zu beruhigen.

»Könnten Sie kurz aufhören zu schreien, Herr Szigethy?«, bat er höflich, dann wandte er sich dem Jungen zu. »Er hat sie nicht gefressen, Attila. Sie ist nicht … nicht richtig tot.«

»Aber …«

»Ich weiß, was du gesehen hast. Er hat sie gebissen. War es …?« Er suchte Hannas Blick.

»Absicht?«, ergänzte sie und nickte. »Ja, sie wollte es so. Ich habe leider zu spät gemerkt, was sie vorhatte.«

»Siehst du«, sagte Mattim. »Sie wollte mit dem Wolf mitgehen. In sein geheimnisvolles Land. Sie glaubt, sie kann den Prinzen retten, der in der Märchenstadt gefangen gehalten wird. Und dann kommt sie zurück.«

»So klein bin ich jetzt auch wieder nicht«, wandte Attila ein. Er wirkte nicht getröstet, eher beleidigt. »Ich gehe schon zur Schule!«

»Und dann kommt sie zurück«, flüsterte Mattim.

»Wie denn?«, fragte Hanna. Tränen liefen ihr über die Wangen. »Wie? Wie soll sie zurückkommen?«

Ihr Gastvater schaute fassungslos von einem zum anderen, drehte sich auf dem Absatz um und marschierte davon. Hinter ihm knallte die Tür ins Schloss. Sobald er fort war, kam Mónika ins Wohnzimmer. Sie ging so leise, als würde sie schweben, eine zierliche Fee mit einem unsäglich traurigen Mund.

»In einer Märchenwelt«, flüsterte sie, fast klang es, als würde sie auch daran glauben. Sie umarmte ihren Sohn und begann hemmungslos zu weinen. Attila sträubte sich nicht, als sie ihn wieder wegführte. »Ich bin nicht doof!«, rief er noch einmal laut. »Ich hab's gesehen!«

Dann waren Mattim und Hanna allein.

»Er hat sie gebissen«, murmelte sie, untröstlich. »Sie ist ein Schatten.«

»Das ist nicht einmal das Schlimmste«, sagte Mattim. »Sie ist ein Schatten in Akink.«

Ferenc kam in dieser Nacht nicht wieder. Mónika schlief in Attilas Bett, an ihren Sohn gekuschelt; später fand Hanna sie dort, als sie hochschlich, um nachzusehen. Sie und Mattim hatten das Haus für sich.

Der Prinz hatte die Angewohnheit, beim Sprechen und Überlegen auf und ab zu gehen. Rastlos. Erst wenn alles geklärt war, konnte er sich setzen und sich entspannen. Doch wie sollte diese Situation jemals geklärt werden?

Hanna hatte die Hände gefaltet wie zum Gebet und starrte auf ihre Finger.

»Sie hatte so viele Fragen. Ich dachte, sie würde einsehen, warum du nichts für Kunun tun kannst. Warum es so gefährlich ist, auf die andere Seite zu gehen. Stattdessen hat sie nur nach einem Weg gesucht, zu ihm zu gelangen.«

»Du konntest nicht wissen, dass Wilder hier auftauchen würde. Obwohl mir immer noch ein Rätsel ist, wie er das geschafft hat und warum.« Mattim ging über den Teppich bis zu den Fliesen. Ungeduldig ordnete er mit der Schuhspitze die Teppichfransen.

»Was sollen wir denn jetzt tun?«

Er fuhr herum. »Tun? Beim Licht, Hanna, wir können gar nichts tun!«

»Du hast mich aus dem Verlies geholt.«

Er lachte auf. »Das war nicht ich. Das war Kunun. Wir hatten nur eine Chance gegen die Wachen, weil wir zu zweit waren. Weil er sie überrumpelt hat. Weil er der Beste ist – ich habe nie jemanden gesehen, der so schnell kämpft und beißt wie er.«

»Aber Atschorek glaubt, du könntest ihn retten.«

»Weil sie keine Ahnung hat!«, rief er aus. »Was weiß sie schon von Akink? Von der Burg und den Wachen?«

»Eben«, bestätigte Hanna. »Du dagegen kennst dich aus. Du weißt, wo welche Posten stehen, wo die Patrouille sein wird. Du weißt, wo du den Schatten findest, den du brauchst, um durch die Mauer zu gehen. Wenn du unerkannt bleibst, kannst du jeden aus der Burg herausholen.«

Vielleicht hatte sie sogar recht. Wenn er nicht zu Mirita gegangen wäre, wenn seine ehemalige Kameradin ihn nicht verraten hätte … möglicherweise hätte er es geschafft, auch ohne Kununs Hilfe.

»Doch jetzt«, sagte er, »jetzt wissen sie in Akink, dass jederzeit überall Schatten auftauchen können. Wenn sie Kunun als Geisel genommen haben, sitzt er bestimmt nicht in irgendeinem Verlies. Wäre das so, dann wäre er längst wieder hier. Sie werden ihn bewachen wie ihren Augapfel. Und Réka …«

Er hätte ihr gerne versichert, dass seine Eltern niemals ein so junges Mädchen töten lassen würden, aber er wusste es besser. Und Hanna letztlich auch. Sie war im Verlies gewesen und hatte jedes Wort gehört, aber sie schien sich nicht mehr daran zu erinnern.

»Du weißt es nicht, oder? Wie es war, dort unten? Sie waren nicht bereit, mir zu verzeihen. Oder mich auch nur anzuhören. Sie werden Réka nicht zuhören. Es wird nichts zählen, dass sie so jung ist und dass sie aus dieser Welt kommt. Gar nichts.«

»Mattim, dann müssen wir ihr nach und sie zurückholen! Wir müssen sie aufhalten, bevor sie den Soldaten in die Hände fällt!«

Er konnte sie so gut verstehen, trotzdem widersprach er ihr. »Wie willst du sie finden? So, wie ich heute hier nach Wilder gesucht habe? Wir haben keine Chance, Hanna. Bevor wir sie entdeckt haben, werden sie uns festnehmen.«

Hanna strich sich die Haare aus der Stirn. »Du hast keine Angst davor«, sagte sie. »Du hast nie Angst! Ist es meinetwegen? Willst du deshalb nichts unternehmen? Mattim, bitte! Wir können Réka nicht durch Akink irren lassen, bis man sie fängt und hinrichtet!«

»Wilder ist bei ihr«, erinnerte er. »Dort hat er seine Sinne wieder beieinander und kann ihr helfen, wenigstens eine Zeit lang. Vielleicht führt er sie zurück zur Pforte.«

»Wovor hast du Angst?«, fragte sie noch einmal.

Er hielt ihren Blick aus, diese eindringliche, besorgte Frage. Anders als Réka warf sie ihm nicht Feigheit vor. Hanna wollte es verstehen. Sie glaubte immer daran, dass er gute Gründe für seine Entscheidungen hatte. Diesmal fühlte er sich allerdings schwach und hilflos.

»Na gut«, sagte er schließlich. »Wie lange ist sie schon fort? Wilder hätte sie längst zurück zur Pforte gedrängt, wenn es möglich gewesen wäre. Aber sie ist von dem Gedanken besessen, Kunun zu retten. Allein aufgrund ihrer Kleidung wird man sie rasch erkennen. Vielleicht ist sie schon längst tot. Wenn sie Glück hat, sperrt man sie ein. Wir könnten einen Unterhändler nach Akink schicken, um zu verhandeln.«

»Lass uns das machen!«, rief Hanna.

»Warte. Glaubst du, daran hätte ich nicht sofort gedacht? Aber was sollen wir anbieten? Wir haben Akink nichts zu geben. Sie wären dumm, wenn sie ihre Geiseln einfach so gehen ließen. Wir könnten ihnen höchstens den Rückzug anbieten – nur werden sie das glauben? Meine Eltern vertrauen mir nicht mehr.« Er lachte bitter. »Und haben sie nicht recht damit? Sobald Kunun frei wäre, würde er wieder zuschlagen.«

»Du sollst ja auch nicht Kunun auslösen. Sondern Réka.«

»Die Schatten wollen ihren König. Ich habe nichts anzubieten, wenn es nur um Réka geht. Atschorek wird sich einen Dreck um irgendeine Vereinbarung scheren, wenn wir bloß um das Mädchen kämpfen. Sobald Kunun frei ist …« Mattim verhielt in seiner Wanderung durchs Wohnzimmer und starrte in den dunklen Wintergarten, wo sich die Palmen vor dem Glas abhoben.

»Ein Patt«, sagte er leise. »Wir greifen nicht an, solange sie Kunun haben. Sobald sie ihn töten, ist Akink verloren. Wenn sie zu lange zögern, müssen sie befürchten, dass uns vielleicht noch irgendeine Teufelei einfällt und wir ihn uns wiederholen. Ein wütender Kunun wird erst recht vor nichts Halt machen … Was kann ich ihnen anbieten, außer Zeit?« Er drehte sich zu Hanna um. »Zeit, um die Stadt zu evakuieren?«

Sie starrte ihn an. »Was? Du gibst Akink verloren?«

»Akink ist bereits verloren«, sagte Mattim. »In dem Moment, als Wilder den armen Peron gebissen und die Pforte geöffnet hat. Das Licht hat nur noch eine einzige Chance – die Stadt aufzugeben und zu fliehen. Meine Eltern werden das niemals einsehen. Sie fürchten sich noch lange nicht genug. Um sie dazu zu bringen, müsste ich ihnen die Gefahr noch viel deutlicher vor Augen führen …«

Er erstarrte mitten in der Bewegung, als befände sich genau vor ihm eine Pforte, in die er hineinfallen könnte. Eine Weile lehnte er die Stirn gegen das kühle Glas und schloss die Augen. Als er sie wieder öffnete, waren sie grau wie kalte Asche, und Hanna fürchtete sich unwillkürlich vor dem, was er sagen würde.

»Es gibt einen Weg. Wir haben noch eine einzige Chance, um das Licht zu retten. Und Réka.« Er hob den Kopf. Der Entschluss brannte hinter seiner Stirn, leuchtete aus seinen Augen; eine wilde, verzweifelte Entscheidung.

»Ich werde Akink angreifen.«

»Was?« Fassungslos starrte Hanna ihn an. »Was sagst du da? Sie werden Réka umbringen!«

»Wir erobern Akink«, sagte er. »Wir nehmen sie in die Zwickmühle, wir lassen ihnen keinen Ausweg – und dann biete ich ihnen Zeit an. Zeit, um uns die Stadt und die Geiseln zu überlassen. Zeit für meine Eltern, um zu fliehen.

Was kümmern mich die Häuser, die Straßen? Soll Kunun die Burg bekommen, die Mauern, soll er seinen Thron aufstellen und glücklich sein.«

»Was dich die Häuser kümmern? Oh, Mattim, du Lügner!« Hanna war aufgesprungen und umarmte ihn. Sie barg den Kopf an seiner Brust, und er streichelte ihr Haar, seltsam ungeschickt, als würde er es zum ersten Mal tun. »Du willst Akink angreifen – für Réka?«

Er hörte sie weinen und wunderte sich über die große Dunkelheit, die er um sich fühlte, eine Dunkelheit wie ein Umhang, wie ein langer schwarzer Mantel um seine Schultern.

DRITTER TEIL

STADT IM FEUER

FÜNFUNDZWANZIG

BUDAPEST, UNGARN

Übers ganze Zimmer verteilt bedeckten Karten und Lagepläne den Boden. Mit Rotstift waren verschiedene Linien eingezeichnet. Einer der Vampire kniete auf den schwarzen Fliesen und malte mit Kreide Striche, Punkte und Pfeile.

»Hier … und wenn wir von da kommen und von da drüben«, führte er aus, »werden sie uns erst bemerken, wenn es zu spät ist.«

»Alles Quatsch. Dort steht die Patrouille.«

Atschorek blickte auf. »Ach, Mattim. Hast du etwa Lust, ein bisschen zu spionieren?«

Mattim nickte den anderen Schatten zu. Die Prinzessin hatte ungefähr dreißig ehemalige Soldaten für eine Lagebesprechung versammelt – Flusshüter und Nachtwächter, so viel er wusste. Der eine oder andere mochte auch schon Dienst in der Burg verrichtet haben.

»So funktioniert es nicht. Ihr würdet nicht über das erste Stockwerk hinauskommen.«

»Ach, und wer sagt, dass Kunun sich nicht gerade da befindet? Im Hof oder im Keller, und dort werden wir …«

»Vergiss es«, widersprach Mattim. »Er ist mindestens in einem der Türme. Nicht unten, wo man unterirdisch durch die Dunkelheit herankommt.«

»Vielen Dank auch.« Atschorek funkelte ihn wütend an. »Warum bist du hier? Möchtest du es dir mit deiner niedlichen Freundin oben in deinem Zimmer gemütlich machen? Bitte schön, lasst euch nicht aufhalten. Aber ich will dich nicht hier bei uns haben, Mattim.«

»Ich werde den Angriff führen«, sagte er. »Ich werde die Verhandlungen leiten.«

»Was?« Die Schattenfrau fletschte die Zähne zu einem wölfischen Grinsen. »Verschwinde, kleiner Bruder.«

»Ich kann Akink erobern.«

»Ach ja? Sonst noch etwas?«

Der Vampir am Boden richtete sich auf. »Wo würdest du denn einfallen, Prinz Mattim?«

»Still!«, zischte Atschorek. »Sagt ihm nichts. Vertraut ihm nicht. Er wird uns sowieso nur falsche Informationen geben. – Nicht wahr, Mattim? Zwischen uns ist alles gesagt. Spiel den edlen Helden des Lichts, so lange du willst. Glaubst du, ich wüsste nicht, dass du nur wieder versuchst, uns zu verraten?«

»Réka ist in Akink«, sagte Hanna.

»Ach.« Die Vampirin wandte sich erstmals der jungen Deutschen zu. »Wie das?«

»Wann war dein letzter Spion drüben, um sich umzuhören?«, fragte Mattim. »Erzähl mir nicht, dass die Nachricht neu für dich ist. Sag mir nur, ob das Mädchen lebt.«

Atschorek runzelte die Stirn, dann seufzte sie. »Ihretwegen waren sie nahe dran, Kunun zu töten. Aber anscheinend konnte sie ihnen glaubhaft versichern, dass sie allein ist. Sie lebt – noch. Wir konnten jedoch weder in Erfahrung bringen, wo sie ist, noch wo sie Kunun festhalten. Der gemeine Mann auf der Straße weiß es jedenfalls nicht.«

Hanna atmete hörbar aus. »Réka lebt!«

»Nun ja«, meinte Atschorek verächtlich, »ich hätte nicht von dir erwartet, dass du das so nennst, Hanna.«

Mattim kniete sich auf den Boden. Mit dem Handrücken wischte er die Kreidezeichnung weg. »Nie im Leben kommt ihr so in die Burg. Hier ist ein Posten, dort geht die Patrouille im Minutentakt entlang. In Notzeiten wie diesen vermutlich noch öfter. An der Stelle kommt man nur durch, wenn man sofort mit der Wand verschmilzt, bevor sich irgendjemand von den Wachen umdreht. Kannst du das?« Er fixierte den Vampir mit einem strengen Blick.

»Nein, Herr. Nein, Prinz Mattim.«

»Um Réka geht es dir?«, fragte Atschorek. Skeptisch sah sie auf ihn herunter. »Du würdest uns tatsächlich helfen – für ein einziges Mädchen? Für diese dumme Kleine würdest du deine Stadt verraten und alles, woran du bis jetzt festgehalten hast?«

»Ich werde euch nicht helfen«, verbesserte Mattim. »Ich werde euch führen. Ich leite diesen Einsatz.« Er schaute hoch, in ihr kühles, zorniges Gesicht. »Alles hört auf mein Kommando. Auch du, Schwesterherz.«

»Nie im Leben!«, schnappte sie.

Mattim stand auf. »Dann eben nicht.«

»Was kannst du denn schon tun?«, giftete Atschorek. »Was, das wir nicht genauso gut ohne dich schaffen? Dies ist meine Armee. Es ist mein Bruder, um den es geht – meiner! –, denn du hattest nicht vor, auch nur einen Finger für ihn zu rühren, bevor das Mädchen ins Spiel kam. Ich brauche dich nicht, Mattim. Wenn du dich entschließen könntest, mir zu gehorchen, würde ich dich eventuell einsetzen. Aber dir das Kommando übergeben? Vergiss es.«

»Ich kann Akink einnehmen.«

»Wer's glaubt.« Sie drehte ihm demonstrativ den Rücken zu. »Los, lasst uns dort weitermachen, wo wir waren.«

Vielleicht lag es an seinem Gesicht. Vielleicht war dort etwas sichtbar, was alle Zweifel vertrieb an dem, was er sagte. Vielleicht war es das Licht, das in ihm aufblitzte, strahlender als ein Stern, hier, in seiner dunkelsten Stunde, als er sagte: »Akink für euch Schatten. Ohne Verluste. Auch ihr seid mein Volk, und ich werde euch nach Hause bringen. Hat Kunun es nicht die ganze Zeit gewusst? Ich werde Akink den Schatten geben.«

»Mach dir keine Mühe. Verschwinde einfach«, sagte Atschorek.

Die anderen Vampire starrten ihn an.

»Ohne Verluste?«

»Du holst Kunun da raus?«

»Wir gehen nach Hause? Alle?«

»Er lügt!«, rief Atschorek. »Hört ihm nicht zu! Er ist ein Diener des Lichts, ein Verräter, er will ja nicht einmal jetzt wahrhaben, wer er ist. Für euch, sagt er. Den Schatten, sagt er. Als wäre er selbst etwas anderes!«

Die Vampire achteten nicht mehr auf sie. »Du weißt, wie man am besten in die Burg gelangt?«

»Ich habe nicht die Absicht«, sagte Mattim. »Denn genau damit rechnen sie. Sie erwarten uns in der Stadt. Aber ich werde über die Brücke kommen.«

»Jetzt ist er völlig übergeschnappt«, höhnte Atschorek.

»Alles für euch: Akink. Die Brücke. Kunun, euer König. Aber dafür erhalte ich das Kommando. Ich erwarte unbedingten Gehorsam. Wir holen uns Akink. Die ganzen letzten Jahrzehnte habt ihr es nicht fertiggebracht. Nun machen wir es auf meine Weise. Entweder es läuft so, wie ich es sage, oder wir vergessen das Ganze.«

»Nein!«, ächzte seine Schwester, als die Schatten vor ihm in die Knie gingen. »Nein! Das ist mein Krieg, nicht seiner!«

»Mattim ist Kununs Stellvertreter«, meinte einer der Schatten. »Es ist sein Recht, unseren Gehorsam zu verlangen.«

»Ich bin die Vizekönigin! Ich erteile die Befehle, wenn Kunun nicht da ist!«

»*Kleiner Bruder bringt den Sieg*«, flüsterte einer. »Er ist es. Wenn ich ein Schwert hätte, würde ich es vor dir niederlegen, Prinz Mattim.«

Mit einem grimmigen Lächeln schaute der junge Prinz auf die erwachsenen Männer und Frauen, die sich seiner Führung anvertrauten.

»Und du, Atschorek?«

»Niemals!« Sie wich vor ihm zurück. »Ich weiß nicht, was du hier eigentlich machst – aber dass ich dir Gehorsam schwöre, darauf kannst du lange warten!«

»Dann werde ich diesen Krieg nicht führen«, sagte er. »Und Kunun nicht retten.«

Atschorek kämpfte mit sich. »Warum ist es so wichtig?«, brach es aus ihr heraus. »Wenn wir doch alle auf einer Seite stehen – angeblich. Es ist lächerlich, einem jüngeren Bruder Treue zu schwören!«

»Akink für die Schatten«, wiederholte Mattim. »Es wird nur gelingen, wenn jeder sich an meine Anweisungen hält. Ausnahmslos. Auch du. Wir werden uns mehr als einmal uneinig sein, das kann ich dir jetzt schon sagen. Und ich dulde nicht, dass du alles verdirbst. Entweder führe ich die Schatten in die Schlacht oder du. Zwei Befehlshaber kann es nicht geben.«

»Er hat recht.« Einige Vampire nickten zustimmend. »Wir können nur einem folgen.«

»Und ihr habt euch bereits für einen entschieden«, murmelte sie mit einem säuerlichen Lächeln. »Für einen, der euch in die Flammen führen wird. Der zuschauen wird, wie ihr in euer Verderben rennt. Für einen, der keine Loyalität kennt und keine Treue – nichts außer der hündischen Ergebenheit an König Farank, einen Mann, der uns alle verbrennen will.«

»Ich könnte mir mein Schwert holen«, sagte Mattim,

»und dir zeigen, was passiert, wenn ich dich nicht schone. Aber dafür haben wir keine Zeit. Ich werde meine Energie nicht verschwenden, um gegen dich zu kämpfen. Entweder du schwörst, oder ich gehe. Auf der Stelle.«

Atschorek hätte ihn nur zu gerne weggehen lassen, das war deutlich genug. Doch die übrigen Schatten machten keinerlei Anstalten, auf ihre Seite zurückzukehren. »Sei gewarnt, Mattim. Ich behalte dich im Auge.«

»Das ist kein Schwur.«

»Na schön.« Atschorek seufzte überdeutlich und deutete ein leichtes Kopfsenken an. »Für immer und ewig die deine, Brüderchen.«

Mattim ärgerte sich, aber das musste ihm genügen.

»Wir brauchen sämtliche Schatten«, sagte er. »Trommelt sie zusammen. Ihr geht ins Labyrinth und nehmt an den Pforten Aufstellung. Wechselt noch nicht rüber. Wir müssen von beiden Seiten kommen.«

»Was soll das heißen, geht nicht rüber? Du kommst nicht mit?«, wollte Atschorek wissen, in einem Tonfall, der besagte: Da habt ihr's. Eine Falle.

»Ich gehe über die Brücke. Sagte ich das nicht bereits?«

»Allein? Du allein gegen den Rest der Welt? Dass ich nicht lache!«

Niemand lachte mit ihr. Der finstere Ernst in Mattims Gesicht ließ keinen Zweifel daran aufkommen, dass er sich die Sache genau überlegt hatte. Er wirkte viel älter als siebzehn. Ein Krieger. Ein Feldherr. Ein Prinz, das Schwert in der erhobenen Hand.

Atschorek öffnete den Mund und klappte ihn wieder zu.

»Gebt eure Anwesenheit nicht zu erkennen«, schärfte er den Schatten ein, »bis ich euch das Zeichen gebe.«

»Was für ein Zeichen soll das sein?«

»Hanna wird euch anrufen.« Er suchte ihren Blick. »Hast du dein Handy dabei? Hat irgendjemand jemals getestet, ob es von einer Welt in die andere funktioniert?«

»Das haben wir längst ausprobiert«, gab Atschorek unwillig zu. »Der Klingelton kommt durch, wenn auch ganz schwach. Das war's auch schon. Es gibt keine Verbindung.«

»Das macht nichts«, sagte er. »Ein Klingeln reicht. Wenn ihr es hört, wisst ihr, was ihr zu tun habt.« Er erteilte seine Befehle, ohne sie zu begründen.

»Und du? Was machst du?«, rief Atschorek. »Sag mir, was du vorhast! Dann werde ich mich an deine Anweisungen halten!«

»Ich rufe mir die Wölfe zu Hilfe«, sagte er. »Reicht dir das?«

»Du willst mit Wölfen die Brücke erobern? Das gelingt dir nie im Leben!« Atschorek zögerte. »Ist es eigentlich wirklich so gewesen, wie du erzählt hast? Ist Kunun im letzten Augenblick in die Hände des Feindes gefallen, oder hast du ihn verraten, damit du und Hanna entkommen konntet? Hast du ihnen Kunun ausgeliefert und willst jetzt die Schatten in die Stadt schicken, den Wachen in die Arme, und dir so die Rückkehr erkaufen?«

Mattim lächelte, wie er noch nie gelächelt hatte, fremd und dunkel. »Das Licht wird nie freiwillig zulassen, dass ich zurückkehre«, sagte er.

Sobald sie allein waren, draußen auf den Stufen vor Atschoreks Haustür, brach er zusammen. Er krümmte sich wie unter einem Anfall und presste die Hände auf den Bauch.

»Mattim!« Hanna kniete sich neben ihn, umfasste mit beiden Händen seine Schultern und hielt ihn fest, während es ihn schüttelte. »Mattim, was ist?«

Er keuchte. »Ich weiß es nicht. Fühlt es sich so an, wenn der letzte Rest Licht in einem stirbt? Vielleicht bin ich nie wirklich ein Schatten gewesen, nie so wie die anderen, mit Haut und Haar. Und jetzt … Es ist, als würde der Wolf mich zum zweiten Mal beißen, dort, in die Wunde.« Er stöhnte wieder.

Hanna umklammerte ihn, als könnte er, sobald sie nur ein bisschen nachließ, in eine schwarze Tiefe sinken, aus der sie ihn nicht mehr retten konnte.

»Nein«, widersprach sie. »Nein, du wirst nie sein wie die anderen. Du tust das für Réka.«

»Ich werde Akink vernichten.« Wie ein Ertrinkender zog er sich an ihr hoch. »Für ein Mädchen, das bereits ein Schatten ist. Und ist es überhaupt für sie? Habe ich mir das nicht die ganze Zeit gewünscht, seit wir zurück sind?« Er lachte gurgelnd, als hätte er den Mund voller Blut; dann merkte Hanna, dass er weinte und versuchte, es vor ihr zu verbergen. »Was ist das Licht?«, fragte er. »Erklär es mir. Wenn man etwas opfern muss – was würde das Licht wählen?«

»Das Licht würde sich immer für die Unschuldigen entscheiden«, antwortete Hanna. »Hast du das nicht selbst oft genug gesagt?«

»Auch wenn es dabei schuldig wird? Wenn es sich selbst dabei verliert?«

Darauf hatte sie keine Antwort. Sie begleitete ihn aus dem Garten auf die Straße, unter die künstlichen Sonnen der Laternen, aber sie wusste nicht, wie sie ihn aus dieser Dunkelheit herausführen sollte, in die seine Entscheidung ihn brachte.

»Ich kann Réka nicht verloren geben.« Sie wiederholte es einige Male, wie ein Mantra. »Ich kann nicht. Und du kannst es auch nicht. Weißt du noch, wie wir das letzte Mal vor dieser Entscheidung standen? Réka oder Akink? Wir müssen uns um das kümmern, wofür wir verantwortlich sind. Aus diesem Grund habe ich Wilder in die Stadt gebracht. Für Attila. Aus diesem Grund wirst du den König bedrohen – für Réka. Dann werden wir erneut beide retten, das Mädchen und die Stadt. Du hast selbst gesagt, dass dies die einzige Chance ist, um das Licht dazu zu zwingen, sich in Sicherheit zu bringen. Wir tun es wieder, Mattim, ja? Wir tun das Richtige, und was daraus entsteht, wird uns recht geben. Nicht Réka oder Akink. Réka und Akink. Wir retten beide.«

Seine Lippen waren so unglaublich weich. Wie konnte einer, der verloren war, so küssen? So, dass sie sich lebendig fühlte und voller Hoffnung, dass sie sich den düsteren Schatten der Angst und der Verzweiflung nicht hingeben mochte? So, dass sie alles, was sie eben gesagt hatte, wirklich glauben konnte?

»Du wirst nie so sein wie die anderen Schatten«, flüsterte sie. »Was du auch tust, du wirst nie so werden wie sie.«

Sie nahmen die neue Pforte auf der Baustelle. Mattim wagte es nicht, eine der Türen zu benutzen, die in die Höhlen führten; von Feuer hatte er genug.

Im Wald, wo sie beide zwischen den Baumstämmen auftauchten, merkte er schnell, dass diese Entscheidung klug gewesen war. Die Wache – derzeit war es die Tagpatrouille – hielt die Flammen immer noch am Leben. Sie sammelten trockenes Holz; eine junge Wächterin kam gerade mit den Armen voller dünner Zweige vorbei.

Um auf Nummer sicher zu gehen, hatten sie die kleineren Höhlen verrammelt, indem sie Steine davor aufgeschichtet hatten. Geschäftig eilten sie hin und her, ohne ihn zu bemerken. Eine größere Patrouille als sonst – die einen kümmerten sich um das Feuer, die anderen hielten die Waffen bereit. Sie wirkten alle nervös. Anscheinend rechneten sie damit, dass die Feinde bald hier auftauchten. Solta stand in der Mitte des Lagers und unterhielt sich mit einer Flusshüterin. Es war nicht Mirita; Mattim wusste nicht, ob er erleichtert oder enttäuscht sein sollte.

Hatten ihn die Schatten auch so beobachtet, als er verzweifelt versucht hatte, hinter das Geheimnis der Höhlen zu kommen? Hatte Atschorek hier gestanden und sich amüsiert, während sie bereits wusste, wohin sein Schicksal ihn führen würde?

Kleiner Bruder bringt den Sieg …

Er zog Hanna weiter ins Dickicht, fort von den Höhlen. Ob sich Wölfe in der Nähe befanden? Er atmete tief durch die Nase ein und versuchte sie zu wittern. In Budapest war es ihm nicht gelungen, Wilder auf diese Weise aufzuspüren, aber der Wald war durchdrungen von vertrauten Gerüchen. Wolf …

»Sind sie hier?«, fragte Hanna.

»Ja«, gab er zurück. »Ich werde sie herrufen.« Kurz zögerte er. Irgendwie war es ihm peinlich, vor ihr zu heulen. Mit Hannas Hand in seiner war es nicht so leicht, sich wölfisch zu fühlen, so natürlich wie sonst in den Rhythmus der Schritte zu finden, in die Düfte der Wildnis, sich eins zu fühlen mit dem Rudel. Ein Teil von ihm streckte sich bereits danach aus, der andere schien ihn zu beobachten. Wie er ungeschickt über Wurzeln stolperte und über Baumstämme und Gruben sprang. Immer noch auf zwei Beinen, immer noch zu langsam. Weil er darauf achten musste, dass Hanna nicht stürzte, da sie nicht so schnell mitkam, konnte er nicht sein, was er sein wollte, wonach sein Körper verlangte. Ein Hunger anderer Art, fremder als alles, nach Leben, ja, aber nach diesem Leben hier unter den grünen Blättern. Hanna hielt ihn im Menschsein fest, nur sie zwang ihn dazu, Prinz Mattim zu bleiben.

Sie duckten sich unter herabhängenden Ästen hindurch, brachen durchs Gebüsch, durch Dornen und Nesseln und stampften durch ganze Meere weiß blühender Frühlingsblumen. Die Blüten waren klein und kümmerlich, die Triebe lang und gelblich, einem Himmel zugewandt, der zu trübe war, um ihnen genug Kraft zu geben.

Auf einer Lichtung blieb er stehen und horchte.

»Mattim?«, fragte Hanna leise. »Du hast gerade geknurrt.«

»Habe ich das?« Er versuchte sich zu konzentrieren. Die Schmerzen in seiner Brust, in seinem Magen machten es fast unmöglich. Er fand den Schrei auf seiner Zunge, und das Geheul brach aus ihm heraus, so echt, so wölfisch, dass er selbst darüber erschrak. So leicht, so verführerisch wäre es gewesen, auf alle viere zu fallen und davonzurennen ... statt das zu tun, was er tun musste.

»Bist du immer noch da?«, fragte er. »Läufst du nicht fort und rettest dich? Ich weiß nicht, was mit mir geschieht. Aber es passiert.«

»Das lasse ich nicht zu«, sagte Hanna. »Ich erlaube es nicht. Ich halte dich fest. Du wirst der bleiben, der du bist, der Prinz des Lichts.«

»Ich werde Akink vernichten«, sagte er leise und versuchte diese Worte zu begreifen. So unglaublich, so unmöglich. »Ich.«

»Aber du tust das für Réka. Um sie zu retten. Und für das Licht.«

»Glaubst du?« Der Schmerz kreiste wie ein glühendes Rad in seiner Mitte. »Ich rede mir selbst ein, dass es so ist. Trotzdem ...« Er schluckte hart. »Da ist ein Teil in mir, der will es tun. Der will ein Schatten sein wie die anderen. Ein Teil von mir, der will nicht Réka helfen, sondern Kunun. Und gemeinsam werden wir Akink besitzen.« Er strich sich über die Stirn und betrachtete verwundert seine nasse Hand. Warum schwitzte er, wenn er doch ein Schatten war, der keine Müdigkeit kannte? Und keine Angst. Ha! Wie schön wäre es gewesen, keine Angst mehr zu haben, nie mehr. »Kannst du dir vorstellen, wie gut es sich angefühlt hat, Akinks Untergang vorherzusagen? Die Begeisterung der Schatten zu spüren? Atschorek kleinzukriegen? Ich habe eine Macht in mir gespürt, die dunkel war, Hanna. Das ist nicht das Licht.«

»Aber …«

»Dort im Kerker«, fuhr er leise fort, »habe ich es mir gewünscht. Dass ich derjenige bin, der sie alle vernichtet. Verstehst du das? Ich wollte es sein! Nicht um das Licht zu retten oder sonst irgendwen. Ich wollte es auslöschen, ich wollte es meinen Eltern heimzahlen. In diesem Moment wusste ich, wie ich es tun würde und wie ich sie in die Knie zwingen würde. Und wie ich ihnen ins Gesicht schauen würde, bevor ich die Schattenwölfe auf sie hetze …«

»Oh Mattim!« Sie schlang die Arme um ihn, sie legte das Ohr an seine stille Brust. Das leblose Herz eines Schattens … »Warum? Warum sagst du das?«

Sie versuchte die Erinnerungen abzuwehren, die zu ihr zurückkommen wollten. Mattim in ihrer Zelle … und dann waren sie irgendwann im Labyrinth, zu Hause in Budapest.

Und dazwischen? Was war dazwischen geschehen? Sie fürchtete sich vor dem, was sie dort vorfinden würde, in den dunklen Stunden unter der Burg, dort, zu Füßen des Lichts.

Ein kleiner Raum, wie eine Zelle, vor der Gittertür die Wachen. Und dann … und dann … Mattim tobte. Er schlug mit den Fäusten gegen die Wand, trat gegen die Tür, ruckte am Gitter. Er riss eine Wächterin zu sich heran und biss sie in die Hand, und ihr Schrei mischte sich mit dem Entsetzen der anderen Wächter. Ein schmaler grauer Schatten huschte davon auf vier Pfoten, das flackernde Licht der Öllampen fiel auf bräunliches Fell …

Mattim!, wollte sie rufen. *Was tust du denn da! Du! Ausgerechnet du!*

»Hanna?«

Sie konzentrierte sich auf die Szene, die langsam Gestalt annahm. *Ein flüchtender Wolf. Mattim, der wild lachte. So verabschiede ich mich von dir! Von dir! Von dir?*

Von wem? Wer war noch da gewesen? *Die Königin. Die Königin und ihr hilfloser Versuch zu trösten. Statt die Zelle zu öffnen! Statt sie hinauszulassen!*

So wie der König. Du bist nicht mein Sohn. Und Mattim, der bat, der flehte, der um ihr Leben bettelte … ja, vor allem um ihres.

Morgen früh.

Morgen. Da war wieder das beklemmende Gefühl, das Zittern in ihren Beinen, ihr Herz, schmerzhaft rasend, ihr Bewusstsein, das sich irgendwo verkriechen wollte. *Morgen früh werdet ihr sterben. Du bist nicht mein Sohn, du bist niemand* … Und dann wurden sie durch die dunkle Stadt gehetzt …

Es war Kunun, der sie gebissen hatte. Kunun, der sie durch den schwarzen Qualm trug, während um sie her die Pfeile vom dunklen Himmel fielen. Kunun, der sie durch Gänge und Mauern führte, Kunun, der vor ihrer Zellentür kämpfte. Kunun, der die Lampe holte und ihnen Schatten gab, damit Mattim mit ihr durch die grüne Tür fliehen konnte. Kunun, auf den die Pfeile niedergingen …

Sein dunkler Kuss, sein dunkler Blick. *Gewissheit.*

Sie wollte diese Erinnerungen nehmen und einschließen und den Schlüssel wegwerfen. Aber genau das hatten sie durchlebt.

»Im Kerker«, wisperte sie. »Ich sehe dich wieder vor mir. Deine Mutter und dein Vater, sie beide kennen keine Gnade. Und du …«

»Ist es nicht schrecklich«, fragte Mattim leise, »dass ich auch das bin? Ich hätte nie gedacht, dass ich so etwas fühlen könnte, so einen Hass. Und nun … Hanna, ich bin mir nicht sicher, was ich hier beginne und warum. Solange ich daran glauben kann, dass ich das hier für Réka und für das Licht tue, geht es mir einigermaßen gut. Aber was, wenn ich nur denke, dass das meine Gründe sind? Wenn in Wirklichkeit der Schatten in mir wächst und sich ausbreitet und alle Rechtfertigungen nur vorgeschoben sind, weil die Dunkelheit längst über mich herrscht?«

»Nein«, widersprach sie. »Nein, Mattim, nein, das ist nicht der Schatten. Du bist es. Für das Licht. Allein dafür.« Sie streckte die Hand aus und berührte sein Gesicht. »Denn ich sehe den Schmerz in deinen Augen und die Angst, ob du das Richtige tust … Du bist nicht wie Kunun. Kunun zweifelt nie.«

Gewissheit. Kunun zweifelt nie …

Ein langgezogenes Heulen erscholl ganz in ihrer Nähe.

Mattim versuchte zu lächeln. »Schluss mit den Grübeleien, jetzt beginnt die Arbeit. Da ist schon die Antwort«, erklärte er, und im nächsten Moment führte der riesige schwarze Wolf das Rudel auf die Lichtung.

»Bela, mein Bruder«, begrüßte Mattim ihn. »Heute spielen wir Jäger.«

SECHSUNDZWANZIG

AKINK, MAGYRIA

Die Wölfe versammelten sich. Immer mehr kamen zu ihnen auf die Lichtung, bis ihre Leiber um Mattim und Hanna wogten wie ein pelziges Meer. Felsengleich ragten die Köpfe und Rücken der großen Schattenwölfe heraus.

Mattim zählte sie. Es waren noch nicht genug. Die kleinen Wölfe waren nützlich, schöne, treue Gefährten, klug und willig, auf sein Kommando zu reagieren, als wären sie Hunde, die er seit ihrer Welpenzeit aufgezogen hatte. Mit einigen verband ihn eine noch tiefere Freundschaft – Alita und Palig, Derin und andere von der Nachtwache. Es war, als wären sie wieder gemeinsam im Dienst. Nur seinen Freunden vertraute er das Kostbarste an, was er mitgebracht hatte.

»Achtet auf mein Mädchen«, befahl er ihnen. »Hanna?« Er drehte sich zu ihr um. »Ich hoffe, es ist dir recht, dass die drei hier auf dich aufpassen? Das ist Alita. Sie hatte früher das größte Mundwerk in der ganzen Tagpatrouille und ist jetzt erfreulich still.« Er lachte, als die Wölfin ihn verärgert anknurrte. »Und das ist Palig, der gerne in Käfige hineinfliegt. Ach, Derin, mein Freund. Du weißt, ich wollte nicht, dass es geschah, nicht wahr? Ich konnte Goran nicht davon abhalten.«

Hanna grüßte die Wölfe höflich, die Mattim zu ihren Leibwächtern erkoren hatte. Jetzt war keine Zeit mehr zum Händchenhalten. Der Prinz sandte einen Großteil des Rudels aus, überallhin in den Wald, um festzustellen, wie viele Patrouillen unterwegs waren.

»Kein Mensch, der sich auf dieser Seite des Flusses befindet, darf über die Brücke zurück«, sagte er. »Wir brauchen jeden einzelnen Wächter.«

Und noch mehr Schattenwölfe.

Wieder legte er den Kopf in den Nacken, um zu rufen, und von Ferne antwortete ihm ein weiteres Rudel.

Wenn ihn das Gefühl überkam, dass er sich in der Menge auflöste, dass Pelz und Krallen mit seiner Haut verschmolzen, suchte er Hannas Blick. Sie hatte sich auf einen Baumstamm gesetzt, Palig zu ihren Füßen, während die älteren Wölfe, Derin und Alita, zu beiden Seiten wachten. Aber Hannas Aufmerksamkeit gehörte ihm, so als würde sie spüren, dass allein ihre Gegenwart ihn davor schützte, in diesem Meer aus Wolfskörpern unterzugehen. Ihr klarer Blick war wie eine Sicherheitsleine, die es ihm erlaubte, in einen tiefen Fluss mit reißender Strömung hinauszuschwimmen.

Einige Stunden vergingen, bis Mattim an die fünfzig Schattenwölfe um sich versammelt hatte. Bela hielt sich dicht neben ihm, ein rauchschwarzer Gefährte, der seine Entschlossenheit aufsaugte und widerspiegelte.

»Wir umstellen das Lager«, sagte der Prinz. »Ich werde jedem von euch einen Flusshüter zuweisen. Auf mein Zeichen springt ihr alle gleichzeitig los und beißt diesen einen Menschen, der euch gehört. Schnell. Schlagt die Zähne in die Stelle, die ihr am schnellsten erreichen könnt. Es wäre günstig, wenn sie nicht sichtbar ist und wenn auch den Uniformen nichts geschieht, aber das ist zweitrangig. Beobachtet euer Opfer eine Weile. Sucht euch aus, wohin ihr sie beißen werdet. Dann springt los und tut es. Die Wächter dürfen keine Gelegenheit haben, Alarm zu schlagen;

dafür sind die kleinen Wölfe zuständig. Schnappt euch die Hörner, reißt sie von ihren Gürteln. So wenig Blut wie möglich. Kein Lärm. Und kein Horn. Beim Licht, ich will das Horn nicht in diesem Wald hören, kein einziges Mal! Bekommt ihr das hin?«

Es konnte ebenso gut ein Blutbad daraus werden, ein Gemetzel, aber wenn sie schnell genug waren, würde es gelingen.

»Flink müsst ihr sein – und das seid ihr«, sagte er. »Ihr müsst über sie hereinbrechen wie ein Sturm. Sie werden nicht wissen, wie ihnen geschieht. Wenn es ihnen in den Sinn kommt, zu schreien, wird es schon zu spät sein. Rechnet trotzdem mit Gegenwehr. Sie werden zu ihren Waffen greifen. Pfeile werden fliegen. Sobald ihr sie gebissen habt, verlasst das Lager.«

Er spürte die Zustimmung der Wölfe. Das erwartungsvolle Leuchten in ihren Augen zeigte ihm, dass sie sich weniger fürchteten als er. Seine eigene Angst fühlte sich an wie ein scharfes Brennen, eine Flamme, die in seinen Muskeln und Knochen zitterte.

Einige Wölfe, die er zuvor ausgesandt hatte, kamen wieder zurück.

»Eine Patrouille, im Wald? Wie viele sind es?« Mattim runzelte die Stirn. Es war nicht ratsam, die Wölfe zu teilen. Primär war dieses Lager dran, danach erst konnten sie sich um die nächste Aufgabe kümmern.

»Passt auf sie auf«, sagte er schließlich zu den kleineren Wölfen, die er für diesen Einsatz vor den Höhlen nicht brauchte. »Sorgt dafür, dass sie uns nicht in die Quere kommen. Wenn sie in die andere Richtung marschieren, lasst sie in Ruhe. Sobald sie in unsere Nähe kommen, greift ihr an. Wir dürfen nicht gestört werden.«

Es war so weit.

Er kehrte zu Hanna zurück und wusste nicht, womit er ihr aufmunterndes Lächeln verdient hatte.

»Du hast mitbekommen, was wir vorhaben?«

»Ja«, sagte sie ernst.

»Halte mich auf. Sag mir, dass es falsch ist. Sag mir, dass ich mehr zerstöre, als ich jemals gewinnen kann. Dass ein so großes Opfer nicht gebracht werden darf. Sag mir irgendetwas, Hanna, damit ich es beende, bevor es anfängt.«

Wie traurig ihre braunen Augen waren. »Es tut mir um jeden einzelnen dieser Wächter leid«, sagte sie. »Trotzdem warte ich nur auf den Moment, an dem wir Réka aus der Stadt holen.« Kaum hörbar fügte sie hinzu: »Ich kann es nicht fassen, dass du das für mich tust.«

Er wollte ihr zustimmen, er wollte sagen: *Ja, für dich. Für ein dummes, kleines Mädchen. Und für das Licht, das sich noch nicht genug fürchtet. Nur so kann ich meine Eltern dazu zwingen, zu fliehen.*

Aber die Wahrheit war viel schlimmer. »Hanna«, sagte er leise. »Ich tue es, weil ich ein Schatten bin, fürchterlicher als jeder andere. Ich tue es, weil mich das Licht verbrannt hat, dort im Stroh auf dem Boden unseres Kerkers. Was du hier siehst, das bin nicht ich. Wenn ich Akink erobert habe, wird vielleicht nichts mehr übrig sein von dem Mattim, der dich liebt.«

»Nein, Mattim, das glaube ich nicht.«

»Doch«, sagte er. »Bitte, halte mich auf. Lass nicht zu, dass ich so werde wie Kunun. Verbiete mir, ihn zu retten. Wie soll das Licht jemals siegen, solange er lebt? Hanna, siehst du denn nicht, was geschieht? Ich werde alle verraten, die ich liebe. Ich werde jemand sein, der die Nacht bringt. Ich werde …«

»Nein.« Sie legte die Finger an seine Lippen. »Nein, Mattim, sag das nicht, bitte.«

»Ich muss ein Schatten sein«, flüsterte er. »Mehr, als ich je gewesen bin. Halt mich fest, bitte. Lass es nicht zu.«

Sie klammerte sich an ihn, und er wünschte sich, sie hätte nicht nur seinen Körper festhalten können, sondern auch seine Seele, damit sie nicht ins Dunkel stürzte.

Wärst du früher jemals so grausam gewesen?, höhnte eine Stimme in ihm. *Hanna zu fragen, ob sie Réka retten will oder dich? Das ist eine Wahl, die ihr das Herz brechen wird, denn sie kann sich nicht für denjenigen von euch entscheiden, der stark ist. Sie muss sich für die Hilflosen und Schwachen einsetzen, genau wie das Licht es tun würde. Sie kann nicht anders, so wie du es nicht anders könntest.*

Also sei stark.

»Ich kann nicht«, wisperte sie. »Denn du tust es, um Réka zu retten. Du tust es für mich. Ich wünschte, wir könnten nach Budapest zurückkehren und dort weiterleben wie bisher. Aber Réka ist fort. Und es wird nie wieder irgendetwas sein wie zuvor.«

Er hatte ihr die Macht in die Hände gelegt, ihn aufzuhalten, doch sie tat es nicht. Stattdessen ließ sie das wilde Tier von der Kette.

»Ich muss dich diesen Weg gehen lassen.« Sie lehnte den Kopf gegen seine Brust, und er streichelte ihr Haar. »Kunun hat einmal gesagt, es hat keine Bedeutung, warum wir etwas tun. Das stimmt nicht. Was dich antreibt, ist nicht Rache. Ist nicht die Finsternis. Sondern immer noch das Licht. Glaub daran.«

Hilflos verzog sie den Mund zu einem vagen Lächeln.

»Ich sehe den Schmerz in deinen Augen. Wie grau sie heute sind. Sie werden nie so schwarz sein wie Kununs.«

»Die Farbe des Nichts …«, murmelte er.

Grau war es im Wald von Magyria, dunkelgrau.

»Nun gut«, sagte er leise. »Dann werde ich tun, was ich

schon einmal getan habe. Ich werde in die Dunkelheit gehen – für das Licht.« Laut rief er den Wölfen zu: »Es ist so weit.«

Sie schwärmten aus und umringten die Lichtung, auf der die Wächter das Feuer fütterten. Erst weiträumig, dann zogen sie den Kreis immer enger. Wölfe, lautlos, Mattim dazwischen wie einer von ihnen. Seine Bewegungen ähnelten den ihren, geschmeidig, immer fließender, kräftiger, anmutiger. Er verschmolz mit dem Unterholz, mit dem Zwielicht, als er zu jedem einzelnen der Wölfe huschte und ihm sein Opfer zuwies.

Einige Menschen versorgten das Feuer. Andere standen in Grüppchen dabei und bewachten die Eingänge. Ihre Aufmerksamkeit war den Höhlen zugewandt, als könnten jederzeit wilde Schatten herausspringen. Ein paar marschierten auf und ab. Manche jedoch standen reglos da und starrten in den Wald. Letztere würden die Angreifer zuerst bemerken. Für sie hatte er die flinkesten Wölfe ausgesucht, Wölfe, die über sie kommen würden, während sie blinzelten, die in der Dunkelheit eines Lidschlags springen konnten.

Mattim wunderte sich über seine eigene Ruhe. Wenn er ein Herz gehabt hätte, es hätte geschlagen, schnell und noch schneller, im wilden Sprung. Er hielt den Atem an.

»Los.«

Er musste den Befehl nicht laut geben. Die Wölfe verstanden ihn, so wie er sie verstand. Ihr Geist vereinigte sich zu einem einzigen großen Entschluss: *Angriff. Jetzt!*

Die Wölfe sprangen aus dem Dickicht, hinter Baumstämmen und Felsen hervor. Den vordersten Wächter traf es zuerst, rücklings fiel er auf den steinigen Boden, über ihm ein riesiger brauner Wolf, der die Zähne in seiner Schulter vergrub. Manche sprangen auf, griffen zum Schwert. Eine

Bogenschützin schrie und ließ den Pfeil, der auf der Sehne geruht hatte, durchs Zwielicht fliegen, doch unter ihrem Arm hindurch tauchte der Wolf zu ihr empor wie ein aus dem Wasser springender Fisch.

Diejenigen, die saßen, schafften es kaum, sich zu erheben. Wölfe hingen an ihrem Rücken und verbissen sich in ihren Nacken. Ein Flusshüter torkelte mit ausgebreiteten Armen durch das große Feuer in der Mitte des Lagers. Mattim eilte hinzu und riss ihn hinunter auf den Boden, wo er Erde über ihn häufte, um die Flammen auf seiner Kleidung zu ersticken. Ein kleiner Wolf, ein Horn im Maul, flitzte an ihm vorbei.

Irgendwo schluchzte eine Frau, ein lautes Gejammer.

Auch ein Wolf schrie, als die fauchende Klinge eines Schwertes ihn traf. Er taumelte zurück, dafür sprang ein anderer dem Soldaten in den Rücken und brachte ihn zu Fall. Das verwundete Tier blickte in das Gesicht seines Gegners, kroch mit letzter Kraft näher und schlug die Zähne in seinen Arm.

Ein paar Menschen versuchten zu fliehen, aber die Wölfe bildeten einen lückenlosen Ring um die Lichtung, und jedem, der sich ihnen näherte, sprangen sie entgegen und trieben ihn zurück. Ein großer, baumstarker Krieger versuchte sich mit dem Schwert einen Weg hinaus in den Wald zu bahnen. Mattim hatte ihn noch aus seiner Zeit bei der Tagpatrouille in nicht allzu guter Erinnerung. Wikor! Bestand denn seine Lebensaufgabe darin, dem Prinzen Schwierigkeiten zu machen? Er tanzte im Kreis, um sich den Rücken freizuhalten; pausenlos schlug er um sich, damit keins der Tiere sich ihm auch nur nähern konnte.

Mattim pfiff die kleinen Wölfe zurück. Der Schattenwolf, dem er diesen Mann zugewiesen hatte, lag reglos auf der Lichtung.

»Der gehört uns beiden.« Der Junge hob eins der Schwerter auf, welche die Wölfe aus dem Ring getragen hatten, und folgte dem Flüchtenden unter die dunklen Baumwipfel. »Komm mit, Bela.«

Der Wächter war nicht schnell; zu sehr war er damit beschäftigt, jede Überraschung von sich fernzuhalten. Als er seinen einstigen Kameraden kommen sah, lachte er wild auf. Wie anders hatte sein Lachen früher geklungen!

»Schatten!«, brüllte er. »Bleib, wo du bist!«

»Kennst du nicht einmal mehr meinen Namen, Wikor?«

Der Angesprochene umklammerte sein Schwert mit beiden Händen. »Mich kriegt ihr nicht!«

»Da irrst du dich. Wir kriegen euch alle, ohne Ausnahme.«

»Mich nicht!« Der Soldat machte einen Ausfallschritt, auf Mattim zu, der elegant zurücksprang und dabei sein eigenes Schwert hochriss. Krachend prallte Stahl auf Stahl.

Der Prinz tänzelte wieder zurück.

»Glaubst du, darauf falle ich rein?«, höhnte Wikor. Ohne den Jungen aus den Augen zu lassen, ging er rückwärts. »Mich lockst du nirgendwohin. Verfluchter Schatten!«

Mattim näherte sich ihm mit erhobenem Schwert.

»Dann treibe ich dich eben vor mir her, wenn dir das lieber ist.« Er stieß einen furchteinflößenden Kriegsschrei aus, hieb auf seinen jungen Gegner ein und versuchte ihn von unten her zu treffen. Leichtfüßig sprang Mattim zur Seite und griff erneut an. Jetzt musste der Flusshüter auf seine eigene Deckung achten. Funken sprühten, als die Schwerter aufeinanderkrachten. Die Luft vibrierte, und selbst die Bäume schienen zu erzittern.

»Spielst du mit mir?«, rief Wikor aufgebracht. »Glaubst du, ich lasse mir das bieten? Nimm das!« Er stürmte auf Mattim los, der diesmal nicht zurückwich, sondern parierte. Die Schläge folgten jetzt immer schneller. Keiner von ihnen gab auch nur einen Fußbreit nach. Der große Mann keuchte, Triumph brannte in seinen Augen auf, er war weitaus stärker als der schlanke Prinz. Doch als er aufschrie, war es kein Siegesgeheul. Bela sprang ihm in den ungeschützten Rücken; Wikor brüllte vor Schmerz und Überraschung, als er den Biss des Wolfs spürte.

»Das war nicht fair!«, rief er außer sich. Er fuhr herum und versuchte, den Wolf zu treffen – und schon lag Mattims blanke Klinge an seinem Hals.

»Lass dein Schwert fallen. Sofort.«

Wikor gehorchte zähneknirschend. Er hielt sich die Seite, dann starrte er auf seine mit dunklem Blut bedeckte Hand.

»Ich bring dich um, du kleiner Bastard«, knurrte er. »Dafür bring ich dich um. Mir ist völlig egal, wer du bist. So kämpft man nicht!«

»Vorwärts«, befahl Mattim ungerührt. »Zurück zu den anderen. Sicher warten sie schon auf dich.«

Mit dem Schwert trieb er Wikor in das von Wölfen umringte Lager. Die Wächter, ohne Ausnahme gebissen und verwandelt, standen oder saßen deprimiert herum. Manche klammerten sich immer noch an ihren Waffen fest. Die Verluste waren gering. Zwei Wachen waren tot, von ihren eigenen Kameraden erschlagen. Einige waren etwas schwerer verletzt und stöhnten vor Schmerz. In Kürze würden sie begreifen, dass man als Schatten nicht einfach so starb. Sie würden sich aufsetzen und verstehen, dass ihre Existenz weiterging. Ein paar Wächter waren bewusstlos, aber auch sie würden bald zu sich kommen.

Doch nicht alle hatten aufgegeben. Solta versuchte, eine Mannschaft um sich zu sammeln. »Noch einmal können sie uns nicht überraschen«, sagte er. »Wir kämpfen uns durch.« Trotzig rief er dem Prinzen zu: »Es kümmert uns nicht, was ihr mit uns gemacht habt. Wir sind die Patrouille des Königs! Wir haben mit euch nichts zu schaffen. Wir werden für Akink kämpfen, bis wir tot sind!«

»Das seid ihr bereits«, gab Mattim zurück. »Es fühlt sich anders an, als ihr erwartet habt, nicht wahr? Es ist, als wäre nichts geschehen. Die Wunde tut noch weh, aber das lässt bald nach. Es wird auch nicht lange bluten. Dann werdet ihr euch fragen, warum ihr nicht einfach nach Hause gehen solltet. Oder weiterkämpfen. Weiterkämpfen und dann nach Akink zurückkehren und berichten, was geschehen ist. Es fühlt sich an, als könnte man einfach zurück nach Hause marschieren. Als könnte euch nichts daran hindern, weiter für Akink zu kämpfen und König Farank zu dienen.«

»Mich beeindruckst du damit gar nicht.« Wikor war immer noch wütend. »Ich für mein Teil werde jeden Schatten vernichten, den ich treffe, jeden Wolf durchbohren, auch dich, du mieser kleiner Betrüger. Er hat unfair gekämpft!« Anscheinend konnte er es immer noch nicht fassen. »Jetzt gibt es keine Rücksicht mehr!«

Mattim lachte leise. Eine Bewegung ging durch die Reihen der Wölfe, als lachten sie mit.

»Du willst gegen die Schatten kämpfen? Jeder von euch ist ein Schatten. Wenn ihr versucht, Akink zu betreten, werden sie euch jagen und in Stücke hacken.«

»Das ist mir egal!«, schrie Wikor.

Die störrische Auflehnung seines Freundes machte dem Hauptmann bewusst, wie unsinnig sein eigenes Verhalten war. Er seufzte. »Lass gut sein, Wikor. Der Prinz hat recht. Wir können nicht zurück. Aber wo sollen wir sonst hingehen?«

»Ihr werdet zurückkehren«, versprach Mattim. »Nach Akink. Heute noch. Wir alle. Akink wird uns gehören.«

»Ich habe geschworen, es zu verteidigen!«, schrie Wikor.

»So wie wir.« Mattim wählte seine Worte sorgfältig. »Dennoch müssen wir gegen das Licht kämpfen, sonst hört das hier nie auf. Wenn die Schatten nach Akink kommen, fügt sich zusammen, was untrennbar zueinander gehört. Licht und Schatten. Das ist der einzige Weg für uns. Der einzige Weg zurück ins Leben.«

Ja, belüg sie, sagte die innere Stimme in ihm, diese böse, verächtliche Stimme, die genau wusste, was er war. *Nur zu! Ködere sie mit den Verheißungen, den Prophezeiungen, bis du sie an der Angel hast. So macht Kunun das doch auch.*

Aber Kunun glaubt wenigstens an das, was er seinen Schatten verspricht.

Dann sei schlimmer als er. Dafür wirst du auch erfolgreicher sein. Ist das nichts? Ist das kein Grund, die Lüge vor sich herzutragen wie das Banner eines Königs?

»Eben noch haben wir für Akink gekämpft, und jetzt sollen wir uns gegen die Stadt wenden?«, fragte eine Wächterin. Ein Wolf hatte ihr die halbe Kehle aufgerissen, trotzdem vermochte sie noch zu sprechen.

»Niemand von euch kann sich verstecken«, sagte Mattim. »Ihr könnt es versuchen. Euch irgendwo im Wald verkriechen und in der Dunkelheit existieren. Niemanden angreifen. Versuchen, euren Eid nicht zu brechen. Weder Akink noch eure Überzeugungen zu verraten.« Schmerz fuhr ihm wie ein Axthieb durch den Schädel; nur mit Mühe hielt er sich aufrecht. »Doch keiner von euch wird es lange aushalten, allein in der Finsternis zu leben. Akink ruft euch, schon jetzt. Es ist unerträglich, nicht nach Hause zurückkehren zu können. Fühlt ihr es nicht bereits?«

Solta nickte langsam. »Gib uns etwas Zeit«, bat er. »Es ist nicht so einfach, sich an all das zu gewöhnen.«

Mattim nickte. »Ich weiß. Wir haben Zeit bis zur Wachablösung, bis die Nachtpatrouille kommt. – Was ist mit den anderen Flusshütern? Mit welchem Auftrag sind sie unterwegs?«

»Sag ihm nichts!«, zischte Wikor.

Der Anführer des geschlagenen Trupps schüttelte traurig den Kopf. »Sie würden uns töten, wenn sie uns fänden, das weißt du.«

»Sie müssen es ja nicht wissen! Der Hälfte von uns sieht man doch gar nichts an. Wir könnten nach Hause gehen und es niemandem sagen. Wir könnten …«

»Nach Akink«, ergänzte Mattim. »Ich weiß.«

»Sie sollen das Ufer freihalten«, verriet Solta. »Wir haben Boote flussauf- und flussabwärts geschickt. Für den Fall, dass Wölfe oder Schatten über den Donua kommen. Wer etwas bemerkt, schlägt Alarm. Die Patrouille greift dann vom Ufer aus an. Es sind zehn Trupps unterwegs, zu je etwa einem Dutzend Wächtern.«

»Kommen die Boote ans diesseitige Ufer, wenn die Flusswache ins Horn stößt?«

»Sag es ihm nicht! Du Idiot!«

»Fühlst du deinen Herzschlag, Wikor?«, fragte Mattim freundlich. »Halte die Hand an deine Brust. Fühlst du, wie dein Herz für Akink und den König schlägt? Für deine Familie und deine Freunde? Für alles, was dir lieb und teuer ist?«

Der riesige Krieger erbleichte. Nicht einmal das schummrige Dämmerlicht konnte sein Entsetzen verhüllen.

»Ich will nicht, dass meiner Familie das hier widerfährt. Selbst wenn ich sie nie wiedersehe – nicht das!«

»Kurzer Ruf heißt: Wir sind hier, alles in Ordnung.« Solta hatte sich wohl endgültig entschieden, wem seine Loyalität von nun an gehörte. »Zweimal kurz ist das Zeichen, dass sie etwas Verdächtiges entdeckt haben. Langer Ton bedeutet: Flieht, und holt Verstärkung.«

»Nein!«, schrie Wikor. »Mein Bruder ist am Fluss!« Er wollte auf den Hauptmann losgehen; ein paar andere Wächter hielten ihn mit Gewalt zurück.

Mattim nickte. »Einigt euch. Wir brauchen jeden Einzelnen. Es fällt auf, wenn ein langer Kerl wie Wikor fehlt. Ein Teil der Wölfe bleibt hier in eurer Nähe. Ich erfahre es, wenn einer von euch versucht, eigene Wege zu gehen. Vergesst nicht, ihr sterbt nicht, wenn ihr verletzt werdet. Aber es nimmt eurem neuen Leben viel von seinem Reiz, wenn das Fleisch lose an den Knochen hängt. Komm, Bela.«

Er ließ sie zurück mit ihrer Not. Wie gut er nachempfinden konnte, was sie durchmachten! Und da war immer noch etwas in ihm, das hoffte, dass die königliche Patrouille nicht so leicht kleinzukriegen war. Dass wenigstens einige von ihnen am Licht festhielten, was es auch kosten mochte. Doch er zweifelte nicht daran, wofür sie sich entscheiden würden. Es gab keine Wahl. Ein Schatten, der gegen Schatten und für Akink kämpfte, war ein Widerspruch in sich.

Es dauerte nicht lange, die erste Flusswache zu verwandeln. Mit dem Geschrei, den verstörten Gesichtern und den weinenden Frauen hatte er gerechnet. Die Wölfe hielten die kleine Gruppe in Schach, während er den Leuten erklärte, was mit ihnen geschehen war und was er nun von ihnen erwartete.

»Nie«, sagte eine ältere Frau, »nie in meinem ganzen Leben werde ich gegen Akink kämpfen.« Bevor jemand sie zurückhalten konnte, sprang sie zwischen den Wölfen hindurch und warf sich ins Wasser des Donua.

Mattim biss die Zähne zusammen. Er brauchte jeden. Jeden einzelnen neuen Schatten. Trotzdem zwang er sich zu sagen: »Es ist eure Entscheidung. Wer will ihr nach? Wir lassen jeden durch, der diesen Weg wählt.«

Ein junger Mann fiel ihm ins Auge, der dasaß, die Arme um die Knie geschlungen, bitter und zornig.

»Bist du nicht Wikors Bruder?«, fragte der Prinz.

»Den bekommt ihr jedenfalls nicht«, erklärte der Junge stolz. »Er wird sich einen Weg zurück zur Brücke bahnen und Akink warnen. Was ihr auch vorhabt, er wird es zunichtemachen.«

»Wikor gehört schon zu uns«, teilte Mattim ihm mit. »Es war tatsächlich seine größte Sorge, dass seine Familie sein Schicksal teilen muss.«

Der Junge starrte ihn ungläubig an.

»Ihr werdet beide auf unserer Seite kämpfen. Bruder mit Bruder, nicht gegeneinander.«

Ein neuer Kämpfer, gewonnen für die Schlacht.

Eine Flusswache nach der anderen spürten sie auf und verwandelten sie. Mattim erhielt auf diese Weise mehr Schatten, als er sich je hätte träumen lassen. Nicht alle waren einsichtig. Noch einer stürzte sich absichtlich in den Fluss. Einige versuchten weiterzukämpfen. Ein paar ließ er gefesselt in der Obhut einiger Wölfe zurück. Sollten sie sich über ihren Zustand und ihre Loyalität Gedanken machen. Andere dagegen sahen schnell ein, dass sie nun Teil einer neuen Gemeinschaft waren und dass die Interessen der Schatten daher auch die ihren waren. Diese Leute gaben ihr Wissen preis, ohne dass man sie lange überreden musste.

»Wir könnten die Boote ans Ufer locken«, schlug Wikors Bruder vor. »Zwei Hornstöße, dann werden sie kommen, um nachzusehen, was los ist.«

»Ich weiß«, sagte Mattim. »Aber ich halte es für besser,

sie dort zu lassen, wo sie sind. Ein kurzer Ton in regelmäßigen Abständen wird sie davon überzeugen, dass alles in Ordnung ist. Diese Meldung werden sie an Akink weitergeben. Das ist im Moment wichtiger als neue Schatten. Außerdem ist es für die Wölfe zu gefährlich, im Wasser anzugreifen, wo Pfeile und Lanzen sie treffen könnten. Davon abgesehen würden nie alle Hüter aus den Booten steigen. Wer entkommt, kann uns verraten. Das brauchen wir am allerwenigsten.«

Der junge Schatten nickte.

»Geh und sieh nach deinem Bruder«, befahl Mattim. Er wandte sich zu Hanna um, begleitet von den drei Wölfen. Anscheinend hatte ihre Leibgarde entschieden, dass es nun sicher genug war, herzukommen.

»Mattim?«, fragte sie. »Alles in Ordnung?«

»Es läuft bestens.« Er lachte halbherzig. »So leicht! Hast du gewusst, wie leicht es ist, Menschen in Schatten zu verwandeln? Wie wenig Widerstand sie leisten? Ich dachte immer, der Biss eines Wolfes könnte ein Herz nicht wirklich verwandeln. Er kann! Jetzt sehe ich es. Einige wenige wollten lieber sterben, als die Seiten zu wechseln. Aber die meisten schließen sich uns an. So schnell sehen sie ein, dass ihnen nichts anderes übrigbleibt, dass sie keine Wahl haben.«

»Du hast niemanden umgebracht«, versuchte sie ihn zu trösten. »Die Schatten werden bald in Akink wohnen können. Wenn der König geflohen ist, werden sie nicht einmal Blut brauchen. Sie werden weiterleben wie bisher, unsterblich. Und es wird keinen Krieg mehr geben.«

»Ja«, sagte Mattim bitter. »Wenn alles dunkel geworden ist, wird niemand mehr gegen das Licht kämpfen. Aber auch niemand mehr dafür. Ist es nicht das, was wir wollten? Eine friedliche Welt, in der alle einander gernhaben?«

Sie verschränkte ihre Hände mit seinen. »Vergiss nicht, wer du bist. Bitte, Mattim, hör auf, so zu reden. Für das Licht. Nur das zählt. Für Réka und das Licht.«

»Wie viele Opfer darf das Licht bringen, bevor es seine Berechtigung verloren hat? Bevor es so grau ist, dass niemand mehr es von den Schatten unterscheiden kann?«

Wieder gab sie ihm Kraft. »Nein. Du nicht. Du nicht. Du wirst immer strahlen. Du wirst immer der sein, der du bist.«

»Das werden wir sehen, wenn wir am Ende angekommen sind«, sagte er leise. »Halte meine Hand fest, bleib ganz nah bei mir, bitte. Jetzt lassen wir es beginnen.«

SIEBENUNDZWANZIG

AM FLUSS DONUA VOR AKINK, MAGYRIA

Mattim beugte sich zu den kleinen Wölfen hinunter. »Schwimmt«, sagte er. »Der Nebel liegt über dem Fluss und wird euch schützen. Wenn die Wächter ein paar von euch zu sehen bekommen, ist es in Ordnung, aber lasst bloß nicht zu, dass sie euch erwischen. Falls sie euch verfolgen, sorgt euch nur um euer eigenes Leben. Heute Nacht wird jeder in Akink sich die Ohren zuhalten, so laut werdet ihr heulen.«

Einer nach dem anderen glitten sie ins kalte schwarze Wasser. Mattim sah ihnen zu, bis sie in der Düsternis verschwanden. Dann wandte er sich um und kehrte zu den Gefangenen zurück.

»Du kannst mich zu nichts zwingen.« Wikor beharrte immer noch auf seiner Treue zum Licht. Auch sein Bruder hatte da nicht viel ausrichten können.

»Na gut«, sagte Mattim. »Werft ihn in den Fluss.«

Solta hob überrascht den Kopf. »Ist das dein Ernst?«

»Mein völliger Ernst. Wir können niemanden brauchen, der nicht mit uns ist. Für diese Mission ist Loyalität erforderlich, die über jeden Zweifel erhaben ist. Wir gewinnen die Brücke nur, wenn ihr alle wisst, worum es geht. Wenn jeder von euch weiß, wer er ist: ein Schatten. Wenn irgendjemand glaubt, er stünde immer noch in König Faranks Sold, ist er unser aller Feind. Wir wollen Akink. Du machst unser Ziel zunichte? Dann weg mit ihm.«

Er ignorierte den scharfen, gleißenden Schmerz, der ihn vom Kopf bis zur Fußsohle durchfuhr, als wollte ihm jemand bei lebendigem Leib die Haut abziehen.

»Nein!«, rief Wikor, als ihn von beiden Seiten andere Schatten packten. »Lasst mich in Ruhe, verdammt noch mal!«

Mattim trat vor ihn hin. »Jederzeit«, meinte er. »Nach dieser Schlacht kannst du gehen, wohin du willst, und tun, was dir beliebt. Aber heute gehorcht ihr mir – oder ihr sterbt. Endgültig. Schafft ihn weg.«

Es war fast wie in alten Zeiten, als er zu den Flusshütern gehört hatte. Nur dass damals Morrit und später Solta das Kommando führte. Heute erteilte er die Befehle.

»Nein, bitte, Prinz Mattim!« Der Bruder des Verurteilten begann zu betteln, als die beiden kräftigsten Schatten den Krieger in die Mitte nahmen. »Bitte, Gnade!«

Mattim hob die Hand. »Wirst du für uns kämpfen oder nicht, Wikor?«

Der große Soldat begegnete seinem Blick voller Wut, das Kinn herausfordernd vorgestreckt. Angst war in seinem Gesicht keine zu lesen. »Na gut. Ich werde für euch kämpfen«, stieß er endlich hervor.

Der Prinz schaute ihn an, lange, so lange, bis der Hüne den Kopf senkte.

»Ich kämpfe für dich, Prinz Mattim.«

So leicht ist es, besiegt zu werden und sich dem Dunkel zu ergeben. So entsetzlich leicht.

Der Schmerz webt eine Rüstung aus glühenden Fäden und hüllt mich ein in seinen Glanz …

»Dann erkläre ich euch jetzt, wie wir vorgehen. Ich schicke euch zurück. Heute Morgen seid ihr über die Brücke in den Wald gelangt, und gleich kehrt ihr wieder heim. So wie jeden Tag. So wie immer.«

»Aber …« Soltas Augen wurden groß. »Die gesamte Patrouille?«

»Einschließlich der Flusshüter hier.«

»Wir sind Schatten! Ich dachte, du führst uns in den Kampf!«

»Niemand wird euch kontrollieren, wenn ihr vollzählig einmarschiert. Und Akink wird unser sein.«

Er sah in ihren Gesichtern, dass sie begriffen.

»Es ist zu früh«, wandte einer ein. »Wenn wir jetzt schon zurückkommen, werden sie merken, dass etwas nicht stimmt.«

»Sie werden euch rufen«, versprach er. »Wenn die Hörner erklingen, geht ihr über die Brücke, als würdet ihr von einem normalen Patrouillengang heimkommen. Ihr greift erst an, wenn der Letzte in der Reihe die Brücke betreten hat. Ich gebe euch das Zeichen, wenn es so weit ist: Der Wolf wird heulen.«

Er machte eine Pause und musterte sie. Mittlerweile hatten alle ihre Bewusstlosigkeit, die Schmerzen und den Schrecken überstanden. Sie wirkten nicht im Entferntesten so verloren, wie er sich damals gefühlt hatte. Dies war ein Trupp, eine eingeschworene Gemeinschaft, die bereit gewesen war, füreinander zu kämpfen und zu sterben. Nun würden sie das noch ein letztes Mal unter Beweis stellen müssen. Akink gab es nur für alle zusammen oder für niemanden.

»Ihr müsst schnell sein, wenn ihr angreift«, sagte er. »Habt keine Scheu. Das erste Mal jemanden zu beißen ist sehr merkwürdig. Es fühlt sich an, als würde man etwas geradezu Unanständiges tun. Denkt nicht darüber nach; ihr habt nicht viel Zeit für diesen Angriff. Wenn ihr zögert, seid ihr schon verloren. Bei dieser Attacke müsst ihr die Hälfte der Brückenwächter ausschalten, oder ihr steht einer

Übermacht gegenüber. Das Wasser ist sehr nahe. Falls sie einen von euch über das Geländer werfen ... ihr wisst, was das bedeutet. Um sie zu verwirren, könnt ihr euch etwas zunutze machen, das euch unglaublich vorkommen wird. Es ist das Geheimnis der Schatten. Nun, da ihr dazugehört, dürft ihr daran teilhaben.«

Damit hatte er ihre volle Aufmerksamkeit.

»Die Schattenwölfe, die mit euch auf der Brücke kämpfen werden, öffnen Türen für euch. An jeder Stelle, an der ein Schattenwolf einen Wächter beißt, könnt ihr verschwinden. Das klappt nur, wenn ihr bewusst einen Schritt durch die unsichtbare Pforte geht; es kann nicht zufällig passieren. Erschreckt nicht, wenn ihr auf einmal auf einer anderen Brücke steht, seltsame Geräusche hört und statt des Waldes die Lichter einer Stadt erblickt. Nutzt diese Möglichkeit, sobald ihr in Bedrängnis geratet. Merkt euch vorher schon mögliche Türen, durch die ihr verschwinden könnt. Ein einziger Schritt bringt euch wieder zurück.«

Wie viele Jahre hat Kunun dieses Geheimnis den anderen Schatten vorenthalten? Er liebt Geheimnisse und die Überlegenheit, die sie ihm verleihen. Und genau das ist bis heute Akinks Rettung gewesen.

»Ihr könnt der Gefahr an diesen Stellen ausweichen und wieder in den Kampf zurückkehren. Ein Schritt durch die Pforte genügt. Wenn ihr möchtet, können wir den Übergang eine Weile üben. Ein klein wenig Zeit haben wir noch, bis die Wölfe Akink umkreist haben. Solta, wo hat es dich getroffen? Dort drüben?«

Er führte den Hauptmann zu der betreffenden Stelle hin und trat mit ihm durch die Pforte. Sofort standen sie auf einem Bürgersteig auf dem Baross tér. Passanten wichen ihnen aus, vor ihnen ließ ein Obdachloser seine riesige weiße Plastiktüte fallen und gaffte sie an.

»Und wieder zurück. So einfach.«

Solta keuchte. »Was war das?«

»Ihr wart verschwunden!«, riefen einige.

»Schatten tun das, wie ihr wisst«, gab Mattim zurück. »Ihr hattet nur keine Ahnung, wohin. Ich will, dass jeder von euch es ausprobiert. Nicht an irgendeiner beliebigen Stelle, sonst stehen einige von euch gleich mitten auf der Straße und werden überfahren. Hier. Macht es hier.«

Er führte sie zu der Pforte, die er zum Herkommen benutzt hatte, durch die man auf das Baustellengelände gelangte. »Wir wollen in Budapest keine Panik auslösen. Kommt, jeder von euch. Spürt, wie es sich anfühlt. Diesen einen Schritt mehr. Seht ihr? Ich kann einfach hier entlanggehen, ohne zu verschwinden. Aber wenn ich anders gehe, in dem Willen, Magyria zu verlassen – seht ihr?«

Nicht jeder war begierig auf diese Erfahrung, aber niemand wagte es, sich Mattims Befehlen zu widersetzen. Er übte den Schritt durch die Pforte mit ihnen, ohne ihnen näher zu erklären, wohin er sie brachte. Was es bedeutete, auf einmal woanders zu sein, umgeben von fremden Lichtern und fremdem Lärm. Er hatte keine Zeit, um ihnen lange Vorträge zu halten. Das Wichtigste war jetzt, dass er sich auf seinen Trupp verlassen konnte.

Als das Heulen der Wölfe die Nacht einleitete, ein an- und abschwellendes Rufen wie Hunderte gleichzeitig einsetzender Sirenen, stockte ihm der Atem.

»Gleich geht es los. Seid ihr bereit?«

Sie nickten. Ihr ganzes Leben lang hatten sie sich vor diesem Nachtgesang gefürchtet, doch nun erfüllte er sie mit Vorfreude auf den Sieg.

»Meine Kinder werden sich die Ohren zuhalten und weinen«, sagte Solta leise an seiner Seite.

»Bald wird niemand mehr weinen«, versprach Mattim.

»Heute beenden wir diesen Wahnsinn. Ein für alle Mal. Hanna? Ruf Atschorek an. Es ist so weit. Sie soll mit den Schatten durch die Pforten kommen.«

Mit zitternden Fingern drückte sie die Tasten.

Mattim sah förmlich vor sich, wie die Schatten aus ihren Verstecken krochen, wie sie aus unsichtbaren Türen traten und sich mitten zwischen die Lebenden stürzten. Wie Atschorek aus dem Rauch auftauchte und die Hand nach einem Stadtwächter ausstreckte, der ihr zitternd und ungläubig entgegenblickte, und ihre kühlen schlanken Finger an seinen Hals legte.

Wer bist du?, würde er rufen. Was willst du?

Das Tor, würde sie antworten. Das Stadttor, was sonst?

Während die Wölfe heulten, rings um die Stadt, würden die Schatten sich den Weg zum Tor bahnen. Bald waren sie überall. Sie liefen durch Mauern und Häuser. Kleine, erschrockene Wölfe sprangen ihnen aus dem Weg. Die Soldaten schrien. Aus der Burg strömten Wachen und noch mehr Wachen. Das Horn tönte und rief die Flusshüter zu Hilfe. – Da erklang es tatsächlich.

Zu Hilfe! Gefahr! Schatten! Gefahr! Schatten! Zu Hilfe!

»Da sind sie«, sagte Solta, die Stimme bebend vor Erwartung. »Die Hörner. Genau wie du es vorausgesagt hast, Prinz Mattim. Sie rufen uns zurück.«

Mattim nickte. »Dann los. Führ deine Krieger nach Akink.«

Gebannt sah er vom Waldrand aus zu, wie die ersten Schatten die Brücke betraten und durch das Spalier der Wächter marschierten. Die Lampen leuchteten in ihre Gesichter, von denen die Brückenwächter jedes einzelne kannten. Einer nach dem anderen schritten sie durch das lebende Geländer aus treuen, bis an die Zähne bewaffneten Soldaten, Dienern des Lichts.

Diejenigen, deren Bisswunden nicht unter der Kleidung verborgen waren, kamen weiter hinten, die entstellten Gesichter geneigt, Hals oder Hände mit Tüchern umwickelt. Wikor war der Letzte. Mattim hatte ihm befohlen, an seiner Seite zu warten, bis die anderen auf der Brücke waren. So ganz traute er ihm immer noch nicht.

»Jetzt bist du dran«, sagte er schließlich. »Geh. Vergiss nicht, du bist ein Schatten.«

Wikor trat aus dem Wald.

»Verrat!«, brüllte er. »Es sind Schatten! Schatten!«

Mattim fluchte. Er musste das Zeichen nicht geben; im selben Moment, als Wikor schrie, schienen die Brückenwächter zum Leben zu erwachen. Aus stumm dastehenden Statuen wurden wütende Krieger, und sofort fing der Kampf an.

Der junge Prinz rannte auf das Ende der Brücke zu, wo die letzten Schatten sich den Zugang erringen mussten. Wikor versuchte sie davon abzuhalten.

»Hör damit auf!«, rief Mattim.

Der Soldat grinste. »Für Akink!«, schrie er. »Für das Licht!« Mit erhobenem Schwert stürmte er auf seinen Feind zu. »Jetzt bist du dran! Schatten! Schatten!«

Lautlos glitten sie aus dem Wald und aus dem hohen Gras am Ufer hervor: Wölfe, die ihn ansprangen, bevor er den Prinzen erreichen konnte. Wikor ging zu Boden, aber sein Gebrüll ließ nicht nach. »Unsterblich bin ich, oder nicht? Ihr könnt mich nicht noch einmal töten!«

Mattim trat ihm auf den Arm und wand ihm das Schwert aus den Fingern.

»Du bist, was ich war«, sagte er. »Deshalb dauert mich dein Schicksal. Aber niemand hätte heute sterben müssen. Wir wollten verwandeln, nicht töten. Werft ihn in den Fluss.«

Wieder durchfuhr ihn der Schmerz, sein ständiger Begleiter. Jedes seiner eigenen Worte war wie Gift, das er hinunterschlucken musste, ohne aufzubegehren. Die Wölfe zerrten den breitschultrigen Mann die Uferböschung hinunter. Mattim wollte nicht hinsehen und konnte doch nicht anders.

Ja, schau hin. Das ist es, was du tust, genau wie Kunun. Gefolgsleute opfern für den Sieg. Weißt du nicht mehr? Auch dein Bruder stieß einen seiner eigenen Männer ins Wasser … Nun bist du wie er.

Das war der Preis, den er zahlen musste.

Aber er konnte nicht. Er war dabei, ganz Akink zu vernichten – war es nicht lächerlich, dass er es nicht vermochte, diesen einzelnen Soldaten in den Tod zu schicken? Wikor, den er noch nie hatte leiden können … den Besten von allen, den Einzigen, der sich nicht hatte verwandeln lassen.

»Nein!«

Die Wölfe hielten inne, überrascht.

»Nein«, wiederholte Mattim. Nun war ihm ein wenig leichter. »Nicht in den Fluss. Bringt ihn in den Wald.« Wie gut, dass er das nicht begründen musste. Er schaute nicht dabei zu, wie ein paar Wölfe den schimpfenden, um sich schlagenden Schatten fortzerrten.

»Kommt!«, rief er die Übrigen, die an seiner Seite auf den nächsten Befehl warteten. »Unsere Krieger brauchen Unterstützung auf der Brücke, ihr müsst ihnen Pforten öffnen.«

Der Kampf war in vollem Gange. Ein Wächter schlug einem der verwandelten Flusshüter die Waffe weg und durchbohrte ihn mit dem Schwert. Der Mann schrie in Todesqualen, stürzte zu Boden und heulte. Obwohl Mattim wusste, dass er bald wieder aufstehen würde, fühlte er sich, als hätte man ihm persönlich eine Klinge in den Leib gerammt.

»Das wirst du büßen!«, schrie er und ging auf den Brückenwächter los. Der Prinz kannte das Gesicht dieses Mannes. Unzählige Male war er an ihm vorbei über die Brücke marschiert, Abend für Abend hatte er den stummen Gruß, das ehrerbietige Nicken empfangen, das ihm als dem Prinzen gebührte. Später, als er selbst zur Brückenwache gehörte, hatte er mit ihm in einem dämmerigen Keller gesessen und beim Mackspiel zugesehen.

»Du stellst dich uns nicht in den Weg!«, rief Mattim. »Du nicht!«

Der Wächter war mindestens ebenso wütend wie er. Verbissen parierte er Mattims Schwerthiebe.

»Verfluchte Schatten! Das hier ist dein Werk!«

Mit wuchtigen Schlägen trieb er den jungen Prinzen von der Brücke hinunter. Mattim musste sich darauf konzentrieren, ihm Widerstand zu leisten, seine Schwachstelle zu erkennen. Daran, diesen Menschen zu beißen, war nicht zu denken, auf die Weise kam er nicht an ihn heran. Er hoffte nur, dass es bei den anderen Schatten auf der Brücke besser lief. Wenn nicht …

Aber dies war seine Nacht. Dies war sein Akink und seine Brücke und seine Untertanen, seine Schatten. Er stürmte wieder vorwärts und drängte den Mann gegen die Säulen am Fuß der Brücke. Dann japste der Wächter plötzlich auf. An seinem Knöchel hing der Flusshüter, den er ins Herz getroffen hatte. Mit letzter Kraft war er auf dem Boden zu ihnen gerobbt.

»Verda…« Der Fluch blieb unausgesprochen. Aus der Uniform sprang ein Wolf, winselte und blieb unschlüssig stehen. Doch die Wölfe führten den Kampf gegen die Schatten nicht fort, so entschlossen sie als Menschen auch gewesen sein mochten. Das graue Tier hielt die Schnauze in die Luft, überwältigt von den vielen neuen Gerüchen und Wahrnehmungen.

Mattim dagegen bückte sich und half dem erstochenen Flusshüter auf.

»Falls du denkst, du stirbst gerade, irrst du dich.«

Der Mann wischte sich das Blut vom Mund. Er wirkte ebenso verwundert wie der Wolf nach seiner Verwandlung.

»Komm! Wir müssen die Brücke in unsere Gewalt bringen, bevor Verstärkung kommt!«

Der Moment der Überraschung war vorbei. Auf der gesamten Länge der Brücke wurde inzwischen heftig gekämpft. Schatten und Schattenwölfe überwältigten gemeinsam die verzweifelten Verteidiger. Immer wieder huschte ein zu Tode erschrockener Wolf in Richtung Wald. Manchmal verriet ein lautes Klatschen, dass die Wächter einen der Schatten über das Geländer gestoßen hatten. Doch jeder, den sie verletzten, kämpfte tapfer weiter. Und obwohl die Hörner auch auf der Brücke ertönten, kam keine Verstärkung aus Akink.

Die Akinker versuchten das Tor zu schützen. Soldaten jagten die Schatten durch die Straßen. Im ohrenbetäubenden Geheul der Wölfe vor den Mauern, in diesem Chaos aus Geschrei, Tränen und Kampflärm ging der Hilferuf von der Brücke unter. Einige wenige erkannten, was gespielt wurde, aber die Schatten ließen ihnen keine Chance. Einen Feind, der durch Wände gehen konnte, durch die Straßen zu hetzen, war schwierig genug; einen einzelnen Schatten aufzustöbern und zu umringen, verlangte nach vielen Soldaten. Doch es waren nicht einer oder zwei oder zwanzig. Mehrere hundert Schatten strömten durch die Risse zwischen beiden Städten, gingen durch Wände, tauchten hinter den Kriegern auf und verschwanden wieder nach einem kurzen Griff, einem Biss, einem Aufschrei.

Der König sah von seinem Fenster aus in die Dunkelheit. Er hörte den Lärm des Kampfes, die Schreie der Verwundeten und Verwandelten. Neue Wölfe antworteten auf das nicht enden wollende Geheul vor den Mauern.

»Alles nur Ablenkung«, sagte er. »Sie sind an der Brücke.«

»Aber sie können die Brücke nicht erobern«, wandte Elira ein. »Es ist unmöglich! In all den Jahren – nie! Sie können nicht zweihundert Brückenwächter überwältigen!«

»Das dachten wir«, sagte Farank leise. »Hörst du? Das Horn ist verstummt. Wer auch immer es geblasen hat, lebt nicht mehr.«

»Wir müssen etwas tun!«, schrie Elira. »Wir müssen sie daran hindern!«

»Sie werden kommen.«

»Nein! Nein! Tu etwas! Bitte, Farank, tu etwas!«

»Es gibt nichts, was wir tun könnten.« Der König seufzte. »Außer kämpfen. Bis zum letzten Atemzug. Und in Würde sterben, bevor sie uns in einen der Ihren verwandeln. Wo ist mein Schwert?« Er winkte einem Diener.

»Farank!« Die Königin hielt ihn am Arm fest. »Nicht!«

»Was verlangst du? Dass ich hier warte, bis sie die Burg stürmen? Bis eine Flut von Wölfen sich über die Treppe ergießt? Bis wir die Einzigen sind, die noch übrig sind?«

»Ja«, sagte Elira. »Denn wenn du fällst, wird das Licht verlöschen. Du musst dich verschanzen, verstecken …«

»Noch haben sie Akink nicht erobert. In einer Nacht? Eine Handvoll Ungeheuer gegen zwanzigtausend Menschen? Wir schlagen sie zurück. Wir haben sie immer zurückgeschlagen.«

»Es war nie so wie heute«, erinnerte Elira. »Nie. Ich fühle es, sie werden kommen. Leg das Schwert weg, es nützt dir gar nichts. Wir müssen … Wo ist Mirita? Ruf sie her«, befahl sie dem Diener. »Schnell!«

Der König zog die Brauen hoch. »Was hast du vor?«

»Vielleicht gibt es noch einen Ausweg«, sagte sie. »Haben wir nicht die Geiseln? Jetzt ist die Stunde gekommen.«

Im Nebenzimmer lehnte die breite grüne Tür an der Wand wie ein Bild oder ein Spiegel, der zu schwer war, um ihn aufzuhängen. Dort hing die lebensgroße Gestalt eines Mannes in zerrissenen Kleidern, aus dessen Mitte, durch einen Wust an Stricken und Eisenketten hindurch, eine abgesägte Lanze ragte. Auch die Hände des Verletzten waren gefesselt und an dicken Eisenhaken festgebunden. Hier, im innersten Bereich, geschützt von Burgmauern und Wachen, war der sicherste Platz in ganz Akink.

»Was ist das für ein Lärm?«, fragte Réka.

Sie hockte in einem Wolfskäfig, um den brennende Lampen angeordnet waren wie ein Ring aus Feuer. Wenn nicht Kunun hier gewesen wäre, hätte sie daran glauben können, dass sie träumte. Was für ein seltsamer Albtraum, gefangen zwischen Eisenstäben und Flammen. Sie vermied es, auf ihr Handgelenk zu schauen. Eigentlich hätte sie verbluten müssen. Eigentlich hätte es das alles hier nicht geben dürfen. Aber in diesem Traum befand sich auch Kunun, und deshalb konnte sie es aushalten. Mit ihm zusammen konnte sie alles ertragen.

»Sie kommen«, sagte Kunun und lachte. »Ja, sie kommen! Das ist eine gute Nachricht, meine Liebe.«

Genauso hatte er gelacht, als man sie hergebracht hatte. Merkwürdigerweise war alles andere verblasst, waren die anderen Eindrücke – wie sie in die Stadt gelangt war, wie die Soldaten sie ergriffen hatten – irgendwie abhanden gekommen. Dunkel erinnerte sie sich an Schreie – »Schatten!«, riefen sie, »Schatten!« – und an Angst. Wahrscheinlich war es ihre eigene Angst gewesen.

Unzählige Gestalten waren herumgerannt, schwarz vor dem brennenden Hintergrund. Fackeln und brennende Pfeile und eine Stimme, die laut rief: »Wo ist Kunun? Wo ist Kunun?« Auch das war vermutlich sie selbst. Dann – ab hier erst wurde das Bild klar – fand sie sich in diesem Raum wieder und sah ihn, und das Erschrecken durchfuhr sie wie ein Eiszapfen, der ihr mitten ins Herz drang. Und er lachte. Ja, daran erinnerte sie sich, wie er lachte, königlich amüsiert.

»Réka! Sieh an. Ich habe dich erwartet. Na, dann hat es sich gelohnt. Herzlich willkommen, meine Teuerste!«

Nun lachte er wieder so, und sie konnte kaum glauben, dass dieser Albtraum enden würde. Dass irgendetwas gut werden konnte. Seltsamerweise war ihr auch das egal.

»Wer kommt?«, fragte sie, nicht, weil ihr so viel daran lag, es zu erfahren, sondern weil sie ihn reden hören wollte. Seine Stimme, so dunkel und seidig. Wenn sie erklang, war es ihr, als würden schwarze Fahnen durch den Raum wehen und Tücher rascheln. Es fühlte sich an wie eine sanfte Berührung auf der Haut. Sie erschauerte.

»Weiß ich's?« Aber er freute sich, er frohlockte, in seiner Stimme entzündete sich der Jubel und brandete auf. War es der Rauch dieser Freude, der durch das steinerne Zimmer schwebte? Oder brannte die Stadt? Sie hatte keine Ahnung. Sie wusste nur, dass dieser Klang sie am Leben hielt und die Leere ausfüllte, die sie in ihrer Brust spürte. Es war kein richtiger Schmerz, eher die Abwesenheit davon, die Abwesenheit von allem. *Phantomschmerz*, dachte sie. *Ist es das?* Nichts hatte sie gewusst über diese Welt und über die Wirklichkeit, und niemals hätte sie erraten, dass das, was sich heimlich hinter den Dingen abspielte, so sehr ihren Träumen glich.

»Mein Herz schlägt nicht«, sagte sie vorsichtig, als müsste sie ihre Worte behutsam vorschicken, um die neuen Wahrheiten zu erkunden, bevor sie ihnen folgen konnte.

»Keine Sorge, meine Liebe«, meinte er. »Eines Tages schlägt es wieder. Eines Tages wirst du durch den Wolf hindurch dein Leben wiederfinden. Es sei denn, die Erlösung, mit der ich rechne, kommt der Verwandlung zuvor.«

»Ist jemand unterwegs, um uns zu retten? Ist es Atschorek? Sind es deine Freunde?«

»Nur einer kann uns hier herausholen«, sagte Kunun, und hinter den wabernden Flammen konnte sie undeutlich sein Lächeln erkennen. »Nur einer kann es mit ganz Akink aufnehmen. Nur einem wird sich diese Stadt unterwerfen … Ist es Atschorek? Dann sind wir verloren. Aber wenn es Mattim ist, meine liebe Réka, den die Hörner ankündigen, dann wird diese Welt heute eine andere werden. Dann läutet dieser Klang Akinks Vernichtung ein. Vielleicht auch unsere – aber das wollen wir mal nicht hoffen, nicht wahr?«

»Mattim wird Akink vernichten?« Réka verzog ungläubig das Gesicht. »Hannas Freund? Er ist doch nur ein Junge. Ich hab ihn gesehen. Er ist so – nett.«

Es war ihr unmöglich, sich Mattim als einen Krieger vorzustellen, als finsteren Soldaten, ein Schwert in der Hand.

»Nett?« In Kununs heiserem Lachen schwang etwas mit, das sie nicht deuten konnte. »Oh ja, das ist er. Oh, das Licht, dieses verräterische, todbringende Licht! Das an ihm haftet wie ein Parasit, wie eine unheilbare Krankheit! Du hast recht, Réka. Er ist lieb. Sonst würde er gewiss nicht kommen, um dich zu holen. Sonst wäre er nicht so berechenbar. Sonst würde er nicht in die Falle tappen, die wir ihm bereitet haben.«

»Wir haben was? Wieso eine Falle?«

»Ich war der Köder für dich«, sagte Kunun. »Und du bist der Köder für ihn.«

»Ich? Für ihn? Aber ich bedeute ihm nichts. Wir kennen uns kaum.«

Durch den Rauch und die Flammen versuchte sie den Geliebten zu erkennen, sein verzerrtes Gesicht, das Porträt einer gefolterten Figur.

»Du weißt nichts darüber, wie das Licht denkt und wie es fühlt und was es glaubt und wie es liebt … so wenig, liebste Réka. Ich hatte erwartet, dass Mattim alle Hebel in Bewegung setzen würde, um Hanna zu retten, als sie hier festsaß. Stattdessen ist er ihr blind nachgestürmt … Dieser Fehler wird ihm nicht noch einmal unterlaufen. Diesmal macht er es richtig. Diesmal gellen die Hörner. Diesmal werden Licht und Schatten aufeinanderprallen. Und dann wird mein Traum endlich wahr.«

ACHTUNDZWANZIG

AKINK, MAGYRIA

Mirita fühlte sich trotz des Pulks von Soldaten, die vor, neben und hinter ihr marschierten, so unsicher und schutzlos wie nie. Aus der Stadt kam immer noch der Lärm, gegen den sie sich innerlich wappnete und den sie doch nicht ausschließen konnte, weder aus ihren Ohren noch aus ihrem Herzen. Schreie. Und Wölfe. Und Wölfe und Schreie. Sie hatte das Gefühl, dass um sie her alles zerbrach, dass die Dunkelheit der Nacht nie finsterer gewesen war. Hinter ihr leuchtete die Burg aus unzähligen Fenstern, ein schimmerndes Abbild der Hoffnung.

Als sie sich der Brücke näherten, sank ihre Zuversicht, dass die Wächter die Feinde zurückgeschlagen hatten. Auf der gesamten Länge der Brücke waren die meisten Lampen zu Bruch gegangen, und die Soldaten, die sich an den vordersten Pfeilern postiert hatten – ein wirrer Haufen, eilig aus den näheren Stadtteilen zusammengezogen –, hielten die Eindringlinge, die sich auf der Brücke versammelt hatten, nicht wirklich in Schach. Diese waren fertig mit ihrem Werk, trotzdem war es schwer zu glauben, dass in den Uniformen der Flusswache, die sie dort im Dunkeln erkennen konnte, Schatten steckten.

Es waren nicht so viele, wie sie befürchtet hatte. War es nicht doch möglich, sie zu vertreiben? Aber dann wurden im Schein der verbliebenen Lampen die Wölfe sichtbar. Große Wölfe. Schattenwölfe, deren stille Gegenwart genügte, um die uralte Furcht vor der Bestie in jedem lebenden Menschen zu wecken. Die Flusshüter traten zur Seite, und zwischen ihnen erschien die Meute der tödlichen Geschöpfe, bereit, sich wie ein Wasserfall in die Stadt zu ergießen.

Sie musste schnell handeln, bevor es zu spät war.

»Wartet!«, rief sie laut. »Wartet! Wir haben Geiseln! Wir haben euren König! Wer ist hier, um mit uns zu verhandeln?«

Sie hatte befürchtet, dass es Mattim sein würde. Zugleich hatte sie gehofft, dass er es war.

Er trat vor, zwischen den Wölfen hindurch, als watete er durch die graue Flut. Sein Gesicht konnte sie in der Düsternis nicht sehen, aber seine Bewegungen waren ihr vertraut; immer und überall hätte sie Mattim erkannt. Er blieb stehen. Die Bogenschützen standen bereit; er wusste natürlich, wo sie sich verbargen, und hielt sich aus ihrer Reichweite.

»Kunun lebt?«, rief er ihr zu. »Und das Mädchen auch?«

Früher einmal hatte sie geglaubt, seine Gefühle erraten zu können. Alle seine Empfindungen, seine Wünsche und Befürchtungen. Doch diese Stimme war ihr fremd, sie klang hart und kalt. Die Stimme des Feindes.

»Ja!«, antwortete Mirita. »Der König und die Königin haben mich autorisiert, darüber zu verhandeln!«

»Ich komme jetzt nach vorn«, kündigte er an. »Wenn die Pfeile mich treffen, werden sie mich nicht umbringen. Ich hoffe, das ist euch bewusst. Aber sobald das geschieht, ist die Verhandlung beendet, und ich stürme die Stadt – mit meinen Wölfen.«

»Dann ist der Jäger verloren.«

»Es geht nicht um Kunun«, sagte Mattim und trat ins Licht des Vorplatzes. Sein goldenes Haar leuchtete auf, und selbst durch die Reihen der Soldaten ging ein Raunen. »Es geht um Akink.«

Mirita fühlte, wie einer ihrer Kameraden ihr ermutigend auf die Schulter klopfte. Sie spürte die allgemeine Anspannung. Unzählige Pfeile waren bereit zu fliegen. Aber man konnte einen Schatten nicht erschießen, sosehr es jeden von ihnen auch danach verlangte.

Sie nahm all ihren Mut zusammen, und als sie über den Platz auf ihn zuging, zitterten ihr nicht einmal die Knie.

»Mattim«, – es würde ihm gefallen, wenn sie ihn beim Namen nannte –, »der Jäger ist euer König. Glaubst du, ich weiß nicht, warum ihr ausgerechnet jetzt diesen Angriff gestartet habt? Ihr wollt ihn zurückhaben. Und das Mädchen. Besonders das Mädchen.«

Einen Moment lang wirkte er irritiert. »Wie kommst du darauf?«

»Dein Bruder hat es uns gesagt«, erklärte Mirita. »Er hat uns vorher gesagt, sie würde kommen. Und dass wir gut auf sie achtgeben sollten, denn sie wäre der Schlüssel. Allerdings hat er nichts davon erwähnt, dass du hier auf der Brücke auftauchen würdest.«

Seine Augen verrieten nichts. Sie stand jetzt nur zwei, drei Meter von ihm entfernt, und unwillkürlich lief ein Schauder durch ihren ganzen Körper. Nur mit Mühe gelang es ihr, das Beben aus ihrer Stimme herauszuhalten.

»Zieh die Schatten zurück«, forderte sie. »Dann bekommt ihr die beiden.«

Würde er darauf eingehen? Wie viel bedeutete ihm dieses Wrack von einem Mann? Was hatte es mit diesem Mädchen auf sich? Und wie viel bedeutete ein Versprechen?

Die Königin hatte darüber Auskunft verlangt. »Wenn wir einen Vertrag schließen, werden die Schatten sich daran halten? Was für Garantien kann es geben?«

Wie ungerecht, hatte Mirita gedacht, *dass man von mir erwartet, Dinge zu wissen, die niemand weiß, ja, die überhaupt niemand wissen* kann.

Warum hätte sie besser über die Schatten Bescheid wissen sollen als irgendjemand sonst?

»Du kennst ihn«, hatte Elira gesagt, ihr Blick gehetzt, in ihrer Stimme die Panik, die über der ganzen Stadt lag, konzentriert zu unerträglicher Schärfe und Bitternis. »Du kennst ihn doch, was wird er tun?«

Nein, sie kannte Mattim nicht. Sie hatte geglaubt, dass er sie liebte, aber das stimmte nicht. Er kämpfte für Akink und versprach, die Schatten würden ihre Kraft verlieren – und dann kam alles ganz anders. Er tauchte in der Stadt auf, eine tödliche Bedrohung – und dabei ging es ihm nur um dieses Mädchen. Er floh, und in den unterirdischen Gängen wimmelte es von Wölfen. Wer war er? Was wollte er? Wen liebte er? Sie hatte keine Ahnung.

Ganz Akink war ein zu hoher Preis für zwei Gefangene. Sie alle wussten das, auch die Schatten. Und dennoch: Der Jäger, der ihr König war … und dieses dunkelhaarige Mädchen mit dem wilden Blick und der verletzten Hand. Die einzige Chance für Akink.

»Die Brücke«, sagte Mirita. »Sofort. Ihr geht wieder zurück in den Wald oder wo immer ihr hergekommen seid. Verlasst die Stadt.«

Mattim lächelte traurig. Es war sein Gesicht. So vertraut, so geliebt. Immer noch. Immer noch der leise Spott in seiner Stimme, diese Leichtigkeit, die er, wohin er auch ging, mit sich trug wie einen Glanz, von dem er selbst nichts wusste, wie Schmetterlinge in seinem Haar.

»Kunun gegen Akink?«, sagte er. »Einer allein gegen eine ganze Stadt! Das ist unverhältnismäßig, wie ihr sehr gut selbst wisst. Was hast du mir sonst anzubieten?«

»Nicht bloß einer allein. Dieses Mädchen ist für euch wichtig, das wirst du nicht leugnen. Und er sowieso. Euer König. Das ist er doch, oder?«

»Er war es«, entgegnete Mattim. »Jetzt bin ich es.«

Vielleicht war das die Erklärung für dieses Neue in seinem Auftritt. Die seltsame Strenge und Kühle, die ihn umgab wie einen Königsmantel. Plötzlich sehnte Mirita sich von ganzem Herzen nach dem alten Mattim, mit dem sie gescherzt und gelacht hatte. Nach dem Mattim, der sie zu Hause besucht hatte, den Kopf voller schwerer Gedanken und Pläne, mit einem verzweifelten Zug um die Lippen, der unermüdlichen Sorge um Akink. Und doch immer so jung dabei, so jungenhaft.

»Du bist jetzt ihr König?« Sie hatte der Königin versprochen, dass es gelingen würde. Hatte das Vertrauen empfangen wie einen Segen. Es musste gelingen, es musste! Was konnte Akink noch retten, wenn die Schatten sich nicht um Kunun scherten? War das junge Mädchen tatsächlich der Schlüssel? Hatte der Jäger sein Schicksal deswegen an ihres gehängt?

»Ich bin es«, wiederholte Mattim. »Das sind meine Schatten. Meine Wölfe. Und meine Brücke.«

»Das heißt, die Schatten, die hier in der Stadt ihr Unwesen treiben, werden auf dich hören? Du kannst sie abrufen?«

Wieder dieses leichte, wissende Lächeln. »Ich kann«, bestätigte er. »Aber warum sollte ich?«

Mirita atmete tief durch. Hatten sie sich zu sehr darauf verlassen, dass die Geiseln etwas nützten? Wenn es nur um Akink ging und um nichts sonst, waren sie alle verloren.

»Wenn nicht als euer Anführer, dann als dein Bruder. Wäre es dir egal, wenn wir das zu Ende bringen, was wir angefangen haben?«

Jetzt wirkte er etwas zu gewollt lässig. »Statt jeden Soldaten zur Verteidigung heranzuziehen, würdet ihr euch damit aufhalten, einen armseligen Schatten zu vernichten? Wozu?«

»Oder das Mädchen.« Damit hatte sie ihn. Sie erkannte es in seinen wolkigen Augen, wie feiner Rauch, der bald davonschweben würde – und was blieb dann zurück? Augen, schwarz wie der endlose Schatten? »Wir lassen sie brennen. Vielleicht schreit sie so laut, dass sogar ihr es hört.« *Wer ist sie*, wollte sie hinzufügen, aber sie war sich nicht sicher, ob es nicht allzu verzweifelt geklungen hätte. *Wer? Diesem anderen Mädchen namens Hanna gehört dein Herz, hast du behauptet. War das eine Lüge? Eine Lüge, für die ich dich verraten habe? Ist stattdessen sie diejenige, diese Kleine mit dem wilden Blick und dem blassen Gesicht?*

Mirita fürchtete sich viel zu sehr vor der Antwort, um ihn zu fragen.

»Mattim, hör auf«, bat sie. »Sag mir, was du uns anbietest für die beiden. Die Brücke für euren König, die Stadt für das Mädchen. Bitte.« Das war falsch. Es lief gänzlich anders als geplant, die Hoffnungslosigkeit schimmerte durch alle ihre Worte. Sie war hier, um zu drohen. Um die Schatten zu vertreiben mit harter Hand, hinaus aus der Stadt des Lichts, zurück in die Dunkelheit. Nicht, um zu betteln.

»Der Sieg gehört uns«, sagte er. »Glaubst du wirklich, wir geben das auf, nur für einen oder zwei? Hundert Geiseln müsstet ihr haben oder tausend, um etwas in die Waagschale zu legen. Geh mir aus dem Weg.«

»Nein!«, rief sie aus. »Das bist nicht du, Mattim! Den Bruder, der dich aus dem Verlies geholt hat, den willst du im Stich lassen? Und deine – deine Liebste? Das kann ich nicht glauben!«

»Ach«, sagte er kalt. »Du kennst mich? Was weißt du schon von dem, was ich liebe?«

»Mattim«, flehte sie. »Lass Akink im Licht. Das war alles, was du je wolltest, wofür du dein Leben lang gekämpft hast. Dein ganzes Leben, Mattim. Lass Akink im Licht. Bitte!«

Plötzlich schien etwas in seinem Gesicht aufzubrechen. Es war, als würden die Eisschollen auf einem Fluss reißen, und kaltes, dunkles Wasser strömte hindurch. In seinen grauen Augen schimmerte etwas, und in diesem Moment hätte sie fast vergessen können, dass er ein Schatten war. Hinter ihr in der Stadt tobte der Kampf gegen die Eindringlinge, hier dagegen, auf der Brücke, musste sie ein ganz besonderes Duell überstehen. Nur sie gegen Mattim.

»Akink im Licht«, flüsterte er. »Nie wieder. Niemals. Bricht es dir das Herz? Aber das ist das Einzige, was ich anzubieten habe. Die Schatten gehorchen mir. Sie werden gehen, wenn ich sie zurückrufe.«

»Ja!«, rief Mirita. »Wenn sie wirklich auf dich hören … Das ist mehr, als du dir je erträumt hast. Du wolltest zu ihnen gehen und ihnen ihre Geheimnisse entreißen. Aber wenn sie dir gehorchen! Du kannst sie zurück in die Wälder schicken. Weit fort, in jene andere Welt, in der ihr verschwindet. Ihr könnt durch die Höhlen gehen und nie wiederkommen. Ich weiß, wie schwer das für dich wäre. Akink nie wiederzusehen … Früher hättest du es getan. Dein eigenes Glück geopfert, für das Licht. Du hättest keinen einzigen Augenblick gezögert. Bitte, Mattim. Du kannst unser aller Schicksal wenden.«

»Wo sind mein Bruder und das Mädchen?«, fragte er heiser. »Ich will sie sehen. »

»Nimm sie beide mit«, sagte sie. »Und dann geht.«

Mattim zögerte. »Du weißt, dass es nicht für immer wäre, Mirita? Ich sollte vielleicht lieber nicht, aber ich muss es dir sagen. Wenn Kunun frei ist, wird er den Kampf fortsetzen. Dann werden die Schatten wieder ihm folgen und nicht mir. Für Akink wäre es besser, wenn ich König bliebe.«

»Dann töten wir ihn eben.«

»Nein! Nein, Mirita. Wenn ihr das tut, kann ich die Meute nicht aufhalten. Ihr Zorn wird ganz Akink dem Erdboden gleichmachen. Nur wenn wir ihn mitnehmen, werden sie zufrieden sein. Fürs Erste.«

»Wann würdet ihr wiederkommen?«, fragte sie bang.

»Einen Tag und eine Nacht«, sagte er. »Mehr kann ich euch nicht geben. Länger kann ich mein Königtum nicht halten, wenn Kunun zurück ist. Diesen einen Tag verspreche ich euch.«

»Das ist fast nichts«, flüsterte sie. »Damit kann ich nicht zum König zurückkehren.«

»Ein Tag«, beharrte er.

Natürlich war das nicht genug. Aber wenn erst die Brücke geräumt war, hatte Akink vielleicht doch noch eine Chance. Bis die Schatten wiederkamen, würden die Wächter gewappnet sein. Nun, da sie die Listen des Feindes kannten, würde dieser die Brücke nicht noch einmal erobern können.

»Ich muss König Farank und Königin Elira fragen«, sagte Mirita.

»Tu das.« Mattim nickte ernst. Im gelben Licht der Laterne wirkte sein Gesicht fast golden, und auf seinem Haar lag ein Schimmer.

»Wenn ich dich nur erlösen könnte«, flüsterte sie. »Irgendwie … wenn ich es bloß könnte.« Sie vergaß die anderen Frauen, für die er ständig sein Leben riskierte. Jene

Hanna, für die er fast gestorben wäre, gehörte zu dem anderen Mattim, dem Schatten, dem Feind. Das dunkelhaarige Schattenmädchen bedeutete gar nichts. Dieser Junge, mit dem Schmerz in den grauen Augen, über all das, was geschehen war, war ihr eigener Mattim, der Prinz des Lichts.

Wenn sie nur mit ihm allein hätte sein können. Da war noch genug Licht in ihm, sie konnte es sehen. Ein winziger Funke. Es würde reichen! Die Liebe würde wiederkommen. Er würde sich daran erinnern, wie nah sie einander gewesen waren. Wenn er ganz allein gewesen wäre, ohne die Schatten, die ihn in ihre Angelegenheiten verstrickt hatten, die ihn als einen der ihren gefesselt hielten! Ohne das Mädchen, das er zu lieben glaubte, diese Fremde, die sich zwischen sie gedrängt hatte. Nur sie und Mattim, so wie früher.

»Ich weiß, wie wir Akinks Schicksal wenden können. Hör mir zu! Vergiss, was du bei den Schatten erlebt hast«, sagte sie eindringlich. »Lass alles hinter dir. Du bist ihnen nicht verpflichtet. Werde wieder der Mattim, der du warst. Vergiss diese Hanna. Die andere Welt. All die fremden Wege, die nicht deine sind, nicht unsere. Vergiss alles andere, und komm mit mir. Bitte.«

Aber keins ihrer Worte drang zu ihm durch. Er blickte sie an, als würden seine Augen eine Handbreit vor ihrem Gesicht Halt machen.

»Willst du mich verführen?«, fragte er mit einem kühlen Lächeln.

Es tat weh. Jedes weitere Wort würde sich wie brennendes Öl anfühlen. Aber es ging nicht um ihr Herz. Nicht um ihren Schmerz und nicht um all das, was sie sich so sehnlichst wünschte. Auch nicht um ihren Stolz.

Einzig und allein um Akink.

»Ich liebe dich«, sagte sie. »Ich habe dich schon immer geliebt. Als ich hörte, dass du entkommen bist, habe ich so sehr darauf gehofft, dass wir uns wiedersehen. Dass du irgendwann in meinem Zimmer stehst und meinen Namen sagst. Dass du eines Tages erkennst, was wir beide sein können – die Begründer einer neuen Dynastie des Lichts.«

Du hast nichts zu verlieren und alles zu gewinnen. Das ist immer noch Mattim. Irgendwo dort drinnen ist sein Herz, das dich kennt.

»Mattim …«, flehte sie, aber er unterbrach sie.

»Ich bin hier, um über die Geiseln zu verhandeln«, sagte er, ohne zu verraten, ob ihr Geständnis ihn irgendwie berührte. Nicht Mattim, ihr Prinz. Sondern Mattim, der König der Schatten. »Können wir bitte an dem Punkt fortfahren, wo wir gerade waren?«

Sie schluckte. Sammelte sich. Und war wieder Mirita, die Unterhändlerin, die Dienerin Akinks.

»Natürlich.« Sie bemühte sich um ein ebenso kühles Lächeln. »Einen Versuch war es wert. – Ihr würdet also die Brücke räumen? Du rufst die Schatten und die Wölfe aus der Stadt?«

Er nickte.

»Danach bringen wir euch die Geiseln.«

Diesmal schüttelte er den Kopf. »Nein, Mirita. Ihr übergebt sie uns hier.«

»Aber dann haben wir keine Garantie, dass ihr abzieht! Darauf wird sich der König niemals einlassen!«

»Wir werden nicht ohne Kunun abziehen. Das kann ich keinem meiner Leute erklären, Mirita«, sagte er sanft. »Du hast mich schon so oft verraten. Deine Zunge ist wie Honig, aber diesmal muss ich etwas vorsichtiger sein als sonst.«

Sie starrte ihn ungläubig an. »Wie meinst du das?«

»Hast du das etwa vergessen? Wie du meinen Eltern erzählt hast, was ich vorhatte? In jener Nacht, als ich über den Fluss schwimmen musste, weil man mich sonst eingesperrt hätte? Wie du mich einfangen wolltest, kurz nach meiner Verwandlung? Und was war mit meiner Bitte, die Wölfe zu verschonen, im Gegenzug für dein Leben? Hoffentlich weißt du wenigstens noch, was passiert ist, als ich dich gebeten habe, mir eine Uniform zu besorgen.«

»Ich werde dich nie wieder verraten«, versprach sie. »Glaub mir, Mattim. Bitte, glaub mir. Wenn ihr abgezogen seid, bekommt ihr den Jäger.«

»Das reicht mir nicht.«

Sie starrten einander an, keiner wich eine Handbreit zurück.

Nein, so kamen sie auch nicht weiter.

»Nun gut. Ihr bekommt ihn. Aber das Mädchen lassen wir erst frei, wenn die Brücke geräumt ist und sich kein Schatten mehr in der Stadt befindet.«

Er zögerte kurz, dann nickte er. »Gut.«

Mirita seufzte vor Erleichterung. Sie sah ihm nach, wie er zurückging, zu den atemlos wartenden Schatten, und wandte sich der nächsten Aufgabe zu: dem König und der Königin mitzuteilen, dass sie gewonnen und zugleich alles verloren hatten.

Hanna erschrak, als sie bemerkte, in welchem Zustand Mattim sich befand. Er wankte wie ein Betrunkener und war kaum in der Lage, geradeaus zu gehen. Sie sprang ihm entgegen, als er auf sie zugetorkelt kam und fast in ihre Arme fiel.

»Mattim! Oh Gott, war es so schlimm?«

»Wenn man alles verrät, woran man glaubt?« Er versuchte nicht einmal mehr zu lachen und so zu tun, als wäre er stark. Sie hielt ihn fest, als sie gemeinsam am Ufer ins Gras sanken, hielt ihn fest, als könnte sie so alles, was in ihm zerbrach, wieder zusammenfügen und heilen.

»Es ist nicht schwer, den Bösewicht zu spielen«, sagte er heiser. Seine Stimme schien für kein einziges Wort mehr zu reichen. »Sie haben mir ja doch nie geglaubt, dass ich es ernst meinte mit meinem Kampf für das Licht. Mirita hat mir abgenommen, dass ich Akink zerstören würde. Nun kann ich nur hoffen, dass meine Eltern den Ernst der Lage erkennen und rechtzeitig fliehen. Zu deutlich darauf hinweisen konnte ich sie nicht, dann hätten sie es nur für irgendeinen fiesen Plan gehalten. Ich hoffe so sehr, dass sie ihre Chance nutzen.«

»Und Réka?«, fragte Hanna vorsichtig.

»Réka lebt. Mirita wusste sogar, wie kostbar sie uns ist. Wir bekommen erst Kunun. Und danach sie.«

»Wie können sie das wissen?« Er hatte den Kopf in ihren Schoß gebettet, und sie streichelte sein goldenes Haar. Sie wollte nicht weinen, aber ihre Tränen tropften auf sein Gesicht.

»Weine nicht«, bat er. »Wir holen Réka da raus. Wir müssen es. Selbst jetzt, da ich es weiß, kann ich nicht anders.« Er war kaum zu verstehen, als er flüsterte: »Ich kann nicht anders.«

»Was weißt du jetzt?«, fragte sie bang.

»Kunun ist der Jäger«, sagte Mattim. »Wusste ich nicht die ganze Zeit, dass sie ihn so nennen? Hat der alte Diener mir nicht gesagt, dass ich verloren bin, wenn ich ihm begegne? Es ist schwer zu glauben, Hanna, aber es ist Kununs Werk, dass wir hier vor den Toren Akinks stehen, gerade mal einen Schritt vor dem Beginn einer allumfassenden Verwandlung, wie es noch keine jemals gab … Er hat eine Falle für uns gebaut, die größte Falle, in die ich jemals getappt bin. Akink. Trotzdem muss ich hinein, und sie wird zuschnappen. Hat Atschorek uns nicht gewarnt? Hat sie nicht gesagt, die Liebe sei das Schlimmste, was einem Menschen zustoßen kann? Warum musst du Réka so lieben, dieses dumme, halsstarrige Mädchen? Und warum muss ich dich so sehr lieben, dass ich für dich überall hingehen würde, selbst über diese Brücke, die kein Schatten betreten darf?«

»Aber …« Hanna wollte es nicht glauben. »Wie konnte Kunun wissen, dass sie ihn am Leben lassen würden? Und dass Réka ihm folgen würde? Es war so unwahrscheinlich, dass ausgerechnet sie Wilder begegnet. Das kann Kunun unmöglich geplant haben! Wie konnte er ahnen, dass ich ihr die Wahrheit erzähle und was sie dann ausheckt? Oder dass die Soldaten hier in Akink sie verschonen?«

Gewissheit. Kununs dunkler Blick. Doch, er hatte es gewusst. Hatte gewusst, dass er sich gefangen nehmen lassen würde – der einzige Weg, um zu erreichen, dass Mattim seinen Krieg führte.

»Er wusste es«, sagte sie langsam. »Dass all das geschehen würde. Nicht wahr? Er wusste genau, was du tun würdest. Wir sind seinen dunklen Plänen gefolgt wie Spielfiguren.«

»*Szigethy-Blut für die Stadt*«, murmelte Mattim. »Wenn man an Prophezeiungen glaubt, kennt man sogar die Zukunft.«

»Dann hängen die beiden Sätze also zusammen«, stellte Hanna fest. »Réka opfert ihr Blut für die Stadt, und dann bringst du den Sieg. Glaubst du, so wird es sein? Aber dann – dann wird sie sterben?«

»Sie hat ihr Blut doch schon vergossen«, meinte er. »Als sie Wilder die Hand vors Maul gehalten hat.«

Sie schwiegen beide, und Hanna fuhr fort, sein Haar zu streicheln und sein Gesicht.

»Herr? Prinz Mattim?« Einer der neuen Vampire verbeugte sich vor ihnen. »Wir haben dir ein Zelt aufgebaut, da hinten am Waldrand. Dort kannst du dich ausruhen, während wir warten.«

»Wie aufmerksam.« Als er aufstand und Hanna mit hochzog, spürte sie seine Kraft. Etwas war wieder in seinen Augen, ein Funkeln, ein Hunger … Er musste sie noch einmal beißen, wenn er vielleicht bald seinen Eltern gegenübertreten würde.

Die Wölfe eskortierten sie zum Zelt und hielten vor dem Eingang Wache, als sie hineinkrochen. Hanna erwartete, dass er sich wieder einmal entschuldigen würde. Statt die Zähne in ihren Hals zu schlagen, küsste er sie jedoch ungestüm, verzweifelt wie ein Ertrinkender.

»Das können wir nicht machen!«, rief Farank aufgebracht. »Wenn wir ihnen den Gefangenen übergeben, haben sie alles. Ihren König, die Stadt, die Brücke! Dann ist es nur noch eine Frage von Stunden, bis hier alles in Finsternis versinkt.«

»Es liegt nun an Mattim«, sagte Elira nachdenklich. »Glaubst du, er meint es ernst? Er wird Akink in Ruhe lassen?«

»Das bringt uns gar nichts!«, wetterte der König. »Wenn sie morgen wieder hier stehen, was nützt uns das? Und dann haben sie den Jäger an ihrer Spitze! Obwohl«, fügte er leiser hinzu, »ich mir nicht mehr sicher bin, wer von beiden schlimmer ist.« Er sprach die Namen seiner Söhne nicht aus.

»Wir lassen sie nicht noch einmal so weit kommen!«, beteuerte Mirita. »Wenn sie abziehen, holen wir uns wenigstens die Brücke zurück.«

»Aber die Stadt können wir nicht schützen. Schon morgen werden sie wieder aus allen Löchern quellen. Wer wird sich da noch sicher fühlen, wenn überall diese verdammten Pforten sind, durch die sie gehen? Man wird sich vor jeder dunklen Ecke fürchten, weil jemand dort heraustreten könnte. Niemand wird hier mehr leben wollen, Brücke hin oder her!«

»Dann werden wir gehen«, sagte Elira.

»Gehen? Wohin?«, schnappte Farank.

»Wir geben Akink auf«, sagte sie. »Es gehört ihnen. Du weißt das, ich weiß es, jeder in dieser Stadt weiß es. Wir werden die Schatten nie wieder los. Das Einzige, was wir uns jetzt noch erkaufen können, ist ein kleiner Aufschub. Wir können unsere Sachen packen und fliehen. Überlassen wir ihnen Akink. Sollen sie damit tun, was sie wollen.«

Farank starrte sie fassungslos an. »Das ist nicht dein Ernst.«

»Und ob. Verstehst du denn nicht? Das ist unsere einzige Hoffnung! Auf Leben. Auf Licht. Wir gehen fort. Wir gehen irgendwohin und bauen uns etwas Neues auf, ein neues Leben. Du bist das Licht, Farank. Wo du bist, wird eine Stadt des Lichts entstehen. Was liegt uns an diesen Mauern? Gehen wir auf das Angebot ein, Farank. Erkaufen wir uns die Zeit, die wir für die Flucht brauchen. Wenn sie wiederkommen, können sie alles haben. Alles, außer den Menschen.«

Der König machte ein düsteres Gesicht. »Das ist Wahnsinn«, murmelte er.

»Im Gegenteil. Das ist die einzige vernünftige Möglichkeit. Das ist alles, was uns bleibt. Farank! Wir können das Licht retten! Aber nicht diese Stadt. Nur die Menschen, die uns anvertraut sind. Ein Tag, um alles zusammenzupacken, um die Karren und Pferde zu beladen … Was kümmert mich diese Burg? Es wird hart, natürlich, und wir werden tiefer stürzen, als unser Stolz es verträgt. Aber wir retten unser Leben und das unseres Volks. Würde der Hirte die Schafe nicht auf eine andere Weide treiben, wenn die Füchse auf der heimatlichen Wiese ihre Höhlen graben?«

Farank seufzte. Er richtete das Wort an Mirita.

»Wird er sich daran halten? Wird er wirklich abziehen, wenn wir ihm die Geisel geben?«

Sie dachte an Mattims Gesicht, so fremd und ernst, und an den Schmerz in seinen Augen, den er nicht hatte verbergen können.

»Da ist immer noch etwas von dem alten Prinzen übrig«, sagte sie. *Mein Mattim. Wenn nur dieses Mädchen nicht wäre … Wenn nur diese Hanna nicht wäre, wenn er sie nie getroffen hätte, er würde zu mir zurückfinden. Er würde wieder der sein, der er war, und wissen, was wir füreinander empfunden haben.* »Wenn wir mit irgendjemandem verhandeln können, dann mit ihm.«

»Hat er denn geschworen?«, fragte Elira. »Hat er dir einen Eid geleistet, dass er die Brücke zurückgibt und die Schatten aus der Stadt ruft?«

»Ich habe gar nicht daran gedacht, ihn schwören zu lassen.«

Die Königin suchte den Blick ihres Mannes.

»Wir haben viel zu gewinnen und wenig zu verlieren«, sagte sie. »Wie könnten wir all die vielen Pforten je schließen, ohne die ganze Stadt abzubrennen? Ein paar Stunden. Ein paar Tage. Vielleicht können wir mehr als diesen einen Tag aushandeln. Wenn er uns verspricht, zwei Tage zu warten, oder drei … Wenn er den Schattenkönig so lange zurückhalten kann …«

»Ich glaube, er ist dazu imstande«, vermutete Mirita. »Immerhin ist der furchtbare Jäger seinetwegen in die

Stadt gekommen und hat sich seinetwegen so in Gefahr begeben. Dann wird er auch auf Mattim hören.«

Die Königin erteilte ihr keine Rüge, weil ihr der Name herausgerutscht war. »Es ist nicht viel.« Elira sah aus dem Fenster auf die Stadt hinaus. Die erleuchtete Burg warf einen warmen Schein über die Dächer. »Nicht viel, was wir retten können, aber es ist genau das, was zählt. Genau das, wofür wir all die Jahre gekämpft haben. – Ich will zu ihm gehen. Ich will es hören, wenn er schwört. Ich will dabei sein und wissen, ob es mein Sohn ist, der uns diesen letzten Ausweg gibt. Ich muss wissen, ob er uns und diese Stadt immer noch liebt.«

»Du bist verrückt«, sagte Farank trocken. »Nie im Leben lasse ich dich hinaus zu den Schatten. Selbst wenn er dich verschont, werden da noch genug andere sein, die ihre Zähne gerne in den hübschen Hals der Königin schlagen würden.«

»Ich muss«, widersprach sie. »Ich muss seine Stimme hören. Ich muss sein Gesicht sehen. Ich muss fühlen können, ob er es ernst meint.«

»Was, wenn Ihr Euch zwischen die Soldaten stellt, sodass niemand Euch sehen kann?«, schlug Mirita vor. »Ich rede mit ihm, und Ihr bleibt im Verborgenen und hört zu.«

Die Königin nickte. »Gut«, sagte sie. »Seien wir vernünftig.«

Sie ging ein wenig gebückt, als wäre sie an diesem Abend unvermutet älter geworden oder vielleicht auch nur in dieser einen Stunde.

»Vernünftig?«, schrie eine Stimme aus dem Nebenzimmer, dort, wo die beiden Gefangenen sicher verwahrt waren. Dort, wo Kunun, an die Tür genagelt, jedes Wort gehört hatte. »Das ist das Dümmste, was ich je gehört habe!«

Die Königin seufzte. Farank trat durch die Tür und musterte den Gefesselten ohne sichtbare Rührung. »Du bist an die Verträge gebunden, die euer jetziger Anführer aushandelt.«

Kunun starrte seinen Vater aus funkelnden schwarzen Augen an.

»Das Licht muss in der Stadt bleiben! Wie soll es die Wunden der Dunkelheit heilen, wenn es fort ist? Wie soll mein Traum in Erfüllung gehen, wenn ihr verschwindet?«

»Dein Traum?« Der König kräuselte verächtlich die Lippen.

»Wenn die Wölfe zurückkehren ins Licht, wird endlich heil, was getrennt war«, sagte Kunun. Sein Blick war in die Ferne gerichtet, als wäre dort etwas, was nur er sehen konnte.

»Das ist Unsinn!«, schnaubte der König.

»Erschreckt es dich so sehr? Dass wir eure verratene Hälfte sind, eure vergessenen Seelen? Wäre es so schlimm, wenn wir zueinanderfinden würden und das wären, was wir von Anfang an waren?«

»Und das wäre?«, rief Farank aus. »Menschenwölfe, die durch die Träume geistern? Dafür willst du das Licht auslöschen? Für ein bitteres Zwielicht, in dem Albträume durch den Nebel gleiten? Entstellte Fratzen, bei deren Anblick die Kinder schreien?«

»Ich werde heilen«, sagte Kunun. »All die Narben, die Wunden, all die Löcher, die ihr in meinen Leib gebohrt habt – sie werden heilen. Schon bald. Alles wird genesen. Akink wird heil werden.«

»Dein Bruder wird schwören, dass er uns abziehen lässt. Und du auch.«

»Das werde ich nicht. Lieber sterbe ich, als euch gehen zu lassen! Was soll ich in dieser Stadt im Dunkeln? Mattim darf das nicht tun. Ich werde mich nicht daran halten. Nie. Nie im Leben!«

»Dann werden wir Mattim schwören lassen, dass er dich erst dann losbindet, wenn die Zeit um ist. So lange wird er noch über die Schatten herrschen. Erst dann kannst du das Kommando geben, wie immer es auch lautet.«

»Wir holen euch ein!«, rief Kunun. »So weit könnt ihr gar nicht fort sein, dass wir euch nicht einholen könnten!«

Der König fixierte ihn mit unbewegtem Gesicht und winkte den Soldaten, näher zu kommen. »Tragt ihn die Treppe hinunter. Das ist das Pfand für unser aller Leben.«

Hinter ihnen begann Réka zu rufen. »Nehmt mich auch mit! Lasst mich hier nicht allein!«

Niemand beachtete sie.

»Ich kann nicht.« Mattim versuchte sich aufzurichten, doch seine Beine knickten unter ihm weg.

»Sie warten auf dich.« Hanna half ihm hoch. »Hast du Schmerzen? Brauchst du Blut?«

»Ich will kein Blut!« Keuchend lehnte er sich gegen sie. Schweißperlen standen auf seiner Stirn. Seine Züge waren verzerrt von einer Qual, die er ihr nicht richtig beschreiben konnte. Waren es Schmerzen? War es die Tatsache, dass er die gesamte Patrouille in den Dienst der Schatten gezwungen und die Brücke erobert hatte? Es kam ihr vor, als läge er im Sterben, dabei war er doch unsterblich. Sein Körper hätte alle Unpässlichkeiten als Einbildung abweisen können.

»Es ist, als wäre ich Akink«, flüsterte er. »Wenn ich es zerstöre, vernichte ich mich selbst.«

»Dann tun wir es nicht!«, rief sie aus. »Mattim, dann lieber nicht!«

»Wir haben es bereits getan«, sagte er. »Ich kann nichts

mehr rückgängig machen. Akink wird fallen. Und ich muss auf die verdammte Brücke, um die Geisel in Empfang zu nehmen.« Er wankte auf die Zeltöffnung zu und brach auf der Schwelle zusammen.

»Mattim!« Sie drehte ihn auf den Rücken. »Mattim!«

Er rührte sich nicht. Sie hatte keine Ahnung, wie sie feststellen sollte, woran er litt. Er atmete nicht, nach dem Puls zu fühlen hatte natürlich keinen Zweck. Starb er jetzt, hier vor ihren Augen?

»Mattim?« Seine Haut war nicht kühl, sondern brannte wie im Fieber. Hannas erster Impuls war, um Hilfe zu rufen, aber sie biss sich rechtzeitig auf die Lippen. Es gab keine Ärzte für unsterbliche Schatten. Was auch immer ihn befallen hatte, weder sie noch jemand anders konnte etwas ausrichten.

Draußen warteten zwei Heere auf sein Erscheinen.

Niemand durfte merken, was mit ihm los war. Sein ganzer Plan beruhte darauf, dass die Schatten ihm bedingungslos gehorchten. Die Akinker würden ihre Geiseln nicht freigeben, wenn sie befürchten mussten, dass er sein eigenes Heer nicht im Griff hatte und sein Versprechen nicht einhalten konnte. Sobald er auch nur die geringste Schwäche zeigte, würden die Vampire in Akink einfallen.

»Ich werde gehen.« Hanna drückte ihm einen Kuss auf die heiße Stirn. »Mach dir keine Sorgen.« Sie wusste nicht, ob er sie hörte. »Ich gehe an deiner Stelle.« Sie wollte weinen, aber dazu war keine Zeit. Sie musste handeln. Jetzt.

Sie nahm all ihren Mut zusammen, bückte sich und trat aus dem Zelt.

Die drei Wölfe scharten sich um sie, einer winselte fragend. Natürlich hatten sie längst gemerkt, dass etwas nicht stimmte. »Einer von euch bleibt bei ihm«, ordnete sie an. »Du, Derin. Palig, Alita, ihr kommt mit mir.«

Von den beiden Wölfen flankiert trat sie auf die Schatten zu, ihre Augen suchten Solta, den Anführer.

»Kommt er nicht endlich?« Der große Schatten eilte ihr entgegen. »Wir müssen weitermachen.«

»Ich spreche für ihn.«

»Du? Ich will ja nicht unhöflich sein ...«

»Spricht die Königin nicht für ganz Akink?« Hanna reckte ihr Kinn ein wenig höher. Sie versuchte, arrogant auszusehen. Vielleicht reichte es, um wenigstens selbstbewusst zu wirken.

»Du könntest für ihn sprechen, wenn du seine Lichtprinzessin wärst. Aber ...«

»Das bin ich«, sagte Hanna entschieden. Sobald sie es ausgesprochen hatte, wusste sie, dass es stimmte. Wenn er noch Lichtprinz von Akink gewesen wäre ... doch war er das nicht? Trotz allem? »Das bin ich«, wiederholte sie, ein ganzes Stück sicherer. »Ich gehe dorthin und spreche mit der Unterhändlerin. Mir ist klar, dass ich ihnen irgendeinen Beweis liefern muss, das mein Wort so viel gilt wie seines.«

»Einen Beweis?«

»Ich hab da schon eine vage Idee. Ich erzähle es dir auf dem Weg.«

Solta fragte nicht, warum Mattim nicht selbst kam. Die Schatten musterten sie irritiert, aber keiner erhob Einspruch. Vielleicht glaubten sie, dass er irgendetwas besonders Dunkles ausheckte, während die letzten Verhandlungen liefen. Bestimmt erwartete niemand, dass er reglos wie ein Toter im Zelt lag und innerlich verbrannte.

NEUNUNDZWANZIG

AKINK, MAGYRIA

Die Königin stand hinter den Soldaten. Sie beobachtete die verwandelten Flusshüter, die die Brücke besetzt hielten. Wölfe waren keine zu sehen. Das war gut. Wahrscheinlich hatte Mattim sie längst fortgeschickt. Bange wartete sie auf ihren Jungen. Auf seine anmutigen Schritte, auf den Anblick seines golden glänzenden Haares. Wie hatte sie es nur je fertiggebracht, seinem Tod zuzustimmen! Doch zwischen den Reihen der Schatten erschien eine Frau, eine Fremde. Nein, sie kannte sie. Das Mädchen mit dem langen dunklen Haar, begleitet von zwei Wölfen. Das Mädchen aus dem Verlies.

»Du? Wir erwarten Prinz Mattim«, sagte Mirita.

»Ich spreche heute für die Schatten.« Hanna hob den Kopf etwas höher. Ihre braunen Augen wichen dem hasserfüllten Blick der Unterhändlerin nicht aus. Es wäre ein merkwürdiges Gefühl gewesen, auf der Seite der Schatten zu stehen und für sie die Verhandlungen zu führen, wenn nicht alle ihre Empfindungen dort hinten geblieben wären, bei Mattim im Zelt. Im Moment war ihr ziemlich egal, was irgendjemand über sie dachte.

»Wie seltsam, dass wir uns hier so wiedersehen.« Die blonde Flusshüterin starrte sie an wie ihren allergrößten Feind. »Das Mädchen, das den Schattenwolf nach Akink gebracht hat. Er schickt dich – mit Absicht, wie? Um mich zu verhöhnen? Wo ist er eigentlich?«

»Wo ist euer König? Wir bringen unsere Anführer genauso ungern in die Schusslinie wie ihr. Können wir jetzt beginnen?«

Mirita atmete tief durch. »Drei Tage, nicht einer. Der König verlangt drei.«

»Drei sind zu viel«, widersprach Hanna sofort. »So lange sollen wir Kunun festhalten und ihn daran hindern, wieder die Führung zu übernehmen? Damit fordert ihr das Schicksal geradezu heraus.«

»Du könntest also nicht dafür garantieren, dass sie uns drei Tage lang in Ruhe lassen?«

Hanna verzog leicht das Gesicht. »Natürlich könnte ich das«, behauptete sie. »Aber will ich das? Will ich eure zweite Gefangene drei Tage lang in eurer Gewalt lassen?«

»Ah«, meinte Mirita. »Die zweite Gefangene. Zwischendurch schien es fast, ihr hättet sie vergessen.«

Réka vergessen? Réka, für die all das hier geschah, für die Mattim sich in einen finsteren Schatten verwandelt und dieser Stadt das Messer an die Kehle gesetzt hatte? »Zwei Tage – wenn ich sie jetzt sehen darf.«

»Wie, sehen? Hier? Hast du eine Ahnung, was es bedeutet, einen Schatten durch die Stadt zu transportieren, ohne Menschen zu gefährden?«

»Glaub mir, ich weiß mehr über die Schatten als du. Geht es ihr gut? Ist sie verletzt?«

»Soweit es einem Schatten überhaupt gut gehen kann.« Mirita wirkte so wütend, dass Hanna am liebsten ein paar Schritte Abstand zwischen sich und die Bogenschützin gebracht hätte. Doch sie blieb stehen und fühlte die beruhigende Gegenwart der Wölfe an ihrer Seite.

»Zwei Tage«, wiederholte Hanna. »Das ist doppelt so lange wie das, was Prinz Mattim euch angeboten hat. Dafür will ich Réka sehen.«

»Und Mattim bleibt zwei Tage lang euer König, auch wenn wir Kunun zu euch rüberschicken? Ihr garantiert, dass sich die Schatten friedlich verhalten und uns in Ruhe lassen?«

»Ja, das garantiere ich.«

»Sie gehorchen dir doch? Bist du sicher, dass sie dir gehorchen? Sonst nützt das alles gar nichts!«

Hanna wandte sich zu den Flusshütern um. »Hauptmann Solta«, sagte sie gebieterisch. »Spring in den Fluss.«

Solta starrte zurück. »Was?«

»Du hast mich gehört. Spring in den Fluss. Dort, zwischen den beiden Pfosten.«

Der Schattenhauptmann nickte, drehte sich um und trat ans Brückengeländer. Die anderen Schatten wichen zur Seite, sodass ein jeder vom Ufer aus mitverfolgen konnte, was geschah. Solta packte mit beiden Händen die steinerne Brüstung und schwang sich hinüber. Ein lautes Klatschen verriet, dass er im Wasser gelandet war. Dann nichts mehr, kein Schrei, kein Kampf.

Ein Raunen ging durch die Reihen der Zuschauer.

Mirita schluckte. »Du schickst einfach so einen eurer eigenen Leute in den Tod?«

»Einer meiner eigenen Leute. Das ist der Punkt. Wolltest du nicht einen Beweis? Die Schatten gehorchen mir genauso wie Mattim. Mein Wort gilt genauso viel wie seines. Und dieses Gerede hier ermüdet mich langsam. Bringt endlich Kunun her! Ich dachte, ihr habt ihn dabei?«

»Schwöre, dass ihr die Brücke freigebt. Dass du die Schatten aus der Stadt rufst. Dass die Wölfe verschwinden. Dann sollst du die Gefangene sehen. Aber nur du. Kein Schatten darf dann noch über die Brücke. Und versprich«, Mirita machte eine Pause, »dass du uns mindestens zwei Tage gewährst, in denen wir unbehelligt tun können, was immer wir wollen. Der Jäger darf in dieser Zeit nicht auf die Jagd gehen. Wir erwarten, dass ihr ihn so lange festhaltet und seine Fesseln nicht löst und das Königtum über die Schatten nicht an ihn zurückgebt. Schwöre auch das. Am Ende dieser Zeit erhaltet ihr das Mädchen zurück.«

Miritas laute, klare Stimme trug weit. Es war, als hielte die Stadt den Atem an. Schreie waren keine mehr zu hören, auch kein Kampflärm. Die Schatten selbst schienen darauf zu warten, was Hanna entscheiden würde.

»Ich schwöre«, sagte sie laut.

Die Unterhändlerin drehte sich zu den Stadtwächtern um.

»Bringt den Gefangenen.«

Man hörte Kunun schon von weitem. Die Soldaten trugen die Tür, auf der er lag, aber er hätte genauso gut mit einem Horn in der Hand darauf stehen können, Herold seines Zorns und seiner Enttäuschung.

»Wer hat hier was geschworen?«, brüllte er. »Mattim, du kennst meinen Traum! Hanna, du verfluchtes Miststück! Ich sterbe lieber hier, als dass ich Akink aufgebe! Du elende kleine Schlange, wer hat dich zur Königin der Schatten gemacht?«

Ungerührt ließ Hanna Kununs Beschimpfungen an sich abprallen und winkte die zögernden Soldaten zu sich.

Nachher wünschte sie sich, sie hätte nicht hingesehen. Wenn sie die geschundene Gestalt ihres Feindes doch nie zu Gesicht bekommen hätte! Würde sie dieses Bild jemals loswerden? Und wie sollte sie jemanden hassen, der nur noch Mitleid und Abscheu in ihr weckte?

»Du verdammter Mensch!«, schrie Kunun. »Wer hat dir erlaubt, unseren Traum zu verraten? Siehst du, was sie mit mir gemacht haben? Wo ist Mattim? Wo ist der Schweinehund? Der Bastard eines Wolfs!«

Die Träger setzten den Gefangenen wenig zartfühlend ab, und sofort hoben ihn vier Schatten mitsamt der Tür auf und trugen ihn auf die Brücke. Hinter ihnen schlossen sich die Flusshüter zusammen, um ihnen zu folgen. Eine Prozession der Dunklen, Sieger und doch Besiegte.

Je weiter sie sich entfernten, desto größer war Hannas Erleichterung. Hauptsache, sie musste Kununs Gegenwart nicht ertragen. Noch wichtiger war ihr, Réka zu sehen und sich davon zu überzeugen, dass es ihr gut ging.

Flankiert von ihren beiden Wächterwölfen wartete sie neben dem ersten Pfeiler.

Als Mattim zu sich kam, befand er sich allein im Zelt. Vorsichtig stand er auf; ihm war schwindlig, aber er fühlte sich nicht mehr ganz so schwach wie vorhin noch. Ein merkwürdiges Brennen und Zittern rann in Wellen durch seine Haut, doch er konnte wieder klar denken. *Die Verhandlungen! Die Brücke! Der Krieg gegen Akink!*

Er eilte nach draußen und rannte aufs Ufer zu. Die Schatten standen Spalier, so wie die Brückenwächter es sonst getan hatten. Unruhig wanderten die Wölfe umher; als sie ihn erblickten, stürmten sie auf ihn zu. Bela musterte ihn mit wissenden Augen, besorgt.

»Wo ist Hanna? Dort? Dort auf der Brücke?«

»Schick die Wölfe fort, Hanna«, ordnete Mirita an. »Ich hatte gesagt, keine Ungeheuer und keine Schatten mehr auf dieser Brücke. Dann erst lasse ich die Gefangene herholen. Ich erlaube dir sogar, kurz mit ihr zu sprechen. Aber ich will diese verdammten Viecher nicht mehr sehen.«

Hanna nickte Palig und Alita zu. »Geht«, bat sie. »Geht mit den anderen. – So. Die Schatten haben schon die Hälfte der Brücke geräumt. Zeig mir das Mädchen.«

Mattim stürzte den Schatten entgegen, die zurück ans Waldufer strömten. In ihrer Mitte marschierten diejenigen, die die große Tür mit dem gefesselten Schattenprinzen trugen.

»Verräter!«, rief Kunun, sobald er Mattim erblickte. »Dafür wirst du bluten! Dafür wirst du bezahlen!«

»Ich habe alles getan, was du wolltest«, sagte Mattim. »Akink wird dir gehören.«

»Was nützt mir Akink, wenn der König flieht? Wie soll das Licht unsere Wunden heilen, wenn das Licht fort ist? Verdammt, macht mich los! Ich übernehme hier das Kommando!«

Kein einziger der Schatten reagierte auf diesen Befehl. Sie schauten nur auf Mattim.

»Einen Tag«, sagte dieser. »Einen Tag lang regiere ich noch.«

»Zwei«, berichtigte Solta, der sich durch die anderen Schatten schob. »Deine Prinzessin hat ihnen zwei Tage zugestanden, dafür, dass sie die andere Gefangene sehen darf.«

»Du?«, fragte Kunun verwundert. »Ich dachte, du wärst ...?«

Mattim unterbrach ihn. »Hanna geht zu Réka? Wo ist sie? Verdammt, ihr habt sie doch nicht allein gelassen?«

»Sie hat mit Mirita vereinbart, dass sie das Mädchen sehen kann, wenn die Schatten abgezogen sind.«

Ihm stand Mirita vor Augen, das letzte Mal, als er sie gesehen hatte. Eine Mirita, die ihm merkwürdig vorgekommen war – stark und entschlossen und feindselig auf der einen Seite, aber dann auch wieder ... verlockend?

Vergiss diese Hanna. Die andere Welt. Diese fremden Wege, die nicht deine sind, nicht unsere. Vergiss alles andere, und komm mit mir. Ich habe dich schon immer geliebt.

Ihm wurde so kalt, dass er den Schmerz nicht mehr spürte. »Ihr habt Hanna – meine Hanna – mit Mirita alleingelassen?«

»Sie war die Unterhändlerin, sie hat …«

»Mirita und Hanna? Beim Licht, nein! Nein!«

Er stieß die Schatten, die im Weg standen, zur Seite. »Hanna!« Er begann zu laufen, über die nun leere Hälfte der Brücke. Zweihundert Meter trennten ihn von den beiden Mädchen, die dort allein waren und von denen die eine nicht ahnte, dass die andere nie ihre Versprechen hielt.

»Also«, sagte Hanna erwartungsvoll. »Die Wölfe sind fort. Bringst du Réka jetzt zu mir?«

»Du bist Mattims Mädchen.« Mirita musterte sie feindselig. »Du glaubst, dass er dich liebt? Da irrst du dich. Er hat schon eine Lichtprinzessin. Wie kannst du es wagen, dich zwischen uns zu drängen? Mattim und ich werden das Licht nach Magyria zurückbringen. Unsere Kinder werden heller strahlen als die Morgensonne. Wir bringen die Sonne an den Himmel zurück.«

»Was?«, fragte Hanna. »Wie meinst du das?« Sie machte einen Schritt rückwärts.

»Du hast ja keine Ahnung. Was zwischen uns war. Was immer noch da ist.« Mirita nahm ihren Bogen von der Schulter und zog einen Pfeil aus dem Köcher. »Ich kämpfe für Akink«, sagte sie. »Für das Licht. Was zählt ein einzelner Mensch, wenn wir das Licht nach Akink zurückbringen können?«

Mattim lief, so schnell er konnte, aber er war kaum ein paar Meter weit gekommen, als ihn der Schmerz wieder packte. Er fiel auf die Knie und stützte sich mit den Händen ab. Die Bisswunde, die Wilder ihm bei seiner Verwandlung zugefügt hatte, brannte unerträglich. Wie eine Feuersbrunst wanderte der Schmerz über seine Haut. Seine Finger krümmten sich.

»Das soll euer König sein?«, fragte Kunun irgendwo hinter ihm und lachte. »Das? Und wie, bitte schön, wollt ihr einem Wolf folgen?«

Mattim hörte nichts, vor seinen Augen verschwamm die Brücke. »Mein Herz«, flüsterte er zwischen zusammengebissenen Zähnen hindurch, über seine Stirn perlte der Schweiß in großen Tropfen. »Ich glaube, es schlägt wieder. – Hanna!« Ein neuer Anfall zwang seinen Körper zu Boden. Sein Herz schlug. Es schlug so heftig, dass er glaubte, es müsste in seiner Brust zerspringen. War das die Erlösung, auf die Kunun hoffte? Das Leben, das zu den Schatten zurückkehrte, sobald Akink ihnen gehörte? Oder war es der Tod, der ihn ereilte, zusammen mit der Stadt?

Mit letzter Kraft schrie er einen anderen Namen. »Bela!«

»Na los, schnell.« Kununs flammender Blick fing die Schatten ein. »Befreit mich. Noch ist die Brücke unser.«

»Aus dem Weg.« Solta hob das Schwert und ließ es auf Kununs Fesseln hinuntersausen. »Ich bin übrigens nicht ins Wasser gesprungen, sondern durch eine dieser sogenannten Pforten. Ich wusste genau, wo sie war, denn dort hatte kurz vorher ein Schattenwolf einen Wächter gebissen. Ich musste nur durch die Pforte springen statt in den Fluss und für eine Weile verschwinden.« Er grinste zufrieden.

»Und das Platschen?«

»Das war bloß ein Wolf, der gleichzeitig mit mir gesprungen ist.«

»Raffiniert. Diese Hanna ist ein gefährliches Biest, ich wusste es.« Als seine Hände frei waren, strich Kunun sich das Haar aus der Stirn und rieb sich die Wangen, während die Schatten an den anderen Fesseln arbeiteten.

»Für den Span in deinem Bauch ist ein besonderer Kraftakt nötig. Beiß die Zähne zusammen, Herr, das wird vielleicht etwas heftig. – Haltet ihn fest«, befahl der Hauptmann einigen anderen, »ich reiße dieses blöde Stück Holz von ihm ab.«

Solta warf sich mit einem Ruck nach hinten. Kunun ächzte; wieder begann die tiefe Wunde zu bluten, und der Schmerz kehrte zurück, ein Feind, der lange im Verborgenen auf seine Stunde gewartet hatte. Der Schattenprinz blieb schwankend stehen. Der Hauptmann griff nach seinem Arm, doch Kunun schüttelte ihn ab und richtete sich auf.

»Auseinander.« Der erste Befehl, den er erteilte, frei, wieder der Anführer, wieder der Herr der Schatten.

Der Trupp teilte sich in der Mitte. Sofort, wie ein Keil aus grauem Eisen, fuhr das Wolfsrudel zwischen ihnen hindurch. Bela hetzte über die Brücke. Er hatte Mattim kaum erreicht, als dieser aufsprang – ein Wolf, golden wie ein Löwe. Die Wölfe heulten auf, als er vor ihnen herrannte, ein fliegender Pfeil an der Spitze einer Armee aus Krallen und Zähnen.

»Ihnen nach!« Kunun streckte die Hand in die Luft. »Was steht ihr hier herum? Holen wir uns Akink.«

Hanna blickte in Miritas schönes Gesicht, in ihre himmelblauen Augen.

»Das ist nicht dein Ernst.«

Vor ihr lag die Stadt, die wuchtigen Türme, die Mauern, über denen ein leichtes Glimmen schwebte. Hinter ihr die Brücke, die sich im Dunkeln über dem Fluss verlor. Es war, als wären sie allein auf der Welt.

»Oh, da täuschst du dich aber. Wie kannst du es wagen, dich an den Prinzen von Akink heranzumachen?«

Der Pfeil lag ohne zu zittern auf der Bogensehne, die Spitze folgte jeder ihrer Bewegungen.

»Du bist keine Mörderin, oder?«

»Kriegerin des Lichts, das bin ich.« Mirita zog den Arm zusammen mit dem Pfeil nach hinten …

Hanna drehte sich um und rannte. Jeden Moment erwartete sie den schrecklichen Schmerz im Rücken. Gleich … und da teilte sich der Nebel, der über der Brücke lag, und aus der Wolke der Dunkelheit stürzte ein goldener Wolf heraus, hinter sich eine graue Sturzflut aus pelzigen Leibern.

Mirita schoss.

Der Pfeil sang. Hanna konnte ihn hören, das zischende Lied des Todes, dann prallte er dicht neben ihr gegen das steinerne Geländer der Brücke. Sie lief weiter, und da war auch schon der Wolf. Er sprang sie an, und gemeinsam stürzten sie zu Boden. Gleichzeitig schnellte der zweite Wolf, der riesige schwarze, in die Höhe, flog über sie hinweg – und begegnete dem zweiten Pfeil in der Luft. Mitten im Flug machte er eine ungeschickte Drehung und stürzte schwer auf die Steine. Hanna glaubte schon, er sei tödlich getroffen, aber da sprang er wieder auf und stürmte auf Mirita zu, die sich umdrehte und floh.

Die Flut der anderen Wölfe strömte an ihnen vorbei. Danach kamen die Schatten. Als Letzter schritt Kunun aus der Dunkelheit, ein wildes Lächeln im Gesicht. Er sah auf den Wolf und Hanna hinunter und schenkte ihnen ein anerkennendes Nicken.

»Der richtige Zeitpunkt, kleiner Bruder«, sagte er zufrieden. »Der absolut richtige Zeitpunkt.«

Als er vorbei war, stieß Mattim – der Wolf, der Mattim war, wie hätte sie daran zweifeln können? – einen Klagelaut aus. Sie streckte die Hand nach ihm aus, blickte in seine grauen Augen – ja, daran erkannte sie ihn, an seinen Augen. Was war erschreckender, dass sie ihr vertraut vorkamen oder fremd, oder beides zugleich?

»Mattim«, sagte sie. Es fühlte sich nicht mehr an wie die Wirklichkeit. Ein Traum hatte sich über sie geworfen wie ein Fangnetz, aus dem sie nicht entkommen konnte. »Oh, Mattim, mein Lieber, das war es also?« Sie schlang die Arme um seinen Nacken, grub die Finger in sein dichtes, weiches Fell. So verhielten sie eine Weile, ohne sich zu rühren.

Dann stieß er wieder einen seiner merkwürdigen Laute aus. Sie konnte es immer noch nicht fassen, dass er keine Worte mehr hatte, dass sie niemals wieder seine Stimme hören würde. Doch er schaute in Richtung Stadt, und sie verstand.

Sie hatten keine Zeit, um hier zu warten, dass der Albtraum sich auflöste und ihr den Jungen zurückbrachte, den sie liebte. Réka war noch irgendwo in der Burg, in den Händen des Lichts. Der König hatte immer noch eine Geisel.

»Schnell!«, rief sie. »Wir müssen Réka finden!«

Schnell, ja, wenn sie das hätte sein können! Mühelos lief er neben ihr, so viel schneller und kraftvoller als sie, auf diesen vier Beinen, die aus purer Kraft bestanden.

»Lauf! Warte nicht auf mich!«

Er warf ihr einen kurzen Blick zu und schnellte dann vorwärts, ein goldener Blitz, der in der Düsternis verschwand.

Hanna eilte ihm nach. Die Sorge um Réka hatte momentan oberste Priorität. Später würde sie um Mattim weinen, später würde sie vielleicht begreifen können, was geschehen war. Jetzt musste sie ihren Schützling aus der brennenden Stadt retten. Rauch schlug ihr entgegen, als sie Akink betrat. Aus den Gassen drang Lärm, ein Geschrei, das in den Ohren schmerzte. Sie wandte sich nach rechts; vielleicht konnte sie zur Burg gelangen, ohne sich durch das schlimmste Getümmel den Weg bahnen zu müssen. Sie stolperte über das raue Pflaster und hielt sich an einer Hauswand fest, um tief durchzuatmen – da sah sie aus einer Nische eine Gestalt in einem grauen Mantel treten, eine Kapuze tief über dem Gesicht. Hanna erkannte die Frau sofort, ein flüchtiger Blick genügte.

»Warten Sie!«, rief sie. »Bitte!«

Die Gestalt im Mantel drehte sich nicht um, sondern hastete weiter, einen Pfad hoch, der wahrscheinlich zur Burg führte. »Nicht da entlang, oh bitte! Warten Sie auf mich!«

Hanna nahm all ihre Kraft zusammen und holte sie ein. Als sie die Akinkerin am Arm packte, stieß diese einen Schrei aus. Ihre Augen weiteten sich, und Hanna sah das Entsetzen darin so deutlich, als blickte sie durch ein Fenster auf ein namenloses Grauen.

»Du hast geschworen, sie würden gehen!«, stieß die Königin hervor. »Und sie sind gegangen … jeder Fußbreit, den sie die Brücke freimachten, ein Sieg für uns … Doch dann kam die Flut. Eine wilde graue Flut. Es sah aus, als wäre ein Damm gebrochen. Das Licht ist verloren. Verloren!«

»Nein, oh bitte, Königin Elira, reißen Sie sich zusammen! Hören Sie mir zu – wo ist Réka?«

Die Königin musste die Verhandlungen aus der Nähe verfolgt haben und hatte sich dann wohl beim Ansturm der Schatten und Wölfe irgendwo versteckt. Nur so war zu erklären, dass sie sich hier befand statt sicher in der Burg. Hier, allein in einer Stadt, wo an allen Ecken und Enden der Kampf tobte.

»Réka?«, fragte Elira verständnislos.

»Das Mädchen! Das Schattenmädchen!«

Die Königin starrte Hanna an. »In der Burg«, antwortete sie schließlich. »Oben in der Burg. Dort muss ich hin. Wir haben noch eine Geisel, ihr werdet uns gehen lassen müssen.«

»Réka wird niemanden mehr schützen!«, rief Hanna. Sie dämpfte ihre Stimme; noch waren sie allein in dieser kleinen Seitengasse. »Ich muss sie nach Hause bringen, Mattim war bereit, alles für sie zu tun – doch jetzt …« Nein, sie würde Eliras Schmerz nicht vergrößern, indem sie ihr verriet, dass Mattim sich zum zweiten Mal verwandelt hatte. »Es hätte gelingen können! Beinahe wäre es das, und das Licht wäre gerettet gewesen! Nun ist Kunun wieder am Zuge. Die Geisel wird Ihnen nichts helfen. Sie müssen sofort die Stadt verlassen!«

Die Königin blickte das Mädchen traurig an, sie wirkte wie ein verlorenes Kind, nicht wie eine mächtige Herrscherin. »Farank ist in der Burg.«

»Sie können ihm nicht helfen«, sagte Hanna. Wann begriff sie es endlich? »Mattim ist auf dem Weg in die Burg, er ist der Einzige, der noch etwas tun kann. Kommen Sie, bitte, Sie müssen fliehen!«

Sie hatte keine Zeit. Sie wollte die Königin am liebsten stehen lassen und weiterrennen und rufen: Réka! Wo bist du? Aber sie würde so oder so zu spät kommen. Mattim war unterwegs, darauf musste sie vertrauen. Sie selbst hatte nun eine andere Aufgabe: sich um seine Mutter zu kümmern.

»Ich werde Sie nicht allein hier zurücklassen«, sagte Hanna bestimmt. »Sie verlassen sofort diese Stadt. Ich würde Sie nach Budapest bringen, aber ich komme nicht allein durch die Pforten … und auch drüben in meiner Welt wären Sie nicht sicher. Der Fluss! Sie müssen auf den Fluss, dorthin kann keiner der Schatten Ihnen folgen!«

»Ich will zurück«, stöhnte Elira, »zu Farank.«

»Um mit ihm zu sterben? Sie dürfen nicht zurück in die Burg! Dort werden die Schatten keinen Stein auf dem anderen lassen, dort wird Kunun als Erstes hingehen.« Sie packte die Königin am Handgelenk und zog sie hinter sich her; wie gut, dass sie wusste, wo der Hafen lag.

Hinter ihnen schlug das Geschrei Wellen, hinter sich hörten sie, wie die Wölfe ihr Werk begannen. Die Königin. Das war alles, was jetzt noch zählte. Hanna hoffte nur, dass die Schatten sich zuerst die Burg vornahmen und vergaßen, den Hafen zu sichern. Zum Denken blieb keine Zeit, auch nicht, um sich zu fragen, warum das hier geschehen war. Keine Zeit, sich an Mattims Gesicht zu erinnern und an seine Stimme. An seine Umarmungen, seine Küsse …

Die Königin weinte. Sie wehrte sich nicht mehr, sie lief an Hannas Hand wie ein kleines Mädchen, Tränen benetzten ihre Wangen. Keine Vorwürfe kamen über ihre Lippen, keine Anklagen: Du hast uns gesagt, wir hätten Zeit! Eine ganze Stadt haben wir auf dich gesetzt und verloren!

Dunkle Gestalten versperrten den Ausgang aus der Gasse. Waren es Menschen, waren es Schatten? Hanna kannte sie nicht, aber ihre Blicke verhießen nichts Gutes.

»Aus dem Weg!«, rief sie. »Platz da!«

Eine Frau, eine blutige Zeichnung am Hals, trat näher und streckte die Hände aus. »Du gehörst noch nicht zu uns. Ich fühle das Leben in dir. Und die da auch nicht.«

»Aus dem Weg«, wiederholte Hanna. Sie hatte nichts, um sich zu wehren, keine Waffe, kein Feuer, nichts, was man gegen Schatten benutzen konnte. »Ich bin die Gefährtin des Prinzen.« Sie legte ihren ganzen Zorn in diese Worte, ihre ganze Verzweiflung, und auf ihrer Zunge verwandelte sich der Schmerz in Autorität. »Lasst mich durch.« Wütend funkelte sie die Gegner an.

»Des Prinzen?«, fragte einer der Männer. »Welches Prinzen?«

»Ist das nicht egal?«, fuhr Hanna ihn an. »Alle Prinzen sind Schatten oder Wölfe, wie ihr sehr wohl wisst. Ich bin Mattims Lichtprinzessin. Was wollt ihr aus mir machen, seine Schattenprinzessin? Seine Wolfsprinzessin? Jetzt fühlt ihr euch mächtig, aber wenn ihr es wagt, mich anzurühren, wird er euch in der Luft zerreißen.«

Sie zog Elira hinter sich her, zwischen den Angreifern hindurch, und zwang sich dazu, sich nicht umzudrehen. Um zu sehen, ob sie die Köpfe zusammensteckten und tuschelten, ob irgendjemand sagte: Das war doch die Königin, oder nicht?

Hanna war übel, so knapp waren sie entkommen. Die Dunkelheit in den Straßen hatte ihnen diesmal geholfen, aber das musste nicht jedes Mal so sein.

»Weiter«, befahl sie. »Bloß immer weiter.«

Dort war schon der Hafen. Sie war nicht die Einzige, die an die Boote gedacht hatte. Zahlreiche Flüchtlinge strömten hierhin.

»Hoffentlich lassen sie noch eins für uns übrig«, stieß sie im Laufen hervor.

»Ich hoffe nur, dass Farank auch herkommt.« Anscheinend war Elira nicht imstande, an etwas anderes zu denken als an ihren Lichtgemahl.

Am Abstieg zu den Stegen wimmelte es von Menschen. Die ersten Boote fuhren bereits aus dem Hafenbecken. In der engen Ausfahrt stießen zwei zusammen, eins davon, völlig überladen, kippte um. Fluchend schwammen die Insassen zurück und retteten sich auf die Anlegestege.

»Die Königin!«, rief Hanna laut. »Ein Boot für die Königin!«

Ein paar Männer halfen den beiden Frauen die Leiter hinunter, doch zu ihrem Schrecken musste Hanna feststellen, dass alle Boote besetzt waren.

»Ein Boot für die Königin!«, schrie sie.

»Majestät, nehmt unseres.« Ein junges Paar stieg aus einem winzigen Ruderboot. Hanna wäre ein größerer Kahn lieber gewesen, aber jetzt war nicht die Zeit, um wählerisch zu sein. Sie nickte den beiden dankend zu und half der Königin beim Einsteigen.

Sie mussten eine Weile warten, bis die Ruderer vor ihnen das Becken freigemacht hatten, eine Zeit, die ihr endlos lange vorkam, doch dann konnten sie sich in die Reihe der Flüchtlinge einordnen, die hinaus auf den Fluss strebten.

Vor ihnen schaukelten die anderen kleinen und größeren Boote auf den Wellen und wurden rasch von der Strömung auseinandergezogen. Hanna war nicht geübt im Rudern, aber die Fahrt mit Wilder hatte immerhin etwas gebracht. Sie tauchte die hölzernen Paddel ins Wasser und fand allmählich in einen stetigen Rhythmus hinein. Völlig apathisch saß Mattims Mutter auf der schmalen Sitzbank und starrte zur Burg hinauf, die über der Stadt leuchtete.

»Er ist immer noch da«, murmelte sie. »Warum flieht er nicht?«

»Wohin soll er denn fliehen?«, fragte Hanna. »Es gibt keinen Ausweg mehr.«

»Die Wachen …«

»Vergessen Sie die Wachen! Die Schatten gehen durch Wände!«

Sie bemühte sich, mit den anderen Booten mitzuhalten,

und überholte einige, in denen zu viele Menschen saßen. Die Wellen schwappten schon über den Rand. Verzweifelte Rufe ertönten, als eins der Gefährte kenterte. Bevor die Schwimmenden auch die Königin in Gefahr brachten, ruderte Hanna hastig weiter.

Dort war schon die Brücke. Ein Boot nach dem anderen glitt unter ihr hindurch wie unter einem gewaltigen Torbogen. Es war, als würde dahinter ein neues Land beginnen. Der Weg ins Ungewisse, fort von Akink – aber wohin?

»Ich muss zurück«, stieß Hanna hervor. »Es tut mir leid.«

Die Königin hob den Kopf und starrte das Mädchen an. »Du bist doch ein Schatten. Wohin bringst du mich? In welche Nacht führt uns der Weg?«

»Ich bin kein Schatten. Sonst könnte ich wohl kaum hier auf dem Fluss sein.« Sie versuchte sich aufs Rudern zu konzentrieren, obwohl alles in ihr sie zurück in die Stadt rief. »Trotzdem muss ich wieder nach Akink. Mattim ist dort.«

Seine Mutter blickte sie nachdenklich an.

»Als wärst du wirklich seine Lichtprinzessin … dein Gesicht – leuchtet es nicht sogar? Wie kann das sein, wenn er ein Schatten ist?« Sie schüttelte verwundert den Kopf. »Dann geh zu ihm. Ich kann alleine weiterfahren. Vielleicht dort – jenes Boot scheint nicht voll besetzt.«

Mit aller Kraft hielt Hanna darauf zu. »Wartet! Bitte!«

Einige Gesichter wandten sich ihr zu, bleich in der Dämmerung.

Elira schlug die Kapuze zurück. Ihre Stimme klang nicht mehr verzweifelt und verängstigt, sondern ruhig und kraftvoll. »Lasst mich an Bord.« Sie wandte sich an Hanna. »So sollte es nicht enden. Ich dachte immer, wir würden siegen. Ich dachte, es könnte gar nicht anders ausgehen.«

»Mattim wollte nicht, dass es so kommt«, murmelte

Hanna. Vielleicht würde seine Mutter das irgendwann begreifen und ihm verzeihen. Ihnen beiden.

Sie schoben sich neben das andere Boot; hilfreiche Hände fassten nach dem Rand.

»Du bist ein gutes Mädchen«, sagte Elira. »Geh zu Mattim.« Sie ergriff die ausgestreckten Hände, die ihr hinüberhalfen.

Hanna versuchte das Schaukeln des Bootes auszugleichen, als ein harter Stoß sie traf.

»Das ist sie!«, rief jemand. »Sie gehört zu den Schatten!«

Hanna stürzte nach hinten, dann schlug das Wasser über ihr zusammen.

Als sie prustend hochkam, waren die Boote schon in der Dunkelheit verschwunden. Das kalte Wasser durchweichte ihre Kleider und zog sie nach unten. Schwarz kam es ihr vor, schwarz wie die allertiefste Nacht, und sie fragte sich einen kurzen Moment, warum sie jemals geglaubt hatte, auf dem Grund dieses Flusses würde das Licht wohnen. Die Strömung riss sie mit sich, obwohl sie verzweifelt versuchte, aufs Ufer zuzuhalten. Vielleicht hätte sie eine Chance gehabt, wenn sie ausgeruht gewesen wäre. Doch nach der Flucht mit der Königin war sie am Ende ihrer Kraft. Ihre Hände griffen durchs Wasser, ohne Halt zu finden.

DREISSIG

AKINK, MAGYRIA

Mattim lief durch die Straßen. Er war sich seiner Waffen bewusst. Zähne. Krallen. Große, pelzige Pfoten. Der Schmerz hatte ihn verlassen, ihn in ein neues Leben hineingeboren: stark und jung, ein Wolf. Das neue Sein rann durch seine Glieder, Blut strömte durch seine Adern, floss wieder. Luft füllte seine Lungen, kräftige, dunkle Luft, geschwängert von beißendem Rauch und der silbrigen Lebendigkeit des Flusses. Unzählige Düfte drangen von allen Seiten auf ihn ein. Akink. Er hatte gewusst, dass es so riechen würde, hatte es immer geahnt.

Sein Herz schlug. Schnell und kräftig, sein Wolfsherz. Die Verzweiflung hatte darin keinen Raum. Aber seine Gedanken riefen einen Namen im Rhythmus seiner Schritte: Réka. Ré-ka …

An allen Ecken und Enden wurde gekämpft. Leute stürzten aus ihren Häusern, hinter ihnen die Verfolger, die nicht weniger menschlich aussahen als sie. Vielleicht waren es die Gesichter, die verrieten, wer ein Schatten war – Triumph in den Augen, ein Grinsen auf den Lippen, während die Akinker in ihrer Verzweiflung und Panik wie blind durch die Straßen flohen. Manchmal sah er Gestalten in dunklen Ecken verschwinden, und wenig später kamen Wölfe aus der Haustür und huschten davon.

Er duckte sich an eine Hauswand, als ein Trupp der Stadtwache vorbeimarschierte, und lief dann weiter zum

Burgberg, immer bereit, sich zu verstecken. Den Gefechten auf der Straße wich er aus, stellte sich den Flüchtlingen und ihren Verfolgern nicht in den Weg, schlängelte sich so, als ginge ihn das alles nichts an, durch das Chaos.

Als ihm eine lanzenschwingende Schar Wächter entgegenkam, warf er sich herum und wählte einen anderen Weg. Er jagte eine steile Steintreppe hinauf und huschte durch einen Nebeneingang in der Burgmauer, den die Soldaten verwaist zurückgelassen hatten.

»Etwas ist schiefgegangen.« Der König stand am Fenster und blickte hinaus auf seine Stadt, aus der Rauch und Geschrei zu ihm emporstiegen. Dann wandte er sich dem Käfig zu. »Ganz und gar schiefgegangen.«

»Lassen Sie mich hier raus!« Réka kauerte in der Mitte ihres winzigen Gefängnisses. Die Eisenstäbe waren so heiß, dass sie sich nicht dagegenlehnen konnte. Wie ein wildes Tier, das bei jeder Berührung mit dem Zaun einen Elektroschock erhält, wagte sie kaum, sich zu bewegen. Die Hitze brannte in ihrem Körper und trieb ihr die Tränen in die Augen. Hatte Hanna ihr nicht erzählt, die Schatten stünden über dem Schmerz? Alle körperlichen Unpässlichkeiten wären nur Erinnerungen des Leibes an das, was er einmal gewesen war? Aber es gelang ihr nicht, nichts zu fühlen und die Pein schweigend herunterzuschlucken. Ganz und gar nicht. »Was ist mit Kunun? Wo ist er?«

Farank machte einen Schritt auf sie zu, und der Schmerz verdoppelte sich; mit einer Klarheit, die sie selbst überraschte, wusste sie plötzlich, warum sie so litt.

»Kommen Sie nicht näher, bitte! Gehen Sie weg!«

Der König blieb stehen, wo er war, und betrachtete sie mit undurchdringlichem Gesicht durch die Flammen.

»Dein Leben ist ihnen anscheinend nichts wert. Wir haben uns getäuscht. In allem. Ich habe so sehr an Mattim geglaubt … und nun ist alles verloren.«

»Nicht näher kommen!«, heulte Réka auf, aber er schien sie gar nicht zu hören. Der Schmerz nahm ihr die Sicht, alles war auf einmal so hell, dass sie glaubte, blind zu werden. Gleich würde die Welt in Flammen aufgehen und sich in nichts auflösen …

Dann hörte sie den König auf einmal rufen: »Nein! Bleib weg! Bleib weg!«

Und ein Knurren. Mühsam öffnete sie die tränenden Augen und sah den roten Wolf, Wilder, zähnefletschend und mit gesträubtem Fell. Mehrere Soldaten hatten ihn bis in den Raum verfolgt und versuchten ihn in eine Ecke zu drängen, doch er befand sich zwischen ihnen und dem König; mit jedem Schritt, den sie auf das Tier zugingen, trieben sie es nur noch mehr auf ihren Herrn zu.

»Oh, beim Licht!«, rief Farank aus. »Nehmt ihn von mir weg!«

Der Wolf zuckte mit den Ohren und fixierte den Mann im Königsgewand mit seinen runden, glänzenden Augen, Augen wie aus Bronze, flammend … Der Monarch bewegte sich dicht an der Wand entlang, als wollte er sich wie ein Schatten durch die Mauer drücken. »Vorsicht«, warnte er seine Männer, »reizt ihn nicht zu sehr.«

Réka schrie laut, als einer der Wächter seine Lanze hob. »Pass auf, Wilder!«

Der Wolf tauchte unter der Waffe hindurch, sprang den vordersten Soldaten an, schnappte kurz nach seinem Bein und raste dann um den Käfig herum.

Der Gebissene stand da wie erstarrt, während die anderen vor ihm zurückwichen. Schon war Wilder wieder da und fuhr mitten zwischen sie.

»Vorsicht!«, warnte Réka, denn ein anderer Wachmann

hatte sich von seinem Schrecken erholt und hieb mit dem Schwert gegen das Tier. Wilder rettete sich mit einem Sprung hinter den Käfig, doch die Wächter teilten sich auf und kamen nun von beiden Seiten auf ihn zu. Nur der Verwandelte stand immer noch an der Schwelle und betrachtete ungläubig die blutige Wunde an seinem Bein. Der König wagte nicht, an ihm vorbei aus dem Raum zu flüchten, und zog sich wieder ans Fenster zurück. Réka fühlte seine Gegenwart wie einen Schmerz, dem sie nicht entkommen konnte. Sie schloss die Augen vor dem blendenden Licht.

Der Alte hatte den schwarzhaarigen jungen Mann schon einmal gesehen. Er kam die Schlosstreppe heraufgesprungen, als sei er hier zu Hause. An diesem merkwürdigen Tag rannten überall Leute herum, in den Gängen, in den Zimmern, auch solche, die hier nicht hingehörten. Aber der Dunkelhaarige wohnte hier. Der alte Diener war sich sicher. Allerdings stimmte etwas nicht mit dem Gesicht dieses Burgbewohners. Die Narben. Da waren zu viele Narben, klaffende, blutige Schnitte.

Ein Krieger. Kam er aus der Schlacht?

War er nicht ein Bild gewesen? Ein Bild, lebendig geworden, wie so vieles in der Nacht erwacht zu sein schien? Der Alte hatte geträumt, von Schreien und Hörnern, von Wölfen und Prinzen. Etwas stimmte nicht. Das altvertraute Gefühl hatte ihn aus dem Bett getrieben, durch die stillen Flure der Burg, in denen das Fußgetrappel nach und nach verstummte.

»Ich bin Prinz Kunun«, sagte der Besucher höflich. »Ich nehme an, der König ist oben in seinem Gemach?«

»Wo sollte er denn sonst sein?«, fragte der Alte. Er mochte es, wenn die Leute freundlich zu ihm waren, obwohl er kein hohes Amt bekleidete. Immerhin war er der Verwahrer der Bilder, und das hatte einst etwas bedeutet. »Es ist dunkel. Er reitet nicht aus, wenn es dunkel ist.« Vage kam ihm der Verdacht, dass diese Antwort falsch war oder zumindest teilweise falsch. Ritten sie nicht auf die Jagd, die edlen Herren, bevor die Sonne aufgegangen war?

»Ist heute Jagd?«, fragte er. »Der Tag der Jagd?«

»Ja«, antwortete der Fremde.

»Dann gibt es also ein Festmahl heute Abend? Ein großes Fest? Lieder und Tanz und Narren?«

Der Mann, der sich als Prinz Kunun vorgestellt hatte, lachte auf. »Ja«, versprach er. »All das wird es geben.«

Der Alte blickte zu ihm hoch. Er war klein, gebeugt von der Last der Jahre, aber seine Augen leuchteten. »Ihr seid der Jäger«, sagte er. »Jetzt weiß ich es wieder. Ich kenne Euer Bild. Ihr seid Prinz Kunun, der Jäger.« Die freudige Überraschung überdeckte die Angst, die erst langsam in einem anderen Winkel seines Selbst erwachte.

Kununs aufmerksamer Blick entdeckte auch das – das kaum merkliche Zittern, die aufgerissenen Augen, in denen gleich das Wissen auftauchen würde, was diese Begegnung für diesen Menschen persönlich bedeutete.

»Du bist der alte Mann, der mich erkannt hat«, sagte er langsam. »Du hast Alarm geschlagen. Niemand in ganz Akink kannte mein Gesicht. Außer dem Hüter der Bilder. Dir verdanke ich es, dass wir durch die Straßen gehetzt wurden, mein Bruder und sein Mädchen und ich. Von all den Bewohnern dieser Burg musste ich ausgerechnet dir begegnen.«

Der Alte wich kaum merklich zurück.

»Es tut mir leid, wenn ich Euch verärgert habe, Hoheit.«

Diesen Moment durchlebten sie alle – wenn der Körper bereits wusste, was ihn erwartete, wenn der Instinkt schon nach Flucht schrie, während der Verstand den Menschen noch in Sicherheit wiegte, ihm vorgaukelte, so etwas könne nicht geschehen, nicht in dieser Welt.

Es geschah in beiden Welten.

Der Mann begann immer stärker zu zittern. Er war bleich geworden, so weiß, als hätte Kunun bereits sein Blut getrunken. Mittlerweile hatte er begriffen, dass er besser hätte schweigen sollen. Schweigen und zum König rennen, um ihn zu warnen.

Der Jäger nahm die faltige Hand des alten Mannes in seine, eine Hand von Flecken übersät, runzlig und gekrümmt. Er führte sie an seine Lippen, als wäre es die Hand einer schönen Dame, der er seine Aufwartung macht.

Der Schmerz hielt nur kurz an. Der Alte merkte, wie seine Empörung verrauchte. Im Sturz streckte er die Arme nach vorne, um sich abzufangen, und wusste, dass er sich etwas brechen würde. Das bedeutete, dass er im Bett liegen würde, bis das Ende kam, und dass es ganz nah war. Jetzt … Ein Augenblick endlosen Fallens. Hinein in eine andere Welt. Neu. Überwältigend. Eine riesige, wunderbare Welt.

Er stand auf allen vieren. Winselte, zugleich erschrocken und fasziniert. Nichts tat ihm weh. Aus dem Boden stieg der vertraute Geruch längst vergangener Jahrzehnte auf, als hätten sie sich hier in den abgetretenen Steinfliesen gesammelt, der Bodensatz der Vergangenheit. Er schnüffelte und wedelte freudig mit dem Schwanz. Dann, noch ganz vorsichtig, tat er einen kleinen Sprung.

»Kleines Geschenk, alter Mann.« Der Schattenprinz beugte sich hinunter, tätschelte ihm den Kopf und ging weiter.

Mirita kam zu sich, die Wange auf dem rauen Pflaster. Sie spürte den kühlen Stein an ihrer Haut und wunderte sich einen kostbaren Augenblick lang, dann kam die Erinnerung zurück. Wie sie gerannt war, hinter ihr die Wölfe … dann der Sturz und der Schmerz. Sie hielt den Atem an, als sie mit der Hand nach ihrem Nacken tastete und durch den zerfetzten Stoff ihres Umhangs ihr eigenes zerrissenes Fleisch fühlte. Ihre Hand war dunkel und klebrig, als sie sie zurückzog.

»Oh nein«, flüsterte sie.

Aufstöhnend richtete sie sich auf und sah sich um. Jemand hatte sie von dort, wo sie gefallen war, bis hierher in den Schutz zwischen einer Mauer und einem Gebüsch gezogen. Vielleicht hätten die Soldaten sie sonst in den Fluss geworfen … wäre das nicht besser gewesen? Viel besser? Sie wischte sich eine Träne aus den Augenwinkeln, merkte, dass sie immer noch den Atem anhielt, und stieß die Luft aus.

Dort lag der große schwarze Wolf. Sein aufmerksamer, dunkler Blick folgte jeder ihrer Bewegungen. Wie einen ausgefallenen Kopfschmuck trug er einen Pfeil mitten im Ohr. Mit der Pfote versuchte er daran zu ziehen, gab es auf und wandte sich ihr wieder zu. Sie hatte nicht die Absicht, ihm zu helfen. Das war der Wolf, der sie gebissen hatte, Mattims Wolf – wie oft hatte sie die beiden zusammen gesehen! Ihr eigenes Blut klebte noch an seiner Schnauze.

Verloren. Die Hoffnungslosigkeit überfiel sie mit Macht. Ein einzelnes Horn klagte und verstummte, aus der Stadt hörte sie Geschrei und das Geklirr von Waffen.

Verloren. Akink war dahin. Das Licht war gestorben. Und sie war ein Schatten.

»Nein«, stieß sie zwischen zusammengebissenen Zähnen hervor, »nein, lieber sterbe ich. Lieber sterben, als das zu sein.«

Sie legte die Hände auf ihre Brust und fühlte die Stille. Das Dunkel, das nun auch zu ihr gekommen war.

»Nein«, wiederholte sie und schluckte das Schluchzen hinunter, »nein, nicht mit mir. Nein, nein.«

Es war zu Ende. Alles. Es gab nichts mehr, wofür es sich zu kämpfen lohnte. Vorbei. Endgültig.

Sie wankte auf die Brücke zu. Der Wolf sprang auf die Füße und folgte ihr. Erst als sie sich über das Geländer beugte, schien er zu begreifen, was sie vorhatte, denn er knurrte und winselte und schlug die Zähne in ihr Gewand, um sie von dort wegzureißen.

»Du hältst mich nicht auf. Das tust du nicht!« Sie stieß ihn mit dem Fuß von sich. »Was hast du vor? Mich noch einmal zu beißen?«

Mit aller Kraft trat sie nach ihm und lehnte sich wieder über das Geländer. Das war der einzige Ausweg – dieses Wasser, von dessen Grund das Licht aufstieg. Nie zuvor hatte sie es gesehen, mit solcher Klarheit, die ihr die neue Existenz schenkte. Dort, im Donua, das Licht …

Da, zwei Boote, die unter der Brücke hervorkamen. Die Königin! Und ein dunkelhaariges Mädchen. Atemlos beobachtete Mirita, wie Hanna Elira ins andere Boot half. Die Königin des Lichts lebte! Wieso half ihr jemand, der auf der Seite der Feinde stand?

»Schatten!« Der Ruf ließ Mirita zurücktaumeln, aber er galt nicht ihr. Sie musste mit ansehen, wie Hanna ins Wasser gestoßen wurde und wie sie dort gegen die Strömung kämpfte.

Nein, Hanna war zwar kein Schatten, aber der Fluss würde sie trotzdem in seiner grausamen Unerbittlichkeit umbringen.

Wie gelähmt blickte die junge Flusshüterin auf die Wellen, wo ihre Feindin unterzugehen drohte. Ihre Feindin? Wie lange schien das her! Mirita vermochte sich kaum an den Moment zu erinnern, als sie versucht hatte, ihre Rivalin zu töten. Ein anderes Leben, eine andere Zeit – vielleicht vor zwei, drei Stunden? Als sie noch daran geglaubt hatte, sie könnte Mattims Lichtprinzessin werden? Und er hatte bereits gewählt …

Ich hasse sie, heulte eine Stimme in ihr. *Soll sie untergehen, sie hat mir Mattim weggenommen …*

Mirita hatte nicht erwartet, dass ein Schatten dies fühlen konnte: dass es nun, da Akink sowieso verloren war, ihre Pflicht war, zu helfen.

Das ist, was du bist. Streiterin für das Licht. Du siehst nicht zu, wenn jemand untergeht. Du siehst nicht zu!

»Aber ich kann nichts tun«, sagte sie laut, mehr zu sich als zu irgendjemand sonst. »Ich kann nicht in dieses Wasser.«

Neben ihr spähte der Wolf durch die steinernen Streben des Geländers. Im nächsten Moment sammelte er sich zum Sprung und flog durch die Luft, schwarz und glänzend, und zum ersten Mal fiel ihr seine Schönheit auf. Klatschend durchbrach er die Wasseroberfläche, und Hanna streckte die Arme nach ihm aus.

Er zog sie in Richtung Ufer.

Mirita lief über die Brücke zurück. Das nächste Problem war absehbar: Die Kaimauer war ein unüberwindbares Hindernis. Eine tödliche Falle.

»Ich finde etwas, um euch da rauszuholen«, rief sie. »Haltet durch!«

Hannas Bewegungen wurden schwächer, ihre Hände rutschten ab. Wie lange konnte sie sich noch an den Wolf klammern? Mirita wandte sich hilfesuchend der Stadt zu.

»Hilfe!«, schrie sie, so laut sie konnte. Sie wunderte sich über die Kraft in ihrer Stimme. Obwohl sie eben noch gerannt war, musste sie nicht nach Luft ringen. »Hilfe!«

Einige Soldaten erschienen; auf den ersten Blick wusste

sie nicht, ob Schatten oder Menschen. Erleichtert erkannte sie einige Angehörige der Tagpatrouille. Dieselben, die die Brücke erobert hatten. Wie schnell änderte sich die Perspektive!

»Kommt!«, rief sie ihnen zu. »Ich brauche Hilfe!«

Sofort hatten die Schatten die Situation erfasst, und wenig später brachte einer ein großes Fischernetz, das sie wie eine Schaukel herunterließen, indem sie es an beiden Enden festhielten. Es war so lang, dass sie es bis unter die Wasseroberfläche eintauchen konnten. Hanna ließ Bela los und vertraute sich dem Netz an. Die Männer zogen sie hoch, über die Kante, näherten sich ihr jedoch nicht. Zu Tode erschöpft schleppte sie sich ein Stück weiter, und ihre Retter holten nun den triefenden Wolf herauf, der sich sofort ausgiebig schüttelte. Jeden Tropfen fühlte Mirita wie einen glühenden Funken.

Hanna strich sich das nasse Haar aus der Stirn. Sie war so müde, dass sie kaum auf die Beine kam, aber niemand streckte die Hand nach ihr aus, um sie hochzuziehen. Wohlweislich hielten alle Schatten Abstand zu den beiden Geretteten. Mirita wich ebenfalls einen Schritt zurück.

»Geh nach Hause, Hanna«, sagte sie schroff, »bevor auch dich jemand zu dem macht, was wir alle sind. Bevor auch dich die Finsternis zerreißt. Akink ist verloren. Nun gibt es nichts mehr zu hoffen.«

»Der König ist noch da«, sagte Hanna. Und von irgendwoher kamen Worte zu ihr, die den bittersalzigen Duft von Blut und Kampf in sich trugen, denn wann immer sie diesen Satz aussprach, sah sie Mattim vor sich, im Hof von Kununs Haus, das Schwert in der Hand. »Licht heilt die Wunden, die die Dunkelheit geschlagen hat.« Sie wies auf die Burg, deren schwaches Glimmen die Stadt erleuchtete. »Der König ist noch da. Wenn er die Schatten an sein Herz zieht, wird dann nicht alles heil? Vielleicht hat Kunun recht, und hier finden wir nicht das Ende, sondern den Beginn. Vielleicht erfüllt sich hier sein Traum.«

Mirita starrte sie an. »Du glaubst doch nicht im Ernst, dass der König die Schatten in die Arme schließen wird! Als Mattim ging und verwandelt wurde, kam die Dämmerung. Wenn der König verwandelt wird, beginnt die Dunkelheit. Wisst ihr das denn nicht? Selbst der wahnsinnige Jäger sollte so weit denken können.«

Hanna fühlte das Blut in ihren Schläfen pochen. *Licht heilt die Wunden* … Was würde geschehen, wenn Kunun den König erreichte? Was würde kommen – die Erlösung oder die ewige Nacht?

»Der König hatte Mattim umarmt – und er kam nach Hause ohne Narben. Alles war heil.«

Mirita fasste sich an ihre tiefe Wunde. Der Blick des schwarzen Wolfs ruhte auf ihr, besorgt und liebevoll.

»Dann wäre es schön, wenn er mich umarmen könnte, bevor er verwandelt wird.«

»Und Réka …« Hanna fühlte die Angst um ihre junge Freundin wieder in sich aufsteigen. »Ich muss in die Burg!«

»Dort wird immer noch gekämpft«, warnte einer der Schatten. »Geh lieber nicht dorthin, Prinzessin.«

»Hilfst du mir?«, wandte sie sich an Mirita.

Diese zögerte nur kurz. »Vielleicht bekomme ich noch eine Umarmung vom König, bevor er zu dem wird, was ich bin.« Sie lachte leise und traurig. »Gehen wir.«

Hinter ihnen tappte der Wolf auf leisen Pfoten durch die Stadt.

»Hier kommen wir nie hinein.«

Die Soldaten, die das Haupttor schützten, standen so

dicht, dass sie nicht einfach unauffällig hindurchschlüpfen konnten.

»Du kannst durch Wände gehen, schon vergessen?« Hanna musste ihr ja nicht sagen, dass die Schatten diese Fähigkeit üben mussten und sie nicht jedem so leichtfiel wie Mattim.

»Echt …?« Mirita legte die Hand auf die verwitterten Steine. »Unsinn. Es ist alles fest. Ich kann das nicht.«

»Du musst. Beeil dich endlich.«

Mirita atmete tief durch, biss die Zähne zusammen, packte Hannas Hand und führte sie durch die Mauer.

Mattim raste zwischen den Wachen hindurch und jagte die Treppe hinauf. Ein brennender Pfeil schoss haarscharf an seinem Kopf vorbei und setzte einen Vorhang in Brand. Er drehte sich nicht um, sondern nahm mehrere Stufen auf einmal, sprang einen weiteren Absatz hinauf und verhielt dann, horchend. Auch von weiter oben kamen Kampfgeräusche und Geschrei. Rauch drang durch die offenen Fenster und überlagerte alle anderen Gerüche.

Er wetzte den Gang hinunter, bog um eine Ecke und lauschte erneut. Rékas Stimme, ja, ganz klar. Der goldene Wolf flog fast, so schnell lief er einen weiteren Gang entlang, hetzte eine Treppe hinauf und platzte in eine Patrouille, die dasselbe Ziel hatte wie er. Er fuhr mitten durch sie hindurch wie ein Blitzstrahl und stürzte ins Zimmer. Mit einem Blick erfasste er die Situation. Réka im Käfig. Die Wachen. Dort, der König. Und Wilder. Sein Bruder versuchte die Soldaten zu vertreiben und griff gerade wieder an. Doch Faranks Gegenwart war am gefährlichsten für das Schattenmädchen. Eine Weile konnte er sich sogar mit ihr unterhalten, aber wenn er zu lange hier war oder ihr zu nahe kam …

Mit einem wütenden Knurren bewegte Mattim sich auf seinen Vater zu. Er wünschte sich, er hätte sprechen können. Was hätte er dafür gegeben, sagen zu können: *Geh, bitte, du bringst sie um! Geh, vertrau mir. Komm mit mir, wir können es schaffen. Solange Kunun noch nicht hier ist, haben wir eine Chance!*

Mit aufgerissenen Augen starrte Farank ihn an. »Nein!«, schrie er laut. »Weg, weg!« Der König blickte sich nach einer Waffe um und packte einen schmiedeeisernen Leuchter. Heißes Kerzenwachs tropfte auf den Boden, als er dem zweiten Wolf entgegentrat.

Erkenne mich, wollte Mattim rufen, *bitte, Vater, sieh hin!*

Entschlossen hieb der König mit dem schweren Kerzenständer nach ihm. Elegant tauchte Mattim darunter hinweg und sprang Farank von hinten an. Entsetzt schrie dieser auf; er taumelte nach vorne.

»Nein! Oh beim Licht, nein!« Die Qual in der Stimme seines Vaters war unerträglich, aber Mattim konnte ihn nicht in Ruhe lassen. Die Zeit drängte; jeder Augenblick war für Réka lebensgefährlich. Und jeden Moment konnte Kunun hier auftauchen.

Wilder fuhr zwischen die Soldaten und biss einen zweiten, der schreiend das Weite suchte. Durch die entstandene Lücke trieb Mattim den König aus dem Raum. Kurz wandte er sich um und nickte seinem Bruder zu. Graue Augen und bronzefarbene begegneten sich; sie verstanden sich wortlos.

Kümmere du dich um Réka. Der König gehört mir.

Ja, Bruder.

In Panik floh Farank vor dem goldenen Wolf. Er lief durch den Gang, stolperte und fiel, aber das Tier stürzte sich nicht auf ihn, sondern blies ihm nur seinen heißen

Atem in den Nacken. Er rappelte sich auf und taumelte weiter. Dort ging es hinauf zu den Türmen. Der König eilte die Stufen empor, keuchend vor Anstrengung, und immer blieb der Wolf hinter ihm. Schließlich erreichten sie beide die oberste Plattform. Von hier aus hatte man einst weit ins Land hinaussehen können, doch schon lange war es nicht mehr hell genug dafür. Nun war es nichts weiter als eine leuchtende Insel in einem Meer aus Nebel und Finsternis.

Farank lehnte sich mit dem Rücken gegen die Mauer und rang um Atem. Er brauchte eine Weile, bis er wieder sprechen konnte, und die ganze Zeit beobachtete ihn der Wolf aus runden grauen Augen.

»Niemals«, sagte der König schließlich. »Niemals trete ich zu euch über. Du willst mich beißen? Lieber stürze ich mich hier vom Turm.«

Der Wolf konnte nicht sprechen, konnte nicht darum bitten: *Vertrau mir. Oh bitte, vertrau mir!* Der Wolf konnte nicht flehen: *Folge mir, ich bringe dich aus der Stadt. Komm mit mir. Bitte, Vater, komm …*

Er neigte den Kopf, er wartete auf die alles entscheidenden Worte: Ich weiß, wer du bist.

Endlich sprach Farank sie aus, als teilten sie beide dieselben Gedanken. »Ich weiß, wer du bist«, stieß er hervor, heiser vom Rauch, atemlos vom anstrengenden Aufstieg. »Ich erkenne dich, als was du auch zu mir kommst. Du bist die Nacht im Gewand des Mittags, die Dunkelheit hinter der Maske des Lichts. Habe ich es nicht immer gewusst? In dir war so viel Licht, dass deine Dunkelheit schrecklicher ist als alles! Du bist der Verrat und der Verlust, und dein Name ist der Name meiner Niederlage … Akink ist dein. Aber ich werde dir nicht die Hand reichen und in die Knie gehen. Nie wieder.« Der König schob sich etwas weiter an der Brüstung entlang, dorthin, wo die Mauer kaum hüfthoch war. »Wer hätte gedacht, dass es so endet«, flüsterte er. »Mattim.«

Im Käfig saß ein Mädchen mit kurzem schwarzem Haar und hielt seine Knie umfasst. Neben ihr hockte ein roter Wolf, der sofort den Kopf hob und Laut gab, als der Schattenprinz über die Schwelle spähte.

»Wo ist der König?«

Réka richtete sich auf, soweit der begrenzte Raum es zuließ. »Kunun! Du lebst! Oh Kunun!«

Mit raschen Schritten kam er zu ihr und hob die Klappe des Käfigs hoch. Réka kroch heraus und fiel ihm um den Hals.

Er wehrte ihre Umarmung ab. »Reiß dich zusammen, dafür ist jetzt keine Zeit. Wo ist der König?«

»Ich weiß nicht. Ich glaube, er ist noch hier in der Burg. Spürst du es nicht? Es tut immer noch weh, es brennt unaufhörlich.«

»Ja, er ist hier in der Burg«, bestätigte Kunun. Als ob er es nicht genauso gefühlt hätte, diesen Schmerz, dieses Brennen. Schon zu lange kein Blut getrunken. Er hatte sich aufs Zubeißen verlegt auf dem Weg hierher, nicht aufs Trinken. Vor dem Licht geschützt hätte ihn doch nur das Blut eines Menschen aus der anderen Welt. Réka war dazu nun leider nicht mehr zu gebrauchen.

Er wischte ein paar grüne Holzsplitter mit dem Fuß zur Seite, lehnte sich aus dem Fenster, mit dem Rücken gegen das Sims, und sah an der Mauer hoch.

Das Licht schien sich oben zu sammeln wie in einem Leuchtturm, ein schwaches, ängstliches Licht. Nur noch ein Funke.

»Komm, Wilder«, befahl er. »Gehen wir hinauf. Du musst es tun, ich komme nicht nah genug an ihn heran.«

Er beeilte sich nicht. Farank konnte ihm nun nicht mehr entkommen. Gemessenen Schrittes durchquerte er den Gang.

Eine kühle Schnauze legte sich in seine Hand, als er die Tür zur Turmstiege öffnete.

»Warte!«

Kunun drehte sich um, als er Atschoreks Stimme hörte. Sie eilte ihm nach, ihre Augen leuchteten. »Warte, mein Bruder. Lass mich dabei sein.«

Um ihre Schultern ein durchlöcherter schwarzer Mantel. Ihr schönes Gesicht, gezeichnet von Brandspuren und Kampf.

»Ist der König dort oben?«

»Ja«, antwortete Kunun. »Gute Arbeit, Schwester.«

Sie neigte dankend den Kopf. »Wollen wir?«

Wilder sprang die schmale Wendeltreppe hoch. Atschorek und Kunun stiegen ihm nach, dem Licht entgegen.

»Réka! Réka, du lebst!«

Hanna wollte auf das Mädchen zustürzen, das auf der Treppe saß und ihnen entgegenblickte mit einem Gesicht wie eine Schlafwandlerin.

Doch Réka hob abwehrend die Hand. »Du irrst dich«, sagte sie. »Ich lebe nicht – nicht mehr. Nicht so wie du.«

»Oh Réka.« Hanna konnte nicht verhindern, dass ihr die Tränen über die Wangen rannen. »Ich muss dich nach Hause holen. Irgendwie müssen wir es rückgängig machen. Vielleicht geschieht es jetzt. Vielleicht wird alles heil.«

»Das war auch Kununs Traum«, sagte Réka.

»Kununs Traum.« Da war etwas. Etwas, das Mattim gesagt hatte … Sie rief sich das Bild zurück. *Das Verlies. Der König im weißen Gewand. Mattim, der flehte, der darum warb, dass die Schatten nach Akink durften.*

»Wenn Licht und Schatten vereint sind, wird alles heil«, flüsterte sie. »Das ist es. Das ist sein Traum. Die Schatten in Akink. Licht und Dunkelheit beieinander. Aber nicht so, nicht im Kampf. Nur in der Versöhnung kann es geschehen.«

Réka setzte sich aufrecht hin.

»Das heißt, ich werde wieder ein Mensch? Ich werde geheilt?« Über Rékas Gesicht zog ein Sonnenaufgang, der sich sofort wieder verdüsterte.

»Der Sieg gehört uns – warum ist denn noch nichts passiert?«

»Weil es falsch läuft. Ganz falsch. Licht und Schatten können nicht auf diese Weise zusammenkommen.« Hanna schüttelte den Kopf. Da war noch etwas, gleich würde sie es wissen ...

Der König in ihrer Zelle. Ganz nah. Sie konnte etwas spüren, das von ihm ausging, wie man an einem bewölkten Tag sagen konnte, wo die Sonne stand. Ein Strahlen, eine Wärme, eine Kraft, die bis ins Herz drang.

Es wird so kommen ...

Finsternis.

»Nein«, dachte sie laut. »Wenn niemand mehr übrig ist aus der Familie des Lichts, wird es zu Ende sein. Dann gehen die Lichter aus, verstehst du? Es wird keine Heilung geben und keine wundersame Erlösung. Nur das Dunkel.«

»Wer behauptet das?«

»Der König«, antwortete Hanna. »Der König des Lichts. Er hat es mir gesagt.«

»Warum sollte er recht haben und nicht Kunun? Der König weiß auch nicht alles. Er irrt sich. Er hätte die Sache längst beenden können, wenn er die Vampire in die Stadt gelassen hätte.«

Nur die Finsternis. Sie erinnerte sich an Faranks Gesicht, an die abgrundtiefe Traurigkeit in seiner Stimme. *Ich kann ihnen nicht verzeihen, ich darf nicht …*

»Er hat an das geglaubt, was er gesagt hat.«

»Natürlich hat er das. Meinst du, er würde versuchen, seine eigenen Kinder umzubringen, wenn er nicht daran glauben würde?«

Hanna schloss die Augen, während sie nachdachte, während sie die Worte zu sich rief, die Gesichter. *Mattim in der Zelle. Die Königin mit ihrer Geschichte. Ein Glas Wasser. Mattim, der vor dem Licht zu Boden ging.*

Du würdest vor mir auf die Knie fallen, wenn du wüsstest, was du getan hast …

Eine Geschichte. Wölfe. Der Wolf wurde in die Wälder verbannt, und der erste König des Lichts gründete eine Stadt, um das Dunkel auszuschließen.

Die Wölfe mussten zurückkehren, und die Kinder des Lichts mussten ihnen entgegengehen. Sie mussten zusammenfinden, um heil zu werden.

Nur wie konnten sie heil werden, wenn die Wölfe das Licht auslöschten? Was blieb, wenn sie alle, ausnahmslos, Schatten wurden?

Hanna fühlte, wie ihr ein Schauer durch Mark und Bein ging. Sie öffnete die Augen und sah Réka an.

»Ich glaube, der König hat recht.«

»Aber Kunun …«

»Sie haben beide recht. Wölfe und Kinder des Lichts müssen zueinanderfinden. Jedoch nicht, indem die Schatten das Licht auslöschen. Das kann nicht der richtige Weg sein. Es wird in der Finsternis enden.«

Sie sprang auf. »Wir müssen sie warnen! Oh Gott, sie dürfen den König nicht verwandeln! Jeden, nur nicht den König!«

»Was passiert denn dann?«, fragte Réka zaghaft.

»Der König weiß es«, sagte Hanna. »Er weiß, wie es enden wird. In Finsternis. Réka, wo sind sie hin? Kommen wir zu spät? Wir müssen sie aufhalten! Unbedingt!«

»Ah«, sagte Kunun. »So treffen wir uns wieder.«

Farank stand an der Mauer, vor ihm ein Wolf, groß und langbeinig, mit einem Fell wie ein Kornfeld, ein Wolf mit ernsten grauen Augen.

»Mattim«, rief Atschorek und verzog das Gesicht. »Du alter Hund, bei dir geht aber auch alles schneller als bei anderen, wie? Musst du uns in allem überholen?«

Der König sah aus dem glaslosen Fenster hinunter auf die dunkle Stadt. Immer noch stiegen Schreie empor wie Luftblasen aus den Lungen eines Ertrinkenden. Die Nacht war weit fortgeschritten, im Osten kündigte sich bereits der Morgen an, ein fahler Strich am Horizont eines weiteren düsteren Tages. Farank wandte sich zu ihnen um und musterte sie ungerührt. Alt wirkte er nicht. Ein Mann, stark bis zum letzten Atemzug. Ein kühler Luftzug strich durch sein Haar. Das Licht flammte in ihm auf, spiegelte sich in ihm und vervielfachte sich.

»Der letzte Tag«, sagte der Lichtkönig ruhig. »Der allerletzte. Falls es euch nicht doch in den Schädel will, dass wir alle verlieren werden, wenn ihr das Licht auslöscht. Das ist nicht allein meine Niederlage. Es ist eure. Akink wird verlöschen, endgültig und für immer.«

»Du irrst dich, Vater«, sagte Kunun. »Es wird neu geboren. Es wird aus der Dunkelheit neu entstehen, ein anderes, sanfteres Licht. In einer Stadt, die Raum für uns alle hat. Wir sind hier, um erlöst zu werden.«

»Du Narr«, sagte der König verächtlich. »Du lichtloser Narr. Selbst dein Verstand ist trübe. Du willst eine neue

Stadt? Du willst ein neues Licht? Nichts davon wirst du bekommen. Nur Finsternis. Nichts als Finsternis.« Er lachte freudlos. »Aber ich werde mich nicht einreihen in die Geschöpfe der Dunkelheit.« Plötzlich hielt er einen Dolch in der Hand, edelsteinbesetzt. Das Licht brach sich auf der messerscharfen Klinge, ein schmaler Streifen Glanz. »Ihr bekommt mich nicht lebend.«

Sie stürzten alle vorwärts, Wölfe und Schatten, und im selben Moment hörten sie eine Frauenstimme schreien: »Beißt ihn nicht! Nein! Beißt ihn nicht!«

Hanna und Mirita kamen die Treppe hoch, hinter ihnen Réka.

Bela, schwarz wie eine wolkige Nacht, schob sich leise wie ein Schatten heran.

»Beißt ihn nicht! Es wird alles finster, wenn ihr …«

Rékas Schmerzensschrei unterbrach sie.

»Macht es aus!«, heulte sie. »Macht das Licht aus! Es brennt!«

Die Wölfe wandten den Mädchen das Gesicht zu, Kunun und Atschorek starrten sie an.

»Beißt ihn nicht«, sagte Hanna unbeirrt. Sie richtete den Blick auf Mattim, auf den herrlichen goldenen Wolf, der dem König am nächsten stand. »Weißt du noch, wie du gesund wurdest, wie das Licht die Narben geheilt hat? Er muss dich umarmen, Mattim. Er muss euch alle umarmen. Vielleicht reicht es sogar, um euch zurückzuverwandeln, wenn die Liebe nur groß genug ist.«

»Ach?« Kunun lachte spöttisch. »Nun, wie ist es, Vater? Möchtest du das tun? Willst du uns an dein Herz drücken und uns mit deinem Licht versengen?«

König Farank hob abwehrend die Hand. »Keinen Schritt näher!«

»Mach dir keine Sorgen«, sagte Kunun. »Wie du dir

zweifellos denken kannst, geht es mir schon jetzt nicht wirklich gut in deiner Gegenwart. Deshalb werden wir das auch sofort beenden. Ah, ich wünschte, ich hätte mich ebenso leicht verwandelt wie du, Mattim. Na gut, wer von euch Wölfen will es tun? Du, Bela?«

»Mattim«, flüsterte Hanna. »Du weißt, dass ich recht habe.« Sie sahen einander an und wussten es beide. Alles, was gewesen war. Alles, was sie bis hierhergebracht hatte. Hier, beim Licht, war die einzige Hoffnung auf Erlösung.

Der goldene Wolf stimmte ihr mit einem Blick zu, dann wandte er sich dem König zu.

»Nein!«, schrie Farank.

»Sie Idiot!«, rief Hanna. »Er kommt nicht, um Sie zu beißen, sondern damit Sie ihn heilen!«

Mattim blickte in die Augen seines Vaters. Der König zögerte. Immer noch hielt er das Messer umklammert, so fest, dass die Sehnen an seinen Händen hervortraten.

»Er ist es, er ist Mattim ... Und Sie lieben ihn. Wissen Sie das denn nicht mehr? Sie lieben ihn.«

Mattim hörte Hannas leise Stimme. Sie sprach aus, was er nicht sagen konnte, sie, die jeden seiner Gedanken teilte und jedes seiner Gefühle mit ihm durchlebte.

Mattim gab sich und alles, was er empfand, hinein in seinen Blick, als er langsam auf den König zuging.

»Wissen Sie noch, wie Sie beide auf der Brücke standen? Vor Ihnen das Land und der Fluss? Das ist Mattim, und Sie lieben ihn.«

Vater.

Da veränderte sich etwas in den Augen des Königs. Etwas ging darin auf ... Farank streckte die Hand aus und beugte sich nach vorne.

Vorsichtig reckte Mattim den Kopf vor. Er sehnte sich

nach der Berührung dieser Hand. So sehr nach der Hand seines Vaters. Nach dem Licht. Ja, auch das. Aber noch viel mehr nach diesem Mann und seiner Zuneigung. Es ging nicht um Licht und Schatten, um Mensch oder Wolf. Nur um Vater und Sohn. Mattim fühlte die Hand auf seinem Kopf, zwischen den Ohren. Er schob sich noch näher heran, in die Umarmung, in das Licht. Er fühlte es, nicht mehr brennend, sondern warm und verlockend, und machte noch einen Schritt nach vorne, noch näher … Seine Nase sog den Geruch des Lichts ein. Nicht nur der Mensch und sein Angstschweiß, sondern das Licht selbst, ein Duft nach Sommer, nach welkem Jasmin …

Aus den Augenwinkeln sah er etwas aufblitzen, er hörte Hannas Aufschrei – und instinktiv schnappte er zu. Bela und Wilder reagierten schneller als der Blitz. Der König fiel nach hinten, über ihm alle drei Wölfe. Entsetzt sprang Mattim zurück.

Immer noch erfüllte ein schwaches Leuchten die Turmstube; in diesem Licht lag Farank vor ihnen wie ein Toter.

Alles war still, als er sich aufrichtete. Die Klinge seines Dolchs war unbefleckt.

Nie würde Mattim diesen Blick vergessen. Anklagend und fassungslos. »Also doch«, flüsterte sein Vater. »Also doch. Nun wird alles finster.« Er nahm die Hand von seinem Hals und betrachtete die blutverschmierten Finger. »Finster«, wiederholte er, untröstlich.

Dann verblasste das Licht, als würde jemand Schleier um Schleier über eine Lampe breiten. Und ging aus.

Sie standen im Dunkeln.

EINUNDDREISSIG

AKINK, MAGYRIA

Es war dunkel, oben auf dem Turm. Ihre Augen gewöhnten sich langsam daran, nahmen die Gestalten wahr, die sich auf der Plattform befanden. Schatten und Wölfe.

»Kunun?« Rékas Flüstern im Dunkeln. »Wo bist du?«

»Hier. Hab keine Angst. Gleich wird es wieder hell. Ein Licht, das dich nicht verbrennt. Warte nur eine Weile.«

»Nein. Oh nein, nein!« Sie alle hörten das verzweifelte Weinen des Königs.

Hanna fühlte, wie ein Wolf zu ihr kam. Sein heißer Atem streifte ihr Gesicht. Sie grub ihre Hand in sein weiches Fell und drückte ihn an sich.

»Ach, Mattim. Was ist nur passiert!«

Er lehnte den Kopf an ihre Brust. Sie hatte keinen Trost für ihn. Und auch nicht für sich.

»Na, das ist ja wunderbar gelaufen«, meinte Kunun. »Einen Moment habe ich wirklich gedacht … Aber es war wohl ein Fehler, zu erwarten, der untadelige König des Lichts könnte seine Kinder willkommen heißen.«

Von draußen hörten sie den Lärm der Stadt. Dort, wo immer noch Menschen durch die Straßen gejagt wurden, wo Wölfe bellten und knurrten, wo neue Brände knisternd und zischend Flammen versprühten.

Sie warteten.

Hanna verbarg ihr Gesicht im Fell des Wolfes.

»Ich bin ein Schatten«, sagte Réka. »Ich bin jetzt wie

du, Kunun. Von nun an können wir für immer zusammen sein.« Als er schwieg, fügte sie mit zittriger Stimme hinzu: »Möchtest du nicht, dass ich bei dir bleibe?«

»Du bist ein Kind«, knurrte Kunun. »Du kannst nicht bei mir bleiben.«

Atschorek lachte leise. »Ein Schatten, den das Licht verbrennen kann. Wohin willst du sie schicken, Kunun? Nach Hause? In ihre glückliche Familie? Willst du ihr beibringen, wie sie das Leben aus dem Hals ihrer Lieben saugen soll? Oder wie sie auf den Straßen auf Pirsch geht, damit sie am nächsten Tag in die Schule kann, ohne zu Staub zu zerfallen?«

»Wenn du bei mir bist, dann werde ich das tun«, sagte Réka.

»Nein!« Hanna räusperte sich. Ihre Kehle kratzte. Zu viel Rauch, zu viel Dunkelheit hatte sie eingeatmet. »Das erlaube ich nicht. Ich erlaube nicht, dass du so lebst. Dass du Menschen überfällst! Nein!«

»Dann muss sie hierbleiben«, sagte Atschorek. »Hier gibt es kein Licht mehr, das ihr schaden könnte.« Sie klang geradezu munter. »Wir richten dir ein schönes Zimmer ein, wie würde dir das gefallen? Ein Zimmer wie für eine Prinzessin.«

»Wird es immer dunkel sein?«, fragte Réka leise, ihre Stimme voller Entsetzen. »Immer?«

»Wir zünden Kerzen an. Viele Kerzen. Und Öllampen. Es wird dir hier gefallen, meine Liebe.«

Kunun stand am Fenster, so wie vorher der König. Die Flammen der brennenden Stadt warfen einen zuckenden Schein auf sein zerfurchtes Gesicht.

Hanna streckte die Arme aus, und Réka warf sich hinein.

»Grüß Mama und Papa«, bat sie. »Und Attila. Sag ihnen – ach nein, sag ihnen nichts. Sie glauben es ja doch nicht.«

Es war auch nicht zu glauben. Hannas Verstand weigerte sich, es zu akzeptieren, und ihr Herz schien nicht mehr zu schlagen; sie spürte nichts als einen dumpfen Schmerz in der Brust.

»Réka – es tut mir so leid.« Dann sagte sie: »Ich werde auch hierbleiben. Mit dir. Ich lasse dich nicht allein in dieser fremden Stadt. Ich bleibe bei dir.«

»Nein«, widersprach Atschorek streng. »Du willst hierbleiben, Hanna, in einem Akink der Schatten? Du als einziger lebender Mensch? Deine Lebendigkeit strömt aus allen Poren. Du kannst nicht unter uns leben.«

Der Wolf stand neben ihr. Seine Wärme gab ihr Kraft, und trotzdem war es nicht genug. Nicht genug, um zu begreifen, was gerade geschah, und um zu vergessen, dass dies ein Abschied war.

Sie weinte laut. »Réka! Mattim! Ich kann nicht gehen!«

»Sieht ganz so aus, als hättest du nicht nur eine Welt zerstört, Kunun.« Der König ließ ein bitteres, spöttisches Lachen hören und wandte sich zur Treppe.

»Wohin gehst du?«, rief Kunun.

»Was geht dich das an?«, fragte Farank. »Willst du, dass ich dir diene, in meinem eigenen Schloss, meiner eigenen Stadt? Soll ich mein Elend vor dir hertragen wie ein Banner vor dem schwarzen König?«

Der goldene Wolf ließ ein Winseln ertönen und wollte ihm nach, doch der ehemalige Lichtkönig warf ihm nur einen Blick zu, dunkler und sengender als Asche. »Ich habe an dich geglaubt, Mattim. Immer wieder, immer aufs Neue. Aber deine Seele ist schwärzer als die Nacht über Akink. Ich fürchte mich davor, wozu ein Wesen fähig ist, das so tief gestürzt ist.«

Niemand versuchte ihn aufzuhalten.

Kunun tastete mit den Fingern über seine Narben.

»Komm, Hanna«, sagte Atschorek und hielt ihr den ausgestreckten Arm entgegen. »Ich bringe dich durch die Pforte.«

»Schaff sie endlich weg«, befahl Kunun.

Hanna beugte sich hinunter und schlang ihre Arme um den Nacken des Wolfes, der sich nicht rührte, als hätten die Abschiedsworte seines Vaters ihn niedergestreckt wie Schwertstreiche. »Leb wohl«, flüsterte sie.

Dann ergriff sie Atschoreks Hand.

Es war die Pforte, die durch die Verwandlung des Königs entstanden war. Sie standen in der Burg, vor ihnen der Blick auf das erleuchtete Pest, ein Meer von Häusern unter der morgendlichen Sonne. Das breite Band der Donau lag funkelnd unter ihnen.

Atschorek betrachtete Hanna mit einem ungewohnt liebevollen Blick. Zärtlich pflückte sie ihr eine Ascheflocke aus dem Haar.

»Werden wir es je erfahren?«, fragte die Schattenfrau nachdenklich. »Was passiert wäre, wenn der König das Messer nicht gezogen hätte?«

»Du meinst, was passiert wäre, wenn ich nicht geschrien hätte. Ich dachte, er wollte ihn erstechen!« Im Turm hatte sie es nicht aussprechen können, doch jetzt kam der Gedanke mit aller Macht zurück: dass es ihre Schuld gewesen war.

»Vielleicht wollte er es ja nur weglegen. Um beide Hände frei zu haben. Um Mattim richtig umarmen zu können. Was wollte er tun, Atschorek? Habe ich Mattim das Leben gerettet? Oder bin ich schuld an – an der Nacht? Und daran, dass nun alles verloren ist?«

Die rothaarige Vampirin verzog die Lippen zu einem wehmütigen Lächeln. »Ach, Hanna. Das Licht wird unsere Wunden nicht heilen. Es wird uns hinausstoßen oder verbrennen oder jagen oder im Fluss versenken. Mach dir keine Vorwürfe, meine Liebe. Geh nach Hause. Vielleicht treffen wir uns mal zum Tee in meiner Villa? Obwohl ich immer noch nicht backen kann.«

»Und Mattim.« Hanna brachte die Worte kaum heraus. »Gibt es nichts …?«

Atschorek sah an dem Mädchen vorbei auf die helle Stadt, die unerträglich helle, freundliche Stadt. »Mach dir um Mattim keine Sorgen. Er ist das, was er immer sein wollte. Sein Traum hat sich erfüllt. Wie enttäuschend wäre es gewesen, wenn der König es tatsächlich geschafft hätte, ihn zurückzuverwandeln!«

»Ich fürchte mich«, flüsterte Hanna. »Nach Hause zu gehen und den Szigethys zu sagen, dass sie ihre Tochter nie wiedersehen werden. Wie kann ich ihnen erklären, dass Réka in Magyria ist? In einem dunklen Zimmer, in einer dunklen Stadt … Wie soll ich damit leben? Und wie sollen sie damit leben, wenn sie nie erfahren, was mit ihr geschehen ist?«

Atschorek öffnete den Mund, um ihr zu antworten. Die Sonne stieg höher, blendend; die Schattenfrau hob die Hand gegen das gleißende Licht, machte einen Schritt rückwärts und verschwand.

Der Himmel über Budapest war blau. Die Farbe schien über der Stadt zu fließen wie auf einem Aquarellgemälde, ein paar kleine Wölkchentupfer verliehen dem Bild Tiefe.

Hanna sah nicht nach oben. Sie starrte nach unten, auf ihre Schuhspitzen. Abgeschürft waren sie, von den Steinen Akinks, zerkratzt und staubig.

Ich werde sie nicht putzen, dachte sie. *Als könnte ich Akink abschütteln, so als wäre nichts gewesen.*

»Ich kann Ihnen nicht so recht glauben, dass Sie nichts wissen«, sagte der Kommissar mit dem prächtigen Schnauzbart.

»Da kann ich Ihnen nicht helfen«, murmelte Hanna. »Wirklich nicht. Das habe ich schon hundertmal gesagt.«

Wie konnte man überhaupt sprechen, wenn einem die Verzweiflung die Kehle zuschnürte? Wenn man versinken wollte, in den Schatten tauchen und fliehen – und es nicht konnte?

»Wir wissen, dass Sie im Garten waren. Sie und Réka. Und noch jemand. Wer? Als Herr Szigethy nach draußen lief, war niemand mehr da. Unser Team hat Blutspuren gefunden.«

»Es war ein Hund«, sagte Hanna. »Ein Hund, der sie gebissen hat. Sie ist weggelaufen, in Panik, und ich bin ihr nachgerannt, um sie zurückzuholen. Ich habe sie nicht mehr gefunden. Das habe ich auch Mónika und Ferenc erzählt. Es gibt keine andere Geschichte als diese. Das habe ich auch Ihren Kollegen gesagt.«

»Eine Woche«, sagte er eindringlich. »Die Szigethys vermissen ihre Tochter seit einer Woche! Herrgott, wie kann ich Sie dazu bringen, mir zu sagen, was wirklich passiert ist!«

»Vielleicht kommt sie wieder.«

»Hier verschwinden ein paar Leute zu viel im Moment. Die deutsche Botschaft macht tierisch Druck. Zuerst ging ein junger Mann verloren, irgendwo in Pest wurde er zuletzt gesehen. Wir wissen nicht, ob er auch etwas mit diesem Fall zu tun hat. Dann die elf Touristen, die ins Labyrinth gingen und nie wieder herauskamen. Nun Réka. Ist es ein Zufall, dass auch Attila verschwunden war und dass Ihr Freund ihn zurückbrachte?« Er seufzte. »Ich habe Sie aus einem bestimmten Grund nicht noch mal ins Präsidium gebeten. Ich wollte hier mit Ihnen reden, damit Sie wirklich frei sprechen können. – Kennen Sie Herrn Magyar?«

»Wen?«

»Kunun Magyar.« Er wartete gespannt auf Ihre Reaktion.

»Ja«, sagte sie dumpf. »Ich kenne Kunun.«

Kommissar Bartók atmete tief durch. »Ihnen ist sicher bekannt, was er ist? Ich meine, was er wirklich ist?«

Überrascht hob Hanna den Kopf. »Sie wissen Bescheid?«

»Sagen Sie mir, was geschehen ist.«

»Was ist er?«, fragte sie fordernd. Als wäre es ein Losungswort, ein geheimes Zeichen, mit dem er sich als Eingeweihten ausweisen konnte.

»Ein Vampir.« Herr Bartók wurde blass bei diesem Wort, als sei es verboten, es auszusprechen. »Es hat etwas mit den Vampiren zu tun, habe ich recht? Wohin sind all diese Leute verschwunden? Was ist mit dem Mädchen? Sind sie alle tot?«

»Réka«, begann Hanna langsam, »ist drüben. In Magyria.«

»Magyria«, wiederholte er leise, als sei auch dies ein Zauberwort.

»Und ich habe doch noch eine andere Geschichte. Wollen Sie sie hören?«

Woher nahm sie den Mut, all das auszusprechen, was sich kaum denken, kaum erinnern ließ? Während sie erzählte, war es ihr egal, ob er ihr glaubte.

»Es ist zwecklos, die verschwundenen Touristen zu suchen«, sagte sie, nachdem sie geendet hatte und der Kommissar immer noch schwieg. »Sie werden im Labyrinth keine Leichen finden. Sie sind ins Tageslicht hinausgelaufen.«

Er nickte.

»Den jungen Mann, der in Pest verschwunden ist, hat dasselbe Schicksal ereilt.«

Wieder nickte er. »Wird das noch öfter passieren?«

»Nein«, sagte sie. »Es werden keine Schattenwölfe mehr nach Budapest kommen. Nur die Schatten. Und ihr Biss bringt Vergessen. Sie können hier niemanden verwandeln.«

»Sie werden herkommen? Obwohl Akink nun ihnen gehört?«

»Eine Stadt in der Finsternis. Die Schatten sehnen sich nach dem Licht. Mehr, als Sie und ich uns vorstellen können. Es hat sie angezogen. Wie die Motten sind sie dorthin geschwärmt, um sich am Licht zu verbrennen. Sie können nicht im Dunkeln leben. Natürlich werden sie weiterhin kommen. Kunun hatte mehrere hundert Schatten hier in Budapest. Jetzt herrscht er über eine ganze Stadt voller Schatten, die alle nach dem Licht gieren. Tausende. Verstehen Sie?«

Der Kommissar schnappte nach Luft. »Tausende?«

»Tausende. Ihnen ist klar, dass es genauso viele Pforten gibt wie Schatten? Sie werden von überall kommen. Hierher ins Licht. Und tun, was sie tun müssen, um das Tageslicht auszuhalten.«

Bartók fuhr sich mit der Hand über die Augen. »Manchmal frage ich mich, ob es die richtige Entscheidung war, als ich die Möglichkeit ausgeschlagen habe, alles zu vergessen.«

»Kann ich jetzt nach Hause gehen?«, fragte Hanna. »Ist das Verhör beendet?«

Ihr Spaziergang hatte sie wieder vor die Villa der Szigethys geführt.

Kommissar Bartók nickte. »Es gibt also keine Möglichkeit, sich zu schützen? Knoblauch, Kreuze, Weihwasser?«

Hanna lächelte nur.

»Wann werden sie kommen?«

Sie öffnete das Gartentor. »Zu mir kommen sie nicht mehr.«

Manchmal erwachte sie von einer Stimme, die im Dunkeln flüsterte. Sie konnte nicht erkennen, wem diese Stimme gehörte, die aus ihren Träumen aufstieg. War es die Königin, die ihr eine Geschichte erzählte, immer dieselbe Geschichte? Immer dieselben Worte, die sich Hanna in jener furchtbaren Nacht im Verlies eingeprägt hatten. Sie schlief – und schlief schlecht –, und es war, als würde die Königin an ihrem Bett sitzen.

Da rief das Mädchen den Wolf zu sich. Sie streckte die Hände nach ihm aus und hielt ihn fest.

Sie hielt ihn fest, hielt ihn fest …

Aber wenn Hanna die Augen öffnete, saß niemand an ihrem Bett. Sie starrte in die Dunkelheit und wünschte sich, dass Mattim durch die Wand treten möge. Mattim, nicht ein Wolf. Mattim, der Junge mit dem goldenen Haar, ihr Mattim. Dann schnürte der Schmerz ihr die Kehle zu, und sie würgte an ihrem Schluchzen, bis sie glaubte, daran sterben zu müssen. Aber es war viel schwerer, an Kummer zu sterben, als sie geglaubt hatte. Wie ein Schatten fühlte sie sich, wie jemand, der nicht richtig lebte und dennoch nicht aufhören konnte zu existieren. Auch ohne Herz musste man weitermachen, immer weitermachen, und wie ein

Schatten durch den Tag wandern und des Nachts an der Einsamkeit ersticken.

In einer dieser Nächte, in denen sie nicht wusste, wohin, nicht wusste, wie sie den Schrei in ihrer Kehle ungeschrien herunterschlucken sollte – denn er hätte ganz Budapest geweckt –, ging Hanna hinunter in die Küche. Sie öffnete den Kühlschrank und starrte hinein, ohne Appetit, bis die Kälte ihr die Beine hochkroch. Mit einem Glas Wasser setzte sie sich in den Wintergarten, ohne Licht zu machen. Der Korbstuhl knarrte leise.

Sie saß ganz ruhig da. Eine Statue, eingefroren im Winter, die der Frühling vergessen hatte.

Der Garten war nicht ganz dunkel, wenn die Augen sich erst einmal daran gewöhnt hatten. Der Schein, der jede Nacht über der Stadt lag, leuchtete über ihm wie immerwährender Vollmond. Nur unter den Tannen war es völlig finster.

Eine seltsam lebendige Dunkelheit, ein bewegter Schatten, als zauste Wind die Bäume und ließe ihre Äste schaukeln.

Hanna stand auf und öffnete leise die große Glastür. Sie trat hinaus in die milde Sommernacht.

»Hanna.« Ein Flüstern unter den Bäumen.

»Wer ist da?«

Réka lachte leise. »Endlich! Ich habe schon gestern darauf gehofft, dass du mich siehst. Ich hab Steine an dein Fenster geworfen, hast du mich nicht gehört? Ich dachte schon, du bist nach Deutschland zurückgefahren.«

»Ich kann nicht zurückfahren«, sagte Hanna. »Attila braucht mich, ich kann ihn nicht ausgerechnet jetzt alleine lassen.« Sie wollte nicht verraten, dass Mónika außerstande war, sich um ihren Sohn zu kümmern. »Was tust du hier?«

»Was wohl? Ich besuche dich. Und ich wollte das Haus sehen. Mama und Papa schlafen, oder?« Sie zögerte. »Ist es sehr schlimm für sie?«

Wenn Réka eine Ausreißerin gewesen wäre, die vor der Wahl stand, wieder zurückzukommen, hätte sie ihr von den Tränen erzählt. Davon, wie Mónika, weiß wie die Wand, durch das Haus schlich. Wie Ferenc zur Arbeit fuhr, mit einem Gesicht aus Stein. Wie Attila fragte und fragte und fragte. Wo ist sie denn? Wann kommt sie nach Hause? Warum weint ihr? Sie kommt doch zurück? Oder? Sie kommt doch zurück?

Aber Réka konnte nicht bleiben, daher sagte Hanna schlicht: »Sie vermissen dich.«

»Mach nicht so ein Gesicht. Ich habe ein wunderschönes Zimmer bekommen, mit Blick auf den Donua. Atschorek bringt mir aus der Stadt mit, was ich haben möchte. Ich weiß, ich muss nichts essen, trotzdem fühlt es sich einfach besser an. Kunun sehe ich nicht oft, aber wenn er da ist, ist er total nett. Er ist jetzt König, denn der alte König ist nicht mehr zurückgekommen. Wir haben die ganze Burg für uns. Und weißt du, was das Beste ist? Dass ich nicht mehr zur Schule gehen muss!«

»Ich könnte dir deine Bücher bringen.«

»Bloß nicht! Muss ich in Akink rechnen? Oder Englisch können? Ein Fernseher wäre nicht schlecht, aber sie haben dort keinen so guten Empfang.« Réka kicherte über ihren kleinen Scherz. »Also, mach dir nur um mich keine Sorgen. Wenn ich Heimweh habe, komme ich hierher in den Garten. Es ist fast, als würde ich hier noch wohnen, nur eben nachts. Es fühlt sich an wie Ferien.« Das Mädchen umarmte Hanna stürmisch.

»Und – Mattim?« Sie hatte nicht nach ihm fragen wollen. Sie hatte, sobald sie Réka erkannt hatte, sofort den Vorsatz gefasst, seinen Namen nicht zu erwähnen. So wie sie jeden Abend, wenn sie schlafen ging, versuchte, sein Bild aus ihrem Kopf zu verdrängen. Nicht an ihn zu denken, damit das Leben weitergehen konnte – was natürlich zwecklos war. Genauso wenig konnte sie diese Frage verhindern.

»Mensch, Hanna«, sagte Réka. »Ich hatte gehofft, du fragst nicht.«

»Wie geht es ihm?«

»Kunun behauptet, er wäre glücklich. Sie wären alle glücklich, die Wölfe. Es ist das, was uns Schatten alle erwartet. Kannst du dir vorstellen, dass auch ich eines Tages ein Wolf sein werde? Wo ich nicht einmal Pudel leiden kann?«

»Hast du ihn gesehen?«

»Er wird fortgehen«, sagte Réka. »In die Wälder. Mit den anderen Schattenwölfen. Es sind zu viele Wölfe in Akink, Kunun hat schon einen großen Teil von ihnen weggeschickt. Sie müssen essen. Sie jagen, und weil es so schrecklich viele sind, ist rund um Akink nicht mehr viel Wild übrig.«

Auch wenn Mattim unerreichbar für sie war, hatte es Hanna irgendwie getröstet, sich vorzustellen, wie er in Akink lebte. Wie ihre Wege sich vielleicht manchmal kreuzten, wenn sie durch die Straßen ging. Dass sie, wenn die Sehnsucht nach ihm mit Macht in ihr aufstieg, vielleicht gerade an derselben Stelle vorübergekommen war wie er in Akink. Nur ein Schritt trennte sie voneinander, nur eine Pforte, die nicht vorhanden war und durch die keiner von ihnen gehen konnte. Aber wenn er nicht mehr in der Stadt war …

Was wusste sie von Magyria? Wenn sie an ihn dachte, wo sollte sie sich ihn vorstellen? Ein Land, bevölkert von Schatten. Wo lagen seine Grenzen? War überall Finsternis, oder gab es irgendwo wieder Licht? Wie sollte der Wald denn weiterexistieren, in einer ewigen Nacht, wie sollten die Pflanzen überleben und die Rehe, die sich von ihnen ernährten, und die Wölfe, die auf der Jagd waren? Aber vielleicht hatte das alles in Magyria auch keine Bedeutung. Ein Traumland. Ein Traumwald.

»Tut mir leid«, sagte Réka leise.

»Bring mich zu ihm«, bat Hanna. »Ich möchte ihn noch einmal sehen. Ich muss mich von ihm verabschieden.«

»Atschorek hat es verboten. Sie sagt, die Wölfe müssen gehen, und es würde ihm unnötig schwerfallen, wenn du kommst.«

Hanna schluckte. »Kann sie das nicht uns entscheiden lassen? Ihn und mich? Da hat Atschorek sich gar nicht einzumischen.«

»Tut mir leid«, sagte Réka noch einmal. »Ich werde dich ab und zu besuchen.«

»Wann?«, rief Hanna schnell. »Wann wird er gehen?« Sie streckte die Arme aus, um Réka festzuhalten, aber es war zu spät. Einen Moment später stand sie alleine unter der großen Tanne.

Ihre bloßen Füße waren kalt, als sie zurück in den Wintergarten schlüpfte. Sie merkte es kaum. Das Zittern, das durch ihren ganzen Körper lief, hatte mit Kälte nichts zu tun.

Das Foto von Mattim. Sie betrachtete es immer wieder, obwohl sie jedes Detail kannte, obwohl sie es hätte zeichnen können. Das blonde Haar fiel ihm über die Stirn. Es sah aus, als ob er schliefe. Hatte sie sich da in ihn verliebt? Als sie in seinen Anblick versunken war, ohne dass er es merkte, und begriff, dass sie nie wieder auf dieses Gesicht verzichten konnte?

Mattim, als sie ihn wiederfand, gequält von dem Gedanken an das, was er getan hatte. Mattim, der sie mitten auf dem Bürgersteig geküsst hatte. Mattim in Atschoreks Haus, ein fröhlicher Mattim, der ohne Bitterkeit lachen konnte. Mattim, als sie ihm Budapest gezeigt hatte. Ihr gemeinsames Lernen. Mattim mit Attila, ausgelassen, kumpelhaft. Und dann der andere Mattim im Verlies, erfüllt von brennendem Hass. Der andere Mattim, der gegen Akink gezogen war, um Réka zu retten, und mit einer Entschlossenheit vorgegangen war, die ihr manchmal Angst gemacht hatte. Und ihm auch. Dieser Mattim, der nicht wusste, wozu er fähig war. Der Mattim, der den König gebissen hatte, als dieser ihn umarmen wollte – oder erstechen. Es nie zu wissen, nie … wie unerträglich. Aber vielleicht wäre es noch schlimmer gewesen, die Wahrheit zu kennen.

Deine Seele ist so schwarz wie die Nacht über Akink …

Nein! Sie wünschte sich oft, sie könnte mit dem König reden, ein einziges Mal, und ihm erklären, dass das nicht stimmte.

Wir hatten doch gar keine Wahl. Wir mussten Réka retten. Und sind so den von Kunun vorbereiteten Pfad gegangen … Wie hatte der Weg so tief hinunterführen können, so unumkehrbar ins Dunkel?

Hanna weigerte sich, an den Wolf zu denken. Sie sah nur den Jungen vor sich, den sie liebte, nur den Jungen mit den grauen Augen. Nie das Tier.

Lass ihn gehen. Du hast ihn schon verloren. Was kann noch schlimmer sein? Es ist unwiderruflich. Er ist, was er ist. Du kannst ihn nicht erlösen. Die Wölfe wurden in den Wald geschickt, und es kann nie, nie wieder werden, was war. Nie. Es gibt keine Erlösung.

Kununs Traum ist geplatzt.

Sie konnte nicht schlafen. Die Tage drehten sich um Attila, den sie in die Schule brachte und wieder abholte, für den sie kochte und mit dem sie spielte. Er war ungewöhnlich brav in dieser Zeit, in der Mónika mit ungekämmtem Haar am Küchentisch herumsaß und nicht zur Arbeit ging, weil sie darauf bestand, das Telefon zu bewachen. Sie wollte daheim sein, wenn ein Anruf von Réka oder ihren Entführern oder der Polizei kam. Sie stürzte an die Tür, wann immer es klingelte, in der Hoffnung, ihre Tochter könnte davorstehen. Ferenc stritt darüber mit ihr.

»Komm endlich wieder zu dir! Es nützt Réka gar nichts, wenn du dich gehen lässt! Gar nichts! Mach dir die Haare, und geh in die Musikschule, sonst bist du deinen Job bald wieder los!«

»Du kannst das nicht verstehen«, sagte Mónika leise.

»Ach, nein? Zufällig ist es auch meine Tochter, die verschwunden ist!«

Gleich würden sie wieder laut werden. Hanna nahm Attila bei der Hand und führte ihn schnell in sein Zimmer.

»Du wolltest doch noch aufräumen.«

»Ja.«

Nie zuvor hatte er Ja gesagt, wenn es ums Aufräumen ging. Nie hätte er an ihrer Seite geduldig sein Spielzeug sortiert.

Sie wuschelte ihm durchs Haar.

Eine Traumstadt für einen Jungen. Attila. Er würde nie erfahren, dass sie für ihn eine Bresche in Akinks Verteidigung geschlagen hatte. Dass das der erste Schritt gewesen war auf dem Weg, der Réka dazu gebracht hatte, sich von Wilder beißen zu lassen. *Eine Traumstadt für einen Jungen. Eine Schwester für einen Bruder.*

»Ich bin fertig«, sagte er. »Erzählst du mir jetzt eine Geschichte?«

Die ersten Worte überraschten sie selbst. Es war nicht eine der Geschichten, die sie ihm normalerweise erzählte, aber es war die erste, die ihr in den Sinn kam. Es war die Geschichte, die sie jede Nacht träumte, die die Stimme ihr ins Ohr flüsterte, damit sie sie auf keinen Fall vergaß.

»Vor langer Zeit, als Magyria noch voller Zauber war, das Land der Magie, pflegten die Menschen hin und wieder die Grenzen von Traum und Wirklichkeit zu überschreiten …«

Die Geschichte der Wölfe. Der Dunkelheit und des Lichts. Diese Geschichte, die sie nie wieder loswerden würde.

»… und der Wolf wurde größer und größer und heulte noch immer in den Nächten nach ihm. Da grub der Mann einen Graben und sammelte Wasser darin, bis es ein großer, breiter Strom wurde, damit der Wolf ihm nicht nahe kommen konnte.«

Attilas Augen wurden groß, so gebannt hörte er zu. »Gruselig«, flüsterte er.

»Der Mann und sein Mädchen bekamen Kinder. Ein Kind, hell und strahlend wie das Licht, und eins, das war ein Wolf.« Die Stimme wollte ihr versagen. *Mattim …*

»Die jungen Wölfe warf er hinaus in die Dunkelheit.«

Nein, dachte sie, *nein, nein!*

Es war ihre Geschichte. Und sie durfte nicht wahr sein. Sie musste anders ausgehen. Nicht so!

»Die Söhne und Töchter des Lichts aber standen an der Mauer und blickten zum Wald hin, als wäre dort alles, wonach sie sich sehnten. Da geschah es, dass eines Nachts wieder ein Wolf in jenes andere Land geriet, das nur einen Lidschlag von unserem entfernt war, und dort ein Mädchen fand, schöner als der Morgen, ein Mädchen voller

Licht, das nicht vor ihm erschrak. Traurig wandte er sich ab, denn er konnte sein Fell nicht abwerfen. Da rief das Mädchen den Wolf zu sich. Sie streckte die Hände nach ihm aus und hielt ihn fest. Er biss sie nicht in ihre weißen, bloßen Arme, sondern hielt still, obwohl sie alles war, wonach es ihn verlangte. Da beugte sie sich vor und küsste ihn auf die Stirn und sagte: ›Nimm teil an meiner Seele.‹ Da erhielt der Wolf einen Teil ihrer Seele und wurde ein Mensch.«

Hanna schwieg. Sie starrte auf eine kleine Ritterfigur auf dem Teppich, die Attila übersehen hatte.

»Geht es noch weiter? Ist es zu Ende?«

»Ja«, sagte sie, »das ist das Ende. Sie lebten glücklich und zufrieden, und wenn sie nicht gestorben sind, dann leben sie noch heute. So enden Märchen nun einmal.«

Der Wolf erhielt einen Teil ihrer Seele und wurde ein Mensch …

»Und wenn es möglich wäre?«, flüsterte sie. »Es geht immer nur um den Mann und den Wolf. Die Frau bleibt im Hintergrund. Sie wird nicht gefragt, ob sie das alles will. Ob sie den Wolf wirklich so verabscheut, ob sie ihn weniger lieben würde, wenn sie wüsste, dass er beides ist, Wolf und Mann. Erst durch dieses Mädchen, das tätig wird, wird alles gut. Es ist die Frau, die handeln muss. Die Frau, die die Trennung aufheben muss. Indem sie dem Wolf einen Teil ihrer Seele gibt.«

Attila hörte ihr nicht zu. Er war aufgesprungen und schüttete eine seiner eben gefüllten Kisten wieder auf dem Fußboden aus. »Ich hab einen Wolf«, sagte er, »und einen Ritter. Das ist der Helm, siehst du?«

Es war ein Hund, kein Wolf. Hanna sah dem Jungen beim Spielen zu, ohne sich zu rühren.

Ein Märchen. Nichts als ein Märchen. Aber sie hatte

schon zu viel erlebt, um alles Märchenhafte einfach abzutun.

Wenn dies der Weg ist … Wenn ich Mattim doch noch erlösen könnte …

Sie sprang auf. »Worauf warte ich dann noch?«

ZWEIUNDDREISSIG

BUDAPEST, UNGARN

Réka hatte nicht gesagt, wann die Wölfe Akink verlassen würden. Wenn Mattim erst in den Wäldern war, war es zu spät – wie sollte sie ihn dann jemals wiederfinden? Jetzt musste es geschehen. Jetzt musste sie nach Magyria.

Hanna beugte sich zu Attila hinunter und gab ihm einen Kuss auf die Wange. »Putz dir die Zähne, und geh ins Bett«, sagte sie. »Sei lieb, ja? Ich muss noch einmal weg.«

Durch die geschlossene Wohnzimmertür hörte sie Mónika weinen. Hanna nahm leise die Schlüssel vom Haken und schloss die Tür hinter sich zu.

Draußen umfing sie ein milder, windstiller Abend. Sie zögerte kurz und überlegte.

Die Pforte im Garten? Nein. Das bedeutete einen Fußmarsch durch halb Akink.

Das Haus am Baross tér, wo sie am ehesten auf Schatten stoßen würde? Von denen sie einen vielleicht dazu überreden konnte, sie mitzunehmen?

Aber sie kannte die anderen Vampire zu wenig, um ihnen ihr Anliegen anzuvertrauen. Sie würden ihr sicher gar nicht zuhören. Wenn Kunun angeordnet hatte, dass Akink für sie verboten war, würden sie ihm gehorchen und niemanden durchlassen. Atschorek? Vielleicht war sie in ihrem Haus – oder versteckte sie sich jetzt im Dunkeln, damit niemand ihre Narben bemerkte? Ihre Schönheit war dahin, aber unberechenbar war sie zweifellos immer noch.

Vielleicht ließ sie sich überreden, es konnte jedoch genauso gut sein, dass sie Hanna auslachte oder, schlimmer noch, sie bei sich festhielt, damit sie auf keinen Fall zu Mattim gelangen konnte.

Blieb noch die Pforte im Turm. Ohne darüber nachzudenken, ob es einen Sinn ergab, stieg Hanna ins Auto und fuhr zur Burg hoch. Sie parkte etwas weiter abseits und marschierte zu Fuß den Hügel hinauf.

Wenn sie erst in Akink war, dann würde sie Mattim finden. Daran zweifelte sie nicht, auch wenn er sie schon lange nicht gebissen hatte. Ihre Liebe war so groß, und ihr Herz war bei ihm. Von nichts würde sie sich aufhalten lassen.

Genau hier war es gewesen, an dieser Stelle war sie mit Atschorek herausgekommen. Eine Pforte, durch die angeblich nur Schatten gehen konnten. Aber das war der Weg zu Mattim. Der unsichtbare Faden, der sie mit ihm verband, führte hindurch, sie konnte sich an ihm entlangziehen bis nach Magyria. Das Märchen ging gut aus, und sie bestand drauf, dass auch ihre Geschichte gut ausging.

Sie würde diese Pforte durchschreiten. Jetzt.

Hanna machte einen Schritt vorwärts. Ihre Umgebung veränderte sich nicht. Noch einen, immer hinein in eine Mitte, die sich nicht öffnen wollte. Für einen Beobachter musste es aussehen, als tanzte sie, als spielte sie ein Hüpfspiel, bei dem sie im Kreis herumtänzelte.

»Mattim«, flüsterte sie. »Mattim.« Sie hatte sich erinnert, obwohl das eigentlich unmöglich war. Immer wieder hatte sie sich zurückgeholt, was man ihr genommen hatte. Sie würde auch jetzt nicht davor zurückschrecken, etwas zu tun, was noch kein anderer Mensch vor ihr versucht hatte. Wenn man mit einem Teil seiner Seele jemanden retten konnte, dann war es doch ein Kinderspiel, durch eine unsichtbare Tür zu gehen!

Mattim. Das war ihr Zauberwort, die Losung, die alle Pforten öffnete.

Mattim.

Sie füllte ihren Geist mit seinem Namen.

Und ging hindurch. Dann stand sie oben im Turm, und ihr Blick fiel auf die dunkle Stadt, in der nur ein paar Lampen wie winzige Leuchtkäfer glühten.

Vorsichtig tastete sie sich die Wendeltreppe hinunter. Öffnete eine weitere Tür, diesmal eine Tür aus Holz, die sich mit einem kräftigen Händedruck aufstoßen ließ, und trat auf einen Gang hinaus. Vor ihr saß ein fremder Wolf, der sie mit runden gelben Augen verwundert betrachtete. Es sah nicht aus, als wenn er Wache hielte – aber was gab es in der Stadt der Schatten auch zu bewachen? In einer Burg, über die Kunun als dunkler König herrschte?

»Ist Prinz Mattim hier?«, fragte sie. »Ich bin seine Lichtprinzessin. Bring mich zu ihm.«

Der graue Wolf erhob sich, streckte sich auf eine Weise, die sie an eine Katze erinnerte, und trottete den Gang hinunter, ohne irgendwelche Einwände zu erheben. Es gab keine Fragen, keine Diskussionen. Das war ihr an den Wölfen sympathisch, sie waren viel angenehmere Zeitgenossen als die Schatten. Hanna hoffte nur, dass er sie richtig verstanden hatte. Aber sie hatte die Pforte durchschritten, ohne Hilfe – wie konnte sie jetzt noch scheitern?

Der Wolf führte sie durch Säle, in denen Fackeln an den Wänden flackernde Lichtspiele über den Boden warfen, durch Flure, in denen sie so gut wie nichts sehen konnte und nur seinem nahezu lautlosen Tapsen folgen musste. In einem Raum wanderte sie durch Hunderte oder Tausende von Kerzen, wieder in einem anderen tastete sie sich blind an der Wand entlang.

Dann traten sie auf einmal hinaus ins Freie. Über ihnen hing die immerwährende Nacht dicht und schwer und sternlos. Zwischen einigen hohen Laternen standen einige Gestalten, die Hanna schon von weitem mühelos erkannte. Réka. Kunun und Atschorek. Die Wölfe waren ebenfalls da, Hunderte, wenn nicht gar Tausende von Wölfen.

»Eine gute Jagd wünschen wir euch«, sagte Kunun gerade.

Ausgerechnet! Die Abschiedszeremonie.

Sie hatte Mattim allein sehen wollen; niemand sollte bei ihnen sein, wenn sie versuchte, das Märchen wahr werden zu lassen. Aber jetzt waren alle versammelt.

Atschorek drehte sich zu ihr um. »Ach, sieh an, wen wir da haben! Hanna, Schatz!«

Aus der Meute der Wölfe löste sich der eine Wolf, wegen dem sie hier war. Groß, mit goldgelbem Fell, kam er über den Hof zu ihr und sprang sie an, ohne sie umzuwerfen. Er bellte nicht, er versuchte auch nicht, sie abzulecken, wie es ein glücklicher Hund getan hätte. Er legte nur den Kopf auf ihre Schulter, und sie hielt ihn eine Weile fest.

»Mattim!«, flüsterte sie.

Dann stand er schon wieder auf allen vieren, blickte sie erwartungsvoll an, lief vor, sah zurück.

»Ich halte gerade eine Rede«, bemerkte Kunun säuerlich.

Hanna achtete nicht auf ihn. Sie eilte Mattim nach, hinter eine niedrige Mauer, wo er auf sie wartete. Er hatte gewusst, dass sie mit ihm allein sein wollte.

»Mattim.« Sie schlang die Arme um ihn. »Ich glaube, ich weiß, wie es geht. Wie ich dich erlösen kann.«

Es waren immer noch seine Augen. Seine Stimme fehlte ihr, seine Hände. Aber gleich würde sie ihn richtig in die Arme schließen können …

Der Gedanke kam ungebeten. *Er ist, was er immer werden wollte. Mattims Traum hat sich erfüllt.*

»Willst du das?«, fragte sie leise. »Dass ich …?«

Sie hätte nicht herkommen dürfen. Réka hatte recht gehabt. Atschorek und Kunun hatten gewusst, was sie taten, als sie ihr den Zugang verboten. Sie hatten gewusst, was es für Mattim bedeuten würde, sie noch einmal zu sehen. Nur sie selbst hatte es nicht wahrhaben wollen. Niemals hätte sie ihn vor diese Wahl stellen dürfen.

Sie barg das Gesicht in seinem Fell und weinte. Ihr zuliebe würde er zustimmen. Das wusste sie. Nur ihr zuliebe, um bei ihr zu sein, um in ihren Armen von den Wölfen und dem Wald zu träumen.

»Hanna?«

Sie hob den Kopf. Réka wirkte so jung und zerbrechlich. Sie trug Akinker Kleidung und sah darin aus wie eine Prinzessin, in einem langen, dunklen Kleid, auf dem Silber und Perlen schimmerten. Auch in ihr Haar waren Perlen geflochten. Hatte Atschorek sich diese Mühe gemacht? Niemals in ihrem alten Leben hätte Réka so etwas angezogen.

»Hanna, ich habe mir etwas überlegt. Du könntest meine Eltern ganz vorsichtig einweihen. Wirklich vorsichtig, meine ich, damit sie dich nicht für verrückt halten. Dann könnte ich sie doch einmal besuchen, oder? Wenn sie wissen, dass ich verschwinden muss, sobald die Sonne aufgeht?«

»Sie würden dich festhalten«, sagte Hanna leise. »Sie *können* es nicht glauben. So wie die Touristen im Labyrinth es nicht geglaubt haben. Sie würden dich festhalten und dich nie wieder loslassen.«

»Aber wenn …«

Hanna stand auf. »Du möchtest nach Hause, nicht wahr? Es war ganz schön, ein paar Tage lang, wie Ferien … Du bist fünfzehn. Du willst zurück zu deinen Eltern. Zu Attila. Zu deinen Freunden.«

Réka schüttelte den Kopf. »Gar nicht. Es geht mir hier gut. Ich mach mir einfach nur Gedanken, wie ich beides haben könnte. Aber richtig zurück und ganz normal leben?« Sie lachte. »Dafür ist es zu spät.«

»Vielleicht nicht«, murmelte Hanna. Ihre Hand lag auf dem Kopf des Wolfes. Sie spürte seine Schnauze an ihrem Bein, seinen Atem, seine Wärme. Wusste er, was sie tun würde? Mattim oder Réka. Réka oder Mattim. Es war immer dieselbe Entscheidung, immer wieder.

»Du bist stark genug«, flüsterte sie ihm zu. »Und ich auch. Stark genug – dafür …«

Sie sah zu ihm hinunter und begegnete seinem grauen, ernsten Blick. Es schnürte ihr das Herz zusammen. *Mattim. Wie soll ich nur ohne dich leben?*

Wir sind stark genug.

Sie wandte sich an das Mädchen. »Du wirst es nicht lange aushalten, Réka«, sagte sie.

»Oh doch. Kunun ist hier. Weißt du noch, Hanna, als wir über die große Liebe gesprochen haben? Er ist es. Das weiß ich. Wenn ich hier bin, in seiner Nähe, obwohl er gar nicht mit mir spricht, bin ich glücklich. Es reicht, dass er hier ist. Es genügt. Ich habe nicht gewusst, dass so wenig genügen kann.«

»Du wirst dich nach dem Licht sehnen«, sagte Hanna. »Du wirst solches Heimweh haben … und dann kommst du zu uns. Nach Budapest. Du wirst nicht gehen wollen, wenn der Tag beginnt, denn das Licht ist alles, was du willst. Das lebendige Licht. Du wirst spüren, dass dein Herz nicht schlägt, und die Sehnsucht nach Leben wird über dich kommen … Dann wirst du durch die Straßen gehen und jemanden suchen, den du beißen könntest, um an dieses Leben zu gelangen. Es ist gar nicht so einfach, einen Menschen zu finden, der einen derart nah an sich heranlässt. Wird es Attila sein? Attila, der dich umarmen wird, weil er dich liebhat?«

Réka schüttelte heftig den Kopf. »Dass du immer gleich so schwarzsehen musst. Mir geht es gut, wirklich, und ich brauche sonst nichts. Und wenn … ich meine, wenn ich zurückwill … so schlimm ist es dann auch nicht. Sie alle tun das. Kunun. Atschorek. Sogar Mattim, und du hast ihn trotzdem geliebt.«

Atschorek hatte sie gefunden. »Du solltest jetzt besser gehen, Hanna. Die Wölfe werden laufen.«

Hanna umarmte Mattim ein letztes Mal. Sie wusste nicht, woher sie die Kraft nahm, ihn wieder loszulassen. »Ich liebe dich«, flüsterte sie ihm zu. »Beim Licht, ich liebe dich.«

Dann stand sie auf, obwohl es nahezu unmöglich war, sich von dem goldenen Wolf zu trennen, und umarmte das Mädchen. Sie legte die Hände auf Rékas Wangen, drückte ihr einen Kuss auf die Stirn und sagte: »Nimm teil an meiner Seele.«

Als das Tor sich öffnete, setzte sich das Rudel in Bewegung. Bela war der Anführer. Schwarz und riesig führte er die anderen aus dem Hof, der Brücke zu. Silbergraue und hellgraue und dunkelgraue Tiere, braune und sandfarbene – und zwischen ihnen brannte Wilders Flammenfell.

»Es tut weh«, rief Réka. »Es tut so weh!« Sie presste die Hände gegen ihre Brust. »Was hast du gemacht, Hanna? Es tut mir weh. Mein Herz. Es schlägt! Was hat das zu bedeuten? Mein Herz schlägt!«

»Du bist wieder ein Mensch«, erklärte Hanna.

»Das geht doch gar nicht!«, rief Réka. »Wie kann ich wieder ein Mensch sein? Es gibt keine Erlösung!«

»Es geht«, widersprach sie. »Ich habe dir einen Teil meiner Seele gegeben. Merkwürdig, ich spüre gar nichts. Ich dachte, es würde sich irgendwie anfühlen, als hätte ich etwas verloren.«

»Du hast mir *was* gegeben?«

»Nur einen Kuss«, flüsterte Hanna. »Ich wollte ihn Mattim geben … Aber ich muss dich nach Hause bringen, Réka. Ich konnte nicht anders. Sie warten so sehr auf dich.«

Das Mädchen starrte sie fassungslos an. »Ich bin ein Mensch? Ich soll wieder nach Hause?«

»Ja!« Hanna lachte, sie griff nach ihrer Hand. »Komm. Komm, Réka! Deine Mutter wird die Tür öffnen … Du kannst dir nicht vorstellen, was sie alle durchmachen. Komm!«

»Das durftest du nicht«, sagte Réka entsetzt. »Du hast einfach … ohne mich zu fragen? Ohne mich zu warnen? Ich will es nicht! Ich will hierbleiben! Ich will nicht nach Hause und wieder zur Schule gehen und so leben, als wäre all das hier nie gewesen! Ich will nicht!«

»Réka, ich dachte …«

»Ja, du dachtest!«, schrie Réka. »Oh, ich hasse dich! Du hattest kein Recht, das zu tun! Ich will hierbleiben, bei Kunun! Er ist meine große Liebe. Verstehst du überhaupt, was das heißt? Du hattest kein Recht, mich zurückzuverwandeln!« Sie sah über den Platz zu Kunun hin, der nun, da die Wölfe fort waren, auf sie zukam, lächelnd. »Ich will hier bleiben!«, rief sie. »Kunun, lass es nicht zu, dass sie mich mitnimmt! Ich will bei dir bleiben! Wo sind die Wölfe? Ruf sie zurück! Wilder soll mich noch einmal beißen. Ich will kein Mensch sein!«

Sie eilte auf Kunun zu und schlang die Arme um ihn. »Halt mich fest. Ich will ein Schatten sein. Ich will nicht zurück. Beiß mich – lieber ein Wolf als das hier. Ich will sein wie du. Kunun!«

Der dunkle König der Schatten küsste sie auf ihr schwarzes Haar, dann schob er sie zur Seite und trat auf Hanna zu.

»Das ist meine Stadt«, sagte er. »Das sind meine Schatten. Wer hat dir erlaubt, herzukommen? Wer um alles in der Welt hat dir erlaubt, so etwas zu tun?«

»Aber ...«

Neben ihr baute sich der goldene Wolf auf und knurrte seinen Bruder an.

»Verschwinde, Mattim«, zischte Kunun. »Hier kannst du den Starken spielen, aber was ist, wenn Hanna zurück nach Budapest geht? Dorthin kannst du ihr nicht folgen. Also sei ganz still.« Der Schattenkönig wandte sich wieder Hanna zu. Er stand jetzt so dicht vor ihr, dass ihr war, als würde seine Dunkelheit gleich von ihm auf sie übergehen wie eine ansteckende Krankheit. Er sah fürchterlich aus; keine seiner Wunden würde jemals heilen, aber er versuchte nicht mehr, sie zu verstecken.

»Das war mein Mädchen«, sagte er. »Sie war für diese Stadt bestimmt ... wie kannst du es wagen, zwischen uns zu treten? Wie kannst du es bloß wagen, mir meine Prinzessin zu stehlen?«

»Ich lasse mich noch einmal beißen«, schlug Réka zaghaft vor.

»Nein!«, schrie Kunun. »Es ist ... es ist anders! Fühlt ihr es denn nicht? Du bist kein Schatten mehr, aber du bist nicht wie vorher. Keiner beißt sie, ich verbiete es! Ich habe keine Ahnung, was dann aus ihr wird.«

»Ich bin für sie verantwortlich«, sagte Hanna, die all ihren Mut zusammennahm. »Ich werde Réka jetzt nach Hause bringen.«

Kunun fixierte sie mit einem unergründlichen Blick, dann lächelte er plötzlich. »Tu das«, flüsterte er. »Und dann solltest du rennen. Und zwar so schnell du kannst. Ich sage euch etwas.« Er sprach zu ihnen beiden, und Mattim knurrte wieder. »Ich bin der König von Akink, der König von Magyria. Und ich bin auch der Herr von Budapest. Jeder Schatten gehorcht mir, in dieser Welt und in der anderen. Jeder Schatten wird tun, was ich ihm sage. Willst du wissen, was ich ihnen befehlen werde, Hanna? Willst du es auch wissen, Mattim? Nein, ich werde ihnen nicht gebieten, dich zu beißen. Selbst als Schatten würde ich dir nicht über den Weg trauen, Hanna. Ich will dich weder in Akink noch in Budapest haben. Meine Geduld mit dir ist zu Ende. Du wirst sterben, sobald dich einer meiner Schatten antrifft, in dieser Stadt oder in jener. Ich hoffe, das hast du verstanden?«

Der goldene Wolf fletschte die Zähne, als Kunun ihm in die Augen starrte. »Das gilt auch für dich«, sagte er. »Verschwinde aus Akink. Ich verbanne dich. Lauf mit den Wölfen, und komm nicht wieder her. Muss ich noch mehr sagen? Willst du hören, was ich tun werde, wenn du ungehorsam bist? Lauf. Na los, renn!« Er scheuchte ihn mit einer Handbewegung fort. Fort von Hannas Seite. Sie sah ihm nach. Noch einmal drehte er sich zu ihr um. Wie viel ein Blick sagen konnte. Wie ein einziger Blick einen in die Knie zwingen konnte, weil er alles gleichzeitig war: unermessliches Glück und allertiefstes Unglück und Hoffnung und Abschied, alles zusammen.

»Genug«, entschied Atschorek. Sie legte Kunun eine Hand auf den Arm. »Beruhige dich. Es ist genug. Und nun geht nach Hause.«

»Nein!«, schrie Réka. »Nein, das könnt ihr nicht machen! Es hat sich nichts geändert. Ich kann auch als Mensch hier leben, hier bei dir. Auch als Mensch! Nicht wahr?«

»Sieh es mal so: Nun brauchst du nicht jahrelang fünfzehn zu bleiben. Nimm es an, was immer Hanna getan hat, um dir das zu ermöglichen.«

»Ich will es nicht! Ich hasse sie!« Réka schluchzte. Nur mit Mühe zog die Schattenfrau das Mädchen von Kunun fort, der mit unbeweglichem Gesicht zusah. Er machte nicht einmal den Versuch, sie zu trösten.

Réka wischte sich die Tränen aus den Augen. »Ich hasse dich, Hanna! Du weißt gar nicht, wie sehr ich dich hasse. Warum musst du dich ständig in alles einmischen? Warum glaubst du, du wüsstest, was das Beste für mich ist?«

»Durch welche Pforte wollt ihr gehen?«, fragte Atschorek.

»Durch keine! Ihr könnt mich nicht fortschicken. Ich komme zurück! Ich komme zurück! Kunun, ich liebe dich! Schick mich nicht fort! Bitte!«

»Nehmen wir doch gleich die nächste Tür«, sagte Atschorek mit künstlicher Fröhlichkeit. »Hier ist sie schon.« Sie berührte beide Mädchen. »Bitte schön.«

Ein Schritt.

Budapest.

Dunkelheit, aber eine andere Dunkelheit. Ein Fluss, aber ein anderer Fluss. Die glitzernden Lichter von Pest zu Füßen des Hügels.

Das Glück kam nicht. Hanna wartete darauf. Auf dieses Gefühl, das wie ein Glitzern in ihr aufstieg, sprudelnd, wirbelnd – ja! Ja!

Stattdessen dachte sie die ganze Zeit, während sie neben Réka nach Hause ging: *Es hätte Mattim sein können. Ich hätte ihn mitnehmen sollen. Ihn, nicht dieses Kind, das überhaupt nicht begreift, was ich für es getan habe. Ihn, den ich nun für immer verloren habe.* Sie wartete auf das gute Gefühl, dass es die richtige Entscheidung gewesen war, stattdessen fühlte sie sich wie betäubt. Sie hatte die Hälfte ihrer Seele hergegeben. Hätte nicht auch der Schmerz halbiert sein müssen?

Mattim. Du könntest es sein …

Réka wischte sich eine Träne von der Wange und schwieg verbissen. Sie stapften nebeneinander her, als würden sie sich nicht kennen.

Das Glück war in keinem von ihnen. Dafür zeigte es sich in Mónikas Gesicht.

Mónika, die die Tür öffnete und Réka in ihrer Prinzessinnentracht vor sich stehen sah. Hier war das Glück, größer, als ein einziges Herz es fassen konnte, in diesem Moment, in dem sie beide wie versteinert waren, Mutter und Tochter, und dann einander in die Arme fielen.

Attila hüpfte die Treppe hinunter. »Sie ist da! Ich hab doch gesagt, sie kommt wieder! Das hab ich gesagt!«

Mónikas Lippen bewegten sich lautlos. *Réka. Réka.* Immer nur das eine Wort. Réka.

Das erste Mal sah Hanna Ferenc weinen. »Wo bist du nur gewesen? Mein Gott, Réka!«

Es war zu viel Glück. Und sie hatte keinen Anteil daran. Doch allein Zeugin dieses Glücks zu sein gab ihr endlich die Gewissheit, dass sie sich richtig entschieden hatte.

Manchmal kamen die Zweifel trotzdem. Sie trugen Rékas wilde, hasserfüllte Anschuldigungen im Gepäck. Genug Zorn, um eine ganze Stadt zu vernichten.

»Sie soll gehen. Ich ertrage es nicht, hier zu sein, wenn sie da ist. Ich laufe wieder weg, wenn sie bleibt.«

Hanna hatte Attila an sich gedrückt. »Ich wollte sowieso abreisen«, sagte sie. »Ich muss.«

»Du musst? Wieso denn? Nein!«, protestierte er. »Ich will, dass du bleibst.«

Sie streichelte sein schwarzes Haar. »Budapest hat einen König«, sagte sie. »Einen dunklen, bösen König. Und der hat mich weggeschickt.«

Natürlich glaubte er ihr nicht, doch als er sagte: »Dann müssen wir gegen ihn kämpfen, oder? Gegen den bösen König?«, traten ihr die Tränen in die Augen.

»Ich kann nicht.«

»Du kommst doch wieder, oder? Réka ist auch zurückgekommen. Du kommst doch zurück? Hanna?«

»Vielleicht«, flüsterte sie.

Sie sprach nicht viel. Es war, als hätte sie auch die Hälfte ihrer Worte weggegeben. Die Hälfte ihres Glaubens. Die Hälfte des Vertrauens darauf, am rechten Platz zu sein.

Und so war sie gegangen, obwohl das Jahr noch nicht um war. Sie war in den Flieger gestiegen und hatte die Stadt unter sich gesehen, klein, Häuser wie Schachteln, eine Welt, die sie nichts anzugehen schien, der Fluss, über den sich die vielen Brücken spannten.

Nach Hause.

Das nie wieder ganz ihr Zuhause sein konnte.

DREIUNDDREISSIG

MÜNSTER, DEUTSCHLAND

Die Wölfe liefen hintereinander durch das hohe Gras. Sie bildeten eine Kette wie Perlen auf einer Schnur, in einer mit rötlichem Seidenstoff ausgeschlagenen Schatulle. Jede Pfote trat in die Abdrücke ihres Vordermannes.

Leise raschelten die Halme im Wind. Das Gras blühte. Es verbarg sie, schlug über ihren Köpfen zusammen, streute winzige Samenkörnchen in ihr Fell.

Die Beute war irgendwo vor ihnen. Sie war nicht zu sehen, nur ihr Duft breitete sich über das weite Grasland wie ein weitmaschiges Netz. Da war es wieder. Verheißungsvoll. Verlockend. Ein Duft, unwiderstehlich.

Der riesige schwarze Wolf an der Spitze blieb stehen und spähte durch die Halme. Dort war es. Gleich …

Die anderen Wölfe brachen aus der Kette aus und verteilten sich, den Wind immer im Gesicht. Einer, ein schlanker, nur wenig kleinerer Wolf mit goldenem Fell, blickte über die Schulter.

Durch den Traum hindurch sah er Hanna.

»Mattim«, sagte sie.

Er tänzelte auf sie zu, jede seiner Bewegungen voller Kraft und Anmut. Sie streckte die Hände nach ihm aus, aber er kam nicht so nahe heran, dass sie ihn berühren konnte. Er schaute sie an, und es war, als würde er ihr zunicken.

Der Duft lockte. Dort. Die Jagd. Mit den anderen. Dort.

»Geh nur«, sagte sie. »Schnapp sie dir. Geh ruhig.«

Hanna öffnete die Augen. Es war dunkel um sie her, sie brauchte eine Weile, um sich zu orientieren. Die leuchtenden Ziffern ihres Weckers erinnerten sie daran, wo sie war. Zu Hause. In der Dunkelheit waren schemenhaft die Umrisse ihrer Möbel zu erkennen. Der Schreibtisch, der Drehstuhl, auf der Tischplatte geordnet ihre Bücher. Das Tagebuch, in dem sie Seite um Seite mit Worten füllte, die die Bilder in ihrem Kopf nachzuzeichnen versuchten.

An der Wand hing Mattims Foto.

Sie knipste das Licht an und betrachtete es. Sein Gesicht. Schlafend. *Merkwürdig*, dachte sie, *dass ich nur dieses eine Foto von ihm habe, auf dem er die Augen geschlossen hat. Es ist, als würde er mir den Weg zeigen, wie ich ihn finden kann. Im Schlaf. Nur im Traum.*

Als sie das erste Mal nach ihrer Rückkehr von den Wölfen geträumt hatte, hatte sie versucht, den Traum festzuhalten. Und als er zu Ende war, als sie sich in ihrem Bett wiederfand, hatte sie geweint, so groß war das Gefühl des Verlusts.

Aber fast jede Nacht kam er wieder. Er blickte über die Schulter und sah sie an, wie um sicherzugehen, dass sie ihm folgte, dass sie da war. Nacht für Nacht. Traum für Traum.

So hatte er sich auch umgewandt, als er sie verlassen hatte, in jener letzten Nacht in Akink.

Die Wölfe waren satt. Zufrieden. Sie lagen im Gras. Über ihnen zog der Mond seine Bahn, rund und leuchtend. Der goldene Wolf hatte den Kopf auf die Vorderpfoten gelegt und spitzte die Ohren. Von weitem war Gesang zu hören. Das lange, an- und abschwellende Heulen eines anderen Rudels. Der schwarze Wolf setzte sich auf und antwortete.

Hier in ihrem eigenen Bett erzählte ihr niemand die Geschichte. Niemand flüsterte ihr ins Ohr: *Das Mädchen hielt den Wolf fest, es hielt ihn fest …*

Dafür kamen die Wölfe zu ihr.

Das Geheul erfüllte die warme Nacht. Ein drittes Rudel stimmte ein, noch weiter entfernt.

Der goldene Wolf blieb stumm. Durch den Traum hindurch sah er sie an.

»Mattim«, flüsterte sie.

Komm mit. Bist du da? Bleib bei mir. Komm.

Er lief durch die Nacht und nahm sie mit, so nah, als wären sie beide dieser Wolf mit dem weizenfarbenen Fell. Die Luft war voller Gerüche und Wunder. Seine Muskeln bewegten sich kraftvoll und mühelos. Das blühende Gras regnete in ihrer beider Fell. Sie fühlte die unbändige Freude in seinem Herzen, als wäre es ihre eigene.

So viele Nächte. Tage, die vergingen und sich in Wochen verwandelten. Wochen, die sich wie eine Perlenkette aufreihten, und irgendwann war der Sommer vorbei, und der Herbst sammelte die Erinnerungen des Jahres.

Hanna öffnete das Fenster und ließ eiskalte, frostige Luft herein. Wie immer wunderte sie sich, dass nicht eine andere Stadt vor ihr lag, ein anderer Duft, und als sie sich zu ihrem Bett umdrehte, kam es ihr seltsam vor, dass die zerwühlte Decke leer war und kein blonder Schopf auf dem Kissen lag. So intensiv stellte sie sich vor, dass Mattim immer bei ihr war; manchmal war es ihr kaum möglich, sich der Wirklichkeit zuzuwenden.

»Hanna! Bist du schon wach?«

Ihre Mutter unten an der Treppe. Ihre eigene Mutter, nicht Mónika. Ihre eigene Mutter, die darauf bestanden hatte, dass sie sich an der Uni einschrieb und keine einzige Vorlesung durch Liebeskummer – »oder was immer da in Budapest schiefgegangen ist« – vertrödelte. Ihre Mutter, die sie jeden Morgen weckte und losschickte und die nicht wusste, dass sie stundenlang auf Bänken herumsaß, statt Medizin zu studieren. Dass sie den Gedanken an Blut nicht ertragen konnte. Dass sie gar nicht wissen wollte, was sich unter der Haut eines Menschen verbarg.

Manchmal klang die Stimme ihrer Mutter so, wie Mattims Stimme klingen würde: »Du wirst dich doch nicht hängenlassen, Hanna? Du gibst doch nicht auf? Du darfst traurig sein, aber dann stehst du auf und machst weiter, ist das klar?«

»Ja!«, rief sie. »Ich bin schon da.«

»Beeil dich. Telefon!«

Wer rief denn jetzt schon an, noch vor dem ersten Seminar, das um acht begann? Hanna gähnte, als sie den Hörer entgegennahm. Und war sofort hellwach.

»Hanna! Hanna, bist du das? Du musst kommen.«

»Mónika?« Hanna blickte in die fragenden Augen ihrer Mutter, die warnend den Kopf schüttelte. Ihre Eltern hatten sich lange nicht darüber beruhigen können, dass man ihre Tochter noch vor Ablauf der vereinbarten Zeit nach Hause geschickt hatte. Die Geschichte von dem bösen König, der über Akink und Budapest herrschte und sie verbannt hatte, konnte sie ihnen ja nicht erzählen. Und auch nicht, dass sie dort mehr verloren hatte als ein Jahr, das sie zum Studieren hätte nutzen können.

Ich hätte Mattim mitnehmen können … Dann wäre er jetzt bei mir … nicht als Wolf, sondern richtig. Nicht im Traum, sondern richtig.

Es war unfassbar, dass sie darauf verzichtet hatte. In einer Geschichte wäre ihr diese Entscheidung wie eine Heldentat vorgekommen, doch Helden zweifelten nicht so viel und nicht so schmerzhaft, Helden feierten ihren Sieg. Helden litten ganz gewiss nicht unter diesem Gefühl, mitten entzweigeteilt worden zu sein.

Wenn es allzu schlimm wurde, wenn der Zweifel zu ihr kam, ob sie das Richtige getan hatte, ein ungebetener und dennoch häufiger Gast, erinnerte Hanna sich an Mónikas Gesicht. An das Glück. Ein fremdes Glück, an dem sie keinen Anteil hatte. So wie die ganze Welt zu einer fremden Welt geworden war und das Leben zu etwas Fremdem, das anderen Menschen so selbstverständlich gehörte. Hanna hoffte nur, dass niemand merkte, wie wenig lebendig sie war.

»Was ist passiert?«

Die Frau am anderen Ende der Leitung schluchzte so sehr, dass sie kaum zu verstehen war.

»Réka fragt nach dir. Ständig. Sie will sich nicht beruhigen. Kannst du bitte kommen? Der Arzt hat ihr etwas gegeben, aber es hilft nicht. Sie schreit und weint … Ferenc sagt, er macht das nicht mehr lange mit. Oh bitte, würdest du herkommen? Sie ruft die ganze Zeit nach dir. Den Flug bezahlen wir dir natürlich.«

»Ich weiß nicht …«, begann Hanna, doch dann erklang auf einmal eine andere Stimme. Leise und heiser.

»Hanna? Ich will mein Herz zurück.«

»Réka! Hat er … hat einer der Schatten …? Sie haben dich wieder gebissen?«

»Ich brauche mein Herz. Die Wölfe rennen über das blühende Gras. Ich brauche mein Herz, damit ich wieder weiß, wer ich bin.«

»Réka!«

Jetzt war Mónika wieder dran. »Ferenc will sie in die Psychiatrie einweisen lassen«, weinte sie. »Bitte, komm!«

»Ja«, sagte Hanna, »ja, natürlich, ich komme. Ich packe nur meine Sachen zusammen und nehme den nächsten Flieger.«

Als sie auflegte, sah sie in die besorgten Augen ihrer

Mutter. »Fahr nicht. Diese Leute tun dir nicht gut. Ich will nicht, dass du wieder so zurückkommst wie beim letzten Mal.«

»Réka träumt meine Träume«, sagte Hanna. »Ich muss zu ihr, ich muss wissen, ob ich nicht einen schrecklichen Fehler gemacht habe. Ich muss zurück, Mama, ich kann nicht anders. Es gibt keinen anderen Weg.«

Hanna war so müde, dass ihr fast die Augen zufielen, denn sie hatte die ganze Nacht an Rékas Bett gesessen. Bei ihrer Ankunft im Haus der Szigethys hatte das Mädchen fiebernd in seinem Zimmer gelegen, aber seine Körpertemperatur war kaum höher als normal. Sie hielt Hannas Hände umklammert, während Mónika Ferenc nach draußen zog. »Lass die beiden allein.«

»Mit ihr hat es doch erst angefangen!«, hatte er geschnaubt und Hanna recht deutlich spüren lassen, dass sie hier unerwünscht war. Attilas lautstarke Begeisterung machte das mehr als wett. Seine Freudenjuchzer noch in den Ohren, hatte sie sich der Kranken zugewandt.

»Réka? Ich bin hier.«

»Wo ist mein Herz? Ich kann meine Seele nicht spüren. Die Wölfe laufen. So schön … Wenn ich sie sehe, muss ich weinen.«

»Es ist mein Traum, den du träumst«, sagte Hanna. »Ich verstehe es ja auch nicht. Aber es ist mein Traum.«

»Ich brauche mein Herz.«

Irgendwann war Réka eingeschlafen. Am Morgen wirkte sie sehr klar, ganz die Alte. Eine ein bisschen überdrehte Réka, die zu wenig aß und zu viel redete, von Dingen, auf die es nicht ankam. Von ihren Freundinnen – Valentina hatte sich eine froschgrüne Hose gekauft, man stelle sich das vor! – und von einem besonders ungerechten Lehrer.

Nachdem Mónika zur Arbeit gefahren war, setzten sich die beiden Mädchen in den Wintergarten und starrten hinaus in den Garten. Über ihnen verwandelte sich der späte Budapester Vormittag in ein lichtes, sanftes Grau.

Hanna überlegte, wie sie beginnen sollte.

»Du brauchst mich nicht zu behandeln, als wäre ich krank«, sagte Réka, nachdem sie eine Weile geschwiegen hatten. »Papa lässt mich nicht mehr zur Schule gehen. Schon seit zwei Wochen! Ich verpasse ja alles! Er glaubt, dass ich verrückt bin. Es war ein Fehler, ihm zu erzählen, wo ich gewesen bin, als ich verschwunden war. Dieser komische Polizist hat allen irgendeine Geschichte aufgetischt, nur Papa war damit nicht zufrieden. Mama wollte, dass er mich in Ruhe lässt, aber er hat so lange gebohrt, er hat einfach nicht aufgehört. Er hat versprochen, er wird mir zuhören, es gibt nichts, was ich ihm nicht sagen könnte. Da dachte ich ... Du kannst es dir ja denken, der Schuss ist so ziemlich nach hinten losgegangen.« Sie holte tief Luft. »Oh Gott, es ist so gut, dass du da bist, Hanna! Endlich kann ich mit jemandem reden, der weiß, was los ist.«

Hanna schwieg eine Weile. Dann fragte sie: »Wie kannst du meine Träume träumen? Hast du alles gesehen, was ich jede Nacht sehe? Die Wölfe? Mattim?«

»Kunun ist nicht da.« Réka wirkte klein und blass, und dieser Eindruck wurde noch durch das Kleid verstärkt, das sie heute Morgen angezogen hatte – ein bodenlanges Gewand aus dunklem Samt. Sie trug es nicht wie eine Verkleidung, sondern so stolz und selbstverständlich wie eine Prinzessin aus Magyria. »Es gelingt mir nie, von ihm zu träumen. Immer nur von den Wölfen. Manchmal kommt es mir wie ein Traum vor, dass ich ihm jemals begegnet bin. Ich möchte das Herz wiederhaben, Hanna. Ich weiß nicht, wo es ist.«

»Du meinst den Anhänger?«

»Eingraviert«, sagte Réka. »*Kunun und Réka.* Für immer. Verstehst du, warum das so wichtig ist? Damit man weiß, dass man nicht träumt. Wenn sie mir sagen, dass ich verrückt bin, dann kann ich meine Hand darumlegen und mich daran festhalten. Oder«, sie blickte auf und runzelte die Stirn, »oder klingt das etwa auch verrückt?«

»Nein. Ganz und gar nicht.« Hanna schüttelte den Kopf. Sie konnte diesen Wunsch sehr gut verstehen, etwas festzuhalten, etwas zu behalten, ein Zeichen, mehr als bloß einen Traum oder eine Erinnerung.

Réka schob den Ärmel ihres Kleides hoch. »Das sollte reichen, könnte man meinen.« Die Abdrücke des Wolfsgebisses waren nur zu deutlich zu sehen, eine schreckliche Wunde, die leicht zu Rékas Tod hätte führen können, wenn sie nicht zum Schatten geworden wäre. »Aber das war Wilder. Nicht Kunun. Ich habe nichts von Kunun.«

»Du hast ihn nicht wieder getroffen?«

Réka lächelte hilflos. »Ich kann ihn nicht mehr finden. Ich war ein Schatten – und nun kann ich ihn nicht mehr wiederfinden.«

Es hatte nie aufgehört zu schmerzen. Nie. Von Mattim zu träumen war nie genug gewesen. Aber sie war ihm wenigstens im Traum begegnet, und jeder dieser Träume fühlte sich so echt an, als würde sie tatsächlich die Hand auf das weiche goldene Fell legen. Als würde sie mit den Wölfen rennen und den wilden Duft ihres Landes einatmen.

Réka sah sie aufmerksam an. »Wo sind die Wölfe?«

»Was meinst du?«

»Nicht in Magyria, oder? In Magyria ist es dunkel.«

»Ich weiß es nicht. Sie haben die Zone der Finsternis hinter sich gelassen.« Hanna hatte nicht gewusst, wie gut es tun würde, darüber zu reden. »Magyria« zu sagen. Magyria

– und zu wissen, dass alles, was sie dort erlebt hatte, wirklich geschehen war. »Akink«. Und »Mattim«, immer wieder »Mattim.«

»Wow, ist das hart«, meinte Hanna. »Alles für sich zu behalten. Meine Mutter fragt mich oft, was ich träume, aber glaubst du, ich kann ihr jeden Tag sagen, dass es wieder die Wölfe sind? Ich habe meinen Eltern nur erzählt, dass ich hier jemanden kennengelernt habe. Und dass er – nun ja, weg ist.«

»Vielleicht glauben sie, er ist ein Asylant oder so was?«, vermutete Réka fröhlich. »Dabei ist er ein Wolf, und du bist seine Lichtprinzessin. Mit dir zusammen macht es fast Spaß, wahnsinnig zu sein.« Dann wurde sie plötzlich wieder ernst und sagte: »Es tut mir leid. Ehrlich, Hanna. Dass ich dich so beschimpft habe. Kommt nicht wieder vor.«

»Ich weiß, wie du dich gefühlt hast«, sagte Hanna. Weggerissen zu werden von demjenigen, den man liebt … oh ja, das hatte sie erlebt. »Manchmal«, fügte sie leise hinzu, »weiß ich nicht, wie ich weiterleben soll. Wie ich atmen soll und gehen und sprechen und tun, als wäre ich wie alle. Andere treffen sich mit ihren Freunden, sie streiten sich und versöhnen sich … aber mein Geliebter ist ein Wolf, der durch meine Träume geistert.«

»Dafür ist mein Freund der König der Schatten.« Réka seufzte leise und strich über ihr Kleid. »Nicht, dass wir beide … Ich war ihm zu jung, weißt du? Und ich wäre immer so jung geblieben als Schatten. Er hat mir gesagt, er hat kein Interesse an Kindern. Es war mir egal. Ich wollte nur bei ihm sein. Aber jetzt … ich bin ein bisschen gewachsen, merkt man das? Ich werde bald sechzehn.«

»Du kannst nicht zu ihm gehen«, sagte Hanna.

»Warum nicht?« Réka hob herausfordernd den Kopf. »Ich komme nicht durch die Pforte. Ich hab's ausprobiert, es geht nicht. Ich brauche einen Schatten, der mich mitnimmt. Manchmal sehe ich jemanden von weitem, der mir bekannt vorkommt, aber sie verschwinden, wenn ich ihnen nachlaufe.«

»Niemand würde wagen, dich gegen Kununs Willen nach Akink zu bringen.«

»Außer dir.« Réka beugte sich vor. »Du kannst es. Du bist durch die Pforte gelangt ohne Hilfe. Ich weiß, warum das so ist.«

»Ach ja?« Hanna war überrascht. Sie hatte sich im Nachhinein noch oft genug gewundert, wie ihr das gelungen war. »Wie denn?«

»Du bist Mattims Lichtprinzessin. Deshalb kannst du zu ihm, in seine Welt, wann immer du willst. Wusstest du das nicht? Mattim konnte dir nie die Erinnerung nehmen, und er wird auch nicht verschwinden, ohne dass du ihm folgen kannst. Kein Mann entgeht der Gefährtin, die er sich selbst gewählt hat. Eure Seelen sind untrennbar miteinander verbunden. Du hättest niemals mir geben dürfen, was ihm gehört.«

Dies war eine neue Réka. Verzweifelt, labil und durcheinander, aber unzweifelhaft älter als das Mädchen, das sie in Budapest zurückgelassen hatte. Hatte sie etwa selbst dazu beigetragen – durch ihre Seelengabe?

»Ich komme nicht allein durch die Pforte«, fuhr die junge Ungarin fort. »Und mir ist klar, was das bedeutet. Ich bin nicht Kununs Seelengefährtin. Er kann mich jederzeit wegwerfen, wenn ihm danach ist, und ich kann nichts dagegen unternehmen. Außer zu ihm zu gehen und seine Liebe zu erringen. Hilfst du mir dabei, Hanna?«

Darüber brauchte sie nicht lange nachzudenken. »Nein, Réka.«

»Und ich dachte, du würdest es verstehen!«

»Nein, bitte. Wenn du wüsstest ...« Réka war älter geworden. Aber würde sie jemals alt genug sein, um zu begreifen, wer Kunun war? Alt genug, um ihr erzählen zu können, wie er ihr Blut seinen Vampiren zu trinken gegeben hatte?

»Ich weiß es«, sagte das Mädchen leise. »Ich weiß, was er getan hat. Ich weiß, wie du über ihn denkst. Glaub mir, Hanna, ich weiß alles. Ich will etwas fühlen, und da ist nur Entsetzen und Angst, und ich weine um mich selbst.«

Hanna starrte sie an. Sie wollte nicht recht glauben, was sie da hörte. »Du weißt alles, was ich denke? Was ich fühle? Alles, woran ich mich erinnere?« Das Blut schoss ihr ins Gesicht. »Alles?«

Réka lachte leise. »Zwei Seelen in meiner Brust, heißt es nicht so? Hanna, mach dir keine Sorgen. Es sind keine Details, überhaupt keine klaren Erinnerungen, sondern bloß – wie soll ich sagen – Empfindungen. Träume. Ich kann deine Sehnsucht nach Mattim spüren, und manchmal kommt es mir vor, als wäre es meine eigene. Ich träume von ihm und weine mich in den Schlaf. Deshalb muss ich Kunun finden. Denn dort ist mein Herz. Mein eigenes. Verstehst du es jetzt? Du musst es rückgängig machen, was immer du getan hast.«

»Das befürchte ich auch«, sagte Hanna langsam. Sie konnte es immer noch nicht fassen. »Aber ...«

»Es macht mich verrückt«, flüsterte Réka und wandte ihrer Freundin das tränenüberströmte Gesicht zu. »Deine Liebe macht mich wahnsinnig. Rette mich. Nimm es zurück. Ich sehe, wie die Wölfe durch das Gras laufen. Einer nach dem anderen. Ich kann die Halme unter ihren Pfoten spüren. Aber ich will dort nicht sein. Ich will nicht du sein. Ich halte es nicht aus, dass mein Geliebter dort drüben ist, jenseits aller Grenzen, verwandelt in ein Tier. Wie kannst du nur damit leben? Ich kann es nicht. Ich vermag deine Last nicht zu tragen, Hanna. Oh Gott.« Sie lächelte. »Jetzt habe ich schon gesagt: mein Geliebter. Dabei ist Kunun das gar nicht. Und Mattim erst recht nicht. Überhaupt, wer spricht so? Wer denkt so? Wer fühlt so? Das ist dein Herz, das bin nicht ich.« Sie schüttelte den Kopf. »Ich weiß«, sagte sie leise, »du hasst Kunun dafür, dass er euch diese Trennung auferlegt hat. Ich weiß, du dürftest gar nicht hier sein. Aber wenn du es rückgängig machst, hebt er vielleicht die Strafe auf?«

Hanna atmete tief durch. Sie legte ihre Hand auf Rékas kleine Faust. »Was wirst du sein? Wenn du wieder ein Schatten wärst, müsstest du zurück nach Akink. Aber du hast nicht erlebt, wie es war, als du fort warst. Deine Eltern zerbrechen daran. Ich glaube, du hast keine Vorstellung davon, was du deiner Mutter antust. Und Attila. Und …«

»Doch, die habe ich«, widersprach Réka. »Ich habe es in mir gefunden, dieses Gefühl, das du hattest, als sie hier allein waren.«

»Trotzdem willst du …?« Sie betrachtete das Mädchen in dem dunklen Samtkleid. Eine Fremde, die in einer anderen Wirklichkeit lebte, nicht wie eine Schauspielerin, sondern wie eine Frau aus einer vergangenen Epoche.

»Ich weiß alles«, wisperte Réka. »Ich fühle alles. Das ist viel schlimmer, als das Gedächtnis zu verlieren. Viel schlimmer, als ein Schatten zu sein und zu wissen, dass Kunun mich nicht liebt. Kannst du dir überhaupt vorstellen, wie furchtbar es für mich ist, Mattim mit deinem Herzen zu sehen? Es ist zu viel … Ich habe gedacht, ich schaffe es, ich halte es aus. Wenn ich mich erst daran gewöhnt habe. Aber es geht nicht. Deshalb … Ich weiß auch, was das für dich bedeutet. Ich weiß, was du für mich fühlst. Und für meine Familie. Ich spüre es.« Réka hielt Hannas Hände fest.

»Bitte, Hanna. Gib mir mein Leben zurück. Gib mir meinen Tod zurück.«

»Lass mir ein wenig Zeit.« Was hatte sie für eine Wahl? »Wahrscheinlich führt kein Weg daran vorbei. Aber nicht jetzt. Wir müssen warten, bis es dunkel ist.«

»Es tut mir leid«, sagte Réka. »Ich weiß, wie gefährlich es für dich ist. Ich hätte dir schon heute Nacht alles sagen müssen. Dann hättest du jetzt gleich zum Flughafen fahren können.«

»Ich glaube nicht, dass es auf einen Tag ankommt«, meinte Hanna.

Oft saß Mirita stundenlang am Fenster und starrte auf den Fluss hinaus. Die Finsternis verbarg ihn, aber sie konnte das leise Murmeln der Wellen hören, das sanfte Lied der Strömung. Wenn das Wolfsgeheul aus den Wäldern verstummte, erklang es wie eine Antwort aus dem Wasser, fast unhörbar, aber dennoch eine Antwort. Manchmal schien es ihr, als wäre der Donua heller als die Nacht, die über ihm und über allem lag, als wäre dort unten ein Morgen, der sich irgendwann hervorwagen würde, strahlend wie ein König oder wie ein Feldherr, hinter sich die Armee, die alle Schatten zerschmetterte.

»Mirita?« Ihre Mutter kam mit zwei Tassen Tee ins Zimmer. »Grübelst du wieder?«

»Mir ist langweilig«, brach es aus ihr heraus. »Was gibt es noch zu tun? Ich habe nichts mehr zu bewachen. Ich habe nichts mehr, wofür ich kämpfen könnte. Was soll ich nur anfangen, mit dieser endlosen Zeit? Wofür brauchen Tote überhaupt Zeit? Diese Existenz ist so sinnlos, dass mir übel wird.«

»Tote?« Ihre Mutter lächelte. »Ach, Mirita. Ein hübsches Mädchen wie du sollte so etwas nicht sagen. Es gibt immer ein Ziel, Hoffnung, irgendetwas, wofür es sich zu leben lohnt.«

»Ja, und was?«, fragte sie. »Dir ergeht es doch genauso! Du schlenderst nicht mehr über den Markt, um einzukaufen, und du brauchst dir nicht mehr zu überlegen, was du heute Leckeres kochst. Diese andauernde Dunkelheit lähmt uns beide. Uns alle. Ich habe das Gefühl, dass ich irgendwann mit allem verschmelze. Dass ich durch diesen Fußboden sinke und in die Erde falle – und dann? Würde sich das Rad der Gedanken in meinem Schädel endlich aufhören zu drehen? Wohl kaum.« Sie seufzte schwer, und ihre Mutter strich ihr liebevoll übers Haar.

»Zeit«, sagte die ältere Frau und berührte ihren Oberarm, dort, wo sie gebissen worden war. »Das ist es, was wir bekommen haben. Zeit, ich wage nicht zu behaupten, unendlich viel davon. Fang endlich an, sie zu nutzen, mein Kind. Sei, was du bist. Habe ich dich dazu erzogen, dass du aufgibst? Nicht, dass ich wüsste.«

Mirita hatte ihrer Mutter nie erzählt, dass sie auf der Brücke gestanden und sich gefragt hatte, ob sie tatsächlich springen würde. »Was bin ich denn?«

»Die beste Bogenschützin von Akink? Eine Flusshüterin? Eine Wächterin? Nicht irgendeine. Dir hat der König die Verhandlungen anvertraut, du …«

»Erinnere mich bloß nicht daran«, unterbrach Mirita sie. »Vermutlich verdiene ich kein anderes Schicksal als dieses. Grandioser kann man wohl nicht scheitern.«

»Wenn du nur herumjammerst, dann hast du dieses Schicksal wohl verdient.«

Mirita horchte darauf, wie die Tür zuschlug. Ihre Mutter versuchte nie, durch Wände zu gehen. Sie versuchte so weiterzuleben, als hätte sich nichts verändert. Mutter und Tochter in einem Haus, Schatten, na und? Als wäre alles wie immer. Sie bat Mirita sogar an den Tisch zu den üblichen Mahlzeiten, auch wenn es nichts zu essen gab und sie vor leeren Tellern saßen und sich vorstellen mussten, wie Brot schmeckte. Als wäre der Hunger in ihnen nicht von ganz anderer Art.

»Ich geh ein bisschen spazieren«, kündigte Mirita an und benutzte ebenfalls brav die Tür.

Auf den Straßen war nicht besonders viel los. Die meisten Akinker verkrochen sich in ihren Häusern und brüteten vor sich hin. Andere hatten sich eine Beschäftigung gesucht, mit der sie nichts zu tun haben wollte.

»He, schöne Frau, kommst du mit auf die Jagd?«

»Vergiss es«, schnappte sie, dann erkannte sie Piet.

»Liebe meines Lebens«, begrüßte er sie. »Oder sollte ich sagen: meines Todes? Kommst du mit in die andere Welt?«

»Was soll ich da? Leute beißen und aussaugen?«

»Du weißt nicht, was dir entgeht«, lachte er. »Du hast nicht die geringste Ahnung.«

»Ich will es gar nicht wissen!«

Betrübt schüttelte er den Kopf. »Du hast dich aus allem zurückgezogen, das ist nicht richtig. Du hättest den Dienst nicht quittieren sollen.«

»Ach nein? Ich hätte Wächterin bleiben sollen – für den Jäger?«

»Ich diene bloß meinem König«, sagte er. »Wir Soldaten wurden noch nie gefragt, ob wir ihn mögen. Oder ob wir ihn für den richtigen halten. Da Kunun König ist, habe ich ihm zu gehorchen, so wie ich früher Farank gehorcht habe.«

»Lass mich einfach in Ruhe.«

»Ich dachte, es würde dich interessieren«, meinte er. »Die Jagd ist eröffnet. Wir bringen die Beute zur Strecke –

eine spezielle Beute. Das wird Unruhe geben unter den Schatten. Viele erinnern sich noch gut daran, wie sie aufgetreten ist als Mattims Lichtprinzessin.«

Mirita erstarrte. »Hanna? Ist sie etwa wieder in dieser anderen Stadt, die ihr verboten ist?«

»In Budapest, ja. Du solltest es dir einmal ansehen, Mirita, wirklich. Wir sind nicht so tot, dass wir reglos im Grab liegen könnten. Meine Güte, stirbst du nicht vor Langeweile?«

»Ja«, bestätigte sie rasch, »ja, das tue ich. Erzähl mir mehr. Hanna. Warum ist sie wieder da? Habt ihr im Ernst vor, sie umzubringen?«

»Natürlich«, sagte Piet. »Befehl des Königs. Mir scheint, er hat noch eine Rechnung mit seinem jüngsten Bruder offen.«

Sie überlegte fieberhaft. »So tief bin ich noch nicht gesunken, dass ich nicht wüsste, was ich einer echten Lichtprinzessin schuldig bin.«

»Du würdest dich gegen Kunun stellen? Ist dir klar, was du da sagst?«

»Wer wäre dabei?«, fragte Mirita. »Wer von der alten Truppe würde mit mir kommen?«

»Gegen Kunun?« Er starrte sie an. »Gegen den rechtmäßigen König?«

»Okay, vergiss es.« Wenn Hanna wirklich in Gefahr war, musste man schnell handeln. Aber Mirita kannte sich in der anderen Stadt nicht aus. Alleine gegen die vielen Schatten, die der König ausschicken würde, hatte sie keine Chance. »Du hast recht. Eine dumme Idee. Ich muss mich wohl endlich damit abfinden, wer wir jetzt sind.«

Sie zauberte ein Lächeln auf ihr Gesicht. »Bis dann, Piet. Du erzählst mir doch, wie es gelaufen ist, ja?«

Er nickte. Wahrscheinlich blickte er ihr nach, der Idiot.

Sie drehte sich noch einmal um und winkte ihm zu. Erst als sie um die Straßenecke gebogen war, begann sie zu laufen.

Über die Brücke, auf der niemand wachte, die sich verlassen über den Fluss spannte. In den Wald, der schwarz und still auf bessere Tage wartete. Nicht mehr lange, und der Lichtmangel hatte sämtliche Pflanzen abgetötet. Doch vielleicht reichten ihre Wurzeln tief, und sie tranken etwas von dem Wasser, das der Fluss an ihnen vorbeiführte, Wasser voller Licht.

Mirita hielt sich ans Ufer, als sie zu laufen begann. Mindestens ein Rudel befand sich noch hier im Wald.

Der goldene Wolf hob den Kopf. Sie hatten im Schatten eines Wäldchens geruht, während die Sonne über ihnen flimmerte, und gedöst. In sich fühlte er die beständige Mischung aus sattem Glück und verzehrendem Schmerz, die jeden Atemzug, jeden Herzschlag begleitete.

Hanna. Dieses Gefühl, dass sie da war – und dennoch unerreichbar.

Meistens, wenn er die Augen schloss und horchte, konnte er empfinden, wo sie war und was sie tat. Wenn er in den Schlaf hinüberglitt, konnte er sie in dem ihren finden und ihr dort, im Traum, begegnen. Aber jetzt … Irgendetwas stimmte ganz und gar nicht. Eine Erschütterung, etwas, das wie ein Stein in einem Teich Wellen schlug.

Der große schwarze Wolf sprang auf. *Mattim?*

Ich muss zurück. Jetzt.

Du kannst nicht zurück.

Ich kann nicht? Und ob ich kann!

Er war schon einige Meter gerannt, als er merkte, dass Bela ihm folgte. Hinter ihnen hetzten die anderen Wölfe.

Du musst nicht mitkommen.

Ach nein? Sei still. Du kommst nie rechtzeitig, wenn du nicht durch den Traum springst.

Wenn ich was?

Das Lächeln hinter den Wolfszähnen, ein gefühltes Lächeln.

Folge mir, kleiner Bruder.

»Ich halte das nicht aus«, sagte Réka. »Hier herumzusitzen und zu warten. Bis zum Abend. Können wir nicht ins Labyrinth, und du verwandelst mich dort? Das ist ja wohl dunkel genug.«

Hanna hielt das nicht für die beste Idee, aber auch sie fand es unerträglich, den ganzen Tag im Haus zu verbringen. Möglicherweise war das auch gefährlich. Vielleicht war es jedoch einfach nur ihr Herz, das es ihr unmöglich machte, hier auf den Abend zu warten. Die Sehnsucht rief sie zu all den Orten, an denen sie mit Mattim gewesen war. Oben an die Burg. Kununs Haus, ja, selbst dorthin. Oder war es dieselbe Sehnsucht, die Réka so unruhig machte? Wer fühlte Angst, und wer war süchtig danach, ein Gefühl einzufangen, ein prickelndes Empfinden von Nähe, so als ob es möglich wäre, die Hand auszustrecken und einen Jungen zu berühren, der hinter einer unsichtbaren Grenze wohnte?

Gleichzeitig sprangen beide Mädchen auf.

»Mir ist, als würden die Schatten jederzeit aus den Wänden treten. Lass uns irgendwo hingehen, wo viele Menschen sind.«

Réka lachte. »Das habe ich schon einmal gehört. Nein, das habe ich selbst gesagt, oder? Und dann sind wir zum Heldenplatz gefahren.« Sie runzelte die Stirn. »Das war an meinem Geburtstag … Ich erinnere mich daran, weil du dich daran erinnerst!«

»Vielleicht sind wir dort tatsächlich sicherer als hier. Aber es könnte auch Kunun sein, der dich dorthin ruft. Der in einem schwarzen Wagen auf dich wartet, oder?«

Das Mädchen schüttelte den Kopf. »Ich kann ihn nicht mehr finden – nicht so. Ich bin ein Schatten gewesen … die Verbindung durch das Blut ist weg. Sonst wäre ich ihm doch schon längst wieder begegnet. Wenn er überhaupt nach Budapest kommt … Hanna, wirklich, hier werde ich noch verrückt.«

»Na gut. Fahren wir.«

Sie legte den Arm um Rékas Schultern. Im Moment benahm diese sich völlig normal, fast hätte man glauben können, dass es gar nicht nötig war, sie wieder zu verwandeln. Aber Hanna hatte die vergangene Nacht nicht vergessen.

»Mach nicht so ein Gesicht. Wir haben nur die Wahl zwischen verschiedenen Katastrophen.«

»Ich weiß.«

Réka schloss die Haustür hinter ihnen ab. Sie hielt ihr Gesicht der Sonne hin. »Wenn ich die nur mitnehmen könnte … Kannst du nicht einfach zurückfahren, und wir tun es nicht?« Sie seufzte. »Aber das fragst du dich ja auch schon die ganze Zeit.«

»Irgendwie bist du mir ein bisschen unheimlich«, stellte Hanna fest.

»Ich mir auch.«

Auf dem Weg blieben sie stehen, und Hanna atmete tief ein, sog die Luft in ihre Lungen, als könnte sie so viel Kraft und Leben wie möglich tanken, bevor sie daran ging, Réka zurück in den Schatten zu stoßen.

Mirita rannte. Aus Gewohnheit wartete sie darauf, dass sie Seitenstechen bekam oder dass ihr die Füße wehtaten, aber völlig mühelos glitt sie dahin. Ja, es hatte auch seine Vorteile, ein Schatten zu sein. Sie lief nach Norden, der Fluss zu ihrer Linken. Wo waren die Wölfe? Konnten sie ihr überhaupt dabei helfen, Mattim zu rufen? Würden sie ihr gehorchen, wenn er nicht dabei war? Sie war sich nicht sicher, doch sie musste es wenigstens versuchen. Früher waren sie ihm gefolgt, auch gegen Kununs ausdrückliche Anweisungen, aber damals war der Jäger auch noch nicht König gewesen. Ob das die Wölfe kümmerte?

»Wölfe! Wo seid ihr?«, rief sie ins Dunkel. »Ich brauche euch! Es ist wichtig!«

Da brach ein Wolf aus der Nacht heraus, erst einer, dann ein zweiter. Ein ganzes Rudel. Leuchtende Augen beobachteten sie durch die Zweige hindurch. Obwohl sie ein Schatten war und nichts von ihnen zu befürchten hatte, rann ihr ein Schauer den Rücken hinab. *Mirita, Flusshüterin, gejagt von den Feinden …*

»Wenn ich euch sage, was ich will, haben wir alle ein Problem, aber ich tu es trotzdem. Wer von euch hat den Mumm, Kunun zu trotzen – für Mattim?«

Alle starrten sie an, ohne zu antworten.

»Ich weiß«, flüsterte sie, »ich bin eine Idiotin. Ich torkele durch einen Albtraum. Aber ist in einem Traum nicht alles möglich? Ist es nicht möglich, Hanna zu retten?«

Am liebsten hätte sie den Tieren, die sie irritiert beobachteten, ausführlich erklärt, warum das so wichtig war. Warum sie dieser Fremden, die sie beinahe umgebracht hätte, zum zweiten Mal beistehen wollte. Obwohl die Liebe immer noch da war … Immer noch, obwohl ihr Herz nicht mehr schlug, obwohl alle ihre Gefühle mit ihrem alten Leben hätten untergehen sollen.

Mattim, mein Lieber … mit mir zeugst du sowieso keine Lichtkinder mehr, Wolf, der du bist. Nun gibt es nur noch diese beiden. Die Königin – und Hanna. Das Einzige, was vom Licht übrig ist.

So unerträglich das war, so sicher wusste Mirita, dass sie alles in ihrer Macht Stehende tun musste, um Hanna zu helfen.

Endlich habe ich wieder etwas, wofür ich kämpfen kann … nicht das Licht, nur ein Funke davon. Aber wenigstens etwas.

Die Wölfe hörten nicht auf, sie zu mustern, als wollten sie auf den Grund ihrer Seele blicken, bis auf den Grund ihrer Verzweiflung, bis dorthin, wo sie sich am liebsten auf den Boden werfen und rufen wollte: *Ich gebe auf! Ich kann nicht mehr! Akink ist verloren. Mattim wird mich niemals lieben. Ich gebe auf …*

Doch dann kam Bewegung in ihre Zuhörerschaft, und Hunderte gelber Augen richteten sich auf eine Stelle zwischen den Bäumen. Kaum einen Lidschlag später brachen zwei Wölfe aus dem Gebüsch hervor, ein schwarzer und ein heller, dessen Fell durch die Nacht leuchtete.

Ihr war schwindlig vor Erleichterung.

»Prinz Mattim«, sagte sie und deutete eine Verbeugung an. Merkwürdigerweise fühlte sie sich nicht lächerlich dabei. »Deine Hanna ist in der Stadt. Die Schatten schwärmen aus, um das Todesurteil zu vollstrecken. Ich weiß nicht, wem ich trauen kann und wer mutig genug ist, um sich gegen Kunun zu stellen. Du musst kommen und ihr helfen.«

Sie vermochte seinen Tierblick nicht zu deuten. Bisher war es so leicht gewesen, in seinem Gesicht zu lesen, doch nun prallte sie gegen eine Wand. Ein fremdes Wesen. Er hatte die Dunkelheit über Magyria gebracht, aber warum schien er trotzdem zu leuchten? Welches Licht spiegelte sich in seinem Fell?

Der schwarze Wolf baute sich vor ihr auf und zog mit Nachdruck an ihrem Gewand.

Sie versuchte ihn abzuwehren, doch es war zwecklos. Was wollte er von ihr?

Natürlich konnte er nicht sprechen.

Sie brauchten einen Schatten, um durch die Pforte zu gehen. Mattim sah zu, wie Bela versuchte, Mirita das begreiflich zu machen. Sie musste ihnen helfen, musste den Wölfen die Tür aufhalten. Ohne sie hatten sie keine Chance, nach Budapest zu gelangen. Er wollte nicht an sein anderes Problem denken: dass er wahnsinnig werden würde, wenn er drüben anlangte, wie Bela. Wie sollte er Hanna bloß beschützen, wenn er durchdrehte und tollwütig durch die Stadt rannte?

Mirita ahnte nichts davon, wie sollte sie auch. Für sie war alles so klar, so einfach, aber ihm fehlte die menschliche Zunge, um sich ihr verständlich zu machen. Wenn er nur diese Gestalt hätte abwerfen können! Am liebsten hätte er sich das Fell mit seinen eigenen Zähnen vom Leib gezogen. Was nützten ihm der Genuss der Schnelligkeit, die Leichtigkeit dieses Körpers, die scharfen Sinne, die seine Welt verwandelten, wenn all das ihn daran hinderte, Hanna zu retten?

Wut und Angst verwirrten ihn jetzt schon vollends, aber wenigstens behielt Bela einen klaren Kopf und dirigierte die junge Flusshüterin geschickt durch den Wald. Dort hatten sie eine Menge Wachen gebissen, demnach waren überall Pforten. Wenn sie nur gewusst hätten, welche sie am günstigsten in die Stadt brachte und wo Hanna sich gerade befand.

»Ich weiß nicht, wo sie ist«, sagte Mirita, die anscheinend doch mitdachte. »Ich wollte nicht zu viele Fragen stellen, damit man mich nicht verdächtigt. Dann hätte ich gar nichts mehr tun können. Aber ich kann rübergehen und sehen, ob ich es herausfinde …«

Bela zwickte sie ins Bein, und sie schrie unwillkürlich auf. »Nein? Warum nicht?«

Weil du in Budapest verloren wärst, dachte Mattim wütend. *Weil drüben Tag ist und du verbrennen würdest.* Er konnte riechen, dass sie kein Blut getrunken hatte, dass sie nichts war als ein Schatten, der dem Licht völlig hilflos gegenüberstehen würde. Verdammt! Ihnen würde nichts anderes übrig bleiben, als völlig unvorbereitet in die andere Welt zu springen, in ein Chaos aus Verkehr und Menschenmassen, in dem ein Rudel Wölfe ein heilloses Durcheinander bedeutete.

Hier ist eine Pforte. Ich weiß das, ich war daran nicht unbeteiligt. Da geht ihr durch.

Wir. Ein schlanker roter Wolf schob sich neben Mattim.

Wir?

Du wirst nicht wahnsinnig werden. Vertrau mir.

Bela schubste das Mädchen ein paar Schritte nach vorne.

Es ist gefährlich für sie, ihr müsst euch beeilen. Ich ziehe sie zurück auf diese Seite, sobald ihr drüben seid.

Er stupste Mirita auffordernd an. Sie sah ihm in die Augen und glaubte zu verstehen.

»Ist es hier? Na gut. Dann viel Glück.«

Sie fiel nach vorne. Der schwarze Wolf schnappte nach ihrer Tunika und hielt sie fest, während die anderen Wölfe an ihr vorbeiströmten.

VIERUNDDREISSIG

BUDAPEST, UNGARN

Hanna und Réka stiegen am Heldenplatz aus. Ein scharfer Wind wehte über das offene Gelände. Wie immer hatten sich hier zahlreiche Touristen eingefunden, und niemand würde unbemerkt an die Mädchen herankommen.

»Es wird schon dunkel«, stellte Réka fest. »Ich möchte, dass du es tust. Hier.«

»Vor allen Leuten?«

»Da vorne ist niemand. Dort, unter dem Engel.«

»Hier habe ich dich schon einmal verloren«, murmelte Hanna. Und Mattim hatte ihr eröffnet, dass er gescheitert war. Vielleicht war es deshalb ein angemessener Ort. Um wieder und wieder festzustellen, dass Siegen nur etwas für Helden war.

Réka lehnte sich gegen den Absatz unter dem Denkmal. Sie zitterte und rieb sich die Oberarme.

»Schau mich nicht so mitleidig an, das kann ich nicht ausstehen. Himmel, Hanna, muss dir denn immer alles so leidtun? Mach es einfach.«

Hanna setzte sich neben ihre Freundin und zögerte; sie war sich nicht sicher, wie sie vorgehen sollte. Schließlich nahm sie all ihren Mut zusammen und legte Réka die Hände auf die Schultern. Sie beugten sich vor, bis sie sich an der Stirn berührten.

»Ich nehme meine Seele zurück«, flüsterte Hanna.

Sie verhielten so. Wie zwei Liebende. Wie siamesische

Zwillinge, aneinandergeschmiedet, in Erwartung der Operation, die sie endlich trennen würde.

»Ich spüre nichts«, sagte Réka schließlich.

»Ich auch nicht«, gab Hanna zu. »Aber das habe ich beim letzten Mal auch nicht. Bist du sicher, dass es nicht funktioniert hat? Die Schatten merken auch nicht immer sofort, was mit ihnen los ist.«

»Es hat nicht geklappt«, behauptete Réka. »Sag es noch einmal. Du musst irgendetwas machen.«

»Ich habe keine Ahnung, was«, sagte Hanna. »Ich weiß ja nicht einmal, wie es das letzte Mal passiert ist. Es war … es fühlte sich so richtig an.«

»Diesmal nicht?«

Hanna seufzte.

»Versuchen wir es noch mal.« Sie konzentrierte sich auf das Mädchen, dem sie einen Teil ihrer Seele gegeben hatte. *Gib sie mir zurück*, dachte sie, *gib mir meine Seele zurück.*

Sie flüsterte es, einmal, mehrmals.

»Hm«, machte Réka schließlich. »Das habe ich eigentlich nicht erwartet. Es schien so leicht zu sein.«

»Ich weiß auch nicht, warum es nicht geht.«

Sie saßen unter dem Denkmal und seufzten. Die Herbstdunkelheit fiel nun immer schneller herab und drückte das Restlicht auf die Steine. Der Platz leerte sich nicht. Stattdessen rückten die Touristen näher.

Hanna hob den Kopf, als Réka ihre Hand fester packte.

Es waren gar keine Touristen. Die meisten dieser Leute hatte sie nie zuvor gesehen, aber einige Gesichter waren ihr durchaus vertraut.

Die beiden Mädchen standen auf. Réka klammerte sich schutzsuchend an Hannas Arm. »Es wäre besser, wenn du mich ganz schnell verwandeln könntest. Für uns beide.«

»Dazu müsste ich ein Schattenwolf sein. Anders geht es einfach nicht.«

Aus der Reihe der Schatten trat ihnen eine Frau entgegen, eine hochgewachsene Rothaarige, deren vormals so makelloses Gesicht durch einige unschöne Narben verunstaltet war. Hanna bezweifelte, dass sie sich oft hier blicken ließ, denn sie zog die Aufmerksamkeit auf eine andere Art auf sich als früher.

»Szia, Atschorek.«

»Hanna.« Die Stimme der Schattenfrau klang seidig und gefährlich ruhig. »Wer hätte gedacht, dass du dich hertraust?«

»Ich habe sie gerufen«, erklärte Réka. »Kunun muss seine Befehle zurückziehen. Hanna kann nichts dafür. Ich wollte, dass sie kommt.«

»Dachtet ihr, hier wärt ihr sicher?«, fragte Atschorek, ohne auf den Einwurf einzugehen. »Möchtet ihr wissen, wie viele Schatten nötig sind, um jedes Gedächtnis an ein Verbrechen auf dem Heldenplatz auszulöschen? Ist euch eigentlich klar, dass es kein Entkommen gibt und ihr gerade den letzten Fehler eures Lebens gemacht habt?«

Autoabgase. Der Geruch einer Stadt, einer anderen Stadt. Asphalt. Autos. Hundekot. Staub. Nässe.

Die Eindrücke wirbelten in seinem Geist durcheinander und wollten ihn wie in einem Sturm mit sich reißen. Neben sich fühlte Mattim die Gegenwart seines Bruders, der leise ächzte. Auch er spürte den Ansturm des Chaos, das Durcheinander, das sich wie ein Schleier über alle Gedanken legen wollte, um sie wie mit einem Windstoß davonzuwehen.

Hanna. Er hielt sich an diesem Namen fest. *Ich muss zu Hanna. Ich muss zu Hanna. Schönes, dunkelhaariges*

Mädchen. Er sah die Rune vor sich, die ihren Namen sang. *Hanna*.

Der Sturm ebbte ab. Der Strudel, der ihn in die Tiefe reißen wollte, der Wirbel aus Gerüchen, Lärm und Fremdheit machte Platz um eine stille Mitte.

Hanna.

Er wandte den Kopf und sah in Wilders bronzefarbene Augen. Wie ein Nicken: *Genau so. Siehst du? Und jetzt los.*

Hinter ihnen heulten die Wölfe auf vor Schreck und Entsetzen, als sie in den Wahnsinn hineinfielen. Er wandte sich um und zwang ihre Aufmerksamkeit auf sich.

Ihr. Folgt. Mir.

Du. Sie klammerten sich an den Halt, den er ihnen bot. *Du. König. Anführer. Du.*

Ich, Mattim. Er legte seinen Namen wie einen schützenden Befehl über sie. *Ich. König. Anführer. Folgt. Mir.*

Er konnte fühlen, wie ihre Gedanken zerstoben, wie nur dieses eine Gefühl, dieser eine Befehl übrigblieb: *Du*.

Das genügte, um sie zu benutzen.

Mattim sah sich rasch um und versuchte sich zu orientieren. Es war bereits dunkel. Ein Novembernachmittag in Budapest. Welcher Bezirk? Und wie konnte er Hanna so schnell wie möglich finden?

Ein paar Menschen waren stehengeblieben und starrten mit offenen Mündern auf das Wolfsrudel. Ein Rudel, wie es kein normaler Wolf je hinter sich hätte scharen können, wie es kein Wolfsanführer jemals dem Zweiten in der Rangfolge anvertraut hätte. Kurz durchfuhr ihn wie ein Blitz seine Zuneigung zu Bela, dann wandte er sich der Aufgabe zu.

Hanna.

Jedes Mal war sie es, die ihn gefunden hatte. Doch in seinen Träumen war er es, der die Spur aufnahm, der ihren Duft fand, wo sie sich auch aufhielt, in welcher Nacht, in welcher Dunkelheit, in welchem Traum. Wo auch immer, egal in welcher Welt sie war … Hatte Bela es ihm nicht gezeigt? *Wirf dich in den Traum. Überwinde die Entfernung. Schattenwolf. Traumwolf. Spring.*

Er warf sich herum und rannte dorthin, wohin es ihn zog, und hinter ihm kamen wie eine graue Flut die tollwütigen, wahnsinnigen, verlorenen Wölfe, bereit, für ihn zu sterben.

Du, König, für dich.

Atschorek streckte die Hand aus, um nach Réka zu greifen. »Szigethy«, sagte sie. »Du bleibst bei mir.«

»Aber«, wandte einer der anderen Schatten ein, »König Kunun hat nichts davon gesagt, dass wir sie verschonen sollen.«

»Der König war über ihren Verlust dermaßen erbost, dass er Todesurteile verhängt hat – ihr erinnert euch? Aber die hier, die nehmt euch. Ihr Blut schmeckt süß. Nehmt alles. Soll es hier enden.«

Réka wehrte sich verzweifelt, als Atschorek sie aus dem Kreis der Schatten zerrte, die sich Hanna näherten. Hungrig waren sie, weniger auf das Blut als darauf, Kununs Willen zu tun. Wie in einer großen Huldigung an ihren dunklen König schritten sie vorwärts und zogen den Kreis enger.

Hanna wollte zurückweichen, da fassten kalte Hände nach ihren Schultern, und sie sprang mit einem Schrei wieder nach vorne. Rasch drehte sie sich, um alle im Auge zu behalten.

»Lasst mich in Ruhe!«

Die Vampire lächelten. Fangzähne sprossen aus ihrem Zahnfleisch. War es nicht Kununs Lächeln, in jedem dieser Gesichter?

Sie kamen noch näher. Der Erste packte sie. Ein Flusshüter, einer von denen, die Mattim gefolgt waren … Ohne nachzudenken riss sie das Knie hoch und traf ihn da, wo es Männern am meisten wehtut.

Sein Heulen klang geradezu wölfisch. Aber sie gewann nicht einmal die Zeit, die er brauchte, um den Schmerz niederzuringen. Ein anderer nahm seinen Platz ein, und von allen Seiten streckten sich Hände nach ihr aus.

»Nein!«, kreischte Réka. »Nein! Nicht Hanna! Nicht Hanna! Lauf! Wehr dich! Kämpfe!« Sie schlug um sich, zerkratzte Atschorek das Gesicht und versuchte die Schatten wegzustoßen, doch es waren zu viele. Hanna stand in ihrer Mitte, aufrecht wie der Engel auf der Säule über ihr, der segnende Engel …

Dann quietschende Bremsen. Hinter sich hörten sie Autos zusammenstoßen, Hupen ertönten und Geschrei, denn über die Straße kamen die Wölfe. Atschoreks Augen weiteten sich. Hunderte. Wilde, reißende, tollwütige Wölfe, die niemand, nicht einmal ein Schatten, bändigen konnte. Sie alle folgten dem einen goldenen Wolf, der wie eine brennende Pfeilspitze vor ihnen herjagte und mitten in die Schatten fuhr.

Der Lärm war ohrenbetäubend, als sich Bellen und Knurren mit Schmerzensgeheul und panischen Aufschreien mischte.

»Oh nein, nein!«, schrie Atschorek, ihre Stimme überschlug sich. »Nicht das! Nicht die Wölfe!«

Zähne und Krallen. Die Schatten hatten dem nichts entgegenzusetzen.

Als Mattim an Hanna hochsprang, brach der Kreis der Angreifer auseinander. Noch nicht alle hatten begriffen, was geschah, ein paar Schatten ließen das Mädchen nicht sofort los, doch gleich darauf rissen die Wölfe sie zu Boden.

Hanna konnte sich vor Schreck immer noch kaum rühren, als Mattim an ihrer Jacke zog. Das brachte sie einigermaßen zu sich. »Wo ist Réka? Wo ist sie?« Sie versuchte nicht nach rechts und links zu schauen, wo die Wölfe sich zu zweit oder dritt auf die Schatten stürzten. Blut floss, nicht viel, jedoch genug, um das Pflaster zu färben. Sie wollte es nicht sehen – Zähne, die sich in Hände bohrten, in Hälse und Wangen, Beine und Leiber … Krallen, die durch Haut fuhren. Doch die Vampire starben nicht, konnten nicht sterben, sie fühlten nur Schmerz, und ihre Schreie gellten über den Platz.

Über den unglaublichen Lärm hinweg rief Hanna nach ihrer Seelenschwester: »Réka! Réka!«

Atschorek hatte inzwischen einen kühlen Kopf bewahrt. »Flieht!«, rief sie den Schatten zu. »Flieht!« Hektisch blickte sie sich um. »Haben wir hier keine Pforte?«

Als Wilder sich vor ihr aufbaute, stieß sie ihm Réka entgegen, rannte auf eine Gruppe Touristen zu, die gerade dabei war, in einen Bus einzusteigen. Die Leute waren sich anscheinend noch nicht einig, ob das, was sie hier miterlebten, echt war.

»Hier bin ich.« Réka tauchte von irgendwoher auf, Wilder an ihrer Seite.

»Wir müssen hier weg, komm!«, rief Hanna.

Aus den Augenwinkeln sah sie, wie Atschorek auf die Touristen zueilte. Ein Mann stand filmend am Rand, während andere hysterisch in den Bus drängten. Atschorek packte ihn und zog ihn mit sich, mitten unter die Wölfe. Sie warf ihn einem großen Schattenwolf direkt vor das aufgerissene Maul.

»Hier!«, schrie sie laut, sobald das Tier einmal zugeschnappt hatte. »Hier ist eine Pforte.« Sie packte einen Schatten und stieß ihn nach vorne, doch er war zu durcheinander, um bewusst den Übergang wahrzunehmen, und blieb daher auf dem Platz. Atschorek fluchte, packte mit der anderen Hand einen anderen Mann und zerrte sie beide zusammen hindurch.

»Lauft!«, schrie sie ihnen zu, als sie im Wald von Magyria standen. »Nach Akink! Na los! Zum König!«

Dann kehrte sie zurück ins Gemetzel.

Hanna scherte sich nicht um die Gaffer. Die meisten hatten den Ernst der Lage erkannt und sich aus dem Staub gemacht, während einige andere, deren Wagen im Verkehr eingekeilt waren, noch immer mit offenen Mündern auf die tobende Wolfsmeute mitten auf dem großen Platz starrten.

»Komm!« Sie zog Réka an der Hand hinter sich her. Die beiden Wölfe liefen mit ihnen; Wilder bahnte ihnen den Weg, Mattim bildete die Nachhut.

Während hinter ihnen das Sirenengeheul unzähliger Polizeiautos erklang, eilten sie fort, in den Park, an der Märchenburg Vajdahunyad vorbei, dort, wo sie vor unendlich langer Zeit Schlittschuh gelaufen waren.

Keuchend blieb Réka stehen. »Wohin? Können wir jetzt nach Hause?«

Hanna warf einen Blick zurück. Blaulicht blitzte durch den dunklen Abend. Sie meinte, Schüsse gehört zu haben.

»Oh Gott«, sagte Réka. »Was ist dort bloß los? Werden sie jetzt die Wölfe erschießen?«

»Ich hoffe, sie gehen mit den Schatten durch die Pforte. Ansonsten sehe ich schwarz.«

Der goldene Wolf drängte sich gegen ihre Knie. Sie beugte sich zu ihm hinunter und schlang die Arme um ihn. »Oh Mattim.« Sie wollte ihn gar nicht mehr loslassen, sie wollte in dieser Umarmung versinken, aber Réka tippte sie an die Schulter.

»Ich glaube, da kommt wer.«

Atschorek marschierte den Weg entlang, hinter ihr ein paar Schatten.

»Bleibt stehen! Ich kriege euch doch!«

Sie hob den Arm und …

»Sie schießt!«, rief Réka. »Oh nein, nein! Kommt!«

Sie drehten sich um und liefen. Hannas Gedanken überschlugen sich. Sie waren sterblich, sie alle vier. Und Atschorek war mit Sicherheit zu allem entschlossen. »Kommt, schneller, schneller!«

Hanna stolperte vorwärts. Die Wölfe hätten ohne Weiteres verschwinden können, aber sie und Réka waren recht schnell am Ende ihrer Kraft. Sie mussten sich irgendwo verstecken, oder sie waren verloren.

»Mattim, warte«, keuchte sie. »So geht es nicht.«

Der Wolf drehte ihr den Kopf zu. Obwohl ihnen die Verfolger so dicht auf den Fersen waren, konnte sie nicht anders, als seine Schönheit zu bewundern. Wie ein Blitzstrahl traf sie dieses Glück.

Er ist so wunderbar … und er ist mein. Es hat sich gelohnt, herzukommen. Ihn noch einmal zu sehen. Ein letztes Mal.

»Lauf«, sagte sie. »Geh mit Wilder zurück nach Magyria. Wir werden uns schon irgendwie helfen.«

»Sie können nicht«, wandte Réka ein. »Ohne Schatten kommen sie nicht zurück durch die Pforte, hast du das vergessen?«

»Dann rennt so schnell ihr könnt«, meinte Hanna. »Bitte. Ihr habt eine Chance. Bitte, Mattim.«

»Vergiss es«, sagte Réka bestimmt. »Er ist nicht mit der ganzen Meute hergekommen, um dich jetzt im Stich zu lassen. Hör auf zu trödeln, und komm.«

Wieder peitschte ein Schuss durch die Nacht. Sie hatten keine Chance, es sei denn …

»Zum Fluss«, rief Hanna. »Wir müssen zum Fluss!«

Wenn sie es schafften, durch die Stadt bis zum Wasser zu gelangen, waren sie vorerst in Sicherheit. Sie brauchten ein Boot – dann konnten Atschorek und ihr Kampftrupp ihnen nicht folgen.

Es war ein langer Weg durch die Stadt. Die Wölfe blieben nicht unbemerkt, und jeder Aufschrei, jeder Ruf: »Ein Wolf! Nein, zwei!« lockte ihre Verfolger auf die richtige Spur.

»Hier rein!« Hanna folgte Mattim in einen stillen Hof, Réka und Wilder hockten sich zu ihnen hinter ein paar Mülltonnen. Dort warteten sie, während die Nacht ihre Geräusche zu ihnen herübertrug, eine Nacht wie keine andere. Unablässig heulten die Sirenen, und Hannas Herz krampfte sich zusammen, während sie neben ihrem Wolf saß, eine Hand auf seinem Rücken. Es hätte so vieles zu sagen gegeben, zu fragen, so viel zu erzählen, aber so, wie er schweigen musste, war auch sie zur Stille verurteilt. Nur die Hand in seinem Fell. Die Wärme seines fremdartigen Körpers neben ihrem. Und zu warten, während die Nacht vorüberstrich wie ein Mann in einem langen schwarzen Mantel.

»Weiter«, flüsterte Réka schließlich, als Wilder aufstand, sich reckte und zurück zur Straße huschte.

Diese stillen Stunden, in denen die letzten Nachtschwärmer noch unterwegs waren, diese Stunden vor dem Morgengrauen … Sie horchten. Nein, keine Sirenen mehr, die wie Wolfsgeheul das Dunkel zerschnitten und an der Seele fraßen.

Durch die Straßen wanderten außer ihnen noch einige andere Gestalten. Ein paar junge Männer traten auf die

Mädchen zu, bevor sie die beiden Wölfe bemerkten, doch als Wilder seine spitzen Zähne zeigte, verschwanden sie wieder ohne ein einziges Wort.

Vor dem großen Polizeigebäude war der Teufel los, hier war noch lange keine Nachtruhe eingekehrt, doch die vier gingen daran vorbei, als wenn nichts wäre. Und da war schon die Árpád-Brücke. Als sie das dunkle Wasser der Donau erblickte, fühlte Hanna die Erleichterung über sich kommen wie einen Frühlingsanfang. Sie stiegen hinunter zum Ufer.

»Wir haben kein Boot«, sagte Réka. »Ist euch das eigentlich schon aufgefallen? Wie sollen wir uns denn auf dem Fluss verstecken ohne Boot? Und für wie lange?« Sie sah sich um. »Atschorek hat unsere Spur verloren, glaube ich. Wir könnten uns ein Taxi nehmen und uns aus der Stadt bringen lassen.«

»Mit zwei Wölfen im Schlepptau?«

Mattims Ohren zuckten, er fuhr herum – zu spät. Ein Schuss knallte durch die Nacht. Hanna sah Atschorek auf sich zukommen, ihr Gesicht wie eine helle Maske in der Dunkelheit.

»So oft haben wir euch verziehen«, sagte sie. »So oft haben wir euch verschont. Aber jetzt nicht mehr.« Sie hob erneut den Arm und zielte.

»Kommt!«, schrie Réka. Sie wich zurück und stürzte aufs Ufer zu. »Kommt, los!«

»Nein!«, rief Hanna, als sie sah, wie beide Wölfe auf die Vampirfrau zusprangen. Wieder peitschte ein Schuss. Hanna packte Rékas Hand und zog sie mit zum Wasser. Sie wollte am Ufer entlanglaufen, doch da kamen ihr zwei Männer entgegen, deren Kleidung sie als Akinker verriet, Wächter des Königs.

»Verflucht!« Sie kehrten um und hasteten hoch zur Brücke, zurück auf die Straße, ins Licht der Straßenlaternen. Im selben Moment hörte sie die Verfolger schreien.

»Verdammter Wolf!« Wieder zerriss ein Schuss die Stille.

»Komm, schnell!«

Die Mädchen rannten über die Brücke, so schnell ihre Beine sie trugen. Hanna warf einen Blick hinter sich – im Moment war keiner ihrer Verfolger zu sehen. Und wieder ein Schuss … aber keiner der Wölfe heulte auf. Vermutlich konnte selbst Atschorek nicht besonders gut zielen, wenn sich gerade ein wütendes Raubtier in ihren Arm verbiss.

Sie liefen über die Brücke, ohne dass jemand ihnen folgte. Keuchend lehnte Réka sich gegen das Geländer. »Und jetzt? Wir müssen uns irgendwo verstecken. Irgendwo, wo die Wölfe uns finden, aber nicht die Schatten.«

»Die Wölfe werden ins Wasser springen, wenn es eng für sie wird«, meinte Hanna, als ihr Atem sich einigermaßen beruhigt hatte und sie wieder sprechen konnte. »Wir sollten irgendwo am Ufer bleiben.«

Hier war es jedoch unmöglich, nah ans Wasser zu gelangen. Die steile Betonwand würde es jedem Wolf verwehren, an Land zu klettern.

»Die Insel«, sagte Hanna. »Hier, die Óbuda-Insel. Dort werden sie ankommen, wenn sie direkt über den Fluss schwimmen und sich nicht abtreiben lassen.«

»Dann los«, meinte Réka. »Auf die Insel.«

Zu Fuß war es ein weiter Weg. Doch solange sie ein Ziel hatten, konnte die Verzweiflung nicht Oberhand gewinnen. Konnte die Erinnerung an die fürchterlichen Schreie auf dem Heldenplatz sie nicht lähmen. War der Moment, als die Schatten auf Hanna zukamen, um sie zu beißen, keinen Albtraum wert, sondern flüchtig wie ein Bild, das sie beim Vorübergehen auf einem Plakat gesehen hatte. Ganz ließen sich die Sorgen allerdings nicht abwehren.

Wo sollen wir hin? Wohin, wenn die Nacht erst vorbei ist? Gibt es einen Ort auf dieser Welt, an dem wir sicher sind?

»Ein Hausboot auf der Donau«, schlug Hanna vor, während sie wieder einmal langsamer gingen. Laufen, gehen, laufen, gehen. Sie hatten nicht die unermüdliche Ausdauer von Schatten.

»Ein Hausboot? Das könnte mir gefallen.« Réka lächelte. Alles schien möglich, wenn es ihnen nur gelang, diese Nacht zu überstehen. Als wenn Atschorek jemals aufgeben würde. Als wenn es möglich wäre, sie zu töten. Als wenn alles gut werden könnte, irgendwie, wenn sie nur die Insel erreichten.

»Wohin zu so später Stunde?« Der Betrunkene, der auf sie zuwankte, grinste blöde. Dass beide Mädchen ohne zu zögern auf ihn losgingen und ihn heftig zur Seite schubsten, sodass er im Gebüsch landete, nein, damit hatte er wohl nicht gerechnet.

»He, ich wollte doch nur nach der Uhrzeit fragen …«

Sie hörten ihn schon nicht mehr. Dort war bereits die schmale Brücke auf die Insel.

»Wir gehen zum Anleger«, sagte Hanna. »Mattim kennt die Stelle.« Dort, wo Kunun ihn fast getötet hätte. Dort, wo sie um ihn geweint hatte, zu früh … Allerdings kannte Atschorek diesen Ort auch.

Wieder sah sie sich um, aber sie schienen hier tatsächlich allein zu sein. Der Wind rauschte in den Bäumen, und als sie einen Augenblick stehenblieb, merkte sie, wie die Kälte ihr bis in die Knochen drang. Die Kälte und die Erschöpfung. Fast kam es ihr vor wie ein Traum: die Schatten, die nach ihr griffen, und dann der Wolf, wild und zähnefletschend wie eine Bestie. Weder ihr Verstand noch ihr Herz wollte glauben, dass dieser Wolf, der sie aus der Mitte des Irrsinns holte, Mattim war …

»Wo ist es?«, flüsterte Réka, als sie über die Wiese gingen und durch die kahlen Bäume den Fluss schimmern sahen.

»Hier.« Sie führte ihre Freundin die Stufen zum Anleger hinunter. Das Wasser wisperte am Ufer. Über den Himmel zogen Wolken, tief und schwer, als wollte die Dunkelheit sich noch weiter herabsenken und die Erde berühren.

»Da sind sie!«, rief Réka.

Der Schreck fuhr Hanna durch die Glieder, denn im ersten Moment meinte sie, ihre Verfolger wären vor ihnen angekommen. Doch es waren die Wölfe, auf den Brettern des Stegs. Der hellere Wolf lag auf der Seite. Der andere saß aufrecht daneben, sein rötlicher Pelz in der aufziehenden Dämmerung fast farblos.

»Wilder! Mattim!« Das Mädchen eilte auf sie zu, Hanna ihr nach. »Habt ihr Atschorek in Stücke gerissen? Habt ihr? Oh Wilder!« Réka schlang die Arme um den Wolf, der ihr schon so oft zur Seite gestanden hatte.

Hanna kniete sich neben Mattim, der schwer atmend dalag, den Kopf auf den Brettern. Sie berührte sein nasses Fell. Er musste sich völlig verausgabt haben. Kein Wunder, dass er nach dem Kampf und der langen Schwimmstrecke nicht einmal mehr aufstehen konnte, um sie zu begrüßen.

Sie streichelte über seine Flanke. Als er zusammenzuckte, hob sie erschrocken die Hand. So klebrig warm … Das war nicht das Wasser der Donau.

»Du blutest ja. Mattim! Du bist verletzt!«

Réka beugte sich nun ebenfalls über den goldenen Wolf. »Ich kann nichts erkennen … Meinst du, Atschorek hat ihn doch getroffen? Aber das geht nicht. Das darf nicht sein. Er ist sterblich als Wolf!«

»Ich weiß«, sagte Hanna leise.

Während das Grau des Morgens an Intensität zunahm und die Dinge klarer wurden, während der Fluss sich dunkel aus dem verschwommenen Bild heraushob und die beiden Wölfe schärfere Konturen gewannen, wurde auch sein Blick klarer und intensiver. Sein Auge, grau wie die Dämmerung und der neue Tag. Abschied. Wieder musste er alles in seinen Blick legen, was er nicht aussprechen konnte: So viel Liebe, so viel Bedauern, so viele Wünsche – und sie wusste, wenn er nur könnte, hätte er ihr die Welt zu Füßen gelegt. Stattdessen musste er sie schutzlos zurücklassen.

Er schloss die Augen.

»Nein! Das erlaube ich nicht! Du darfst nicht gehen!«

Hilfesuchend drehte sie sich um.

»Réka! Komm, schnell! Vielleicht kann ich ihn in einen Schatten zurückverwandeln, bevor er stirbt. Gib mir deine Hände!« Sie griff nach Rékas kleinen, kalten Händen und zog sie tiefer hinunter zu dem sterbenden Wolf.

Es kam nicht auf die Worte an. Sie wusste es, während ihre Zunge mühsam nach den richtigen Silben suchte, während die Laute in ihrem Mund zerkrümelten und sie es nicht über die Lippen brachte, zu sagen: *Hier, meine Seele, nimm daran teil. Hier, mein Leben, alles was ich bin, für dich … Gib es zurück, Réka, nein, gib es ihm …*

Es bedurfte keiner Worte. Es fühlte sich richtig an, so, wie es war, in der Stille, die immer tiefer wurde, immer dunkler, in diesem magischen Moment, bevor die Sonne über den Horizont kroch. Die Welt hielt den Atem an …

Réka stieß einen tiefen Seufzer aus und stand auf. Sie wankte, und als Hanna zu ihr hochblickte, zitterte sie so stark, dass sie fast rücklings ins Wasser gefallen wäre.

»Réka?«

»Ich muss hier weg. Schnell …« Réka hastete über den Holzsteg zum Ufer, vom Wasser weg. »Wilder, wo ist die Pforte? Wo ist die nächste Pforte?«

»Du bist wieder …«, begann Hanna, doch dann fiel ihr

Blick auf den Wolf. Nein, kein Wolf mehr. Auf den Bohlen lag ein nackter Mann, seitlich zusammengekrümmt, die Wange auf dem Arm. »Mattim!«, rief sie. »Mattim, du musst hier weg, du bist zu nah am Wasser!« Er hatte kein Blut getrunken, das ihn schützte, und gleich würde die Sonne aufgehen, mindestens ebenso gefährlich wie eine Schusswaffe in Atschoreks Hand. »Beiß mich, schnell!«

Sie umfasste seine Schultern, versuchte ihn hochzuziehen. »Mattim, was ist mit dir?« Noch hatte das Glück keinen Raum, noch war die Angst zu mächtig. »Beiß mich, mein Schatz, bitte!«

Sie zog ihn höher, sah, dass die Wunde immer noch blutete, drückte ihn an sich, küsste ihn auf die kühle Wange, wollte seinen Mund an ihren Hals pressen … und merkte, dass er atmete. Er ächzte leise, seine Lider flatterten. Sie hielt ihn, seinen ausgekühlten, nassen, blutenden Leib, und tastete mit bebenden Fingern nach seinem Handgelenk.

Ein Puls. Schwach, aber ein Puls.

Hanna schluchzte auf. Sie wandte den Kopf.

Réka war bereits verschwunden, hinter ihr sprang der rote Wolf die steile Rampe hinauf. Hanna fingerte ihr Handy aus der Tasche und wählte den Notruf. Dann zog sie ihre Jacke aus und deckte Mattim damit zu. Sie hielt ihn in ihren Armen und wartete, während die Sonne Besitz vom Himmel ergriff und mit rotglühenden Fingern über die Dächer kletterte.

FÜNFUNDDREISSIG

BUDAPEST, UNGARN

Kommissar Bartók zuckte zusammen, als die dunkle Gestalt aus dem Schatten trat. Der Mann blieb so weit im Finsteren, dass sein Gesicht kaum zu erkennen war. Ein schwarzer Streifen schien sich über seine Wange zu ziehen. Bartók hatte nicht das Bedürfnis, näher hinzusehen.

Ehrerbietig neigte er den Kopf. »Herr Magyar …« Dann, zögernd, fügte er hinzu: »König Kunun.«

»Sie haben gute Arbeit geleistet«, lobte der Vampir. »Mehr war kaum möglich, wie ich selbst sehr gut weiß. Allerdings gibt es noch eine wichtige Angelegenheit zu klären.«

»Ich habe mein Bestes getan«, versicherte der Kommissar. »Wir haben den Leuten erklärt, es sei ein Film gedreht worden. Allerdings hält sich hartnäckig das Gerücht, aus dem Zoo seien wilde Tiere ausgebrochen. Es sind zu viele Fotos gemacht worden, zu viele Kameras waren vor Ort, als dass wir die Sache hätten vollständig vertuschen können. Die Liste der Augenzeugen, die sich bei der Polizei gemeldet haben, habe ich Ihren Leuten gegeben, wie man es von mir verlangt hat. Alle haben von Vampiren Besuch bekommen. Soviel ich weiß, ist eine generelle Amnesie im Umlauf, die sich ausbreitet wie eine ansteckende Krankheit. Doch die Bilder, die im Internet sind, kann man nicht mehr zurückrufen. Man wird alles, was unerklärlich aussieht, für eine Fälschung halten, das ist mein einziger

Trost.« Mit bebenden Fingern zwirbelte er nervös seinen Schnauzbart.

»Frau Szigethy hat mich wiederholt nach dem Au-pair-Mädchen gefragt, aber ich kann ihr da leider keine Auskunft geben. Zum Glück ist wenigstens ihre Tochter wieder zu Hause.« Fragend blickte er den Vampir an, als erwartete er eine Erklärung – er sprach jedoch nicht aus, was ihm sonderbarer erschien, das Verschwinden der jungen Deutschen oder die Tatsache, dass Réka nicht ebenfalls untergetaucht war.

»Ist das junge Mädchen jetzt auch …? Das heißt, sie lebt so wie – Sie?«

Darauf erhielt er keine Antwort. »Ein wichtiges Puzzlestück fehlt«, sagte der dunkle Prinz, der wohl darauf gewartet hatte, dass sein Gegenüber zu einem Ende kam. »Was ist mit dem jungen Mann, der am Morgen nach dem … Aufruhr in ein Krankenhaus eingeliefert worden ist? Ein junger Mann, ungefähr achtzehn, den man, wie ich aus zuverlässiger Quelle hörte, unbekleidet am Ufer der Donau aufgegriffen hat?«

»Die Polizei erfährt nicht von jedem Menschen, der ins Krankenhaus kommt«, wehrte Bartók sich, doch seine Stimme zitterte leicht.

»Wenn es um Schussverletzungen geht, wohl doch. In welcher Klinik hat man ihn operiert? Aus dem Krankenhaus, in das er zuerst gebracht wurde, ist er wieder verschwunden. Ich hoffe sehr, Sie können mir Genaueres berichten.«

Bartók hob den Kopf. »Es tut mir leid«, sagte er. »Ich weiß von nichts.«

»Wissen Sie es nicht, oder haben Sie es … vergessen? Vielleicht wollten Sie es sogar vergessen?«

»Ich werde mich stets für das Erinnern entscheiden«,

meinte der Kommissar. Er hielt dem finsteren Blick des Vampirs stand und ignorierte das dumpfe Gefühl in seinem Magen.

»Kann jemand wie mein Bruder Freunde haben?«, fragte Kunun. »Sie können sich nicht vorstellen, was er angerichtet hat. Nun, vielleicht doch – schließlich waren Sie einer der Ersten am Heldenplatz.«

Bartók wurde blass. »Was ich gesehen habe«, flüsterte er. »Menschen, zerfleischt von Tieren, Menschen, die immer noch lebten, die immer noch kämpften, obwohl ihnen das Fleisch von den Knochen gerissen wurde … Seit wie vielen Nächten habe ich nicht geschlafen? Tag und Nacht verfolgen mich diese Bilder. Ich kann mich nicht einmal damit trösten, dass sie keine Schmerzen empfunden haben, denn ich habe die Schreie gehört und das Röcheln derer, die keine Kehle mehr hatten.« Er hob den Kopf und schien doch durch Kunun hindurchzublicken, gefangen in den Erinnerungen, von denen ihn niemand befreite. »Glauben Sie wirklich, ich würde denjenigen schützen, der diesen Horror zu verantworten hat?«

Kunun sah ihn lange an und nickte schließlich. »Na gut«, sagte er. »Ich werde ihn finden, ob mit oder ohne Ihre Hilfe. Was auch immer mit ihm passiert ist, ich finde ihn.«

»Nein. Oh nein, du bleibst schön liegen!«

Mattim lächelte schwach, als er wieder ins Kissen gedrückt wurde. Seine Pflegerin war unerbittlich. Wenn es nach ihr ging, musste er noch ein halbes Jahr im Bett verbringen.

Nicht dass das so ein schlechter Platz gewesen wäre. Wenn sie sich an seine Seite kuschelte, konnte man es hier glatt aushalten … Das war der Vorteil, nicht in einem richtigen Krankenhaus zu sein.

»Ich weiß gar nicht, warum du so ungeduldig bist«, sagte Hanna und strahlte ihn an. Wie immer war ihr Lächeln zum Dahinschmelzen. Sie war so süß, dass er bereit war, ihr jeden Wunsch zu erfüllen. Nun ja, für manche Wünsche musste er erst richtig gesund werden. »Nein, grins nicht so. Du bist gerade erst dem Tod von der Schippe gesprungen. Wieso siehst du immer so aus, als würde draußen vor der Tür dein Schimmel warten, auf dem du gleich wegreitest?«

»Ich habe nicht vor zu verschwinden«, versicherte er und hob den Arm, an dem jede Menge Schläuche befestigt waren. Seufzend ließ er ihn wieder sinken. »Ich bin gefesselt, wie du siehst. Ich kann nicht weg. Ich will auch gar nicht weg. Ich bin da.«

Hanna schaute aus dem Fenster. Einige Male hatte sie ihm die Aussicht beschrieben. Den Blick auf weite Wiesen, die jetzt im Winter unter einer Schicht aus weißem Frost glitzerten. Das Haus auf dem Land, ein schlichtes, kleines Haus, in dem die alte Frau Bartók, die Mutter des Kommissars und überdies eine ehemalige Ärztin, sie so freundlich aufgenommen hatte, ohne Fragen zu stellen. Den Himmel, über den die Schneewolken sich ausbreiteten und die Sonne verbargen, die ihr Licht trotzdem hindurchsandte, einen diffusen Schimmer, der sich auf der Erde in Gold und frostiges Silber verwandelte.

»Bist du wirklich hier?«, fragte sie. »Immer? Träumst du nicht von Akink? Davon, was sein könnte? Davon, was wäre, wenn ich nicht geschrien hätte?« Sie atmete tief durch. »Es tut mir so leid … Wie kann ich das je wiedergutmachen?«

Mattim betrachtete ihr schönes Profil dort am Fenster und dachte: *Ich würde für sie sterben.*

Nun, das war ihm beinahe gelungen.

»Was dann geschehen wäre? Vielleicht hätte der König

mich getötet. Niemand weiß das. Vielleicht nicht einmal er.« Die kurze Rede hatte ihn angestrengt, er drückte den Kopf ins Kissen und atmete vorsichtig. »Hanna«, sagte er. »Das kann nicht das Ende sein. Magyria im Dunkel? Niemals. Niemals lasse ich das zu. Wir werden das Licht zurückbringen. Irgendwann. Irgendwie. Vertrau mir. Sag es: Magyria im Licht. Akink im Licht.«

Sie sah ihn an, und wieder war da dieses kleine Lächeln auf ihren Lippen, das er so liebte, froh und traurig zugleich, der erste Anflug von Hoffnung.

»Ja«, flüsterte sie. »Akink im Licht.«